MW01671154

Maxym M. Martineau

House Of Blight

Bisher bei LEAF erschienen:

House of Blight

MAXYM M. MARTINEAU

HOUSE OF BLIGHT

BAND 1

Romantic Fantasy
Ins Deutsche übertragen von Michaela Link

LEAF

Ausführliche Informationen über unsere
Autorinnen und Autoren und ihre Bücher
www.leaf-verlag.de

MIX
Papier | Fördert gute Waldnutzung
FSC® C014496

Originalausgabe:
Copyright © 2026 by LEAF Verlag, Bücherbüchse OHG,
Siebenbürger Straße 15a, 82538 Geretsried,
Deutschland Copyright © 2025 by Maxym M. Martineau
Published by Arrangement with MAXYM M. MARTINEAU LLC
c/o THE WHALEN AGENCY LTD.,
500 Post Rd East, 2nd Fl., Ste. 240, Westport, CT 06880 USA
Dieses Werk wurde vermittelt durch
die Literarische Agentur Thomas Schlück GmbH, 30161 Hannover.

Textredaktion: Tino Falke, Übersetzung ins Deutsche: Michaela Link
Covergestaltung: Caroline Keller @caroline.dsign
unter Verwendung von Stockmaterial von Adobe Stock (© KARIB)
Farbschnitt: Caroline Keller @caroline.dsign
unter Verwendung von Stockmaterial von Adobe Stock (© Iraida Bearlala)
Vorsatzillustration: Martina Ponente @meridyan_art
Nachsatzgestaltung: Caroline Keller @caroline.dsign
Innengestaltung: LEAF Verlag
Gesetzt aus der Adobe Caslon
Satz: LEAF Verlag

Druck und Bindung: GGP Media GmbH
Karl-Marx-Straße 24, D - 07381 Pößneck
Printed in Germany • ISBN 978-3-911244-47-3

Für jene, die ständig im Namen anderer Opfer bringen:
Es ist in Ordnung, sich selbst zuerst zu retten

PROLOG

Als die Sterne noch jung waren und die Sonne neu, traf eine Frau von großer Macht und starkem Verstand an einer Kreuzung mit vier Abzweigen auf den Tod. Trotz der Mittagszeit in Schatten gehüllt, hieß er jene willkommen, die den Weg zu ihm gefunden hatten. Einem jeden von ihnen gewährte er stets die gleiche Chance: den Pfad der eigenen Wahl.

»Wähle erfolgreich den richtigen Weg vorwärts und ich werde dich passieren lassen, werde dir und den Deinen den Rücken kehren. Wähle den falschen Weg und geh jetzt mit mir deinem Ende entgegen«, sagte er.

Die Frau studierte den Tod mit wachen Augen. Angst hatte sie nicht, aber sie wusste um die Magie von Worten. Diese Wahl durfte sie nicht unbedacht treffen.

»Wofür stehen die Pfade?«, fragte sie.

Mit knochigen Fingern deutete der Tod nach links: »Eine Weggabelung hast du in deiner Jugend verpasst.« Dann geradeaus: »Der unveränderte Pfad, wie die meisten ihn voraussagen.« Zur Rechten: »Eine Zukunft, wild und unvorhergesehen.« Der Tod schaute an ihr vorbei zu dem Pfad, auf dem sie gewandelt war: »Und eine Vergangenheit, der du nicht entfliehen kannst.«

Die Frau grübelte über ihre Möglichkeiten nach. Ihr war bewusst, dass sie nicht die Erste war, die dem Tod auf dieser Straße begegnete, und sie schlussfolgerte, dass alle Pfade bereits gewählt worden waren. Sie sah nach links. *Ein Neuanfang, um ein Unrecht wiedergutzumachen oder etwas auszulassen, das man später sonst bereuen würde …* Sie kniff die Augen zusammen. *Nur um dem Tod noch früher zu begegnen.*

Sie schaute am Tod vorbei zu dem Pfad vor sich. *Der unveränderte Pfad, der mich zum Tod geführt hat; die einzige Prophezeiung, die garantiert wahr wird.*

Sie schüttelte den Kopf und blickte nach rechts. *Wild und unvorhergesehen. Tragisch und schnell.* Beim Blick auf den Pfad hinter sich verzog sie wissend das Gesicht. Wenn sie jetzt kehrtmachte, würden ihre Füße sie nur wieder hierher tragen – auf den Pfad, dem sie nicht entfliehen konnte.

»Jeder Pfad führt mich zu dir«, sagte sie.

Der Tod lächelte. »Ja.«

»Verstehe. Dann werde ich morgen wiederkommen.« Mit diesen Worten wandte die Frau sich ab und ließ den verdutzten Tod allein zurück. Bei Sonnenaufgang kehrte die Frau zurück. Sie stellte dem Tod die gleiche Frage, erhielt die gleiche Antwort und einmal mehr nahm sie den Pfad, den sie gekommen war.

So ging es ein Jahrzehnt lang weiter, bis die Geduld des Todes allmählich erschöpft war. »Deine Zeit ist abgelaufen.« Aus den Tiefen seines Umhangs zog er eine Klinge ohne Leben und Farbe, dunkler als die tiefste Nacht. Regungslos musterte die Frau die Waffe, aber in ihrem verhärteten Blick lag ein seltsames Glitzern, das nicht einmal dem Tod entgehen konnte. Er umklammerte die Waffe fester und sagte: »Der Tod ereilt uns alle.«

»Dich eingeschlossen?«, fragte sie und richtete endlich den Blick auf ihn.

Weder war sie die erste, noch würde sie die letzte Person sein, die diese Frage stellte. Der Tod versteckte die Klinge wieder in seinem Umhang.

»Auch für mich gibt es einen Tod, ja, aber du bist das ganz sicher nicht. Dir fehlen die Macht und die Waffe. Es ist dein Schicksal, hier auf mich zu treffen, und du hast genug von meiner Zeit verschwendet.«

Sie nickte. »Ich verstehe. Gewähre mir eine letzte Chance, Abschied zu nehmen, und ich werde aus dem mir stets vertrauten Leben scheiden.«

Der Tod, der die Veränderung in ihrem Verhalten wahrnahm, tat ihr den Gefallen. Als sie am nächsten Morgen zurückkehrte, deutete er wie üblich auf die Wege. »Triff deine Wahl.«

Ohne Zögern schritt die Frau auf ihn zu und zog einen Dolch aus der Scheide. Er war ein Ebenbild der Waffe des Todes, und sie rammte ihn ihrem Gegenüber tief in die Eingeweide. »Ich kenne dich, Tod. Dein Schatten lag schon bei meiner Geburt auf mir. Du hast das Leben meiner Mutter gestohlen, noch während ich ihren Schoß verließ. Du hältst mich für machtlos? Weit gefehlt. Jahrelang habe ich dich beobachtet und auf den passenden Moment gewartet, um zuzuschlagen. Mich wirst du nicht auch noch holen. Der Pfad meiner Wahl ist der deine.«

Von ihrer Enthüllung erstaunt und schwer verletzt musste der Tod notgedrungen nachgeben. »Verschone mein Leben und ich verschone deines«, sagte er. Die Hand fest um den Griff des Dolches geschlossen, wartete sie ab. »Nimm jeden Pfad, wie es dir gefällt. Du sollst … ewig leben.« Langsam, sodass die Klinge der Frau nicht tiefer in sein Fleisch eindrang, griff der Tod in die Falten seines Umhangs und holte einen glatten Stein aus purem Mondlicht hervor. »Wo keine Schatten sind, kann ich nicht wandeln. Bleibe in seinem Schein und du wirst mich nie wiedersehen.«

»Und was ist mit den Meinen?« Sie nahm den dargebotenen Edelstein, während sie die Klinge tiefer hineinstach. Statt rubinroten Bluts sickerten obsidianfarbene Bächlein an der Klinge hinunter.

Der Tod gab einen zischenden Laut von sich. »Teile ihn. Such nach mehr. Alle derartigen Edelsteine sind jetzt mit dem Versprechen verbunden, das schwöre ich.«

»Gut.« Sie zog die Klinge heraus und ging auf einem für den Tod nicht einsehbaren Weg davon. Den Stein steckte sie lächelnd in die Tasche. Und noch während der schwer getroffene Tod voller Verbitterung und im Gefühl, betrogen worden zu sein, auf der Kreuzung lag, fasste er einen Entschluss. Sollten die Frau und ihre Lieben sich doch erst einmal sicher fühlen – so lange, bis alle die Macht des Handels dieser Frau vergaßen und alles, was sie übersehen hatte.

KAPITEL 1

Friedhöfe hatte ich schon immer etwas seltsam gefunden – sie gaben den Toten ein Zuhause, aber die Toten brauchten das gar nicht. Die Toten brauchten überhaupt nichts. Die bloße Existenz von Gräbern, von Särgen erschien mir wie ein einziges Rätsel. Was wurde für die Verstorbenen hergerichtet, aber spendete nur den Lebenden Trost? Eine mit Seide ausgeschlagene Kiste. So würde es wohl einer der Evers formulieren. Auch wenn ich mich ganz sicher nicht mit denen einlassen wollte, war es schwer, die Macht hinter ihren Worten nicht zu respektieren.

Vielleicht fühlte ich mich auch wegen der Unmengen an Beifuß zu den stillen Gräbern hingezogen. Das war jedenfalls deutlich wahrscheinlicher.

Ich hockte neben dem nächstbesten halb zerfallenen Grabstein und bohrte die Finger in die weiche Erde. Beim Entwurzeln der salbeigrünen Pflanze achtete ich auf die winzigen, weißen Härchen, die die Blätter bedeckten. Dann steckte ich den Beifuß in den überquellenden Jutesack, der an meiner Hüfte baumelte, stand auf und wischte mir die Hände am Stoff meiner eng sitzenden Hose ab. Die meisten Damen im heiratsfähigen Alter bevorzugten Satinröcke und tiefe Halsausschnitte, üppige Rüschen und eleganten Spitzenbesatz.

Wäre ich von anderem Stand gewesen, hätte ich es vielleicht auch so gemacht. Ich hatte nichts gegen die kunstvolle Konstruktion aus Walknochen und Bändern. Aber so oft, wie ich im Dreck wühlte, wäre der regelmäßige Rockwechsel, nur um stets präsentabel zu sein, schon eine ermüdende Angelegenheit.

Außerdem hatten diese Damen Familien und die nötigen Mittel, um an trägen Nachmittagen bei Klatsch und Tratsch am Tee zu nippen. Für mich galt das nicht. Ich würde wahrscheinlich bis ans Ende meiner Tage die Erde durchwühlen und wohl auch mein Grab noch selbst ausheben. Und dennoch schien dieses Schicksal reizvoller als die Alternative: für die Chance auf eine Heirat, die mich vor meiner Arbeit »retten« würde, Zeit mit der Elite von Willowfell zu verbringen.

Dann arbeitete ich lieber selbst für meinen Lebensunterhalt als an einer aus Sicht anderer »geziemenden« Version meiner selbst.

Flussbirken kletterten an der moosbedeckten Steinmauer empor, die den Friedhof einfasste. Für einen Moment verweilte ich noch in ihrem Schatten, bevor ich den Weg zur üppigen Blumenwiese einschlug. Der Duft nach frischer Wäsche lag in der Frühlingsluft, da die Städter den wolkenlosen Himmel ausnutzten, um feuchte Laken und Kleider aufzuhängen. Ich warf einen prüfenden Blick auf die Nachmittagssonne. Schon in wenigen Stunden würden meine Brüder aus den nahen Minen zurückkehren, und ich brannte darauf, für den morgigen Markt einige Stärkungsmittel zu brauen, bevor die beiden die Küche besetzten.

Der Weg rechts um einen kleinen Hügel führte mich direkt auf die erste Gruppe von Häusern zu, die den Rand von Willowfell markierten. Im Wesentlichen sahen die malerischen Häuser in den Außenbezirken der Stadt alle gleich aus – ihre perlfarbenen Ziegel waren aus den Steinen hergestellt, die sich am Fuß des nächstgelegenen Berges fanden, und die Walmdächer fügten sich mit ihrer dunklen Efeuschattierung in den Baldachin aus Blättern um sie herum ein. Aber die ungewöhnlichste Sitte in Willowfell war wohl die Gestaltung der Eingangstüren.

Traditionell dekorierten die jeweiligen Familien sie so, wie es ihnen passend erschien. Die Tür der Shatterlends zierte das meisterhafte Mosaik einer romantischen Umarmung. Lazlo und sein Ehemann hatten sich für einen runden Eingang mit Halbmondfenstern entschieden, die in das üppige Holz eingelassen waren. Die Tür der Hafters war bedeckt mit eisernen Griffen.

Doch unsere Tür war mir die liebste. Die Fassade selbst war schlicht, der Rahmen das genaue Gegenteil. Selbst jetzt, als ich an den Häusern unserer Nachbarn vorbeiging und mich schließlich vor dem Werk meines Vaters wiederfand, musste ich einfach die kunstvollen Details bestaunen. Er hatte den am Boden liegenden Ast einer nahen Esche mitgenommen und daraus einen Bogen aus ineinander verwobenen Rosen und Ranken geschnitzt. Wochenlang hatte mein Vater die Blumen studiert, um jedes noch so kleine Merkmal einzufangen. Die dünnen Adern in den Blättern. Die unebenen Fältchen in den Blüten. Blühende Knospen. Geschlossene Knospen. Dornen verschiedener Größen, aber immer spitz. Allem gab er den perfekten Feinschliff, nur einfärben wollte er das Ergebnis auf keinen Fall. Für ihn gab es nichts Schöneres als die Geschichte, die die Nuancen in der Maserung des Holzes erzählten.

Als ich sachte über ein Blütenblatt neben der Bronzeklinke strich, versetzte das meinem Herzen einen Stich. Es war ein festes Begrüßungsritual für meinen Vater, wann immer ich heimkehrte. Meine Mutter trug ich immer bei mir. Instinktiv wanderte meine Hand zu meiner Hosentasche, ich tastete nach den Konturen des kleinen Lederfetzens. Im Umgang mit der Nadel war meine Mutter eine wahre Meisterin gewesen. Oft hatte sie Muster in unsere Kleider gestickt und aus Stoffresten kleine Spielzeuge für uns genäht.

Der Tod meiner Eltern lag schon ein paar Jahre zurück und ich vermisste sie noch immer so sehr, dass es wehtat.

Kaum war ich in der Küche, legte ich meine Tasche auf den höckrigen, abgenutzten Holztisch und fischte einen schweren Topf aus dem Unterschrank. Nachdem ich ihn mit Wasser gefüllt hatte, heizte ich den gusseisernen Herd an. Die Hitze entstieg ihm in einer schläfrigen Blase und brachte den Raum binnen Minuten fast zum Kochen. Ich band mein rabenschwarzes Haar zu einem Dutt hoch, damit mir die Strähnen nicht am Hals klebten.

Mit geübten Bewegungen öffnete ich den Beutel und machte mich ans Kräutersortieren. Da erstarrte meine Hand. Etwas Goldenes blitzte zwischen den gedämpften Grün- und Brauntönen auf. Zuerst dachte ich, ich hätte bei meinem Streifzug eine Münze erwischt, aber der Gegenstand war kleiner als unsere Währung und noch brillanter in seinem metallischen Schimmer. Stirnrunzelnd beugte ich mich näher herab, und der Gegenstand – das Insekt – setzte sich in Bewegung.

Käfer. Meine Lippen zuckten, als die Kreatur über meine Fingerknöchel huschte. Die Ränder der Außenhaut waren durchsichtig und zwei weiche Fühler zuckten, als der Käfer mich betrachtete. Im Bemühen, das Geschöpf nicht allzu heftig durchzuschütteln, bewegte ich mich vorsichtig zum offenen Fenster und ließ es auf den Sims kriechen. Augenscheinlich flugbereit, streckte das Tier die Flügel aus. Dann hielt es inne.

»Es ist alles in Ordnung«, murmelte ich. »Lass dir Zeit.«

Im selben Augenblick erklang von der Vordertür ein zögerliches Klopfen. »Ms Brillwyn? Seid Ihr zu Hause?«

Ms? Ich unterdrückte ein Kichern. Wohl eines der Kinder, das hoffte, mit einem Hauch von Respekt meine Gunst zu gewinnen. Ich war erst fünfundzwanzig und auf eine formelle Anrede hatte ich nun wirklich noch nie großen Wert gelegt. Solche Dinge interessierten nur die Ältesten – oder jene, die hofften, zu Säulen unserer stillen Gesellschaft zu werden. Lächerlich. Ich rieb mir die Hände und ging quer durch die Küche in die kleine Diele, vorbei an der abgenutzten Treppe, die sich zu den Schlafzimmern emporschlängelte. Als ich die Tür öffnete, schaute ein Junge mit trüben, rot geränderten Augen zu mir auf. Er atmete schwer durch die geöffneten, rissigen Lippen.

Dabei war er darauf bedacht, nicht zu tief durchzuatmen, während er sich mit einer Hand vorsichtig die Nase zuhielt.

Seufzend schob ich die Tür ein Stück weiter auf und lehnte mich an den Rahmen. »Toman, warum überrascht mich das nicht?« Mir war in ganz Glaes niemals jemand begegnet, der sich so oft verletzte wie er, und unser Land war ziemlich groß.

»Hallo, Ms Brillwyn.« Seine belegte Stimme zitterte unter dem leisen Wimmern eines Kindes, das hoffte, einer Strafpredigt zu entgehen.

»Ich heiße einfach nur Edira. Das weißt du.« Mit schräg gelegtem Kopf versuchte ich, einen Blick auf die Verletzung zu erhaschen, die er verbarg. »Was ist passiert?«

»Ellbogen ins Gesicht«, murmelte er. Über seinen Kopf hinweg erspähte ich einen achtlos herumliegenden, schmutzigen Ball, der am Rand meines Gartens auf den Jungen wartete. Zweifellos hatte das Kind ein wildes Spiel mit seinen Brüdern bestritten und war hier gelandet, statt sich bei seiner Mutter einen Haufen Ärger einzuhandeln.

Ich trat beiseite und deutete Richtung Küche. »Na dann komm.«

»Danke«, sagte er, während er mühelos den Weg zu meinem Tisch fand und sich auf einen der stabilen Stühle sinken ließ. In diesem Moment hätte er im Prinzip auch seinen Besitzanspruch auf den Stuhl geltend machen können. Ich hatte dem Jungen und seinen Geschwistern häufiger geholfen, als ich zählen konnte – und immer kostenlos. Was wahrscheinlich der *wahre* Grund war, warum sie immer hier auftauchten. Denn zumindest schlau war Mrs Marlow definitiv. Eigentlich hätte ich ihre Söhne allesamt zurückweisen sollen, aber die Vorstellung, die Kinder für den Snobismus ihrer Mutter zur Rechenschaft zu ziehen, missfiel mir. Das galt zumindest, solange sie nicht selbst entsprechende Anzeichen zeigten. Dann würde ich ihre großspurigen Bemerkungen ebenfalls ignorieren.

Ich zog einen der gegenüberstehenden Stühle über den knarrenden Boden und setzte mich Toman direkt gegenüber. »Lass mal sehen.«

Er zögerte, seine karamellfarbenen Augen voller Schmerz. Dann zog er langsam die Hand weg und gab den Blick auf eine verformte Nase frei, um deren Nasenlöcher herum verkrustetes Blut klebte. Ich zog die Brauen bis zum Anschlag hoch.

»Weiß deine Mutter davon?«

Er wurde blass. »Werdet Ihr es ihr erzählen?«

»Sie wird es so oder so herausfinden.« Mit spitzen Fingern umfasste ich sein schmuddeliges Gesicht und inspizierte die Verletzung. Der merkwürdige Winkel, die frischen, schweren Prellungen und die blockierte Atmung waren eindeutig. Gebrochen. Ein Kribbeln breitete sich von meiner Brust aus und wanderte bis in meine Finger. Ich biss die Zähne zusammen, um mich gegen das stille Aufbranden der Magie zu wappnen, die gerade meine Adern durchflutete.

Unvermittelt kam mir eine Erinnerung an Nohr in den Sinn, dessen zerquetschtes Bein ich erst vor wenigen Jahren so in Händen gehalten hatte. Er war mit gespaltenem Oberschenkelknochen aus den Minen nach Hause gekommen, nachdem loser Schutt ihn auf dem Boden eingequetscht hatte, bis Noam ihn hatte ausgraben können. Nohr war bereits bewusstlos gewesen, als Noam ihn zu uns nach Hause geschleppt und in der Diele nach mir geschrien hatte.

Am Threadmending führte damals kein Weg vorbei. Nohr hätte nie wieder arbeiten können, wenn ich ihn nicht geheilt hätte. Er hätte sterben können. Meine Macht zu nutzen, war für mich so selbstverständlich wie das Atmen gewesen. Ich hatte beobachtet, wie sich seine Lebensfäden langsam vor meinen Augen entfalteten, hatte gesucht, bis ich die zerfetzten Fasern fand, die mit der verheerenden Verletzung seines Beins verbunden waren.

Und dann hatte ich alles, was in meiner Macht stand, genutzt, um sie wieder zusammenzuflicken.

Natürlich hatte das seinen Preis gehabt. Meine Magie hatte immer einen Preis. Für jedes Gebrechen, das ich heilte, für jeden Lebensfaden, den ich wiederherstellte, opferte ich etwas von mir selbst und verkürzte damit meine Lebenszeit. Außerdem spürte ich, wenn auch in geringerem Maße, die körperlichen Auswirkungen der Verletzung oder der Krankheit am eigenen Leib.

Nohrs furchtbarer Schmerz war sofort zu meinem geworden und ein regelrechtes Feuer hatte in den Knochen meines linken Beins gewütet. Mir waren die Tränen in die Augen geschossen. Hitze brannte auf meiner Haut und machte mich wehrlos. Bei jedem Ausatmen durchfuhr mich ein scharfer Schmerz. Bedeckt von einer leichten Schweißschicht, war ich ein zitterndes Wrack. Als ich schließlich meine Arbeit beendet hatte, brach ich neben meinem Bruder zusammen und ließ die Magie verblassen. Auch ich ergab mich der Bewusstlosigkeit.

Es war unmöglich, genau zu sagen, wie viel ich von meinem Leben geopfert hatte, um Nohrs Bein zu retten. Threadmender konnten ihre eigenen Fäden nicht sehen. Warum das so war, wusste ich nicht. Meiner Tante, Threadmender wie ich, ging es da nicht anders. Aber sie vermutete, dass der Preis in einem Verhältnis zum Umfang stand. Geringfügige Krankheiten und triviale Brüche? Vielleicht ein paar Wochen. Schwerwiegende Brüche wie Nohrs Bein? Mindestens mehrere Monate.

Ich wagte nie, sie zu fragen, wie viel von ihrem Leben sie geopfert haben mochte, um meine Mutter von einer Winterkrankheit zu heilen, die sich viel zu lange in der Lunge festgesetzt hatte. Einer Krankheit, wegen der die Städter meiner Familie partout aus dem Weg gegangen waren. Allenfalls äußerten sie noch ihre Anteilnahme, wenn sie einem von uns begegneten. Ich war noch jung gewesen, als es passiert war. Trotzdem erinnerte ich mich immer noch an ihre Weigerung, uns in die Augen zu sehen. Als könnten sie mit dem fehlenden Blickkontakt unseren Schmerz einfach ausblenden.

Aber was Tomans Nase betraf … ich zwang mich zurück in die Gegenwart, zu dem harmlosen Leiden, mit dem ich es zu tun hatte. Threadmending würde ich bei ihm nicht einsetzen. Das war es nicht wert. Dennoch erkannte meine Macht Tomans Not und erwachte zum Leben. Ich war komplett erfüllt von einer fast unerträglichen, kribbelnden Wärme. Glücklicherweise hatte Toman keine Ahnung von meiner Magie. Und ich musste dafür sorgen, dass es so blieb.

»Könnt Ihr es heilen?«, murmelte er.

»Vielleicht sollte ich es so lassen, wie es ist, und dir eine Lektion erteilen.« Ich nahm die Hände von seinem Gesicht und spielte stattdessen mit einem Lavendelzweig, um mir eine Chance zu geben, den nagenden Sog meiner Magie im Keim zu ersticken. »Mal ganz abgesehen davon, dass es dir etwas von diesem rauen Charme verleihen würde, der angeblich sehr attraktiv ist.«

»Edira«, jammerte er und zog meinen Namen in die Länge. Für einen Moment schaute Toman mir forschend ins Gesicht. Sein Blick verweilte kurz auf meinem Haar, bevor er weiterwanderte. Mir stockte der Atem, und ich widerstand dem Drang, nach den Strähnen zu greifen, die meine Wangen umspielten. Ich hatte die Haare erst vor einer Woche gefärbt. Eine Welle der Furcht durchströmte meinen Körper, aber ich weigerte mich, sie zur Kenntnis zu nehmen. Ich war in Sicherheit. Niemand in der Stadt wusste etwas.

»Ja, ich kann es heilen.«

»Wird es wehtun?« Schmerzliche Furcht nagte an seinen Stimmbändern. Dieses winzige Wimmern war wie eine königliche Doktrin, der zu folgen ich verpflichtet war, und ich seufzte. Bei meinem Mangel an Selbstbeherrschung würde ich irgendwann mit leeren Taschen dastehen, wenn ich weiter meine Dienste kostenlos anbot.

Natürlich war das besser, als wegen des Einsatzes von Threadmending mit einem Fuß im Grab zu stehen. Ich spielte ein wenig mit den Händen und kämpfte gegen das fortwährende Kribbeln in den Fingerspitzen an. Vollständig verschwand es nicht – und das würde es auch nicht tun, bis Tomans Verletzung geheilt war oder er nicht länger mit mir an einem Ort war. Immerhin wurde es so schwach, dass ich mich konzentrieren konnte.

»Nur ein wenig. Versprochen.« Mit diesen Worten erhob ich mich und ging zu einem der offenen Regale, die die Wände meiner Küche säumten. Die eigenhändig beschrifteten Krüge und Phiolen klimperten ein leises Hallo, als meine Finger sie durchstöberten. Ein kurzes Suchen und ich griff nach einem kleinen verkorkten Behälter und einer Phiole mit milchig weißer Flüssigkeit: heilender Balsam und betäubendes Serum.

Noch ehe Toman zurückzucken konnte, hatte ich seinen Kopf nach hinten gedrückt und mit einer Pipette das Serum in seine Nasenlöcher fließen lassen. Das Betäubungsmittel wirkte schnell, und sein Gesicht entspannte sich, als der Schmerz aus seinen Zügen wich. Ein erleichtertes Lächeln umspielte seine Lippen.

»Jetzt muss ich die Nase richten.« Ich setzte mich wieder auf meinen Stuhl. »Bist du bereit?«

»Ja«, sagte Toman. Meine gesamte Aufmerksamkeit galt nun wieder ihm.

»In Ordnung. Schließ die Augen.«

Zur Beruhigung atmete ich tief durch und schob alle Gedanken des Tages beiseite: die Geräusche, die Gerüche, das klebrige Hitzegefühl, das aus dem gusseisernen Ofen in meinem Rücken schlug. Ich fixierte nur Tomans verformte Nase. Wieder rief meine Macht nach mir. Flehte mich an, die Fäden seines Lebens zu studieren, um die ausgefransten Ränder zu finden, die es zu reparieren galt, und sie zusammenzunähen. Aber ich schob den Impuls beiseite und konzentrierte mich stattdessen auf die praktische Heilkunst.

Ich legte die Hände an sein Gesicht und drückte ihm die Daumen von beiden Seiten gegen die Nase, um den Bruch zu korrigieren. Toman stieß ein gequältes Ächzen aus – nicht annähernd so schlimm, wie es ohne den Einsatz des Serums gewesen wäre –, während ich den Knochen richtete. Dann war es vollbracht.

»Bitte schön.«

Vorsichtig befühlte Toman die frisch gerichtete Nase. »Wie sieht es aus?«

Ich schenkte ihm ein warmes Lächeln. »Auch wenn ich Verehrer in meinem Alter bevorzuge, finde ich dein Aussehen ziemlich umwerfend.«

Jungenhafter Charme legte sich auf seine Züge. »Danke, Edira. Du bist die Beste.«

»Ich weiß. Hier.« Ich reichte ihm den Heilbalsam und beobachtete, wie er den Deckel öffnete, um die schwere, cremige Mixtur zu inspizieren. »Trag das jeden Abend auf. Das beschleunigt den Heilungsprozess und lindert die noch vorhandenen Schmerzen. In ein paar Tagen ist alles wieder in Ordnung, aber bis dahin lass es ruhig angehen. Verstanden?«

»Geht klar!« Breit grinsend hüpfte er Richtung Tür. Er war bereits ein ganzes Stück den Gehweg hinunter, als er sich umdrehte, um mir zum Abschied zuzuwinken. Seufzend erwiderte ich die Geste. Er hatte sich nicht einmal die Mühe gemacht, sich das Blut vom Gesicht zu wischen.

So sorglos zu sein. Ich schüttelte den Kopf und mein Haar streifte die Wange. Ein vertrautes Aufflackern von Unbehagen rumorte in meinem Magen und diesmal gestattete ich mir, nach der losen Strähne zu greifen. Immer noch schwarz. Ich rieb die Locke zwischen Zeigefinger und Daumen und quittierte den Anblick der dunklen Schicht, die auf meiner Haut zurückblieb, mit einem Stirnrunzeln. Ich musste eine neue Portion Farbe mischen, um mein verräterisches, mondhelles Haar zu verstecken. Sollte auch nur das kleinste Gerücht über meine Macht in der Stadt die Runde machen, würden die Evers bei mir vor der Tür stehen. Genauso wie meine Tante würde ich verschwinden, fortgeholt von denFerngloves, um die Götter wissen was zu heilen, und das sollte wohl so lange fortdauern, bis sie das Zeitliche segnete, weil sie so viele ihrer eigenen Fäden verschwendet hatte.

Ich schluckte schwer und ging in die Küche, um mich ans Werk zu machen. Halb galt meine Konzentration den Heilmitteln, halb dem Gebräu für die Farbe. Aus dem Nachmittag wurde schnell

Abend, während ich Blätter zerriss, Halme malte und über der brodelnden Hitze unseres Herds Tinkturen braute. Irgendwann unterbrach ich mein Tun kurz, um eine der Öllampen zu entzünden, die an der Wand hingen. Ihr dunkel orangefarbenes Licht spiegelte sich auf der breiigen Oberfläche der abkühlenden grauschwarzen Farbe. In meinem Zimmer schlüpfte ich in ein dünnes Nachthemd voller tintenschwarzer Flecken und kehrte dann in die Küche zurück.

Darauf bedacht, nichts zu verschütten, hielt ich den Kopf über den riesigen Topf und tauchte mein Haar in die zähe Flüssigkeit. Zum Glück war noch so viel Restfarbe vom letzten Mal im Haar, dass ich wohl innerhalb einer Stunde ein gutes Ergebnis erzielen würde. Besser, als darauf zu warten, dass die Farbe ganz verblasste. Dann müsste ich mich einen Tag zurückziehen, damit die Städter mich nicht auf frischer Tat ertappten. Auf diese Weise hatte das schon meine Tante gemacht. Sie hatte mich die Routine früh gelehrt, um mir zu helfen, meine Macht zu verbergen. Nicht alle in meiner Familie wurden mit der Macht des Threadmendings geboren, aber es waren genug von uns damit gesegnet – oder eigentlich verflucht –, sodass eine Reihe bewährter Methoden über die Jahre hinweg weitergegeben worden war.

Eine entsetzlich nervige Prozedur, gelinde gesagt, aber eine notwendige Vorsichtsmaßnahme. Grauschwarze Locken waren dem Tod vorzuziehen. Ich war nicht so eitel wie einige meiner zimperlichen Nachbarn – den Göttern sei Dank.

Zufrieden mit der dicken Matschschicht, die jetzt an meinem Haar klebte, drehte ich die Locken zu einem festen Dutt zusammen. Das schnell eintrocknende Färbemittel bildete eine verkrustete, unbequeme Haube der übelsten Art und ich kehrte zu meinen Heilmitteln zurück. Während ich Phiolen zählte und Kräuter sortierte, stöhnte ich entnervt. Wenn ich genug Mehl und frisches Fleisch für die Woche kaufen wollte, musste ich mindestens ein Dutzend weitere Tinkturen produzieren und verkaufen. Anderenfalls müssten wir unsere Vorräte an getrocknetem Wildbret anbrechen, um über die Runden zu kommen. Bevor ich mit dem Brauen einer weiteren Tinktur beginnen konnte, hallte ein schwerer Glockenklang durch die stille Abendluft. Die Schicht der Minenarbeiter war zu Ende.

Ich löste den Blick von der stetig wachsenden Anzahl an Töpfen, die sich hoch um mich herum auftürmten, und sah aus dem offenen Fenster. Der freigelassene goldene Käfer war unauffindbar und die ersten Sterne bedachten mich mit ihrem Funkeln. Schon bald sollten Noam und Nohr zu Hause sein. Dann würden sie die Küche in Beschlag nehmen, um das Abendessen zuzubereiten. Sie hatten das Kochen freiwillig übernommen, um mir ein wenig Zeit abseits des Herds zu gewähren.

Ich trommelte mit den Fingern auf dem Holztresen, als ich aus dem Fenster starrte, um herauszufinden, ob sie bereits den Pfad zu unserem Haus hinaufliefen. Noch nicht. Seufzend machte ich mich daran, alle Schalen zu reinigen, die ich reinigen konnte. Willowfell hatte zwei Minen, die sich in den Berg schmiegten – eine für Saphire und eine für Granate. Wer nicht über ein beträchtliches Erbe oder eine Ausbildung verfügte, musste zwangsläufig in den kühlen Tiefen der Minen schuften, und somit hatten meine Brüder niemals die Chance gehabt, etwas anderes zu tun. Sie arbeiteten schon, seit sie körperlich in der Lage waren, eine Spitzhacke zu halten, nur um uns beim Überleben zu helfen. Die Arbeit war nicht leicht. Oder sicher.

Natürlich würde sich alles ändern, wenn sie das Glück hatten, ein Ever-Juwel auszugraben.

Ein lautes Ächzen erklang, dann krachte die wild aufschwingende Tür gegen die Wand. Ich verdrehte die Augen. Unser Vater musste eine prophetische Gabe besessen haben, als er seine Kreativität an einem kunstvollen Bogen ausgelebt hatte und nicht an der Tür selbst.

»Irgendwelche Ever-Juwelen heute?«, rief ich, ohne auch nur den Blick zu heben. So begrüßte ich Noam und Nohr jedes Mal, wenn sie von der Arbeit zurückkamen – ein Ritual, das immer mit Schweigen und frustriertem Stöhnen quittiert wurde.

Die Steine waren rar und bei den Evers heiß begehrt. Zu meinen Lebzeiten hatten zwei Arbeiter das Glück gehabt, ein Ever-Juwel zu finden. Beide Male hatte einer derErngloves – Evers, die am Stadtrand lebten und Besitzer der Minen waren – das Herrenhaus verlassen, um den betreffenden Arbeiter persönlich reich zu belohnen. In jeder bedeutenden Stadt in ganz Glaes, ob groß, ob klein, gab es mindestens eine Ever-Familie, die über das Gebiet herrschte. Die Ferngloves kamen nur selten nach Willowfell, aber wenn sie es taten, warfen sich stets alle eilfertig zu Füßen der Unsterblichen in den Staub.

Alle bis auf mich. Eine Entdeckung konnte ich nicht riskieren. Nicht ausgerechnet durch diejenigen, die ich schon lange verdächtigte, für das Verschwinden meiner Tante verantwortlich zu sein. Sie war nicht der einzige Threadmender, der in den letzten Jahren wie vom Erdboden verschluckt worden war. Dank der reisenden Kaufleute, die durch unser Land zogen und dabei Tratsch und Klatsch zum Besten gaben, hatten sich überall in Glaes Gerüchte verbreitet. Die meisten Städter sahen darin lediglich eine Kuriosität, aber ich erkannte, was sie nicht wahrhaben wollten: Threadmender verschwanden nur dort, wo Evers herrschten.

»Edira!«, rief Nohr und lenkte meine Aufmerksamkeit auf sich. Im Umdrehen sah ich meine Brüder durch den Eingangsbereich stolpern. Zwischen sich trugen sie schlaff wie eine durchhängende Wäscheleine einen jungen Mann. Vorsichtig legten sie ihn auf unser zerschlissenes Sofa.

»Was ist passiert?« Ich eilte zu ihnen hinüber und wischte mir die Hände am Nachthemd ab, um die letzten Spuren meiner Arbeit abzustreifen.

Noam und Nohr wechselten stumm einen Blick. Ihre teakholzfarbenen Augen glichen einander bis ins kleinste Detail. Beide Brüder hatten einen identischen Körperbau, schlank wie Jungen, kurz bevor sie zu Männern heranreiften, und ihre Arbeit in den Minen drohte sie viel zu schnell ins Erwachsenendasein zu katapultieren. Sie waren siebzehn und hatten schon jetzt so viel ertragen.

»Ist das Alec?«

Nohr strich sich mit der Hand durch sein kurz geschorenes, braunes Haar. Eine Staubwolke wirbelte über seinem Kopf. »Ja.«

»Er ist einfach zusammengebrochen«, murmelte Noam.

Ich schaute genauer hin. Unter dem verkrusteten Dreck und dem Ruß war Alec kaum wiederzuerkennen. Ein Schweißfilm überzog seinen Haaransatz und verwandelte den Schmutz auf seiner Haut in feuchten Schlamm. Mit einem erstickten Stöhnen bewegte er sich rastlos auf dem Sofa. Ich zog die Brauen zusammen, während ich seine zitternde Gestalt untersuchte. Irgendetwas stimmte nicht und der Sog meiner Magie erwachte sofort flackernd zum Leben. Wärme strömte durch meine Glieder und doch konnte ich nichts erkennen. Keine sichtbaren Verletzungen, keine gebrochenen Knochen oder blutenden Wunden. Ich eilte zu dem Topf in der Küche, befeuchtete ein Tuch mit übrig gebliebenem Wasser und kehrte schnell zurück, um die Schmutzschicht wegzuwaschen, die an Alecs Gesicht klebte.

Als ich endlich einen Blick auf seine Haut erhaschte, ließ ich den Lappen fallen.

»Ihr habt ihn *hierher* gebracht? Was habt ihr euch nur gedacht?« Ich konnte den Blick nicht von Alecs teigigen Wangen abwenden. Blasen krochen vom Kinn zur Stirn. Mehrere waren bereits aufgeplatzt und gaben den Blick frei auf eine widerwärtige Zurschaustellung von schwarzem Schimmel und blasigem, gelbem Schaum. Die Ränder jeder Läsion waren faulig und braun wie Blätter, die in Gegenwart des Winters verwelkten. Mir drehte sich der Magen um. Ein ekelhafter Gestank von verwesendem Fleisch und saurem Mulch ging von seiner Haut aus, und ich schluckte kräftig, um ein Würgen zu unterdrücken.

Nohr wurde blass. »Wir haben nicht … ich habe nicht …«

Ich machte einen Satz weg vom Sofa, stellte meine Brüder nebeneinander und untersuchte jeden Zentimeter ihrer stocksteifen

Gestalten. Der strapazierfähige Stoff ihrer Arbeitshosen war noch intakt und sorgfältig in die Lederstiefel geschoben. Die langärmeligen Hemden bestanden zwar eher aus Schmutz als aus Baumwolle, aber glücklicherweise hatten sie keinerlei Risse. Dann zog ich die Hände der beiden zu mir heran und inspizierte die Handschuhe. Sie waren abgenutzt und bedurften dringend eines erneuerten Witterungsschutzes, aber auch hier, alles intakt. Die aufbrandende Sorge in meiner Brust ebbte ein wenig ab.

Verseuchtes Land breitete sich mehr und mehr auf die Bereiche rund um die Minen aus, aber die Erkrankung wurde nicht über die Luft übertragen. Bei einem weiteren Blick auf Alec entdeckte ich eine kleine Schnittwunde dort, wo die Kehle auf den Kiefer traf. Meist war nicht die Klinge das eigentliche Risiko bei der Rasur. Es bedurfte lediglich eines Hauchs der Seuche direkt ins Blut.

»Wir wussten nicht, dass es die Seuche ist. Wir dachten einfach, er hätte sich irgendwie verletzt«, brachte Noam schließlich heraus. Dicke Tränen zogen Pfade durch den Dreck auf seinem Gesicht und ich wandte den Blick ab.

»Ich kann ihm nicht helfen«, murmelte ich leise, aber Noam zuckte zusammen, als hätte ich laut genug geschrien, um seine Trommelfelle zu zerreißen.

»Du kannst es versuchen.«

Ich rieb mir die Nase. »Ich kann nichts tun. Es gibt keine Medizin, die dieses Leiden heilen kann.«

»Keine Medizin, aber vielleicht etwas Anderes.« Noam mied meinen Blick. Mir lief es eiskalt den Rücken herunter, ein direkter Kontrast zu der aufsteigenden Hitze, die mir durch die Fingerspitzen strömte.

»Nein.« Ich schaute zu den offenen Fenstern. Das helle Gelächter der Kinder, die draußen auf den Feldern spielten, wurde von der Brise hereingetragen. Es waren immer noch Städter unterwegs. Wenn sie mich sahen …

Nohr folgte meinem bangen Blick und wurde jäh aktiv, verriegelte schnell die Fenster und zog die Vorhänge fest zu. Als seien alle meine Probleme gelöst, wenn sichergestellt war, dass niemand meine Macht bezeugte. Natürlich wollte ich nicht entdeckt werden, denn das bedeutete, dass irgendein Speichellecker unter den Nachbarn – im Zweifelsfall einer der Ältesten, der unbedingt noch weiter in der Gunst der Evers steigen wollte – die Ferngloves auf meine Existenz aufmerksam machte.

Ein Anflug von Ärger erfasste mich. Meine Brüder kannten den Preis meiner Magie. Und trotzdem wollten sie, dass ich es versuchte. Dass ich einige Jahre meines Lebens für jemanden opferte, der den morgigen Tag nicht überleben würde.

»Es geht nicht nur darum, beobachtet zu werden. Das wisst ihr«, zischte ich.

Plötzlich schoss Alec auf dem Sofa hoch und richtete den Blick willkürlich in die Ferne. Und dann lachte er. Kein normales Lachen … nicht das angenehme warme Brummen aus dem Inneren seiner Brust. Vielmehr ein wahnsinniges Lachen, das aus den Tiefen eines umwölkten Geistes emporschäumte. Durchdrungen von Krankheit. Seine Augen verdrehten sich gen Himmel und zeigten der Welt das Weiße in ihnen. Alec knirschte mit den Zähnen. Das leise Spritzen, als ein Eckzahn die Zunge durchstieß, verursachte mir am ganzen Körper eine Gänsehaut.

»Edira«, sagte Nohr, während Noam scharf die Luft einsog. »Bitte. Er ist unser Freund.«

»Und ich bin eure *Schwester.*« Meine Kehle bebte, während ich Alec anstarrte. »Ich würde nur riskieren, mir selbst zu schaden.«

Meine Brüder senkten einmütig den Blick. Noch bevor ich Atem holen konnte, stieß Alec einen gequälten Schrei aus und begann unkontrolliert zu zittern. Seine Hände flogen über Kreuz zu den Armen. Mit den Fingern kratzte er sich durch den rauen Stoff seines Hemdes.

»Alec, wir sind hier.« Noam kniete sich neben ihn, bedacht darauf, ihn nicht zu berühren und gleichzeitig in seiner Nähe zu bleiben.

Alec wandte sich Noam zu, und seine trüben Augen suchten nach etwas, das ihn in unserer Welt verankerte. Immer wieder verrenkte er den Hals in die unmöglichsten Richtungen, bis er mich erspähte. Er kam zur Ruhe, während ein freudiges Lächeln seine Lippen umspielte. »Ich sehe sie. Ich kann sie wirklich sehen. Sie steht dort drüben und sie hat das breiteste Grinsen, das ich je gesehen habe. Annabelle.«

»Seine Schwester. Sie ist letztes Jahr gestorben.« Nohr verzog das Gesicht.

»Er hat keine weitere Familie«, fügte Noam mit erschreckend sanfter Stimme hinzu.

Alec würde das hier nicht überleben. Einmal mehr schaute ich zu den zugezogenen Vorhängen. Wir waren vor der Außenwelt verborgen, und da Alec keine Verwandten mehr hatte, würde ihn niemand vermissen oder Fragen wegen seines Verschwindens stellen, niemand bis auf meine Brüder. Ich zwang mich, ruhig und tief zu atmen. Langsam ging ich um das Sofa herum. Alec ließ mich keine Sekunde aus den Augen. Er verfolgte jeden meiner Schritte, bis ich mich neben Noam hockte.

»Hallo, Alec.«

»Dir schießt Feuer aus den Fingerspitzen. Wie geht das? Du siehst nicht aus, als würdest du brennen. Kannst du näher kommen?« Seine Stimme wurde höher und die Worte brachen ab, während er völlig den Bezug zur Realität verlor. »Ich stecke in diesem Gletscher fest und die Hitze würde guttun.«

Kurz strich ich mit den Händen über seine Stirn und wischte die Schicht aus Schweiß und Dreck weg. Er stöhnte, als ich ihn ein wenig zur Seite schob, um mich auf die Sofakante zu setzen. Mein Hüftknochen war jetzt direkt neben seinem. Anders als meine Brüder war ich wegen einer möglichen Ansteckung unbesorgt. Das Einzige, das mich töten konnte, war ich selbst.

»Edira?« Noams leises Flehen war eine Waffe, die sich direkt in mein Herz bohrte. Meine Entschlossenheit geriet ins Wanken.

Keinem Threadmender war es je gelungen, die Seuche zu heilen. Mich eingeschlossen. Ich würde keine drastische Verkürzung meines Lebens riskieren, indem ich Alecs Leiden ohne jede Chance auf den gewünschten Erfolg zur Gänze in meine Adern ließ.

Alec sah mir fest in die Augen. »Ich höre meine Knochen brechen. Das sind riesige Splitter, die in meiner Haut gefangen sind, und ich muss sie rausholen.«

Mein Brustkorb hob und senkte sich heftig. Genau dieses Szenario hatte ich bereits mit meinen Eltern durchlebt. Und obwohl ich wusste, was am Ende passieren würde, brachte ich es nicht über mich, ihn zu ignorieren. »Ich werde sein Sterben lindern. Mehr kann ich nicht tun.«

Es würde mich wohl einige Fäden kosten, aber den Ausdruck in seinen Augen konnte ich einfach nicht ertragen. Genauso wenig wie die drückende Last der flehentlichen Bitten meiner Brüder.

Energie summte durch meinen Körper, als ich meiner Macht endlich – *endlich* – erlaubte, an die Oberfläche zu branden. Eine besänftigende Wärme strömte über die Haut hinweg. Auch ohne meine Augen zu sehen, wusste ich, dass meine normalerweise taubengrauen Iriden nun leuchtend wie der Vollmond in elfenbeinfarbenes Licht getaucht waren. Während die Umwelt verblasste, entfalteten sich Alecs Lebensfäden nur für meine Augen sichtbar um ihn herum.

Eigentlich hätten sie von einem prächtigen, strahlenden Grün sein sollen, voller Energie und Lebenskraft. Stattdessen drifteten Hunderte abgetrennter Fäden schlaff durch seine Aura, und von jedem Einzelnen tropfte schwarzer Teer. Hatte diese Masse einen Strang vollständig umhüllt, geschah etwas mit ihm, und was aussah wie ein verfaulter Zweig, zerfiel sodann zu Staub. Alles, was ich spüren konnte, war Schmerz. Furcht. Der echte Alec war irgendwo unter diesem Strudel aus Hysterie und Verzweiflung vergraben und nur ich konnte ihm ein wenig Erleichterung verschaffen.

Ich schluckte kurz und zwang die Magie, aus meinem Körper zu strömen. Hände und Finger waren umhüllt von Mondlicht.

Dann übergoss ich den Teer, der Alecs sterbende Fäden verklebte, mit meiner Macht, aber weder konnte ich die Überreste entfernen noch die ausgefransten Enden neu verweben. Trotzdem seufzte Alec. Meine besänftigende Energie flutete seinen Körper und beruhigte das Zittern, das seine Glieder schüttelte.

Mit einem sanften Lächeln auf den Lippen sah er mich an. »Threadmender.«

In meinen Ohren setzte ein leises Rauschen ein. »Ja.«

»Das wusste ich gar nicht«, sagte er. Er summte leise und sein Blick wanderte geistesabwesend zur Decke empor. Auch wenn es eh keine Rolle spielte, da er innerhalb von Minuten sterben würde, brachte Alecs Wissen um das Geheimnis meinen Puls zum Rasen. Ich beobachtete die sich ausbreitenden Blasen, die jetzt dampften, während die Seuche sein Fleisch und seine Knochen kochte. Zumindest hatte er keine Schmerzen mehr. Dafür würde ich später zahlen, aber das Flehen meiner Brüder und Alecs zitternde Gestalt hatten es mir unmöglich gemacht, ihn unter Qualen aus dem Leben scheiden zu lassen. Mit einem letzten Aufbranden von Macht ließ ich alle verfügbare Energie über ihm niedergehen. Das strahlende Mondlicht hüllte seine Gestalt jetzt vollständig ein. Langsam schloss Alec die Lider. Nach drei weiteren bebenden Atemzügen kamen seine Fäden plötzlich zum Stillstand und zerfielen zu Asche.

Ich drosselte meine Macht, befreite mich aus Alecs Griff und stand langsam auf, während die Welt unter meinen Füßen aus dem Gleichgewicht geriet. Die Auswirkungen der Milderung seines Sterbens trafen mich hart und schnell. Dabei hatte ich nicht einmal versucht, die Seuche zu heilen. Dennoch war ich Alecs Gebrechen nah gewesen, hatte an der Oberfläche der Krankheit gekratzt und meine Macht benutzt, um ihm Erleichterung zu schenken. Und jetzt würde ich leiden. Eine faulige Flüssigkeit flutete meine Zunge und ich taumelte zur Vordertür hinaus, um mich in das Beet aus Ackerwinden zu übergeben. *Alles tat weh.* Meine Knochen fühlten sich wie mehrfach gebrochen an und meine Lider kratzten wie die Drahtbürste, die ich in der Küche aufbewahrte. Nadelstiche traktierten meine Haut und ich bohrte die Finger Halt suchend in die weiche Erde. In meinem Inneren breitete sich eine unerträgliche Hitze aus, als würde jemand in meiner Magengrube ein Feuer schüren.

All das, nur um zu helfen. Wenn ich tatsächlich versucht hätte, ihn von der Seuche zu befreien …

Irgendwann schlang Nohr die Arme um meine zitternde Gestalt und trug mich hinein. Er hatte bereits mein Zimmer hergerichtet und die Bettdecke zurückgeschlagen. Jetzt ließ er mich auf das altmodische Eisenbett sinken und packte mich warm ein.

»Nohr.« Es war kaum mehr als ein Krächzen, vor meinen Augen tanzten schwarze Punkte.

Sorgenfalten durchzogen seine Stirn, als er sich zu mir hockte. »Wir hätten dich nicht darum bitten sollen. Es tut mir leid.«

Ich versuchte, den Kopf zu schütteln, brachte aber nur ein schwaches Zucken zustande. »Fasst ihn nicht an.«

Mit gesenktem Blick nickte er. »In Ordnung, Edira. Ruh dich einfach etwas aus.«

Das brauchte er mir nicht zweimal sagen.

KAPITEL 2

Mein Kopf hämmerte im Rhythmus meines Herzschlags, als ich es wagte, die Augen zu öffnen. In der Nacht hatte ich mich keinen Zentimeter bewegt, was anscheinend den Schmerz in meinen Muskeln nur noch verstärkt hatte. Hätte ich doch bloß vor dem Einschlafen einem meiner Brüder das Brauen einer heilenden Tinktur beigebracht, aber so umnebelt mein Gehirn jetzt noch sein mochte – vorher hatte es sich schlicht in Auflösung befunden.

Das letzte Mal zuvor, dass ich Threadmending eingesetzt hatte, war bei Nohrs Bein gewesen. Wiederum davor bei meinen Eltern. Ein Frösteln rieselte mir die Wirbelsäule hinab. Meine Eltern waren gleichzeitig erkrankt und beide binnen einer Stunde gestorben. Ich war erst dreizehn gewesen. Ich hatte alles versucht, um sie zu retten. Aber ohne meine Macht bis dahin jemals ernsthaft angewandt zu haben, konnte ich mir in ihrem Sterben nur die Köpfe der beiden auf den Schoß betten. Meine Eingeweide krampften sich zusammen und ich verdrängte die Erinnerung. Niemandem war damit geholfen, diese schreckliche Erfahrung noch einmal zu durchleben.

Stöhnend bewegte ich mich ein wenig im Bett und schob die Bettdecke beiseite. Meine Arme protestierten heftig, aber ich biss die Zähne zusammen, um mich gegen den Schmerz Richtung Decke zu recken und zu strecken. Ein starres Knistern machte sich auf meiner Kopfhaut bemerkbar und ich griff mir ins Haar. Ich hatte die Farbe nicht ausgewaschen und ein rascher Blick auf mein Kissen zeigte mir, dass ich diese Bettwäsche für immer ruiniert hatte. Zumindest war die Farbe im Haar eingezogen. Sobald ich dazu in der Lage war, würde ich sie ausspülen und die Färbeflüssigkeit irgendwo entsorgen, wo niemand sie sah. Danach ein Bad. Ich fragte mich allerdings, wie ich überhaupt eines einlassen sollte. Meine Zehen schrammten die kühlen Bodendielen und beim Aufstehen blieb mir die Luft weg. Zunächst drehte sich der Raum scheinbar um mich – immerhin so lange, dass mein Magen sich verkrampfte, aber auch nicht so nachhaltig, dass ich meinen geplanten Ausflug zum Markt absagen würde.

Mit langsamen, maßvollen Schritten verließ ich mein Zimmer und tappte nach unten in die Küche, wo Noam und Nohr bereits am Herd beschäftigt waren. Meine Kräuter hingen nun sortiert und zusammengebunden an einer Reihe hölzerner Dübel an der gegenüberliegenden Wand neben meiner Sammlung von Heilmitteln. Das Chaos, das ich hinterlassen hatte, war verschwunden und durch funkelnd saubere Schalen ersetzt worden, die vor dem offenen Fenster trockneten. In der Bratpfanne brutzelten Eier, während Kaffee – frischer Kaffee – in einer Karaffe mitten auf dem Tisch stand.

Nie hatte ich meine Brüder mehr geliebt. Gerade als ich sie das wissen lassen wollte, meldete sich ein kribbelndes Warnsignal in meinem Hinterkopf, und eine Gänsehaut legte sich auf meine Arme. In der Erwartung eines verfaulenden Leichnams zwischen den Kissen wandte ich mich zum Sofa um.

Doch nichts dergleichen fand ich vor.

»Ich habe euch verboten, ihn anzufassen«, sagte ich, meine Worte leise, aber scharf.

Beide Jungen versteiften sich, während sie einen ihrer typischen Blicke wechselten, die nur sie verstehen konnten. »Wir haben unsere Handschuhe getragen und ihn in Decken gewickelt«, antwortete Nohr.

»Wir waren vorsichtig. Wir wollten dich nur schonen«, fügte Noam rasch hinzu.

Mein Blick wanderte über ihre angespannten Kiefer und die zusammengezogenen Brauen. Der Schatten von Schmerz, von Verlust, lag noch immer in ihren verquollenen Augen, und ich seufzte. Die beiden hatten schon genug durchgemacht. Wenig würdevoll plumpste ich einfach auf einen der Stühle und griff nach dem Kaffee. Binnen Sekunden war Nohr zur Stelle und goss das Lebenselixier in einen Keramikbecher.

»Wir sollten das Sofa entsorgen«, murmelte ich.

Nohr senkte den Blick, seine Stimme klang angespannt. »Das können wir uns nicht leisten.«

»Wir können es uns auch nicht leisten, dass einer von euch sich die Seuche einfängt.« Ich starrte auf das abgenutzte Gestell. Das Möbelstück stand schon mein ganzes Leben an genau derselben Stelle und wahrscheinlich noch viel länger. Wir hätten ein neues Sofa gebrauchen können, aber Nohr hatte recht. Das Geld war knapp. »Ich werde die Kissen erst einmal nach draußen bringen. Mal sehen, was ich tun kann, um das ganze Ding neu polstern zu lassen.« Ich blies den Dampf von meinem Getränk und nahm einen geradezu berauschenden Schluck.

Noam schob einen Teller mit Eiern vor mich hin und ging zum Herd zurück. »Vielleicht ist Mrs Marlow bereit, ihre Dienste gegen einige deiner Heilmittel einzutauschen.«

Ich spießte das Frühstück mit der Gabel auf, kaute langsam und beäugte Nohr, während er einen weiteren großen Topf voller Wasser auf den gusseisernen Herd stellte. »Ich habe gestern Tomans Nase gerichtet. Sie ist mir etwas schuldig.«

Danach gesellten sich Nohr und Noam zu mir an den Tisch und aßen die restlichen Eier direkt aus der Bratpfanne. Die Küche war erfüllt vom leisen Kratzen ihrer Gabelzinken. Keiner sagte ein Wort. Es gab ja auch nicht viel zu sagen. Alec war tot. Nichts blieb mehr zu tun.

»Wir haben Wasser für ein Bad heiß gemacht«, sagte Noam schließlich und zwirbelte seine Gabel durch die Pfanne. Beim Essen hatte er den Kopf gesenkt gehalten, jetzt blinzelte er mich unter seinen Wimpern hervor an. Zweifellos ein Friedensangebot wegen der Entsorgung des Leichnams. Es funktionierte. »Wenn du so weit bist, hole ich den Waschzuber rein.«

»Danke.« Beim Aufstehen atmete ich tief durch. »Kann einer von euch Wasser für mein Haar holen?«

Ich konnte gar nicht so schnell gucken, wie Nohr zur Vordertür hinaus und im Garten war. Durch unser beengtes Heim bahnte ich mir den Weg zur Hintertür. Ein verstohlener Blick durch die Vorhänge verriet mir, dass die Luft rein war, und ich schlüpfte nach draußen. Glücklicherweise zeigte die Rückseite unseres Hauses zum nahen Wald und gewährte uns ein Mindestmaß an Privatsphäre für Momente wie diese. Zwar war es kein Verbrechen, sich die Haare zu färben, aber es warf Fragen auf. Fragen waren das Letzte, was ich brauchte.

Nachdem Nohr mir einen kleinen Eimer mit frischem Wasser gereicht hatte, zog er sich wieder ins Haus zurück. Ich biss in Erwartung der Kälte die Zähne zusammen, dann tauchte ich den Kopf ins Wasser und beobachtete, wie schwarze Tinte den einst klaren Inhalt verwirbelte. Wenn meine Zeit es zuließ, würde ich später noch eine Kur auftragen, um den Glanz in meine matten Locken zurückzubringen.

Mit tropfnassem Haar ging ich zurück in die Küche. Noam und Nohr hatten eine Zinnwanne hereingebracht und vor den Herd gestellt. Nachdem sie das heiße Wasser hineingegossen hatten, streute ich spezielle Salze zur Schmerzlinderung hinein, außerdem ein paar Tropfen Öl, die meinen Geist zur Ruhe bringen sollten. Noam legte einen Arm um mich und drückte einen sanften Kuss auf meinen Kopf.

»Pass auf dich auf«, murmelte ich.

»Ich würde sagen: ›Du auch auf dich‹, aber ich bin mir nicht sicher, ob das auf den Markt bezogen so passt«, antwortete Noam mit einem halbherzigen Lächeln. Er gab sich Mühe. Gab sich Mühe, die Ereignisse der letzten Nacht zu vergessen. Gab sich Mühe, nach vorn zu schauen, weil uns nichts anderes übrig blieb, als weiterzumachen. Mir wurde schwer ums Herz und ich drückte ihn noch fester an mich. Dann winkte ich Nohr zu uns zu herüber, sodass ich schließlich beide in den Armen hielt.

Für meine Brüder würde ich alles tun. Ich würde ihnen ihre Trauer abnehmen und mich zu Tode schuften, nur um ihnen die Chance auf Glück zu ermöglichen. Sie waren alles, was ich noch hatte, und sie brauchten mich genauso sehr, wie ich sie brauchte.

»Bis heute Abend«, sagte Nohr.

Ich drückte die beiden ein letztes Mal fest an mich. Dann gab ich sie frei. Wie der Blitz waren sie verschwunden und ich stieß einen Seufzer aus, während ich mich schnell entkleidete. Ich ließ mich in das kochend heiße Wasser sinken und es war mir ganz egal, dass es meine Haut verbrühte. Ich wollte die Erinnerung an die Seuche an meinen Fingern wegbrennen, wollte den Geruch nach Moder und Fäulnis aus meinem Haar verscheuchen, genauso wie die letzten Dreckreste unter meinen Fingernägeln. Stöhnend rutschte ich tiefer ins Wasser hinein. Am liebsten wäre ich stundenlang in der Wanne geblieben, aber ich konnte es mir nicht leisten, den Markt zu verpassen. Also stieg ich, als der pulsierende Schmerz in meinen Muskeln endlich zugunsten eines milden Unbehagens wich, aus der Wanne und ging noch einmal in mein Zimmer, um mich für den Tag anzukleiden.

Fast wünschte ich mir, Noam und Nohr könnten an meiner Stelle in die Stadt gehen. Alle mochten die zwei. Sie waren großzügig und warmherzig und ihr Gelächter war ein Geräusch, das gefühlt noch über Stunden nachklang. Wunderschön und einladend. Nicht, dass die Menschen mich besonders mochten oder ablehnten – ich konnte mich einfach nicht auf sie einlassen. Wollte es auch gar nicht. Meine Freundschaften waren nach dem Tod meiner Eltern im Sande verlaufen. Ich hatte die Rolle der Fürsorgerin für meine Brüder übernehmen müssen und mir nie die Mühe gemacht, die Freundschaften wieder aufleben zu lassen. Nicht, nachdem ich Jahre zuvor miterlebt hatte, wie die Stadtältesten die Ferngloves von der Macht meiner Tante in Kenntnis gesetzt hatten. Schon am folgenden Tag war sie uns genommen worden. Alles nur, weil ein kleiner Junge, einer von Noams Freunden, bei uns durchs Fenster gespäht hatte, um herauszufinden, ob Noam zu Hause war. Stattdessen hatte das Kind beobachtet, wie meine Tante den hartnäckigen Husten meiner Mutter geheilt hatte.

Dem kleinen Jungen machte ich keinen Vorwurf. Er hatte seinen Eltern von einer seltsamen, aufregenden Sache erzählt, die er gesehen hatte. Mein Vorwurf galt den Stadtältesten, die aus Habgier gehandelt hatten, ohne auch nur darüber nachgedacht zu haben, was der Verlust der Tante für meine Familie bedeuten würde.

Natürlich hielten die Städter es nicht für »schlecht«, von einem Ever in Dienst genommen zu werden. Meine Tante war »gesegnet«.

Während ich vor mich hin brummelte, flocht ich mein zobelfarbenes Haar, damit es mir nicht ins Gesicht hing. Dann wob ich ein paar winzige, weiße Blüten des Schleierkrauts hinein, das ich in einem Topf in meinem Zimmer aufbewahrte. Kajal über den Wimpern, malvenfarbener Lippenstift, ein Hauch Rouge – für den Markt sollte das reichen. Schnell schlüpfte ich in ein Hemdchen und Baumwollstrümpfe, die ich mit einfachen Strumpfbändern befestigte. Das Korsett meiner Mutter passte mir glücklicherweise immer noch und ich schloss die vorderen Verschlüsse, bevor ich die Bänder in meinem Rücken festzurrte. Dann folgten ein weicher Rock und ein dazu passendes, burgunderfarbenes Mieder, das mit Perlen besetzt und mit ebenholzschwarzen Blumen bestickt war. Das Ensemble hatte einst meiner Mutter gehört. Ich hatte es bewundert, seit ich denken konnte, aber jetzt, da es meins war, erzeugte das Gefühl des Korsetts auf meiner Haut ebenso Trost wie Traurigkeit.

Kopfschüttelnd verstaute ich mein Lederstückchen in einer der versteckten Taschen des Rocks und schnürte die Stiefeletten, bevor ich nach unten ging. Nur kurz hielt ich inne, um einen Blick auf das Sofa zu werfen. Nach dem Besuch auf dem Markt würde ich mich um die Kissen kümmern, aber im Stoff war immer noch der Abdruck von Alecs langem Körper zu erkennen, Umrisse der Person, die einmal existiert hatte. Ich hatte ihn nicht gut gekannt und dankte den Sternen für diesen kleinen Segen.

Schließlich biss ich die Zähne zusammen und ging in die Küche. Ich brauchte nicht lange, um zwei Lederkoffer mit Heilmitteln zu füllen. Sämtliche Standardmedikamente hatte ich im Gepäck: Schlaftränke, Seren und Balsame für derzeit kursierende Leiden, Tinkturen für die Verdauung, Öle zum Stressabbau und, wohl eine meiner populärsten Waren, Performictum – ein geschmacksneutrales Pulver, das man Speisen oder Getränken hinzufügte und das nach der Einnahme immer das gleiche Ergebnis bewirkte ... eine gewisse Ausdauer im Schlafzimmer. Außerdem verstaute ich einige der weniger spezifischen Tränke in dem Geheimfach auf der Rückseite des Koffers, aber diese brauchte ich nur selten. Manche Menschen sahen in ihnen schlichtweg Gift. Ich sah sie als Medikamente der Rache an. Harmlos, aber denkwürdig.

Nach dem Zuschnappen der Messingverschlüsse packte ich die abgenutzten Griffe und ging zur Tür. Wir lebten am Stadtrand, was bedeutete, dass ich zwanzig Minuten Fußmarsch zum Markt vor mir hatte; in dreißig Minuten läutete wiederum die Glocke. Die besten Standplätze waren wohl schon besetzt. Wir hatten nicht das Glück, eine Kutsche zu besitzen, und da die Stadt selbst ziemlich klein war, ging es vielen nicht anders. Die Ältesten besaßen natürlich vergoldete Wagen, ausgestattet mit dicken Polstern und Bediensteten, die die Pferde lenkten. Aber selbst diese privilegierten Menschen sparten sich derartig extravagante Reisemethoden für längere Ausflüge in benachbarte Städte auf.

Sie hätten mich früher wecken sollen. Noam und Nohr meinten es gut, aber ihre Arbeit trug uns nicht so gute Einkünfte wie meine

Heilmittel ein, und die beiden waren darauf angewiesen, dass ich uns durchbrachte. Das Leder knarrte unter meinen Händen, als ich die Koffer in den Klammergriff nahm und weiter die gepflasterte Hauptstraße entlangeilte, die ins Herz von Willowfell führte. Ich ging so schnell, wie die hochhackigen Stiefel und die voll beladenen Koffer es zuließen, vorbei an anderen Stadtbewohnern, die bereits Richtung Markt flanierten – und das in einem weitaus gemächlicheren Tempo. Je näher ich dem Stadtzentrum kam, umso dichter standen die Häuser. Die Menschen rückten einander hier auf die Pelle, tauschten offene Parzellen und Felder gegen die Nähe zu den Läden und, was vielleicht noch verlockender war, zum Bogen.

Das gewundene Gebilde war höher als jeder Laden auf dem Marktplatz, aber nicht breiter als ein Eingang mit Doppeltür. Kahle Äste mit bleicher, glatter Borke waren aus der Erde emporgewachsen und hatten sich ineinander verschlungen. Am höchsten Punkt wanden sich mehrere Äste wie Geweihe nach außen. Allerlei Federvieh hockte häufig an diesem Platz, ohne jemals dort zu nisten. Diesen knorrigen Durchgang konnten allein die Evers benutzen. Denn wenn man schon Magie besitzt, warum sollte man sich die Umstände machen, mit einer Kutsche vorzufahren?

Als der Weg sich zum runden Innenhof hin öffnete, dem Ort, an dem der Markt untergebracht war, überquerte ich den Platz und ging bewusst um den Bogen herum. Erst dann machte ich mich an die mühsame Aufgabe, mir ein Fleckchen Erde zu sichern. Lieber hätte ich noch einen weiteren Tag darauf verwendet, nach Kräutern zu suchen, statt mit anderen Händlern um die besten Standplätze zu kämpfen, vor allem wenn die meisten dieser Kaufleute ohnehin schon die Läden rund um den Marktplatz besaßen. Die Oberen von Willowfell hatten Tische in Kreisen um den Bogen herum arrangiert. Weiter nach außen hin gingen sie über in perfekte Reihen, die nah an die umgebenden Gebäude heranrückten.

Die besten Plätze, jene in nächster Nähe des Bogens, waren bereits besetzt. Ich betrachtete finster Miltons Apotheke mit ihren

Holzvordächern und Glastüren, während ich mich widerwillig an einen freien Tisch in der letzten Reihe stellte. Milton selbst hatte bereits vor dem Bogen eine Auslage aufgebaut und sich eine Handvoll anderer Tische überall auf dem Markt gesichert, um seine unausgegorenen Heilmittel noch besser anzupreisen.

Ich hätte binnen eines Tages mehr verdienen können als er, wäre ich bereit gewesen, meine Dienste als Threadmender anzubieten. Dann wäre ich außerdem tot, aber das war nicht der Punkt.

Immerhin gab es einige Leute, die meine Arbeit zu schätzen wussten und die höheren Preise für bessere Heilmittel in Kauf nahmen – vorausgesetzt, sie konnten sich erfolgreich durch drei Reihen von Marktständen kämpfen, bevor sie alles ausgegeben hatten. Der einzige verbliebene Tisch stand direkt rechts von Lysas Konditorei und ich hoffte, dass allein schon der intensive Duft frisch gebackener Köstlichkeiten auch Leute zu meinem Stand lockte. Unter leisem Seufzen hievte ich meine Koffer behutsam auf die sonnengewärmte Fläche des Holztischs und öffnete die Schlösser. Die Seitenwände gaben beim Lösen des Schnappschlosses nach und mehrere Reihen von Balsamen und Extrakten kamen in den übereinander liegenden Fächern zum Vorschein. Die beliebteren Kuren bewahrte ich ganz oben auf und stellte sicher, dass die handgeschriebenen Etiketten deutlich zu sehen waren.

Als ich gerade eine der Phiolen an die richtige Stelle schob, drang ein schwaches Dröhnen in meine Ohren und brach sogleich abrupt wieder ab. Eine Haarsträhne hatte sich aus meinem Zopf gelöst und strich mir über die Wange. Ich wollte sie an ihren Platz zurückschieben, hielt aber inne. Ein goldener Käfer inspizierte das Schleierkraut, das ich in meine dunklen Locken gewoben hatte.

»Hallo, da bist du ja wieder«, murmelte ich und streckte behutsam meinen Zeigefinger aus. »Bist du derselbe kleine Käfer wie gestern?«

Das Insekt betrachtete meinen Finger und legte die Flügel an.

»Vielleicht wirst du mir Glück bringen. Du bist hübscher als eine Goldmünze«, sagte ich.

Dann ertönte die Stadtglocke mit einem vibrierenden Schlag und der Käfer ergriff die Flucht. Er sirrte für einen Moment um mich herum, als hätte das tiefe Echo der Glocke seinen Orientierungssinn gestört, dann ließ er sich auf dem Blumengitter an der Mauer von Lysas Laden nieder. Mit einem verärgerten Flügelschlagen huschte er am Kletterefeu entlang, um unter den Blättern Zuflucht zu suchen.

Die erste Stunde des Markttages nahm ich wie durch einen Nebel war. Die üblichen Käufer schauten vorbei, die speziell an meinen Waren interessiert waren, und wir plauderten angeregt, während ich Interesse für die jüngsten Gerüchte aus der Stadt heuchelte. Ein paar nicht gerade subtile Bemerkungen über mein Alter und meinen Mangel an finanzieller Sicherheit fielen. Ob das wohl der Grund sei, warum die Verehrer nicht Schlange standen, um um meine Hand anzuhalten. Ich biss eisern die Zähne zusammen und ließ die Leute über meine Zukunftsperspektiven fabulieren.

Und dann kam Mrs Marlow vorbei, um mir für die Hilfe bei Tomans Nase zu danken. Sie stimmte zu, kostenlos unser Sofa neu zu polstern, unter zwei Bedingungen allerdings: Erstens, ich ließ die Kissen und den Rahmen wegen des Kontakts mit der Seuche zwei Wochen draußen auslüften – sie hatte nur ein halbherziges Stirnrunzeln und ein lahmes »Wie schrecklich« zustande gebracht, als ich erklärt hatte, was mit Alec passiert war –, und zweitens, der neue Stoff musste aus der letztjährigen Auswahl stammen und nicht aus der aktuellen Kollektion. Bei dieser Bedingung musste ich mir kräftig auf die Zunge beißen und verbarg meinen Unwillen hinter einem gut einstudierten Lächeln. Als Ehefrau eines der Stadtältesten bezeichnete sie ihre Arbeit als Näherin selbst als Irrsinn, nur zum Spaß und sicher nicht aus Notwendigkeit heraus. Es grenzte an ein Wunder, dass sie nicht aus reiner Angeberei mit ihrer Kutsche in der Stadt herumfuhr.

Als Mrs Marlow ihre zahlreichen Rockschichten gerafft hatte und zum nächsten Tisch weitertänzelte, ging es auf die Mittagszeit zu und der morgendliche Andrang meiner Kunden – wohl der einzige Andrang an meinem Stand – war vorüber.

»Natürlich nicht genug«, murmelte ich, während ich die Silberstücke zählte, die mir meine Geschäfte eingebracht hatten. Warum sollte auch irgendetwas je nach Plan verlaufen? Stöhnend ließ ich den Kopf kreisen. Eine heilende Kräuterkundige zu sein, war eine seltsame Beschäftigung. Niemals könnte ich einem Menschen Böses wünschen, aber Kranke bezahlten nun mal das Essen auf meinem Tisch, und wir hatten schon vor Tagen unseren letzten Rest Mehl aufgebraucht, ganz zu schweigen von frischem Fleisch vom Schlachter.

Ein oder zwei kranke Menschen wären schon eine gute Sache.

»Edira!« Lysa kam mit einem Silbertablett voller zuckergussüberzogener Köstlichkeiten aus ihrem Laden. Ihre kirschroten Lippen verzogen sich zu einem breiten, aufrichtigen Lächeln und ihre immergrünen Augen funkelten, als sie mir die Platte mit Gebäck hinhielt. »Mir ist aufgefallen, dass du dir heute gar nichts zu essen mitgebracht hast. Nimm dir hiervon etwas.«

Ein krampfartiger Schmerz rumorte bei ihren Worten in meinem Magen. Vor lauter Hektik, mir einen Platz zu sichern, hatte ich ganz vergessen, Proviant einzupacken. »Danke, Lysa. Wie laufen die Geschäfte?«

Strahlend lächelnd beobachtete sie, wie ich mir ein gezuckertes Törtchen in den Mund schob. »Sie laufen gut. Die Menschen lieben Süßes.« Oder sie liebten sie. Lysa war ein Magnet. Die Städter fühlten sich zu ihr hingezogen wie die Motten zum Licht, nur dass sich keiner in ihrer Nähe die Flügel verbrannte. Vielmehr schenkte sie einfach allen ihre Wärme.

Möglicherweise lag es aber auch gar nicht an ihr. Immerhin war ihr Vater einer der Stadtältesten und genoss hohes Ansehen bei den Ferngloves. Niemand legte sich mit Lysas Familie an.

»Wie geht es deinen Eltern?« Ich griff nach einer weiteren Leckerei und Lysa erhob keinen Einwand.

»Ach, du weißt ja, wie das läuft. Keine ruhige Minute für die Stadtältesten.« Sie strich sich die honigfarbenen Locken über die Schulter und ließ den Blick über die Menge wandern. »Allerdings wäre es ihnen lieber, ich würde heiraten, statt einen Laden zu betreiben.«

Das hatte sie nicht daran gehindert, diesen entzückenden Laden für ihre Tochter zu kaufen. Die Ältesten bekamen alle einen Anteil vom Profit, den die Minen abwarfen – und das war unübersehbar. Von ihren schwielenfreien Händen bis hin zu ihrer makellosen Aufmachung war Lysa stets der Inbegriff von Perfektion und Wohlstand.

»Nun dann, ich bin dir dankbar für dein Geschenk.« Ich putzte mir ein paar Krümel von den Lippen, bevor ich mich zu meinen Waren umwandte. Beim Zählen der Phiolen ließ ich die Finger über die verkorkten Fläschchen gleiten.

»Wie geht es den Jungen? Noam?«

Mir fiel auf, dass sie Nohr nicht namentlich erwähnte. Vielleicht hatte sie nicht geheiratet, weil Noam ihr Interesse gar nicht bemerkt hatte. Wie sollte er auch, wenn er bis auf einen Tag die ganze Woche in den Minen verbrachte? Und natürlich würden Lysas Eltern ein Veto einlegen, wenn sie mit einem niederen Minenarbeiter den Bund fürs Leben schließen wollte. Vielleicht würden sie sie nicht länger an ihrem Wohlstand teilhaben lassen und den Laden zurückfordern. Auf dem Kupferschild über der Tür stand zwar Lysas Name, aber das Geschäft gehörte garantiert ihren Eltern. Und dann würde ich in meinem Haus noch ein weiteres Maul stopfen müssen, bis sie und Noam einen Weg fanden, für sich selbst zu sorgen.

Vielleicht besser so, dass Noam keine Vorliebe für Süßes hatte.

»Es geht ihnen gut. Sie sind nur …«

Ich konnte meinen Satz nicht beenden. Ein scharfes Knacken wie von einem Holzscheit, der unter hungrigen Flammen birst, durchschnitt die Luft.

Die Menge verstummte, als sich alle zum Bogen umdrehten, um ihn anzustarren. Ein hauchdünner magischer Schleier entfaltete sich von den geweihartigen Ästen bis zum Boden und flatterte wie trocknende Wäsche in einer sanften Brise. Die durchscheinende, glitzernde Oberfläche fing das Sonnenlicht ein und plötzlich war der Platz von aufgeregtem Raunen erfüllt. Ein Ever war auf dem Weg hierher.

»Los geht's.« Ich umklammerte die Kante meines Tisches und kniff die Augen zusammen.

»Warum kommen sie wohl her?« Lysa griff nach ihrem Tablett und rückte kaum merklich näher heran, kurz davor, sich dem Gedränge begeisterter Zuschauer anzuschließen.

»Ob sie ihre Schätze frühzeitig abholen wollen?« Ich kaute auf meiner Unterlippe. Unsere wundersamen Minenbarone besuchten Willowfell typischerweise nur am Monatsende, um sich anzusehen, was aus dem Innenleben unserer Berge herausgeholt worden war. Sie tauchten mit großem Trara auf, stöberten in den örtlichen Läden und gaben binnen einer Stunde mehr aus, als ich in einem Jahr verdienen konnte. Wenn die Ältesten Glück hatten, blieben dieFerngloves auf ein Schwätzchen und einen Tee. Ich hatte keine Ahnung, worüber sie sich unterhielten. Und es interessierte mich auch kaum.

»Vielleicht.« Lysas Augen leuchteten vor Aufregung. »Was, wenn es ein Waterstone ist? Oder ein Starglen?«

Das bezweifelte ich ernsthaft. Die Waterstones und die Starglens waren Ever-Familien, die über zwei Nachbarstädte herrschten. Beide Orte waren, in entgegengesetzten Richtungen, drei Reisetage mit der Kutsche entfernt. Ich konnte mich nicht daran erinnern, wann sich das letzte Mal einer von ihnen zu einem Besuch in Willowfell herabgelassen hatte.

»Oh, was ist, wenn einer von ihnen nach einem Partner sucht?«, fragte sie in einem atemlosen Anfall von Hoffnung.

Ich rümpfte die Nase. Anscheinend war Lysas Faszination für die Evers genauso groß wie die der restlichen Stadtbewohner. Ich begriff es einfach nicht. Wie konnten sie irgendetwas von dem, was sie da sahen, für bare Münze nehmen? Evers tarnten sich *immer* mit

Glamourzauber. Sie waren eine noch größere Täuschung als Miltons Heiltränke und es gab nur vereinzelte Gerüchte über das tatsächliche Aussehen der Evers. Manchmal erhaschten wir einen seltenen Blick auf eine tierische Eigenheit – Schuppen, Flügel, Hörner –, wenn sie durch die Stadt paradierten und einen Hauch ihrer Magie erkennen ließen, um die Städter zu betören und zu faszinieren. Aber das wahre Ausmaß der Macht eines Evers? Ein pures Mysterium. Die Ferngloves waren bekannt für ihre Fähigkeiten, den Boden erbeben und Blumen blühen zu lassen, aber ich bezweifelte, dass das schon das ganze Spektrum ihrer Magie war.

Noch schlimmer wurde das Ganze durch die besondere Gabe der Evers im Umgang mit Worten. Allein durch die Kraft der Gedanken konnten sie mit Leichtigkeit bindende Verträge heraufbeschwören – und ein Bruch dieser magischen Schwüre hatte ernste Konsequenzen. In Willowfell machte eine Geschichte über einen reisenden Händler die Runde, der dem ehemaligen Oberhaupt der Ferngloves falsche Versprechungen gemacht hatte. Bei dem Versuch, falsche Ever-Juwelen als echte Steine auszugeben, hatte der Scharlatan augenblicklich seine Zunge verloren. Sie war wie von Geisterhand mitten im Satz abgeschnitten worden – keine Klinge weit und breit.

Während die Städter von all dieser Macht fasziniert waren, empfand ich sie schlicht und ergreifend als beängstigend.

Als würde er an unsichtbaren Seilen gezogen, teilte sich der Schleier nun und ein Ever betrat unseren Stadtplatz. Ich konnte ihn durch das Gedränge von Leibern und Tischen nicht sehen, aber seine Ankunft war offensichtlich. Kaum war der schimmernde, magische Vorhang verschwunden, priesen die Verkäufer mit viel zu lauten Stimmen ihre Waren an. Alles, um die Aufmerksamkeit eines Evers zu erregen.

Eine sich langsam ausbreitende Kühle kroch mir in Arme und Beine und ich griff mir instinktiv ins Haar. Immer noch schwarz wie die Nacht. Alles okay. Aber Evers waren unsterblich und hatten ihr langes Leben dem Ziel verschrieben herauszufinden, wie sich die Magie unserer Welt nutzbar machen ließe. Wenn es irgendjemand schaffte, meine Scharade zu durchschauen, dann waren sie es.

Das war das genaue Gegenteil von dem, was ich wollte.

KAPITEL 3

Innerhalb von Sekunden war mein erster Koffer gepackt. Zeit zu gehen. Mir würden die nachmittäglichen Verkäufe entgehen, aber die ganze Stadt war ohnehin viel zu sehr vom Einkaufen abgelenkt. Die Wahrscheinlichkeit, auch nur eine einzige weitere Tinktur zu verkaufen, sank mit Erscheinen des Schleiers gen null. Wenn sich der Kontakt mit einem nur an meiner Magie interessierten Ever dadurch vermeiden ließ, verzichtete ich gerne auf ein paar Silberstücke.

Ich erinnere mich noch gut an den Tag, an dem ein Fernglove Tante Rowena besucht hatte. Ich war erst fünf gewesen und konnte mich nicht an den Wortwechsel erinnern, aber den Gesichtsausdruck meiner Tante würde ich niemals vergessen. Anders, als ich es vom Rest der Stadtbewohner kannte, hatten weder Glück noch Aufregung darin gelegen. Es war nackte Angst gewesen. Sie hatte dem Ever mit einem angespannten Lebewohl die Tür vor der Nase zugeschlagen. Dann hatte sie ein zittriges Lächeln aufgesetzt, sich auf den Boden gekniet und mich fest bei den Schultern gepackt.

Färbe dir weiterhin das Haar. Heile niemanden.

Mir war kaum Zeit geblieben, mich mit ihren Worten auseinanderzusetzen. Gerade erst am Tag zuvor hatte sie meine Mutter geheilt und das war doch scheinbar ein solch sinnvoller Einsatz von

Tante Rowenas Macht gewesen. An einem Tag war sie da, am nächsten war sie fort. Am besagten Morgen war meine Mutter mit mir zum Haus meiner Tante gegangen, in dem eine unnatürliche Stille herrschte. Meine Mutter war durch die Zimmer gerannt und hatte Rowenas Namen gerufen, aber meine Tante hatte nicht geantwortet. Sie hatte die Schubladen durchstöbert und mit einer hektischen Energie nach Hinweisen gesucht, bis sie vor einem kleinen Bücherregal im Wohnzimmer innegehalten hatte. Ich würde nie vergessen, wie sie erstarrte, als ihre Finger über den Buchrücken des Gedichtbands meiner Tante glitten. Der Band war einen Zentimeter weiter herausgezogen als der Rest ihrer Bücher, als bettele er darum, gelesen zu werden.

Meine Mutter hatte das Buch aufgeschlagen und zwischen den Seiten war ein kleines Zettelchen herausgefallen.

Ich liebe dich und deine Familie, Faye. Das hier ist nicht deine Schuld. Sie sind zurückgekommen, um mich zu holen, aber es wird schon alles gut gehen. Pass auf Edira auf.

Meine Mutter sank zu Boden und presste sich das Blatt an die Brust. Tränen strömten ihr übers Gesicht, während sie schluchzte. Ich lief zu ihr und kletterte auf ihren Schoß und eine ganze Stunde verharrten wir so. Aber nachdem sie den Kampf mit ihrer Trauer und ihren Schuldgefühlen ausgefochten hatte, verbarg sie ihre Gefühle hinter geschürzten Lippen und zerfetzte den Zettel.

Wir hatten nie wieder über diesen Tag gesprochen.

Selbst wenn wir es getan hätten, wenn meine Mutter zu den Ältesten gegangen wäre und Rache verlangt hätte, wäre nichts passiert. Vielleicht hätten sie für einen Moment Mitgefühl empfunden, aber diese Gefühlsregung hätte sich schnell in einen schmeichlerischen Appell verwandelt.

Wir hatten Glück, dass ein Ever sie erwählt hat.

Was für eine erfreuliche Wendung für deine Familie.

Woher weißt du, dass sie nicht aus freien Stücken gegangen ist?

Und die Ältesten hätten ihre Rolle bei alledem niemals zugegeben und auch nicht, wie sie von Rowenas Verschwinden profitiert hatten. Mir fehlten die Beweise, aber ich wusste es. Tief im Innern wusste ich es.

Nachdem ich meinen ersten Lederkoffer nun gepackt hatte, wandte ich mich dem zweiten zu.

»Du gehst schon?«, fragte Lysa. Ihre Aufmerksamkeit war zwischen mir und der sich teilenden Menge hin- und hergerissen.

»Meine Heilmittel sind für Evers kaum von Interesse. Außerdem habe ich für heute schon genug verkauft.« *Lüge.* Am Rand meines Blickfelds blitzte es golden unter einem Efeublatt hervor. Der Käfer kroch einige Zentimeter vorwärts und seine Fühler zuckten.

So viel zum Thema Glück.

Ich senkte den Blick und machte mich daran, die Schubladen meines Koffers zuzuschieben, als eine Hand mit langen, schlanken Fingern und auf Hochglanz polierten Ringen meinen Unterarm berührte. Die Bewegung war so sanft, als fühle jemand meinen Puls, und doch zuckte ich zwangsläufig zusammen.

Langsam hob ich den Kopf. Er war wunderschön – alle Evers waren wunderschön –, aber er verströmte etwas Majestätisches, das nach Aufmerksamkeit verlangte. Nein, Bewunderung. Lässig gewellte, eichenbraune Locken fielen ihm auf die Schultern und kitzelten sein kantiges Kinn. Scharfe, grüne Augen unter dichten Wimpern beobachteten mich eindringlich. Als wären der Sonne Sommersprossen einfach zu profan für jemanden wie ihn vorgekommen, schien seine Haut von goldenen Einsprengseln getränkt zu sein.

Es war absolut unfair, dass jemand *so* aussah. Andererseits trug er einen Glamourzauber. Vielleicht war er unter all dieser Magie ein hässlicher Vogel.

Aber die *Kleider.* Meine Mutter wäre außer sich gewesen. Er trug zu seiner smaragdgrünen, goldbestickten Weste ein seidenes Halstuch mit Paisley-Muster. Die Ärmel seiner Jacke, die die Farbe von Farn hatte, waren aufgekrempelt und über die Ellbogen geschoben. Sie gaben den Blick auf muskulöse Unterarme frei, die kein Recht hatten, dermaßen faszinierend zu sein.

Er legte den Kopf schräg. Die Locken fielen ihm nun über den Rücken und gaben den Blick auf eine kunstvolle Schwerttätowierung an seinem Hals frei. Das edle Stück war ganz in Grautönen gehalten und mit kräftigem Schwarz umrandet, der Griff geschmückt mit einem einzelnen Rubin und umgeben von schneeweißen Blumen mit grauen Blättern. Die Klinge selbst war abgebrochen. Ihr scharfkantiger Rand tauchte zu seinem Schlüsselbein hinab. Insekten aller Arten kreisten um das zerbrochene Metall. Schmetterlinge. Motten. Bienen. Käfer. Während alles andere mit Grafit-Tinte eintätowiert war, glichen die Insekten der Palette eines Künstlers und explodierten förmlich in leuchtenden Farben.

Fernglove. Aber nicht irgendein Fernglove, Orin Fernglove. Oberhaupt des Anwesens und Verwalter der Profite unserer Minen.

Derselbe Ever, der vor all jenen Jahren meine Tante geholt hatte.

»Was haben wir denn hier?«, säuselte er und löste die Finger von meinem Handgelenk, um nach einer Phiole zu greifen und sie gen Himmel zu halten. Das cremefarbene Pulver im Fläschchen rieselte mühelos wie Sand.

»Performictum. Ich wusste zwar nicht, dass Evers ein Stärkungsmittel im Schlafzimmer benötigen, aber Ihr könnt es gern haben.«

Ein grimmiger Ausdruck schoss ihm in die Augen und sein Lächeln gefror. »Seid versichert, ich habe keinerlei Bedarf.« Mit einer präzisen Bewegung legte er die Phiole an ihren Platz zurück.

Ich brachte meine Wut unter Kontrolle. »Ich wollte Euch nicht kränken.«

Doch, genau das, aber mehr zu seinem als zu meinem Wohl. Er sollte wissen, dass ich nicht wie der Rest der Städter war, die sich völlig übertrieben bei ihm einschmeichelten. Bei seinem Anblick hatte ich nur die von Schmutz und Ruß verschmierten Gesichter meiner Brüder vor Augen. Ich sah ihre abgearbeiteten Hände, ihre geschundenen Leiber. Ich sah, wie sie endlos schufteten und gerade so viel dafür bekamen, um über die Runden zu kommen.

Vor allem aber sah ich die vor Panik geweiteten Augen meiner Tante. Orin mochte sich vor all jenen Jahren nicht um meine Existenz geschert haben, aber jetzt hatte ich gewiss seine Aufmerksamkeit. Ich hätte den Mund halten oder den Kopf senken sollen oder besser noch, ich hätte wegrennen sollen. Aber es ging einfach nicht.

Neben dem Tisch schob Lysa sich die Unterlippe in den Mund, während ihr Blick zwischen ihm und mir hin- und herflog. Meine Kränkung war nicht unbemerkt geblieben. Die Männer und Frauen, die sich in der Nähe versammelt hatten, um zu lauschen, gaben keinen Mucks von sich. Wenn er den Markt verließ, ohne irgendetwas zu kaufen, und alles nur wegen meiner Worte, würde ich mir das ewig anhören müssen. Auch wenn ich mich einen Dreck darum scherte. Die Komplizenschaft dieser Menschen hatte mir meine Tante genommen. Was machte es da schon, wenn ich sie um eine Handvoll Münzen brachte?

Und dann brach Orin urplötzlich in schallendes Gelächter aus und die Anspannung löste sich in Wohlgefallen auf. Das Geräusch wirkte befreiend auf die Verkäufer und sie verfielen wieder in die Lobpreisung ihrer Waren, in der Hoffnung, er möge irgendwann seine Aufmerksamkeit auf sie richten. Selbst Lysa kehrte in ihren Laden zurück und ich bemerkte aus dem Augenwinkel, wie sie einige ihrer kunstvolleren Kreationen auswählte, um sie aufs Tablett zu drapieren.

»Ich bin nicht gekränkt«, sagte Orin mit honigsüßer Stimme.

Er strich sich sein loses Haar hinter die Ohren und ein Sammelsurium an Ohrringen blinkte in der Sonne. »Ihr packt schon? Lasst sehen, was Ihr sonst noch anzubieten habt.«

»Benötigt Ihr etwas Spezielles?« Ich studierte sein glattes Gesicht, das frei war von Falten oder Narben. Er hatte keine Tränensäcke unter den Augen, seine Schultern waren nicht eingefallen und der Atem floss ruhig und gleichmäßig. Wie alle Evers war er durch und durch gesund. Aufreizend gesund.

»Ich bin mir nicht sicher, ob Ihr es unter Euren Waren habt.« Seine Finger wanderten über den Heilmitteln umher, aber den Blick hatte er fest auf mein Gesicht gerichtet. »Vielleicht könnten wir die Angelegenheit ja unter vier Augen besprechen.«

Ich blinzelte. »Unter vier Augen?«

»Ja.« Sein Blick schweifte zu meinen Lippen. »Ich war schon viele Male in Willowfell, aber Euch bin ich noch nie begegnet. Wie kann das sein?«

Er war mir schon einmal begegnet, er erinnerte sich nur nicht daran. Ich hatte mich immer gefragt, ob er sich damals bei seinem Besuch wegen Tante Rowena im Raum umgesehen hatte. Ob er mich in den Armen meiner Mutter bemerkt hatte, während wir ihn vom Sofa aus still beobachtet hatten. Eine solche Erinnerung an meine Existenz war wohl kaum in meinem Sinne. Es hätte ihn auf meine versteckten Kräfte hinweisen können, aber so, wie er weiter meinen Mund anstarrte, fiel es mir schwer, Worte zu finden.

»Ich bin oft unterwegs.« Ich deutete auf meine Koffer und nur langsam ließ er den Blick zu meinen Phiolen wandern. »Ich sammle die Kräuter selbst und braue daraus diese Elixiere hier.«

»So viel Talent.« Das leise Raunen seiner Stimme überdeckte scheinbar die Geräusche des Marktes. Einmal mehr griff er in Richtung meiner Heilmittel, nur dass seine Finger diesmal direkt über meiner Hand schwebten.

»Wie ist Euer Name?«, fragte er.

»Edira«, sagte ich. Ein Versuch, ihn zu verbergen, wäre ohnehin sinnlos gewesen. Irgendjemand in der Stadt würde ihm meinen Namen verraten, wenn ich es nicht tat. »Was genau braucht Ihr jetzt noch mal?«

Ohne jegliche Regung schaute er mir ruhig in die Augen. »Wie gesagt, vielleicht sollten wir besser unter vier Augen darüber reden. Bei einer Tasse Tee?«

Das Herz schlug mir bis zum Halse. »Ihr wollt mit mir Tee trinken?«

»Warum nicht?« Er zog die Mundwinkel leicht in die Höhe. Die Geste wirkte so lässig und warm, dass sie beinahe meine aufkeimenden Ängste auflöste. »Ich möchte gerne hören, welche anderen Witzeleien Euch vielleicht noch herausrutschen. *Performictum.*« Sein Lachen war leise und berauschend. Dann sog er sachte an seiner Unterlippe und betrachtete mein Haar.

Das vertraute Unbehagen durchströmte mich. Ich hatte die Haare gerade erst gefärbt. Alles war gut. Er wusste es nicht. Trotzdem schwand beim Gewicht seiner Worte, das auf mir lastete, der Zorn als Triebfeder meiner »Witzeleien«. Ich weigerte mich, mit jemandem wie ihm allein zu sein.

»Bedauerlicherweise fehlt mir dafür die Zeit. Und was Tinkturen oder sonstige Heilmittel betrifft, bin ich mir sicher, dass Row… – Eure Threadmenderin Euch eine bessere Hilfe ist, als ich es bin.« Ich biss mir heftig auf die Zunge und versuchte, die Lippen, an denen er anscheinend solches Interesse hatte, neutral zu halten, um mir jede weitere Bemerkung zu verkneifen. Wenn ich den Namen meiner Tante benutzte, würde das seine Neugier nur verstärken und mich in Gefahr bringen.

Kurz spiegelte sich der Schreck in seinen Zügen. Ein langer Seufzer folgte. »Rowena war mir eine liebe Freundin. Sie hat mir bei einigen wegweisenden Arbeiten geholfen und sogar die Bandbreite ihrer Fähigkeiten dokumentiert, in der Hoffnung, ihre Magie könne nach ihrem Tod weiter anderen helfen. Sie ist vor einigen Jahren gestorben. Genau aus diesem Grund stehe ich vor Eurem Stand.«

Ein tiefer Schmerz bohrte sich mir in die Brust und ein heißes Kribbeln erfüllte meine Augen. Ich rang um eine gleichmäßige Atmung und kämpfte mit den Tränen. Obwohl ich es erwartet hatte, tat die Nachricht von ihrem Tod weh. Ich hatte stets gehofft, sie irgendwie, auf irgendeine Weise wiederzusehen. Vor allem in den Jahren nach dem Tod meiner Eltern hatte ich mich daran geklammert, aber Orin durfte keinesfalls sehen, wie sehr seine Worte mich trafen. Sie hätte nicht gewollt, dass ich das gleiche Schicksal erlitt wie sie.

»Es tut mir leid, das zu hören, aber wenn Ihr hier nichts Passendes findet, kann ich Euch nicht helfen.« Ich schob den Lederkoffer für ihn außer Reichweite und klappte die Verschlüsse zu.

»Ich verstehe.« Er hielt meinen Blick viel zu lange. Etwas Bekümmertes, etwas beinahe *Menschliches* zeigte sich in seinen Augen. »Ich werde eine Lösung finden, die passender für meine Bedürfnisse ist, auch wenn ich doch hoffe, dass unsere Wege sich erneut kreuzen werden.«

»Ja, nun gut, ich sollte gehen.« Ich packte die beiden Griffe, hob die Koffer an und neigte kurz den Kopf. Diese winzigste Demonstration von Höflichkeit war die einzige, zu der ich fähig war. »Guten Tag.«

Er straffte sich und zupfte am Saum seiner Weste, bevor er mit beiden Händen über den schimmernden Stoff strich. Kurz musterte er mich noch, bis er schließlich seine Konzentration auf das Blumengitter hinter mir richtete, als würde ich überhaupt nicht existieren. »Ich hoffe gewiss, dass das passieren wird.« Er nickte fast unmerklich, wie eine Bestätigung für sich selbst.

Ich wagte es nicht zu antworten. Stattdessen machte ich auf dem Absatz kehrt und ging am Rand des Marktplatzes entlang, gerade so schnell, wie es mir möglich war, ohne zu rennen. Aber ganz gleich, wie viel Abstand ich zwischen ihn und mich brachte, das Frösteln, das auf meiner Haut wütete, ließ sich nicht abschütteln. Oder schlimmer noch, der gefährliche Gedanke, dass seine Abschiedsworte – so leise und doch so voller unausgesprochener Drohungen – überhaupt nicht mir gegolten hatten.

KAPITEL 4

Die untergehende Sonne warf ihr warmes Licht auf die stillen Gärten, die auf Höhe unseres Hauses lagen. Ich lehnte mich an den kühlen Stein in meinem Rücken und streckte die Beine aus. Der Stoff meiner Kleider wurde nass vom feuchten Gras, aber das kümmerte mich nicht. Nachdem ich meine Apothekerkoffer im Haus abgestellt hatte, war ich sofort hierhergekommen, in den Garten meiner Mutter, um zwischen all den Krokussen, Narzissen und weinroten Tulpen meine Nerven wieder in den Griff zu bekommen. Bienen summten träge von Blüte zu Blüte, und ich zuckte nicht einmal zusammen, als eines der Insekten auf der Suche nach reifen Pollen prüfend die eingestickte Blume meines Oberteils erkundete. Das Tierchen flog schon bald weiter und ich gab ein müdes Seufzen von mir.

Tante Rowena war tot. Die Gewissheit hinterließ ein für mich unerwartetes Gefühl von Leere in der Brust und ich rieb die Stelle unter meinem Schlüsselbein. Zumindest war ich ihrer Bitte gefolgt. Ich hatte mich versteckt. Wenn ich sie schon nicht wiedersehen konnte, konnte ich zumindest das Leben führen, das sie sich für mich gewünscht hatte. Selbst wenn es bedeutete, nach Kräutern zu suchen, bis ich ein altes Weib war.

Wir hatten ausreichend Essen, um uns damit bis zum Markt in der nächsten Woche durchzuschlagen, aber das war es dann auch. Morgen würde ich in aller Frühe wieder in den Wald gehen, um möglichst zügig meine Heilmittelvorräte aufzufüllen. Vielleicht würde ich ja ein paar Morcheln ausgraben, die ich nutzen konnte, um mit der Tochter des Schlachters zu feilschen. Wir hatten einige Male das Vergnügen gehabt, miteinander Geschäfte zu machen, und ich hatte das eine oder andere über ihre Vorlieben erfahren.

Trotzdem wollte ich keinesfalls irgendeine dauerhafte Bindung entwickeln. Es war ein Risiko, den Städtern die Wahrheit über meine Identität anzuvertrauen.

Völlig versunken in meine Überlegungen, bemerkte ich nicht einmal das Läuten der Stadtglocke, das das Ende der Schicht in den Minen verkündete. Erst als ich Noam und Nohr erschöpft auf unsere Tür zutrotten sah, wurde mir bewusst, dass der Abendhimmel jede Minute der Nacht weichen würde und das Summen der Bienen schon lange dem fragenden Zirpen der Grillen Platz gemacht hatte. Öllaternen waren entlang des gepflasterten Pfades, der von der Stadt hierher führte, aufgehängt worden und warfen lange Schatten hinter meinen Brüdern. Ich erhob mich mühsam, um den beiden entgegenzugehen.

»Irgendwelche Ever-Juwelen heute?«, fragte ich, während wir uns gemeinsam unserem Haus näherten.

Nohr schüttelte den Kopf. »Vielleicht beim nächsten Mal.«

»Und vielleicht werde ich auf der Suche nach Kräutern einen Haufen verloren gegangener Münzen finden.« Ich stieß die Tür auf und trat in die Diele, wo ich zusah, wie die Jungen ihre Stiefel von den Füßen schleuderten.

»Träumen darf man ja.« Noam zog seine Handschuhe aus und stopfte sie in die Gesäßtasche seiner Hose.

Ich seufzte. »Nun, zumindest habt ihr morgen frei.« Mein Blick wanderte über ihre schmutzige Kleidung und die dick verkrustete Schmutzschicht auf ihrer Haut. Trauer trübte noch immer ihre Augen und zog ihnen die Mundwinkel herab. Sie hatten kaum Gelegenheit gehabt, den Verlust ihres Freundes zu beweinen. »Geht und wascht euch zumindest etwas von diesem Matsch ab. Ich werde Wasser zum Baden aufkochen.«

Sie nickten schweigend und stolperten die Treppe hinauf zu ihrem gemeinsamen Schlafzimmer. Auch wenn ihre zusammengesunkenen Gestalten nach einem harten Arbeitstag ein gewohnter Anblick waren, wusste ich, dass die Last auf ihren Schultern nichts mit dem Abbau von Juwelen zu tun hatte.

Ich feuerte den Herd an und holte die gleichen Töpfe hervor, die sie benutzt hatten, um für mich Wasser zu wärmen. Nachdem ich die Gefäße befüllt und auf die Platte gestellt hatte, lehnte ich mich an die Küchentheke und starrte zum offenen Fenster. Mit vertrauter Leichtigkeit holte ich das Lederfetzchen meiner Mutter aus der Tasche und rieb es zwischen den Fingern. Nachdem man Rowena fortgeholt hatte, hatten wir nie wieder über dieFerngloves gesprochen. Scheinbar hatte meine Mutter zu große Angst gehabt, sie auch nur zu erwähnen, als hätte sie damit ein erneutes Erscheinen heraufbeschwören können.

Ich bin sicher. Sie wissen es nicht. Ich presste die Augen fest zusammen und drückte einen sanften Kuss auf das Leder. Die biegsame, grobporige Oberfläche fühlte sich weich an meinen Lippen an und ich sog den vertrauten, erdigen Duft ein, bevor ich das Leder zurück in die Tasche schob und die Augen öffnete.

Gerade als ich die Wassertemperatur überprüfen wollte, hallten die Schreie meiner Brüder durchs Haus. Ich drehte mich halb um die eigene Achse und Nohr kam die Treppe heruntergestürmt. Noam polterte unmittelbar hinter ihm her. Noam wirkte seltsam aus dem Gleichgewicht gebracht, sein Gang war unsicher, die Körperhaltung schief. Die freie Hand baumelte schlaff neben seinem Knie. Sein Kopf kullerte von einer Seite zur anderen, und als ich endlich seinen in die Ferne gerichteten Blick auffing, erstarrte ich.

Beide Jungen standen mit nacktem Oberkörper vor mir, da sie sich auf das Bad vorbereitet hatten. So war es ein Leichtes, das fleckige Muster aus Dreck auf ihrer Haut zu entdecken. Und die schmale, rote Linie direkt über Noams Hosenbund.

Eine Schnittwunde. Genau an der Stelle, an der sein Hemd bei der Arbeit in den Minen aus der Hose rutschen konnte.

Die leicht schrumpeligen Konturen der Wunde verfärbten sich bereits zu einem vernichtenden Braun.

»Nein.« Mehr brachte ich nicht heraus und ein unablässiges Rauschen erfüllte meine Ohren. Nadelstiche kribbelten mir auf der Haut, während meine Welt aus den Fugen geriet. Das war zu viel. Das konnte nicht sein. Am Rand meines Gesichtsfeldes hüllte sich alles in ein Meer aus Schwarz. Mein ganzer Fokus richtete sich auf ihn. Auf diesen unheilvollen Schnitt.

Auf die Seuche.

Und dann fiel Nohr krachend mit den Knien auf die Bodendielen. Ich hielt es für seine Reaktion auf die gleiche Erkenntnis, zu der ich gerade gelangt war. Aber dann sah ich auf seinem Bizeps einen langen hervortretenden Streifen, wo Schimmelpilz und gelbe Sporen auf rotem Grund erblühten.

Ich schrie so laut, so heftig, dass mein Kopf vor Schmerz zu Platzen schien. Ich konnte mich nicht einmal erinnern, zu ihnen herübergelaufen zu sein. Im einen Moment war ich in der Küche, im nächsten hockte ich auf dem Boden und wiegte sie auf meinem Schoß, während ihnen unablässig unsinniges Geplapper über die Lippen kam. Die Tränen liefen mir in Strömen die Wangen hinunter und ich drückte die Jungen enger an mich. Ein Schluchzen schüttelte mich und mit allen mir zur Verfügung stehenden Mitteln konzentrierte ich mich auf die ungenutzte Macht, die durch meine Adern pulsierte.

Bitte. Nimm mich. Lass sie leben. Mein ganzer Körper war in Mondlicht getaucht und die Fäden ihres Lebens entwirrten sich vor meinen Augen. Fransten aus. Durchweicht von widerwärtiger Matsche.

Auf dem Weg von Stein zu Staub. Eine Axt spaltete mein Herz entzwei und ich überschüttete die Jungen mit der gesamten Magie, die ich aufbringen konnte.

Fäden sind launische Dinge. Wenn du sie nicht vollständig mit deiner Magie bedecken kannst, wirst du sie auch nicht wieder zusammenflicken können.

Die leisen Worte meiner Tante gingen mir durch den Kopf. Sie hatte sie so sanft gewispert, fast ängstlich, als sie die Hände weit über der bebenden Brust meiner Mutter gespreizt hatte. Diese feuchten, rauen und rasselnden Atemgeräusche würde ich nie vergessen, aber meine Tante hatte sie verjagt. Sie hatte ihre Macht herbeigerufen, ihre Finger in Mondlicht gebadet und kunstvoll über den Brustkorb meiner Mutter gleiten lassen, um wieder zusammenzunähen, was zerrissen war.

Ich klammerte mich an die stille Lektion meiner Tante, während Panik in mir aufstieg. Bei jedem Einatmen konzentrierte ich mich auf meine Macht und war ganz erfüllt von dem Willen, sie stärker werden zu lassen. Bei jedem Ausatmen richtete ich die Aufmerksamkeit nur noch darauf, mehr Energie, mehr Magie zu den Fäden meiner Brüder zu leiten. Ich musste die Seuche vertreiben, damit ich die Fäden festhalten und die ausgefransten Enden wieder zusammenfügen konnte. Wenn ich auch nur einen kleinen Teil des unheilbringenden schwarzen Schlamms wegspülen konnte, dann hatte ich eine Chance. Ich konnte sie retten.

Es funktionierte nicht.

»Edira.« Noam brachte den Namen mühsam heraus und schaute mich aus seinen dunkelbraunen Augen an. Er hatte die gleichen Augen wie unser Vater – nicht nur, was die Farbe betraf. Sie hatten jetzt auch die gleiche wolkige Trübung, die ich bei meinem Vater vor seinem Tod wahrnehmen musste. In meinem Inneren knotete sich etwas zusammen und ich wünschte, ich hätte mit den Fäden meiner Brüder genauso verfahren können. Ich musste sie zusammenflicken, musste sie so verknüpfen, dass sie sich nie wieder lösen würden.

»Ist schon gut«, fügte Nohr hinzu. Seine Hand ruhte schwach auf meinem Oberschenkel.

»Nein, das ist es nicht.« Ich schluchzte. Ich hätte härter arbeiten können, um sie von den Minen fernzuhalten, wo sie auf der Suche nach diesen schwer zu erreichenden Ever-Juwelen geschuftet hatten, nach Steinen, die sich nur selten zutage fördern ließen. Ich hätte mehr *tun* können. Schuldgefühle zerrissen mich und zuckten wie Strom durch das weiße Licht, das uns umgab. Ich wollte nicht allein sein. Niemand sonst in der Stadt kannte die Wahrheit über mich. Bei niemandem konnte ich ganz ich selbst sein. Was sollte ich denn ohne die beiden tun? Ich brauchte sie zum Überleben, damit meine Existenz jenseits von Geheimnissen und Tod irgendeinen Sinn hatte. Ich brauchte ihr Lächeln, ihre Scherze, ihre konstante Wärme. Wenn sie sterben würden …

Ich wollte mich mit dem Teer beschmieren, der ihr Leben zerstörte, und mit ihnen zusammen zu weichem Lehm zerfallen. Was nutzte es mir, eine Threadmenderin zu sein, wenn ich meine eigene Familie nicht beschützen konnte? Meine Finger schmerzten, während ich mich bar jeder Vernunft fester an ihre zitternden Leiber drückte. Die Seuche war überall, kroch über jeden Faden, und meine Magie bewirkte rein gar nichts, um das Fortschreiten aufzuhalten.

Ein weiteres Schluchzen löste sich aus meiner Brust, als ich die Augen fest zusammenpresste.

Schmerz durchdrang zunehmend meine Glieder und vor meinen Augen verschwamm alles aus nun gänzlich neuen Gründen, als die Nebenwirkungen des Threadmendings sich in meinen Knochen bemerkbar machten. Hitze erfasste meine Haut und eine abscheuliche, brackige Substanz bedeckte meine Zunge. Wenn ich die Macht weiterhin so ausschüttete, würde es nicht lange dauern, bis ich das Bewusstsein verlor. Mein Herz stolperte. Ich wollte lieber mit meinen Brüdern hinübergleiten, als zuzusehen, wie sie diese Welt für immer verließen.

Als ich mich bereit machte, immer mehr von meiner Magie hervorzuholen, wurde mit einem Knall die Vordertür aufgestoßen. Das Geräusch nahm mir die Konzentration und mein Blick flog zu dem Mann – dem Ever –, der im schwachen Licht der Diele stand. Orin erfasste das Geschehen im Raum augenblicklich und erstarrte.

»Ihr seid eine Threadmenderin.«

Ich warf ihm von meinem Platz auf dem Boden aus einen wuterfüllten Blick zu. »Was macht Ihr hier?«

»Ich hatte gehofft, Euch zu einem Dessert überreden zu können oder zu einem Spaziergang, da Ihr keine Zeit für eine Tasse Tee hattet …« Er zog die Brauen nachdrücklich zusammen und sein Adamsapfel hüpfte. »Sie haben die Seuche.«

Absolut scharfsinnig. Ich lachte beinahe über den absurden Gedanken an einen abendlichen Spaziergang mit *ihm,* aber stattdessen umarmte ich meine Brüder noch fester. Eine gelbe Wolke legte sich um uns herum, als ich versehentlich einige der Sporen aufriss, die jetzt ihre Arme sprenkelten. Schmerz fraß sich in meine Haut und eine erneute Welle von Übelkeit brodelte in mir. Mir lief die Zeit davon. Oder ihnen.

»Ihr solltet gehen.«

Ein kurzes Blitzen mischte sich in seinen starren Blick. »Ich besitze Magie, die das Fortschreiten der Seuche verlangsamen kann, aber ich kann sie nicht heilen.«

»Ich weiß.« Ich wandte den Blick ab, um die Gesichter meiner Brüder zu betrachten. Die Augen waren in den Höhlen zurückgerollt und Schweiß benetzte den Haaransatz. Blasige Flecken von schwarzem Moder hatten sich in den Armbeugen und den feinen Bauchfalten gebildet. Die Jungen verfaulten von innen nach außen.

»Arbeite in Fernglove für mich und ich werde die Seuche lindern.« Orin sah nicht meine Brüder an, sondern mich. Eine stille Traurigkeit lag in seinem Blick, aber da war noch etwas Anderes. Sorge? Mitleid? Das fühlte sich seltsam an, nachdem selbst meine Nachbarn bei jedem Verlust in meiner Familie nur bemühte Beileidsbekundungen zustande gebracht hatten. Ich bedeutete Orin nichts, warum also verhielt er sich so?

Ich schluckte schwer, während ich mit der aufsteigenden Trauer rang. »Ich kann die Seuche nicht heilen. Eine Verlängerung ihres Schicksals hilft niemandem.«

»Aber vielleicht könntet Ihr es, mit der richtigen Unterweisung«, sagte er und kam langsam näher. »Ihr braucht nicht hier zu sterben. Ich kann Euch helfen, Eure Macht zu nutzen.«

In meinem Nacken kribbelte es unangenehm. Das Licht meiner Magie flackerte. Ich war ein abnehmender Mond auf dem Weg zu einer sternenlosen Nacht und selbst ohne diese restlose Verausgabung meiner Macht hätte mir allein die Anstrengung das Bewusstsein geraubt.

»Habt Ihr genau das damals auch Rowena versprochen?«

Ein überraschtes Flackern huschte über seine Züge und seine Augen weiteten sich. Langsam und erkennbar dämmerte es ihm. »Ich erinnere mich an Euch. Wie gesagt, sie war meine *Freundin.*« Seine Stimme wurde eine Oktave tiefer und er senkte den Blick zum Boden. »Alle in meinem Haushalt haben sie sehr gemocht. Als ich ihr damals gesagt habe, dass wir seit Jahren gemeinsam mit Threadmendern daran arbeiten, die Erde von dieser grauenvollen Krankheit zu befreien, hat sie sich entschieden zu helfen. Dank ihr sind wir kurz davor, Antworten zu finden.«

Ich spürte einen Kloß im Hals und drückte die Wange auf Noams Kopf. Rowena hatte einen großen Teil ihres Lebens geopfert, um meine Mutter vor dem Tod zu retten. Wer wäre ich, wenn ich nicht alles für meine Brüder aufs Spiel setzen würde?

Orin deutete mit dem Kopf auf den alabasterfarbenen Schein, der mich einhüllte. »Verausgabt Euch nicht ohne Grund. Spart Euch Eure Energie, Eure Lebensfäden.« Seine Worte waren so verdammt sanft, sein Ausdruck einfach zu traurig. Langsam ließ er den Blick zu mir wandern. Flehend. Er flehte. Warum? »Würdet Ihr mit mir arbeiten? So wie sie es getan hat?«

Färbe dir weiterhin das Haar. Heile niemanden.

Beim Gedanken an die Worte meiner Tante dröhnte mir mein Herzschlag in den Ohren. Sie konnte nicht gewusst haben, dass mein Leben – das Leben meiner Brüder – hierhin führen würde. Und doch konnte ich Orin trotz der herabhängenden Mundwinkel und der ernsten Augen nicht zur Gänze vertrauen. Was hätte Rowena getan?

Ein goldenes Aufflackern lenkte mich ab und ich beobachtete, wie der Käfer von vorhin über die Holzsparren der Zimmerdecke huschte. Trotz allem, trotz der widersprüchlichen, brodelnden Gefühle, die in meiner Brust miteinander rangen, war dieses winzige Schimmern wie ein Hoffnungsfunke. Er schlich sich in die hintersten Winkel meines Geistes, wuchs mit dem gleichen gierigen Appetit, mit dem die Seuche meine Brüder verschlang, den letzten Teil meiner Familie.

Als Orin näherkam, lockerte ich meinen Griff um Noam und Nohr. »Ich kann Euch nicht versprechen, dass Ihr in der Lage sein werdet, sie zu heilen, aber lasst sie nicht sterben, ohne es zu versuchen. Ich werde sie auf der Stelle in Magie hüllen, das schwöre ich Euch. Die Ausbreitung der Seuche wird das erst einmal stoppen, damit Ihr Eure eigenen Kräfte wieder zurückziehen könnt. Sagt nur, dass Ihr mit mir zusammenarbeiten werdet.«

Irgendetwas übersah ich. Ich musste etwas übersehen. Evers waren wahre Wortakrobaten und brachten selten die negativen Konsequenzen eines Abkommens zur Sprache. Ich wollte nicht so enden wie dieser zungenlose reisende Kaufmann, aber welche Wahl hatte ich? Ich wusste, dass ich nicht stark genug war. Schon jetzt zitterten meine Glieder und der Kragen meiner Bluse war schweißgetränkt. Ich konnte weitermachen. Ohne Sinn und Verstand noch mehr meiner eigenen Fäden opfern oder …

»Bitte, Edira.« Orin streckte mir die Hand entgegen, ohne mich auch nur zu berühren. Er hielt sie einfach hin, die Innenfläche nach oben gedreht, während die Finger mich sanft zu ihm heranwinkten. »Lasst mich Euch helfen.«

Wenige Sekunden kamen mir vor wie eine halbe Ewigkeit. Endlich fand ich meine Stimme wieder. Fasste einen Entschluss. »Meine Brüder bleiben bei mir.«

Erleichterung spiegelte sich in seinem Gesicht. »Selbstverständlich.«

»Dann bin ich einverstanden.«

Ein plötzlicher Kälteschauer jagte mir über die Haut, als neben der Seuche eine weitere Last in meine Knochen drang. Surrende Macht erfüllte die Luft, während das leise Klicken eines zufallenden Schlosses alles andere in meinem Kopf überlagerte. Magie. Ich war an Orins Worte gebunden, an seinen Vertrag und jetzt gab es kein Entrinnen mehr.

In dem Moment, in dem der Schwur um uns herum Gestalt annahm – unsichtbar und doch irgendwie greifbar wie die Metallösen einer Kette –, breitete Orin die Arme weit aus. Der Boden bebte, während sich Tausende winziger, grüner Teilchen in Wellen von seinem Körper lösten. Der Duft der Welt, ein Duft von frischen Blumen und Kiefern und das reiche Aroma von Erde erfüllten den Raum. Und dann ließ Orin mit einer ruckartigen Bewegung aus den Handgelenken die Partikel zu meinen Brüdern hinüberfliegen, um die beiden in Magie einzuhüllen. Macht, berauschend und tief, rollte durch den Raum. Orin hatte Wort gehalten, denn sobald die Magie sich um Noam und Nohr ausgebreitet hatte, verdichtete sie sich zu durchsichtigen Schutzkästen und hob beide Jungen in die Luft.

Aller Schmerz wich aus den Zügen meiner Brüder, als sie in einen tiefen Schlummer fielen, und das Emporkriechen der Seuche in ihren Leibern kam vollständig zum Erliegen.

In Sicherheit. Mit einem kurzen Japsen ließ ich meine eigene Magie versiegen. Noam und Nohr lebten. Vorerst. Tränen liefen mir über die Wangen und die Schultern gaben spürbar nach. Ich konnte meine Brüder retten. Ich konnte …

Die Nachwehen des Versuches, ihre Seuche zu heilen – und war er noch so begrenzt gewesen –, trafen mich hart und schnell. Rot glühender Schmerz bohrte sich mir tief in die Knochen, während mir gleichzeitig schwarz vor Augen wurde. Schlaf. Ich musste schlafen.

»Macht Euch keine Sorgen um Eure Brüder.« Orin hockte sich vor mich hin und legte die Hände ineinander. »Ich werde die beiden sofort nach Fernglove transportieren und dafür sorgen, dass die Magie intakt bleibt. Ein paar meiner Familienmitglieder sind in die Stadt gekommen, als ich nicht nach Hause zurückgekehrt bin.« Er schaute über seine Schulter zu der offenen Tür, dann wandte er sich wieder mir zu. Sorgenfalten bildeten sich auf seiner Stirn und er kam unmerklich näher. »Edira?«

Die Welt geriet ins Trudeln und ich kippte zur Seite. Bevor ich auf dem Boden aufschlagen konnte, war Orin zur Stelle. Er fing mit einer Hand meinen Kopf auf und legte mich sanft ab. Mit den Fingern strich er mir vorsichtig die schweißnassen Locken aus dem Gesicht, die an meiner Stirn klebten.

»Ruht Euch aus. Wir werden uns um alles andere kümmern.« Seine Worte waren gedämpft und verzerrt, als der Schlaf mich langsam übermannte. Ich wusste nicht, was mich auf dem Anwesen der Ferngloves erwartete, aber ich betete dafür, nach dem Aufwachen die Kraft zu haben, meine neue Rolle zu überleben und das Leiden auszulöschen, das mir meine Familie gestohlen hatte – und meine Zukunft.

Mein Kopf schlug gegen etwas Festes und ein lautes Dröhnen drang durch den Nebel in meinem Gehirn. Ein Schmerzgefühl nach dem anderen machte sich bemerkbar und ich listete sie innerlich auf, ohne die Augen zu öffnen. Klebrige Haut. Ein tiefes Hämmern hinter der Stirn.

Ein quälendes Pulsieren in den Knochen, das schlimmer wurde, als ein weiteres Rucken mich durchschüttelte. Meine Gedanken drifteten langsam zurück in die Wirklichkeit und ich kämpfte mit einem kräftigen Ausatmen gegen die Übelkeit in meinem Magen an. Ich hatte eine Abmachung mit einem Ever getroffen. Nicht mit irgendeinem Ever, sondern mit Orin Fernglove.

Meine Brüder. Es klang wie ein Flüstern, wie das Echo einer Erinnerung und ich riss die Augen auf. Aber statt in meinem gemütlichen Wohnzimmer fand ich mich in der Enge einer gepolsterten Kutsche wieder. Mir gegenüber saßen zwei junge Mädchen.

Noch mehr Evers. Ihre dunklen Haselnussaugen waren von einer verblüffenden Hickory-Nuance mit kleegrünen Einsprengseln und bildeten die perfekte Ergänzung zum beigefarbenen Hautton. Das eine Mädchen trug offene, blonde Locken, die in Wellen bis zu seiner Taille reichten, während das tiefbraune Haar des anderen Mädchens auf Höhe des Schlüsselbeins endete. Beide hatten das gleiche strenge hervorstehende Kinn und die gleichen vollen Lippen. Keine von ihnen sagte etwas. Evers hörten mit Mitte zwanzig auf zu altern, aber diese beiden konnten höchstens sechzehn sein, vielleicht siebzehn.

»Meine Brüder?« Die Worte verursachten ein Kratzen in meinem Hals und ich schluckte trocken.

»Sie leben noch«, sagte das blonde Mädchen und legte den Kopf schräg. »Ich bin Amalyss Fernglove. Das ist Tasia.«

»Auch eine Fernglove«, ergänzte sie augenblicklich. Sie sahen einander bis hin zur Kleidung zweifellos ähnlich. Hautenge Zobelhosen mit einem spiegelnden Ölglanz bedeckten die langen Beine, und beide Mädchen trugen ärmellose, mit Silbergarn bestickte Blusen – die von Amalyss war kobaltblau, die von Tasia in einem kräftigen Aubergine-Ton.

»Wo sind sie?«

»Bereits auf dem Anwesen«, antwortete Tasia. »Wir hatten noch nie eine Threadmenderin, die ihre Familie mitgebracht hat. Das wird sicher lustig werden.« Tasias Grinsen war grausam und das starke Hochziehen ihrer Mundwinkel gab den Blick auf ein übertrieben weißes Gebiss mit zu feinen Spitzen gefeilten Eckzähnen frei.

Amalyss' Grinsen ähnelte dem Tasias. »Stimmt und Eure Brüder sind recht gut aussehend. Vielleicht dürfen wir sie ja behalten.«

Ich hätte Noam ermutigen sollen, etwas Zeit mit Lysa zu verbringen. Ihre Eltern waren erheblich weniger gefährlich als die beiden Wölfinnen, die mir gegenübersaßen und kicherten, während sie ihren eigenen schwarzen Humor teilten, den ich gar nicht erst verstehen wollte. Ich mochte in Diensten ihrer Familie stehen, aber ich würde mir nicht von ihnen Angst einjagen lassen. Zumindest nicht sichtbar.

»Meine Brüder sind keine Spielsachen. Was auch immer Ihr euch da gerade ausmalt – lasst sie in Ruhe.« Ich funkelte die beiden an, während ich gegen den wachsenden Ärger in meiner Brust kämpfte.

Amalyss' und Tasias Lächeln wanderte nur noch weiter in Richtung Ohren. Amalyss beugte sich vor, stützte einen Ellbogen aufs Knie und legte das Kinn auf die Hand. »Mit Euch wird es ebenfalls lustig werden.«

Wir rumpelten über eine weitere Unebenheit in der Straße und eine Welle von Schmerz durchfuhr meine Gliedmaßen. Das lenkte mich kurz von den raubtierhaften Bemerkungen der Mädchen ab. Ich betete, dass wir uns in der Nähe ihres Anwesens befanden. Zwar war ich noch nie in Fernglove gewesen, aber ich hatte von einigen vom Glück begünstigten Ältesten gehört, es sei eine mehrstündige Kutschfahrt entfernt. Ich brauchte ein Bad und einige Balsame … erschöpft ließ ich die Schultern sinken.

»Ich hatte gar keine Gelegenheit, meine Sachen zu packen.«

Tasias silberhelles Lachen war genauso beunruhigend wie ihr Grinsen. »Wir haben Eure Heilmittel eingepackt, falls Ihr sie braucht.«

»Aber sonst nichts«, fügte Amalyss hinzu. »Wir müssen uns die Seuche ja nicht noch selbst ins Haus holen.«

Es war wohl kaum anzunehmen, dass irgendwelche Spuren der Seuche in meinem Haus eine größere Bedrohung dargestellt hätten als jene, die meine Brüder in sich trugen, aber ich war einfach nur dankbar dafür, dass Orin sich nicht gegen den Vorschlag gesträubt hatte, Noam und Nohr mitzunehmen. Wie hätte ich sonst wissen können, ob sie in Sicherheit waren?

Oder ob sie noch lebten.

Mein Magen rumorte lautstark und sowohl Amalyss als auch Tasia zogen geringschätzig die Brauen hoch. Ich presste mir eine Hand fest auf den Bauch und versuchte, das Geräusch zu unterdrücken. Das hatte aber lediglich den Effekt, mir bewusstzumachen, dass ich andere Kleidung trug als früher am Tag. Die aufkeimende Frustration, begleitet von Ärger, ließ meine Finger kribbeln. Einer dieser Evers hatte mich ausgezogen.

»Meine Kleider?«, fragte ich.

»Wie gesagt«, murmelte Tasia und in ihrer seidenweichen Stimme schwangen zahllose Drohungen mit, »wir benötigen nicht noch mehr Seuche im Haus.«

»Nicht, dass ihr spannende Kleidungsstücke für uns zur Auswahl gehabt hättet.« Amalyss verzog die Lippen zu einem kindischen Schmollmund. Dann strahlte sie. »Vielleicht wird er uns erlauben, Euch etwas präsentabler herzurichten.«

Ich konnte mir nichts Schlimmeres vorstellen, als mit diesen beiden in einem Raum eingesperrt zu sein, damit sie mich wie eine Puppe anziehen konnten, mir das Haar in Locken legten und mich schminkten – ich wusste nicht einmal, was Evers taten, um sich zu verschönern. Alles, was über ihr normales Aussehen hinausging, schien kaum notwendig zu sein. Ihre Haut war makellos, ihr Haar glänzend und gut genährt. Ich hatte noch nie einen Ever gesehen, der krank wirkte. Durch ihre eigene Art von Magie und ihr Beharren darauf, stets einen Threadmender zur Hand zu haben, blieben sie auf ewig alterslos.

Geistesabwesend ließ ich meine Hand auf der Suche nach Mutters Lederfetzen Richtung Rocktasche wandern und erstarrte. »Was habt Ihr mit meiner Bluse und meinem Rock gemacht?«

Tasia lehnte sich träge ans Fenster und starrte auf die vorüberziehenden Bäume. »Die haben wir verbrannt, damit die Seuche sich nicht weiter ausbreiten kann.«

Ihre Lässigkeit löste ein Inferno in mir aus und ich presste die Lippen aufeinander, um nicht zu schreien. Ich wollte mich quer durch die Kutsche werfen und ihr den gelangweilten Ausdruck aus dem Gesicht schlagen. Alles hatte man mir genommen. Meine Familie. Mein Zuhause. Meine Brüder starben einen langsamen, grauenvollen Tod. Ich würde Willowfell wahrscheinlich nie wiedersehen oder den kunstvollen, blumenbedeckten Bogen, der um unsere Tür herum geschnitzt war. Es machte mir nichts aus, mit der Erinnerung an diese Dinge zu sterben, in dem Wissen, sie ohnehin nicht ewig festhalten zu können. Aber meine Mutter hatte ich bis zum Ende bei mir tragen wollen. Bis meine Magie verbraucht war und ich mich dem Tod ergab, um dem kurzen, verfluchten Leben Ade zu sagen, das ich als Threadmenderin gelebt hatte.

Und jetzt war mir auch das genommen worden.

»Oh, sieh nur, wir haben sie aufgeregt.« Amalyss studierte mein Gesicht. Und dann lachte sie. »Ihr seid so leicht zu verletzen.«

Tasia wandte sich erneut mir zu. »Stell dir mal ihre Reaktion vor, wenn wir gezwungen sind, auch ihre Brüder zu verbrennen.«

Bei diesen Worten verlor ich die Beherrschung. Es hätte nicht passieren dürfen, aber ich konnte einfach nicht anders. Ich stürzte mich auf Tasia und ließ die flache Hand gegen die weiche Haut ihrer Wange knallen. Eine zornige, rote Schwiele erblühte auf ihrem makellosen Gesicht. Mit großen Augen starrte sie mich an und atmete dreimal tief durch, bevor sie reagierte. Und dann stürzte sie sich auf mich und stieß mich gegen die gepolsterte Sitzbank, bevor sie vom Zorn einer Wildkatze erfüllt mit ihren spitzen Nägeln die nackte Haut meines Halses und meiner Arme zerkratzte. Amalyss stürzte sich kreischend in das fauchende Gewirr aus Gliedmaßen und Reißzähnen, in dem wir alle die Krallen ausfuhren. Ich wusste zwar nicht, was ich mit der Aktion erreichen wollte, aber es war irgendwie befreiend, dem Zorn nachzugeben und einfach alles zu vergessen – den niederschmetternden Anblick von Noam und Nohr, wie sie unter meiner Berührung verwelkten, das Abkommen mit Orin, den Verlust meines Zuhauses. Die Mädchen rissen mir die Haut auf, ohrfeigten mich, bissen, traten um sich und boxten mich, bis wir herunterfielen und der Boden unter uns nachgab und uns auf den unebenen Erdboden beförderte.

Unter der Wucht des Aufpralls lösten wir uns voneinander und die Kutsche blieb stehen. Ich lag ausgestreckt auf dem Rücken, den Blick zum Abendhimmel emporgerichtet. Der Boden unter meinen Schultern war holprig und feucht und der Duft von nasser Erde stieg mir in die Nase. Aber bevor ich irgendetwas anderes wahrnehmen konnte, waren Amalyss und Tasia über mir. Sie rammten mir die Knie in die Schultern und ein scharfer Aufschrei löste sich krächzend aus meiner Kehle, während mir die Tränen in die Augen stiegen.

Tasia senkte den Kopf bis unmittelbar vor mein Gesicht. Die spitz zulaufenden Zähne waren gebleckt und glänzten. »Vergesst nicht, für wen Ihr arbeitet.«

»Nicht nur Orin besitzt Macht«, sagte Amalyss. Ein Schwall Magie schien aus der Erde selbst direkt in die Körper der beiden zu fließen und ihre Augen erglühten wie bei wilden Tieren in der Nacht. Alle Merkmale schienen stärker hervorzutreten. Leuchtende Federn wie die eines Kolibris bohrten sich von innen durch ihre Haut und säumten Wangenknochen und Schläfen. Amalyss öffnete die Lippen, um ihren rasch wachsenden Reißzähnen den nötigen Raum zu verschaffen. Mir standen die Nackenhaare zu Berge, als ein knisterndes, spannungsgeladenes Gefühl über mich hinwegströmte.

»Ihr braucht mich«, verhöhnte ich sie und ignorierte den wachsenden Schmerz in meinen Armen und die Angst, die mir den Magen zusammenzog.

»Ihr irrt.« Tasias Lächeln war eine Warnung. »Wir könnten genauso gut eine andere Eurer Art finden.«

Noch ehe mir eine geistreiche Erwiderung einfiel, wurden die beiden von zwei starken Händen am Blusenkragen gepackt. Mit einem einzigen gewaltigen Ruck wurden sie von mir weggerissen und mühelos wie zwei leere Säcke beiseitegeworfen. Trotzdem standen Amalyss und Tasia wieder auf den Füßen, kaum dass sie mit dem Rücken auf die Erde geprallt waren, und wandten sich dem Mann zu, der nun über mir thronte.

»Wir haben doch bloß gespielt«, jammerte Amalyss. Mir fiel der plötzlich kindliche Ton ihrer Stimme auf, als sei das alles nur ein geringfügiges Missverständnis, das nicht mehr verdiente als einen Klaps aufs Handgelenk. Die berauschende Magie, die ihre Leiber verströmt hatten, löste sich zusammen mit dem zuvor anschwellenden Rauschen auf, das die Luft geschwängert hatte.

»Außerdem hat sie damit angefangen«, fügte Tasia hinzu.

»Und ich werde es beenden. Fahrt mit der Kutsche zurück zu den Ställen. *Sofort*«, sagte er. Er machte sich nicht die Mühe, in meine Richtung zu schauen, aber das bedeutete nicht, dass ich den Blick von ihm losreißen konnte.

Verdammte Scheiße. Rostfarben schattiertes Haar fiel ihm in die Stirn und kitzelte an den dichten, kantigen Brauen im gleichen Ton. Zwei durch die Haut gestochene Onyxstecker hoben sich über seiner linken Braue ab. Er hatte eine breite Nase und volle Lippen, die sich gegenwärtig an den Mundwinkeln leicht nach unten zogen. Unwillkürlich fragte ich mich, wie sie aussehen würden, wenn er lächelte. Der Bernsteinton seiner Augen ähnelte fast schon Gold, aber in seinem Gesichtsausdruck lag keinerlei Wärme. Langeweile traf es schon eher.

»Warum? Du hast uns doch ganz wunderbar gefahren.« Tasia stemmte die Hände in die Hüften.

Der Mann machte einen Schritt auf sie zu und sie duckte sich. »Weil ihr beide euch gerade Stalldienst eingehandelt habt.«

Tasia klappte der Unterkiefer herunter. »Rorik, das ist nicht fair!«

»Wir misten doch nie die Boxen aus. Dafür haben wir Personal.« Amalyss bettelte förmlich.

»Sofort«, stieß er knurrend hervor und deutete auf die Kutsche. Mein Blick folgte seiner Hand und ich sah, dass das glänzende, schwarze Gefährt von zwei Hirschen gezogen wurde. Die Geweihe der Tiere waren von Efeu umrankt, in den Augen lag ein fahler Schein und das moosbedeckte Fell zierten Blumen. Die Hirsche stießen kräftig den Atem aus und von ihren feuchten Nüstern stiegen Nebelschwaden auf.

Amalyss und Tasia machten auf dem Absatz kehrt und stapften wütend davon. Das ganze Gefährt bebte, als sie die Tür zuschlugen und zusammen aufstiegen, um sich auf dem Kutschbock einzurichten. Sobald Tasia die Zügel ergriffen hatte, zog Rorik hörbar die Luft durch die Zähne und der leise Laut versetzte die Hirsche wieder in Bewegung.

»Wollt Ihr aufstehen?« Als er mich nun endlich ansah, streckte er mir nicht die Hand hin. Stattdessen entschied er sich dafür, die Arme vor der Brust zu verschränken. Bei dieser Bewegung schmiegte sich sein schiefergraues Hemd eng an seinen Körper und ich zeichnete die Linie seines muskulösen Halses bis hinauf zu den aufeinandergepressten Kiefern nach.

»Ja.« Ich hievte mich hoch und schaute der entschwindenden Kutsche hinterher, die einer Biegung in der Lehmstraße folgte. »Vielen Dank.«

»Ihr wäret gut beraten, den beiden aus dem Weg zu gehen.« Er wandte sich ab, ohne abzuwarten, ob ich ihm folgen würde, und schlenderte mit gelangweilter Ruhe den Pfad hinunter. Ich beeilte mich, mit seinem Tempo mitzuhalten, denn jeder seiner langen Schritte überwand die gleiche Entfernung wie zwei meiner eigenen.

»Ich bezweifle stark, dass das möglich ist«, murmelte ich. Der Abendhimmel verblasste schnell von einem Fliederton zu einem Indigoblau und die langen Schatten hoher Tannen und Kiefern verschwammen bereits miteinander, um die Erde in Dunkelheit zu tauchen. Eine kühle Brise ließ das Unterholz und das am Boden liegende Laub rascheln und ich rieb mir die Arme, um ein wenig Wärme zu erzeugen.

»Trotzdem«, sagte Rorik und ich konzentrierte mich wieder ganz auf ihn, während wir derselben Biegung folgten wie zuvor die Kutsche, »meidet jeden aus dieser Familie, wenn Ihr könnt.« Ein Muskel spannte sich in seinem Hals an, aber Stimme und Blick blieben ruhig.

Ich konnte mir ein spöttisches Lachen nicht verkneifen. »Ihr wisst doch sicher, warum ich hier bin.«

Er hielt inne und schenkte mir mit einem weicher werdenden Blick seine volle Aufmerksamkeit. Dann verzog er das Gesicht. »Ihr seid hier, um an der Heilung der Seuche zu scheitern und dann zu sterben. Wie lange das dauern wird, wissen nur die Götter.

Stolpernd kam ich zum Stehen, wie gelähmt von seinen Worten. Eine ganze Weile musterte er mich auf der Suche nach irgendetwas – einer Schwäche –, dann schürzte er die Lippen. Er drückte den Rücken durch und deutete ruckartig mit dem Daumen die ausgetretene Straße entlang.

»Wir sind da.«

Ich machte einen Schritt beiseite, sodass ich an seiner breiten Gestalt vorbeischauen konnte, und schnappte nach Luft. Viele Hektar sanft gewellter Hügel reichten bis zum Horizont und das gewaltige Grundstück wurde von dichtem Wald umsäumt. Das Anwesen derFerngloves bildete den Mittelpunkt von alledem, wie es da stolz auf einem eingeebneten Teil des Landes stand. Vom ersten Gebäude bis hin zu der Stelle, an der ich stand, erstreckte sich eine gepflegte Rasenfläche mit kunstvoll gestutzten Hecken und einer Reihe von Blumenbeeten. Ich zählte auf Anhieb mindestens drei Nebenbauten, obwohl das Hauptgebäude meine ganze Aufmerksamkeit fesselte.

Ein Fluss schlängelte sich leise murmelnd vom Wald aus über das Gelände und am Herrenhaus entlang und eine einsame Brücke aus zartgrünem Stein, breit genug, dass zwei Kutschen aneinander vorbeifahren konnten, verband die Straße mit einem offenen Innenhof. Die Vorderseite des Herrenhauses wurde von einem spitz zulaufenden Bogen dominiert und das Satteldach war von milchweißem

Holz umrahmt. Das Gemäuer des weit verzweigten Gebäudes war aus Kalkstein, der eine Schattierung heller war als das Material der Brücke, und ich verlor den Überblick über all die Bogenfenster, in denen Licht aufflammte, während der Himmel sich verdunkelte.

Das Anwesen war atemberaubend in seiner Pracht, aber furchteinflößend in seiner Einsamkeit. Denn trotz seiner Größe hatte ich Mühe, auch nur eine einzige Seele auf dem Gelände zu entdecken. Alles war auf schauerliche Weise still, bis auf das leise Zirpen von Insekten, die die Nacht willkommen hießen. Unbehagen ließ mir das Blut in den Adern gefrieren. Ich wollte es auf die späte Stunde schieben, wohlwissend, dass es an etwas anderem lag. Ich wusste es genauso, wie ich wusste, dass mein Schicksal mich geradewegs und unabänderlich in den Tod führte.

In der Abendbrise lag der leise Hauch von Krankheit und ließ mich bis ins Innerste frösteln. Jeder Fernglove, dem ich bisher begegnet war, strotzte vor Gesundheit und war voller Leben. Das stand vollkommen im Kontrast zu der erstickenden Präsenz von etwas Grundverkehrtem, das scheinbar von dem fast lautlosen Anwesen ausging. Sehen konnte ich den Tod nicht, aber fühlen. Es gab zerrissene Fäden hier, und die Erkenntnis ließ meine Magie summen.

»Wie viele Threadmender sind hier schon gewesen?«, fragte ich leise, den Blick auf das hoch aufragende Herrenhaus geheftet.

»Zu viele.« Roriks Lippen zuckten, als sein Blick erstarrte.

Und sie alle waren jetzt tot. Zorn durchströmte mich und ich ballte die Fäuste. »Natürlich. Mögen die Götter verhüten, dass Ihr Euch tatsächlich mal allein auch nur dem geringsten Gebrechen stellt.«

Die Worte brachten ihn zum Lachen. »Als könnten uns geringfügige Gebrechen etwas anhaben.« Er bedachte mich mit einem intensiven Blick, dann schlenderte er davon. Ohne zurückzublicken, richtete er über die Schulter hinweg erneut das Wort an mich. »Willkommen auf dem Fernglove-Anwesen, Edira. Möget Ihr überleben, um noch etwas anderes zu sehen.«

KAPITEL 5

Der Schritt durch die Flügeltüren des Herrenhauses von Fernglove war wie ein Schritt in eine völlig andere Welt. Die große Eingangshalle war gewaltig und die blank polierte, zweiläufige Treppe führte jeweils in einer sanften Kurve nach oben. Dunkle Hartholzböden zogen sich durch das ganze Gebäude und kunstvolle, schmiedeeiserne Kronleuchter, geschmückt mit Zinnkristallen, hingen an Ketten von schier unendlich hohen Decken herab. Die eichenvertäfelten Wände wurden wahlweise von kostbaren Ölgemälden geziert oder von Buntglasfenstern durchbrochen. Ich ertappte mich dabei, das Morgenlicht herbeizusehnen, nur um zu sehen, welche Farbspiele die kunstvollen Meisterwerke erzeugen würden.

Vermutlich hatten alle Evers elegante Güter, insbesondere die Ferngloves als Besitzer der Minen in Willowfell. Aber das hier war in einer für mich komplett unerwarteten Weise opulent, und doch … mein Blick wanderte zu den Reihen geschlossener Türen. Stille. Rorik ging in großen Schritten an mir vorbei und seine Stiefel dröhnten schwer auf dem Boden. Das Geräusch hallte endlos durch das Gebäude und einmal mehr staunte ich über die stille Leere, die über allem lag. Ich folgte ihm schweigend vorbei an Anrichten, die mit Blumentöpfen voller Hyazinthen in zarten Violett-, Rosa- und

Elfenbeintönen zugestellt waren, und erwartete eine angenehme Duftexplosion um mich herum. Stattdessen schlugen mir lediglich schale Luft und Staub entgegen. Ich zog nachdrücklich die Brauen zusammen. Hyazinthen waren die Essenz des Frühlings, das Parfum der Jahreszeit. Die ganze Etage hätte von ihrem Aroma geschwängert sein sollen.

»Hier hinein«, sagte Rorik, dessen Gang steif wurde, als er durch eine offene Flügeltür trat.

Wir gelangten in ein formelles Esszimmer mit einem riesigen Eichentisch, der mindestens zwölf Personen Platz bieten konnte. Ein cremefarbener, mit waldgrünen Blättern und blutroten Rosen verzierter Spitzenteppich erstreckte sich von einem Ende des Raums zum anderen. Rundum auf dem Tisch waren blaue Teller mit Goldrand arrangiert worden und Unmengen von Speisen türmten sich noch unberührt in der Mitte. Rorik blieb vor einem Stuhl stehen und bedeutete mir, Platz zu nehmen. Zögerlich blieb ich an der Türschwelle stehen und gab mein Bestes, den köstlichen Duft von in Kräuterkruste gebackenem Huhn zu ignorieren, der in der Luft lag.

Zwangsläufig musste ich an die Macht denken, die diese Evers besaßen, daran, wie meine Tante fortgeholt worden war oder wie der reisende Händler seine Zunge verloren hatte. Ich hatte den Vertrag mit Orin freiwillig geschlossen, aber würde das ihn oder seine Familie daran hindern, mich folgsamer zu machen? Unterwürfiger? Konnten sie meine Mahlzeiten verzaubern, damit ich ohne Fragen gehorchte? Vielleicht würden diese speziellen Stachelbeeren, eine leuchtend gelbe Frucht, die aus winzigen Steinfrüchtchen bestand, mich empfänglich für einen Zauber machen. Der Wein war wahrscheinlich genauso gefährlich, wenn nicht noch gefährlicher.

Angst rieselte meine Wirbelsäule hinab. »Ich will meine Brüder sehen.«

»Nachdem Ihr etwas gegessen habt.« Rorik stützte sich mit beiden Händen auf die Stuhllehne.

»Ich will sie *jetzt* sehen.«

Er zog eine Braue in die Höhe. »Wenn Ihr in der Hoffnung, sie zu finden, ziellos durch das Herrenhaus wandern wollt, nur zu.«

Ich ballte die Hände zu Fäusten. »Ihr werdet mich nicht zu ihnen bringen?«

»*Nachdem* Ihr etwas gegessen habt, wird jemand Euch zu ihnen begleiten.« Ein gequältes Seufzen kam ihm über die Lippen, aber in seinen Worten schwang eine unmissverständliche Schärfe mit. »Die anderen werden sich in Kürze zu uns gesellen. Ich schlage vor, Ihr füllt Euer Glas, bevor sie eintreffen.«

»Woher weiß ich, dass es sicher ist?« Ich rückte näher heran. Mein Magen schmerzte vor Hunger und krampfte sich zusammen, aber ich konnte es nicht riskieren, etwas zu mir zu nehmen, das mich verletzbar machen würde.

»So viele Fragen. Seid Ihr immer so unerträglich?«, murmelte er. Als ich nicht reagierte, rieb er sich den Nasenrücken. »Es ist sicher.«

Die Anspannung erzeugte ein Kribbeln zwischen meinen Schulterblättern und ich funkelte zuerst ihn an, dann die Mahlzeit. »Sicher für Euch oder sicher für mich? Sagt mir eine Wahrheit, die sich nicht verbiegen lässt, und ich werde essen.«

»Ihr wollt von mir einen Schwur, dass das Essen sicher ist? Dass ich das Versprechen mit Magie besiegele?« Er legte den Kopf schief und seine Mundwinkel verzogen sich zu einem Feixen. »Argwöhnische kleine Menderin. Vielleicht werdet Ihr uns am Ende doch alle überleben.«

Er ließ den Stuhl los, um herüberzukommen, und ein teuflisches Glitzern flammte in seinen goldenen Augen auf. Alles in mir schrie danach, wegzurennen, aber ich gab nicht klein bei und biss die Zähne zusammen. Als er vor mir stehen blieb, schob er die Hände in die Taschen seiner schwarzen Hose und beugte den Kopf zu mir herunter.

»Es ist sicher, die Mahlzeit zu verzehren, sie ist frei von jeder Art Verzauberung oder Gift.« Ein erdiger Duft von Moos und Dreck begleitete seine Worte und ein Kältehauch huschte über meine Haut. Ever-Magie. Etwas an dieser Macht fühlte sich uralt an, als sei sie aus dem Land selbst geboren und bliebe auch dann erhalten, wenn seine Knochen doch jemals in der Erde ruhen sollten. Spannung baute sich zwischen uns auf, während ich den Atem anhielt und er mich einen Moment länger als nötig musterte, bevor er sich wieder aufrichtete. »Und? Wird das genügen? Ich habe Euch versprochen, dass es sicher ist. Sollte ich gelogen haben, würde ich an Eurer Stelle die Konsequenzen erleiden.«

Bei diesen Worten blinzelte ich. Ich hatte immer nur von Schwüren gehört, die negative Auswirkungen auf Sterbliche hatten. Wenn das hier nun stimmte … »Ist es Unrecht, um eine versehentliche Lebensmittelvergiftung zu beten?«

Er lachte düster in sich hinein. »Seid weiter so geistreich. Und jetzt esst etwas.«

Im Handumdrehen saß ich mit einem vollen Teller und einem nicht minder vollen Kelch am Tisch. »Könnt Ihr mir zumindest sagen, ob es meinen Brüdern gut geht?«

Rorik ignorierte die Mahlzeit gänzlich und füllte seinen Kristallkelch bis an den Rand mit dunkelrotem Wein. »Sie haben sich mit der Seuche infiziert. Man kann wohl behaupten, dass es ihnen nicht gut geht, aber sie leben noch.« Er nahm einen ausgiebigen Schluck. »Das habt Ihr Orin zu verdanken.«

Wie aufs Stichwort kam Orin mit einem breiten Lächeln hereinspaziert. Seine braunen Locken waren feucht, als sei er frisch gebadet, und die gebräunte Haut leuchtete. Heiterkeit lag in seinen efeufarbenen Augen und er kam in den Raum gerauscht, als veranstalte er ein Fest mit Freunden.

»Edira, wie wundervoll, dass Ihr wach seid. Ich kann es gar nicht erwarten, Euch allen vorzustellen.« Auch jetzt trug er üppige, smaragdgrüne Kleidung, und die goldenen Knöpfe an seiner Weste blitzten, als er an der Stirnseite des Tisches Platz nahm. Eine Dienerin in bescheidener brauner Gewandung kam durch eine Dienstbotentür hereingeschlüpft und füllte sofort seinen Teller. Nachdem sie ihm eine ordentliche Portion Wein eingeschenkt hatte, verschwand sie.

»Wie viele von Euch leben hier?« Ich drapierte mir eine Leinenserviette auf den Schoß und legte die Hände ineinander. Die Götter allein mochten wissen, was bei diesen arroganten Unsterblichen einen Wutanfall auslösen konnte, und schlechte Etikette sollte nicht gerade mein erstes Vergehen als neue Bewohnerin des Herrenhauses von Fernglove sein. Mein Magen konnte warten.

»Ihr habt meinen Bruder kennengelernt, Rorik, und unsere jüngeren Cousinen, Amalyss und Tasia.« Sein unbefangenes Grinsen wirkte ehrlich und die Anspannung zwischen meinen Schulterblättern lockerte sich zumindest ein kleines bisschen. »Abgesehen von uns gibt es vier weitere Familienmitglieder sowie ein paar Dienstboten, die ebenfalls auf dem Anwesen wohnen.«

Rorik sagte nichts, während sein Bruder sprach, aber er drapierte eins seiner langen Beine über eine Armlehne seines Stuhls und lehnte sich lässig gegen die Holzstrebe in seinem Rücken. Teilnahmslos musterte er die Deckenbalken. Seine apathische Haltung zeigte keine große Wirkung auf die Überschwänglichkeit seines Bruders und Orin sprach ungerührt weiter.

»Wir haben außerdem das Glück, dass unser Land an das von zwei anderen Ever-Familien angrenzt: das der Waterstones und das der Starglens. Die Kinder der Familien unterrichte ich hier zusammen mit Amalyss und Tasia.«

Rorik quittierte die Worte mit einem Schnauben. »*Glück* ist eine interessante Wortwahl.«

Orin tat die Erwiderung mit einer knappen Handbewegung ab. »Wir hatten in der Vergangenheit Differenzen, aber es ist von größter Bedeutung, dass die Jugend gemeinsam erzogen wird, damit sie es besser machen kann als wir.«

Rorik löste seine Aufmerksamkeit lange genug von der Decke, um seinen Bruder mit einem Blick zu durchbohren und zu feixen.

»Hast du das auch gesagt, als Flix dir vor nicht mal zwei Wochen einen Dolch in die Hand gerammt hat? Diese Lektion muss ich verpasst haben.«

Orin reagierte mit einem schmallippigen Lächeln. »Du hast viele Lektionen verpasst, Bruder.«

Energische Schritte erklangen in der Halle und unterbrachen Orins und Roriks Wortwechsel. Kurz darauf kam eine Frau in den Raum gerauscht. »Streitet ihr zwei schon wieder? Also ehrlich.« Sie beugte sich über mich und machte sich nicht die Mühe, ihr fast durchsichtiges, blondes Haar zurückzustreichen. Stattdessen ließ sie es mir ins Gesicht schlagen. Mit langen, zarten Fingern griff sie nach der Weinkaraffe und schenkte sich ein Glas ein. Erst dann ordnete sie ihre Locken und richtete den Blick aus eisgrünen Augen auf mich. Mit einem schnellen Vorschieben ihrer Zunge befeuchtete sie sich die Lippen. »Ah, hallo, meine Liebe.«

Bei ihrem Anblick breitete sich schlagartig ein Kribbeln in meinen Gliedern aus und ich war mir nicht sicher, ob es seinen Ursprung in Furcht oder Sehnsucht hatte. Diese Ever hatte etwas Sinnliches – und schien sich dessen auch bewusst zu sein. Als sei es eine Waffe, die sie mit tödlicher Effizienz benutzte.

Rorik ignorierte erneut alle am Tisch, während Orin aufstand und die Arme ausbreitete. »Seville, meine liebe Schwester.«

Sie schlenderte auf ihn zu, drückte ihm einen schnellen Kuss auf beide Wangen und ließ sich dann auf dem Stuhl zu seiner Rechten nieder. Alles an ihr war scharfkantig: die Spitze ihrer Nase, die Umrisse ihres Kinns, die oberen Ränder ihrer Ohren. Sie war wie aus Diamanten gehauen und ihre bleiche Haut glühte regelrecht in einem verborgenen Licht. Ich wusste ja, dass alle Evers Glamourzauber trugen, aber sie hatte ihn zu absoluter Perfektion gebracht. Während sie mich musterte, spielte sie mit dem Saum ihres langen taillierten Damenfracks, dessen Farbe exakt mit der des Weines in ihrem Glas übereinstimmte.

Plötzlich war ich mir der stumpfen, falschen Farbe meines Haares und meiner zerknitterten Bluse nur allzu bewusst. Natürlich musste ich ausgerechnet jetzt der leibhaftigen Perfektion begegnen, da ich aussah, als wäre ich im Schlepptau der Kutsche zum Anwesen geschleift worden, statt behaglich in ihrem Innern hierherzureisen.

»Ist das unsere neue Threadmenderin?« Ihre Frage hatte eher etwas von einem Schnurren und ich kämpfte gegen den Drang, in meinem Sitz kleiner zu werden. Einmal mehr erschien eine Dienerin und traf eine geschickte Wahl unter der Ansammlung dargebotener Speisen, um einen Teller für Seville herzurichten. »Wir hätten jemand Jüngeres suchen sollen.«

»Ja, das ist Edira«, sagte Orin und kehrte zu seinem Stuhl zurück. »Und du und ich wissen beide, dass das Alter nichts mit ihren Fähigkeiten zu tun hat.«

Bevor Seville etwas hinzufügen konnte, kamen Amalyss und Tasia herein, dicht gefolgt von zwei weiteren Evers, die zweifellos ihre Eltern waren. Das honigblonde Haar der Frau war fest zu einem kunstvollen Dutt zurückgebunden und betonte das gleiche strenge Kinn, wie ihre Töchter es hatten. Aber ihre Haut war hell und übersät von Sommersprossen und in ihren an Juwelen erinnernden, blaugrünen Augen lag eine Schärfe. Der Mann hatte unfassbar breite Schultern, volle Lippen und einen warmen zartbraunen Hautton, der an Herbstblätter erinnerte. Seine Augen waren von einem kräftigen Braun, etwas dunkler schattiert als bei seinen Töchtern. Ohne jeden Gruß setzten sie sich nebeneinander und warteten darauf, dass man ihre Teller füllte.

»Unsere Tante Lydia und ihr Herzgefährte Clesian«, stellte Orin die beiden vor.

Mein Blick verweilte auf Clesian mit seiner ruhigen Ausstrahlung. *Herzgefährte.* Orin hatte es mit einem Hauch von Verehrung ausgesprochen, und obwohl ich in meiner Kindheit und Jugend in Willowfell den Ausdruck im Flüsterton gelegentlich vernommen hatte, verstand ich nicht, warum der Unterton in seiner Stimme eine Form von Ehrfurcht und Staunen ausdrückte, die eigentlich Wundern vorbehalten war. Vielleicht heirateten Evers nicht so ohne Weiteres und die Vorstellung, einen Ehegatten zu haben, war für sie gleichermaßen befremdlich wie schätzenswert.

»Und hier kommt zuletzt, obwohl sie gewiss nicht die unwichtigste Person ist, Mavis, unsere Großmutter.« Orin umklammerte seine Hände, während alle anderen bei Tisch – selbst Rorik – sich erhoben. Ich folgte ihrem Vorbild und schob meinen unberührten Teller beiseite, um mich der Frau zuzuwenden, die in der Tür zum Esszimmer wartete.

Es war verstörend, eine solch jugendlich aussehende Frau als ihre Großmutter vorgestellt zu bekommen. Keine einzige Falte wagte es, Mavis' rosig helle Haut zu verschandeln. Ihre runden Rehaugen waren messingfarben und ihr Haar hatte die Farbe von Weizen. Es umfloss ihre Gestalt wie eine sich ergießende Welle, die den oberen Rand ihrer Taille küsste. Ihr bodenlanges Kleid verhüllte sie vollständig, aber ich erspähte die Andeutung einer Tätowierung, den Knauf eines Schwerts am Rand ihres Halsausschnitts.

Sofort sah ich zu Orin hinüber, zu dem abgebrochenen Schwert an seinem Hals, das den gleichen Knauf hatte wie das seiner Großmutter. Er ging um den Tisch herum, um ihre Hand zu ergreifen und Mavis zu ihrem Platz an meiner Seite zu geleiten. Sie ließ sich darauf niedersinken und ihre gertenschlanke Gestalt zitterte wie sterbende Blätter, die sich an einen Ast klammerten. Alle anderen schauten herüber, ohne sie direkt anzusehen, als wollten sie den Zustand ihres geschwächten Körpers nicht ganz zur Kenntnis nehmen. Sie saß erschlafft vor einem leeren Teller und kein Diener erschien, um ihn zu füllen.

Sobald sie saß, nahm auch die Familie Platz und begann zu essen. Langsam ließ ich mich neben Mavis nieder und spießte ein kleines Stück Huhn mit der Gabel auf. Eine Mauer schien um Mavis und mich herum zu existieren. Niemand sprach mit uns. Niemand schaute in unsere Richtung. Wenn sie über häusliche Belange sprachen – wie das Genörgel von Amalyss und Tasia, weil sie Ställe ausmisten mussten –, taten sie das mit so hochmütiger Überlegenheit und unterschwelliger Bösartigkeit, dass ich dankbar war, nicht Teil des Gesprächs zu sein.

»Du hast deine Kompetenzen überschritten, Rorik. Niemand erwartet von meinen Töchtern, dass sie derart niedere Arbeiten verrichten.« Lydia bleckte die Zähne und funkelte Rorik an.

Er winkte geringschätzig ab, was erst recht ein Feuer in ihren ohnehin schon finster dreinblickenden Augen entzündete. »Ja, natürlich, wie kann ich es bloß wagen, schlechtes Benehmen zu tadeln. Die Götter wissen, dass ihre Eltern selbst es ja auch nicht tun.«

Clesian knurrte eine leise Warnung und die Metallgabel in seiner Faust verbog sich unter dem Druck seiner Finger. »Tu nicht so, als wüsstest du etwas über Elternschaft.«

»Wie ungeheuer zivilisiert.« Seville seufzte mit einem vielsagenden Blick auf die ruinierte Silbergabel. Dann leerte sie ihr Glas und bedeutete der Dienerin, Wein nachzuschenken.

»Als wären deine Manieren besser«, zischte Lydia. Amalyss und Tasia an ihrer Seite hielten den Blick gesenkt und sprachen kein Wort. Schlau.

Sevilles Lächeln reichte von einem Ohr zum anderen. »Oh, meine Manieren sind die geringste deiner Sorgen.«

Bei diesen Worten schlug Orin mit einem dumpfen, energischen Knall die Hände auf den Tisch. Alle Blicke richteten sich auf ihn. »Können wir nicht ein einziges Mal einfach nur essen? Lydia, die Mädchen werden eine Woche Stalldienst leisten.« Als sie den Mund öffnete, um zu widersprechen, warf er ihr einen harten, funkelnden Blick zu und ihre Lippen pressten sich zu einer dünnen Linie zusammen. »Sei froh, dass es nicht mehr ist. Seville, hör auf, alle gegeneinander aufzubringen.«

»Wenn du es sagst«, murmelte sie in ihr jetzt volles Glas.

Alle am Tisch verfielen in angespanntes Schweigen. Nur das Kratzen der Gabelzinken war zu hören. Noch bevor ich mit dem Abendessen fertig war, wusste ich, dass ich von niemandem außer Orin Freundlichkeit erwarten durfte. Und vielleicht noch von der Matriarchin, die anscheinend auf meinen Status herabgestuft worden war. Während der ganzen Mahlzeit rührte sie sich kaum, aber etwas in ihren Augen ließ mich stutzen. Ich konnte es nicht einordnen, kam nicht dahinter, was an ihrem entrückten Blick mir Unbehagen erzeugte. Sie mochte sich nicht an den Esstischstreitereien ihrer Familie beteiligt haben, aber irgendetwas war hinter der dicken Tünche des Glamourzaubers passiert.

»Mädchen«, sagte Lydia und es war als Befehl gemeint. Ihre Töchter standen abrupt im selben Moment wie ihre Eltern auf. »Wir werden uns in unsere Räumlichkeiten zurückziehen. Stört uns nicht.«

Orin hob zum Gruß sein Glas und sie verschwanden ohne einen Blick zurück. Die Anspannung, die in der Luft gelegen hatte, verpuffte zu einem unangenehmen Kribbeln und ich legte meine Gabel neben den leeren Teller.

»Beachtet sie gar nicht.« Seville ergriff das Wort, ihre Stimme genauso honigsüß wie die ihres Bruders. »Sie hegen seit Jahrzehnten einen Groll gegen uns. Sie finden es nicht fair, dass Orin nach Vaters Tod Herr über unsere Ländereien geworden ist.«

»Ich verstehe.« Es war das Beste, das ich zustande bringen konnte. Auf keinen Fall wollte ich in ihr jahrzehntelang schwelendes Drama hineingezogen werden.

»Nun ja, ich werde alles in meiner Macht Stehende tun, um die Wünsche meiner Großmutter zu erfüllen.« Orin sah Mavis an.

Ich schluckte das Unbehagen herunter, das mir in der Kehle brannte. »Was stimmt nicht mit ihr?«

»Ich dachte, Ihr wärt eine Threadmenderin. Könnt Ihr das nicht selbst herausfinden?« Seville zog geringschätzig die Oberlippe hoch.

»Ich kann meine Magie aktivieren und es mir anschauen, ohne dabei unnötig Fäden zu opfern.« Ich hielt ihrem Blick stand, ohne auch nur mit der Wimper zu zucken. »Aber wenn Ihr es bereits wisst, warum erzählt ihr es mir nicht einfach?«

»Vielleicht seid Ihr einfach faul«, erwiderte Seville mit gedehnter Stimme.

Meine Brauen zuckten. »Wohl kaum.«

»Seville.« Orin funkelte seine Schwester kurz an, bevor er seufzte. Er senkte den Blick und spielte mit dem Rand seines Glases. »Mavis ist krank.«

»Die Seuche?« Sie waren unsterblich und doch hatte Orin es sich zur Aufgabe gemacht, nach Threadmendern zu suchen, um die Welt von dieser tödlichen Krankheit zu befreien. Wenn sie wirklich immun dagegen wären, so wie ich, warum sollten sie sich dann überhaupt die Mühe machen?

Eine unangenehme, schwer auf uns lastende Pause folgte meiner Frage, bis er schließlich nickte.

Ich konnte mir ein überraschtes Schnauben nicht verkneifen. »Wirklich? Ich dachte, Ihr wärt immun.« Ich sah wieder Mavis an. »Wie lange ist sie schon krank?«

»Seit Jahren.« Orin schluckte. »Wir wissen immer noch nicht, wie sie sich angesteckt hat – oder wie viel Zeit ihr noch bleibt. Bestenfalls Monate.«

Ich schürzte die Lippen und drehte ihr den Kopf zu. Sie nahm mich nicht einmal ansatzweise zur Kenntnis. »Kann sie uns hören? Kann sie sprechen?«

»Ich habe sie nicht mehr reden hören seit …« Er schaute nach oben, während seine Lippen halb geöffnet blieben, als zähle er im Geiste, bevor er sich endlich wieder mir zuwandte. »Es ist zu lange her. Sie bewegt sich kaum noch aus eigenem Antrieb, wahrscheinlich um jegliche verbliebene Energie einzusparen.«

In meinen Eingeweiden krampfte sich alles zusammen. »Ihr wisst, dass ich keine Ahnung habe, wie man diese Krankheit heilen kann.«

»Noch nicht.« Er verschränkte die Finger ineinander. »Aber ich hoffe, dass Ihr es mit der Zeit herausfinden werdet. Unsere gewaltigen Ressourcen stehen Euch zur Verfügung.«

»Beinhaltet irgendeine dieser Ressourcen das Hinzufügen weiterer Jahre zu meiner Lebensspanne?«, murmelte ich, außerstande, den Sarkasmus, der sich in meine Worte schlich, zu unterdrücken. Gäbe es auf dieser Welt eine Möglichkeit, die Seuche auszulöschen, hätte irgendjemand sie bereits gefunden. Solange sie mir nicht mehr Zeit auf dieser Erde gewähren konnten, mehr Fäden, die ich in meinen Bemühungen, mehr über diese Krankheit zu lernen, opfern würde, dann waren ihre Ressourcen bedeutungslos.

»Vergesst Eure Brüder nicht.« Sevilles Augen glühten regelrecht, als sie mich anstarrte. »Ihr braucht genauso sehr wie wir eine Heilungsmöglichkeit.«

Ein tiefes Dröhnen tönte mir in den Ohren. Sie hatte natürlich recht. Und wenn ich einen Weg fand, die Seuche zu heilen, konnte Orin mir einfach befehlen, die Fäden seiner Großmutter zu reparieren. So sahen es die Bedingungen meiner Einstellung vor. Ich würde es tun müssen, noch bevor ich meinen Brüdern helfen konnte. Ich würde nicht die Macht haben, Nein zu sagen. Selbst jetzt konnte ich noch die Last dieses Vertrags spüren, als hätte die Abmachung mich an ihn und dieses Anwesen gekettet.

Die Erkenntnis drang mit kalter Gelassenheit zu mir durch. Darum war es die ganze Zeit gegangen. Ich hatte natürlich gewusst, dass sie mich nach einem Heilmittel für die Seuche suchen lassen wollten, aber nicht, dass ich eine Ever behandeln sollte, die die Krankheit schon seit *Jahren* in sich trug. Was würde die Heilung von etwas derart Dauerhaftem bei mir auslösen? Konnte ich es überleben, die Fäden dieser Frau zu flicken *und* meinen Brüdern zu helfen? Ich war mir nicht sicher. Aber bis ich es herausfand, konnte ich mich direkt vor aller Augen verstecken. Niemand wusste, wie ein solches Threadmending vonstattenging. Nur ich allein besaß die Macht, die

Fäden des Lebens zu sehen. Betrachter würden nur das Ergießen von Mondlicht aus meinem Körper beobachten, während ich arbeitete. Das bedeutete, der einzige Beweis für einen Erfolg war die Heilung des Leidens.

Ich konnte eine Maske tragen und ein Lächeln aufsetzen, konnte mich auf dem Fernglove-Anwesen bewegen, ohne mein wahres Gesicht zu zeigen. Ich konnte bescheiden sein. Ich konnte mutig sein. Ich konnte schlau oder schwach sein oder arrogant oder ängstlich. Ich konnte alles sein. Ich konnte *absolut alles sein.* Ich würde jedwede Rolle, die ich spielen musste, notgedrungen spielen, und niemand, kein einziger Ever aus Fernglove oder sonst jemand, würde in der Lage sein, mein wahres Ich zu sehen. Ich würde abwarten, lernen, was ich lernen konnte, und dann einen Weg finden, um meine Brüder zu retten.

Mit einem tiefen Atemzug stärkte ich mich für das Kommende und wandte mich wieder Mavis zu. »Sie zeigt keine sichtbaren Zeichen der Seuche. Glamourzauber, nehme ich an?«

»Der allerstärkste.« Rorik lachte leise und mir standen die Nackenhärchen zu Berge.

Orin bedachte ihn mit einem wütenden Blick. »Wir gewähren ihr diese Würde, damit sie nicht schwach erscheint.«

Alles an Mavis wirkte schwach. Ich richtete meine Aufmerksamkeit auf das minimale Heben und Senken ihrer Brust und versuchte, den Riss in ihrem Glamour zu finden, in der subtilen Verschiebung von Bewegungen. Dann konnte ich vielleicht den Schleier gewaltsam ein Stück weit lüften und einen Blick auf das Darunterliegende werfen. Aber ihre Maske war stark und ich brachte es lediglich fertig, einen Schmerz hinter meinen eigenen Augen zu entflammen.

»Es wird schwer für mich sein, mein Threadmending anzuwenden, wenn ich nicht die Wahrheit sehen kann«, erklärte ich und wandte mich wieder Orin zu.

Er musterte mich lange. »Wenn ihr so weit seid, können wir über eine Entfernung ihres Glamourzaubers reden. Bis dahin halten wir es für das Beste, ihren Zustand zu verbergen. Ganz abgesehen davon, dass der Glamour als Verband dient, um ihre Seuche in Schach zu halten, und wir wollen nicht unnötig riskieren, dass noch jemand krank wird.« Er deutete auf eine der Dienerinnen, die immer noch stumm an der Wand stand, die Hände hinter dem Rücken verschränkt. Wenn die Neuigkeit von Mavis' Krankheit sie überraschte, ließ sie es sich nicht anmerken.

»Mögen die Götter verhüten, dass wir ihren Ruf beschädigen«, murmelte Rorik.

»Achte auf deinen Ton, Rorik«, blaffte Seville. Sie ließ mit einem Zischen ihre spitzen Reißzähne aufblitzen. Rorik zuckte die Achseln, dann stellte er seinen leeren Kelch auf den Tisch.

»Also schön, ihr zwei. Seville, bring Großmutter ins Bett.« Orin stand auf und wischte sich die Hände an seiner Weste ab. »Rorik, tu, was immer du tun musst – nur nicht hier.«

Rorik versteifte sich auf seinem Stuhl und in seinen golden leuchtenden Augen lag eine Intensität von geradezu historischer Dimension. »Edira hat darum gebeten, ihre Brüder sehen zu dürfen. Ich wollte sie dorthin bringen.«

»Ich übernehme das.« Orin wischte das Angebot mit einer wegwerfenden Handbewegung beiseite, bevor er zu meinem Stuhl herüberkam und mir den Ellbogen hinhielt. »Kommt. Ich werde Euch den Weg zeigen.«

Alles in mir schrie danach, seine dargebotene Geste zu ignorieren, aber ich legte eine Hand um seinen Arm, und zwar aus demselben Grund, aus dem ich mit dem Essen gewartet hatte: Furcht. Ich war mir nicht sicher, ob ich diesen scheinbar unschuldigen Akten der Freundlichkeit trauen konnte. Obwohl sie mich ebenso sehr brauchten, um Mavis zu retten, wie ich sie brauchte, um meine Brüder am Leben zu erhalten, durfte ich keinesfalls vergessen, dass ich jetzt in einer Höhle voller Monster lebte. Sie hatten mich so manipuliert, dass ich für sie arbeitete, und sie würden es ohne jedes Zögern ein zweites Mal tun.

Nein, hier gab es keine Freundlichkeit. Und je eher ich Mavis heilte oder bei dem Versuch starb, umso besser.

»Es tut mir leid«, sagte Orin leise, als wir das Esszimmer verließen.

»Was tut Euch leid?«

»*Das.*« Er deutete schwach über seine Schulter, und Mutlosigkeit ließ ihn zusammensinken und beinahe verletzbar erscheinen. Der tosende Zorn in meiner Brust ebbte ein wenig ab und ich atmete schwer aus, als er weitersprach. »Und dass ich Euch nicht sofort von Mavis' Seuche erzählt habe.«

»Ist schon gut.« War es das wirklich? Ich wusste, dass ich hergebracht worden war, um bei der Heilung der Seuche zu helfen, aber ich war davon ausgegangen, dass sich einer der Dienstboten angesteckt hatte. Kein *Ever.* Ich starrte zu Boden, während wir durch die Diele gingen und die Treppe hinaufstiegen. Einige Stufen ächzten unter unserem gemeinsamen Gewicht. Das leise Knarren erfüllte die Luft und schien anzuschwellen, wenn es durch die nahezu lautlosen Korridore echote. Für ein mit allerlei Krempel vollgestopftes Haus wirkte es unglaublich leer.

Begleitet von einem Seufzen ließ Orin den Blick umherhuschen, als würde er dem dumpfen Klang folgen. »Mahlzeiten wie diese hat es zu Lebzeiten meiner Eltern nie gegeben. Damals war alles so viel einfacher.«

Ein vertrauter Schmerz bohrte sich tief in mein Herz. »Wenn Ihr jetzt das Oberhaupt der Familie seid, war das früher Euer Vater? Oder Eure Mutter?«

In seinem Lächeln lag Sehnsucht. »Mein Vater. Er war eine unglaubliche Person. Wenn ich am Ende auch nur halb der Mann bin, der er war, werde ich glücklich sein.«

»Es tut mir leid, dass er nicht mehr da ist«, sagte ich, obwohl ich mir nicht ganz sicher war, warum. Wahrscheinlich weil in Orins Stimme ein kleines, quälendes Zittern der Verletztheit lag, das ich nur allzu gut kannte. Es brachte in mir etwas zum Klingen und nahm mir ein bisschen von der Angst, die mir noch immer zu schaffen machte.

Orins Lächeln war traurig. »Auch mir tut Euer Verlust leid.« Er sprach wohl von Rowena, aber für einen Atemzug geriet mein Herz aus dem Takt. Ich war nicht bereit, mit ihm über den Tod meiner Eltern zu sprechen. Ich hatte mit niemandem darüber geredet. Wer konnte das wirklich verstehen? Wer konnte die Schuldgefühle nachvollziehen, die Qual, eine heilende Macht zu haben, aber so durch und durch hilflos und unfähig zu sein, als diese beiden Menschen mich am dringendsten gebraucht hätten? Orin ließ mich nicht aus den Augen, bis wir das andere Ende des Flurs erreichten. Dort blieb er vor zwei Flügeltüren stehen. »Zu Eurem Quartier geht es dort entlang.« Er deutete mit dem Kopf auf die Messingklinken. »Wir essen jeden Abend gemeinsam als Familie. Von Euch wird erwartet, dass Ihr daran teilnehmt. Alle anderen Mahlzeiten könnt Ihr einnehmen, wo immer es Euch gefällt. Natürlich stehe ich gerne zur Verfügung, wenn Ihr Gesellschaft beim Essen haben möchtet. Wann immer es Euch beliebt.«

»Nun ja, wenn ich das Verlangen nach einem Dessert oder einem Spaziergang verspüre, weiß ich, wen ich fragen kann.« Ich zog bei der Wiederholung seines früheren Angebots eine Braue in die Höhe und er grinste.

»Das Angebot steht noch.« Sein Blick wanderte an mir herunter und blieb kurz an meiner Kleidung hängen. Ein roher und gefährlicher Ausdruck flackerte in seinen Augen. »Es ist uns gelungen, einige Eurer Sachen herzubringen, aber unsere Diener haben sich die Freiheit genommen, Eure Garderobe zu ergänzen.«

Langsam kroch die Hitze an meinem Hals empor. »Soll ich überhaupt fragen, wie es Euch gelungen ist, an meine Maße heranzukommen?«

Die Weise, wie er die Lippen verzog, war geradezu provokant. »Ich habe den Dienern einige Eurer Kleider als Anhaltspunkt übergeben. Ein Jammer, dass es keine Einschätzung mit etwas mehr Körpernähe war.«

Ein verspieltes Funkeln brachte seine Augen zum Leuchten und mir fehlten die Worte, als ich heftig errötete. Evers und ihre Art zu reden. Es handelte sich hier zweifellos um einen Trick, der mich aus dem Gleichgewicht bringen und seinen Befehlen gegenüber fügsamer machen sollte. Und doch musste ich mir angesichts der Faszination in seinem Blick auf die Lippe beißen.

Schließlich lachte Orin. Als er sich straffte, gab er meinen Arm frei, um mir körperlich – und geistig – Raum zu geben, seine Worte zu verarbeiten. »Morgen früh wird jemand herkommen und Euch bei allem behilflich sein, was Ihr braucht, und den Plan für Eure Woche mit Euch durchgehen.«

»Meine Brüder?«

Er wandte sich einer anderen verschlossenen Tür zu seiner Rechten zu. »Das ist normalerweise ein Dienstbotenzimmer, aber wir haben die beiden dort untergebracht. Ihr könnt sie besuchen, wann immer Ihr freie Zeit habt.«

Meine Hand lag bereits auf dem Knauf, als ich innehielt. »Danke.«

»Ich danke *Euch,* Edira.« Sanft griff er nach einer Locke, die mir an der Wange klebte. Er rieb die Strähnen aneinander und eine schwache, schwarze Schicht legte sich ihm auf Daumen und Zeigefinger. In seinen Augen breitete sich Traurigkeit aus. »Ich kann nur erahnen, dass Ihr Euch unseretwegen in all diesen Jahren versteckt habt. Ich weiß nicht, was man Euch über Evers erzählt hat oder was Euch erwartet, aber …« Er schien um Worte zu ringen und schluckte zweimal, bevor er fortfuhr. »Zumindest müsst Ihr Euch jetzt nicht mehr verstecken.«

Ein Schaudern packte mich und Orins Blick folgte der Gänsehaut an meinem Hals hinab. Ohne ein weiteres Wort drehte er sich um und entfernte sich in Richtung Treppe. Ich hielt mich nicht länger als notwendig im Flur auf. Sobald Orin die Stufen hinunterging, rannte ich in das Zimmer meiner Brüder und schloss die Tür hinter mir.

Die kunstvolle Ausstattung des Raums war im Vergleich zum Rest des Herrenhauses gemäßigt, aber es war ein behagliches Zimmer mit einer kleinen Feuerstelle, einem polierten Schrank und einem Doppelbett mit einfachem Rahmen. Ich hatte kein gesteigertes Interesse daran, weitere Details zu bestaunen. Meine Brüder waren dort, lagen in schimmernden Kästen und schwebten nur Zentimeter über den milchweißen Laken in der Luft. Schwacher grüner Nebel bedeckte ihre Leiber und sparte nur die Hälse und die bleichen Gesichter aus. Sie atmeten – langsam – und waren ganz eindeutig am Leben. Ihre Augen bewegten sich rastlos hinter halb geschlossenen Lidern und die ersten Spuren der Seuche – der gärende, schwarze Moder – klebten ihnen in den Mundwinkeln. Aber der Moder verschlang nicht ihre Haut. Gelbe Bläschen erblühten und platzten auf, aber statt sich auf ihren regungslosen Gesichtern auszubreiten, erhoben sich die Partikel einfach in die Luft und der Nebel verschlang sie.

Langsam presste ich eine Hand auf die magische Barriere von Noams Schutzkasten. Ich hasste es, dass er sich wie ein Sarg anfühlte.

»Oh, Noam.« Gefühle schnürten mir die Kehle zu und ich schluckte mühsam, als mir Tränen in die Augen schossen. Ich ging um das Fußende des Bettes herum, um die andere Hand auf Nohrs Schutzkasten zu legen. »Nohr. Es tut mir so leid.«

Und mehr brauchte es nicht. Stand ich in einem Moment noch aufrecht da, während ich mit zitternden Armen die Schutzkästen meiner Brüder berührte, lag ich im nächsten Augenblick schon wie ein Häufchen Elend am Boden. Unter den harten Wellen meiner Schluchzer bebte meine Brust. Die Wogen krachten gegen meine Rippen und raubten mir den Atem. Irgendwann tastete meine Hand instinktiv nach dem Lederstückchen meiner Mutter, nur um ins Leere zu greifen und eine weitere Spirale heftigen Schluchzens in Gang zu setzen. Ich war vollkommen allein. Meine Brüder waren die einzige Verbindung zu unserem Zuhause. Sie waren hier und doch nicht *hier*. Und ich war keineswegs überzeugt davon, dass ich die Stärke hatte, sie zu retten. Ich winkelte die Knie an und rollte mich auf dem Boden zu einer Kugel zusammen. Mehr als das sterbende Feuer im Kamin und den üppigen Teppich unter meiner Wange brauchte ich nicht.

Ich wich den Jungen nicht von der Seite. Mein Zimmer sah ich mir gar nicht erst an. Stattdessen schlief ich am Fußende ihres Bettes und träumte von in Holz geschnitzten Rosen mit Blättern aus besticktem Leder, die irgendwie von der Seuche infiziert waren und von denen goldene Käfer tropften.

Mein Zuhause und mein Herz waren ebenfalls infiziert.

KAPITEL 6

Ein mehrfaches, schroffes Klopfen riss mich aus dem Schlaf und ich starrte mit trüben Augen auf die Tür. Im ersten Moment erinnerte ich mich nicht daran, wo ich war oder wie ich dort hingelangt war. Jahrzehnte schienen seit dem vergangenen Tag verstrichen zu sein. Der steife Schmerz in meinen Muskeln, nachdem ich auf hartem Boden geschlafen hatte, wurde durch einen unerträglichen Krampf in meinem Nacken verstärkt, und das holte mich schließlich zurück in die Realität. Ich hievte mich in eine sitzende Position hoch, just als die Tür nach innen aufschwang.

Eine Frau mit weichen Kurven und fest geflochtenen, kastanienfarbenen Locken kam herein. Sie hatte schmale Lippen, glatte, runde Wangen und zarte Fältchen, die die Winkel ihrer walnussfarbenen Augen umrahmten. Ihr braunes Samtkleid schleifte bei jeder Bewegung über den Boden und als sie mich entdeckte, blieb sie stehen, um die Hände in die Taschen ihrer weißen Schürze zu schieben.

»Da seid Ihr ja.« Sie schnalzte mit der Zunge und musterte mich mit der geübten Geringschätzung einer Mutter von Kopf bis Fuß. »Ihr seht furchtbar aus. Kommt mit.«

Sie machte abrupt auf dem Absatz kehrt und überließ es mir, hinter ihr herzustolpern. Bevor ich die Tür hinter mir zuzog, verharrte ich lange genug, um einen Blick auf meine Brüder zu werfen und ihnen einige Abschiedsworte zuzuflüstern.

Ihr könnt sie besuchen, wann immer Ihr freie Zeit habt.

Orins Worte spukten mir durch den Kopf. Ich würde zurückkommen. Ich würde sie nicht alleinlassen, auch wenn sie keine Ahnung hatten, dass ich hier bei ihnen war.

Glücklicherweise war die Dienerin nicht weit gegangen. Sie hatte durch die Doppeltüren mein Quartier betreten und wartete darauf, dass ich das Gleiche tat, bevor sie die Tür mit einem Klicken hinter uns ins Schloss fallen ließ. Reihen von Buntglasfenstern tauchten den großen Raum in einen Regenbogen aus Farben und badeten die elfenbeinernen Akzente in Pfirsich-, Lavendel- und Indigotönen. Die Dienerin geleitete mich vorbei an einem kunstvollen Bett mit durchsichtigem Baldachin, um mich vor einen Schminktisch aus weißer Eiche zu platzieren. Ich musterte sie im Spiegel. Sie schürzte die Lippen zu einer steifen Grimasse, während sie geschickt mit den Fingern durch mein verknotetes Haar fuhr.

»Entsprach das Bett nicht Euren Vorstellungen?«, fragte sie und riss die Hände weg, um ihre von Kohle verfärbten Finger zu inspizieren.

»Ich wollte nur in der Nähe meiner Brüder sein.«

Sie runzelte die Stirn. »Ihr seid ein Zimmer entfernt von ihnen. Wenn Ihr darauf besteht, neben ihnen zu schlafen, kann ich veranlassen, dass man Euch ein Bett in ihr Zimmer stellt.«

Ich schüttelte den Kopf. »Nein, das hier ist in Ordnung. Danke.«

Sie durchquerte das Zimmer, um eine weitere Tür aufzureißen. Mit einer übertrieben schwungvollen Armbewegung deutete sie auf den Nebenraum. »Ihr braucht ganz dringend ein Bad.«

»Ich kann selbst baden.« Ich stand auf und mein Körper protestierte jetzt schon gegen die Bewegung. Das Threadmending hatte in meinen Knochen einen tiefen Schmerz hinterlassen, und dass ich auf dem Boden geschlafen hatte, machte die Sache nicht besser. Ich sah mich im Raum um, bis mein Blick auf meine Koffer mit Heilmitteln fiel. Salze würden helfen. Steif ging ich auf die Koffer zu und stöberte darin herum.

»Das mag schon sein, aber mein Herr hat mich angewiesen, mich um jedes Eurer Bedürfnisse zu kümmern.« Sie griff nach meinem Arm und zerrte mich in Richtung Badezimmer, bevor ich nach einem Heilmittel greifen konnte. »Im Wasser wird von Evers gemachte Medizin enthalten sein. Ihr werdet feststellen, dass sie effektiver ist als alles, was von Menschenhänden geschaffen wurde.« Sie hielt inne und schaute vielsagend auf meine Finger. »Vielleicht ist es nicht besser als *alles*, aber es ist gewiss besser als das da.«

Es war seltsam, wegen eines Talents, bei dessen Entstehung ich kein Mitspracherecht gehabt hatte, gleichzeitig begehrt und verhasst zu sein. Doch genau auf diese Weise musterte die Frau meine Finger. Sie ging ins Badezimmer und die Laternen an der Wand entzündeten sich von selbst. Die Kupferwanne – groß genug, um zwei Personen bequem Platz zu bieten – füllte sich langsam. Dampfendes, milchiges Wasser entstand wirbelnd aus dem Nichts, bis es den Wannenrand erreichte. Dann wurde es urplötzlich friedlich. Mir klappte der Unterkiefer herunter, als ich beobachtete, wie der Raum auf die Frau reagierte, aber sie nahm es kaum zur Kenntnis.

Magie. Am Rande der mit Klauenfüßen ausgestatteten Wanne hielt ich inne. »Wie?«

»Alles in diesem Haus ist auf die Magie der *Ferngloves* abgestimmt. Sie erfüllt ihre Wünsche – und auch meine.« Die Dienerin krempelte sich die Ärmel ihres Gewandes auf, um den Ansatz eines Familienwappens zu entblößen. »Auch Diener tragen das Mal.«

Was außerdem bedeutete, dass ich ohne einen von ihnen an meiner Seite in diesem Raum kaum handlungsfähig war. Augenblicklich zogen sich die unsichtbaren Ketten von Orins Vertrag fester um mich. »Ist es sicher?«

»Wie detailliert wünscht Ihr Euch diese Antwort? Nichts in diesem Herrenhaus ist sicher, Threadmenderin. Aber ich kann Euch versprechen, dass niemals ich diejenige sein werde, die Euch ein Leid antut.«

Vermerkt. Ich ging vorsichtig auf die Kupferwanne zu, aber die Frau umschlang mit den Fingern mein Handgelenk. Ihr Griff war überraschend stark, als sie mich beiseitezog und auf einen kleinen Holzhocker einige Schritte entfernt zwang. Blecheimer voller Wasser warteten neben den Stuhlbeinen.

»Erst die Haare, dann das Bad.« Sie stellte sich hinter mich, um meine Locken zu studieren, dann stieß sie ein missbilligendes Schnauben aus. »Wir wollen doch nicht, dass sich *das da* mit dem Badewasser vermischt und Flecken auf Eurer Haut hinterlässt.«

Ich saß regungslos da, während sie mein Haar wusch und mit der anstrengenden Prozedur der Farbentfernung begann. Seit Jahren benutzte ich die Farbe und hatte nie zugelassen, dass sie ganz verblasste und den beherrschenden Elfenbeinton meiner Locken freilegte. Ein vertrautes Panikgefühl schnürte mir die Kehle zu.

Ich darf nicht gesehen werden. Meine Muskeln verspannten sich instinktiv bei jeder neuen Ladung kalten Wassers auf der Kopfhaut. Schwarze Spritzer bedeckten den Boden, während mir meine kostbare Rüstung genommen und achtlos beiseite geworfen wurde.

Zumindest müsst Ihr Euch jetzt nicht mehr verstecken. Orins Worte gingen mir durch den Kopf.

Alles, was ich tun wollte, war mich zu verstecken.

Nachdem die Dienerin mir zum gefühlt hundertsten Mal die Haare ausgewrungen hatte, gab sie mir die Anweisung, mich auszuziehen, und schob mich in Richtung Badewanne. Schnell stieg ich hinein, erpicht darauf, mich unter der milchigen Oberfläche des Wassers zu verbergen.

»Das fühlt sich unglaublich an.« Ich seufzte.

Die Dienerin kam mit einem Krug um die Wanne herum, drückte mir den Kopf in den Nacken und goss frisches, warmes Wasser durch das gereinigte Haar. Die seidige Liebkosung des Bades lockerte meine Muskeln und ich wehrte mich nicht, als die Frau mich mit einem Schwamm säuberte und Öle in meine Haut massierte. Sie trieb mich zur Eile an, hüllte mich in einen dicken Bademantel und rubbelte mein Haar trocken, bevor sie mich erneut vor den Schminktisch setzte. Ein kleiner Teller mit einem Frühstück wartete dort bereits auf mich und ich knabberte Toast und Eier, während sie meine feuchten Locken durchkämmte.

Ich musste einfach mein Spiegelbild anstarren, während sie arbeitete. Als ich das letzte Mal mein Haar gesehen hatte, mein wahres Haar, war ich noch ein Kind gewesen. Ich erinnerte mich kaum an den Glanz, das fast ätherische Leuchten, das diese Mondscheinsträhnen auszustrahlen schienen.

»Wie heißt Ihr?«, fragte ich.

»Vora.« Sie schaute nicht auf, während ihre geschickten Finger mein Haar zu einem kunstvollen Zopf flochten.

»Wie lange arbeitet Ihr schon für dieFerngloves?«

»Ich arbeite schon seit Jahren für Mylord.«

»Freiwillig?« Ich unterdrückte ein Schnauben. Auf dem Anwesen mussten mindestens dreißig Diener beschäftigt sein, wenn nicht mehr. Diener, die den Ferngloves jeden Wunsch erfüllten, und wofür? Nur um dieselbe Luft atmen zu dürfen wie die Elite der Gesellschaft?

Vora funkelte mich an und richtete ein letztes Mal mein Haar, bevor sie mit den Händen über ihr Kleid strich. »Ihr werdet feststellen, dass alle freiwillig hier sind.«

»Das ist zu bezweifeln«, brummte ich.

»Ihr hattet eine Wahl und Ihr würdet gut daran tun, das nicht zu vergessen.« Sie hob das Kinn und schaute hochnäsig auf mich herab. »Kommen Euch Zweifel? Denn ich werde meinen Morgen nicht damit verschwenden, Euch herzurichten, wenn Ihr bis zum Mittagessen einfach davonspazieren werdet.«

»Als könnte ich das tun«, murrte ich. Wenn ich fortging, würde ich damit meine Brüder zum Tode verurteilen. Es mochte meine

Entscheidung gewesen sein, Orins Angebot anzunehmen, und trotzdem war es eine Falle gewesen. »Bitte, macht weiter.«

Vora deutete mit dem Kopf auf die Kommode. »In der obersten Schublade findet Ihr allerlei Unterwäsche. Sucht Euch etwas aus.« Dann nahm sie ein cremefarbenes Gewand mit aufgestickten Rosenknospen aus dem Kleiderschrank und legte es aufs Bett. Ich beäugte die grüne Spitze am Saum und die dünnen Schulterriemchen. Sie drehte das Kleid um, lockerte die Bänder und wartete darauf, dass ich in meine Unterwäsche schlüpfte. Ich stieg in den ausufernden Teich aus Stoff und sie streifte mir die Riemchen über die Schultern, bevor sie das korsettartige Oberteil strammzog.

Mit den Händen strich ich mir über die Arme, über die glatte Textur an Hals und Oberkörper. Ein Staunen durchströmte mich. Ich hatte kein solches Gewand mehr getragen seit … nun ja, ich hatte noch nie ein solches Gewand getragen. »Sind all meine Kleider so kunstvoll?«

»Kunstvoll?« Vora verschränkte die Arme vor der Brust, während sie das Gewand betrachtete und dann kicherte. »Ich nehme an, die Familie würde dieses Kleid eher schlicht finden, aber mir gefällt es recht gut. Und nun kommt mit. Orin erwartet Euch.«

Mein Oberkörper spannte sich an. »Bittet Ihr mich, jetzt schon mit der Arbeit anzufangen?«

»Habt Ihr etwas anderes erwartet?« Sie hielt kurz inne, bevor sie den Kopf schüttelte. »Orin erzählt mir nur, was er mich wissen lassen will. Fürs Erste, glaube ich, will er einfach nur feststellen, wie es Euch geht.«

»Ich hatte gehofft, heute ein wenig Zeit mit meinen Brüdern verbringen zu können.«

»Das wird warten müssen.«

»Na wunderbar«, sagte ich mit einem demonstrativen Ausatmen. »Dann bringen wir die Sache hinter uns.«

Vora stemmte die Hände in die Hüften und musterte meine säuerliche Miene, als würde sie meine stille Frustration verstehen.

»Tröstet Euch mit dem Wissen, dass sie keinen Schmerz verspüren. Und wenn Ihr Erfolg habt …« Sie zuckte mit den Achseln. »Dann werden die beiden einfach aufwachen und sich keine Gedanken darum machen, wie viel Zeit Ihr physisch an ihrer Seite verbracht habt.«

Die Anspannung erzeugte ein Gefühl von Enge in meiner Kehle. »Man kann nur hoffen.«

»In der Tat.« Ein Flackern lag in ihren wachen Augen. »Am besten, Ihr lasst Orin nicht warten.«

»Vielen Dank, Vora.« Ich legte die Hände ineinander. Sicher war ich nicht die erste Threadmenderin, der sie zu Diensten war, und ich würde wohl auch nicht die letzte sein. Zumindest würde ich mich bei den Dingen, die ich zum Überleben brauchte, auf sie verlassen können. In diesem Haus war dies das Beste, worauf ich hoffen konnte.

Sie musterte mich eine ganze Weile und eine sich langsam vertiefende Falte legte sich zwischen ihre Brauen. Dann ging sie schnurstracks auf die Türen zu. »Seid vorsichtig damit, wem Ihr an diesem Ort vertraut, Edira.«

Ihre stille Warnung bildete einen scharfen Kontrast zu dem angewiderten Stirnrunzeln, mit dem sie mich bei der Frage betrachtet hatte, ob sie und die anderen aus freien Stücken hier arbeiteten. Ein drückendes Unbehagen breitete sich tief in meinem Bauch aus und ich biss die Zähne zusammen.

Vora legte beide Hände auf die Klinken und zog die Türen auf. »Lasst uns gehen.«

Meine Füße wollten im Boden Wurzeln schlagen wie die großen Bäume im umliegenden Wald, aber ich zwang mich, ihr zu folgen. Dabei tat ich alles in meiner Macht Stehende, um meine Ängste tief unter der Oberfläche zu begraben.

Vora brachte mich zu Orins Arbeitszimmer, bevor sie selbst sich entschuldigte. Es war nun an mir, allein gegen die monströsen Mahagonitüren zu klopfen. Sie schwangen ganz von selbst nach innen auf und gaben den Blick auf einen runden Raum mit einer hohen Decke und polierten Deckenbalken frei. Gebogene Bücherregale standen an der hinteren Wand und ein schwerer Schreibtisch mit Goldintarsien war unter einem Kronleuchter platziert, der nicht brannte. Die Sonne schien durch ein übergroßes Fenster hinein und ich erspähte die üppigen, geschwungenen Wiesen, die sich von einem Ende des Besitzes zum anderen ausdehnten. Dichter Wald kletterte an den Rändern der Lichtung empor und formte eine beeindruckende Barriere zwischen den Ferngloves und dem Rest der Welt. Orin schaute von seinem Platz auf der Fensterbank aus nach draußen. Er lehnte mit dem Rücken in einem Sammelsurium aus Kissen und hielt ein aufgeschlagenes Buch auf den Knien. Mit den Fingern markierte er die Stelle, während sein Blick von der Landschaft zu mir wanderte.

Auf seinen Lippen erschien ein warmes Lächeln. »Edira.«

Ein unvertrautes Kribbeln erfüllte meine Arme und Beine, und ich war mir nicht sicher, ob es aus Ehrfurcht oder Angst war, aber seine Schönheit ließ sich einfach nicht leugnen. Vielleicht lag es an der Art und Weise, wie die Sonne sich auf seine gebräunte Haut legte und ihm einen gesunden Bronzeton verlieh. Vielleicht war es aber auch die Jungenhaftigkeit, mit der er die Lippen verzog, oder seine entspannte, einladende Pose. Doch in seinen Augen stand ein seltsamer Glanz, den ich nicht recht einordnen konnte. Faszination? Übermut? Ob gut oder schlecht, das wusste ich nicht.

Mit einem schnellen Schlucken fand ich meine Stimme wieder. »Guten Morgen. Vora hat gesagt, Ihr wollt mich sprechen.«

»Kommt her. Setzt Euch.« Er richtete sich auf und klopfte auf das weiche Polster neben sich. »Ich hoffe, Ihr fühlt Euch besser, nachdem Ihr Eure Brüder gesehen habt.«

Besser war eine interessante Wortwahl, aber ich begnügte mich mit einem einfachen Nicken und ließ mich auf die Stelle sinken, auf die er gedeutet hatte. »Wie lange können sie in diesem Zustand überleben?«

»Ich bin mir nicht sicher. Wenn sie Evers wären, würde ich etwa ein Jahrzehnt sagen. Bei Menschen ...« Nachdem er das Buch neben sich gelegt hatte, wandte er sich um, sodass seine Knie in meine Richtung zeigten. »Ihr seid so viel zerbrechlicher als wir.«

»Dann werde ich sehr schnell arbeiten.«

Er legte seine Hände um meine. »Gut. Also, jetzt muss die Sache noch offiziell gemacht werden.«

»Offiziell?« Ich runzelte die Stirn. Er hatte meine Brüder in über dem Boden schwebende Schutzkästen gelegt, wo sie ohne seine Magie nur Minuten vom Tod entfernt waren, und er wollte etwas noch Konkreteres als das? Ich würde sie niemals im Stich lassen. Lieber würde ich bei dem Versuch, sie zu retten, sterben, als davonzulaufen.

Er ließ die Finger zu meinen Handgelenken wandern und hielt sie in einer festen Umklammerung. »Jedes Mitglied derFerngloves trägt ein Mal. Es ist so Sitte. Außerdem wird es, zumindest in Eurem Fall, als Warnung dienen.«

Ich fuhr bei seinen Worten entrüstet hoch. »Ich brauche wohl kaum eine Warnung.«

Orin blinzelte, ein aufrichtiges Erschrecken ließ seine Brauen in die Höhe schnellen. »Nicht für Euch. Götter, nein. Die Warnung gilt den benachbarten Ever-Familien. Obwohl wir einen Frieden etabliert haben, der an einem seidenen Faden hängt, sollen sie nicht auf irgendwelche Ideen kommen, Ihr wäret verfügbar, um für sie zu arbeiten.«

»Ich nehme an, wenn Ihr mich brandmarkt wie Vieh, ist das eine effektive Methode, Eure Botschaft zu vermitteln.« Ich runzelte finster die Stirn, kämpfte aber nicht gegen seinen Griff an. Mit einer Tätowierung konnte ich leben, wenn das bedeutete, dass ich meine Brüder retten würde.

»Es geschieht zu Eurer eigenen Sicherheit. Nicht um Euch als Besitz zu brandmarken«, belehrte Orin mich, während er sanft mit dem Daumen über mein Handgelenk strich. Dann senkte er den Blick zu Boden. »Obwohl ich Euer Zögern verstehe, muss ich darauf bestehen.«

»Ist es dauerhaft?«

»Ja.«

Er drehte mein Handgelenk mühelos so, dass die bleiche Haut auf der Innenseite entblößt wurde. Dann strich er sanft mit den Fingern von meiner Armbeuge bis hinunter zu meiner nach oben gedrehten Handfläche. Seine Finger tanzten über die Linien meiner Zukunft und ich fragte mich, ob er diesen Augenblick in den Schicksalslinien meiner Hand las. Nach einem tiefen Durchatmen strich er erneut über die Innenseite meines Arms und drückte die Hand auf meine Haut.

»Seid Ihr so weit?«, fragte er leise.

»Ich bin mir nicht ganz sicher, ob ich eine andere Wahl habe.«

Sein Lächeln war schüchtern. Sanft. »Ich würde es nicht tun, wenn es nicht notwendig wäre.«

Ich zögerte nur Sekundenbruchteile. Wir kannten einander erst seit wenigen Tagen und doch hatte er meine Brüder gerettet. Er hätte genauso gut einfach davongehen können. Aber das hatte er nicht getan. Er hatte nicht einmal protestiert, als ich ihn bat, Noam und Nohr nach Fernglove mitnehmen zu dürfen. Orin hatte sich meine Sorgen angehört und mir den Gefallen getan. Ich konnte das Gleiche tun, zumindest dieses eine Mal.

»Tut es.« In der Erwartung von Schmerz zog ich die Unterlippe zwischen die Zähne und wurde umgehend belohnt. Hitze explodierte unter seinen Fingern, versengte meinen Arm und tränkte die Luft mit dem Geruch von verbranntem Fleisch. Jede Faser meines Körpers spannte sich an, während ich die Augen zusammenpresste, dann war alles schlagartig vorbei. Seine Hand lag nicht länger dort und der kühle Luftzug traf meine rohe Haut. Langsam öffnete ich die Augen und schaute auf meinen Arm hinab.

Und da war sie. Die Tätowierung der Ferngloves. Die detaillierte Darstellung eines abgebrochenen Schwerts in vielfältigen Grau- und Schwarztönen, umrahmt von einem Schwarm leuchtend bunter Insekten. Es war grauenvoll. Es war wunderschön. Es war ein Mal, das mich auf ewig zeichnete. Aber wenn man bedachte, dass meine Zeit auf dieser Erde vielleicht begrenzter war als die der Evers in diesem Herrenhaus, würde ich sie klaglos tragen. Der Tod scherte sich nicht um Familien oder Wappen – er holte einen jeden, so oder so.

»Gar nicht so schlimm, oder?« Orin strich sanft mit einem Finger über das Mal und die letzten Überreste des Schmerzes verblassten.

Ich starrte auf die frische Tinte und versuchte erfolglos, die veränderte, subtilere Hitze zu ignorieren, die von seiner Berührung ausging. »Es ist jetzt nicht unbedingt ein komplett scheußlicher Anblick.«

Langsam und systematisch, als sei er sich jedes überreizten Nervenendes in meinem Körper bewusst, hob er meinen Arm an seine Lippen und hauchte einen unendlich sanften Kuss auf die Klinge. Ein nervöses Kribbeln durchfuhr meine Glieder und Orin lächelte dicht über meine Haut gebeugt.

»Na bitte«, flüsterte er. »Das fehlte noch.«

»Was meint Ihr damit?« Alles in mir schrie danach, ihm meine Hand zu entreißen, mich aus seinem seltsam verführerischen Griff zu befreien, aber ich konnte nicht. Eine kitzelnde Magie legte sich wie eine feine Chiffonschicht auf meine Haut und er hob den Blick, um mir in die Augen zu sehen.

»Ihr tragt jetzt einen Splitter meiner Magie in Euch.« Er befeuchtete sich die Lippen und seine Pupillen wirkten unnatürlich groß. Ich wusste nicht, was ich von *diesem* Blick halten sollte. »Ich nehme an, Vora hat erwähnt, wie dieses Herrenhaus funktioniert?« Er deutete lässig auf den Kronleuchter über unseren Köpfen und die

Lichter erwachten flackernd und ganz von selbst zum Leben. Vielleicht lag es aber auch an Orins Befehl.

Mir fehlten fast die Worte, um zu antworten. »Ja.«

»Ihr könnt unsere Macht nicht benutzen, aber in diesem Mal befinden sich Spuren davon. Wenn Ihr Euch Licht wünscht, wird es kommen. Wasser für Euer Bad, es wird auftauchen. Natürlich werden Euch nach wie vor unsere Diener zur Verfügung stehen, aber manchmal, finde ich, braucht man Privatsphäre.«

Ich schluckte schwer. »Wie aufmerksam von Euch.«

»Ich bin ein großzügiger Gastgeber.« Er lächelte, seine Berührung zart auf dem Mal an meinem Arm. Schließlich richtete Orin sich auf und der seltsame Einfluss, den er auf mich hatte, schwächte sich ab. Vor allem wohl deshalb, weil es mir schwerfiel zu glauben, dass irgendein Ever *großzügig* war, schon gar nicht einer aus einer Familie, die zwei Minen besaß und wahrscheinlich in keine davon je einen Fuß gesetzt hatte. Bilder der rußverschmierten Gesichter meiner Brüder erschienen vor meinem inneren Auge.

»Wenn das der Fall wäre, hätten die Bewohner von Willowfell wohl ein besseres Leben. Ganz besonders die Minenarbeiter, die es Euch so leicht machen, diesen Lebensstil aufrechtzuerhalten.«

Orin wirkte verwirrt. »Die Stadtbewohner … gibt es nicht genug Arbeit? Oder erhalten sie keine gerechten Löhne? Ich muss zugeben, dass die meisten meiner Gespräche mich nur mit den Ältesten zusammengeführt haben, und sie haben nie durchblicken lassen, dass irgendetwas nicht so ist, wie es sein sollte.«

»Nun, das ist keine Überraschung. Die Ältesten interessieren sich nur für ihre vergoldeten Kutschen und ihre luxuriösen Häuser. Sie könnten genauso gut Evers sein.« Noch ehe ich es mir hätte verkneifen können, rutschte mir diese Spitze heraus und ich erstarrte.

Orin dagegen schien meine Beleidigung nichts auszumachen. Stattdessen wurde sein Blick traurig. »Wenn ich das richtig verstehe, werden die Erlöse aus den Minen nicht gerecht verteilt. Ich werde mit den Stadtoberen sprechen und wenn nötig unseren Anteil korrigieren.«

Ich hatte nicht die innere Stärke, meinen Schock zu verbergen. Der Unterkiefer klappte mir herunter und es kostete mich mehrere Versuche, die Worte für eine Antwort zu finden. »Einfach so? Aber warum?«

»Im Gegensatz zu Eurer sehr offenkundigen Meinung von uns sind nicht alle Evers Monster.« Er ließ meinen Arm los, um die Hände zu verschränken. »Wir haben Mittel, die wir erübrigen können.«

Natürlich hatten sie das. »Ist das der Grund, warum Ihr so große Belohnungen für diejenigen auslobt, die ein Ever-Juwel finden? Welchen Wert haben diese Juwelen für Euch?«

Bei dieser Frage verspannte Orin sich sichtlich. Er starrte einen unsichtbaren Punkt an der Wand an, als sei er in eine verlorene Erinnerung versunken. »Ever-Juwelen mögen für Menschen zwar nutzlos sein, sind aber für meinesgleichen etwas Besonderes. Sie helfen uns, die zu bleiben, die … nun ja, die zu bleiben, die wir sind. Aber das gehört hier nicht hin. Wie dem auch sei, ich werde mein Wort halten und mir einen Überblick darüber verschaffen, was mit den Profiten aus den Minen passiert.«

Das hier war mir neu. Keiner hatte uns jemals eine Erklärung gewährt, warum die Evers so hübsche Sümmchen für diese Juwelen bezahlten. Bevor ich weitere neugierige Fragen stellen konnte, stand Orin auf und streckte die Hand aus.

»Also, ich habe gleich eine schon länger bestehende Verabredung, aber mir bleibt noch genug Zeit, Euch eine kleine Führung zuteilwerden zu lassen. Falls Ihr Interesse habt.«

Angesichts der Tatsache, dass ich Gefahr lief, mich auf einem Anwesen dieser Größe zu verirren, konnte ich dieses Angebot nicht unbedingt ablehnen. Außerdem widerstrebte es mir nicht vollends, noch ein bisschen mehr Zeit mit Orin zu verbringen. Nicht nach dem Versprechen, das er zugunsten meiner Stadt gegeben hatte. »Danke.«

»Ich hoffe, Ihr werdet es über Euch bringen, mir zu vertrauen. Ich weiß, dass Ihr nicht die Absicht hattet, hierherzukommen, aber vielleicht hat das Schicksal seine Hand im Spiel.«

Langsam legte ich meine Hand in seine. »In der Tat.«

»Was mich betrifft, ich freue mich auf unsere gemeinsame Zeit.« Seine Stimme war leise und angenehm und dieser Funke der Empörung in meiner Brust flammte erneut auf.

»Natürlich um die Seuche zu erforschen.«

Seine grünen Augen blitzten übermütig. »Natürlich.«

Als wir sein Arbeitszimmer verließen, konnte ich mich des Gefühls nicht erwehren, einen kleinen Teil von mir dort zurückgelassen zu haben. Die Innenseite meines Handgelenks pochte, während wir von Raum zu Raum wandelten und seine Erklärungen zu den einzelnen Zimmern unter dem Rauschen in meinen Ohren beinahe untergingen. Orin war viel zu überzeugend. Die alte Edira hätte ihm ihre Hand entrissen und angesichts seiner Nettigkeiten die Augen verdreht. Er war ein *Ever.* Derselbe Ever, der Rowena fortgeholt hatte.

Derselbe Ever, der sie als *liebe Freundin* bezeichnet hatte.

Ich spürte eine zunehmende Beklemmung im Brustkorb, während wir durch das Gebäude gingen. Sein Gesicht war offen, sein Lächeln breit. Alles an ihm war einladend. Waren die Vorbehalte meiner Tante in seiner Gegenwart geschmolzen? Ich konnte es nicht mit Bestimmtheit sagen, aber ich wollte es herausfinden. Denn wenn er mich anschaute, sah ich nichts als jungenhaften Charme und Hoffnung. Hoffnung, dass ich diejenige sein würde, die die Arbeit vollendete, der meine Tante ihr Leben gewidmet hatte. Und obwohl ich wusste, dass Hoffnung eine gefährliche Sache war, vor allem, wenn es um die Seuche ging, konnte ich das schüchterne Lächeln, das meine Lippen umspielte, während er mich durch sein Zuhause führte, nicht unterdrücken.

KAPITEL 7

Nachdem er mich durch das unglaubliche Labyrinth von Räumen geführt hatte – darunter eine Bibliothek, in der wir uns am nächsten Tag treffen wollten, um mit unserer Arbeit zu beginnen –, blieb Orin mit mir in der Eingangshalle stehen. Einmal mehr fiel mir der fehlende Duft der blühenden Hyazinthen auf. Waren sie künstlich? Ich ging näher an eine heran und strich behutsam über die samtenen Blätter. In ihrer Beschaffenheit fühlten sie sich echt an und die Blätter gaben auf die gleiche natürliche Weise wie die einer jeden gesunden Pflanze nach. Trotzdem verströmten sie keinen Duft. Als ich mir die Finger unter die Nase hielt, roch ich nur eine schwache Andeutung von Moder.

»Sie sind wunderschön, nicht wahr?« Orin kam herbeigeschlendert und lächelte. »Wir tauschen sie passend zur Jahreszeit aus.«

»Mit ihrem Duft stimmt etwas nicht.« Ich deutete mit dem Kopf auf das überquellende Blumenmeer.

Er zog die Brauen zusammen und rieb sich den Nacken. »Vielleicht sind sie eingegangen. Ich werde einen Diener das überprüfen lassen.«

Eingegangen? Ich schaute erneut auf die leuchtenden Blütenblätter und konnte weder den geringsten dunklen Fleck noch ein welkes

Blatt entdecken. Genau das wollte ich gerade sagen, als eine Frau durch die Vordertüren rauschte, ohne sich die Mühe zu machen anzuklopfen. Ihr glänzendes Haar flatterte hinter ihr her wie ein Schleier. Und die *Farbe.* Es war atemberaubend, wie die Tiefen des Ozeans mit verschiedenen Tönen von Dunkelblau und Ultramarin, die sich im Licht verfingen. Mit ihren wie Juwelen glänzenden, rubinroten Augen schaute sich die Frau prüfend im Raum um, bis ihr Blick an Orin hängen blieb. Ein teuflisches Grinsen legte sich auf ihre Lippen. Die aufgewirbelte, fließende Tinte ihrer Tätowierungen schlang sich wie aufgewühlte Strömungen links und rechts um den Bizeps und ihre Finger streiften die dunkleren, kobaltfarbenen Linien, als sie die Arme vor der Brust verschränkte. Eine junge Frau und ein Knabe begleiteten sie und beide kamen mit der gleichen Autorität und dem gleichen hochmütigen Grinsen hereingeschlendert.

»Ossanna«, begrüßte Orin seinen Gast und richtete sich zur vollen Größe auf. »Du bist früh dran.«

»Ich bin nicht auf die Idee gekommen, dass das ein Problem sein könnte.« Ihr listiger Blick wanderte direkt zu mir. »Außerdem habe ich ein Gerücht gehört, wonach es dir gelungen sei, eine weitere Threadmenderin zu finden. Das wollte ich mit eigenen Augen sehen.«

»Neuigkeiten verbreiten sich schnell.« Er stieß den Atem aus.

»Absolut.« Ossanna legte sich eine Hand an die Taille, bevor sie mit dem Kopf auf die junge Frau zu ihrer Linken deutete. »Davon abgesehen hat Issa sich schon seit geraumer Zeit auf den heutigen Tag gefreut. Ich konnte sie kaum bändigen.«

Issa konnte nur wenige Jahre jünger sein als ich. Ihre rosaroten Augen – wie von Milch aufgehelltes Blut – und ihr blauschwarzes Haar standen im starken Kontrast zu ihrer hellen Haut, aber nicht so massiv wie die grelle Tätowierung zorniger Tintenströmungen, die sich um ihre Kehle schlangen. Sie strich sich mit ihren krallenähnlichen Nägeln über die geschminkten Lippen und lächelte, als sie Orin ansah. Der Gürtel, den sie sich lässig um die Hüften geschlungen hatte, erbebte.

Nein. Kein Gürtel. Ein Schwanz.

Er entrollte sich und zuckte hinter ihr, als sei sie eine Katze auf dem Sprung, eine Maus zu fangen. Auch in ihrem nun zu mir wandernden Blick lag etwas Listiges und sie musterte mich langsam von Kopf bis Fuß, bevor sie leise kicherte. Ich kniff die Augen zusammen und ignorierte die in mir aufsteigende Furcht.

»Wird sich deine Threadmenderin uns auf einige Erfrischungen anschließen?«, fragte Issa.

»Edira. Mein Name ist Edira.« Die Worte waren mir herausgerutscht, bevor ich es verhindern konnte, und alle Blicke richteten sich auf mich. Entrüstung siedete heiß in meinen Adern. »Ich mag in Diensten derFerngloves stehen, aber ich gehöre nicht *ihm.*«

Issas Lächeln hatte mehr Schärfe als eine Klinge. »Oh, das weiß ich.«

»Edira, das sind die Waterstones. Sie sind Evers wie wir.«

Nicht schwer zu erraten. Ich hatte noch nie einen Menschen mit einem Schwanz gesehen. Ich warf Orin einen Blick zu. Sein Gesichtsausdruck war vollkommen neutral, bis auf ein winziges Zucken seiner Lippen, und ich hatte das Gefühl, dass es ganz allein mir galt. Er bewegte sich kaum merklich und rückte näher an mich heran, ohne die Aufmerksamkeit der Waterstones darauf zu lenken. Anscheinend hatten meine Worte Orin nicht gekränkt, aber selbst wenn es so gewesen wäre … die Furcht, die mich während des Essens am vergangenen Abend dazu getrieben hatte, penibel auf die Etikette zu achten, hatte sich in dem Moment aufgelöst, in dem er mich mit seinem Wappen gekennzeichnet hatte. Damit hatten die Ferngloves im Prinzip ihren Anspruch auf mich geltend gemacht. Das bedeutete jedoch nicht, dass es mir gefiel, als Gegenstand behandelt zu werden, als sei ich ein Besitz. Zumindest in diesem Punkt schien Orin mir recht zu geben.

Der junge Waterstone schob sich zwischen die beiden Frauen, um mich stirnrunzelnd zu betrachten. Er hatte das gleiche Haar und die rubinroten Augen wie Ossanna und um jeden seiner Finger zogen sich wirbelnde Tätowierungen. Zwillingshörner, klein und abgerundet, als hätten sie gerade erst angefangen zu wachsen, ragten ihm unter dem Haaransatz aus der Stirn.

»Sie wirkt unterhaltsam.« Das honigsüße Lächeln unterstrich seine harten, koboldhaften Eigenschaften und ich fühlte mich an die Wildheit erinnert, mit der mich Amalyss und Tasia in der Kutsche gemustert hatten. Die Evers waren impulsiv. Verwegen. Ergaben sie sich alle derart wilden, unberechenbaren Launen, nur um ihre eigene Neugier zu befriedigen? Für ein kurzes Vergnügen? Vielleicht war aber das Entwickeln animalischer Merkmale und Stärke auch eine Nebenwirkung ihrer Magie.

»Sie wirkt langweilig«, bemerkte Issa.

»Issa, Flix, das reicht jetzt«, sagte Ossanna, wenn auch alles andere als nachdrücklich. Sie wandte sich wieder Orin zu. »Wollen wir?«

Orin setzte ein Lächeln auf. »Natürlich. Amalyss? Tasia?« Er deutete mit zwei Fingern hinter sich, ohne sich von den Waterstones abzuwenden. Ruckartig richtete ich den Blick zu der geschwungenen Treppe, wo Amalyss und Tasia vollkommen regungslos dastanden, ihre verzückten Blicke auf uns gerichtet. Ich hatte sie nicht näherkommen hören und doch hatte Orin irgendwie gewusst, dass sie da waren, ohne sich auch nur im Raum umschauen zu müssen.

»Ja?«, antwortete Amalyss.

»Rorik erwartet Edira. Sorgt dafür, dass sie ihn findet.«

»Selbstverständlich«, antwortete Tasia. Beide kamen mit fließender Anmut die Treppe herunter und blieben nur kurz an den Eingangstüren stehen, damit ich mich ihnen anschließen konnte.

Ich blinzelte. »Rorik? Warum?«

»Ich habe ihn gebeten, bei Eurem Training zu helfen.« Orins Züge wurden weicher, als er mich ansah, dann senkte er den Kopf zu einer knappen Verbeugung. »Ich entschuldige mich. Eigentlich hatte ich vor, Euch selbst zu begleiten, aber ich muss einige Dinge mit den Waterstones regeln.«

»Ist schon gut. Danke für die Führung.« Ich gestattete mir einen letzten verstohlenen Blick zurück über die Schulter, als ich Amalyss und Tasia nach draußen folgte. Orin war die Ruhe selbst, seine Haltung ein Meisterwerk aus stiller Freude und herzlicher Wärme, während er sich freundschaftlich mit Ossanna unterhielt. Ich beeilte mich, Amalyss und Tasia zu folgen, ohne auch nur ein Wort zu sagen.

Sie führten mich durch einen offenen Innenhof, während sie sich miteinander unterhielten und Gerüchte über Issa und Flix austauschten. Nur ein paar Gesprächsfetzen drangen zu mir durch. Mein Verstand verarbeitete noch immer das frische Mal auf meinem Arm und alles, was ich gerade mit Orin erlebt hatte.

Wir gingen vorbei an den formalen Gärten, wo adrett gestutzte Hecken kunstvolle, in Marmor gemeißelte Statuen umrahmten. Es gab sogar einen kleinen Teich mit einem hoch aufragenden Springbrunnen, der aus der Mitte der blaugrünen Tiefen emporwuchs. Lilienblätter trieben träge über die sich kräuselnde Oberfläche und Fische in einem Kaleidoskop von Farben drifteten unter Wasser. Ich konnte nicht anders, ich musste die Schönheit all dessen staunend betrachten, die Azaleen, die den Teich säumten, und die kunstvollen Gehwege.

Wenn doch nur Noam und Nohr all das sehen könnten. Sie von der Seuche zu heilen, war schon unter normalen Umständen eine unmögliche Aufgabe. Und dann war da ja noch die Angelegenheit namens Mavis. Ich kaute auf der Innenseite meiner Unterlippe und ein unangenehmer Blutgeschmack legte sich auf meine Zunge. Ich zuckte zusammen. Das Problem war doch, selbst wenn es mir gelang, *ein* Lebewesen von der Seuche zu befreien, würde ich als Konsequenz dieser Heilung selbst leiden. Das war auch nicht anders, als ein gebrochenes Bein in Ordnung zu bringen oder eine gewöhnliche Erkältung zu kurieren. Ich würde die Nebenwirkungen eines jeden Gebrechens zu spüren bekommen – wenn auch in einem geringeren Maß. Das galt genauso für die Seuche, bis meine eigenen Fäden schließlich durchtrennt wurden.

Jeder Akt fraß meine Lebensspanne auf und ich war mir nicht sicher, ob mir noch genug Zeit blieb, um Mavis *und* meine Brüder zu retten.

Und ich wusste, wessen Rettung als Erstes von mir erwartet wurde.

»Ihr seht blass aus«, bemerkte Amalyss und riss mich damit aus meinem Tagtraum. »Sind wir so furchteinflößend?«

Ich war kurz davor, sie daran zu erinnern, dass sie und ihre Schwester mich bei unserer ersten Begegnung angegriffen hatten. »Nein. Ich muss einfach eine Menge Dinge verarbeiten.«

»Die Waterstones sind kein Grund zur Sorge.« Tasia schaute finster drein. »Sie kommen, sie plustern sich auf, sie gehen wieder. Orin kümmert sich immer um sie.«

»Das Gleiche gilt für die Starglens«, überlegte Amalyss laut. Sie zeigte auf einen fernen Punkt am Horizont, als besäße ich irgendwie die notwendige Magie, um das zu sehen, worauf sie deutete. »Sie sind unsere nächsten Nachbarn. Orin unterrichtet neben Flix auch ihren Sohn, Briar.«

»Und was ist mit Euch beiden?«, fragte ich.

Tasia zuckte mit den Schultern. »Wir nehmen manchmal an den Unterrichtsstunden teil. Das hängt vom Thema ab. Wir sind schon länger dabei als Flix und Briar.«

»Und was lernt Ihr so?« Mir war schon bewusst, dass ich hier war, um die Seuche zu studieren und auszulöschen, aber eine erwachende Neugier konnte ich nicht leugnen. Evers gab es schon seit Jahrhunderten. Sie waren noch älter als unsere Stadt. Die Fülle ihres vorhandenen Wissens war für mich schwer vorstellbar. Wie beunruhigend musste es da für sie gewesen sein, nicht zu verstehen, wie man eine Krankheit heilen konnte, die so schwer war, dass sie Unsterbliche niederstreckte.

»Alles Mögliche.« Amalyss legte nachdenklich den Kopf schräg. »Die Geschichte der Evers, die verschiedenen Varianten von Magie, die Sprache unserer Ahnen – alles Dinge, die Ihr nicht ansatzweise mit Eurem Verstand erfassen könnt.«

»Typisch«, murrte ich. »Wo ist Rorik?«

»Wo er immer ist«, antwortete Tasia gedehnt.

»Was beabsichtigt er denn, mit mir zu machen?«

»Ihr stellt eine Menge Fragen.« Amalyss fuhr sich mit einer Hand durch ihre Locken. »Aber wir können wohl nicht erwarten, dass Ihr gleichermaßen logische Schlüsse ziehen könnt wie unsereins.«

Ärger kochte in mir hoch und ich erwiderte ihren Blick standhaft, nur um festzustellen, dass mich beide mit boshaft verzogenen Lippen beobachteten. Sie warteten. Provozierten mich. Jemand mit mehr Größe, als ich sie aufbrachte, hätte wahrscheinlich den Mund gehalten. Mir fehlte ein solcher Wesenszug.

»Ich frage mich, ob diese hochmütige Überlegenheit ein Charaktermerkmal von Evers ist? Oder hat man Euch vielleicht Stöcke in den Arsch gestoßen, die ich nur wegen dieses lächerlichen Glamourzaubers nicht sehen kann?«

Beide Mädchen stolperten und für einen Sekundenbruchteil klappte ihnen die Kinnlade herunter. Dann wurden ihre Blicke hart, während ein Teil des Glamours von ihnen abfiel, um die schillernden Federn sichtbar zu machen, die auf ihren Wangenknochen glänzten.

Tasia lächelte, aber in ihren Worten lag Schärfe. »Threadmender können sich selbst nicht heilen, richtig?«

In meinen Ohren schrillten die Alarmglocken, aber ich hielt den Blick eisern auf den Horizont gerichtet. »Ist das eine Drohung?«

»Das müsst Ihr entscheiden.« Amalyss kicherte düster. Dann verstummte sie und überließ mich ausschließlich ihren hungrigen Blicken und meinen durcheinanderwirbelnden Gedanken. Ihr Glamour normalisierte sich wieder, als wir die Gärten verließen und die weit verzweigten, gut gepflegten Wiesen erreichten. Wildblumen bohrten sich durch die weiche Erde, um dem Meer aus üppigem Grün leuchtende Tupfer Orange, Magentarot und Indigoblau hinzuzufügen. Eine sanfte Brise wehte über das Gelände. Wunderschön und doch still, bis auf das gedämpfte, unregelmäßige Zirpen von

Insekten. Wir näherten uns der Baumlinie und ein einsamer Lehmpfad, der von moosbedeckten Steinen markiert wurde, erregte meine Aufmerksamkeit. Er schlängelte sich in die Tiefen des Waldes, bevor er zur Gänze im Dunkel verschwand.

Lauf. Ich konnte fliehen, aber damit würde ich den Schwur brechen, den ich Orin gegeben hatte. Und ich würde niemals ohne meine Brüder weglaufen, was wiederum bedeutet hätte, irgendwie zwei schwebende Schutzkästen unbemerkt von Fernglove wegschaffen zu müssen.

Und dann war da das offenkundige Problem der Kästen selbst.

Arbeitet in Fernglove für mich. Orins Worte schossen mir durch den Kopf und eine schwere Last zog mir an Handgelenken und Füßen. Unsichtbare Ketten fesselten mich an den Herrn dieses Anwesens. Was genau musste er tun, um die Magie aufrechtzuerhalten, die meine Brüder am Leben erhielt? Mussten sie in seiner Nähe bleiben? Wenn ich sie mitnahm, würden ihre lebensrettenden Hüllen einfach verschwinden?

Nein, ich konnte nicht weglaufen. Ich würde meinen Plan verfolgen. Ich würde lernen. Und falls – *sobald* – ich einen Weg fand, die Seuche zu heilen, würde ich die Erkenntnisse verbergen und mir meine Macht für Noam und Nohr aufsparen. Mavis hatte lange genug gelebt.

Ein schwaches Lächeln umspielte meine Lippen. Niemand würde mich oder meine Magie zu seinen eigenen Zwecken benutzen.

Fürs Erste würde ich sie benutzen.

»Wir sind da«, sagte Amalyss, als sie und ihre Schwester stehen blieben. Sie zeigte auf einen einzelnen Baum, der ein Stückchen abseits von den anderen stand, und ich erstarrte. Der Stamm war knorrig und ungleichmäßig, seine Borke ein wild verschlungenes Gewirr in Weiß, Braun und Schwarz. Er war viel größer als jeder Baum in seiner Nähe. Aber am stärksten wurde meine Aufmerksamkeit von den vielen Hundert zarten, knochenweißen Blumen gefesselt, die in den höchsten Zweigen blühten.

»So einen Baum habe ich noch nie gesehen«, murmelte ich, den Blick starr auf die seltsame Mischung aus Farben geheftet, die die Borke durchzogen. Ich war immer noch ein kleines Stück entfernt und nicht nah genug, um die bizarren Höcker und ungelenken Winkel des verzerrten Stamms zu inspizieren, aber ich konnte Rorik darunter stehen sehen. Er wandte uns den Rücken zu und schaute zu den Blumen hinauf.

Tasia und Amalyss waren still. Sogar ernst. Für einen Augenblick schlossen sie die Augen, als würden sie ein stummes Gebet sprechen, aber als sie mich wieder ansahen, waren alle Spuren von Traurigkeit in ihren Gesichtern wie weggewischt. Düstere Neugier flammte in ihren identischen Augen auf und Tasia streckte eine Hand aus, um mir mit den Fingern über die Wange zu streichen. Ein Druckgefühl legte sich mir auf die Brust und ein kalter Hauch strich über meinen Nacken.

»Ich hoffe, er ist nicht allzu grob zu Euch.«

Amalyss kicherte. »Aber wenn doch, liefert er uns erst recht einen Grund, Euch hübsch herauszuputzen.«

Ich lachte höhnisch. »Habt Ihr nichts Besseres zu tun?«

»Ganz und gar nichts.« Tasias Grinsen wurde breiter.

Amalyss spähte über die Schulter ihrer Schwester, dann sah sie mir fest in die Augen. »Kommt und spielt mit uns, wenn Ihr fertig seid.« In ihren Worten lag eine Hitze, die ich nicht einordnen konnte, und frischer Blumenduft kam und ging mit der Brise. Ich warf einen Blick auf die Wildblumen in der Nähe, die sanft im Wind tanzten.

»Na sicher doch.« Ganz bestimmt würde ich sie nicht aufsuchen, aber sie sollten gerne denken, ich gäbe ihren Hirngespinsten nach. Ohnehin hatte ich den Worten hinreichend Sarkasmus verliehen, um jedwede Hoffnung zu ersticken, die in ihnen aufkeimte.

Unter schrillem, nervigem Gelächter machten sie auf dem Absatz kehrt. Es kribbelte unbehaglich auf meinen Armen und um die Wirbelsäule, aber ich atmete einmal tief durch und ging dann die letzten Meter hin zu Rorik. Mit den Pantoffeln, in denen meine Füße steckten, tappte ich über den Boden und ein leises, dumpfes Geräusch, das in der Luft widerzuhallen schien, kündete von meiner Ankunft. Rorik legte den Kopf schräg und seine Schultern strafften sich, aber er drehte sich nicht für eine Begrüßung um. Stattdessen wartete er ab, bis ich neben ihm stand.

»Was haltet Ihr davon?«

Ich folgte seinem Blick zu den zarten Blumen über uns. Rauchgraue Blätter hüllten die hauchzarten Blütenblätter ein. Gerade wollte ich den Mund öffnen, um eine Bemerkung über ihre Schönheit zu machen, als mir die Worte im Halse stecken blieben. Meine Augen wurden schmal und ich studierte die seltsam zerklüfteten Zweige, die aus den Ästen des Baums sprossen. Zweige mit seltsamen, knotigen Knöcheln und faltigen Schichten, wie Haut, die sich zu Borke verfestigt hatte. Diese zarten Blumen schienen jeweils aus dem Nagelbett zu erblühen, als seien die gespreizten Zweige tatsächlich Finger, die aus lang gezogenen Händen ragten.

Ich riss den Blick davon los und ließ die Augen zurück zum Fuß des Stamms und zu den seltsamen Windungen in verwitterten Braun- und bleichen Beigetönen. Die Galle kam mir hoch. Beine in verschiedenen Schattierungen waren dort ineinander verschlungen, um einen dicken Sockel aus verdrehten Knien und nackten Füßen zu formen, die sich in der Erde verwurzelt hatten. Köpfe gab es nicht, nur zusammengepresste Leiber und so viele Beine und Arme und Hände, dass ich kaum zwischen all den Extremitäten zu unterscheiden vermochte.

Angst fuhr mir in die Knochen und ich wich unwillkürlich einen Schritt zurück. Tote Körper. Das war es, was ich da anstarrte. Ein Schrein des Todes. Und mit dieser Erkenntnis brandete Magie aus meiner Körpermitte auf und flutete bis in die Fingerspitzen. Es kostete mich jeden vorhandenen Funken Selbstbeherrschung, das Herausbrechen meiner Macht zu verhindern.

Irgendetwas stimmte hier ganz und gar nicht. Ich fing einen schwachen Geruch von Verwesung im Wind auf. Diese Personen waren tot, ihre Fäden längst zu Asche zerfallen, aber ich konnte die Überreste ihres Lebens in der widerwärtigen Aura spüren, die im Baum pulsierte. Ein Rauschen erfüllte meine Ohren und ich spürte, wie der Boden unter mir nachzugeben schien. Ich wusste nicht, wann Rorik mir eine Hand ins Kreuz gelegt hatte. Ich wusste nur, dass alles taub war, dass die Welt ein sich verengender Tunnel aus Grau und Schwarz geworden war, und dann sortierte sich langsam alles wieder neu. Die Wärme seiner Hand erdete mich genügend, um den Rest meiner Sinne zu beruhigen.

»Das sind die Überreste unserer Vorfahren. Wir benutzen keine Gräber oder Grabsteine. Wir beerdigen die unseren an den Wurzeln und ein Teil von ihnen lebt auf diese Weise weiter.« Kaum waren ihm die Worte über die Lippen gekommen, verschränkte er die Arme vor der Brust. Das plötzliche Fehlen des Gewichts seiner Hand auf meinem Rücken verursachte mir ein seltsames Unbehagen, aber ich verdrängte die Regung und riskierte einen weiteren Blick auf den Baum.

»Wenn wir Menschen sterben, kehren wir einfach in die Erde zurück, statt daraus emporzusprießen. So etwas wie hier habe ich noch nie gesehen.« Meine Welt kam mit jedem Atemzug wieder stärker ins Gleichgewicht und meine Macht verebbte langsam. Sie waren bereits tot. Da gab es nichts zu flicken. Und doch war da dieser Geruch, dieser unleugbare Sog, *irgendetwas* zu heilen … ich konnte die Regung nicht abschütteln.

»Nun ja, wir sind eben nicht menschlich.« Er drehte dem Baum den Rücken zu und sah mich endlich an. Sein Blick wanderte langsam und abwägend von meinem Kopf bis zu den Zehen hinunter. Er verdrehte die Augen. »Wenn wir uns das nächste Mal treffen, seht zu, dass Ihr angemessen gekleidet seid.«

Seine herablassenden Worte genügten, um den letzten Rest eines unheimlichen Fröstelns zu verjagen, das noch immer meine Sinne reizte, und ich sah ihn finster an. »Es tut mir leid, wenn meine Aufmachung nicht Eurem Geschmack entspricht. Es wird Euch erfreuen zu erfahren, dass ich in dieser Angelegenheit absolut kein Mitspracherecht hatte.«

»So faszinierend diese nutzlose Information ist, ändert sie doch nichts an der Tatsache, dass ich Euch in einem Kleid nicht beim Training helfen kann.«

»Wenn Ihr denkt, ich könne Euch nicht erstechen, wenn ich Röcke trage, unterliegt Ihr einem traurigen Irrtum.« Die Worte sprudelten unbedacht aus mir heraus. Ich biss die Zähne fest zusammen und schluckte den Rest der vorgesehenen Erwiderung herunter. Ich sollte von diesem Ever etwas Nützliches lernen und hier stand ich nun und keifte ihn an, bevor wir unsere erste Lektion überhaupt begonnen hatten.

Ein schelmischer Ausdruck trat in seine Augen. Er kam einen Schritt näher und verzog die Lippen zu einem teuflischen Grinsen. »Habt Ihr irgendwo in Euren Unterröcken ein Messer versteckt?«

Die Hitze, die mein Blut zum Wallen brachte, wandelte sich von entrüstetem Ärger zu einem weitaus verhängnisvolleren Gefühl. Zu einer Art von Verlangen. Ich hasste es. »Nein.«

»Schade.« Seine Nase war nur zwei Zentimeter von meiner entfernt, sein Atem ein kühles Wispern auf meiner Haut. Und dann wich er mit einem bellenden Lachen zurück, löste jedweden Bann, in dem er mich gehalten hatte, und ließ sich auf dem Boden nieder. Die Beine von sich gestreckt, lehnte er sich auf die Ellbogen gestützt zurück und schaute zu mir hoch. »Setzt Euch. Dann werden wir an der Atmung arbeiten.«

»Meine Atmung ist einwandfrei.« Trotzdem setzte ich mich.

»Das wird sich noch herausstellen.«

Während der ersten paar Minuten beobachtete Rorik mich nur, während wir schweigend dasaßen. Sein ungestümer Blick fixierte das Heben und Senken meiner Brust und obwohl mein Verstand mir sagte, dass er mir nicht tatsächlich auf den Busen starrte, war ich machtlos gegen die Hitze, die mir bei dem Gedanken den Hals hinaufkroch.

Was zu einer ungleichmäßigeren Atmung führte. Ich rutschte unbehaglich auf dem Boden hin und her und kaute auf der Innenseite meiner Wange.

Er zog die Brauen hoch und die beiden Stecker durch seine Haut reflektierten das Licht. »Ihr zappelt herum. Ziemlich viel.«

»Ihr starrt mir auf die Brust. Was erwartet Ihr?«, feuerte ich zurück.

Ein Feuer loderte in seinen Augen. »Also macht Euch mein Blick nervös?«

»Betrachtet das nicht als Kompliment«, sagte ich und verschränkte die Arme vor meinen Brüsten. »Jede würde so reagieren.«

»Ich werde das so verstehen, wie ich will. Es ist ganz entzückend zu wissen, dass Ihr Euch meinetwegen windet.«

»Ihr sprecht wohl einfach alles aus, was Euch in den Sinn kommt.« Ich musterte ihn finster und ignorierte die seltsame Hitze, die ich bei seinen Worten in mir spürte.

Sein Blick wanderte zu meinem Gesicht und auf seinem eigenen hatte sich bereits ein tiefes Feixen ausgebreitet. Dann tieß er ein dunkles Lachen aus und deutete mit dem Kopf auf meine Arme. »Entspannt Euch. Ich kann Euch nicht helfen, wenn ich nicht weiß, womit ich arbeite. Das hier dient ausschließlich dem Erkenntnisgewinn, obwohl wir, falls Ihr Euch für mehr interessieren solltet, später darüber reden können.«

»Seid einfach still«, stieß ich knurrend hervor, ließ jedoch die Hände sinken.

Rorik lehnte sich noch ein wenig weiter zurück und sein nur zum Teil zugeknöpftes Hemd zog sich straff über den Oberkörper und entblößte ein verlockend wirkendes Stück Haut. Nach einigen weiteren qualvollen Momenten, in denen sein Blick auf meine Brust gerichtet war, zog er enttäuscht die Luft durch die Zähne. »Ehrlich, es ist ein Wunder, dass Ihr so lange überlebt habt.« Er stand auf und ging im Kreis um mich herum. Langsam.

»Vielleicht würde ich mich bei dieser lächerlichen Übung besser anstellen, wenn Ihr mir einfach sagen würdet, was Ihr wollt.« Rorik war gefährlich, so viel stand fest. Es lag gar nicht mal an seiner drahtigen Gestalt, geschliffen wie eine feine Klinge und bereit, benutzt zu werden; es lag an seinen Worten. Seiner bösen Zunge. Dem Glanz in seinen Augen. Und dennoch: Es mochte dem Wappen der Ferngloves auf meinem Arm geschuldet sein oder der Tatsache, dass ich hier war, um seiner Familie zu helfen, ich hatte keine Angst vor Rorik. Ich war einfach nur verärgert.

»Oh, ich habe nicht Euch im Speziellen gemeint. Ich meinte alle Menschen.« Er hockte sich neben mich und legte mir eine Hand auf den unteren Rücken, die andere auf mein Brustbein. Ich wäre fast aufgesprungen und zuckte unter seiner Berührung zusammen, aber sein Griff war fest. »So schreckhaft.«

»Eine kleine Vorwarnung hätte Euch nicht umgebracht.« Ich schäumte.

»Es hätte aber nicht annähernd so viel Spaß gemacht.« Er lachte. Dann drückte er so gegen meinen Rücken, dass ich mich gerade aufrichten musste. »Ihr sitzt da wie ein uraltes Weib. Zieht die Wirbelsäule in die Länge. Entspannt die Schultern. Atmet in den Bauch.«

»Und wozu das alles?« Mein Herz hämmerte schnell und ich hatte das abscheuliche Gefühl, er müsse jeden einzelnen unbotmäßigen Schlag unter seiner Handfläche spüren.

Er ließ die Hände sinken, stand auf und kehrte zu den langsamen Kreisen zurück, die er um mich herum zog. »Die Macht, die Ihr besitzt, macht Euch schwach. Jedes Mal, wenn Ihr Fäden flickt, zieht sie Leben aus Euch heraus.«

»Dessen bin ich mir bewusst«, murmelte ich.

»Weil Atmung etwas Instinktgesteuertes ist«, fuhr er fort, ohne auf meine Bemerkung zu reagieren, »schenken ihr die meisten Leute keine größere Beachtung. Aber wenn es ihnen gelingt, ihre Atmung zu optimieren, können sie mehr Macht in ihre Magie umlenken und ihre angeborenen Fähigkeiten besser nutzen.«

»Tun das alle Evers?«

Er schnalzte mit der Zunge. »Wir haben das wohl kaum nötig.«

»Natürlich nicht, warum auch?« Ich brachte meinen Ärger mit einem tiefen Ausatmen unter Kontrolle und kam damit aus dem zuvor etablierten Rhythmus. Rorik reagierte, bevor ich überhaupt zum Einatmen kam. In einem Moment ging er noch träge im Kreis um mich herum – wie ein Raubtier, das so dicht über der anvisierten Beute steht, dass es sich mit Tarnung nicht abzumühen braucht – und im nächsten hockte er vor mir. Mit einer einzigen schnellen Bewegung rammte er mir zwei Finger mitten in den Bauch.

Meine Rippen kollabierten, als das Wenige, was an Luft noch in meiner Brust verblieben war, jäh entwich. Ich kippte zur Seite, schlang die Arme um den Unterleib und flehte meine Lungenflügel an, sich aufzublähen, während sich ein stechender Schmerz wie Spinnweben über meinen Torso legte. Die Tränen stiegen mir in die Augen, bis mein Körper endlich erbebte und mein Japsen mit Luft belohnt wurde.

»Scheiße, was sollte das?« Meine Worte waren schwach, aber scharf. Rorik schien es nicht zu kümmern. Er legte lediglich die Hände auf seine Knie und musterte mich mit hochgezogener Braue und einem hämischen Zucken seiner Lippen.

»Ihr müsst an Eurer Lungenkapazität arbeiten. Körperliches Training wird Euch dabei helfen.« Abrupt stand er auf und legte sich die Hände an den Hinterkopf. »Es gibt einige Möglichkeiten, wie wir das erreichen können. Laufen, Kampfkunst oder vielleicht bevorzugt Ihr Übungen innerhalb des Schlafzimmers?«

Ich knirschte mit den Zähnen, während ich mich vor ihm aufbaute. Was immer ich an minimaler Kontrolle über meine Gefühle noch gehabt hatte, war mit dem Atem, den er mir geraubt hatte, entwichen. Ich war nur noch erfüllt von dem fieberhaften Wunsch, ihm ins Gesicht zu schlagen.

»Ich würde niemals mit Euch schlafen.«

»Nicht einmal dann, wenn Ihr Euch damit den Weg zu größerer Macht ebnen würdet?« Er beugte sich dichter vor, seine Worte ein Wispern an meiner Haut.

»*Niemals.*«

Etwas blitzte in seinen Augen auf und das teuflische Grinsen verrutschte für einen kurzen Moment, bevor er seine Lippen unter Kontrolle brachte. »Keine Sorge. Das Gefühl beruht gänzlich auf Gegenseitigkeit.«

»Ihr seid absolut abscheulich.«

»Ich weiß.« Irgendwie waren seine Reißzähne schärfer geworden und mir stockte der Atem. Dann drückte er sanft die Finger auf dieselbe weiche Stelle an meinem Bauch. In Erwartung der schmerzhaften Auswirkungen einer abermaligen Demonstration meines unregelmäßigen Atemmusters spannte sich mein Körper angstvoll an. Aber statt mir erneut die Finger in die Rippen zu rammen, übte er sanften Druck aus. Es reichte als Erinnerung und sobald ich meinen wilden Atem unter Kontrolle gebracht hatte, nahm er die Hand weg. »Wie lästig. Ich kann Euch kaum den ganzen Tag auf Schritt und Tritt folgen und Euch ans Atmen erinnern.«

Er drehte den Kopf den Blättern am Baum zu und stieß einen leisen Pfiff aus. Zuerst dachte ich, es sei lediglich ein weiterer Ausdruck seiner Enttäuschung, aber dann erregte eine schwache Bewegung meine Aufmerksamkeit. Eine handtellergroße, mottenähnliche Kreatur mit rosa und gelbem Fell flatterte von den Zweigen herunter und landete auf Roriks Schulter. Das Geschöpf war anders als jedes Insekt, das ich bisher gesehen hatte, mit glasigen, blauen Augen und Spiralhörnern direkt über seinen Fühlern. Rorik bückte sich, um einen Grashalm zu pflücken, und hielt ihn der Motte hin. Sie nahm seine Opfergabe mit einem leisen Zwitschern willig entgegen.

»Das ist Ywena.« Rorik sah mich nicht an. Seine Aufmerksamkeit galt ausschließlich der Kreatur auf seiner Schulter, und zum ersten Mal, seit ich ihn kennengelernt hatte, sah ich eine fast sanfte Regung aufschimmern. Die unaufhörliche Böswilligkeit war aus seinen Zügen verschwunden und seine Lippen waren weicher, entspannter. Die Fältchen um seine Augen herum waren Falten der Freude, nicht der Geringschätzung, der Frustration oder des Zorns.

»Eine Motte?« Ich wagte mich näher heran.

Er schnaubte und Ywena flatterte mit den Flügeln. »Sie unterscheidet sich von Motten, wie sich Evers von Menschen unterscheiden, aber sie sehen ihnen wohl ähnlich. Sie wird für den Moment Eure Gefährtin sein.«

Bei diesen Worten erhob Ywena sich in die Luft und umkreiste ziellos meinen Kopf, bevor sie sich in meine Halsbeuge hockte. Ihre Berührung war wie Seide auf meiner Haut und wäre ihre Größe nicht gewesen, hätte ich ihren zarten Griff für eine Haarlocke gehalten, die an meinem Schlüsselbein kitzelt.

»Warum?«

»Sie wird Euch bei Eurer Atmung unterstützen.« Roriks Blick ruhte weiter auf ihr, die Wärme in seinen Augen unvermindert. Wenn er es wagte, ein anderes Lebewesen so anzusehen, sei es ein Ever oder ein Mensch, zweifelte ich nicht daran, dass die betreffende Person sich jeder seiner Launen unterwerfen würde. Mein Puls beschleunigte sich unter seinem Blick, der auf mich gerichtet war und doch nicht *mir* galt, und meine Atmung ging schneller.

Und dann durchzuckte mich eine winzige Schockwelle und ich stieß einen spitzen Schrei aus. Das Gefühl raste mir bis in die Fingerspitzen und war genauso schnell wieder verschwunden, wie es aufgetaucht war. Es kam von der Stelle, die Ywena besetzt hatte. Als Rorik lachte, weiteten sich meine Augen.

»Hat sie mich gerade geschockt?«, fragte ich.

Diesmal sah er mich an. Keine Wärme. Nur Böswilligkeit und Hunger. »Ja. Sie kann selbst die kleinsten Fluktuationen in Eurem Herzschlag, Eurer Atmung und Euren Gefühlen wahrnehmen. Natürlich nur, solange sie Euch berührt. Und bis ich Euch für geschickt genug halte, um allein zu atmen, wird sie immer bei Euch sein. Verstanden?«

Ich senkte das Kinn und erhaschte einen Blick auf die malerische Kreatur, die mich jetzt mit fragenden Augen studierte. »Was ist, wenn ich sie versehentlich zerquetsche? Ich will ihr nicht wehtun.«

Eine ganze Weile starrte Rorik mich einfach nur an. Einmal mehr schien er hin- und hergerissen, irgendwo zwischen Mensch und Ever gefangen, aufrichtig und schroff, aber er sammelte sich mit einem energischen Kopfschütteln und einem verärgerten, spöttischen Lachen. »Eure Sorge ist unnötig. Sie ist imstande, auf sich selbst aufzupassen, und auch wenn Ihr ihr versehentlich einen Schlag versetzen würdet – was Ihr nicht tun werdet –, ist sie robuster, als Ihr es Euch wahrscheinlich vorstellen könnt.

Aber« – Roriks Miene verdunkelte sich und in seinem Blick lagen jede Menge Drohungen und Versprechen – »wenn Ihr ihr absichtlich ein Leid antut, werde ich dafür sorgen, dass Ihr das gleiche Maß an Schmerz erlebt. Wenn nicht mehr.«

Ich wusste nicht, wie ich weiteratmete, ohne dass Ywena einen scharfen Schlag durch meine Gliedmaßen schoss. Ich wollte unter der Wucht seiner Boshaftigkeit zusammensacken, aber tief im Innern wusste ich, dass ich niemals absichtlich etwas tun würde, um Ywena zu verletzen.

»Ich werde auf sie aufpassen. Versprochen.«

Während ich sprach, beobachtete er meine Lippen, als studiere er die Worte, sobald sie aus meinem Mund kamen, um ihren Wahrheitsgehalt zu prüfen. Dann wechselte er zurück zu seinem normalen, respektlosen Ich. Mit einem gelangweilten Winken kehrte er mir den Rücken zu und schlenderte in Richtung Herrenhaus davon. »Zieht morgen Hosen an.«

Er drehte sich kein einziges Mal um, um festzustellen, ob ich ihm folgte. Und zuerst tat ich das auch nicht. Das plötzliche Nachlassen der Anspannung traf mich mit voller Wucht und ich atmete so kräftig aus, dass Ywena nichts anderes übrig blieb, als eine winzige Schockwelle durch mich hindurchzusenden. Was meine Atmung natürlich nur in die entgegengesetzte Richtung entgleisen ließ und daher zu einer Reihe Schocks durch meine neue Mottengefährtin führte, bis ich mich endlich gefasst hatte. Erst als ich mir sicher war, die Kontrolle sowohl über meine Gefühle als auch über meine Atmung zu haben, wagte ich es, mich auf den Weg zum Herrenhaus zu machen. Ich war mir nicht sicher, was der Abend bereithalten würde, aber ich wappnete mich schon jetzt gegen eine Nacht voller *Erinnerungen* durch Ywena.

KAPITEL 8

Das Kribbeln setzte in dem Moment ein, als ich durch die Türen des Herrenhauses trat. Zuerst drang das Summen unter meinen Fingerspitzen nur schwach in mein Bewusstsein. Ich hielt es lediglich für eine Spannung, die Ywena bis zum Maximum aufbaute, stets bereit, sie bei der leichtesten Schwankung meiner Atmung an mir zu entladen. Aber als ich die nächsten Stunden einsam im Quartier meiner Brüder verbrachte, am Fußende ihres Bettes saß und ihnen von meinem Tag erzählte, als könnten sie mich tatsächlich hören, verwandelte sich das Gefühl in ein nagendes Unbehagen. Es rieselte an meinem Hals hinab, über meine Arme, meinen Rücken. Es war ein unablässiges Jucken, das ich nicht wegkratzen konnte, und als ich zum Abendessen hinunterging – wo die Ferngloves bereits bei Tisch saßen und warteten –, war ich kurz davor, mir die Haut herunterzureißen.

»Edira«, sagte Orin und lenkte meine Aufmerksamkeit von meinem unberührten Teller weg, »ist irgendetwas nicht nach Eurem Geschmack? Wir können ein anderes Gericht kommen lassen.« Die stille Dienerin war an seiner Seite, noch bevor ich antworten konnte, ihr Blick auf mich gerichtet, während sie auf Anweisungen wartete.

»Oh nein, es ist alles bestens.« Es gelang mir, einen kleinen Bissen gebratenen Fleischs zu essen, bevor ich meine Gabel auf den Teller legte. »Ich bin einfach erschöpft.«

Orin verfolgte meine Bewegungen mit aufmerksamem Blick. »Seid Ihr Euch sicher?«

»Ja.« Ich ließ die Hände auf meine Oberschenkel sinken und krallte die Fäuste in mein Gewand, um meine Finger daran zu hindern, sich in meine angegriffene Haut zu bohren. Es fühlte sich wie eine Falle an, vor der ganzen Familie zuzugeben, dass etwas nicht stimmte. Ich konnte jetzt schon Sevilles spöttisches Lachen hören und fühlte Lydias ungläubigen Blick auf mir lasten, wenn ich eine Schwäche andeutete. Aber vielleicht … ich riskierte einen schnellen Blick in Orins Richtung. Er sah mich immer noch an und zog langsam die Brauen zusammen. Wenn ich mit ihm allein darüber sprach, was mit mir geschah, war das vielleicht in Ordnung. Immerhin wollte er mich gesund. So viel war sicher.

»Du hast sie zu hart angetrieben, Rorik«, bemerkte Seville in gedehntem Tonfall, dann nahm sie einen ausgiebigen Schluck aus ihrem Kelch. »Und was hat es mit diesem scheußlichen Geschöpf auf sich, das in ihrem Haar steckt?«

Rorik zwirbelte sein Messer zwischen Zeigefinger und Daumen. »Das ist notwendig für ihr Training.«

»Solange es sie nicht unnötig Kraft kostet«, schaltete Orin sich ein, seine Stimme eine nachdrückliche Warnung. »Du solltest helfen, ihren Körper zu stärken, damit sie jedweden möglichen Nebenwirkungen, die mit dem Heilen der Seuche einhergehen, besser trotzen kann. Sonst nichts.«

Rorik sah ihm nicht in die Augen. »Sag mir zur Abwechslung mal etwas, was ich noch nicht weiß.«

»Rorik …« Orins Augen loderten auf vor Zorn. »Tu ihr nichts zuleide.«

»Würde nicht mal im Traum dran denken«, überlegte Rorik laut.

Das bezweifelte ich stark. Vielleicht war dieses quälende sich steigernde Unbehagen ein Nebenprodukt von Ywenas Macht. Sie hatte mich während des Abends bereits mehrfach geschockt. Vielleicht war mein Körper tatsächlich nur erschöpft. Vielleicht hatte es aber auch gar nichts mit Ywenas Magie zu tun und alles mit dem Ever, der vor mir saß. Hatte Rorik mit seinem Training irgendeine Art von Reaktion ausgelöst? Meine Hand flatterte zu meinem Bauch, zu der Stelle, wo er die Finger hineingerammt und mir den Atem geraubt hatte. Womöglich hatte er mich verzaubert. Ich hätte ihn mit einem Schwur binden sollen, bevor ich überhaupt zugestimmt hatte, mich von ihm unterrichten zu lassen.

»Was genau hat Euer Training denn beinhaltet?« Tasia stützte die Ellbogen auf den Tisch. In ihren Augen leuchtete ein seltsamer Eifer und ihr Grinsen war breit, während sie mich genau beobachtete.

»Vielleicht hätte der Unterricht nicht … privat stattfinden sollen.« Amalyss leckte sich die Lippen. Ihr Blick bohrte sich mit einer Intensität in meine Augen, die aus dem unsichtbaren Kribbeln einen ausgewachsenen Flächenbrand werden ließ, und ich stand abrupt auf. Ywena zögerte nicht, mich zu schocken, aber ich registrierte es kaum vor dem Hintergrund der Hitze, die durch meinen Körper tobte.

Rorik stieß ein finsteres Lachen aus, aber in seiner Stimme lag unverkennbar Anspannung. »Nach ihrer Reaktion zu schließen, kam ein *privates* Training definitiv nicht infrage.«

Orin ballte die Hände zu Fäusten und warf seinem Bruder einen wütenden Blick zu. Rorik seufzte und hob mit einer geheuchelten Geste der Entschuldigung die Hände.

»Ich habe sie nicht mehr angerührt, als notwendig war, und gewiss nicht auf die Weise, die Amalyss andeutet.«

Orin dachte kurz über Roriks Worte nach, bevor er sich mir zuwandte. Alle Spuren von Ärger waren verschwunden und ersetzt durch eine stille Sorge, die seine Augen ausfüllte. »Ist etwas vorgefallen?«

»Nein, nichts in der Art«, brachte ich leicht verzögert heraus. »Tut mir leid. Darf ich mich entschuldigen?«

»Sie muss sich erst noch an ihre neue Umgebung gewöhnen. Lass sie gehen.« Es war das erste Mal, dass Lydia über mich gesprochen hatte, geschweige denn mit mir. Sie saß still neben ihren Töchtern und ihr Blick hatte eine ähnliche, durchdringende Faszination, als sie mich mit einem schiefen Lächeln musterte. Clesian schwieg, legte aber eine starke Hand auf die von Lydia.

»Natürlich.« Orin ließ mich nicht aus den Augen. »Gute Nacht, Edira.«

Ich neigte fast unmerklich den Kopf zum Abschied, bevor ich aus dem Raum stürmte. Mit jedem Schritt intensivierte sich das Brennen. Ich eilte in mein Quartier und ließ mir umgehend ein Bad ein, in der Hoffnung, dass das Wasser das seltsame Leiden, von dem ich befallen war, vertreiben würde. Ich füllte die Wanne mit Salzen aus meinen Apothekerkoffern und einer selbst kreierten Tinktur gegen Ausschlag. Zwar bezweifelte ich, dass ich eine allergische Reaktion auf irgendetwas auf dem Gelände zeigte, aber es gab hier einiges an mir unbekannter seltsamer Flora und Fauna. Vielleicht hatten Pollen aus den weißen Blumen am Ever-Baum eine nachteilige Wirkung auf meine Haut. Nachdem ich aus dem Kleid geschlüpft war, band ich meine Haare in einem losen Knoten auf dem Kopf zusammen und ließ mich in die Wanne gleiten. Ywena erhob sich in die Luft, bis ich mich eingerichtet hatte, dann hockte sie sich in mein Haar und setzte die geübte Beobachtung meines Atems fort.

Die Liebkosung des Wassers trug nichts dazu bei, das Jucken einzudämmen. Während ich dem Bad zähneknirschend den stummen Befehl sandte, etwas zu bewirken – irgendetwas –, wurde aus dem quälenden Brennen ein tieferes Stechen, das durch meine Muskeln hämmerte. Ein Stöhnen entfuhr mir im selben Augenblick, als Ywena mich schockte, und ich zuckte zusammen. Ich war erfüllt von Rastlosigkeit und fast genauso schnell aus der Wanne heraus, wie ich hineingestiegen war.

Eingehüllt in lose Kleider ging ich am Fußende meines Bettes in engen Kreisen umher. Orin sollte bald mit dem Abendessen fertig sein. Sobald es still im Haus war, würde ich zu ihm gehen.

Mit einem Schnauben näherte ich mich einem der Fenster, drückte es auf und hieß die frische Brise auf meiner brennenden Haut willkommen. Schatten aus dem umliegenden Wald krochen über die Wiesen und eine Eule machte mit einem einzelnen Schrei auf sich aufmerksam, während der kreisrunde Mond in den Nachthimmel drängte. In der Ferne bemerkte ich den Ever-Baum und seine widerspenstigen, knotigen Äste. Die knochenfarbenen Blüten zitterten im schwachen Wind. Konnten die Leiber fühlen? Konnten die Äste die Präsenz der Welt um sich herum wahrnehmen? Froren sie bei den fallenden Temperaturen und der heraufziehenden Dunkelheit?

Wieder mischte sich ein leises, unerträgliches Gefühl von Falschheit in die Nachtluft und meine Macht drohte an die Oberfläche zu branden. Aber als ich diesen Baum blinzelnd genauer betrachtete – eigentlich ein Bote des Todes, kein Monument –, verschärfte sich das Brennen in meinen Gliedmaßen und ich zuckte zusammen.

Wenn es möglich gewesen wäre, meine eigenen Fäden zu flicken, hätte ich es getan. Von Minute zu Minute wurde es schlimmer. Ein Anker hatte sich tief in meinem Innern festgesetzt und die dazugehörige Kette wurde durch meine Gliedmaßen hindurch stramm gezogen, als sei der Anker an einer Stelle gelandet, die sich meinem Zugriff entzog. Ich musste die Anspannung nur ein ganz klein wenig lockern.

Ein unsichtbares, kräftiges Ziehen schlängelte sich durch meinen Körper und ich straffte mich. Etwas riss an meiner Mitte, zerrte an diesem Anker in mir und ich wirbelte zu den Schlafzimmertüren herum. Sobald ich einen Schritt tat, wurde der Schmerz dumpfer. Ich blinzelte und genoss das Abklingen des Brennens, während ich über das seltsame Gefühl nachgrübelte. Aber ich bewegte mich dabei nicht und mit jeder Sekunde, die verrann, kehrte das Brennen zurück, bis ich einmal mehr auf die Tür zutrat.

Ich werde gerufen. Der Gedanke traf mich mit solcher Wucht, solcher Erkenntnis, dass ich wusste, es musste wahr sein. Ich runzelte die Stirn. Aber warum? Wenn mich jemand sprechen wollte, warum klopfte er dann nicht einfach an meine Tür? Vielleicht wollte die betreffende Person etwas, wollte aber keine Aufmerksamkeit auf ihre Bitte lenken. Wer mochte es bloß sein? Ich zermarterte mir das Hirn, ging die Ereignisse des Tages noch einmal durch und versuchte vergeblich herauszufinden, wer mich brauchte – und wie es der Person gelungen war, mich in dieser magischen Falle zu fangen. Ich setzte einen weiteren Schritt und hielt dann inne. Mein ganzer Körper zitterte, während ich gegen das Wiederaufwallen der Symptome ankämpfte. Selbst wenn ich nicht gehen *wollte,* musste ich es tun. Mein Körper war erfüllt von Unbehagen, als ich mein Zimmer verließ und dem beharrlichen Ziehen folgte. Orin hatte mir versprochen, dass ich sicher war. Oder etwa nicht?

Ich spürte einen unsichtbaren Blick zwischen meinen Schulterblättern ruhen, während ich einen Fuß vor den anderen setzte, ohne zu wissen, ob es mein Rufer war oder ob jemand anderes sich in den Fluren aufhielt. Ich wirbelte auf dem Absatz herum, aber alles, was ich sah, war ein weißer Stofffetzen, wie lose Wäsche oder ein Laken, der um die Ecke huschte.

Ich schaute auf die jetzt leere Stelle und versuchte vergeblich, das quälende Unwohlsein loszuwerden, das in meinem Bauch rumorte. Das kurze Aufblitzen einer Bewegung … mein Verstand spielte mir Streiche. Ich hatte mich diesem Ruf zu lange widersetzt und jetzt trickste die Magie mit meiner Sehkraft. Und doch schnürte es mir die Kehle zusammen, als ich mich in dem stillen Flur umsah. Ich glaubte an Geister. Von ganzem Herzen. Wie hätte es auch anders sein können, wenn ich doch einer der wenigen Menschen war, die Lebensfäden sehen konnten? Die die Überbleibsel ihrer Präsenz spüren konnten, wenn sie starben? Nohr hatte mich immer wegen meines unerschütterlichen Glaubens an das Jenseits ausgelacht, häufig Beweise verlangt und mit einem Achselzucken abgetan, was immer ich an »Gefühlen« beschrieben hatte. Nun gut, ich hatte tatsächlich nie eine Erscheinung gehabt, aber auf einem Anwesen, das so alt war wie dieses …

Ein zorniges Ziehen kam aus meinen Eingeweiden und ich machte unwillkürlich einen Schritt vorwärts. Solange dieser Zwang meine Bewegungen steuerte, konnte ich mich auf nichts konzentrieren. Geist hin, Geist her, ich würde es niemals mit Bestimmtheit wissen, wenn ich mich dieser dringlicheren Magie nicht entledigen konnte. Dann konnte ich vielleicht meine eigenen kleinen Nachforschungen anstellen.

Als hättest du ein Übermaß an Freizeit, um auf Geisterjagd zu gehen, verspottete ich mich selbst, als ich meinen Weg durch den Flur fortsetzte.

Je weiter ich ging, umso unruhiger wurde Ywena. Sie flatterte von meinem Kopf in meine Halsbeuge und ihr leises Zirpen war drängend. Sie hatte kaum einen Laut von sich gegeben, seit sie meine Gefährtin geworden war, doch ich wusste, dass der Schmerz wieder einsetzen würde, wenn ich umkehrte. Meine einzige Möglichkeit bestand darin, nach den unfairen Regeln zu spielen, die diese Evers aufgestellt hatten.

Als meine Füße mich zu einer Doppeltür auf der anderen Seite des Herrenhauses trugen, schlug eine Welle der Erleichterung mit der Wärme eines Sommerregens über mir zusammen. Der Schmerz war im Nu verschwunden und obwohl mein Körper in sich zusammensackte, war mein Geist augenblicklich hellwach. Ich klopfte sanft an das Holz.

»Ich bin es, Edira«, sagte ich. »Ihr habt gerufen?«

Die Türen wurden eilig nach innen aufgezogen und ich erstarrte bei Tasias Anblick. Sämtliche Alarmglocken schrillten, als ich sie ansah. Mein Verstand rebellierte gegen den Gedanken, einen Fuß in ihr Zimmer zu setzen, aber mein Körper wollte einfach nicht reagieren. Wie sehr ich meine Muskeln auch anbettelte zu handeln, in die entgegengesetzte

Richtung durch den Flur zu rennen, um mich in meinem Quartier einzuschließen, meine Füße weigerten sich nachzugeben.

Tasia lächelte mich an. »Ihr habt ja ganz schön lange gebraucht. Kommt herein.«

Diesmal bewegte mein Körper sich einfach. Ich trat über die Schwelle und das Mädchen schloss die Türen hinter mir. Zwei Betten standen an gegenüberliegenden Wänden und die Mitte des Raums wurde von einem gewaltigen Marmorkamin dominiert. Amalyss lümmelte sich auf einen Fellteppich und blätterte träge in einem Buch. Im Licht des sterbenden Feuers in ihrem Rücken schaute sie auf und grinste.

»Es ist meine Schuld«, erklärte sie. »Ich habe mich nicht konkret genug ausgedrückt.« Sie klappte ihr Buch zu, richtete sich auf und klopfte auf den Platz an ihrer Seite. »Setzt Euch.«

Das Ziehen in meiner Körpermitte setzte unmittelbar ein und ich ließ mich neben ihr nieder, bevor ich Zeit hatte, ihren Befehl auch nur zu verarbeiten. Das Unbehagen ließ meinen Hals kribbeln. Vielleicht waren es aber auch Ywenas rastlose Beine, die auf meine Kehle klopften. Tasia gesellte sich zu uns und sowohl sie als auch Amalyss musterten mich mit verzücktem Blick.

»Konkreter?«, wiederholte ich.

»Wir haben Euch doch gebeten, spielen zu kommen, wenn Ihr fertig seid.« Tasia rückte näher heran.

Spielen kommen? Sie hatten verlangt, dass ich sie unterhalte und … Unsicherheit durchströmte mich. Ich hatte *na sicher doch* gesagt. Sarkastisch. Sardonisch. Als hätte ich auch nur im Traum daran gedacht, dem hier zuzustimmen. Und doch war ich hier, eingesperrt in ihr Zimmer, und niemand sonst in Fernglove wusste etwas davon. Mir stockte der Atem. Ywena löste sogleich einen Schock aus, aber das hatte an Schrecken verloren. Sie kroch an meinem Hals entlang, bis sie mein Haar fest zu fassen bekam, und zog sich dann weiter nach oben. Als Nächstes erhob sie sich in die Luft. Amalyss und Tasia schauten mit einer Mischung aus Neugier und Furcht zu, wie Ywena zu den Dachsparren hinaufflatterte …

… und dann durch das offene Fenster floh.

Anscheinend verspürte nicht einmal Ywena den Drang, ihr Glück bei diesen beiden zu suchen.

Tasia verzog bei ihrem Verschwinden das Gesicht, bevor sie Amalyss einen wissenden Blick zuwarf. Es erinnerte mich an die Blicke, die Noam und Nohr gewechselt hatten, als führten sie ein privates Gespräch, das ich nicht hören sollte.

»Wie mir scheint, wird unsere Spielzeit begrenzt sein«, bemerkte Tasia, den Blick immer noch auf das offene Fenster gerichtet.

»Spielzeit?« Ich spürte einen sauren Geschmack im Mund. »Was mache ich hier?«

Amalyss betrachtete meine Fernglove-Tätowierung. »Ihr seid hier, weil wir Euch gebeten haben zu kommen, und Ihr habt zugestimmt.«

»Sagt Euch Sarkasmus denn gar nichts?«, zischte ich. »Ich habe dem hier keineswegs zugestimmt.«

»Oh doch, genau das habt Ihr getan.« Tasia kicherte. »Magie schert sich nicht um Absicht – nur um das Wort selbst.«

»Was glaubt Ihr wohl, wie Orin reagieren wird, wenn er herausfindet, dass Ihr mich überlistet habt?« Ich funkelte sie an.

»Ihm wird all das hier wahrscheinlich missfallen«, schnurrte Tasia und deutete halbherzig zwischen uns hin und her, »aber was haben wir denn schon *tatsächlich* getan? Nichts. Ihr habt nur bewiesen, wie überaus unfähig Ihr seid, was niemandem hilft.«

Worte formten sich auf meiner Zunge und erstarben dort sogleich wieder. Ich konnte sie einfach nur wütend anstarren.

»Nun ja, wir haben noch gar nichts gemacht.« Amalyss' Grinsen wurde böser. »Andererseits bist du hier, um zu *spielen,* also …«

Ein Glühen erschien in Tasias Augen. »Zeig uns deine Macht.«

Ihre Worte trafen mich hart und schnell und schossen wie Nadeln durch meine Muskeln. Ich spürte das Anschwellen von Magie, ohne jede Hoffnung, sich ihr widersetzen zu können. Ich schluckte schwer, während der Juckreiz in meinen Fingern fast unerträglich wurde. Mein Körper wollte nach meiner Macht rufen, obwohl mein Geist dagegenhielt. Als ich die Hände zu Fäusten ballte, bohrten sich mir die Nägel ins Fleisch. Das war alles so sinnlos.

»Nein. Das ist kein Spiel.«

»Vielleicht für dich nicht.« Tasia feixte und rückte näher heran. »Also, zeig uns deine Macht.«

Ich schmeckte jetzt die Magie in Tasias Worten und das frische, blumige Aroma bedeckte meinen Mund. Ich hatte diesen einzigartigen, erdigen Duft bei Orin gerochen, als er mich durch seinen Schwur gebunden hatte. Mit Amalyss auf den Wiesen hatte ich den Geruch als einen gewöhnlichen Duft abgetan, der über das Gelände wehte. Ich war eine verdammte Närrin, dass ich das übersehen hatte.

Nachdrücklich stieß ich den Atem aus und lockerte meine Fäuste, die so fest geballt waren, dass die Knöchel weiß hervortraten. »Warum? Was nutzt sie Euch? Ihr müsst schon früher die Magie von Threadmendern gesehen haben.«

»Gewiss«, antwortete Amalyss. »Aber wir wollen sie noch einmal sehen.«

Ich warf ihr einen strengen Blick zu, bevor ich mich wieder Tasia zuwandte. Meine Finger bohrten sich in meine Oberschenkel, deren Jucken mir drängend signalisierte, dass ich zur Tat schreiten und dem Befehl gehorchen sollte. Schon jetzt spürte ich das Brennen bis in die Knochen hinein und hegte den verzweifelten Wunsch, mich der Kontrolle der beiden Mädchen zu entziehen.

»Fang an«, schnurrte sie. Die Worte waren durchdrungen von der Macht, die meine Haut in Aufruhr versetzte. So sehr ich mir wünschte, Widerstand zu leisten, ich konnte es nicht. Allerdings wirkte sich die ausschließliche Demonstration meiner Magie auch nicht negativ auf meine Lebensspanne aus. Also biss ich die Zähne zusammen und schloss die Augen, statt das Risiko einzugehen, es mit einem schwierigeren Befehl zu tun zu bekommen. Meine Macht brandete auf, sobald ich sie rief, rauschte in meine Fingerspitzen und erblühte nach außen um mein ganzes Wesen herum, eine Hülle aus elfenbeinernem Licht.

Als ich die Lider öffnete und Amalyss und Tasia ansah, klappte mir der Unterkiefer herunter und ich schnappte nach Luft. Die beiden hatten keine Lebensfäden. Überhaupt keine. Ich hätte *etwas* sehen sollen. Irgendetwas. Eine Kaskade wirbelnder Stränge, die eifrig um ihre Gestalten herum tanzten, wild und voller Farbe und Leben. Denn sie lebten. Sie sahen mich mit aufgerissenen Augen und offenen Mündern an, während sie meine Macht wahrnahmen. Sie waren das perfekte Abbild von Ehrfurcht und Staunen. Ich verengte die Augen. In ihren Zügen lag eine Weichheit, die vorher nicht dagewesen war, als hätte sich etwas Hauchzartes sachte über ihre Leiber gebreitet. Die haselnussfarbenen Augen waren getrübt und das einst leuchtende Haar war irgendwie blass geworden. Ich legte die Stirn in Falten, als ich mich zu ihnen vorbeugte, und hätte schwören können, Blicke auf kleine, silbrige Fasern zu erhaschen, die sich durch ihre Locken woben.

Langsam dämmerte es mir. Glamour. Die Magie war mit ihren Körpern verwoben und hinderte mich daran zu sehen, was darunter lag. Es war gleichzeitig wunderbar und schrecklich. Ihre beeindruckende Macht schenkte ihnen zwar ein makelloses Aussehen, maskierte aber auch die Schönheit ihrer Lebensfäden. Die Schönheit ihrer wahren, schimmernden Essenzen.

»Euer Glamour«, murmelte ich und studierte jeden Zoll von Amalyss, in der Hoffnung, einen Riss in ihrer Magie zu finden. Doch da war nichts. »Hat jemals irgendein Threadmender hier Euresgleichen ohne diesen Schleier gesehen?«

»Mavis.« Amalyss legte den Kopf schräg, während sie staunend meine von Mondlicht benetzten Fingerspitzen betrachtete. »Aber nur bei ihrem Versuch, sie zu heilen. Das Ergebnis könnt ihr Euch wohl denken.«

»Warum? Wozu das Ganze?«

Amalyss schien mich mit Blicken zu töten. »Wer würde nicht makellos sein wollen, wenn er könnte? Beherrscht man den Glamourzauber erst einmal, ist es so einfach wie das Atmen. Wir bemerken es kaum mehr.«

Aber ich bemerkte es. Das seltsame magische Gewebe, das ihre Leiber bedeckte. Noch eigenartiger war, dass es an manchen Stellen zu zerfasern schien. Nur kleine ausgedünnte Fleckchen hie und da über ihren Beinen, ihren Armen, ihren Oberkörpern. Vielleicht waren sie nicht so geübt darin, die Magie festzuhalten, wie die älteren Evers es waren.

Tasia sah mir direkt ins Gesicht. »Eure Macht ist wunderschön.«

»Danke.« Die Aufrichtigkeit ihrer Worte milderte den verbliebenen Zorn in meinem Inneren. Das bleiche Licht, das mich überzog, schwand dahin und ich wollte meine Macht gerade endgültig wieder herunterfahren, als Tasia ihre Hand vorschnellen ließ und mich am Arm packte. Ein Schimmer der Furcht leuchtete in ihren Augen auf.

»Tut das nicht.« Dann senkte sie das Kinn. »Noch nicht.«

»Tasia«, flüsterte Amalyss. Sie strich ihrer Schwester sanft über die Schulter. »Es ist in Ordnung.«

»Ich will nur …« Sie kratzte sich am Arm, an einer der dünnen Stellen ihres Glamours. »Ich will nur das Threadmending erleben. Ich bin neugierig, wie es sich *anfühlt.*« Tasia biss sich in die Unterlippe und schaute zu Boden. Alles in mir erstarrte. In diesem Moment sahen Amalyss und Tasia nicht aus wie Evers. Sie sahen menschlich aus. Wie Noam und Nohr. In ihren glänzenden Augen spiegelten sich unausgesprochene Gefühle. Der Anblick erschütterte mich bis ins Mark.

Seid vorsichtig damit, wem Ihr an diesem Ort vertraut. Voras Worte kamen mir in den Sinn.

»Was ist, wenn« – sie kratzte sich geistesabwesend am Arm – »ich mich vorhin geschnitten habe. Ihr könnt es jetzt nicht erkennen, weil ich es mit Glamour verborgen habe, aber ich möchte, dass Ihr es heilt.«

»Tasia«, zischte Amalyss. Ihr Blick flog zu dem Fenster hinüber, durch das Ywena entkommen war.

Ich war beunruhigt und auf das Schlimmste gefasst. Der beharrliche Sog der früheren Forderungen der Mädchen ließ langsam nach, als rückte das Erlöschen der Macht des Abkommens näher. Wenn ich nur noch ein kleines Weilchen länger *spielen* konnte, ohne sie tatsächlich zu heilen, konnte ich Tasia vielleicht überreden, ihre Meinung zu ändern. Ich hatte gerade erst mit meinem Training bei Rorik begonnen, um meinen Körper zu stärken, und mit Orin hatte ich noch nicht einmal angefangen. Ich war nicht besser als in meiner Zeit in Willowfell und wollte nicht sinnlos Fäden opfern, bevor die echte Arbeit begann. Obwohl ich wusste, dass mich die Heilung einer simplen Schnittwunde wahrscheinlich nur wenige Stunden, vielleicht einen Tag meines Lebens kosten würde, lohnte es sich nicht, dieses Risiko einzugehen. Nicht wenn ich vielleicht jeden verfügbaren Tag, jede Stunde und Minute brauchte, um meine Brüder zu heilen.

»Genesen Evers denn nicht von allein?«, fragte ich.

»Doch. Und das viel schneller als Menschen.« Amalyss sah ihre Schwester vielsagend an, obwohl diese den Blickkontakt verweigerte. »Und wir haben Medikamente für so kleine Sachen wie Schnittwunden. Tasia, das lohnt sich nicht.«

»Genau deshalb will ich es sehen, es fühlen. Es ist so winzig, dass es kaum große Wellen schlagen sollte«, konterte sie.

Ich zappelte unruhig herum und versuchte, einen Weg zu finden, ihr die Entschlossenheit zu nehmen. »Wir sollten das zuerst mit Orin besprechen.«

Wie erhofft, gab das Tasia erst einmal zu denken. Aber nur für einen winzigen Moment, bevor sich tiefgreifender Abscheu und Zorn auf ihre Züge legten. Sie verzog den Mund, als sie die Worte regelrecht ausspie. »Ich habe es satt, Orins Regeln zu befolgen. Die haben uns doch bisher überhaupt nichts gebracht.«

»Wenn ich Eure Fäden ohne sein Wissen flicken würde …«

»Tut es. Jetzt. Und dann werden wir mit dem *Spielen* fertig sein.« Tasias Worte brannten vom Geschmack ihrer Magie und ich bebte am ganzen Körper. Meine Macht wurde regelrecht aus mir herausgezogen, als ich mich am Teppich festhielt.

»Das funktioniert mit Eurem Glamourzauber nicht.« Ich japste. »Ich muss die Fäden sehen.«

»Tasia, das *darfst* du nicht.« Amalyss' Stimme übersprang eine ganze Oktave, als sie zwischen uns hin- und herschaute. »Wenn Orin das erfährt …«

Tasia ignorierte sie völlig. »Ich werde nur den Glamour an meinem Unterarm entfernen. Das sollte reichen.«

Sachte wanderte sie mit den Fingern über die Innenseite ihres Arms, als kneife sie in ein unsichtbares Stoffstückchen, dann zog sie die Hand beiseite und entblößte ihren Arm. Mein Blick fiel auf den ungeschützten Ausschnitt hellbrauner Haut und den flachen Schnitt, der sie teilte. Unter Tasias Befehl und durch den Anblick der Wunde bahnte sich meine Macht zur Gänze den Weg an die Oberfläche – und damit auch einige von Tasias Lebensfäden. Sie quollen aus der Schnittwunde und tanzten in der Luft und angesichts ihrer Pracht schnappte ich hörbar nach Luft. Noch nie hatte ich die Energie eines Evers gesehen. Während menschliche Fäden von einem leuchtenden Grün waren, hatten Tasias einen verblüffenden Aquamarinton, durchzogen von funkelnden Diamanten. Sie blendeten einen fast, wenn man sie betrachtete, aber am unteren Ende eines der Fäden war ein verdunkelter Grauton, direkt wo er sich aus der Wunde erhob.

»Euer Glamour ist nicht ganz erloschen«, sagte ich und schaute genauer hin.

»Es ist schwer, so eine kleine Stelle zu isolieren«, murmelte Tasia und ich schaute auf und sah den Schweiß auf ihrer Stirn. Aber ihr Blick war entschlossen und sie schob mir den Arm weiter heran. »Heilt mich. Jetzt.«

Es hatte keinen Sinn, ihren Wunsch abzulehnen. Ich lenkte so viel Energie wie möglich in meine Finger und machte mich an die Prozedur des Threadmendings. Nachdem ich die Hände um die fragliche ausgefranste Strähne geschlossen hatte, tränkte ich sie mit Magie, damit ich sie fest umfassen und mit meiner Macht wieder zusammennähen konnte.

Ich griff nach einem zerlumpten Ende und dann nach einem weiteren, als der Schmerz einsetzte. Nur ein Flackern unbehaglicher Hitze dort, wo die Schnittwunde sich an meinem eigenen Arm befunden hätte. Aber diese Hitze erblühte schnell und stieg mir vom Hals bis ins Gesicht. Meine Hände begannen zu zittern und ich starrte auf den bebenden Faden, den ich zwischen Zeigefinger und Daumen hielt.

Es war eine Schnittwunde. Mehr nicht. Ich hätte ein schwaches Unbehagen verspüren sollen, vielleicht gefolgt von einem heilenden, kribbelnden Jucken und milden Kopfschmerzen durch den Einsatz meiner Macht. Aber das hier? Mein ganzer Körper verkrampfte sich. Angesichts der Hitze in meinen Adern konnte ich kaum mehr klar denken.

»Wie habt Ihr Euch diese Schnittwunde noch einmal zugezogen?«, fragte ich.

Ihr Blick aus großen Augen sprang von meinen zitternden Händen zu meinem feuchten Haaransatz. Amalyss saß völlig reglos da, den Mund leicht geöffnet, das Gesicht blass, bevor sie ihre Schwester wegriss und Tasias Fäden mit sich fortnahm. Das Adrenalin verschwand mit einer kühlen Welle, die mir eine Gänsehaut verursachte.

Beiden Mädchen stand die Furcht in den Augen und ihre Blicke wanderten wieder und wieder über mich hinweg, als suchten sie nach Antworten. Vielleicht nach einem Anflug von Schwäche? Krankheit?

»Warum habt Ihr mich aufgehalten?« Ich hatte sie nicht geheilt und doch konnte ich die immer noch vorhandene Ausbreitung des Schmerzes in meinen Gliedern nicht abschütteln.

Der Ausdruck von Erleichterung huschte Tasia kurz über das Gesicht und sie seufzte.

»War das nicht offensichtlich?« Amalyss warf ihrer Schwester einen Blick zu. »Unsere Ever-Magie war zu stark, als dass Ihr damit fertig geworden wäret. Eine Schnittwunde sollte keine derartige Wirkung auf Euch haben.« Sie deutete knapp auf eine einsame Schweißperle, die mir die Schläfe hinunterrann.

Ich studierte jeden Zentimeter ihrer hochmütigen Mienen, aber alle Spuren von Sorge waren aus ihren Zügen verschwunden. Bleischweres Grauen schien mich zu erdrücken und ließ mich erstarren. »Kein Threadmender vor mir konnte *irgendetwas* bei Euch heilen?«

Amalyss warf sich das Haar über die Schulter und schnalzte selbstgefällig mit der Zunge. »Na ja, Orin schien so große Hoffnungen in Euch zu setzen, dass wir dachten, Ihr wäret anders. Da haben wir uns wohl geirrt.«

Panik ließ mein Herz rasen. Für diese Evers war alles ein Spiel. Ihre Absichten, die Wahrheit. Und jetzt sollte ich auch noch berücksichtigen, dass Fäden von Evers so viel schwerer zu flicken waren? Es war voreilig zu denken, die Prozedur sei genauso wie bei menschlichen Fäden. Ever-Magie hatte ihren negativen Einfluss auf *alles.*

Ich hievte mich hoch, ballte die Hände an meinen Seiten und machte einen Schritt Richtung Tür.

»Wir sind hier fertig«, zischte ich. Aber gerade, als ich nach der Klinke greifen wollte, geriet meine Welt aus den Fugen. Ich stolperte und konnte mich nur mit knapper Not an einem Beistelltisch voller Kerzen festhalten. Die Erschöpfung des Heilens hatte sich tief in meinen Muskeln festgesetzt, schon jetzt sehnte mein Körper sich nach dem Bett. Es spielte keine Rolle, wie sehr ich mir wünschte, Orin aufzusuchen und diese anmaßenden Miststücke für ihre Taten bluten zu lassen. Das würde warten müssen.

Vielleicht aber auch nicht.

Die Tür schwang nach innen auf. Zwar konnte ich knapp zurückweichen, doch die Klinke erwischte mich am Arm. Wenig überraschend stolperte ich über meine eigenen Füße, nur um zu erleben, wie sich noch vor dem Aufprall auf die Bodendielen ein Arm schnell unter meine Taille schob.

»Edira«, sagte Orin mit einem erschütterten, besorgten Ausdruck in den Augen. Er half mir schnell auf die Beine, während er mich von oben bis unten musterte. »Ist alles in Ordnung mit Euch?«

»Amalyss. Tasia. Was haben wir denn hier?« Rorik lehnte in der offenen Tür, die Schulter an den Rahmen gestützt, während Ywena seinen Kopf umflatterte. Bosheit lag in seinen Worten, als er die Mädchen mit einem sardonischen, verkrampften Lächeln fixierte. Im Raum wurde es totenstill. Beide Mädchen richteten flehende Blicke auf Orin.

»Orin, wir haben nicht …«

»Bitte, du musst wissen …«

»Ruhe.« Orin schaute ihnen keine Sekunde lang in die Augen, sondern sah nur mich an. Angesichts des stillen Zorns in seiner kalten Stimme lief es mir eiskalt den Rücken herunter. »Rorik, kümmere dich um die beiden und schick dann nach Vora. Sofort.«

»Mit Vergnügen.« Ein gefährliches Glitzern erschien in seinen bernsteinfarbenen Augen. Er schaute gar nicht erst in unsere Richtung, während Orin mir eine Hand in den Rücken legte und mich aus dem Raum führte. Schweigend gingen wir durch die Flure. Ich wollte mich seinem Griff entziehen, aber der Boden schwankte leicht und meine Füße waren schwerer als sonst. Mir war klar, dass seine kräftige Berührung das Einzige war, das mich aufrecht hielt.

Und auf keinen Fall wollte ich, dass er mich vom Boden auflesen musste. Schon wieder.

Erst als er die Hand nach der Türklinke meines Quartiers ausstreckte, fand ich meine Stimme wieder. »Ab hier komme ich allein klar.«

Er ließ die Schultern sinken, hielt die Klinke aber weiterhin fest. »Bitte. Ich will von Euch hören, was passiert ist – nicht von ihnen. Ich weiß nur, was Ywena Rorik erzählt hat.«

»Dann wisst Ihr genug.« Ich versuchte, ihn wegzuschieben und die Tür allein zu öffnen, aber ein Aufwallen von Schwindel zwang mich zum Innehalten. Wenigstens fiel ich nicht hin.

»Edira.« Er fuhr sich mit einer Hand übers Gesicht und als er sie wieder sinken ließ, sah ich Reue in seinen Augen. »Bitte, ich will mich nur davon überzeugen, dass es Euch gutgeht.«

Ich wusste nicht, ob es an der Anstrengung des jüngsten Threadmendings lag oder an der Traurigkeit in seiner erschlafften Gestalt, vielleicht auch an einer Kombination aus beidem, aber für Widerstand fehlte mir einfach die Kraft. Also erlaubte ich ihm, die Tür zu öffnen. Als er mir half, unter die Bettdecke zu schlüpfen, eilte Vora mit einem Holztablett herbei, darauf ein Glas mit einer mir unbekannten dicken Flüssigkeit. Sie warf nur einen einzigen Blick auf mich und fluchte leise. Nachdem sie das Tablett neben mir auf den Nachttisch gestellt hatte, drückte sie mir nachdrücklich das Glas in die Hand.

»Trinkt.«

»Was ist das?«, fragte ich und neigte das Glas ein bisschen. Die zähe Flüssigkeit schwappte langsam über die leicht erhabenen Konturen der Karostruktur des Glases und hinterließ rötlich grüne Schlieren auf dem Muster.

»Medizin. Jetzt trinkt.« Vora brauchte weder Magie noch Vereinbarungen. Stattdessen ließ sie die Hand vorschnellen, um nach dem unteren Rand des Glases zu greifen und es mir an die Lippen zu zwingen. Mehr vor Schreck als aus Zustimmung öffnete ich den Mund, aber das reichte ihr. Die abstoßend süße und klebrige Flüssigkeit lief mir über die Zunge. Sie schmeckte nach Äpfeln, Gewürznelken und irgendwelchen anderen fremdartigen Substanzen, die ich nicht einordnen konnte, und mir drohte sich der Magen umzudrehen. Ich wollte das Glas gerade wegstoßen, als Voras scharfer Blick meine Hand mitten in der Luft innehalten ließ.

»Zwingt das Gebräu in Euren Magen. Es wird helfen.« Und unaufgefordert fügte sie hinzu: »Ich verspreche Euch, dass es ungefährlich ist.«

Meine Geschmacksknospen hätten etwas anderes behauptet, aber Vora gab mir keine Chance zu antworten. Vielmehr hielt sie das Glas weiter an meinen Mund, bis ich nachgab. Ich nahm einen großen Schluck und atmete dann aus, um dem Geschmack ein wenig die Schärfe zu nehmen. Ich schüttelte mich und biss die Zähne zusammen. Vora stellte das Glas auf den Nachttisch und wischte sich dann die Hände an ihrer Schürze ab.

»Seht zu, dass Ihr es austrinkt. Jeden Tropfen«, sagte sie.

Eine seltsame, sehr angenehme Taubheit setzte sich langsam in meinen Gliedmaßen nieder und die Erschöpfung in den Muskeln schwächte sich ab. Ich warf einen Blick auf das sirupartige Gebräu. Was hätte ich darum gegeben zu erfahren, wie sie es zubereitet hatte. Ich hätte es für ein Vermögen an die Städter verkaufen können.

»Danke, Vora.« Nachdem Orin sich einen Sessel ans Fußende meines Bettes gezogen hatte, hatte er uns schweigend beobachtet, der Inbegriff von Reue und Sorge. Er stützte die Ellbogen auf die Knie, sein Haar war zerzaust, der Blick forschend. »Das ist dann alles.«

Vora presste die Lippen zu einer feinen Linie zusammen, bevor sie nickte und meinen Blick suchte. »Ich werde später noch einmal vorbeischauen. In dem Getränk ist ein mildes Beruhigungsmittel, das in Kürze wirken und Euch helfen sollte, schneller zu genesen. Ruht Euch aus.« Ihre Röcke bauschten sich um sie herum, als sie zügig den Raum verließ und die Tür mit einem energischen Klicken hinter sich schloss.

Allein. Ich war allein mit Orin in meinem Schlafzimmer. Ich rutschte unbehaglich unter dem Gewicht seines ernsten Blicks im Bett nach unten. Er schluckte und ich musste einfach das Hüpfen seines Adamsapfels verfolgen.

»Erzählt mir, was passiert ist.« Es war keine Frage und doch klang seine Stimme sanft wie ein Flehen.

Ich lehnte den Kopf gegen das Kopfteil des Bettes und berichtete von den Ereignissen des Tages: von meinem Spaziergang mit Tasia und Amalyss, ihrer Einladung zum »Spielen«. Von der darauf folgenden unstillbaren Anziehung, die einige Stunden später eingesetzt und mich zu guter Letzt zu ihrer Tür geführt hatte. Und dann erzählte ich ihm von Tasias Schnittwunde. Bei diesem Teil meines Berichtes versteifte er sich und verzog die Lippen in einer scharfen Geste des Missfallens. Es währte nur einen Moment, bevor er erneut schuldbewusst dreinblickte und einen tiefen Seufzer ausstieß.

»Ihr habt mein Wort, dass Amalyss und Tasia Euch nicht noch einmal mit einem Abkommen überlisten werden.«

»Oder irgendjemand sonst in diesem abscheulichen Haus?« Ich konnte mir die Schärfe in meiner Antwort nicht verkneifen.

Er ließ die Schultern hängen und sackte in sich zusammen. »Ich möchte nur, dass Ihr Euch auf unserem Anwesen frei bewegen und auch so benehmen könnt – Ihr sollt nicht von Ever-Schwüren belastet sein.«

Es entging mir nicht, dass er mir eine Antwort auf meine Frage schuldig geblieben war. Irgendwie jedenfalls. »Ever-Schwüre?«

»So heißt das bei uns. Magische Abkommen, die ernste Konsequenzen haben, wenn eine Partei sie missachtet.«

Zumindest hatte ich nicht meine Zunge verloren wie dieser unglückselige reisende Kaufmann.

»Ein Abkommen wie das, das Euch und mich verbindet«, stellte ich voller Verbitterung fest. Ich hatte seinen Bedingungen aus freien Stücken zugestimmt, aber der bloße Gedanke an diese eisigen, unsichtbaren Ketten, die mich an ihn banden, machte mich nervös. »Ich bin wütend auf Tasia und Amalyss, aber noch mehr auf mich selbst. Ich hätte nicht so dumm sein dürfen, darauf zu vertrauen, hier sicher zu sein.«

»Edira.« Orin atmete tief aus und schob seinen Sessel näher zu mir herüber. »Ich will nicht, dass Ihr Euch so fühlt.« Sein Blick fiel auf das Wappen an meinem Arm und sein Gesicht verzog sich in einer Mischung aus Zorn und Frustration. »Ihr seid ein Teil von Fernglove. Ich kann nicht glauben, dass die beiden gegen meine Befehle verstoßen haben. Ihr hättet verletzt werden können.«

»Haben sie die Wahrheit gesagt? Bin ich zu schwach, um einen Ever zu heilen?«

Er rang die Hände. »Ja. Im Moment schon. Deshalb wollte ich mit Euch arbeiten, um Euch zu helfen, Eure Fähigkeiten zu entwickeln. Ihr dürft ohne mein Wissen nicht noch einmal bei irgendjemandem Threadmending anwenden, habt Ihr das verstanden?«

Seine gehetzte Miene passte zu den Gefühlen, die sich in meiner Brust zusammenbrauten. Ich hatte nicht die ganze Geschichte gekannt, als ich zugestimmt hatte, mit ihm zu arbeiten. *Für* ihn zu arbeiten. Wie viele verborgene Wahrheiten würde ich in den kommenden Tagen und Wochen noch entdecken?

»Wie haben sie es überhaupt geschafft, mich mit einem Schwur zu überlisten?« Ich seufzte.

»Schwüre verlangen, dass beide Parteien zustimmen, und unglücklicherweise reagiert Magie nicht auf Absicht. So wie Ihr mir die Sache geschildert habt, hat die Zustimmung zu ihrer Bitte genügt.« Er rutschte in seinem Sessel nach vorn, ließ mich aber keine Sekunde aus den Augen. »Ihr könnt es erkennen, wenn ein Ever versucht, einen Schwur heraufzubeschwören. Im Allgemeinen wird es begleitet von einem Aufwallen von Magie und einem Duft, der dieser Ever-Familie zu eigen ist. Bei uns ist es ein erdiges Blumenaroma.«

Ich hatte es wahrgenommen; ich hatte nur nicht darauf geachtet. Denn natürlich musste das verräterische Zeichen ihrer Magie ausgerechnet ganz buchstäblich der Duft der Umgebung sein. Unglaublich leicht zu identifizieren.

»Entzückend«, murrte ich. »Ich kann die Arbeit, die ich für Euch tun soll, nicht verrichten, wenn ich ständig jedes Gespräch noch einmal durchgehen muss, das ich in diesem Haus geführt habe.«

»Das wird nicht nötig sein«, beteuerte er schnell. »Binnen einer Stunde wird jeder von Tasias und Amalyss' Fehler wissen – und etwas Derartiges nicht noch einmal versuchen. Das verspreche ich Euch.«

Ich hielt seinem Blick gefühlt für Minuten stand und studierte jede Nuance in seinen Zügen auf der Suche nach Verrat, aber ich fand nichts Dergleichen. Schließlich beugte er sich vor, legte die Unterarme auf die Knie und senkte leicht das Kinn. Hoffnung. Sie veranlasste ihn, die Lippen zu öffnen, und ließ ihm den Atem stocken. Er wollte das Richtige tun.

Die Art, wie er mich ansah … kaum auszuhalten. Ich griff nach meinem Glas, um meinen Händen und meinen Gedanken etwas anderes zu geben, worauf sie sich konzentrieren konnten. Mit einer einzigen schnellen Bewegung trank ich den letzten Rest des widerwärtigen Stärkungsmittels.

»Woher weiß ich, dass sie darauf hören werden?«

Die Adern an der gebräunten Haut seines Halses traten hervor und seine Nasenflügel bebten. »Weil ich sie dazu *zwingen* werde.« Er spannte den Kiefer an und ließ die Muskeln dann erschlaffen. »Euch wird kein Leid widerfahren, Edira. Es ist mir egal, in welchem Verwandtschaftsverhältnis sie zu mir stehen.« Wie eine Reaktion auf seine hochkochenden Gefühle flammte Magie um ihn herum auf und brachte den Duft von bestellter Erde und der Hitze von Sommersonne mit sich.

Ich hielt die Luft an. Die grimmige Überzeugung in seinen Augen war nicht zu leugnen und meine Angst legte sich. Es war seltsam, sich so gut beschützt zu fühlen, nachdem ich mein ganzes Leben damit verbracht hatte, mich vor Evers zu verstecken. Vor ihm. Ganz langsam nickte ich. »In Ordnung. Ich glaube Euch.«

Seine Macht verebbte mit meinen Worten und ein kleines, erleichtertes Lächeln umspielte seine Lippen. »Danke.«

Ich rutschte unter meiner Decke weiter nach unten. Nicht weil Orins noch immer auf mir ruhender Blick eine Röte auf meine Haut trieb, die ich ihn nicht sehen lassen wollte. Sondern weil mit der Abwesenheit von Magie ein Frösteln kam und ich mich wärmen musste.

Ich räusperte mich und warf einen schnellen Blick zur Decke hinauf. »Ich sollte mich ausruhen.«

Wie der Blitz war Orin auf den Beinen. »Natürlich. Gute Nacht, Edira.«

Und mit diesen Worten griff er nach meiner Hand, um mir einen sanften Kuss auf die Fingerknöchel zu hauchen. Ein zartes Kribbeln breitete sich in ihnen aus, aber ich hatte keine Chance, das Gefühl noch voll auszukosten, bevor der Schlaf mich übermannte.

KAPITEL 9

Meine Träume waren unruhig und flüchtig, bis ich mich einmal mehr auf dem Friedhof draußen vor Willowfell wiederfand. Die Mittagssonne drang teilweise durch die Bäume über mir und ich lag zwischen den Gräbern meiner Eltern auf dem Boden. Das Gras war weich, die Brise friedlich und erfüllt vom Duft von Wildblumen. Ich hatte eine Hand über meiner Mutter und die andere über meinem Vater und alles war einfach so *ruhig*. Ich war zwischen den Toten und sie verurteilten mich nicht, forderten nichts und manipulierten mich nicht, um zu bekommen, was sie wollten. Ich existierte einfach nur.

Aber während ich Gras zwischen den Fingern rollte, verwandelten sich die Halme zu Matsch und der Boden bebte. Die üppige Szenerie verweste schnell und wurde grau, während die Erde zum Leben erwachte, in Bewegung geriet und von goldenen Käfern und weichem, gelbem Lehm überflutet wurde. Ein Grab öffnete sich unter mir und ich fiel hinein in die Seuche. In verfaulende Gliedmaßen und hohle Augen. In ein Fass voller Krankheit, die meine Haut wegfraß. In von Gestank erfüllte Katakomben, wo zerfetzte Lebensfäden von Evers wie verwelkende Ranken wild umherpeitschten. Sie fingen meine Handgelenke und Beine ein und zerrten mich hinunter.

Verrottende Erde füllte meinen Mund, als ich schrie und mich der Gewissheit des Todes hingab.

Ich riss die Augen auf und schnappte scharf nach Luft, dann erstarrte ich. Fernglove. Ich war auf Fernglove. Mein Puls hämmerte in meinem Hals und ich war zumindest dankbar, dass Ywena nicht in der Nähe war, um mich zu schocken. Ich hatte mich mit Ever-Mätzchen herumgeschlagen, die für ein ganzes Leben gereicht hätten. Mein Körper war bereit für eine Pause.

Ein dünner Strahl Sonnenlicht durchschnitt die Vorhänge, und ich warf die Decke zurück und kletterte aus dem Bett. Ich ging zum Bad und schnappte mir auf dem Weg dorthin meine Apothekerkoffer. Im Prinzip brauchte ich meine Tinkturen nicht. Voras Gebräu hatte Wunder gewirkt und meine Schmerzen zerstreut, aber meine Heilmittel schenkten mir Trost. Einen Hauch von Kontrolle. Also ließ ich mir ein Bad ein und gab zur Entspannung meine Lieblingssalze hinein.

Danach trocknete ich mich schnell ab und zog mich an. Ich verzichtete auf ein aufwendiges Gewand. Stattdessen entschied ich mich für eine Hose und eine lockere Bluse, bevor ich unverzüglich meine Brüder besuchte. Erleichterung brachte etwas in mir zum Klingen, als ich sie unverändert vorfand. Ich hatte noch Zeit. Nicht viel, aber genug, um zu hoffen.

Ein leises Klopfen ging dem stillen Ächzen der Türangeln voraus. »Edira?«

Als ich mich umdrehte, sah ich Vora im offenen Rahmen stehen, die Brauen besorgt zusammengezogen. Ich löste meine Hände von Noam und Nohr.

»Wie fühlt Ihr Euch?«, fragte sie leise.

»Gut. Was war in diesem Getränk? Ich muss Euch vielleicht das Rezept dafür stehlen«, antwortete ich mit einem Lächeln.

»Vielleicht werde ich es Euch beibringen«, sagte sie. »Aber fürs Erste solltet Ihr etwas essen. In Eurem Zimmer wartet ein Frühstück auf Euch.«

Ich folgte ihr klaglos in mein Quartier. Vora flocht mein Haar zu einem Zopf zusammen, während ich Eier und Obst in mich hineinstopfte und nur innehielt, um zwischen zwei Bissen einen Schluck Kaffee zu nehmen. Das Fenster über meinem Schminktisch war offen und ich studierte die verschlafenen Wiesen. Frühmorgendliches Licht badete die üppigen Felder in einen sanften Schein, und die leuchtend bunten Gärten waren verlassen, bis auf die Marmorstatuen, die auf den gewundenen Pfaden standen. Der Springbrunnen in der Teichmitte ließ das Wasser in einer feinen Gischt herunterrieseln und die ungezählten Tröpfchen schimmerten in den Sonnenstrahlen wie fallende Diamanten. Aber die atemberaubende Szenerie reichte nicht aus, um meine Konzentration zu fesseln. Mein Blick wanderte sofort zurück zu diesem verdammten Baum.

Ein Frösteln überlief mich und ich räusperte mich. »Was ist mit Amalyss und Tasia passiert?«

Voras Hände erstarrten auf meinem Kopf. »Sie werden für ihr Tun angemessen bestraft. Sie werden das nicht noch einmal versuchen.«

»Was ist das für eine Art von Strafe?«, fragte ich.

»Das soll nicht Eure Sorge sein.« Sie ließ die Hände sinken, dann griff sie an mir vorbei nach meinem leeren Teller. »Also, wo wir schon beim Thema sind, empfehle ich Euch dringend, einen Bogen um die Familie zu machen, bis die Dinge sich beruhigt haben.«

Ich zog die Brauen zusammen. »Warum?«

Vora seufzte. »Lydia und Clesian sind nicht gerade erfreut über Orins Entscheidung, die Mädchen zu ermahnen …« Mehr sagte sie nicht, und das ließ mir eine Menge Möglichkeiten, die Gefahr zu deuten, die irgendwo auf diesem von den Göttern verlassenen Anwesen lauerte. Zweifellos gaben sie mir die Schuld an was auch immer Amalyss und Tasia jetzt unter Orin durchmachten. »Er hat allen befohlen, Euch Raum zu geben, aber der größte Teil der Familie ist ziemlich gut darin, seine Befehle zu umgehen.«

»Was der gestrige Abend bewiesen hat«, sagte ich und verdrehte die Augen. »Da wir gerade von Orin sprechen, wisst Ihr, wo er ist?«

»Er hat mir aufgetragen, Euch in die Bibliothek zu bringen«, antwortete sie auf dem Weg zur Tür. »Wollen wir?«

»Es sei denn, Ihr kennt einen anderen Weg für mich, mir meinen Unterhalt zu verdienen. Abgesehen vom Threadmending.«

Vora schnaubte. »Folgt mir.«

Wir gingen durch das stille Herrenhaus, bis wir einen höhlenartigen Raum erreichten, der mit abgewetzten Büchern vollgestopft war. Die transparenten Vorhänge, die die unzähligen Fenster flankierten, waren alle geöffnet und ließen Licht herein, um die Dachsparren anzustrahlen und sich in dem kristallenen Kronleuchter zu verfangen, der von der Decke hing. Ein Polstersofa stand vor einem polierten, niedrigen Tisch und zwei Sesseln mit Bezügen aus dem gleichen cremefarbenen Stoff. Auf dem Tisch war ein Stapel dünner Bücher zusammen mit einem Haufen leerer Blätter und einigen Füllfederhaltern arrangiert.

»Er beendet gerade einen Termin. Ich werde ihm mitteilen, dass Ihr bereit seid, nachdem ich das hier abgegeben habe«, sagte sie, während sie meinen leeren Frühstücksteller auf der Hand balancierte. Zügig verließ sie den Raum und ging links den Flur entlang. Als sie verschwunden war, atmete ich tief ein und genoss den schwachen Duft von abgenutztem Leder.

Staubkörnchen tanzten in den Sonnenstrahlen und ich wedelte mit der Hand vor meinem Gesicht, während ich den Raum musterte. Wir hatten zu Hause zwar nicht viele Bücher, aber die wenigen Romane, die wir besaßen, hatte ich unzählige Male gelesen. Ich ging zu dem Bücherstapel auf dem Tisch und strich mit den Fingerspitzen über die schmalen Buchrücken. Es waren eher Notizbücher als Romane, aber trotzdem wunderschön gefertigt. Ich nahm das oberste vom Stapel und staunte über den efeugrünen Einband und den Goldschnitt. Erkennbare Markierungen gab es nicht, aber als ich das abgegriffene

Heft aufschlug, entdeckte ich einen Namen in adretter Handschrift am oberen Rand der Seite.

Rowena.

Meine Finger schwebten über ihrem vertrauten Gekritzel und mir wurde schwer ums Herz. Das war wahrscheinlich das letzte Vermächtnis meiner Tante in dieser Welt. Natürlich würde ich irgendwann weiterblättern müssen, um mehr über ihre Zeit hier auf Fernglove zu erfahren, aber jetzt gerade konnte ich nur ihren Namen anstarren und so tun, als würde sie noch existieren – als würde das Leben, das wir einst in Willowfell geteilt hatten, noch existieren.

Das Herz schlug mir bis zum Halse, gefühlte Stunden, bis ein leises, aber beharrliches Hüsteln mich zum Aufschauen zwang. Orin stand ein paar Schritte entfernt mit einem Getränketablett in der Hand. Zwei identische Keramikbecher, handbemalt mit verblassten, blauen Blumen, waren bereits mit Tee gefüllt. Ein Schälchen mit Zuckerwürfeln stand daneben. Mit einem breiten Lächeln stellte Orin das Tablett auf den Tisch und gesellte sich zu mir.

»Wie ich sehe, habt Ihr bereits gefunden, was ich mit Euch durchgehen möchte.« Dann wanderte sein Blick zu Rowenas Namen und seine Miene wurde ernst. »Sie war eine beeindruckende Threadmenderin.«

»Ich weiß.« Ich schluckte, bevor ich mich aufs Sofa sinken ließ. »Sie fehlt mir.«

Orin setzte sich neben mich und hielt mir einen Becher Tee hin. »Ich hoffe, ihre Aufzeichnungen werden Euch zusammen mit den Notizbüchern all unserer früheren Threadmender helfen, Eure Talente zu entfalten. Die anderen vor Euch haben im Laufe der Jahre viele Dinge über das Ausmaß ihrer Magie gelernt.«

Ich nahm das Getränk entgegen und nippte überrascht an der köstlichen Mischung aus Jasmin und Orangenblüten. Die Wärme des Tees beruhigte mich und ich strich mit dem Finger über Rowenas Büchlein. »Danke. Die hier sind … unendlich kostbar.«

»Das vermute ich auch.« Orin drückte sich seinen Becher an die Lippen. »Ich kann nicht nachvollziehen, wie es ist, über eine Magie zu verfügen, deren Ausleben einem selbst zum Nachteil gereicht.«

Heile niemanden. Die Worte meiner Tante. Ich fragte mich, ob ich in ihren Einträgen erneut auf diese Warnung stoßen würde, aber Orin hatte recht. Einer der Gründe, warum Threadmender so wenig über die Entwicklung ihrer Talente wussten, war eben, dass der Lohn das Risiko oft nicht wert war. Wir teilten kleine Erfahrungen miteinander, gaben sie von Generation zu Generation weiter. Aber nichts würde sich mit dem hier vergleichen lassen. Ich musterte noch einmal den Stapel vor mir und ein Funke Hoffnung entzündete sich in meiner Brust. Ich konnte es schaffen. Ich konnte die Methoden studieren, die meine Vorgänger entwickelt hatten, und aus den Misserfolgen lernen. Hier, wo ihre ganze Arbeit der Perfektionierung ihrer Magie gegolten hatte. Sie mochte es das Leben gekostet haben, aber ich brauchte meines vielleicht nicht verlieren.

Orin musterte mich eingehend, den Tee noch unangetastet in seiner Hand. Nur eine Sekunde später stellte er den Becher auf das Tablett und rutschte näher, sodass sein Bein gerade eben meins streifte. »Ich habe all diese Aufzeichnungen selbst gelesen, aber ich denke doch, dass sie für Euch eine andere Bedeutung haben werden. Ich kann mir die dort beschriebene Macht allenfalls vorstellen.« Er schaute auf meine Hände und eine Art verzückte Neugier legte sich auf seine Züge.

Ich umklammerte den Becher fester, während ich vergeblich versuchte, den wilden Drang zu ignorieren, meine Macht zutage zu fördern, nur um herauszufinden, ob er mein Leuchten genauso bestaunen würde wie an jenem Tag bei mir zu Hause. »Es ist wahrscheinlich das Beste, wenn ich sie erst einmal lese.«

»Natürlich. Ich bin hier, um Euch jede Unterstützung zu gewähren, die Ihr braucht.« Er beugte sich näher heran und ich neigte ihm den Kopf entgegen. Sein Gesicht war unmittelbar vor meinem.

In der Hoffnung, einen Hauch von seinem Duft aufzufangen, sog ich tief die Luft in meine Lunge, aber da war nichts. Nichts außer sauberer Luft und dem schwachen Geruch der Bibliothek.

»Eure Hilfe werde ich garantiert brauchen, wenn ich mit denen hier durch bin.« Ich strich mit dem Daumen über den Rücken von Rowenas Notizbuch, bevor ich mit dem Kopf auf die anderen deutete. »Ihr kennt die Magie Eurer Art besser als jeder Threadmender.«

Geistesabwesend strich Orin mit einer Hand über die Seite meines Oberschenkels. »Dann betrachtet mich als ein offenes Buch.«

Mein verräterisches Herz donnerte wie wild in meiner Brust und ich fragte mich kurz, ob er das verdammte Ding galoppieren hören konnte. Hoffentlich nicht. Ich verstand nicht einmal selbst so richtig, warum ich näher an ihn heranrückte, warum es sich gut anfühlte, in der Nähe seiner Wärme zu sein.

»Übrigens, danke für das hier.« Ich hielt Rowenas Notizbuch zwischen uns und lenkte seine Aufmerksamkeit erfolgreich auf die Seiten. »Die ganzen Jahre habe ich an meine Tante gedacht und jetzt ist es so, als dürfte ich sehen, wie sie ihre Tage verbracht hat. Was ich versäumt habe.«

Orin legte seine Hand auf meine. Drückte sie fest auf das Buch, auf ein Stück meiner Familie. Beinahe hätte er seine Finger zwischen meine gefädelt. »Es tut mir leid, dass Ihr keine Gelegenheit hattet, Lebewohl zu sagen.«

»Mir tut es auch leid.«

Eine Weile sprach keiner von uns. Wir saßen da und mit jeder Sekunde, die verstrich, verschränkten unsere Finger sich weiter, während wir einfach im Trost des geteilten Schweigens schwelgten. Ich verstand nicht, warum er mich mit solcher Zuneigung betrachtete. Warum mein eigener Puls mit jeder vergehenden Minute schneller jagte. Erst als er sich räusperte, wurde mir bewusst, dass ich mich viel zu nah zu ihm herübergebeugt hatte, und ich richtete mich ein Stück auf. Hitze schoss mir in die Wangen.

Orin beobachtete die Röte, die sich auf meine Haut legte, und Begehren loderte in seinem Blick auf. Trotzdem war sein Lächeln sanft. »Nehmt Euch Zeit. Ich werde Euch erst einmal einige Tage zugestehen, um ungestört diese Bände zu lesen. Euer körperliches Training mit Rorik könnt Ihr später fortsetzen, ich werde Euch nicht weiter ablenken.«

Ich löste meine Hand aus seiner und beschäftigte meine Finger, indem ich ziellos in den Seiten des Büchleins blätterte. »Ich werde es Euch wissen lassen, wenn ich etwas brauche.«

»Bitte, tut das.« Orin sah mich noch einen Moment an und ließ sein Lächeln von Kopf bis Fuß an mir herabwandern. Erst dann stand er auf und zupfte sein Hemd zurecht. Ohne ein weiteres Wort verließ er den Raum und nur unter Aufbietung all meiner Kräfte kippte ich nicht einfach rücklings in die Kissen.

Was zur Ever-Hölle war das? Ein Stöhnen entfuhr mir und ich schloss die Augen. Orin trotzte jedem Vorurteil über die Evers, das ich hatte. Jeder. Winzigen. Kleinigkeit. Dafür hasste ich ihn und doch auch wieder nicht. Denn hier saß ich und hielt einen Teil meiner Familiengeschichte in Händen, von dessen Existenz ich bisher keine Ahnung gehabt hatte.

Ich öffnete die Augen, richtete mich auf dem Sofa auf und öffnete Rowenas Notizbuch auf der ersten Seite.

Vor ihrer Zeit als Threadmenderin hatte sie als Stadtschreiberin gearbeitet. Sie war produktiv und beredt gewesen und ihr behagliches Zuhause – jetzt im Besitz der Stadtältesten – bis zum Bersten voll mit Büchern und Notizbüchlein, alle in ihrer adretten Handschrift gefüllt. Als sie uns verlassen musste, hatte ich einige ihrer kleineren Schriften für mich selbst behalten. Aber dieses Büchlein enthielt das Letzte, das sie niedergeschrieben hatte.

Ich zwang mich, meine Trauer herunterzuschlucken, und machte mich langsam daran, ihre datierten Einträge durchzugehen. Ihre Arbeit war förmlich, die Prosa steif. Es war ganz anders als das, was ich von ihr gewohnt war, und mir wurde klar, dass sie zwar zugestimmt haben mochte, bei der Suche nach einer Heilung der Seuche zu helfen, aber keine Freude daran gehabt hatte. Trotzdem las ich jedes Wort. Jede detaillierte Erklärung zu den Fäden der Evers, ihren Bewegungen, ihren Stärken und ihrer Widerstandskraft. Sie hatte außerdem Heilmethoden ersonnen, die auf den Aufzeichnungen früherer Threadmender basierten. Trotz meiner Absicht, diese ebenfalls zu lesen, kam ich erst einmal nicht umhin, die sorgfältigen Anweisungen meiner Tante zu bewundern.

Die einzige Seite, der jedwedes Detail fehlte, bildete der letzte Eintrag. Er enthielt nur ein einziges Wort.

Mavis.

Ein dumpfes Rauschen breitete sich in meinen Ohren aus.

»Tante Rowena«, murmelte ich vor mich hin, während ich ihre Handschrift nachzeichnete. Die Seite war vor fünfzehn Jahren datiert. Orin hatte gesagt, sie sei vor einigen Jahren gestorben, aber *fünfzehn?* Mein Herz krampfte sich zusammen. Ihr Leben war drastisch verkürzt worden. Hatte sie gewusst, dass der Versuch, Mavis zu heilen, ihren eigenen Tod bedeuten würde? Tränen stiegen mir in die Augen, während ich auf den Namen starrte. Sie hatte es nicht geschafft. Das hatte ich angesichts meiner gegenwärtigen Situation gewusst, aber diesen Eintrag zu sehen … dieses einzelne Wort …

Eine Faust krampfte sich fest um mein Herz und ich strich behutsam über die Seite. Der plötzliche, scharfe Schmerz, der durch meinen Zeigefinger schoss, ließ mich zusammenzucken und das Buch fiel mir auf den Schoß. Entlang des glatten Schnitts bildete sich ein Blutstropfen auf meiner Haut. Als ich auf das aufgeschlagene Notizbuch hinabschaute, entdeckte ich ein kleines, gezacktes Stückchen Papier, das aus der Mitte der Bindung ragte.

Eine fehlende Seite? Der Beweis in Form des Risses im Papier war kaum wahrnehmbar, nur ein winziges Fetzchen, das darauf hindeutete, dass da überhaupt noch eine Seite gewesen war.

Weder waren Tintenkleckse sichtbar noch irgendwelche Notizen, die sich durchgedrückt hätten, und obwohl das fehlende Blatt zwischen Rowenas letztem Eintrag über Techniken des Threadmendings und der allerletzten Seite mit Mavis' Namen gewesen war, gab es auch ohne dieses keine erkennbare Unterbrechung ihres Gedankengangs. Wäre da nicht die Schnittwunde an meinem Finger gewesen, hätte ich nie bemerkt, dass die Seite fehlte.

Ich blätterte ihr Büchlein durch, um festzustellen, ob sonst noch etwas entfernt worden war, aber der Rest der Bindung war intakt. Hatte sie selbst die Seite herausgerissen? Oder jemand anderes? Ein unheimliches Frösteln wanderte an meiner Wirbelsäule entlang. Ich konnte fragen, aber was würde das schon bringen? Würde man mir denn die Wahrheit sagen? War es überhaupt irgendjemandem aufgefallen?

»Seltsam«, murmelte ich. Ich wischte den Blutstropfen an meiner Hose ab, legte Rowenas Aufzeichnungen beiseite und griff nach dem nächsten Buch. Ich hatte noch vier weitere, die ich durchstöbern wollte, vier weitere Chancen, zusätzliche Informationen über die Seuche oder die Fäden der Evers zu erhalten. Aber während ich die nächsten Stunden darauf verwandte, mich mit den Erinnerungen der Threadmender zu beschäftigen, musste ich immer wieder an die fehlende Seite aus Rowenas Büchlein denken und an dieses einzelne, vernichtende Wort.

Mavis.

KAPITEL 10

Zwei Tage verstrichen in glückseliger Abgeschiedenheit. Der einzige Ever, dem ich begegnete, war Orin, da er gelegentlich nach meinen Fortschritten fragte, aber der Rest der Familie hatte seine Warnung anscheinend tatsächlich beachtet. Selbst wenn ich Pause machte oder auf dem Grundstück spazieren ging, um den Kopf freizubekommen, begegnete ich allenfalls Dienstboten, die ihren Pflichten nachgingen. Man bat mich nicht, am Abendessen der Familie teilzunehmen. Was die Ferngloves taten oder wo sie waren, wusste ich nicht. Es interessierte mich auch nicht sonderlich. Die Notizbücher fesselten meine ganze Aufmerksamkeit.

Bedauerlicherweise war ich schnell fertig damit. Trotz der Jahre, die die Threadmender auf dem Anwesen verbracht hatten, enthielten die Büchlein bestenfalls etwas mehr als fünfzig Einträge. Das galt für alle. Ich ging dazu über, eigene Notizen zu machen und jene Ideen und Methoden zu notieren, die ich vorrangig ausprobieren wollte. Einer der ersten Threadmender hatte die Idee festgehalten, die Fäden abzuschneiden statt sie neu zu vernähen, und das stimmte mich nachdenklich.

Isoliere den betroffenen Lebensfaden mit deiner nicht dominanten Hand.

Dann konzentriere deine Macht auf die Innenfläche deiner dominanten Hand. Zwinge sie, die Form eines Messers oder Skalpells anzunehmen, und ziele dann mit dem scharfen Ende auf den unteren Teil des Fadens. Mache einen sauberen Schnitt, um an dem Lebensfaden saubere Enden zu erzeugen und die Gefahr eines unnötigen Ausfransens zu verringern.

Ich hatte noch nie versucht, Fäden abzuschneiden, weder bei einem Ever noch bei einem Menschen. Würde das Stutzen helfen oder schaden? Würden die Fäden absterben wie eine verwelkte Pflanze, die unrettbar war, oder würde neues Wachstum sprießen, frei von Infektion? Das mochte durchaus passieren, aber es würde die Krankheit nicht auslöschen, die anscheinend aus irgendwelchen Tiefen des Körpers stammte. Ein Stutzen mochte die Symptome vorübergehend lindern, aber eine unbekannte Variable blieb: ich selbst. Wenn ich selbst die körperlichen Symptome erduldete, die mein Handeln bei den Patienten auslöste, würde ich es überleben, wenn gesunde Fäden aus meinem Innersten abgeschnitten wurden? Oder würde ich nur umso schneller auf meinen eigenen Tod zusteuern?

Der frühere Threadmender ging hierzu nicht weiter ins Detail, aber sein letzter Eintrag sprach Bände: *nicht schneiden.*

Ein anderer Threadmender, Rowenas direkter Vorgänger, hatte die Idee verfolgt, die Fäden beim Einsatz seiner Magie irgendwie zusammenzukneifen, aber den Zweck vermochte ich nicht zu erkennen. Er hatte in seinem Notizbuch eine Skizze hinterlassen. Gezeichnet hatte er einen Zeigefinger und einen Daumen, die einen Faden hielten, der zu einer Art Nadel geformt worden war. Es war sein letzter Eintrag und ein unheimliches Schaudern ergriff Besitz von mir. Ich hoffte, er hatte es nicht ausprobiert, nur um dabei zu sterben. Dennoch … ich unterstrich die Idee und machte mir eine Notiz in meinen Papieren. Vielleicht.

Am zweiten Morgen hatte ich die Notizbücher beiseitegelegt und mich den umliegenden Regalen zugewandt. Einige der Threadmender hatten erwähnt, zur Inspiration andere Bücher gelesen zu haben. Sie hatten jedoch neben den Titeln nur wenige Notizen über die Texte selbst hinterlassen.

»Wo bist du?«, murmelte ich und betrachtete blinzelnd die Buchrücken, während ich langsam an dem Regal entlangging. Staubige, alte Bände mit vergoldetem Leder und abgenutzten Bindungen waren ordentlich in den Regalen aufgereiht und viele Titel waren derart verwischt oder mit uralten Siegeln gestempelt worden, dass ich sie unmöglich entziffern konnte. Aber endlich fand ich die drei Bücher, die in den Aufzeichnungen erwähnt worden waren: *Eine Sammlung seltener Flora, Sloans Führer zu Flüchen und Giften* und *Fabel oder Fakt: Eine Geschichte der Evers.* Ich kehrte zu meinem Platz zurück und begann mit Letzterem, nachdem ein schnelles Überfliegen des Inhalts mir offenbart hatte, dass die Passagen zumindest in der modernen Sprache geschrieben waren.

Der erste Eintrag war ein kurzer Mythos, der sich um den Tod rankte und um eine Frau, deren Worte voller Magie waren. Sie war, nachdem sie seinen Fängen entkommen war, eine Ever geworden, und sowohl ihr als auch ihrer Familie war ewiges Leben gewährt worden. Anscheinend scherte die Seuche sich einen feuchten Kehricht um das Versprechen des Todes. Mavis würde sterben, obwohl sie eine Nachfahrin dieser ersten unsterblichen Frau war.

Ich blätterte die Kapitel durch und notierte mir, was ich mir noch einmal ansehen wollte, bis ich das Ende erreichte. Der letzte Teil des Buches war einer weit verzweigten Ahnentafel vorbehalten, die sich über mehrere Seiten erstreckte und die Namen und Aufenthaltsorte sämtlicher Ever-Familien enthielt.

So viele. Ich verlor den Überblick über die Zahl ihrer Vorfahren, über die vielen Hundert Zweige in der Tabelle, die alle irgendwie auf die ersten Evers vor Jahrhunderten zurückgingen. Ihre Ursprünge waren uralt. Einige Sprösslinge schienen weit entfernt zu sein und die Mehrheit der Familien hatte kein Wappen über ihren Namen. Aber jene, die eins hatten, waren in kühneren, größeren Buchstaben festgehalten worden, als habe der Schreiber der Familie mehr Gewicht verleihen wollen. Bedeutung. Macht.

Innerhalb der Grenzen von Glaes waren nur vier Familien auf diese Weise gekennzeichnet: die Ferngloves, die Waterstones, die Starglens und eine vierte, von der ich noch nichts gehört hatte. Die Embergraves. Stirnrunzelnd blätterte ich beim Anblick ihres Namens in den Seiten zurück, in der Hoffnung, Details über jede der gegenwärtigen Familien zu finden, aber da war nichts. Ich brummelte vor mich hin und mehr aus Neugier als aus irgendeinem anderen Grund nahm ich mir vor, Orin danach zu fragen, als mein Blick über die Passage wanderte, bei der ich gestutzt hatte.

Die Erste unserer Art hat Jahrzehnte damit zugebracht, die Natur des Feuers zu verstehen. Sie ist dabei sogar so weit gegangen, in den Flammen zu baden, bis ihre Haut nicht länger verkohlte und die Macht in ihren Adern Wurzeln schlug. Dort hat sie gelernt, Hitze aus dem Inneren zu extrahieren und Funken aus ihren Fingern sprühen zu lassen. In dem Bemühen, ihre Kräfte zu stärken, hat sie die Welt nach seltenen Kreaturen abgesucht, die eine Magie ähnlich der des ursprünglichen Steins besaßen – und wurde in höchstem Maße belohnt. Sie fügte Anteile uralter Bestien in ihr Wesen ein und gewann damit zusätzliche Stärke und Macht.

Deswegen werden Evers mit ihren eigenen fantastischen Merkmalen geboren. Und obwohl unsere Magie auf die ursprüngliche Ever zurückgeht, manifestiert sie sich in jedem Sprössling einer jeden Familie auf andere Weise, bei manchen stärker als bei anderen.

Vielleicht war das der Grund, warum die Ferngloves fett geschrieben und mit einem Wappen markiert waren. Sie waren einfach stärker. Zweifellos war das der Grund, warum ihre Fäden so widerstandsfähig waren. Ich hielt beim Durchblättern der Seiten inne, als ich entdeckte, dass eine der Ecken säuberlich gefaltet war. Die Falte war so an den Rest des Textes gepresst, dass ich es fast übersehen hätte. Stirnrunzelnd überflog ich die Seite.

Herzbünde werden geformt, wenn zwei Evers übereinkommen, ihre angeborene Magie miteinander zu teilen. Wenn das passiert, erscheint ein magisches Band – sichtbar nur für das fragliche Paar – und schlingt sich um ihre Arme. Sobald es akzeptiert ist, wird es zu einem dauerhaften, unsichtbaren Band zwischen den beiden. Das lässt sich nicht umkehren und selbst nach dem Tod eines der beteiligten Evers wird der frühere Partner weiter Zugang zu diesem Reichtum an Macht für seine eigenen Zwecke haben. Daher ist dieses Ausmaß geteilter Macht und Bindung wertvoll und der Bund sollte nur nach sorgfältiger Überlegung eingegangen werden.

Ich war so in die Erläuterungen vertieft, dass ich mir beim leichten Knarzen des Holzbodens, der die Ankunft einer weiteren Person ankündigte, nicht sofort die Mühe machte aufzuschauen. Wenn Orin mit weiterem Tee kam, würde ich das Getränk nur zu gerne annehmen – und Orin bitten zu bleiben und mir die Feinheiten der Ever-Macht genauer zu erklären. Ich legte den Finger auf die abgegriffene Seite, um mir die Stelle zu merken, und schaute zur Tür. Und erstarrte.

»Also, hier habt Ihr Euch versteckt.« Lydias Stimme war kühl, ihr Blick scharf. Schlecht verschleierter Zorn funkelte in ihren blaugrünen Augen und ohne den geringsten Zweifel wusste ich, dass sie die letzte Person war, der ich begegnen wollte. Das Herz hämmerte mir gegen den Brustkorb und ich legte das Buch auf den Beistelltisch.

»Guten Tag, Lydia.«

Bedächtig machte sie einen Schritt auf mich zu. »Habt Ihr eine Vorstellung davon, was meine Kinder genau in diesem Moment tun?«

Bei mir schrillten alle Alarmglocken. »Nein.«

Sie stand jetzt direkt neben dem Sofa. »Sie bezahlen für Euren Fehler.«

»Fehler?« Ärger flammte in meiner Stimme auf. »Sie haben mich überlistet.«

»Und das war ihr gutes Recht. Ihr seid der Besitz von Fernglove.« Sie umfasste die Kante des Sofas und ihre Nägel kratzten über den Holzrahmen. »Erklärt mir, inwiefern es gerecht ist, dass Ihr hier sitzt und gemütlich lest, während meine Töchter weggesperrt sind, bis mein lieber Neffe es für passend erachtet, sie freizulassen.«

Mir gefror das Blut in den Adern. »Darum habe ich nicht gebeten.«

Sie rückte näher heran, und ich stand auf und wich vor ihr zurück, bis ich gegen eines der Bücherregale prallte. Ihr hochmütiges Kichern schien die Luft zu erfüllen. Just in diesem Moment bog Vora um die Flurecke und hatte nun freien Blick auf die offene Bibliothek. Sie warf einen Blick Richtung Lydia und umklammerte das Essenstablett fester. Dann machte sie ohne jegliches Hilfsangebot auf dem Absatz kehrt und entfernte sich in einem Wirbel von Röcken, die sich hinter ihr bauschten.

Na wunderbar.

»Ihr steht jetzt unter Orins Schutz, aber wenn Ihr jemals wieder einer meiner Töchter auch nur den Hauch von Unbehagen bereitet« – sie baute sich unmittelbar vor mir auf, und ihr ganzer angespannter Körper vibrierte vor Bosheit – »werde ich nicht zögern, Euch etwas anzutun.«

»Ich bin nicht für die Taten der beiden verantwortlich.« Ich schäumte, ballte die Hände neben meinem Körper zu Fäusten und versteifte den Rücken. »Und wenn Ihr noch einmal droht, mir Schaden zuzufügen, werden Eure Töchter nicht die Einzigen sein, die Unbehagen verspüren.«

»Wie könnt Ihr es wagen!« Sie legte einen Finger unter mein Kinn und riss es hoch. Dabei war sie nicht einmal größer als ich. Es war reine Schauspielerei, ein reines Machtspiel. Und es ließ den Zorn, der mein Blut in Wallung brachte, noch stärker hochkochen. »Törichte Sterbliche. Ihr seid absolut unfähig, mir etwas anzutun.«

Es juckte mich in den Fingern, ihr das Gegenteil zu beweisen, aber die Chance bekam ich gar nicht erst.

»Vorsicht, Tante Lydia. Du willst doch wohl nicht, dass Orin von deiner Belästigung unserer Threadmenderin erfährt.« Die amüsierte, gedehnt klingende Stimme wehte durch den Raum und Seville betrat die Bibliothek. Sie schlenderte um das Sofa herum und legte ihre Hüfte gegen die Lehne. Mit überkreuzten Knöcheln blieb sie dort und lächelte ironisch angesichts meiner misslichen Lage. »Und das, wo er dir gerade einen Besuch bei Amalyss und Tasia erlaubt hat.«

Lydia mochte zuvor schon zornig gewesen sein, aber jetzt war sie fuchsteufelswild. Sie riss die Hand weg und wirbelte blitzartig herum, um ihre Nichte mit einem vernichtenden Blick zu bedenken. »Seville. Deine Anwesenheit ist völlig überflüssig. Wie gewöhnlich.«

Seville schnappte nach Luft und legte sich sachte eine Hand auf den Mund. »Tante Lydia, meine Güte. Ist das ein Altersfleck, den ich da sehe? Du solltest das untersuchen lassen, Liebes.«

Mit einem scharfen Zischen zog Lydia die Luft durch die Zähne. Instinktiv legte sie zwei Finger auf ihren scheinbar makellosen Wangenknochen.

»Eines Tages werdet ihr, du und deine Brüder, lernen, wo euer Platz ist. Wenn ich denn so freundlich bin, euch das Hierbleiben zu gestatten.«

Seville lachte. Ein sprödes, grausames Geräusch. »Fort mit dir, Tante. Sieh zu, dass du zu deinem Herzgefährten und deinen missratenen Kindern kommst.«

Lydia öffnete den Mund zu einer Antwort, dann ließ sie ihn wieder zuklappen. Ein bösartiges Blitzen lag in ihren Augen und sie hielt Sevilles Blick für einen heißen Atemzug stand, bevor sie davonstürmte. Als Lydias Schritte verklangen, stieß Seville ein übertriebenes Seufzen aus.

»Kein Wunder, dass ihre Töchter sich danebenbenommen haben.« Sie stieß sich von der Sofalehne ab und legte mir locker einen Arm um die Schultern. »Kommt, kommt. Orin will das sicher erfahren.«

Ich ließ mich von ihr durch den Flur geleiten, während sie einfach daherplauderte, allesamt Themen, zu denen ich offensichtlich nichts beitragen konnte: die grässliche Farbe von Lady Starglens neuestem Gewand und die eigenartige Stille ihres Sohnes, die schauderhaften Einrichtungsgegenstände in der Diele der Waterstones. Nichts war ansprechend. Ich bezweifelte, dass Seville irgendetwas anderes als sich selbst schön fand.

Als wir Orins Arbeitszimmer erreichten, machte sie sich nicht die Mühe anzuklopfen, sondern spazierte hinein, als sei es ihr Refugium und nicht das ihres Bruders. Orin saß hinter seinem Schreibtisch über mehrere Stapel Papier gebeugt und zwirbelte lässig einen Stift zwischen den Fingern. Er schaute zu uns auf und erstarrte, als sein Blick meinen traf.

»Ist etwas passiert?«

»Nur Lydia, die ihren Sorgen bezüglich der Behandlung ihrer Töchter Ausdruck verliehen hat.« Seville verließ den Platz an meiner Seite zugunsten eines Bonbonglases im Regal. Sie wählte eine rubinrote Süßigkeit aus und schob sie sich in den Mund. »Ich habe das geregelt.«

»Verstehe.« Orin ließ mich keine Sekunde aus den Augen. »Seville, würdest du uns einen Moment alleinlassen?«

»Aber klar doch.« Sie schnappte sich noch eine Süßigkeit, bevor sie sich Richtung Tür umwandte. »Ich werde ohnehin bei den Waterstones erwartet.«

»Such mich bitte auf, wenn du zurück bist.«

Sie winkte ihm kess über die Schulter hinweg zu und verschwand. Orin legte seinen Stift beiseite und verschränkte die Finger. »Hat Lydia Euch etwas angetan?«

»Sie ist ein absoluter Albtraum, aber nein.« Ich seufzte. »Es geht mir gut.«

Die Anspannung wich aus seinen Schultern und er schenkte mir ein trockenes Lächeln, bevor er auf den freien Sessel vor seinem Schreibtisch deutete. »Meine Tante ist, gelinde gesagt, schwierig.«

»Ich bin mir nicht sicher, ob es das hinreichend trifft«, murmelte ich.

Bei meinen Worten lachte er. »Nein, Ihr habt recht. Sie ist schlicht und einfach abscheulich, aber ich versuche, sie nicht zu hart zu bedrängen. Nach dem Tod meiner Eltern hat sie erwartet, den Besitz zu erben. Stattdessen ist er an mich gefallen und seither ist es ein wenig turbulent, diese Beziehung in die richtigen Bahnen zu lenken.«

Ich ließ mich in den Sessel sinken und faltete die Hände auf dem Schoß. »Wie sind sie gestorben?«

»Es ist …« Er schluckte hörbar und senkte den Blick. »Es fällt mir immer noch schwer, darüber zu sprechen.«

Das konnte ich nur allzu gut verstehen. Ein Anflug von Schmerz durchzuckte meine Brust und ich griff instinktiv nach meiner Hosentasche, in der Hoffnung, das Lederfetzchen meiner Mutter zu finden. Natürlich war dort nichts und der Schmerz in meinem Herzen vertiefte sich. »Ich verstehe es.«

»Aber mein Vater war brillant. Ein wahrhaft intelligenter Geschäftsmann.« Er griff nach einem goldenen Miniaturstundenglas, das in der Nähe seiner Stifte stand, und drehte es um. Feiner Sand rieselte in den leeren unteren Teil. »Er hat immer den Wert von Zeit betont und die Wichtigkeit von Worten. In meine Mutter hat er sich auf den ersten Blick verliebt.«

Die weit verzweigte Ahnentafel erwachte in meinem Kopf zum Leben. »War er menschlich? Oder stammte er aus einer anderen Ever-Familie?«

»Er war ein Ever, obwohl seine Familie nur wenig Magie besaß. Mavis dachte, er sei nur wegen unserer Macht hinter meiner Mutter her.« Seine Augen verdunkelten sich, während sein funkelnder Blick ins Leere ging, aber nahezu umgehend wischte er den Gedanken mit einer knappen Handbewegung beiseite. »Wie dem auch sei, meine Mutter konnte stärker auf die Magie unserer Familie zugreifen als Lydia, daher ist sie bis zu ihrem Tod das Oberhaupt des Hauses gewesen. Lydia hat angenommen, sie würde die Rolle von ihr übernehmen, aber weil meine Eltern Herzgefährten waren, hat mein Vater noch immer alle Fähigkeiten meiner Mutter besessen.«

Ich beobachtete den hinabrieselnden Sand und staunte über Orins Worte. »Ever-Magie ist faszinierend.«

Er grinste. »Es freut mich, dass Ihr so denkt. Aber genug von mir. Ich werde mit Lydia sprechen. Ich habe ihr bereits verboten, Euch aufzusuchen, und sie hat sich ganz offensichtlich meinen Anweisungen widersetzt.« Orin lehnte sich auf seinem Stuhl zurück und verschränkte die Hände hinter dem Kopf.

»Macht Euch deswegen keine Sorgen«, sagte ich. »Sie war nur wegen ihrer Töchter beunruhigt. Die beiden werden bestraft?«

»Amalyss und Tasia haben meine Autorität niemals respektiert.« Er stieß einen Seufzer aus. »Aber bei Lydia klingt das alles viel schlimmer, als es ist. Sie sind in einem Zimmer eingesperrt, das ihnen weniger Luxus bietet als ihr eigenes, aber sie befinden sich keineswegs in einer Zelle oder Ähnlichem.«

»Schade«, sagte ich.

Orins Mundwinkel zuckten in die Höhe.

Ich möchte gerne hören, welche anderen Witzeleien Euch vielleicht noch herausrutschen. Eine warme Röte stieg mir in die Wangen, als mir seine Worte vom Marktplatz in den Kopf schossen. Unwillkürlich fragte ich mich, ob nun mein scharfer Verstand oder meine spitze Zunge seine Neugier weckte. Als könne er Gedanken lesen, senkte er den Blick auf meine Lippen.

»Davon abgesehen«, murmelte er, dann stand er auf und ging um den Schreibtisch herum, um sich an die Ecke zu lehnen. Dabei streifte sein Bein meines. »Ich bin gespannt zu erfahren, wie es mit Euren Nachforschungen vorangeht.«

»Ich habe mir einige Notizen zu verschiedenen Methoden gemacht, die ich gern ausprobieren würde, wenn es so weit ist, aber …« Im Geiste kehrte ich zurück zum Notizbuch meiner Tante. Wusste er etwas über die fehlende Seite? Was, wenn es nichts zu bedeuten hatte? Ein herausgerissenes Blatt, das für eine Notiz benutzt worden war, so wie ich das in den vergangenen Tagen auch getan hatte. Ich bezweifelte, dass er – oder jemand anderes, zumindest, was das betraf – etwas aus dem Büchlein entfernt hatte. Sie wollten meinen Erfolg genauso sehr wie ich selbst.

»Die Notizbücher sind informativ«, antwortete ich schließlich. »Aber ich hatte auf mehr Details zur eigentlichen Arbeit gehofft, insbesondere, was Mavis' Erkrankung betrifft.«

»Nicht alle Threadmender hatten eine Chance dazu. Einige waren ihrer Tätigkeit schon nachgegangen, bevor sie sich uns anschlossen, daher war ihre Lebenszeit bereits verkürzt.« Er hatte leise gesprochen und sein Lächeln war müde geworden. Traurig. »Und die wenigen, die es getan haben … nun, ich habe sie nicht dazu verpflichtet, ihre Erfahrungen zu dokumentieren. Rückblickend hätte ich das zu einem Teil unserer Vereinbarung machen sollen, um künftige Threadmender in ihren Bemühungen zu unterstützen.«

Ohne es zu wollen, hasste ich den mutlosen Ausdruck in seinen Augen, als habe er im Angesicht dieser seltsamen Krankheit irgendwie versagt. Unterm Strich war ich froh, dass er die Threadmender nicht gezwungen hatte, die wohl letzten Augenblicke ihres Daseins unmittelbar auf Papier festzuhalten und somit doppelt zu durchleben. Also schenkte ich ihm ein herausforderndes Lächeln, statt mich auf etwas zu versteifen, das wir eh nicht ändern konnten. »Und? Wollt Ihr meinen Beschäftigungsbedingungen noch etwas hinzufügen?«

»Nein.« Der Anflug eines Grinsens ließ seine Lippen zucken. »Ich vertraue darauf, dass mit dem Abschluss Eurer Tätigkeit keine weiteren Threadmender gebraucht werden.«

Ich war mir plötzlich des berauschenden Hämmerns meines Herzens nur allzu bewusst. Des gedämpften Tonfalls seiner Worte, seiner Nähe. Er streckte die Hand aus und strich mir mit einem Finger sachte übers Haar. Es war nur eine winzige Berührung und doch kribbelte mein ganzer Körper angesichts der vorhandenen Spannung. Ich musste einfach sein Gesicht und die Tiefe seiner Augen genauer betrachten.

Mit einem tiefen Durchatmen riss ich mich zusammen, bevor ich weitersprach. »Euer Glaube an mich ist unerschütterlich.«

»Ich bin mir sicher, dass Ihr in der Lage sein werdet, uns zu helfen.«

»Uns?«

»Mavis ist ein Teil unserer Familie.« Er zog eine Schulter hoch und nahm die Hand von meinem Gesicht. »Ihre Heilung würde uns gewiss allen helfen. Wir wollen sie nicht länger in diesem Zustand sehen.«

Seine Stimme war sanft, der Blick gesenkt. Er wirkte so verletzlich. So real. Ich wusste nicht, wie ich mit seinen Gefühlen umgehen sollte, nachdem ich mein ganzes Leben damit zugebracht hatte, mir einzureden,Ferngloves seien egozentrische Evers und sonst gar nichts.

»Mavis' Glamour«, brachte ich schließlich heraus. »Könnt Ihr ihn entfernen?«

»Wird das helfen?«

»Ja.«

»Ich …« Er war atemlos, und die Wangen waren gerötet. Warum war er atemlos? Er leckte sich die Lippen und rückte ein Stück näher. »Bevor Mavis krank geworden ist, war sie sehr stolz. Sie wirkte nicht gern schwach und als es für sie zu anstrengend wurde, ihren Glamour aufrechtzuerhalten, haben wir uns dafür entschieden, das für sie zu übernehmen.« Geistesabwesend klopfte Orin sich mit den Fingern aufs Bein. Dabei starrte er ins Leere, als durchlebte er noch einmal eine Erinnerung, die er womöglich niemals mit mir teilen würde. »Ihr den Zauber wegzunehmen, obwohl alle anderen in diesem Herrenhaus die Macht haben, ihn mühelos für sie aufrechtzuerhalten … das fühlt sich irgendwie falsch an. Ich will ihr nicht wehtun.«

Ich beugte mich behutsam zu ihm herüber. Nicht aus einem Instinkt heraus. Nicht aus einem Drang heraus, seine Hitze zu spüren. Sondern weil mich etwas in seinem Ton stutzen ließ. »Was ist denn dann mit Eurem Glamour?«

»Mit meinem?« Er blinzelte mich an.

»Ja. Ihr habt gesagt, jeder hier würde den Zauber benutzen. Ich habe gelesen, Eure Körper seien das Produkt uralter Bestien, die Teil der ersten Ever wurden.«

Orin zog überrascht die Brauen in die Höhe, unterbrach mich aber nicht.

»Ich würde gerne wissen, wie das aussieht, ob es vielleicht wegen dieser Magie so außergewöhnlich schwierig ist, mit Euren Fäden zu arbeiten.«

Er zögerte und mit seinem nicht enden wollenden Blick schaute er mir direkt in die Seele.

Als er nicht antwortete, rückte ich noch ein Stück näher heran. Ich brauchte … *wollte* sein Vertrauen in mich. Warum das so war, wagte ich nicht zu hinterfragen. Langsam hakte ich nach: »Gibt es einen Grund dafür, dass auch Ihr Euch versteckt?«

»Oh, ich verstecke mich nicht.« Er grinste über beide Ohren. Eine aufbrandende Macht legte sich um seine Gestalt und heizte die kleine Lücke zwischen uns auf. »Ich fand nur immer, dass ein zurückhaltenderes Erscheinungsbild für Sterbliche leichter zu verdauen ist.«

Orin ließ seinen Schleier fallen wie ein sich langsam bewegendes Blatt, das im Wind zur Erde schwebt. Der Schleier flatterte und kräuselte sich, bis er verblasste, und dann war er da. Ungefiltert und roh und in jeder Hinsicht atemberaubend.

Vier knochenweiße Hörner sprossen aus seiner Stirn und schlangen sich wie eine Krone um sein Haar. Seine Ohren zogen sich in die Länge, zusammen mit den Spitzen seiner Fingernägel und Zähne. Glänzende, smaragdgrüne Schuppen säumten seine Schläfen und mündeten in seinen Haaransatz und ich entdeckte andeutungsweise weitere, die unter dem Kragen seines Hemdes hervorlugten. Ein dünner Schwanz, der in einer Pfeilspitze mündete, nahm von seiner Taille ausgehend Gestalt an und reichte schließlich bis zu den Rückseiten seiner Waden herab.

»Orin.« Das war alles, was ich herausbrachte.

Sein Grinsen verstärkte sich noch. »Seht Ihr, was ich meine?« Lässig strich er mit den Fingern über die Krone, die aus seiner Stirn ragte – dem Oberhaupt der Familie angemessen.

»Ein Vermächtnis der ersten Ever, richtig?« Ich starrte auf die Hörner und kämpfte gegen den Drang, ihre knochenartige Oberfläche zu berühren.

»Ich finde es großartig, dass Ihr etwas über unsere Geschichte gelesen habt.« Pure Freude leuchtete in Orins Augen. »Was wisst Ihr sonst noch?«

»Ich konnte nur ein paar Absätze lesen, bevor Lydia mich rüde unterbrochen hat.«

»Aber Ihr habt recht. Diese ursprünglichen Anpassungen waren, wenn Ihr so wollt, dafür gedacht, die Fähigkeiten der ersten Ever zu stärken. Als ihre Nachfahren bekommen wir kleine Splitter dieser uralten Macht, um unsere familienspezifische Magie zu befeuern. Für Ferngloves …« Er ließ die Finger kreisen und die Luft erwärmte sich, als sei sie von der Sommersonne geküsst worden. Der Duft von Wildblumen und reichhaltiger Erde erfüllte das Arbeitszimmer und ein schwacher Schimmer grüner Partikel erblühte über seiner Handfläche. »Die Erde reagiert auf uns ebenso wie all ihre Kreaturen. Aber es kostet Jahrzehnte, diese Art von Fähigkeit zu perfektionieren.«

Ich betrachtete voller Ehrfurcht die Magie, die sich in seiner Hand sammelte. »Und andere Evers?«

»Die Kräfte sind an unsere Blutlinien gebunden. Aber selbst innerhalb einer Familie drückt sie sich bei jedem anders aus. Seville hat wunderschöne Flügel, während ich gar keine habe. Es zeigt einfach, welche Kennzeichnung die Macht jeweils für uns gewählt hat. Einige Evers protzen gern mit ihrem einzigartigen Erscheinungsbild. Andere mischen sich unter die Sterblichen, statt auf sie herabzusehen.«

Ich lachte und dachte daran, dass Seville und Lydia Menschen immer als etwas »Geringeres« betrachten würden, völlig unabhängig von ihrem perfekten Glamourzauber.

»Darf ich?« Ich stand auf und streckte die Hand nach den smaragdfarbenen Schuppen aus, die unter seinem Haaransatz hervorlugten. Eine Art Hitze blitzte in seinem Blick auf, aber er nickte und presste die Lippen aufeinander. Ich strich über die glatte Oberfläche der Schuppen und eine Gänsehaut legte sich bei ihrem kühlen Kuss auf meine Arme. Keiner von uns sagte etwas, während ich von einer Besonderheit zur nächsten wanderte und meine stillen Studien anstellte. Er strahlte ein eindeutiges Surren von Magie aus und konnte es anscheinend auch nicht einfach abstellen. Das musste sich auch auf seine Fäden auswirken. Es war alles so fremd und fesselnd, und die Macht, die Orin in berauschenden Wellen verströmte, war atemberaubend.

Orin sah mich die ganze Zeit über an und Sehnsucht verlieh seinen Augen etwas Grimmiges. Mein Herz hämmerte gegen meinen Brustkorb, während wir die Welt um uns herum vergaßen. Wir befanden uns in unserer eigenen privaten Blase geteilter Atemzüge und unausgesprochener Worte und etwas passierte. Etwas, bei dem ich mir nicht sicher war, wie ich es verstehen sollte, und das ich ganz sicher nicht zur Kenntnis nehmen wollte.

Meine Finger streiften seine Lippen und er versteifte sich unter meiner Berührung. »Neugierig, was man damit machen kann?«

Wärme brachte meine Wangen zum Glühen und ich starrte auf seine Brust. »Ich bin durchaus lernwillig.«

Langsam legte er die Hände um meine Taille. »Das sollte mich wohl nicht überraschen. Ihr wart diejenige, die Performictum erwähnt hat.«

Die Bemerkung entlockte mir ein Lachen. »Ich hätte wahrscheinlich etwas davon in meinen Koffern verstauen sollen.«

»Kaum notwendig.« Sein Grinsen wurde breiter und ich staunte über seine Schönheit. Forschend schaute ich ihm ins Gesicht und verweilte bei jeder Besonderheit und der Zurschaustellung von Ever-Magie. Er war so offen und es war so seltsam, bei seinem Anblick atemlos zu werden. Dabei wusste ich doch, was er alles von mir wollte. Dass er bereit war, mich in den Tod zu schicken, um Mavis zu retten. Und doch verstand ich es. Meine Familie zu retten und für meine Brüder zu sorgen, bestimmte all mein Handeln, seit ich denken konnte.

Ich hatte mir noch nie im Leben so sehr gewünscht, die Lebensfäden einer anderen Person zu sehen.

Ohne Vorwarnung beschwor ich meine Macht aus den Tiefen meines Körpers und ließ sie heraus. Orins Augen weiteten sich, sein Blick flog zu meinen jetzt glühenden Fingerspitzen. Umgehend legte sich der Glamour wieder über ihn. Die jäh errichtete Mauer, die seine Magie verbarrikadierte, versetzte mir einen kräftigen, kalten Stich und ich taumelte rückwärts, just als von der Tür her ein lautes Klopfen erklang.

Meine Hand erstarrte in der Luft auf Höhe von Orins Brustkorb. Er umklammerte sie, bevor er einen Kuss auf die Fingerknöchel drückte. »Ich entschuldige mich. Ich habe gespürt, dass jemand kommt, und ohne nachzudenken reagiert.«

War das alles? Ich hatte Mühe, meine Sprache wiederzufinden, verschloss aber meine Macht gänzlich in meinem Körper und nickte. Unausgegorene Gedanken gingen mir durch den Kopf, formten sich und zerstreuten sich wieder wie eine schwache Brise.

»Herein«, rief Orin, ohne den Blick von mir zu lösen.

Die Tür schwang mit viel zu viel Wucht nach innen auf und Rorik kam herein. Er warf einen einzigen Blick auf unsere verbundenen Hände und verdrehte die Augen.

»Rorik. Welchem Umstand verdanken wir dieses Vergnügen?«, fragte Orin.

Ich riss mich sofort los. Ein schiefes Lächeln erschien auf Roriks Gesicht, aber es wirkte aufgesetzt, seine Augen waren kalt. Selbst die Lässigkeit, mit der er am Türrahmen lehnte, war geheuchelt, ein Bild der Ungezwungenheit, das nicht ganz stimmig schien. Ywena hockte auf seiner Schulter und ließ einmal kurz die Flügel flattern. Ihre Fühler zuckten.

»Ich bin hier, um Edira Ywena zurückzubringen«, stellte er fest. »Es sind jetzt drei Tage ins Land gegangen. Anscheinend bin ich der Einzige, der sich darum sorgt, dass Edira ihr Training wieder aufnimmt.«

Orin straffte sich. »Wir haben gerade über ihre Bedürfnisse gesprochen.«

Rorik reagierte mit einem bellenden Lachen. »Daran habe ich nicht den geringsten Zweifel.«

»Haben die Starglens akzeptiert?«, fragte Orin und ignorierte den Seitenhieb zur Gänze.

»Ja. Ich halte es übrigens immer noch für eine dumme Idee.« Er schlenderte zum Schreibtisch und stützte die Hände auf die Rückenlehne des Sessels. »Ganz und gar nicht sicher.«

»Zur Kenntnis genommen.« Orin drehte den Kopf zu mir herum. »Edira, würdet Ihr meinem Bruder und mir bitte ein wenig Privatsphäre gewähren?«

»Selbstverständlich.« Zügig ging ich an Rorik vorbei. Unterdessen erhob Ywena sich in die Luft, um sich erneut in meiner Halsbeuge einzurichten. Bei dem vertrauten Kitzeln ihrer Füße bildete sich eine Gänsehaut auf meinem Rücken.

»Wir werden morgen da weitermachen, wo wir aufgehört haben.« Rorik feixte, als er meinen Blick suchte. »Ihr wisst schon, mit unserem individuellen Training. Vergesst Eure Hose nicht. Nicht noch mal.«

Während Orin sich versteifte, drohte die Hitze mir Röte in die Wangen zu treiben.

»Eines Tages, Rorik, werde ich Euch zwischen meinen Stiefeln auf den Boden pressen und Ihr werdet beten, dass ich einen Rock trage, damit Ihr zumindest etwas Hübsches seht, bevor ich Euch ins Gesicht spucke.« Ich wirbelte auf dem Absatz herum und ging zur Tür. »Bis morgen.«

Ich machte mir nicht die Mühe, mich umzudrehen und Roriks Gesichtsausdruck zu mustern, sondern lächelte nur still vor mich hin, als Orins schallendes Gelächter mich nach draußen begleitete.

KAPITEL 11

Von meiner beschaulichen Fensterbank in der Bibliothek aus beobachtete ich, wie Orin die Ever-Kinder unterrichtete. Rund um einen schlanken Baum mit smaragdgrünen Blättern und knospenden, rosa Blüten waren Decken auf dem makellosen Rasen des Innenhofs in einem Halbkreis ausgebreitet worden. Die überhängenden Äste erzeugten eine Mischung aus Sonne und Schatten und Orin lehnte am Stamm, während er verschiedene Papiere in seinen Händen betrachtete. Amalyss und Tasia teilten sich einen gewebten Wandteppich. Ihre Blicke waren gesenkt, die Hände fest gefaltet. Offenbar waren sie nicht länger in ihrer »Zelle« eingesperrt.

Bei ihnen saßen zwei weitere Evers: Flix, den ich von der Begegnung in der Eingangshalle kannte, und ein kleiner Junge, dessen Augen die gleiche Schattierung wie die beginnende Abenddämmerung aufwiesen. Sein blauschwarzes Haar war dunkler als der Nachthimmel. An seinem Hals bemerkte ich einige indigofarbene Punkte und dünne Linien, die sich in der Form eines Sternenbildes trafen: das Familienwappen der Starglens. Routiniert ließ er winzige Sterne erscheinen, die in seltsam schönen Mustern um seine Finger tanzten. Flix folgte seinem Beispiel und beschwor eine wirbelnde Kugel aus tintenschwarzem Wasser, das zornig in seiner Handfläche wogte. Er war der Einzige, der es wagte, einen kleinen Teil seiner wahren Gestalt zu offenbaren. Die Hörner waren stolz zur Schau gestellt und jemand hatte seine Locken geschickt um sie herum geteilt.

Es ist schwer, so eine kleine Stelle zu isolieren. Allein schon bei der Erinnerung an Tasias Worte lief es mir eiskalt den Rücken herunter. Sie hatte nur höchst widerwillig ihren Glamourzauber aufgegeben und doch besaß Flix genug Kontrolle, um seine Hörner offen zu präsentieren. War er stärker als die Mädchen? Oder lag es an etwas anderem? Mit einem tiefen Atemzug nahm ich mir Zeit, mich zu sammeln. Dann rief ich nach meiner Macht. Magie surrte mir durch die Adern und ein sanftes Glühen drang aus meinem Körper. Ich wusste, dass meine Augen im selben Licht leuchteten und mir die Fähigkeit gewährten, Lebensfäden zu sehen.

Jedenfalls normalerweise. Bei Evers war hingegen immer mit Glamour zu rechnen. Und Glamour verbarg *alles.*

Genau wie es bei Tasia und Amalyss der Fall gewesen war, schien jeder Ever mit einem hauchzarten Stoff bedeckt zu sein, der die Körperkonturen weicher erscheinen ließ. Sofort konzentrierte ich mich auf den Punkt, wo Flix' Hörner die Magie durchstachen. Die Hörner waren klar und frei von Glamour, ein schimmerndes Schwarz, das von Macht zu pulsieren schien. Und direkt am Ansatz, dort, wo der magische Schleier aus mehreren Schichten bestand, erhaschte ich einen Blick auf einen launischen Faden, der irgendwie hindurchlugte. Er hätte so leuchtend sein sollen wie der von Tasia und doch war er von einem ausgeblichenem Grau.

Das untere Ende eines Fadens von Tasia hatte allerdings auch so ausgesehen.

»Edira.«

Ich erschrak und rief meine Macht sofort zurück. Dank Ywena, die ihre Lieblingsstelle nun wieder bezogen hatte, spürte ich nicht nur meine außer Kontrolle geratene Atmung, sondern auch noch eine schmerzhafte Spannungsentladung. Ich riss den Kopf zum Eingang der Bibliothek herum und entdeckte Vora, die mit hochgezogenen Brauen in der offenen Tür stand. Mein Puls beruhigte sich und ich atmete tief aus.

»Vora. Braucht Ihr mich?«

»Solltet Ihr nicht mit Rorik trainieren?«, fragte sie mit einem vielsagenden Nicken in Richtung Ywena.

»Ich weiß ja, dass es hilfreich sein wird.« Seufzend erhob ich mich und ignorierte das Funkeln in Voras missbilligendem Blick. »Aber kann mich nicht jemand anderes unterrichten?« Ich warf einen letzten Blick durchs Fenster. In dem Moment schaute Orin auf, als hätte er meine Aufmerksamkeit irgendwie gespürt, und ein warmes Lächeln umspielte seine Lippen. Ein glühender Stich durchzuckte meinen Magen. Orin senkte kaum merklich den Kopf, bevor er sich wieder Flix zuwandte, und die Hitze in meinem Bauch war kurz davor, mir in die Wangen zu kriechen.

»Nein«, sagte Vora scharf. »Jetzt geht, bevor Ihr Rorik wütend macht.«

»Na schön.« Ich drehte mich auf dem Absatz um, ging in Richtung Vordertür und kümmerte mich nicht weiter darum, ob sie mich begleiten würde. Als ich auf den heiligen Baum zumarschierte, wo mein Training stattfand, kamen meine Gefühle ein wenig zur Ruhe. Es ging doch nichts über eine kleine, leichte Qual, um sich den Nachmittag zu vertreiben. Mein wütender Blick war ins Leere gerichtet, während ich an Roriks Sarkasmus dachte und tatsächlich auf eine Chance hoffte, eines Tages über ihm zu stehen. Vor allem hoffte ich aber erst einmal, dass seine Methode funktionierte und meine Lebenszeit verlängerte. Vielleicht würde ich am Ende stark genug sein, um ihm zu zeigen, wo der Hammer hängt.

Rorik drehte sich herum, als ich näher kam, und sein Blick wanderte sofort zu meiner Hose und den Stiefeln herab. Er feixte. »Ihr seid also bereit dafür, mich zwischen Euren Stiefeln auf den Boden zu pressen?«

»Immer«, sagte ich und verschränkte die Arme vor der Brust. »Ob Ihr es glaubt oder nicht, ich will tatsächlich besser im Threadmending werden. Selbst wenn es bedeutet, Zeit mit Euch zu verbringen.« Ich verstummte und Ywena kroch über meine Schulter, um sich enger an meinen Hals zu schmiegen.

»Gut, denn es ist nutzlos, wenn Ihr Eure Tage mit Nachforschungen oder in Orins Arbeitszimmer verbringt, wenn Euer Körper nicht bereit ist.«

»Zumindest hilft Orin mir.« Ich zog die Brauen zusammen.

»Ich verstehe, Ihr findet also *meine* Zeit sinnlos.« Sein Lächeln verfinsterte sich. »Das scheint mir kaum fair zu sein, wenn man bedenkt, dass wir erst eine einzige Unterrichtsstunde hatten.«

»Ywena hat mich nur ein einziges Mal geschockt, seit Ihr sie mir zurückgebracht habt.« Ich stemmte die Hände in die Hüften und stellte mich breitbeinig hin. »Ich denke, wir können zu etwas Produktiverem übergehen.«

Hitze flammte in seinen Augen auf. »Wie interessant, dass *Ihr* denkt, Ihr hättet das notwendige Wissen und die Fähigkeiten, *mir* zu sagen, wann wir unser Training verändern müssen.« Er kam näher und blieb nur Zentimeter von mir entfernt stehen. Meine Atmung geriet nicht aus dem Takt. Kein einziges Mal. Er riss seinen Blick von meiner sich gleichmäßig hebenden und senkenden Brust los, sah Ywena an und schaute mir endlich ins Gesicht.

»Nun?«, hakte ich nach, als er nichts sagte. Er blickte auf mich herab und rückte mit dem Gesicht näher an meines, als teste er die Wirkung seiner Nähe auf den unerschütterlichen Rhythmus meiner Atmung. Ich konzentrierte mich darauf einzuatmen und so viel Luft wie möglich aufzunehmen, bevor ich sie mit maßvoller Gelassenheit wieder ausstieß.

»Wenn Ihr denkt, Ihr wärt bereit für etwas Körperliches …« Seine Stimme war rau und heiser und schaffte es fast, meine perfekte Kontrolle zu ruinieren. Er schien es ebenfalls zu bemerken und ein nicht deutbarer Ausdruck glitt rasch über seine Züge. Dann lachte er düster auf. »Lauft.«

»Was?«

In diesem Moment war Rorik eine wilde Kreatur und ich hätte schwören können, dass sein Glamour verrutschte, und sei es auch nur für die Länge eines Atemzugs. Etwas Schillerndes blitzte auf, etwas Andersweltliches und möglicherweise sehr Schönes, aber sein Raubtierlächeln mit den geschärften Reißzähnen brachte mich vollends aus der Fassung. Ywena schockte mich, sobald mir der Atem stockte, und dieser winzige Schlag war für mich das Signal, mich in Bewegung zu setzen. Ohne nachzudenken, rannte ich los. Ich lief auf die Bäume zu, die die hinteren Wiesen einrahmten, während Roriks Lachen wie ein Sturm die Luft erfüllte. Er war überall und nirgends – ich schaute über meine Schulter und stellte fest, dass er verschwunden war –, und ich scheiterte kläglich bei dem Versuch, meine Atmung unter Kontrolle zu halten. Jedes Einatmen und jedes Ausatmen wurden begleitet von einem Schock durch Ywena, und bevor ich wusste, wie mir geschah, durchzuckte ein tiefes Stechen meine Flanken.

Verdammt noch mal. Ich versuchte, den Schmerz wegzuatmen, während ich den kleinen Pfad fand, der sich in die Tiefen des Waldes hineinschlängelte. Dann jagte ich über die moosbewachsenen Steine und rannte den Lehmweg entlang, aber in der weichen Erde hatten sich Wurzeln zu einem regelrechten Hindernisparcour emporgewölbt. Mit der Spitze meines Stiefels blieb ich an einer dieser Erhebungen hängen und schlug der Länge nach hin. Meine Hände krachten auf den Boden und das raue Kratzen von Borke und scharfkantigen Steinen schnitt in mein Fleisch. Ich rollte mich auf die Seite.

Wirklich anmutig, Edira. Einfach großartig. Ich zuckte heftig zusammen, krümmte meine zerschundenen Hände und zwang mich, ruhiger zu werden. Zaghaft rappelte ich mich hoch und versuchte, meinen wilden Atem in den Griff zu bekommen, damit Ywenas unablässige Schocks verebbten.

»Wie hast du das unversehrt überstanden?«, murmelte ich in ihre Richtung und schaute auf meine Schulter. Zur Antwort flatterte sie nur einmal mit den Flügeln.

Ein Zweig knackte weit entfernt im Wald und ich riss den Kopf herum. Das Dickicht aus Bäumen war undurchdringlich. Sie waren wie umhertappende Riesen, ihre langen Glieder mit Blättern bedeckt, die fast das ganze Tageslicht schluckten. Den Boden bildeten Teiche aus Dunkelheit und ein tiefer Schmerz brannte hinter meinen Augen, als ich mich mühte, etwas zu erkennen. Der Pfad war trostlos – nur ein Streifen aus Erde und Stein, der in einen verborgenen Abgrund führte. Ein dünner Nebel war von irgendwo tief aus den Eingeweiden des Waldes aufgestiegen und rollte wie ein feuchter Atemzug über die Erde. Eine rasselnde Brise wehte Kühle herbei und mir standen auf einmal die Nackenhaare zu Berge. Die Sonne war fast verschwunden, als habe sie Angst vor den verdunkelten, fingerartigen Schatten, die über den Boden krochen, um meine Knöchel zu packen.

Der Wald war ein lebendes, atmendes Monstrum und ich war geradewegs in den Bauch der Bestie gelaufen. Ich hörte nur noch meine hektische Atmung, den in den Ohren donnernden Puls und das leise Zwitschern Ywenas, als sie ihre Spannung wieder und wieder bei mir entlud. Bei jedem Stich zuckte ich zusammen, aber das genügte nicht, um die aufsteigende Paranoia zu verjagen.

Feuchter Atem kitzelte die Haut hinter meinen Ohren. »Ihr seid langsam.«

Ich sprang so hoch, dass ich mir den Kopf an Roriks Kinn stieß. Ich hatte ihn nicht einmal näherkommen hören. Er fluchte und ging einen Schritt rückwärts, während ich gen Boden taumelte. Ywena schockte mich – natürlich –, und ich ließ mich einfach flach auf den Rücken fallen. Dann starte ich zu dem Flickenteppich aus Ästen und Blättern empor. Die kriechenden Schatten huschten davon und trugen meine Panik mit sich fort. Die erdrückende Dunkelheit war plötzlich verschwunden. Das Sonnenlicht war zwar immer noch schwach, aber nicht mehr annähernd so kraftlos wie zuvor, und ich stieß einen ärgerlichen Seufzer aus. Ich hatte meine Fantasie die Oberhand gewinnen lassen.

Und Rorik.

»Ihr könnt Euch auf direktem Weg zum Teufel scheren«, sagte ich zwischen zwei Atemzügen zu Rorik. Eigentlich wollte ich mich der Befriedigung hingeben, sein blödes Kinn getroffen zu haben, aber mein Kopf pochte von dem Aufprall. Er wiederum hockte bereits vor mir und feixte, als sei das nie passiert.

»Bedauerlicherweise kann ich das nicht tun.« Dann wanderte sein Blick zu meinen Händen hinab. Ehe ich auch nur Blinzeln konnte, packte er eine von ihnen und strich mit dem Finger einen einzelnen Blutstropfen weg. »Ihr seid unglaublich unbeholfen.« Dann setzte mein Verstand gänzlich aus, als ich beobachtete, wie er den Finger in den Mund steckte. Er schnaubte. »Und schwach.«

»Als könnte man das schmecken«, zischte ich.

»Vielleicht kann ich es schmecken«, sagte er mit einem frevelhaften Grinsen. Ob er mich lediglich aufzog oder nicht, blieb mir ein Rätsel. »Wenn Ihr dreimal um das Anwesen herumlaufen könnt, ohne dass Ywena Euch schockt, werden wir zur nächsten Übung weitergehen.«

»Dreimal?« Ich sah ihn mit hochgezogenen Brauen an, als ich mich endlich aufgerappelt hatte.

»Ihr habt körperliche Ertüchtigung dringend nötig.« Er trat den Rückweg an und führte mich über dic stillen, sonnengefluteten Wiesen außerhalb des Anwesens. »Wir können nicht zulassen, dass Ihr ohnmächtig werdet, wenn Ihr Fäden flickt. Was bald der Fall sein wird.«

Ich runzelte die Stirn und dachte an die Sorge, die in Orins Augen gestanden hatte, bei dem Gedanken an meinen Versuch, Tasias kleine Schnittwunde zu heilen. »Er will nicht, dass ich versuche, irgendetwas zu heilen, bis ich bereit dazu bin.«

Rorik schnaubte. »Und Ihr kennt meinen Bruder sicher besser als ich. Na was denn, ein kleiner Blick unter seinen Glamour und plötzlich haltet Ihr Euch für etwas Besonderes?«

»Er zumindest glaubt, dass ich es schaffen kann«, sagte ich, als wir die letzte Biegung des Pfades erreichten. »Werde ich mit Mavis anfangen?«

Rorik sagte lange gar nichts. Stattdessen wartete er, bis wir den dunklen Waldrand passierten. »Nein. Höchstwahrscheinlich ein Tier. Auch einige unserer Bestien haben sich infiziert. Sie werden gute Übungsobjekte abgeben.«

»Besser, an ihnen zu üben als an Euresgleichen«, brummte ich.

Das brachte ihn zum Lachen. »Ich würde Euch niemals an mir üben lassen. Jedenfalls nicht, wenn es um Threadmending geht.«

Ich verzog geringschätzig die Lippen. »Als würde ich irgendetwas anderes in Erwägung ziehen.«

Er verdrehte die Augen. »Aber bei Orin würdet Ihr es in Erwägung ziehen? Euch ist doch wohl klar, dass unter dem Schleier alle Evers gleich sind.«

»Wie meint Ihr das?«

»Arrogant und selbstsüchtig, wie Euch sicher bewusst ist.« Er wischte eine verirrte Tannennadel von seiner Hose und warf einen beiläufigen Blick auf den Ever-Baum, als wir vorbeigingen. Wahrscheinlich war jeder seiner Vorfahren genauso abscheulich, aber es war nicht nett, schlecht über jene zu sprechen, die nicht mehr unter uns weilten … zumindest nicht laut.

Also setzte ich einen genervten Blick auf. »Ein Jammer, dass ich keine Chance habe, Arroganz zu heilen.«

»Niemand ist perfekt«, sagte er mit einem Achselzucken.

»Als Ever seid Ihr vermutlich ein Paradebeispiel für diese Aussage«, konterte ich.

Rorik warf mir einen Seitenblick zu. »Ich brenne darauf zu erfahren, welche Schmähung meinesgleichen Ihr mir als Nächstes präsentieren werdet.«

Ich konnte mir ein Feixen nicht verkneifen. »Ihr seid doch alle so besessen von Glamourzauber, davon, jeden Hauch von Unvollkommenheit zu verbergen. Damit wäre ein Ever definitiv schon von Natur aus am ehesten in der Lage, das Konzept unerreichbarer Perfektion zu verstehen.

Was ich nicht verstehe«, fuhr ich fort, als er nur schnaubte, »ist der Grund dafür. Warum verbergt Ihr die Züge, die Euch einzigartig machen? Die von Eurer Macht zeugen?«

»Weil es nervt, diese Dinge zur Schau zu stellen, alles andere aber im Verborgenen zu belassen.«

»Ihr seid unsterblich. Warum etwas verbergen, das nicht altert?«

»Nicht alle Magie ist hübsch«, antwortete er leise.

Er starrte geradeaus und dünne Linien zeichneten sich zwischen seinen Brauen ab. Seine Lippen waren fest aufeinandergepresst. Ich bezweifelte, dass auf seiner Haut auch nur ein einziger Makel war, der sich mit der Narbe eines Sterblichen vergleichen ließe, aber ich wusste nichts über die Folgen der Aufnahme von Magie, wie die erste Ever sie erlebt hatte, und genauso wenig über die der Weitergabe dieser Eigenschaften an ihresgleichen. Ich legte leicht den Kopf schräg und es juckte mich in den Fingern, meine Macht heraufzubeschwören, für einen Versuch, seinen Schleier zu durchdringen. Einen Blick auf das zu erhaschen, was darunter lag. Er ertappte mich dabei, wie ich ihn beobachtete, und grinste.

»Genießt Ihr die Aussicht?«

»Da gibt es nicht viel zu sehen.« *Lüge.* Ywena ahndete die Unregelmäßigkeit in meinem Puls mit einem Schock, aber ich gab mir größte Mühe, mir nichts anmerken zu lassen. Trotzdem war ich überzeugt, dass Rorik es wusste. Eine Art Sehnsucht lag kurz in seinen Augen.

»Zeit für Übungen.« Er verschränkte die Arme vor der Brust. »Bei Sonnenuntergang ist Schluss.«

Und Rorik hielt Wort. Er ließ mich eine Reihe von Übungen durchlaufen, eine kräftezehrender als die andere. Er peitschte ein ganzes Programm durch: vom Balancieren auf einem Bein, während ich das andere Knie an die Brust zog, bis hin zu Beinübungen im Liegen.

Ywena schockte mich die ganze Zeit. Nicht einen Moment war meine Atmung ruhig und als die Sonne sich dem Horizont näherte, war ich ein Wrack aus zitternden Gliedmaßen und Schweiß.

Rorik lachte, als er den Blick zum Abendhimmel richtete. »Das sollte reichen. Das Essen wird bald fertig sein. Wollen wir?«

Ich hatte kaum die Energie, eine Antwort zu brummen. Wir legten den Rest des Weges zum Herrenhaus schweigend zurück und das einzige Geräusch, das unser Kommen ankündigte, war das Rascheln des Grases unter unseren Füßen. Als Rorik jedoch die Türen zur Eingangshalle öffnete, wurden wir von einem hitzigen Wortgefecht empfangen. Er verspannte sich umgehend und die Lässigkeit seiner Haltung verschwand. Mit finsterer Miene ging er weiter und geleitete mich in das bereits gut gefüllte Esszimmer, in dem der Rest der Familie vor leeren Tellern und vollen Kelchen saß.

»Na endlich. Jetzt können wir essen.« Seville lehnte sich auf ihrem Stuhl zurück und schnippte mit der Hand über ihrer Schulter. Eine Dienerin löste sich von ihrem Platz an der Wand, ging zum Tisch und füllte routiniert die Teller, bevor sie an ihren Ausgangsort zurückkehrte.

»Rorik. Wir haben schon angefangen, uns Sorgen zu machen.« Orin schaute zwischen uns hin und her, als wir Platz nahmen.

»Das bezweifle ich doch stark«, sagte Rorik. Er griff nach seinem Glas und nahm einen großen Schluck. »Was hatte es mit dem Tumult gerade eben auf sich?«

»Dein rücksichtsloser Bruder hat uns soeben von seiner Absicht in Kenntnis gesetzt, die Starglens und die Waterstones zum Silberfest einzuladen«, erklärte Lydia, deren Worte mehr einem Zischen ähnelten. Hätte sie nicht Orin, sondern mich so vernichtend angeschaut, wäre ich womöglich unter der Intensität ihres Angriffs zusammengeschrumpft.

Das Silberfest. Die Erschöpfung von meinem Training löste sich in Wohlgefallen auf und ich richtete mich in meinem Stuhl kerzengerade auf. Nicht in meinen wildesten Träumen hätte ich mir vorstellen können, auch nur in die Nähe des Festes zu kommen. Die Ferngloves veranstalteten es alle fünfundzwanzig Jahre einmal und nur die Elite der Bewohner Willowfells durfte daran teilnehmen. Es war eine mehrtägige Angelegenheit voller Festlichkeiten. Wer eine Einladung dazu erhielt, wurde automatisch in die Oberschicht von Willowfell erhoben und viele Menschen überschlugen sich für die Chance, sich bei den Evers einzuschmeicheln. Ich sah Orin an, der sich jedoch wieder Lydia zugewandt hatte.

Clesian, der an ihrer Seite saß, umfasste fest ihre Hand. »Du hast uns deine Gründe noch nicht verraten.« Seine klangvolle, weiche Stimme war angenehm und berauschend, trotz der Anspannung, die ihn offensichtlich erfasst hatte. Amalyss und Tasia saßen stumm, den Blick auf ihre Teller gerichtet, neben ihm.

Orin seufzte. »Wir müssen das Band zwischen unseren Familien pflegen.«

»Ich vermag nicht zu erkennen, warum«, hauchte Lydia.

»Nun, du bist kurzsichtig«, schnurrte Seville.

»Genug.« Orin schritt in dem Moment ein, als Lydia abrupt aufstand. Ihr Stuhl schrammte zornig über den Boden und eine Dienerin eilte herbei, um ihn wieder heranzurücken. Lydia ließ sich langsam darauf niedersinken. Sie machte sich nicht einmal die Mühe zu überprüfen, ob der Stuhl wieder an seinem Platz stand. Sobald sie den Blick erneut auf Orin gerichtet hatte, stieß er einen langen Seufzer aus. »Es ist von entscheidender Bedeutung, dass wir weiter mit anderen Evers zusammenarbeiten, für den Fall, dass eine neue Magie entdeckt wird.«

»Du meinst, für den Fall, dass unsere Threadmenderin versagt«, warf Lydia ein.

Ich verkrampfte mich auf meinem Stuhl. Keiner von ihnen würdigte mich eines Blickes. Ich war da und auch wieder nicht – genauso wichtig wie die Dienerinnen, die um sie herumflatterten, aber so stimmlos wie die Matriarchin, die einst über dieses Haus geherrscht hatte.

Mein Blick wanderte zu Mavis. Manchmal fiel es mir schwer, mir überhaupt ihrer Existenz bewusst zu sein. Der entrückte Ausdruck in ihren Augen. Die geistesabwesende Art, wie ihre Lippen stets geöffnet waren, als sei sie im Begriff zu sprechen.

Orin verzog das Gesicht und griff nach seinem Glas. »Ich vertraue voll und ganz darauf, dass Edira einen Weg finden wird, die Seuche zu heilen. Aber als Sicherheitsmaßnahme, ja. Wir wissen nicht, wie viel Zeit Mavis noch bleibt. Stellt Euch vor, die Waterstones oder die Starglens finden eine neue Methode zur Heilung der Seuche und wir erfahren nichts davon.«

Schweigen folgte seinen Worten und die Aufmerksamkeit aller im Raum konzentrierte sich auf die Matriarchin – die geisterhafte Erscheinung – neben mir. Nach einer geschlagenen Minute voller Bedrücktheit wagte Lydia es zu sprechen.

»Ich bin überrascht, dass die Starglens bereit sind, an dem Fest teilzunehmen. Immerhin grenzt es ja schon an ein Wunder, dass sie Briar die Teilnahme an deinem Unterricht erlauben.«

»Wir werden die Vergangenheit *nicht* in diese Sache hineinziehen.« Grollender Zorn beherrschte Orins Stimme. Vielleicht war es aber auch Magie, denn im selben Moment, als ihm die Worte über die Lippen kamen, brachte eine trockene Hitze, so intensiv wie die Sommersonne, die Luft zum Kochen, und der Boden vibrierte. Alle bei Tisch versteiften sich. Orin krümmte die Finger, als versuche er, die Magie zurück in seinen Körper zu rufen, und das Beben verebbte. Dann seufzte er. Er rieb sich die Schläfen und sah seiner Tante in die Augen. »Es wird Zeit, kleinliche Zankereien beiseitezuschieben und einen Weg zu finden, uns gemeinsam der Seuche zu stellen. Es wird keine Auseinandersetzungen wegen des Festes mehr geben. Das Datum und die Uhrzeit stehen fest.«

Rorik lehnte sich so weit zurück, dass die vorderen Stuhlbeine sich vom Boden lösten. Er legte die Hände an den Hinterkopf und grinste höhnisch. Sein Blick war wie eingefroren. »Wann?«

»In einer Woche«, antwortete Seville, während sie mit der Gabel über den Teller schrammte. Bei dem Kratzen des Metalls stellten sich mir die Härchen auf den Armen auf. »Von allen« – sie dehnte die Worte in die Länge und durchbohrte Rorik mit einem vielsagenden Blick – »wird angemessene Kleidung erwartet.«

Seine Lippen wurden schmal und verzogen sich zu einem verwirrten, steifen Lächeln. »Kleidung ist meine geringste Sorge. Was ist mit Edira?«

Beim Klang meines Namens durchfuhr mich ein Ruck und Ywena sandte prompt einen Schock durch meinen Arm. Falls jemand es bemerkte, verlor er kein Wort darüber. Alle bei Tisch waren zu stark auf das fast sichtbare Band der Abneigung konzentriert, das sich zwischen den Geschwistern straffte.

»Was soll mit ihr sein?« Seville nahm einen kleinen Schluck aus ihrem Kelch.

»Sie wird natürlich teilnehmen«, sagte Orin.

»Du bist ja verrückt geworden.« Rorik lachte leise in sich hinein und diese kleine Reaktion lockerte die Anspannung in seinem Körper. Er ließ die Stuhlbeine wieder zurück auf den Boden kippen und schnappte sich sein Glas. Dann leerte er den Inhalt mit einem einzigen langen Zug. »Warum solltest du unsere Threadmenderin in Gefahr bringen?«

»Willst du etwa andeuten, wir könnten nicht auf die Unseren achtgeben?«, antwortete Orin mit einer Gegenfrage.

Roriks Erwiderung kam schnell. »Sieh dir an, was vor ein paar Tagen erst unter deiner Aufsicht vorgefallen ist.«

Amalyss und Tasia machten den Eindruck, als wollten sie mit ihren Stühlen verschmelzen, und sie sahen mich für einen winzigen Moment unter ihren Wimpern hindurch an. Lydia schlug mit beiden Händen auf den Tisch, sodass das Porzellan klapperte, während Clesian einen Laut ausstieß, der einem Knurren ähnelte. Seville lachte, aber jeder gackernde Laut fühlte sich an wie eine Drohung und war genauso furchteinflößend wie die Ausbrüche der anderen.

Orin warf seinem Bruder einen vernichtenden Blick zu. »Edira ...«

»Ist eine Person, kein Gegenstand, und kann für sich selbst sprechen.« Ich griff nach meinem Wein und nahm einen kräftigen Schluck, um den wachsenden Ärger in meiner Brust im Zaum zu halten. »Ich werde teilnehmen.«

Jetzt sahen sie mich endlich an. Ich gab unter ihrer Musterung nicht klein bei und wurde nur eine Spur weicher, als ich Orins Blick auffing. Er stieß leise den Atem aus – ein erleichterter, besänftigender Seufzer – und verzog die Lippen zu einem dankbaren Lächeln.

»Dann wäre das also geklärt.« Keine Sekunde ließ er mich aus den Augen.

»Schön, nun …« Rorik zwirbelte den Stiel seines leeren Kelchs, dann beugte er sich vor, um sich Clesians unberührtes Glas zu schnappen. Er legte die Finger darum, stand auf und machte sich auf den Weg Richtung Eingangshalle. »Ich habe interessantere Dinge zu tun.«

Da Roriks Aufbruch das Ende eines Abendessens signalisierte, das gar nicht erst begonnen hatte, folgten Lydia, Clesian, Amalyss und Tasia seinem Beispiel. Seville zögerte ihren Abgang lang genug heraus, um sich ein Stück Obst hineinzuzwängen, bevor sie zu Mavis hinüberging und sie sanft aus dem Raum führte. Was bedeutete, dass ich allein mit Orin zurückblieb.

Er rührte seine Mahlzeit nicht an. »Ich habe nicht damit gerechnet, dass es so …«

»Feindselig zugehen würde?«, half ich ihm auf die Sprünge. Ich knabberte an einem Stück Brot und war mir plötzlich nur allzu bewusst, wie die Krümel an meinen Lippen klebten.

»Feindseligkeit ist in gewisser Weise unsere natürliche Umgebung.« Seine Schultern sackten nach unten, während sich der letzte Rest von Anspannung in seinem Körper zerstreute. »Trotzdem ist es kaum akzeptabel.«

Ich legte das Brot weg und griff nach meinem Löffel, dann tauchte ich ihn in meine Suppe und rührte darin. Orin beobachtete mich schweigend, aber seine Augen sprachen Bände. Er war frustriert.

Besiegt. Es musste schwer gewesen sein, seine Familie mit der Aussicht auf Mavis' Tod zusammenzuhalten. Diese Krankheit hätte sie überhaupt nicht befallen dürfen. Die Seuche war ein Leiden, auf das sie völlig unvorbereitet waren. Das Verlangen, ihn zu trösten, schwoll in meiner Brust an, bis ich nicht länger den Mund halten konnte.

»Einmal, als wir noch klein waren, ist Noam mit einem Nachbarsjungen in Streit geraten. Es ging um irgendwelche Häschen.« Ein leichtes Lächeln umspielte meine Lippen, als ich die Szene vor meinem inneren Auge Revue passieren ließ. »Es gab einen Bau mit einer Mama und ihren Babys und dieser Junge wollte sie durch das Fluten des Baus heraustreiben, um sie zu fangen.« Ich ließ den Löffel in die Schale fallen und starrte auf die darin herumwirbelnde Suppe.

»Noam wollte es nicht zulassen. Er hat dem Jungen gesagt, er solle etwas anderes fangen und die Familie in Ruhe lassen. Und dieser Junge hat angefangen, auf ihn einzuschlagen.« Ich seufzte, stützte das Kinn in meine Hand und sah Orin an. »Noam hat sich überhaupt nicht gewehrt. Er hat nur dagesessen und es über sich ergehen lassen.«

Orin saß regungslos da und sah mir fest in die Augen. »Was ist passiert?«

»Ich bin passiert.« Ich kicherte. »Normalerweise war Nohr derjenige, der immer eingriff, aber er war weggegangen, um unserem Vater bei irgendetwas zu helfen, und ich habe die ganze Sache durchs Küchenfenster beobachtet. Ich habe versucht, die beiden zu trennen. Vielleicht habe ich mir aber auch nicht so viel Mühe gegeben, wie ich das hätte tun sollen; ich erinnere mich nur daran, unfassbar zornig gewesen zu sein. Ich habe Noams blutverschmiertes Gesicht gesehen und konnte an nichts anderes mehr denken. Es ist mir gelungen, den Jungen von Noam wegzuzerren, aber statt es dabei bewenden zu lassen, habe ich mich auf ihn gestürzt. Ich habe auf ihn eingedroschen, wie er auf meinen Bruder eingedroschen hat, bis meine Knöchel rot waren und wehtaten. Das war der Moment, in dem Nohr und unser Vater um die Ecke kamen, uns sahen und der Sache ein Ende setzten.«

»Ihr habt ihn verprügelt?« Orin zog schockiert die Brauen hoch.

»Ich.« Ich lehnte mich auf meinem Stuhl zurück und lächelte traurig. »Tatsächlich habe ich es auch nicht bedauert. Er hatte Noam wehgetan und das reichte mir als Rechtfertigung. Ich schätze, was ich zu sagen versuche, ist, dass ich es verstehe. Ich meine, Feindseligkeit. Es ist schwer, keine Feindseligkeit zu empfinden, wenn die eigene Familie betroffen ist.«

»Und der Junge?« Orin sah mich mit einem Ausdruck an, den ich nicht einordnen konnte. Es war gleichzeitig furchteinflößend und berauschend, und mein Puls beschleunigte sich im selben Rhythmus wie meine Atmung. Prompt schockte Ywena mich und ich rutschte ein Stück auf meinem Stuhl und eroberte mir die Kontrolle über meine Gefühle zurück.

»Ihm ist so weit nichts passiert«, sagte ich und eine stille Verbitterung schwang in meinen Worten mit. »Trotzdem war meine Mutter alles andere als erfreut. Es war ja auch nicht so, als hätte ich meine Fähigkeiten als Threadmenderin einsetzen können, ohne entdeckt zu werden. Deshalb konnte ich seine Verletzungen nicht heilen. Nicht, dass ich es getan hätte, und meine Mutter hätte es gewiss nicht von mir verlangt. Aber sie hat mich gezwungen, mit ihr zusammen eine Salbe herzustellen. Obendrein hat sie mich regelrecht gefoltert, indem sie mein Lieblingsessen gekocht hat – Ente am Spieß mit der umwerfendsten Orangenmarmelade –, und ich habe keinen einzigen Bissen abbekommen. Stattdessen musste ich die Medizin und das Essen dem Jungen und seiner Familie bringen.«

Orin lachte. Es war ein tiefes, grollendes Geräusch, das durch meine Knochen direkt bis in mein Herz hallte. »War das Verbrechen die Strafe wert?«

»Ich würde es sofort wieder tun, wenn es der Verteidigung meiner Brüder diente.« Ich zuckte die Achseln und schob den Teller von mir weg. »Jede Menge Enten auf der Welt, nur ein einziger Noam.«

Um Orins Augen bildeten sich Lachfältchen. »Sie können sich glücklich schätzen, Euch zu haben.«

»Ich weiß«, sagte ich leise. »Ich hoffe nur, dass ich, wenn wir es aus diesem Schlamassel herausschaffen, noch ein paar Jahre übrighaben werde, die ich mit ihnen verbringen kann.«

»Die werdet Ihr haben.« Er beugte sich vor und griff nach meiner Hand. »Mir ist noch nie jemand begegnet, der so entschlossen war, wie Ihr es seid.«

Orins Blick bohrte sich in meine Seele und ich ertappte mich dabei, dass ich mich meinerseits zu ihm vorbeugte. Trost in seiner Berührung suchte. Er hatte vom Moment unserer ersten Begegnung an alles durcheinandergebracht.

Er schluckte. »Ich hoffe, Ihr versteht, dass mein Arrangement für dieses Fest nichts mit einem mangelnden Glauben an Eure Fähigkeiten zu tun hat.«

»Natürlich, ich verstehe die Notwendigkeit, alle Möglichkeiten auszuschöpfen.« Ich drückte beruhigend seine Finger. »Obwohl ich neugierig bin: Nehmen zum ersten Mal Ever-Familien am Silberfest teil? Mir ist schon klar, dass es das gesellschaftliche Ereignis Nummer eins für die Stadtbewohner ist. Darüber hinaus weiß ich wirklich nicht viel über das Fest.«

»Früher waren mehr Evers dabei, aber wir haben über die Jahre hinweg zu einigen den Kontakt verloren.«

Meine Gedanken kehrten zu den Blutlinien zurück, die in *Fabel oder Fakt: Eine Geschichte der Evers* umrissen wurden. Auf diesen Seiten wurden so viele Familien aufgeführt, dass die Schwierigkeit, mit allen den Kontakt zu halten, offensichtlich war.

»Was ist mit den Starglens passiert?«, fragte ich.

Bei diesen Worten verzog Orin das Gesicht. »Das ist eine uralte Fehde, in die ich Euch lieber nicht hineinziehen würde. Einmal abgesehen von alledem habe ich eine Bitte an Euch.« Seine Miene wurde weicher und er lächelte, als er mit dem Daumen über meine

Fingerknöchel strich. »Die Schneiderin. Seville wird Euch morgen hinbringen und dafür sorgen, dass die Frau Euch einige Kleider näht, wie sie für eine Königin angemessen wären. Ihr könnt selbstverständlich jeden Stil auswählen, den Ihr wollt, aber …« Er wirkte verlegen. Jungenhaft. Es war unmöglich wegzuschauen. »Für den ersten Abend vielleicht etwas Grünes?«

Ich grinste. »Bittet Ihr mich, dafür zu sorgen, dass mein Aufzug zu Eurem passt?«

»Nur so ein Gedanke.«

»Das werde ich im Kopf behalten.« Es spielte keine Rolle, dass Grün nicht meine Lieblingsfarbe war oder dass ich noch nie zuvor an einem solchen Fest teilgenommen hatte und mich wahrscheinlich blamieren würde. Orin hatte etwas in mir ausgelöst, das sich wärmer als Hoffnung anfühlte und gleichermaßen furchteinflößend. Er weckte in mir den Wunsch, über die unmittelbare Zukunft hinaus zu denken, um über die Möglichkeiten eines Lebens nachzugrübeln – wie kurz es auch sein mochte –, eines Lebens mit jemand anderem. Jemandem wie ihm.

Der Gedanke war verlockend. Daher klammerte ich mich auf dem Weg in mein Zimmer daran, nachdem ich ihm eine gute Nacht gewünscht hatte. Das sanfte, warme Gefühl genügte beinahe, um das Kribbeln abzuschütteln, das fast immer entstand, wenn ich oben an der Treppe ankam, weil ich mich dort beobachtet fühlte.

Beinahe.

Es lief mir eiskalt den Rücken herunter und ich drehte mich um, nur um einen Blick auf messingfarbenes Haar zu erhaschen, das zu Nichts verblasste. Mein Herz schlug mir bis zum Halse. Irgendwie hielt ich meine Atmung unter Kontrolle, während ich auf das flüchtige Bild zuschlich. Die Wände schienen bei jeder meiner Bewegungen enger zusammenzurücken. Sie formten einen schmaler werdenden Tunnel, der mich vorwärts drängte. Der dicke Läufer unter meinen Füßen verschluckte alle Geräusche, sodass ich nichts als meinen donnernden Herzschlag hörte. Vielleicht war es aber auch der fordernde Puls des Hauses.

Komm. Herzschlag.

Folge mir. Herzschlag.

Finde mich. Herzschlag.

Angst und Neugier ließen mich bis in die Fingerspitzen zittern, aber ich konnte nicht stehen bleiben. Nicht, bis ich mich dem Ende des Flurs näherte und fast mit Lydia zusammenprallte.

»Was macht Ihr hier?«, fragte sie höhnisch. »Habt Ihr jetzt schon vergessen, wie Ihr Euer Zimmer finden könnt?«

»Nein«, beteuerte ich schnell. Urplötzlich zerstreute sich das nagende Gefühl, beobachtet zu werden. Lydia zog ungläubig eine Braue hoch, während ich mir geistesabwesend mit den Händen über die Arme strich. »Ich dachte, ich hätte jemanden gesehen.«

»Nun, wie überaus *seltsam.*« Sie stemmte die Hände in die Hüften. »Vor allem, wenn man die Anzahl der Personen bedenkt, die tatsächlich hier wohnen.«

Ihre Herablassung war deutlich spürbar, und statt mich auf eine Diskussion einzulassen, wandte ich mich einfach ab. »Richtig. Nacht, Lydia.«

»Lady Fernglove«, rief sie mir nach und machte sich nicht die Mühe, die Bosheit in ihren Worten zu verbergen.

Ich biss die Zähne fest zusammen, beschleunigte meine Schritte und schaffte es in die Sicherheit meines eigenen Quartiers zurück. Mal abgesehen von Lydias Geringschätzung hätte ich schwören können, etwas gesehen zu haben. Oder vielmehr, dass etwas mich gesehen hatte – und es hatte mich von dem Moment an beobachtet, als ich zum ersten Mal einen Fuß in dieses Herrenhaus gesetzt hatte. Die Linien des Familienstammbaums der Ferngloves erschienen vor meinem inneren Auge. Vielleicht weilte in diesen Hallen immer noch der Geist eines Vorfahren. Ich schauderte. Was es auch war, ich hatte irgendwie seine Aufmerksamkeit auf mich gelenkt und es gab wenig, was ich dagegen tun konnte.

KAPITEL 12

Am nächsten Morgen erwachte ich mit der aufgehenden Sonne, lange bevor die meisten Mitglieder des Haushalts es auch nur in Erwägung zogen, den Komfort ihrer Betten aufzugeben. Statt einfach nur auf meinen Tag mit Seville zu warten, zog ich mich an und ging durch die stillen Flure in die Küche. Kurz darauf machte ich mich mit Kaffee und Keksen in der Hand auf den Weg zur Bibliothek. Ich hatte die Notizbücher auf dem Tisch liegen gelassen. Ruckzuck saß ich wieder auf dem Sofa und griff nach dem Büchlein meiner Tante. Einmal mehr grübelte ich über jeden Eintrag nach. Einmal mehr tastete ich nach den Überresten der verschwundenen Seite, während ich auf Mavis' Namen starrte. Ich wusste nicht, was ich von alledem halten sollte. Es mochte nichts bedeuten. Es mochte alles bedeuten.

Eine Stunde verging, bis das scharfe Klacken von Absätzen auf den Bodendielen die stickige Stille der Bibliothek zerriss, und als ich aufschaute, kam Seville auf mich zu. Sie riss mir das Notizbuch aus den Händen und hielt es sich dicht vors Gesicht. Ihr Blick wurde weicher und verweilte auf dem Gekritzel meiner Tante.

»Ach, Rowena. Meine liebste Threadmenderin.« Sie klappte das Buch zu und gab es mir zurück. »Sie hatte eine wunderbare Begabung für Worte.«

»Aus ihren Einträgen hier könnt ihr das wohl kaum entnommen haben.« Ich legte das Büchlein auf den Tisch. »Hat sie Euch noch andere Dinge gezeigt, die sie geschrieben hat?«

»Einige Dinge hie und da«, antwortete sie mit einem geringschätzigen Wedeln ihrer Hand. »Ich habe im Moment keine besondere Lust dazu, das mit Euch zu diskutieren.«

»Soso. Sevilles Agenda oder überhaupt keine Agenda«, murmelte ich.

»Etwas vorlaut heute Morgen, wie ich sehe. « Sie lehnte sich an das Rückenteil des Sofas und stützte die Hände auf den polierten Rahmen. Mit einem boshaften Grinsen legte sie die Lippen an mein Ohr. »Freut mich, dass Ihr so langsam den Bogen raus habt.«

Eine Gänsehaut bildete sich von meiner Schulter abwärts und ich rückte von Seville ab. »Ich schätze, Eure Anwesenheit bedeutet, es ist an der Zeit, die Schneiderin aufzusuchen?«

»Ja.« Sie warf sich ihr glänzendes Haar über die Schultern, dann straffte sie sich. Ihr Blick wanderte zu meinem Hals. »Es wird wahrscheinlich das Beste sein, wenn Ihr dieses Ding hierlasst.«

Ding? Ich folgte ihrem Blick zu Ywena, die zur Antwort ein seltsames Schnauben ausgestoßen hatte. Sie flatterte mit den Flügeln und presste sich praktisch flach an meine Haut.

»Sie ist kein *Ding*. Und ich bezweifle, dass Rorik damit einverstanden sein würde«, sagte ich.

»Dann ist es ja nur gut, dass ich ihm keine Rechenschaft schuldig bin.« Sie wedelte mit den Fingern in Rowenas Richtung, um die Kreatur zu verscheuchen. »Geh. Wir werden Kleider anprobieren, also wird es ohnehin keinen Platz geben, wo du dich hinhocken kannst. Erzähl es Rorik, wenn du musst.«

Ywena zögerte kurz und ihre Fühler zuckten wie wild, dann erhob sie sich in die Luft. Sie flatterte durch die Lichtstrahlen, die durch die Fenster fielen, bis sie die Eingangshalle erreichte und außer Sicht driftete.

Ein teuflisches Grinsen umspielte Sevilles Lippen. »Er wird einfach begeistert sein. Und jetzt hoch mit Euch, wir werden nach Willowfell fahren.«

»Nach Willowfell?« Mir wurde flau im Magen.

»Was habt Ihr denn gedacht, wohin wir fahren würden? Einige unserer Dienerinnen sind zwar recht geschickt im Umgang mit Nadel und Faden, aber nicht so geschickt, wie wir es brauchen.« Sie zog die dünnen Brauen zusammen, während sie mich musterte. Dann entspannten sich ihre Züge und ihre Lippen verzogen sich zu einem bösartigen, wissenden Grinsen. »Ihr wollt nicht, dass die Städter Euch mit mir sehen. Mit einer Ever.«

»Nein.« *Ja. Nein. Vielleicht.* Ich konnte die tief liegenden Gefühle nicht wirklich deuten. Jahrelang hatte ich lautstark meine Geringschätzung für Evers und ihre Mätzchen bekundet. Wenn ich jetzt mit einer Ever an meiner Seite durch Willowfell spazierte, würde sich das wie die obszönste Scheinheiligkeit anfühlen. Und ich war ja nicht einmal an Sevilles *Seite.* Jedenfalls nicht in diesem Sinne, nicht als ebenbürtige Person. Sondern als Angestellte. Es spielte keine Rolle, dass ich in der Angelegenheit kaum eine Wahl gehabt hatte. Ich war mir nicht einmal sicher, ob überhaupt jemand in der Stadt etwas über meinen Verbleib wusste oder mitbekommen hatte, was an dem Abend passiert war, an dem meine Brüder der Seuche zum Opfer gefallen waren.

Natürlich war da auch noch die offenkundige Tatsache, dass niemand, nicht einmal die Familien, mit denen ich aufgewachsen war, wusste, dass ich eine Threadmenderin war. Angst krampfte sich in meinen Eingeweiden fest zusammen und ich befühlte eine Strähne meines diamantweißen Haares. Ich hatte es offen gelassen und es wogte mit der trägen Bewegung von Wasser um meine Schultern. Sie würden sofort wissen, was ich war.

»Keine Zeit für Melodramatik. Wir brechen auf. Jetzt.« Sevilles schlanke Hand fand mein Handgelenk. Wir waren zur Vordertür hinaus, bevor ich mich ganz sammeln konnte, und erst da ließ sie mich los.

Als wir in den Innenhof kamen, blieb ich vor der Abzweigung stehen, die zu den Ställen führte. Es würde unbehaglich sein, für einige Stunden neben Seville zu sitzen, aber es schien unvermeidbar. »Nehmen wir denn nicht die Kutsche?«

Seville ging weiter, ohne sich die Mühe zu machen, sich meinem Tempo anzupassen. »Ihr habt jetzt Zugang zu unserer Magie. Es ist sinnlos, Zeit zu verschwenden, wenn wir schnellere Möglichkeiten des Reisens haben. Außerdem haben die Hirsche sich mit der Seuche infiziert. Besser, wir lassen sie sich ausruhen, bis Orin entscheidet, dass ihr bereit seid, sie zu heilen.«

Ich beschleunigte meine Schritte und war wieder an Sevilles Seite, als wir das Eingangstor erreichten. »Wisst Ihr, wann er will, dass ich versuche, ihre Fäden zu reparieren?«

»Es dürfte wohl kaum irgendjemand wissen, was Orin will.« Die Worte kamen ihr so ruhig und gelassen über die Lippen, dass ich, wenn ich Seville nicht angesehen hätte, ihr Leichtfertigkeit unterstellt hätte. Aber da war dieses subtile Zucken ihrer Brauen und ein ganz schwaches Schürzen ihrer Lippen. Sie bemerkte meinen forschenden Blick und setzte wieder das mir inzwischen vertraute Grinsen auf. »Vielleicht mit Ausnahme von Euch.«

»Ich weiß nicht, was Ihr meint.« Hitze stieg mir in die Wangen.

»Na klar. Wir leben seit einem Jahrhundert und können immer noch nicht die Anzeichen von Verlangen erkennen. Wie *drollig*«, fügte sie hinzu, als wir durch die offenen Tore traten und an der Brücke stehen blieben. Statt sie zu überqueren, zeigte Seville auf einen glatten, länglichen Stein aus weißem Marmor. Er reichte ihr bis zur Taille und sie legte behutsam eine Hand auf die polierte Oberfläche. »Unsere Ländereien sind reich an Kraftfeldern. Diese Energielinie wird uns in das Zentrum von Willowfell bringen.« Sie streckte mir die andere Hand entgegen, damit ich sie ergriff.

»Entzückend.« Ich beäugte das scheinbar harmlose Gebilde, froh darüber, dass Sevilles Sticheleien über Orin und mich nun unterbrochen wurden.

Seville packte meinen Arm und zerrte mich zu sich heran. »Haltet Euch fest.«

Eine weitere Warnung gab sie mir nicht. Magie erwachte jäh um uns herum zum Leben und ein wirbelndes, schwach grünes Portal erschien. Der Nebel waberte in die Luft um die Säule herum, bis er uns vollständig einhüllte. Glühende Hitze versengte mich und das Herz donnerte mir in den Ohren. Es war, als stünde ich mit einem frischen Sonnenbrand mitten im Sonnenschein: schmerzhafte, alles verschlingende Beschwerden. Doch mit der Zeit ließ es sich immer besser ertragen und es gelang mir, einen Blick auf eine verzwirbelte, grüne Strömung der Energielinie zu erhaschen, die unter unseren Füßen dahinglitt. Sie schob uns vorwärts wie ein schnell fließender Fluss und führte uns durch Zeit und Raum, um uns an neue Ufer zu bringen. Und dann war es vorbei, die Magie löste sich in Windeseile auf und wir standen unter dem Bogen auf dem Marktplatz in Willowfell.

»Mit der Zeit wird es einfacher«, sagte Seville, als der hauchzarte Schleier des Bogens sich um uns herum auflöste. Glitzernde Staubpartikel übersäten den Boden zu unseren Füßen. Ich erinnerte mich daran, wie es von der anderen Seite aussah, hinter einem Marktstand zu stehen und über die plötzliche Zurschaustellung von Magie zu staunen. Jetzt hatte ich das Gefühl, selbst zur Schau gestellt zu werden.

Denn natürlich war heute Markttag. Und aller Augen waren bereits auf uns gerichtet.

Götter, ich war nicht auf den Gefühlssturm vorbereitet, der sich in mir zusammenbraute. Die von Klee überwucherten Pflastersteine unter meinen Füßen. Die Tischreihen mit Verkäufern jedweder Profession. Der Duft von frisch gebackenen Köstlichkeiten, der aus Lysas

Laden herüberwehte. Kunstvoll geschmückte Häuser mit einzigartigen Türen, je nach dem Geschmack der Besitzer. Ein plötzlicher Stich durchzuckte mein Herz, als ich an mein eigenes Haus dachte und an den filigranen Eingang dazu, den mein Vater geschnitzt hatte. Und natürlich waren da die Menschen selbst, die sich ehrfürchtig zusammenscharten, während ihre Blicke zwischen Seville und mir hin- und herflogen.

Einige schauten direkt über mich hinweg, aber dann setzte das Getuschel ein und raste wie ein Lauffeuer durch die Stände, um sich immer weiter aufzubauen.

»Ist das Edira?«

»Sie ist eine Threadmenderin? Seit wann?«

»Kein Wunder, dass ihre Heilmittel so gut gewirkt haben.«

Ich biss die Zähne aufeinander, während die Neugier der Menschen immer stärker wurde. Jahre hatte ich darauf verwandt, meine Tarnung zu perfektionieren und die Wahrheit für die Chance auf ein halbwegs normales Leben zu verbergen. Selbst wenn ich dieFerngloves überlebte, konnte ich nie wieder normal sein. Nicht hier. Die kollektive Überraschung der Stadt blieb noch einige weitere bedeutungsschwangere Momente erhalten, bevor sich die Ehrfurcht auf Seville verlagerte und alle anfingen, ihre Waren anzupreisen. Seville warf mir einen belustigten Blick zu. Grinsend hakte sie sich bei mir unter und führte mich zu den umliegenden Ständen.

»Wollen wir ein wenig stöbern, bevor wir Kleider anprobieren?«, fragte sie.

Sie hatte deutlich gesprochen und doch waren ihre Worte gedämpft. Ich hörte nur mit halbem Ohr zu, während ich mich abmühte, mir Klarheit über meine Gefühle zu verschaffen. »Ich würde die Sache am liebsten gleich hinter mich bringen.«

Sie blieb vor einem Stand stehen, an dem handgefertigte Glasfigürchen verkauft wurden. Ich erkannte den Besitzer, der mich eine Weile wortlos anstarrte. Nachdem er einige Male kräftig geblinzelt hatte, wandte er sich Seville zu und deutete planlos auf seine Waren. Ihr aufmerksamer Blick wanderte zwischen ihm und mir hin und her und sie verließ seinen Warentisch mit nicht mehr als einem Nicken.

»Na, das ist ja offensichtlich mal was ganz Neues«, sagte sie.

»Wie meint Ihr das?«, fragte ich.

»Ihr stellt mich in den Schatten.« Sie warf sich das Haar über die Schultern. Ob sie verärgert oder fasziniert war, konnte ich nicht sagen, aber das hinterhältige Zucken ihrer Lippen und die hochgezogene Braue ließen meine Nerven endgültig blankliegen. »Ich kann nicht glauben, dass es Euch gelungen ist, so lange Eure wahre Natur vor ihnen zu verbergen. Ihr seid darin genauso routiniert wie wir in unserem Glamourzauber.«

Ich hatte keine Chance zu antworten. Lysas Vater, der oberste Stadtälteste, teilte die Menge und blieb vor uns stehen. Wie seine Tochter hatte er honigfarbenes Haar und Augen wie Immergrün, aber damit endeten ihre Ähnlichkeiten auch schon. Während Lysa großzügig war, war Mr Erikston habgierig. Selbst jetzt, als sein Blick auf meine jüngst offenbarte Erscheinung fiel, konnte ich praktisch sehen, wie die Zahnräder in seinem Kopf ratterten. Meine Mutter hatte lange den Verdacht gehegt, er habe Rowenas Natur gegen Münzen verraten. Für ihn war ich wohl nicht mehr als eine verpasste Gelegenheit.

Trotzdem machte er sich nicht die Mühe, das Wort an mich zu richten, sondern wandte sich Seville zu. »Lady Fernglove«, begrüßte er sie und senkte den Kopf tief, als er sprach. »Wir können Euch gar nicht genug danken, dass Ihr die Besteuerung der Minen angepasst habt.« Als er sich aufrichtete, strahlte er sie mit viel zu weißen Zähnen an. »Seid versichert, unsere dadurch erhöhten Einnahmen sind wie vereinbart in die Entwicklung der Stadt geflossen.«

Ich konnte nicht verhindern, dass mir der Unterkiefer herunterklappte. Seville reagierte mit mehr Anmut auf die Neuigkeiten. »Selbstverständlich. Ich werde meinem Bruder Euren Dank ausrichten.«

»Alles, was Ihr begehrt, gehört Euch. Kostenlos.« Mr Erikston gestikulierte und seine weit ausholende Armbewegung schloss alle Stände ein, als würde er ihrer aller Profite überwachen. Bis zu einem gewissen Grad stimmte das wahrscheinlich auch.

»Das wird nicht nötig sein. Ich werde bezahlen, wie ich das immer getan habe«, sagte Seville.

»Ihr seid so freundlich wie eh und je. Meine Familie und ich freuen uns darauf, Euch beim Silberfest zu sehen.« Er verneigte sich leicht, gerade tief genug, um Respekt zu zeigen, aber nicht so tief, dass er sie nicht im Auge behalten konnte.

»Natürlich, aber jetzt würde ich gern erst einmal meinen Einkaufsbummel fortsetzen.« Seville wandte ihm den Rücken zu, ohne eine Antwort abzuwarten, und überließ es mir, ihm mit großen Augen hinterherzuschauen, als er sich entfernte.

Orin hatte zugesagt, sich um die Bewohner Willowfells zu kümmern. Ich hatte nur nicht erwartet, dass er sein Versprechen halten würde. Erwartet hatte ich irgendeine Wortklauberei, die sich als Einhaltung des Versprechens auslegen ließe, und doch konnte ich einige Verschönerungen in der Stadt wahrnehmen, die vorher nicht dagewesen waren. Neue Tische, frei von zersplittertem Holz. Schwerere Münzbeutel bei einigen der Käufer.

Ein leises Rauschen erfüllte meine Ohren und mir wurde warm ums Herz. Ich konnte unumwunden zugeben, dass ich mich zu ihm hingezogen fühlte – zumindest mir selbst gegenüber –, aber das hier war gefährlich. Das hier war auf einer emotionalen Ebene.

»Ah, da sind wir ja.« Sevilles Blick konzentrierte sich auf eine Ladenfront aus Ziegelstein mit Fensterläden aus Eiche und großen Erkerfenstern voller Schaufensterpuppen. Als sie langsam weiterschlenderte, teilte sich die Menge, sodass wir problemlos Mrs Marlows Laden erreichten. Mein Blick verweilte für einen Moment auf den Schaufenstern, bis ein strahlendes Aufblitzen mich ablenkte. Zuerst dachte ich, es sei nicht mehr als die Spiegelung der Sonne auf dem frisch gereinigten

Glas, aber dann krabbelte ein kleiner Käfer hinter den Blättern des rankenden Efeus an der Mauer hervor. Ein goldener Käfer.

Auf meinen Lippen erschien ein schwaches Lächeln. Obwohl die Kreatur mir während meines letzten Ausflugs auf den Markt kein Glück gebracht hatte, wirkte ihre Gegenwart irgendwie einladend. Die Anwesenheit des Geschöpfs besänftigte die aufgewühlten Gefühle, die die Offenbarung meines Status als Threadmenderin ausgelöst hatte, und die Anspannung in meinen Schultern ließ nach. Seville hielt mit der Hand auf dem Bronzegriff der Ladentür kurz inne. Für einen winzigen Moment wanderte ihr Blick zu dem Insekt. Dann lachte sie in sich hinein und rauschte in Mrs Marlows Laden. Eine steile Falte bildete sich zwischen meinen Brauen, als ich hinter ihr eintrat. Sie plante irgendetwas und ich hatte das Gefühl, ich würde die Sache ausbaden müssen, was immer ihr an *ergötzlichem* Unterfangen einfallen mochte.

Eine Glocke bimmelte, als wir die Tür aufdrückten, obwohl die Ankündigung unseres Eintreffens unnötig war. Mrs Marlow stand bereits mit einem breiten, ekstatischen Lächeln und strahlenden Augen im Eingang. Wie der Rest der Stadtbewohner stutzte sie kurz, als sie mich bemerkte. Sie rang die Hände und versank in einer tiefen Verbeugung.

»Willkommen zurück, Lady Fernglove.« Sie sprach Richtung Boden, aber in ihrer übersprudelnden Stimme lag das gleiche eilfertige Gebaren, das alle Männer und Frauen draußen an den Tag gelegt hatten. Dann richtete Mrs Marlow sich auf und deutete auf ein kleines Podest, das vor drei bodentiefen Spiegeln positioniert war. »Ich nehme an, Ihr seid wegen des Festes hier? Ich habe einige bereits vorgefertigte Gewänder, aber ich kann meine Auftragsliste leeren, wenn Ihr nach etwas Besonderem Ausschau haltet.«

»Wahrscheinlich Letzteres.« Ohne in meine Richtung zu schauen, gestikulierte Seville mit zwei Fingern. »Was denkt Ihr, Edira? Hat sie für Euch jemals etwas Originelles entworfen?«

Mrs Marlow warf mir einen flehenden Blick zu. Ich hatte keinen Zweifel daran, dass sie für die wohlhabenderen Stadtbewohner maßgeschneiderte Kreationen geliefert hatte, aber das Beste, was ich von ihr bekommen hatte, war simple Konfektionsware gewesen.

Ich fragte mich, ob sie mir mit dem Wissen um meine Natur als Threadmenderin wohl etwas Besseres angeboten hätte.

»Sie wollte mein Sofa neu polstern«, sagte ich mit einem Achselzucken. »Ich bin mir nicht sicher, ob sie bereits dazu gekommen ist, wenn man bedenkt, dass ich kurz nach dieser Vereinbarung fortgegangen bin.« Ein seltsames Gefühl der Befriedigung durchströmte mich, als ihr der Unterkiefer herunterklappte. Seville sah mich mit einer hochgezogenen Braue und einem müden Lächeln an.

»Nun denn, stattet mich bloß besser aus als ein Sofa.« Seville trat auf das Podest und betrachtete sich im Spiegel, während Mrs Marlow unverzüglich aktiv wurde. Sie wuselte durch den Laden, wählte Ballen mit leuchtend bunten Stoffen aus und griff sich eine Auswahl an Kleidungsstücken von einem der Regale weiter hinten. Ich erinnerte mich nicht daran, wann ich das letzte Mal so flinke Bewegungen bei ihr gesehen hatte.

»Warum wollte sie Eure Möbel reparieren?«, erkundigte Seville sich. Sie musterte mich im Spiegel und ich tat es ihr gleich. Ich neigte mich ein wenig zur Seite, um sie im Spiegel anzuschauen.

»Bezahlung dafür, dass ich die gebrochene Nase ihres Sohnes gerichtet habe.«

Seville erstarrte. »Mit Euren Fähigkeiten als Threadmenderin?«

Ich erwiderte ihren Blick eine ganze Weile. »Nein. Einfach eine gewöhnliche medizinische Behandlung und etwas Balsam.«

»Habt Ihr überhaupt schon je zuvor Fäden geflickt?« Seville betrachtete sich mit finsterer Miene im Spiegel. »Solch ein Mangel an Erfahrung. Ich hoffe, dass Orins Bemühungen um Euch nicht verschwendet sind.«

»Zweimal.« Ich hielt mich in Fensternähe auf und erhaschte einen Blick auf die Unterseite des Käfers. »Ich habe versucht, meine Eltern zu heilen, als sie sich mit der Seuche infiziert hatten.«

Ich wusste nicht, was mich zu dieser Offenbarung gebracht hatte, und erstarrte beim Klang meiner Worte. Vielleicht lag es an der Rückkehr nach Willowfell nach allem, was ich erfahren hatte, allem, was ich gesehen hatte. Vielleicht lag es an der Angst, binnen weniger Monate meine Brüder neben meinen Eltern begraben zu müssen, falls ich keine Lösung fand. Und möglicherweise waren es nicht einmal mehr Monate, sondern Wochen.

Seville stand reglos wie eine Statue. »Wann?«

»Ich war dreizehn.«

Die lang begrabene Erinnerung erwachte vor meinen Augen. Es hatte geschneit und die Flocken hatten die Erde mit einer dicken, weißen Schicht bedeckt. Das Feuer im Ofen hatte geknistert und Wärme gespendet und ich hatte mich mit einer Flickendecke daneben zusammengerollt, während meine Brüder in ihrem Zimmer spielten.

Meine Kehle bebte, während ich um Worte rang. »Meine Mutter hatte sich als Erste infiziert. Sie hatte uns gerade das Mittagessen gemacht und etwas fallen gelassen. Mein Vater wollte nach ihr sehen. Meine nächste Erinnerung ist, dass sie beide auf dem Fußboden saßen und irgendeinen Blödsinn redeten.«

Mrs Marlow kehrte zurück und hielt einen Streifen Stoff an Sevilles entblößten Hals und sie schickte die Näherin mit einem schroffen »Weg mit Euch« fort. Dann sprach sie an mich gewandt sehr viel sanfter weiter: »Das ist schrecklich.«

Ich nickte. Damals hatte ich nicht viel über das Threadmending gewusst, mal abgesehen von einigen Lektionen, die meine Tante mir gegeben hatte. Aber ich sah die wilden, kränklichen Fäden meiner Eltern. Spürte den kühlen Hauch des Todes. Ich erinnerte mich daran, geschrien zu haben. Ich erinnerte mich daran, sie geschüttelt und um ihr Leben gebettelt zu haben, als hätte das allein ihr Gebrechen heilen können. Ich erinnerte mich daran, zum Zimmer meiner Brüder gerannt zu sein, um die Tür von außen zu verbarrikadieren, damit sie es nicht mitansehen mussten.

Und dann erinnerte ich mich daran, wie ich zurückgeeilt war. Ich rief meine Macht herbei, nur um zu scheitern.

»Natürlich konnte ich sie nicht retten. Ein so großer Aufwand von Macht und das ohne die geringste Kontrolle darüber … ich bin ohnmächtig geworden. Als ich aufwachte, verwesten ihre Leichen bereits auf dem Boden.« Ich werde niemals den Anblick der schwarzen Fäulnis und der eitrigen, senfgelben Sporen vergessen, die aus ihren Oberkörpern sprossen. Ich hatte die beiden in Teppiche gewickelt und selbst zum Friedhof geschleppt. Sie zu beerdigen, war nicht nötig. Das hatte die Seuche für mich übernommen. Später, als ich mich erholt hatte, bin ich zurückgekehrt und habe schlichte Grabsteine dort aufgestellt, wo ihre toten Körper zerfallen waren. Den hohlen Schmerz in meiner Brust hatte das zwar nicht lindern können, aber es war wenigstens *etwas* gewesen.

Im Laden herrschte absolute Stille und selbst Mrs Marlow blieb auf Abstand. Die Städter wussten natürlich, wie meine Eltern gestorben waren, aber die Details hatte ich nie erzählt. Ich schaute wieder zum Fenster und genoss die Wärme der Sonne. Die sanften Strahlen verjagten die eisige Erinnerung und ich rieb mir die Arme.

»Und das zweite Mal?«, fragte Seville.

Diese Erinnerung war einfacher. »Nohr. Zehn Jahre später. Gebrochenes Bein.«

Seville schaute eine ganze Weile hochnäsig auf mich herab, dann lachte sie spöttisch. Und doch lag immer noch ein Anflug von Traurigkeit, von Verständnis in ihren Augen, den sie nicht ganz verbergen konnte.

»Die gebrochene Nase des Sohns der Schneiderin, das Bein Eures Bruders. Tasias Schnittwunde.« Sie zählte die Vorkommnisse eines nach dem anderen an den Fingern ab. »Ihr habt eine Schwäche für Kinder.«

Ich zog die Schultern hoch. »Mag sein.«

»Behaltet das für Euch, wenn Evers in der Nähe sind. Sonst werdet Ihr, ehe Ihr es Euch verseht, zur Zuchtstute. Kinder sind selten unter meinesgleichen. Unsere Magie ist in dieser Hinsicht wählerisch.« Sie winkte Mrs Marlow wieder herbei und inspizierte eine frische Ladung von Gewändern, bevor sie einen enttäuschten Seufzer ausstieß. »Aber bekanntermaßen sind einige Sterbliche mit einem Ever-Kind schwanger geworden.«

Alle Farbe wich aus meinem Gesicht und ich starrte sie im Spiegel an. »Ich würde nicht lange genug leben, um ein Kind aufwachsen zu sehen. Das will ich nicht durchmachen.«

Seville beobachtete mich intensiv. »Verständlich.« Dann stieg sie vom Podest, um sich neben mich zu stellen, und Mrs Marlow wuselte hinter ihr her. Nur Zentimeter von mir entfernt verschränkte Seville die Arme unter der Brust und verlagerte ihr Gewicht auf eine Seite. »Mir scheint, dass wir beide ein maßgeschneidertes Stück benötigen. Keins dieser Kleider hat mir gefallen. Nur zu, Ihr seid an der Reihe.«

»Ich werde sicherlich mit etwas aus diesem Laden zufrieden sein.«

Sie grinste. »Aber Orin nicht.«

Ihr leises Kichern klingelte mir in den Ohren und ich verkniff mir einen hitzigen Fluch. Diese Frau hatte irgendetwas an sich. Was glaubte sie denn bitte, was zwischen Orin und mir ablief? Wir hatten uns nicht einmal *geküsst.* Nicht, dass ich es nicht gewollt hätte. Ich unterdrückte ein Stöhnen und ging um Seville herum. Sie ließ sich auf ein niedriges Sofa am Fenster sinken und drapierte sich wie eine Göttin darauf, die Beine ausgestreckt in den Polstern. Mit einer kleinen Geste bedeutete sie mir, dass ich an der Reihe sei. Ich schaute zwischen ihr und Mrs Marlow hin und her, die nichts anderes tat, als mit festem Griff den Saum eines himmelblauen Gewandes zu umklammern.

Als ich auf dem Podest stand, betrachtete ich mich selbst im Spiegel. »Ich nehme an, es ist besser, mit Euch hier zu sein als mit Tasia und Amalyss. Sie wollten mich wie eine Puppe ankleiden, als ich ihnen das erste Mal begegnet bin.«

»Falls Ihr es nicht ohnehin schon bemerkt habt, ich bin mit Abstand die *beste* Fernglove.« Seville legte eine Hand hinter den Kopf, die andere auf den Bauch. Dann sah sie Mrs Marlow an. »Bringt mir etwas Tee und zieht die Vorhänge zu. Ihr werdet auch Ediras Maße für Unterwäsche nehmen müssen. Etwas Schwarzes aus Spitze.«

Ich wirbelte auf dem Podest zu ihr herum, während Mrs Marlow sich praktisch in Luft auflöste. »Verdammt noch mal, ist das wirklich notwendig?«

»Es ist notwendig.« Sie stieß ein dunkles Kichern aus, aber in ihren Zügen lag keine Heiterkeit. »Kämpft nicht dagegen an.«

»Warum?«

»Weil Ihr alle Hilfe brauchen werdet, die Ihr kriegen könnt, wenn Ihr einen Weg finden wollt, diesen Schlamassel zu überleben.« Sie schaute mich böse an und war trotzdem wunderschön. Bemerkenswert.

Ich schluckte und musterte sie. »Es spielt keine Rolle, was ich anhabe, solange ich meine Arbeit erledige.«

»Eure Arbeit. Das habt Ihr also mit Orin gemacht?« Mit lässiger Routine knöpfte sie den obersten Knopf ihrer Seidenbluse auf, sodass ein kleines Stück spitzengesäumter Satin hervorblitzte. Es war nur eine Schattierung dunkler als ihre Haut und vermittelte so die Illusion, dass sie eigentlich viel mehr entblößte – und ich fragte mich, ob das nicht die Quintessenz von Seville war. Sie hatte den Glamour perfektioniert, das Bild von Verlangen und Begehren, und niemand wusste so genau, was sie darunter versteckte.

Eine sich langsam ausbreitende Hitze stieg mir ins Gesicht. »Was tut Ihr da?«

»Das ist eine hübsche Farbe.« Ihr Blick ruhte auf meinen Wangen und mir krampfte sich der Magen zusammen. »Das Beste an Seide und Spitze ist, wie entwaffnend sie sein können. Sie sind in gewisser Weise eine Art Rüstung.« Ihre Worte waren honigsüß, und in einer fließenden Bewegung schloss sie den Knopf wieder und fläzte sich erneut aufs Sofa.

Und noch immer war ich wie erstarrt. »Ihr braucht wohl kaum eine Rüstung.«

In diesem Augenblick kehrte Mrs Marlow mit einem Silbertablett, bestückt mit Tee und Zucker, zurück und stellte es vor Seville hin, dann griff sie hinter sich, um die beigefarbenen Vorhänge zuzuziehen. Als Nächstes kam sie zu mir und machte sich daran, mich aus meiner Kleidung zu schälen. Meine Gedanken überschlugen sich, während ich Seville anstarrte. Es war unmöglich, ihren Worten und Gedanken zu folgen.

Seville deutete mit dem Kopf in meine Richtung und sah Mrs Marlow an, die unter meinem Busen Maß nahm. »Jeder braucht eine Rüstung. Aber noch dringender braucht Ihr das, was diese spezielle Art von Rüstung Euch gibt.«

»Und das wäre?«

Seville wartete, bis Mrs Marlow sich entschuldigte, um Stoffe herauszusuchen. Sobald sie sich entfernt hatte, beugte Seville sich vor und schenkte sich Tee ein. »Die Freiheit zu schauen, ohne gesehen zu werden.«

Mir lief es eiskalt den Rücken herunter. »Was?«

»Ich habe Eure Tante recht gern gemocht«, fuhr sie fort und ignorierte meine Frage komplett. »Ich schätze, ich habe in ihr eine Freundin gesehen.«

In dem gedämpften, warmen Licht des Ladens fühlte ich mich seltsam entblößt und das war definitiv nicht nur dem Fehlen einer Bluse geschuldet. Ich kämpfte gegen den Drang, die Arme vor der Brust zu verschränken, um die schlichte Leinenunterwäsche und meine nackte Haut zu verbergen.

»Warum habt Ihr mich hierher gebracht, Seville?«

Sie nahm einen ausgiebigen Schluck von ihrem Tee, bevor sie mich mit einem scharfen Blick ansah. »Wir standen ohne das Wissen der Familie in einem Briefwechsel.«

Sie hatte eine wunderbare Begabung für Worte. Sevilles Erinnerungen, die sie mir kurz zuvor anvertraut hatte, gingen mir durch den Kopf. »Jetzt ist Euch danach, über sie zu sprechen?«

»Natürlich.« Sie lächelte, aber das Lächeln erreichte nicht ihre Augen. »Meine Agenda und alles.«

»Warum?« Ich zog das Wort in die Länge und versuchte vergeblich, ihre Absichten zu durchschauen.

»Weil mir danach ist.« Sie stieß ein bellendes Lachen aus. »Warum sonst sollte ich irgendetwas tun?«

»Nein, nicht das.« Es war unmöglich, sie nicht finster anzusehen. »Warum habt Ihr Euch Briefe geschrieben, Ihr und Rowena?«

»Ah.« Die Konturen ihrer Lippen wurden weicher, sanfter. Sie schaute an mir vorbei in die Ferne und fuhr selbstvergessen mit den Fingern den Rand ihrer Tasse nach. Nahezu augenblicklich versank sie in ihrer eigenen Welt, verlor sich in einer Erinnerung, bei der sich ihr ganzer Körper entspannte. Ich fragte mich, ob dies die echte Seville war. Nachdenklich. Sinnlich. Sie war in ein zartes, romantisches Licht getaucht und das blonde Haar umfloss ihre Schultern.

Seville brauchte sich gar nicht so eine verdammte Mühe zu geben, um schön zu sein. Denn diese Version von ihr war der Inbegriff ätherischer Schönheit und ich brachte es nicht über mich zu sprechen.

Nach diesem Moment, der sich wie eine Ewigkeit anfühlte, setzte Seville sich auf. Sie warf sich das Haar über den Rücken und die Fassade, die sie immer trug – exquisit, aber bemerkenswert kalt, vor allem nach dem, was ich gerade erlebt hatte –, legte sich wieder über ihre Züge.

»Was glaubt Ihr wohl, warum wir uns im Privaten ausgetauscht haben?« Ihr Blick wanderte über mich hinweg und ein schelmischer Ausdruck erhellte ihre Züge. »Warum verbringt Ihr und Orin Zeit allein miteinander?«

Angesichts ihrer Andeutung stand mir der Mund offen und ich versteifte mich. Meine Tante und *Seville?* Seville kicherte und setzte sich noch aufrechter hin. »Götter, Euer Gesicht. Entspannt Euch.« Sie tat meine Reaktion mit einer knappen Handbewegung ab, als vertreibe sie eine lästige Fliege. »Erzählt mir, was Ihr über das Teilen von Macht und Herzbünde wisst.«

»Das Teilen von Macht und Herzbünde …?« Das Wirrwarr ihrer Worte ließ mir den Kopf schwirren und ich warf frustriert die Hände in die Höhe. »Was erwartet Ihr, wie ich bei diesem Gespräch mithalten kann?«

»Indem Ihr mir Eure verzückte, ungeteilte Aufmerksamkeit schenkt.«

An diesem Punkt kehrte Mrs Marlow mit mehreren Teilen verschiedener Farben und Texturen zurück, was mir eine Atempause und einen Vorwand lieferte, etwas anderes als Sevilles aufgesetztes Grinsen zu betrachten. Ich wünschte mir verzweifelt die Fähigkeit, meine Macht heraufzubeschwören und damit irgendwie die Fäden ihrer Worte zu sehen. Dann hätte ich all die verborgenen Dinge entschlüsseln können, die sie in ihre kleinen Geschichten einflocht.

»Nun? Dann nur zu. Erzählt mir etwas«, verlangte Seville.

»Ich weiß nicht viel. Nur dass die Wirkung dauerhaft ist«, sagte ich und strich sachte über ein smaragdgrünes, mit Silbergarn gesäumtes Bralette. Ich hatte mit niemandem im Haus bisher über Herzbünde gesprochen, aber ich hatte die Seite mit dem Eselsohr in ihrem Geschichtsband nicht vergessen. Vielleicht war die Person, die die Seite markiert hatte, auch für die fehlende Seite in Rowenas Notizbuch verantwortlich.

»In der Tat.« Sevilles scharfer Blick wanderte zu dem Stoff in meinen Händen, dann funkelte sie Mrs Marlow an. »Ich sagte schwarz. Oder besser noch, gold.«

»Gold?« Mrs Marlow riss mir die Kleidungsstücke aus den Händen und drückte sie sich an die Brust. »Das ist kein Farbton, den ich führe. Ich würde einen Ballen eigens einfärben lassen müssen und es würde viel Zeit in Anspruch nehmen, etwas ganz Neues zu nähen. Das würde teuer werden.«

Gold. Die Farbe der Reichen und der Adeligen. Die Farbe von Kronen. Für einen Moment schaute ich zum Fenster und stellte mir vor, ich könnte durch die Vorhänge hindurch die Welt dort draußen sehen, den goldenen Käfer, der sich zwischen den Efeublättern versteckte. Vielleicht war ich zu Höherem bestimmt. Seville hatte mich eindeutig zu einem Teil ihres Plans gemacht, denn obwohl ihre Fragen wild waren und ihre Gedanken wirr, hatte sich ihr Blick nie bedeutsamer angefühlt.

»Ich werde dafür bezahlen«, sagte Seville und riss mich damit nachhaltig aus meinem Tagtraum. »In der Zwischenzeit sollte es wohl in Ordnung sein, sie mit einigen Eurer bereits vorhandenen Optionen auszustatten.« Mit bemerkenswerter Schnelligkeit griff sie nach der Teekanne und füllte ihre Tasse wieder auf. »Sie wird etwas brauchen, das sie sofort tragen kann, daher werden Eure Kreationen von *geringerer* Qualität genügen müssen.«

Ich biss mir bei Sevilles lässigem Seitenhieb auf die Zunge. Mrs Marlow war hingegen weitaus besser darin, ihre Entrüstung zu verbergen. Sie zuckte nicht einmal mit der Wimper – lächelte nur und kehrte zu ihren Regalen zurück, um nach etwas in Sevilles Augen Passendem Ausschau zu halten.

Seville strich träge mit einem Finger über den Rand ihrer Tasse. »Habt Ihr gewusst, dass einige Ever-Familien stärkere Magie besitzen als andere? Fähigkeiten, die nur ihresgleichen zu eigen sind? Kontrolle über die Elemente – ich bin vor Jahren mal jemandem begegnet, der Sterne heraufbeschwören konnte, Sterne, die zu diamantähnlichen Partikeln zerfielen. Es war wunderschön.«

Ein Bild von Briar, wie er während des Unterrichts draußen saß und eine Handvoll Sterne tanzen ließ, schoss mir in den Kopf. »Wie die Starglens?«

»Ja.« Sie verfiel in totales Schweigen. Ihre Lippen waren fest versiegelt, aber in ihrem Blick lag etwas Feuriges, das um Anerkennung bettelte. Ich konnte nicht ergründen, was es war. Für einen Moment ließ sie mich das volle Gewicht ihres Blickes und dieses einzelnen Wortes spüren, dann klopfte sie sich um der Wirkung willen aufs Handgelenk. »Dasselbe gilt für unsFerngloves. Diese einzigartigen Kräfte leben in unserem Blut. Die einzige Möglichkeit, diese Magie weiterzugeben, besteht im Austragen von Kindern – was, wie ich erwähnt habe, selten vorkommt – oder durch ein Herzbündnis.«

Ihre Worte schienen regelrecht in der Luft zwischen uns zu hängen, während ich sie mir besah. Einmal mehr kam ich nicht umhin, die stille Ehrfurcht in ihrer Stimme bei der Erwähnung des Bandes zu bemerken. Aber ich vernahm einen Unterton, eine schwache Hitze, die zu der Intensität ihres Blickes passte. Eine Warnung. Oder …

Oder eine Chance. Dann machte es klick bei mir, und plötzlich waren die leisen Geräusche des Ladens zu heftig, das Licht zu grell. Mir stockte der Atem.

»Hat je ein Ever versucht, einen Herzbund mit einem Menschen zu formen?«

»Nicht dass ich wüsste.« Seville verharrte vollkommen regungslos. »Es hat nie irgendeine Macht gegeben, die man hätte teilen können, warum also etwas einfach verschenken, wenn wir keine Gegenleistung erwarten dürfen? Wir bevorzugen Mätressen und sparen uns die Bande für andere Evers auf.«

»Aber wenn da Macht wäre, die es zu teilen gäbe …« Ich verstummte, als Mrs Marlow mit einem Büstenhalter aus durchsichtigem, schiefergrauem Stoff und mit schwarzer Stickerei, die kunstvolle Wirbel formte, zurückkehrte. Seville stand auf, nnahm ihn ihr ab und scheuchte sie mit einem einzigen strengen Blick aus dem Raum. Dann trat sie hinter mich und befestigte die Riemen mit ihren Fingern an meinen Schultern, sodass der Stoff lose über meinen Oberkörper fiel.

»Vorsicht, Edira«, murmelte sie dicht an meinem Ohr und eine Gänsehaut wanderte meinen Nacken hinab. »Sprecht es aus und es könnte vielleicht passieren. Und es lässt sich nicht ungeschehen machen.«

Einen Moment lang konnte ich nur mich selbst im Spiegel anstarren, die Rüstung, die Seville mit ihrer großen Erfahrung ausgewählt hatte.

Sie half mir, Orin für mich zu gewinnen. Darum ging es hier. Weil ich, wenn ich ihn überreden konnte, einen Herzbund mit mir einzugehen, Zugang zu seinen Kräften gewinnen würde. Vielleicht konnte seine Art von Magie meine eigene verstärken. Vielleicht war das der Grund, warum es niemandem gelungen war, einen Ever von der Seuche zu heilen, weil das ein Ausmaß an Magie erforderte, das kein Threadmender besessen hatte.

Oder er könnte dich wegen deiner Macht benutzen. Der Schreck fuhr mir in die Glieder. Ich hatte keinen Grund für eine solche Unterstellung. Er hatte jedes einzelne seiner Versprechen gehalten, auch dass er der Stadt zusätzliche Mittel gewähren würde. Die Voreingenommenheit in Bezug auf die Evers, die ich mir angewöhnt hatte – Orin würde niemals in diese Schablone passen.

Seville kicherte leise. »Ich denke, Ihr habt genug Unterwäsche. Zeit, ein Gewand für zu Euch finden.«

Ohne noch etwas hinzuzufügen, drehte Seville sich um, nahm die Unterwäsche mit und ging zu Mrs Marlow. Zwischen dem dumpfen Rauschen meiner Ohren vernahm ich vage, wie Seville eine Auswahl von Kleidern verlangte, um zu ermitteln, welcher Stil mir am besten stehen würde. Ich konnte jedoch nur noch an die Anstrengungen denken, die Seville auf sich genommen hatte, um dieses wirre Gespräch zu inszenieren. Einzelne Teile davon fügten sich langsam zusammen, aber noch immer gab es etwas, das über meinen Verstand ging. Ein entscheidendes Detail, das unbedingt erkannt werden wollte.

KAPITEL 13

Am nächsten Tag schaffte ich das erste Mal eine ganze Runde um das Herrenhaus herum, bevor Ywena mich schockte. Das waren immer noch zwei Runden weniger als von Rorik verlangt, aber es war mehr, als ich je geschafft hatte, und ich konnte mir ein Lächeln nicht verkneifen, als ich mich vor ihm auf den Boden sinken ließ. Er lehnte mit überkreuzten Knöcheln am Ahnenbaum – der Baum hatte keinen Namen, daher hatte ich beschlossen, ihm selbst einen zu geben – und hatte eine finstere Miene aufgesetzt.

»Das waren keine drei Runden.«

Ich wünschte, eine Hand würde sich aus dem Stamm lösen und Rorik diesen selbstgefälligen Ausdruck aus dem Gesicht schlagen.

»Vielen Dank für diese scharfsinnige Beobachtung.« Ich verdrehte die Augen und meine Atmung geriet außer Kontrolle. Ywena zögerte nicht, einen winzigen surrenden Schlag in meine Fingerspitzen zu senden. Ich hatte mich an ihre Ermahnungen gewöhnt und obwohl sie nicht direkt wehtaten, erregten sie doch meine Aufmerksamkeit. »Ich bin an meine Grenze gestoßen. Wenn ich weitergelaufen wäre, hätte Ywena mich vor der nächsten Kurve geschockt.«

»Dann hättet Ihr bis zur nächsten Kurve laufen sollen«, konterte er.

»Ihr seid unerträglich, wisst Ihr das?« Ich legte die Arme auf die angezogenen Knie und funkelte zu ihm empor. »Ich werde es in einer Minute noch einmal versuchen.«

Er stieß einen langen Seufzer aus und hob den Kopf zu den Ästen über sich. Blätter schaukelten in der sanften Brise und ein Schmetterling mit leuchtend blauen Flügeln und zobelfarbener Zeichnung folgte träge dem Luftstrom, um auf einer verwelkenden Blume zu landen. Roriks Züge wurden weicher, als er die Kreatur entdeckte. Instinktiv strich ich mit den Fingern über das Wappen, das auf meinen Unterarm tätowiert war.

»Warum Insekten?«, fragte ich.

Er zog eine Braue hoch. »Wovon sprecht Ihr?«

»Nun, sie sind nicht direkt anziehend. Ich meine, ich habe nichts gegen sie einzuwenden, aber die meisten Leute schrecken vor ihnen zurück.«

»Was bringt Euch auf die Idee, wir könnten uns um Attraktivität scheren?« Er hob die Hand und streckte einen einzelnen Finger nach dem Schmetterling aus. Der Schmetterling musterte ihn für einen Moment, dann schwebte er auf seine Fingerknöchel herab.

Ich schnaubte. »Wollt Ihr mich auf den Arm nehmen? Wäre Euch das gleichgültig, würdet Ihr Euch wohl kaum die Mühe mit dem Glamourzauber machen.«

Überraschenderweise lachte er. »Gutes Argument. Was die Frage nach den Insekten betrifft …« Ein weicherer Ausdruck trat in seine bernsteinfarbenen Augen. »Sie sind ungemein anziehend. All die Farben und Variationen. Aber wichtiger noch, sie sind stark. Und sie passen sich außerordentlich gut an.«

»Was soll das heißen?«

Der Schmetterling erhob sich in die Luft und Rorik folgte ihm mit den Augen. »Die meisten der Insekten hier sind mit der Seuche infiziert, aber sie leben weiter. Tatsächlich blühen und gedeihen sie.

Die Seuche scheint ihre Biologie verändert zu haben, aber statt sie zu töten, erlaubt sie es ihnen, sich von kranken Pflanzen zu ernähren. Das Leben ist wunderbar widerstandsfähig.«

»Es ist eine Schande, dass es keine Magie gibt, um diese Anpassung anzuzapfen«, sagte ich, während ich beobachtete, wie der Schmetterling zwischen den Bäumen verschwand.

Rorik verschränkte die Arme vor der Brust. »Orin hat es natürlich versucht. Nichts hat funktioniert.«

Bilder von Orins Körper ohne Glamour und verstärkt von anderweltlicher Magie geisterten mir durch den Kopf. »Wie seht Ihr unter Eurem Glamourzauber aus?«

»Eure Obsession, unter unseren Schleier zu blicken, ist ermüdend.« Er straffte sich und seine finstere Miene kehrte zurück.

»Wisst Ihr, einige Insekten streifen ihre Haut ab. Ihr solltet es mal probieren.« Ich stand auf und klopfte mir lose Grashalme von der Hose. »Zumindest hat Orin mir genug vertraut, um mir die Schönheit seiner Magie zu zeigen.«

»Schönheit?« Roriks Lachen war düster. »Ich verstehe. Nun, es tut mir leid, dass ich nicht bereit bin, mich um Euretwillen attraktiv zu machen. Das werde ich Orin überlassen.«

Ich ballte die Fäuste. »Orin hat mir sein wahres Ich gezeigt, weil er mir vertraut.«

»Ihr seid eine Närrin.« Rorik funkelte mich an und kam zentimeterweise näher. »Es bedeutet nur, dass er Euch nicht für eine Bedrohung hält.«

Ärger kochte in meiner Brust hoch und ich machte entrüstet einen Schritt auf ihn zu. Sein Atem streifte mich und ich ignorierte die unwillkürliche Gänsehaut, die sich von meinem Hals abwärts bildete. »Und was ist mit Euch? Wollt Ihr Euch deshalb nicht offenbaren? Haltet Ihr mich für eine Bedrohung?«

Eine Art von Verlangen blitzte in seinen Augen auf und für einen Moment blieb ihm die Luft weg, bevor er die Regung mit einem

Grinsen verbarg. »Ich finde Euch nicht bedrohlich. Ich denke einfach nicht, dass es die Mühe wert ist.«

»Ach ja?« In meinen Worten lag eine tödliche Ruhe. Noch nie in meinem Leben hatte ich danach getrachtet, bedrohlich zu wirken. Na gut, vielleicht *einmal.* Damals, als ich wegen Noam mit einem Jungen gekämpft hatte. Vielleicht auch bei dem Zwischenfall in der Kutsche, als ich Tasia geschlagen hatte. Vielleicht noch bei einigen anderen Anlässen. So oder so gab es da etwas Heißes und Zorniges, das immer unter der Oberfläche zu lauern schien, wenn es um Rorik ging. Ich brauchte ihn nicht und doch sollte er denken, ich könnte das hier schaffen. Ich wollte für ihn eine Bedrohung darstellen, was immer das bedeutete. Für die Seuche, die seine Großmutter und meine Brüder heimgesucht hatte. Ich wollte stark genug sein, um es mit alledem aufzunehmen.

»Nicht im Geringsten.« Sein Grinsen war boshaft. Wieder einmal. Ich sehnte mich danach, es ihm auf der Stelle aus dem Gesicht zu schlagen.

Also versuchte ich es.

Ich bewegte mich schnell und holte aus, bevor ich die Hand wild durch die Luft schwang, in der Hoffnung, seine Wange mit einem schallenden Klatschen zu treffen. Aber so schnell ich auch zu sein glaubte, Rorik war schneller. Schlimmer noch, er bewies Raffinesse. Nahezu unmerklich lehnte er sich zurück, gerade weit genug, um dem Bogen meiner Ohrfeige auszuweichen, und der Schwung meiner ins Leere schlagenden Hand brachte mich komplett aus der Balance. Mit einem würdelosen Ächzen fiel ich gegen seine breite Brust.

Und dann begann er zu lachen.

Das tiefe Brummen, das aus seiner Brust drang, schüttelte meinen ganzen Körper durch. Mit meiner hektischen Atmung und der in seinem Oberhemd vergrabenen Nase erwartete ich, irgendetwas zu riechen. Aber da war kein Geruch, nicht einmal ein Anflug von Salz oder Moschus, der darauf hindeutete, dass Rorik unter der Sonne ins

Schwitzen geraten war. Die verdammten Evers mussten perfekt sein. Ich stieß mich hart von ihm weg – *so hart* – und noch immer blieb er unverrückbar stehen. Statt zu taumeln, beugte er sich vor, stützte die Hände auf die Knie und lachte der Erde entgegen.

»Na schön, genug davon.« Ich schäumte. Ywena schockte mich endlos, aber ihre beharrlichen Blitze trugen nichts dazu bei, mich von dem Brennen abzulenken, das meine Wangen glühen ließ.

Als Rorik sich endlich wieder aufrichtete, wischte er sich übers Auge, als streife er eine vereinzelte Träne weg. »Bei unserem nächsten Treffen gehen wir zu Krafttraining über. Das war jämmerlich.«

»Arschloch«, zischte ich.

Er zog eine Schulter hoch und das Feixen lag immer noch auf seinen Lippen. »Ist mir ein Vergnügen.«

»Ihr werdet nicht mehr lachen, wenn ich dieses Grinsen mit einem ordentlichen Hieb um ein paar Eurer Zähne bringe.«

»Ich würde liebend gern sehen, wie Ihr das versucht«, murmelte er, seine Stimme rau und dunkel. Eine ganze Weile sprach keiner von uns. Keiner von uns rührte sich. Er betrachtete mich nur mit einer Intensität, die meine Haut Feuer fangen und meinen Puls rasen ließ. Elektrische Ströme rollten dank Ywena in Wellen durch meine Glieder, aber das war mir egal. Irgendwie schien ich Roriks Blick nicht entkommen zu können. Ich wurde von Kopf bis Fuß gemustert und doch …

»Lauft, Edira. Drei Runden.« Er lachte und verschränkte die Arme vor der Brust. »Zwingt mich nicht, Euch zu jagen – es sei denn natürlich, Ihr bevorzugt diese Art von Spiel.«

Ich spuckte ihm vor die Füße, bevor ich losrannte und vergeblich versuchte, die heiße Röte zu ignorieren, die mir in die Wangen gestiegen war.

In den Tagen vor dem Fest bekam ich nur eine einzige Gelegenheit, noch einmal nach ihm zu schlagen. Wir hatten uns mit Laufen aufgewärmt – vielmehr hatte ich mich mit Laufen aufgewärmt und Rorik hatte mich von seinem Platz unterm Baum aus beobachtet –, und dann hatte er mich stundenlang ohne Pause an jede erdenkliche Grenze getrieben, bis mein Körper nicht mehr mitmachte und ich ins Herrenhaus zurückkehrte, um mich meinen Nachforschungen zu widmen. Meine Muskeln schrien und rebellierten angesichts der neuen Übungen. Er zwang mich, Steine zu schleppen, während ich gleichzeitig einfache Dinge tat wie Balancieren. Außerdem musste ich endlos in die Luft boxen, bis meine Schultern brannten und meine Arme zitterten. Alles, um meine Erfolgschancen zu verbessern, hatte er lachend gesagt. Und natürlich wurde von mir erwartet, dass ich dabei noch gleichmäßig atmete, was mir jedes Mal misslang.

»Wer schafft diesen Blödsinn?«, brummelte ich einmal, nachdem ich kraftlos auf dem Boden gelandet war. Mein Haar war eine wirre Masse und meine Bluse so schweißnass, dass sie an meiner Haut klebte.

»Ich schaffe es«, vermerkte er mit einer hochgezogenen Braue. »Jetzt macht das Ganze noch einmal.«

Ich hatte so laut geflucht, dass eine Gruppe von Dienern in der Nähe zurückwich, als sie in Vorbereitung auf das bevorstehende Fest einige Möbel im Freien aufstellten.

Unterdessen bestand Rorik darauf, dass wir unser Training fortsetzten. Es war eine gewisse Erleichterung, meine Tage im Freien zu verbringen, abseits des Durcheinanders im Herrenhaus, und es hätte mich nicht überrascht, wenn es Rorik genauso ergangen wäre. Mit jedem weiteren Tag wurde die dauerhaft finstere Miene, die in seine Züge eingemeißelt war, dunkler und intensiver. Er sprach selten, außer um Befehle zu blaffen oder meinen Stil zu korrigieren. Jenseits dieser knappen Anweisungen während unserer Übungseinheiten entschied er sich bei den Mahlzeiten für Schweigen, bevor er dann gänzlich von der Bildfläche verschwand. Er war ein grüblerischer Bote der Unzufriedenheit und ich hatte keine Ahnung, warum das so war.

Zumindest ging es bis zu dem Tag vor dem Fest so, als ich endlich einen Durchgang Ausfallschritte mit Gewichten in der Hand schaffte, ohne meine Atmung durcheinanderzubringen.

Rorik musterte mich aufmerksam, als ich vor ihm zum Stehen kam. Schweiß strömte mir über die Stirn und die Haut war vor Hitze gerötet, aber meine Brust hob und senkte sich vollkommen gleichmäßig. Die Lunge schrie bei jedem rauen, brennenden Atemzug, aber ich knickte nicht ein.

Und Rorik lächelte tatsächlich. Es wirkte immer noch auf die denkbar gefährlichste Weise teuflisch und doch lag auch ein Hauch von Stolz in seinen Zügen. »Gut. Ihr habt Euch Eure Chance verdient.«

»Meine Chance?«, wiederholte ich und ließ die Schultern locker hängen.

»Schlagt mich«, schnurrte er mit betörend dunkler Stimme.

»Seid Ihr ein Masochist oder ein Sadist? Das lässt sich unmöglich erkennen.« Ich ließ den Kopf kreisen. Doch der Kitzel der Erregung, der durch meinen Körper schoss, war nicht zu leugnen. Vielleicht war ich tatsächlich ein klein wenig von Letzterem.

In seinen Augen lag nun Hitze. »Beides.«

»Was für eine abscheuliche Kombination.« Ich war sehr still geworden, während ich sein makelloses Gesicht betrachtete. Ich konnte mir den Schlag mühelos vorstellen. Die Art, wie ich mit dem rechten Arm Schwung holen würde, die Spannung meiner Muskeln, das Brennen von Haut auf Haut, wenn meine Hand seine Wange traf. Sofort kam Bewegung in mich und ich holte in der Hoffnung aus, zu der Bedrohung zu werden, die er in mir sehen wollte … und traf auf nichts als Luft.

Zumindest fiel ich diesmal nicht an seine Brust. Mit einem zornigen Blick auf sein hochmütiges Grinsen fand ich schnell das

Gleichgewicht wieder und ballte die Faust. Genau wie zuvor wich er der Flugbahn meiner Hand problemlos aus. Aber jetzt senkte er das Kinn, sodass er nur Millimeter entfernt war.

»Alles, was Ihr tut, ist geradezu schmerzhaft offensichtlich.«

»Und alles, was Ihr tut, ist geradezu schmerzhaft nervig.«

Als ich diesmal Anstalten machte, ihn zu schlagen, wich er mir nicht aus. Er packte mich einfach am Handgelenk, bevor ich ihn berühren konnte, und hielt es zwei Zentimeter von seiner Wange entfernt im Klammergriff.

»Immer nur eine einzige Chance pro erbrachter Leistung, Edira.«

Ich krümmte leicht die Finger und ihre Spitzen kratzten über seine glatte Haut. Er erstarrte unter meiner Berührung. Dieses Spiel konnte man zu zweit spielen. Wenn ich ihn nicht schlagen konnte, dann würde ich ihn zumindest maßlos verärgern. Ich lechzte danach, die Finger über seinen scharfen Wangenknochen und die Stecker, die die Haut über seinen Augenbrauen durchstachen, gleiten zu lassen. Aber bevor ich mich dazu überwinden konnte, mit den Fingerspitzen weiter hoch an seiner Kinnlinie entlangzuwandern, stieß er meine Hand mit einem finsteren Stirnrunzeln weg und wich mit einem übertrieben großen Schritt zurück.

Ein zufriedenes Grinsen stahl sich auf mein Gesicht. »Zumindest bin ich dieses verdammte Lächeln irgendwie losgeworden.«

In Roriks Augen loderte Hitze. »Das genügt für heute. Wir wollen doch nicht, dass Ihr für die morgigen Ereignisse zu erschöpft seid.«

Ohne einen Blick zurück entfernte er sich quer über den Rasen und ließ mich stehen. Ich versuchte nicht, ihn einzuholen. Ich war es leid, diesem Bastard entweder hinterherzurennen oder von ihm wegzulaufen. Rorik war ein Unsicherheitsfaktor, der für mich unberechenbar blieb. Aber es kümmerte mich nicht. Durfte mich nicht kümmern. Denn inzwischen war es Abend geworden und das Fest begann schon morgen. Mein ganzer Körper war von all der Arbeit, die ich ihm zugemutet hatte, in Aufruhr. Nichts war wichtiger als Schlaf.

Daher schob ich Roriks verwirrende Spielchen beiseite und öffnete die Eingangstüren.

Gleich unten in der Halle waren zwei Dienerinnen damit beschäftigt, als Vorbereitung auf die Festlichkeiten eine Vielzahl von Blumentöpfen auf den Anrichten zu verteilen. Korrekturen auf den letzten Drücker, vermutete ich. Sevilles Thema für das Fest war »Pracht«. Ich hatte laut auflachen müssen, als ich mitbekam, wie sie es dem Personal gegenüber erwähnte. Sie hatte alles aufs Genaueste arrangiert, bis hin zur Auswahl unterschiedlicher Parfums, damit jeder Raum seinen eigenen einzigartigen Duft verströmte.

Das hätten die Blumen tun sollen. Ich beäugte die überbordenden Töpfe. Zwangsläufig meldete sich die nagende Erinnerung daran, dass irgendetwas mit den Pflanzen nicht stimmte. Die Dienerinnen, die mit dem Rücken zu den Eingangstüren standen, hatten meine Rückkehr nicht bemerkt und ihr Getuschel trug durch die ganze fast lautlose Eingangshalle.

»Ich kann nicht glauben, dass Dagas teilnehmen wird. Nach Lorelai habe ich angenommen, dass sie nie wieder einen Fuß hier hereinsetzen würden.« Ihr braunes Haar war zu einem unordentlichen Dutt aufgesteckt und sie zog den Seidenschal, mit dem sie das Haar aus der Stirn hielt, so zurecht, dass ihr keine losen Strähnen in die Augen fielen.

Die andere Dienerin, eine Frau mit kurzem, schwarzem Haar, nickte zustimmend. »Sie ist wirklich ziemlich schnell gestorben nach dem, nun, du weißt schon.«

Dagas? Lorelai? Ich hielt am Fuß der Treppe inne, die Neugier war stärker als mein dringliches Schlafbedürfnis.

»Und es war nicht das erste Mal.« Die Brünette machte einen Schritt rückwärts und begutachtete ihr Werk. »Trotzdem arbeite ich lieber hier als für die Starglens. Ihr Haus soll grauenvoll sein.«

Genau in dem Moment klackten scharfe Absätze über die Bodendielen und die Frauen richteten sich kerzengerade auf, als wäre der

Blitz in ihre Wirbelsäulen eingeschlagen. Ich tat es ihnen gleich, denn ich wusste nur zu genau, wer da zu dieser Stunde auf zehn Zentimeter hohen Absätzen tobend durchs Herrenhaus stöckelte.

»Ihr zwei!« Seville tauchte vom gegenüberliegenden Ende der Halle auf und funkelte die erstarrten Dienerinnen wutentbrannt an. »Ich will auf der Stelle wissen, wer die Gläser für das Treffen der Evers hingestellt hat. Ich habe ausdrücklich um Stielgläser gebeten – die mit den eingearbeiteten Diamanten. Holt sie unverzüglich her und sorgt dafür, dass die Küche weiß, dass der hochwertige Wein aus langer Lagerung serviert werden soll, wenn wir uns mit den Waterstones und den Starglens treffen.«

»Selbstverständlich. Sofort«, sagte die Brünette und beide Dienerinnen huschten ohne einen Blick zurück davon.

»Was für eine Inkompetenz.« Seville kratzte sich die Nase, dann sagte sie, ohne auch nur in meine Richtung zu sehen: »Geht ins Bett, Edira. Ich schwöre beim Himmel, wenn Ihr morgen Ringe unter den Augen habt, werde ich einen Aufstand anzetteln. Wir haben nicht ein Vermögen für Eure Gewänder ausgegeben, damit Ihr wie eine wandelnde Tote ausseht.«

Hitze schoss mir in die Wangen und ich umklammerte das Geländer, während ich ihr einen empörten Blick zuwarf. »Ihr solltet ebenfalls schlafen.«

»Als könnte irgendetwas auf dieser Welt meinem makellosen Aussehen im Wege stehen.« Sie ließ die Hand sinken, bevor sie sich halb um die eigene Achse drehte. »Geht. Auf mich wartet noch Arbeit.«

Und mit diesen Worten verschwand sie. Ich brummte vor mich hin, als ich die Treppe zu meinem Zimmer hinaufging. Ich müsste mir keine Gedanken um Ringe unter den Augen oder einen gehetzten Gesichtsausdruck machen, wenn ich einen Glamourzauber anwenden könnte. Aber das ging natürlich nicht und die Erschöpfung vom Training breitete sich bereits tief in meinen Muskeln aus. Trotzdem musste ich an den getuschelten Tratsch der Dienerinnen denken.

Anscheinend war dieses Fest wahrhaft entscheidend, um alte Fehden beiseitezuschieben.

Ich hoffte nur, dass Stielgläser mit Diamanten auf die Starglens Wirkung zeigten.

Am nächsten Morgen blieb ich im Bett liegen und ging noch einmal die Texte über die Evers durch, die ich aus der Bibliothek mitgenommen hatte. Ich knabberte an einem Brötchen und nippte an meinem Kaffee, mehr als zufrieden damit, den Tag zu vertrödeln, bis Vora ins Zimmer gerauscht kam und ankündigte, es sei an der Zeit, mich vorzubereiten. Ich ächzte angesichts der Steifheit in meinen Gliedern, gab aber nach, als sie mich mit einem dampfenden Bad mit Rosenwasser und Lavendel bestach. Natürlich war es allzu schnell vorbei und bevor ich wusste, wie mir geschah, war ich auch schon in einen überdimensionierten Ankleideraum entführt worden, wo Amalyss und Tasia bereits warteten. Sie saßen nebeneinander auf gepolsterten Stühlen mit niedrigen Rückenlehnen, während zwei Dienerinnen ihr Haar zu kunstvollen Hochfrisuren aufsteckten. Als ich zaudernd in der Tür stehen blieb, verstummte ihr leises Gespräch.

»Los jetzt. Wir haben keine Zeit zum Trödeln.« Vora gab mir einen Stoß in den Rücken, um mich zu dem dritten noch freien Stuhl zu dirigieren. Wir waren umgeben von kunstvollen Spiegeln und Glastabletts voller Parfums, Balsamen und Ölen. Die Luft im Raum war von nicht zusammenpassenden Aromen geschwängert und ich rang darum, einen Duft vom anderen zu unterscheiden. Tee und Kaffee waren auf Beistelltischen neben jedem Stuhl platziert worden. Amalyss stellte gerade anmutig ihre Tasse ab, als ich näherkam.

»Guten Tag«, begrüßte sie mich. Tasia, die neben ihr saß, nickte, sah mir aber nicht in die Augen.

»Guten Tag.« Ich nahm Platz und Vora machte sich sofort an die Arbeit und kämmte meine feuchten Locken durch. Ywena gab den Platz auf meiner Schulter auf, um sich vorübergehend auf die von Vora zu hocken und so der Frau die Chance zu geben, mich ohne Störung zu frisieren.

Seltsam. Ich hatte Ywena nie mit irgendjemand anderem als Rorik gesehen und doch hatte sie sich mühelos in Voras Halsbeuge niedergelassen, ohne dass die Dienerin auch nur geblinzelt hätte.

Minutenlang sprach keiner von uns. Es gab einige gemurmelte Kommentare der Dienerinnen, wenn sie Ideen für unsere Erscheinung austauschten, aber abgesehen von diesen Bemerkungen und dem sanften Klirren feiner Keramik gab es nichts, das die immer weiter wachsende Spannung zwischen Amalyss, Tasia und mir milderte. Ich wäre zufrieden damit gewesen, still dazusitzen und ihrem ziellosen Geplapper zu lauschen, aber sie sprachen nicht einmal miteinander. Amalyss und Tasia waren noch immer auf der Hut, als könne selbst der Klang ihrer Stimmen Orins Zorn regen. Dabei war er nicht einmal hier.

»Also.« Ich räusperte mich und beide Mädchen spannten die Muskeln an. »Seid Ihr schon aufgeregt wegen des Festes? Welche Farbe haben Eure Gewänder?«

Sie wechselten einen nur für sie allein bestimmten Blick, bevor Amalyss es wagte zu antworten. »Das Fest sollte Spaß machen. Mein Kleid ist blau.«

»Meins ist violett.« Da war nicht einmal ein Hauch von Aufregung in Tasias Stimme. »Was ist mit Eurem Kleid?«

»Es ist grün.« Oder zumindest eine Schattierung davon. Ich hatte den Entwurf im Wesentlichen Seville und Mrs Marlow überlassen.

»Grün?« Amalyss zog eine Braue hoch. »Interessant. Ich hatte mir Euch in Silber vorgestellt.«

»Oder in Gold«, sagte Tasia. Amalyss warf ihr einen strengen Blick zu und ihre Finger verkrampften sich um die Armlehnen des Stuhls.

»Spielt es eine Rolle?«, fragte ich.

Eine bedeutungsschwangere Pause entstand. Dann atmete Amalyss endlich tief durch und lockerte ihren Klammergriff. »Normalerweise kleiden Partner sich passend zueinander. Das ist eine Ever-Sitte bei solchen Veranstaltungen. Und Orin trägt immer Grün.«

»Ja, er hat mich gebeten, es zu tragen. Ich habe keinen Grund gesehen, ihm die Bitte abzuschlagen.« Ein Gefühl der Leichtigkeit breitete sich bei dem Gedanken an Orin in meiner Brust aus. Wir hatten uns nicht dazu geäußert, wie wir zueinander stehen – weder als Partner noch sonst wie. Aber ich musste einfach an mein Gespräch mit Seville denken. Über Herzbünde. Ich legte den Kopf schräg und schaute zwischen beiden Mädchen hin und her. »Eure Eltern sind doch Herzgefährten, oder? Wann haben sie beschlossen, diese Bindung einzugehen?«

Tasias und Amalyss' Dienerinnen entschuldigten sich und gingen davon, um einen leichten Imbiss für uns zu arrangieren, aber Vora blieb. Ihre Hände versteiften sich auf meiner Kopfhaut und sie zerrte an meinem Haar mit einer Ruppigkeit, die sich völlig unnötig anfühlte. Ich betrachtete sie stirnrunzelnd im Spiegel, aber sie spannte nur die Kiefer an und wandte sich wieder ihrer Aufgabe zu.

Endlich sah Tasia mich an und mir fiel auf, wie sanft ihr Blick geworden war. »Sie haben sich vor etwa fünfzig Jahren kennengelernt, sich aber erst nach zwanzig Jahren zu Herzgefährten erklärt. Es ist nichts, das Evers leichtfertig machen.«

»Wegen des Teilens von Macht, richtig?«, hakte ich nach. Als Vora diesmal über meine Kopfhaut kratzte, zuckte ich zusammen.

Seid vorsichtig damit, wem Ihr an diesem Ort vertraut. In diesem Moment fühlten ihre Worte sich wie eine Warnung vor ihren eigenen Taten an.

Amalyss warf einen argwöhnischen Blick auf Vora. »Ja. Die Theorie ist, dass man gemeinsam stärker wird.«

»Aber wenn zwei Evers beschließen, nicht länger Herzgefährten sein zu wollen, spielt das keine Rolle.« Während Tasia sprach, knibbelte sie am Saum ihres seidenen Umhangs, der exakt so aussah wie die von Amalyss und mir. »Das Band bleibt bestehen, selbst wenn beide übereinkommen, sich andere Partner zu suchen.«

»Was bedeutet, dass jeder der beiden immer Zugang zu den Kräften des anderen hat«, ergänzte Amalyss.

»Und Ihr beide? Ihr seid ihre Kinder. Habt Ihr sowohl die Kräfte Eures Vaters als auch die Eurer Mutter?«

»Vater stammt aus einer kleinen Ever-Familie mit schwachen Banden zu der ersten Ever. Typischerweise ist es die dominantere Macht, die weitergegeben wird.« Tasia öffnete die Hand, um ein schwaches, grünes Leuchten zu präsentieren, ähnlich dem, das Orin in seinem privaten Arbeitszimmer heraufbeschworen hatte. »Das ist der Grund, warum man uns immer noch als Ferngloves betrachtet.«

»Aber abgesehen von der Macht müssen auch die Gefühle berücksichtigt werden«, überlegte Amalyss laut, obwohl sie einen fast schon verträumten Ausdruck auf dem Gesicht hatte. »Könnt Ihr Euch das vorstellen? In der Lage zu sein zu fühlen, was Euer Partner fühlt, Eure tiefsten Begierden ganz einfach mit einem Gedanken zu teilen? Verliebtheit ist keine Voraussetzung, um einen Herzbund zu formen, aber wenn Ihr verliebt seid …«

Tasia atmete kaum hörbar aus. »Anscheinend gibt es kein größeres Gefühl. Jedenfalls beschreibt Mutter es so. Es muss Glückseligkeit sein.«

Glückseligkeit. Ich grübelte über die Worte der beiden nach, kurz bevor die Dienerinnen mit Teebrötchen und Früchten zurückkamen. Die Mädchen knabberten Trauben und Beeren und mit jeder weiteren Minute entspannten sie sich. Ihr Lächeln war unbefangen und ihr Gespräch drehte sich um leichtere, weltlichere Dinge. Sie stellten mir immer wieder Fragen zu menschlichen Gepflogenheiten und zum ersten Mal seit meiner Ankunft auf Fernglove fühlte ich mich tatsächlich willkommen. Durch den Versuch, Tasia zu heilen, und dieses Gespräch über Kleider und Herzbünde hatte ich eine Unze an Vertrauen gewonnen.

Ein bekannter Schmerz krampfte mir das Herz zusammen, als meine Gedanken zu meinen Brüdern wanderten. Solche Gespräche hatten wir bei unseren Mahlzeiten geführt. Mir war nicht bewusst gewesen, wie sehr ich dieses Gefühl von Familie und Zusammengehörigkeit vermisst hatte. Ich besuchte Noam und Nohr jeden Abend und fand ein wenig Trost in ihren gleichmäßigen Atemzügen. Stunden vergingen, während ich mich auf ihre Seuche konzentrierte und hoffte, betete, ich würde stark genug sein, um das langsame Voranschreiten aufzuhalten. Ich war so auf ihr Überleben fixiert gewesen, dass ich das Verlangen nach wahren familiären Verbindungen tief vergraben hatte. Aber als Amalyss, Tasia und ich jetzt unseren Imbiss beendeten und unsere Kleider hereingebracht wurden, konnte ich die aufkeimende Freude in meiner Brust nicht verleugnen.

Als Tasia und Amalyss wegen ihrer Kleider vor Begeisterung kreischten und vorsichtig über den Stoff strichen, verstand ich plötzlich, warum Orin darauf beharrte, das Silberfest wie geplant stattfinden zu lassen. Seine Familie konnte einfach nur dasitzen und alle Aufmerksamkeit auf die Seuche richten, die Mavis auffraß, bis sie verfault war, oder er konnte ihnen helfen, Trost in den kleinen Dingen zu finden. In der Schönheit eines neuen Gewandes, in der Freude des Zusammenseins. Die Wärme, die er in meiner Brust entfacht hatte, wurde stärker. Er war fürsorglicher, als mir bewusst gewesen war, und scharfsichtiger, was die Bedürfnisse seiner Familie betraf. Er wollte, dass sie jeden Moment genossen, den sie genießen konnten – und es fühlte sich so an, als wolle er das auch für mich, trotz unserer Arbeitsbeziehung. Vielleicht gerade trotz dieser Beziehung. Grinsend erhob ich mich von meinem Stuhl und gesellte mich zu Amalyss und Tasia und unseren Kleidern, erfüllt von dem Wunsch, an der Aufregung der Mädchen teilzuhaben.

Doch als ich Voras Blick im Spiegel begegnete, sah ich nur Angst und Grauen. Der scharfe, unheimliche Kontrast zwischen ihr und den Mädchen genügte mir, um wie angewurzelt stehen zu bleiben. In Voras Blick lag eine mir unbegreifliche Warnung und bevor ich mich entschuldigen konnte, um nachzufragen, hatten Amalyss und Tasia mich schon untergehakt und führten mich zu dem Umkleideparavent. Sie ließen ihre Roben in einer einzigen fließenden Bewegung fallen, stiegen in ihre Gewänder und zogen sie hoch genug, um sich zu bedecken, bevor sie die Hilfe der Dienerinnen in Anspruch nahmen.

Du darfst dir einen Moment Zeit nehmen. Es war ein kleiner, stiller Gedanke und trotzdem beharrlich. Ohne mich zu bewegen, starrte ich mein Kleid an. Voras Blick brannte sich noch immer in mein Fleisch, selbst durch die Sicherheit des Wandschirms. Vielleicht fand sie dieses Fest so lächerlich, wie Rorik es angedeutet hatte. Vielleicht wollte sie, dass ich mein Training wieder aufnahm. Ärger flammte in mir auf. Ich tat die ganze Zeit nichts anderes, als für sie zu arbeiten. Wenn Orin sich die Mühe machte, dieses Fest für uns zu veranstalten, damit wir eine Pause von der harten Realität genießen konnten, dann hatte auch ich ein Anrecht auf diese Freude. Ich wollte nicht an meine Brüder denken, die im oberen Stockwerk im Sterben lagen. An meine sich immer weiter verkürzende Lebensspanne oder meinen Vertrag mit denFerngloves. Heute Abend wollte ich Edira Brillwyn aus Willowfell sein.

Ich stieg in mein Gewand hinein und aus meinen Verpflichtungen heraus, überließ mich endgültig der schwindelerregenden Aufregung, die von Amalyss' und Tasias Körpern ausging. Vora sagte nichts mehr, während sie von hinten mein Korsett verschnürte, und erst als sie beiseitetrat, wagte ich es, in den Spiegel zu schauen.

»Edira«, sagte Amalyss und stellte sich neben mich. Ihr himmelblaues Kleid war bedeckt mit winzigen Kristallen, die wie Sterne funkelten. Tasias Kleid war genauso, nur in einem kräftigeren, dunklen Violett, das fast schon etwas Himmlisches hatte. Zusammen spiegelten sie den Übergang von der Abenddämmerung zur Nacht. Sie waren einfach umwerfend.

Tasia strich über den duftigen Stoff meines Rockes. »Ihr seht wunderschön aus.«

Ich betrachtete mich im Spiegel. »Ich sehe aus wie ein Garten.«

Beide Mädchen lachten, dann lächelte Amalyss. »Nein, Ihr seht aus wie eine Ever.«

Das Korsettmieder schmiegte sich auf eine Weise um meine Kurven, wie noch nie ein Kleidungsstück meinen Körper gewürdigt hatte. Die Korsettstäbe wirkten wie Ranken und Stiele, die auf meine Brüste zukrochen und in zarten, hellrosa Blumen mündeten, die so hell waren, dass sie fast weiß wirkten. Streifen aus grünem Stoff mit Blätterapplikationen zogen sich über meine Schultern und bewegten sich wie die langen Zweige von Weiden im Wind. Der Rock fiel bis auf den Boden, war aber federleicht auf meiner Haut. Das Kleid besaß zweifellos eine gewisse irdische Schönheit und da die Chiffonschichten alle in verschiedenen Grüntönen gefärbt waren, würde Orin glücklich sein. Und ich würde das berauschende Gefühl nicht zur Kenntnis nehmen, das sich bei diesem Gedanken in mir ausbreitete.

»Kommt, wir müssen uns noch fertig schminken. Das Silberfest wartet.« Als Vora mich diesmal ansah, hatte sie ihre widersprüchlichen Gefühle unter Kontrolle bekommen. Ich kehrte zu meinem Platz zurück, wo sie Schminke auftrug, und die Dienerinnen machten das Gleiche bei Amalyss und Tasia. Sobald sie fertig waren, verweilten die beiden Schwestern an der Tür und schienen darauf zu warten, dass ich mich ihnen anschloss.

Vora trug als Letztes einen transparenten Puder auf meine Haut auf und beugte sich unter dem Vorwand vor, ihr Werk begutachten zu wollen. Ihre Finger lagen auf dem Wappen an meinem Unterarm.

»Seid auf der Hut.«

Dann richtete sie sich gerade auf und zeigte ein Lächeln, das ihre Augen nicht erreichte. Ich starrte sie eine ganze Weile an und war mir nicht sicher, was ich sagen sollte, bis Ywena von ihrer Schulter flatterte, um in meine Halsbeuge zurückzukehren. Das sanfte Gefühl ihrer Beinchen war beruhigend und ich nickte knapp.

»Wollen wir?« Ich stand auf und ging quer durch den Raum zu Amalyss und Tasia. Gemeinsam machten wir uns auf den Weg durch das Herrenhaus von Fernglove zu dem draußen stattfindenden Fest.

KAPITEL 14

Seville hatte sich selbst übertroffen. Die hinteren Rasenstücke waren in eine Szene aus einem Buch verwandelt worden. Hauchzarte Baldachine spannten sich wie tief hängende Wolken über den Platz und Kronleuchter, übersät von glitzernden Kristallen, hingen von den stützenden Holzbalken der Konstruktion herab. Die Gärten waren mit funkelnden Teelichten geschmückt worden, Lilien und Schwimmkerzen verzierten den Springbrunnen. Die Tische bogen sich unter der Überfülle von Speisen und neben einem echten Springbrunnen aus Wein spielte ein Quartett muntere Musik. Nicht weit davon entfernt hatte man Platz für eine improvisierte Tanzfläche geschaffen, mit polierten Holzböden, die unter einer mit Efeu behangenen Pergola in einem perfekten Viereck arrangiert waren. Bernsteinfarbene Kugeln wiegten sich in verschiedenen Höhen an Weinranken und ein magisches Leuchten drang surrend aus ihren Herzen, um die Umgebung in ein warmes Licht zu tauchen.

Schlagartig verstand ich, warum die Städter sich immer überschlugen, nur um mit einem Ever sprechen zu können. Der ungezügelte Prunk und die Schönheit … sie wollten all das in sich aufsaugen.

Ich wollte es in mich aufsaugen.

Bei unserem Eintreffen am Ort des Geschehens steuerten Amalyss und Tasia sofort auf ihre Eltern zu, und obwohl ich die Gunst der Mädchen gewonnen hatte, konnte ich das Gleiche nicht von Clesian und Lydia behaupten. Statt mein Glück auf die Probe zu stellen, schlenderte ich zu einem mit Getränken vollgestellten Tisch. Eine Dienerin reichte mir schnell und mit einem höflichen Nicken ein Glas, bevor sie sich anderen Gästen zuwandte.

»Danke«, sagte ich. Als ich einen Schluck nahm, spürte ich den angenehmen Geschmack dunkler Kirschen und Kräuter auf der Zunge. Dann spazierte ich ziellos durch das Gedränge. Ich erkannte eine Handvoll Älteste und ihre Familien und war verblüfft, sie so protzig gekleidet zu sehen. Mrs Marlow musste an all ihren Gewändern ein Vermögen verdient haben. All das unterschied sich auf solch drastische Weise von dem, was sie normalerweise trugen. Jede erdenkliche Schattierung und Farbe aus dem Regenbogen wurde in ihren prächtigen Kleidern zur Schau gestellt, und einige Städter waren so weit gegangen, ihrer Gewandung Federn, Flügel oder Schwänze aus Bändern hinzuzufügen, als versuchten sie, sich optisch den Evers anzunähern. Trotzdem bewegten sie sich nicht mit der gleichen animalischen Anmut wie die Unsterblichen. Ein paar Städter waren auf die Tanzfläche gegangen, aber die meisten blieben bei den Speisen und Getränken.

Mir blieb der Mund offenstehen, als ich Lysa an der Seite ihres Vaters entdeckte. Sie trug ein champagnerfarbenes Seidengewand mit hellen Rosenknospen und das Kleid schmiegte sich an jede ihrer Kurven. Ein Blumenkranz thronte auf ihrem gelockten Haar. Unsere Blicke trafen sich und für einen Moment riss sie erschrocken die Augen auf, dann erschien ein Grinsen auf ihrem Gesicht und sie eilte zu mir herüber.

»Edira!« Sie schlang mir die Arme um den Hals und Ywena flatterte hektisch auf meinen Kopf, während das Mädchen mich stürmisch umarmte. »Ich habe dich vermisst!«

Meine Hände flatterten für einen Moment ziellos umher, bis ich mich für ein leichtes Tätscheln zwischen ihren Schultern entschied. »Hey, Lysa. Wie geht es dir?«

»Es geht mir wunderbar. Das Silberfest. Kannst du es glauben?« Lysa ließ mich los und sah voller Ehrfurcht zu, wie Ywena an ihren gewohnten Platz zurückkehrte. »Wie ist es dir denn bisher so ergangen? Du musst mir *alles* erzählen.«

»Es war gut bisher.« Ich wusste beim besten Willen nicht, was ich sonst sagen sollte, aber ich verstand ihre Neugier. Die Städter kamen nicht ohne Einladung nach Fernglove. Abgesehen vom Silberfest war ihr Wissen über das Herrenhaus und seine Bewohner begrenzt.

»Haben Noam und Nohr dich begleitet?«, fragte Lysa und schaute an mir vorbei zum Haus. »Ich hatte gehofft, sie heute Abend zu sehen.«

Der Nachgeschmack des Weins lag auf einmal sauer in meinem Mund. Sie wusste es nicht. Ich hatte es wohl auch gar nicht erwartet – schließlich hatte ich Mrs Marlow bei meinem Besuch in der Stadt nicht von ihrem Zustand erzählt und es war nicht die Aufgabe der Ferngloves, über die Probleme meiner Familie zu sprechen. Zudem war ich mir nicht sicher, ob ich das überhaupt gewollt hätte. Der heutige Abend sollte eine Verschnaufpause sein. Ein Moment für mich, in dem ich der grauenvollen Zwangslage entfliehen konnte, in der ich mich befand. Ich wollte nicht an die Seuche denken. Ich wollte einfach … sein.

Aber ein Teil von mir wurde weicher bei ihrer Frage. Hier stand sie, angezogen wie eine Göttin und voller Hoffnung, ein Ever könnte sie zu der Seinen machen – zweifellos das, was ihr Vater beabsichtigte und sich wahrscheinlich wünschte –, und sie fragte nach meinen Brüdern. Nach Noam.

»Sie sind auf Reisen.« Ich setzte ein falsches Lächeln auf. »Ein alter Freund der Familie hat sich gemeldet und sie zu sich eingeladen. Er ist ein reisender Kaufmann.«

»Oh.« Ihr Gesicht wurde lang. Sie biss sich kurz auf die Unterlippe, dann drehte sie sich um und nahm sich ein Glas Wein von einem vorbeigehenden Diener. Mit einer einzigen fließenden Bewegung leerte sie es zur Hälfte und räusperte sich. Schließlich sagte sie leichthin und mit einem strahlenden Lächeln: »Ich habe mehr Evers hier erwartet.«

Ich dachte an die Blutlinien zurück und an Orins Wunsch nach einer friedlicheren Zukunft zwischen den Ever-Familien. »Vielleicht werden es beim nächsten Mal mehr sein.«

»Das wäre ein bemerkenswerter Anblick«, erwiderte sie mit einem träumerischen Seufzen. »Meine Großeltern erinnern sich noch an eine Zeit, in der alle möglichen Evers zum Fest herkamen und bei den Ferngloves gewohnt haben. Aber vermutlich überdauern Dramen zwischen Unsterblichen ganze Generationen. Mein Vater sagt, die Fehden zwischen den Häusern seien katastrophal.« Die Gelegenheit zum Tratschen ließ Lysas Augen vor Freude aufleuchten und sie nahm einen schnellen Schluck von ihrem Wein. »Ich persönlich denke, dass deshalb so viele Städter hier sind. Das ist natürlich mein erstes Fest, daher habe ich keine Vergleichsmöglichkeiten. Ich bin einfach dankbar für die Chance.«

Ich ließ den Blick über die Menge schweifen, bis ich Briar neben Flix und Issa stehen sah. Er hatte den Blick zum Nachthimmel emporgerichtet. Vielleicht würden die Starglens die Ersten von vielen sein, die alte Dispute beiseiteschoben. Aber bevor ich weiter mit Lysa plaudern konnte, rief ihr Vater nach ihr und sie drückte mich noch einmal fest an sich.

»Ich werde später nach dir suchen. Oder morgen! Ich habe noch ein anderes Kleid, das *musst* du einfach sehen. Das ist alles so aufregend!«

Ich lächelte in mich hinein, als sie davonging, nur um vom Sohn eines anderen Stadtältesten aufgehalten zu werden. Normalerweise wäre Broderick der perfekte Verehrer für Lysa gewesen – er war groß und hatte dunkles Haar und hübsche braune Augen. Sommersprossen waren auf seine breite Nase gesprenkelt und zwei Grübchen bohrten sich tief in seine Wangen. Aber er war kein Ever. Ich bezweifelte, dass Lysas Vater ihr erlauben würde, allzu lange bei ihm zu verweilen.

Nach einem weiteren kräftigen Schluck Wein wandte ich mich wieder der Fläche zu, die für den Tanz reserviert war. Ein Atemhauch streifte meine Ohrmuschel, gefolgt von einem hitzigen Flüstern. »Genießt Ihr die Aussicht?«

Als ich herumwirbelte, stand Rorik leicht vorgebeugt hinter mir. Ein teuflisches Grinsen umspielte seine Lippen und er lachte düster, als er sich aufrichtete. Natürlich schockte Ywena mich, was sein Lachen nur verstärkte, während er beobachtete, wie ich meine Atmung wieder in einen gleichmäßigen Rhythmus brachte. Ich wollte gerade den Mund öffnen und ihn dafür schelten, dass er mich wieder einmal erschreckt hatte, statt Hallo zu sagen, aber die Worte blieben mir im Halse stecken.

Rorik war *finster*. Es gab kein anderes Wort für die dunkle Schönheit, die er verströmte. Er war größtenteils in glänzend schwarze Kleidung gehüllt, die sich bei jeder seiner Bewegungen wie Wasser verlagerte. Die Ränder waren allerdings mit Goldgarn besetzt, das so hell wie poliertes Metall glänzte. Er hatte die Manschetten seiner Ärmel umgekrempelt und die Unterseite des Stoffs aus vergoldeter Seide war sichtbar, die das Licht wie Spiegel zurückwarf. Sein rostfarbenes Haar war bestäubt mit metallischen Goldpartikeln und jemand hatte ihm goldene Farbe auf die Wangen gemalt und dabei nur die Lippenpartie freigelassen. Er hatte sogar die Stecker aus Onyx über seiner Braue gegen schimmerndes Gold eingetauscht.

Seine Gewandung war schon attraktiv, aber seine Ever-Züge … Götter. Zobelfarbene Hörner mit geschärften Spitzen drängten sich direkt unter dem Haaransatz durch die Stirn. Seine Augen waren käferschwarz ohne einen Hauch von Weiß darin. Aber was meine Aufmerksamkeit endgültig fesselte, waren seine Flügel. Sie waren gewaltig und sprossen unter seinen Schultern hervor, um bis zu seinen

Fersen hinunterzureichen. Die Außenseiten waren schwarz, aber innen waren sie von einem prachtvollen Gold und sie zuckten zweimal, während ich ihren faszinierenden Schimmer bewunderte.

Er war die Gefahr in Person. Selbst die Art und Weise, wie er locker seinen Kristallkelch umfasste, als sei es zu viel Mühe, ihn richtig festzuhalten, fühlte sich beunruhigend an. Als könnte er den Kelch jeden Moment gegen einen Stein schlagen und die Splitter als Waffen benutzen.

Was hätte ich nicht alles mit ihm angestellt, wenn ich nicht jeden Moment verabscheut hätte, den wir zusammen verbrachten.

»Tanzt mit mir«, sagte er, nachdem er den Rest seines Weines getrunken hatte. Seine Lippen waren benetzt von der rubinroten Flüssigkeit und ohne es zu wollen, hing ich der Fantasie nach, wie sie wohl schmecken würden.

»Ist das ein Befehl?«, fragte ich und war mir des unnatürlich heiseren Klangs meiner Stimme nur allzu bewusst. Ich führte das Glas an die Lippen und zwang den restlichen Wein mit einem einzigen langen Schluck herunter. Roriks Blick senkte sich auf meinen Hals hinab und er grinste.

Mit einem Finger streifte er die Kuhle an meinem Hals. »Ich würde Euch niemals zu etwas zwingen, das Ihr nicht wollt.«

Ich erstarrte im gleichzeitigen Bemühen, meinen Atem ruhig zu halten. »Ihr seid betrunken.«

»Werdet Ihr mit mir tanzen?« Seine Stimme war eher wie das Schnurren eines Raubtiers.

Als er mir die Hand entgegenstreckte, konnte ich ihn nur anstarren. Rorik hatte mir *noch nie* die Hand dargeboten. Er hatte mir in den Magen geschlagen, um meine Atmung zu verändern, meinen Rücken geradegerückt, um die Haltung zu korrigieren, und er hatte mich mit seiner Nähe gepiesackt, aber nie gab es eine Geste wie diese.

Sein Ton wurde weicher. »Wenn Ihr Nein sagt, werde ich gehen.«

Diesmal lag ein Brennen in seinen Worten. Ein in Magie getränktes Versprechen. Es war subtil, ganz ähnlich dem leisen Schwur, den Amalyss mir abgerungen hatte, aber ohne bösartige Absichten. Also legte ich meine Hand in seine. »In Ordnung.«

Er nahm mir das langstielige Glas ab und stellte es zusammen mit seinem eigenen auf das Tablett einer vorbeigehenden Dienerin, bevor er mich zur Tanzfläche führte. Einige der geübteren Paare wirbelten bereits in komplizierten Figuren umher, die ich nicht erkannte, tauschten ihre Partner und bewegten sich mit einem kunstvollen Selbstbewusstsein, das zu kopieren ich keine Chance hatte. Im Gegensatz zu den Ältesten und den wohlhabenden Bürgern der Stadt hatte ich nie den Luxus von Unterrichtsstunden oder Abendgesellschaften genossen, bei denen ich auch nur die elementarsten Schritte hätte lernen können. Ich begriff nicht, warum Rorik mit mir tanzen wollte.

»Ich kenne keine Tänze.« Ich zögerte am Rand der Fläche, und Rorik blieb stehen und schaute auf mich herab. »Ich werde Eure Füße womöglich mit meinen Absätzen zerquetschen.«

Sein schiefes Grinsen tat wundersame Dinge mit meinem flatternden Herzen. »Ist das ein Vorwand, damit Ihr mich ungestraft verletzen könnt?«

»Wohl kaum.« Ich beäugte die umherwirbelnden Paare vor uns. »Aber wenn das Eure Sorge ist, könnt Ihr mir jedes Mal auf die Füße treten, wenn ich Euch auf Eure trete. Zeh um Zeh.«

»Oh, Edira.« Er legte sich eine meiner Hände um den Hals, bevor er den Arm um meine Taille schlang. Dann fädelte er die Finger seiner freien Hand zwischen meine. »Der einzige Schmerz, den ich Euch jemals absichtlich zufügen würde, ist die Qual, Euch darauf warten zu lassen, das Vergnügen des Höhepunkts zu empfinden.«

Mir klappte der Unterkiefer herunter, als er mich hinter sich herzog und uns mit müheloser Anmut herumwirbelte. Hitze schoss mir in die Wangen, während seine Worte sich mit dem Rhythmus der Musik ein ums andere Mal in meinem Kopf wiederholten. Anscheinend betrachtete er das In-den-Magen-Schlagen nicht als »Schmerz«, denn seine Worte hatten eine tiefere Bedeutung. Ich konnte einfach nicht anders und drückte mich enger an ihn, denn ich wollte die Konturen seiner starken Muskeln unter seiner Kleidung spüren. Ich wusste nicht, wie meine Füße mit seinen Schritt hielten. Ich war mir nicht einmal sicher, ob sie es überhaupt taten. Einmal registrierte ich, wie er mich bei einer Drehung leicht hochhob, sodass nur noch meine Zehen den Boden streiften, und danach stellte er mich erst gar nicht mehr ab. Nicht, bis er mich tief hintenüberneigte und im Aufrichten eng an seine Brust zog.

Er lachte über meinen schockierten Gesichtsausdruck. »Habe ich Euch jetzt aus der Fassung gebracht?«

Und ob. »Nein. Ich war nur schockiert darüber, dass Ihr so gut tanzen könnt.«

»Wisst Ihr, tanzen ist auch eine Form von Training.« Er deutete mit dem Kopf auf Ywena, die zu meinem Brustbein gekrochen war und ihre Flügel entfaltet hatte, um sich flach gegen meinen Ausschnitt zu drücken. Ich wusste, dass er sie anstarrte und nicht meine Brüste, und dennoch zitterte mein Atem. Sie schockte mich, und ich biss mir auf die Unterlippe, um meine Kräfte zu sammeln. Roriks Blick konzentrierte sich sofort auf meinen Mund und die Begierde in seinen Augen wurde durch ein plötzliches Schimmern von Gold verstärkt, das über diese tintenschwarzen Teiche huschte.

»Atmet weiter.« Seine Stimme war kehlig und tief und so verdammt verlockend.

»Ihr auch.« Ich konnte mich nicht zurückhalten. Ich hatte keine Ahnung, ob er sich unter Kontrolle behielt oder nicht, aber die Reaktion, die ich von ihm bekam, war die Sache wert. Seine Finger bohrten sich tief in meine Hüfte und ein heiseres Knurren löste sich aus seiner Kehle.

»Erzählt mir eine Lüge, Edira. Eine gute.« Er wirbelte mich im Rhythmus der Musik herum, bevor er mich langsam wieder zu sich heranzog. »Sagt mir, ich sei schön.«

Ich schnaubte. »Ihr wollt, dass ich Euch Komplimente mache, obwohl Ihr mein Aussehen mit keinem Wort erwähnt habt? Wie typisch für einen Ever.«

»Natürlich.« Er beugte mich wieder tief hintenüber und sein Mund war nur Zentimeter von meinem entfernt. »Warum sollte ich anders sein, als Ihr es von mir erwartet?«

Ywena musste mich mindestens zweimal geschockt haben und sein hitziger Blick driftete zu ihren flatternden Flügeln, bevor er ihn mit einem Ausdruck puren Verlangens wieder auf meine Augen richtete. Er hielt mich eine gefühlte Ewigkeit so fest und keiner von uns wagte es zu sprechen. Ich fürchtete schon, er würde mich den ganzen Abend in seinen Armen gefangen halten, wenn ich ihm die Antwort schuldig blieb. Ein Teil von mir wollte es nicht tun.

»Ihr seid atemberaubend.«

Er starrte mich an, während meine Worte über ihn hinwegstrichen. »Wahrheit oder Lüge?«

»Welches von beidem ist gefährlicher?« Was redete ich da? Was tat ich? Ich hatte nur ein Glas Wein getrunken und doch war ich berauscht. Trunken von ihm und seiner Gegenwart, unsicher, wie ich weitermachen sollte. Dabei liebte ich gleichzeitig den Rausch, nicht zu wissen, was passieren würde.

Er richtete uns beide wieder auf und verlangsamte unser Tempo zu einem intimen Hin- und Herwiegen, bevor seine Lippen meine Wange streiften. »Ihr seht aus wie ein Garten.«

Bei diesen Worten brach ich in Gelächter aus und versuchte nicht einmal, meine Atmung zu beherrschen. Schocks rasten mir durch den Körper, während ich Rorik fester packte. »Ich habe genau das Gleiche gesagt.«

Er rückte leicht von mir ab und ließ meine Hand los, um mir mit den Fingern über die Flanke zu streichen. Sehnsucht erfüllte mich und ich drückte mich enger an ihn.

Halt. Halt, Halt, Halt. Ich sagte es nicht zu ihm, sondern zu mir selbst. Götter, er sollte bloß nicht aufhören. Ich wollte aufhören, es zu wollen, doch ich konnte es nicht.

»So oder so, Ihr seid wunderschön.«

Meine Kehle wurde trocken, während ich darum rang, meine Gefühle unter Kontrolle zu halten. »Das ist das erste Mal, dass Ihr etwas Nettes zu mir gesagt habt.«

Es war schwer zu ermitteln, welches Gefühl durch seine pupillenlosen Augen strömte, aber dieser sich spiegelnde Goldschimmer glitt wieder über sie hinweg, als er zentimeterweise näherkam. Als er nur noch Millimeter entfernt war und Ywena mich mit allen ihr zur Verfügung stehenden Mitteln schockte, strich er mit dem Daumen über mein Kinn. Dann drückte er es hoch.

»Rorik.« Sevilles scharfe Stimme brach den Bann, den er über mich gelegt hatte und ich brachte mich außer Reichweite. Er bewegte sich nicht. Stattdessen betrachtete er blinzelnd die Stelle, wo ich gerade noch gewesen war. Und dann legte sich ein solcher Zorn in seine Züge, so sprunghaft und bedrohlich, dass mir vollends der Atem stockte. Es währte nur einen kurzen Moment, bevor ein kühler Schleier zur Schau gestellter Langeweile seinen Ausbruch verbarg. Er richtete sich kerzengerade auf und drehte sich zu seiner Schwester herum.

»Ja.«

»Den ersten Tanz zu stehlen – du solltest es besser wissen. Außerdem sucht Jules nach dir.« Seville funkelte Rorik an und achselzuckend winkte er lässig ab.

Den ersten Tanz stehlen. War es hier nur um Macht gegangen? Tatsächlich? Es fühlte sich nicht so an und doch wusste ich, dass die Evers ihre Spielchen liebten. Eine schmerzhafte Kälte legte sich in meine Glieder.

»Na schön, na schön. Ich werde sie ein bisschen unterhalten. Passt auf Euch auf, Edira.« Er schlenderte davon wie ein Raubtier, das von seiner Beute inzwischen gelangweilt war und kein einziges Mal zurückschaute, um festzustellen, ob ich geflohen war.

Seville stöhnte und kniff sich in die Nase. »Verdammter Idiot.« Dann fügte sie an mich gewandt hinzu: »Orin sucht Euch.«

»Rorik hat nichts getan«, sagte ich, sobald ich meine Stimme wiedergefunden hatte. »Es geht mir gut.«

Es ging mir nicht gut, aber das brauchte sie nicht zu wissen.

Sie kniff ihre eisgrünen Augen zusammen und musterte mich von Kopf bis Fuß. Es war, als könne sie hören, dass ich log. Im funkelnden Licht der verzauberten Kronleuchter glühte die Macht in ihren Augen. Ihre Haut war so strahlend wie eh und je und gespickt von Diamanten – eine perfekte Ergänzung ihrer ätherischen Flügel, die wie Glas schimmerten. Das blutrote Gewand schmiegte sich auf die denkbar verlockendste Weise um ihre Kurven und ein Schlitz von der Hüfte bis zu den Füßen entblößte ihr rechtes Bein. Ein Strumpfband aus Spitze, besetzt mit Granat, schlang sich um ihren Oberschenkel und ihre Fernglove-Tätowierung war darunter zu sehen, als hätte sie die Waffe dort griffbereit, um sie von einem Moment auf den anderen zu zücken.

Seville lachte spöttisch und richtete den tiefen Halsausschnitt ihres Kleides. »Selbst wenn er Euch physisch nicht verletzt hat, hätte er Euch nicht anrühren dürfen.«

»Ich bin kein Besitz«, empörte ich mich. Es war mir egal, dass sich einige Männer und Frauen im Vorbeigehen nach mir umdrehten. »Das scheint Ihr alle zu vergessen.«

Seville funkelte mich an. »Sei es, wie es sei, heute Abend sind Dinge im Spiel, die Ihr nicht vermasseln dürft. Und Rorik …« Sie zischte. Es war ein Laut, der mehr ihr selbst galt als mir, während sie sich um zwei betrunkene Tänzer herumschlängelte. »Ich liebe keinen meiner Brüder, aber ich weiß, welchen ich nicht verärgern sollte.«

Ich ließ den Blick über die Menge schweifen und entdeckte Rorik, der neben einer Ever aufragte, bei der es sich schätzungsweise um diese Jules handelte. Wie alle Evers war sie makellos. Sie lehnte an einem Baumstamm und neigte ihm erwartungsvoll den Kopf zu. Roriks Grinsen war wölfisch und er strich mit dem Daumen über ihre Lippen, bevor er seinen Mund auf ihren presste.

Schnell sah ich weg, überrascht von dem aufflackernden Ärger in meiner Brust. So viel dazu, dass er mich schön genannt hatte. Ich nahm an, das war eine universelle Wahrheit. Schönheit war relativ, und er war relativ beschäftigt mit einer anderen Version davon.

Der einzige Schmerz, den ich Euch jemals absichtlich zufügen würde … Ich vertrieb den Gedanken, bevor er noch mehr Schaden anrichten konnte.

Orins tiefes Lachen erhob sich über die versammelte Gruppe und Seville hielt inne, um mich einer weiteren Musterung zu unterziehen. Sie murmelte immer noch etwas über Roriks Dummheit vor sich hin. Ich wollte genauer nachfragen, um diese angespannte Familiendynamik zu verstehen, die sich so gravierend von dem unterschied, was ich mit Noam und Nohr teilte. Aber ich bezweifelte, dass Seville mir freiwillig irgendwelche Informationen geben würde, und ein überlaufenes Fest war kaum der richtige Zeitpunkt für Neugier.

Vor allem nicht, wenn sämtliche Gäste beiseitetraten, um Orin durchzulassen.

Seville entschuldigte sich und hauchte ihm einen schnellen Kuss auf die Wange, bevor sie im Gedränge verschwand. Orin blieb stehen und sein verzückter Blick fiel auf mich.

»Edira.« Er schluckte zweimal und seine Augen wurden groß, während er meine Erscheinung betrachtete. »Ihr seht …«

… wie ein Garten aus.

»… wunderschön aus.«

Es war das dritte Mal, dass man mich schön nannte, seit ich mein Kleid angezogen hatte, und vielleicht war das der Grund, warum ich dem Kompliment nicht allzu viel Gewicht beimaß. Womöglich lag es aber auch an meiner Entzückung über die Überraschung, die Rorik und ich geteilt hatten, als er mich mit einem Garten verglichen hatte. Die Bemerkung war so abstrakt und schien eine so unglaubliche Übereinstimmung zwischen uns zu dokumentieren. Aber nein. Ich wollte ihm definitiv nicht länger erlauben, in meine Gedanken einzudringen und mit meinen Gefühlen zu spielen. Nicht, wenn ein anderer Mann mit viel mehr Würde und Freundlichkeit sich ausschließlich auf mich konzentrierte.

»Danke«, sagte ich mit einem Lächeln.

Heiterkeit lag in Orins Blick. Sein efeugrüner Maßanzug war die perfekte Ergänzung meines Gewands, genau wie die smaragdfarbenen Schuppen, die seine Schläfen umrahmten. Er hatte seine eichenbraunen Locken so frisiert, dass sie um seine Hörner herum fielen, ganz so, als trage er ein knöchernes Diadem. Ich erinnerte mich an meine erste Begegnung mit ihm, als ich gedacht hatte, er sähe majestätisch aus. Dabei hatte ich keine Ahnung gehabt, wie prächtig er tatsächlich war. Sein Schwanz zuckte hinter ihm hin und her, als er auf mich zukam, und er bot mir seine Hand dar. Ich ergriff sie, ohne zu zögern.

Sanft strich er mir eine lose Strähne meines mondlichtweißen Haares hinters Ohr. Als sein Blick zu meinem Schlüsselbein herabwanderte, verzog er das Gesicht. »Ywena, flieg zurück zu deinem Herrn. Edira hat heute Abend keine Verwendung für Trainingsmaßnahmen.«

Ihr Widerstreben war deutlich spürbar in der Art, wie sie sich näher an mich schmiegte. Und ich war mir nicht sicher, warum, aber das verärgerte mich nur noch mehr. Es war kaum ihre Schuld, dass Rorik so ein kolossaler Scheißkerl war, aber zumindest für heute Abend wollte ich nichts mit ihm zu tun haben. Trotzdem konnte ich ihr nicht wehtun, würde nicht mal im Traum daran denken, ihr wehzutun.

»Geh nur.« Sachte stupste ich mit einem Finger unter ihre Beinchen und ich hätte bei den Göttern geschworen, dass sie buchstäblich schnaubte. Ich blinzelte, als sie davonflog, wahrscheinlich, um sich auf die Suche nach Rorik zu machen. Irgendwann würde sie zurückkommen müssen. Aber für heute Abend war ich herrlich frei.

»Jetzt, da das geregelt ist, was würdet Ihr gern tun?«, fragte Orin.

»Ich hätte nichts gegen etwas zu trinken einzuwenden«, antwortete ich mit plötzlich ausgedörrter Kehle.

»Gewiss.« Er lenkte uns mühelos durch die Menge, ohne es zu versäumen, die Anwesenden um ihn herum zu begrüßen. Er verteilte seine Aufmerksamkeit großzügig und nannte jede Person, die sich uns näherte, beim Namen, als seien sie alte Freunde und nicht nur oberflächliche Bekannte. Als wir uns etwas zu trinken geholt hatten, bedankte er sich ausdrücklich bei der Dienerin, bevor er sich wieder mir zuwandte. Der Wein machte sich langsam wärmend in meinen Gliedern bemerkbar und ich genoss das Vergnügen, das damit verbunden war – und Orin.

»Ihr seid ganz anders, als ich erwartet hatte«, bemerkte ich. Die Worte sprudelten heraus, bevor ich es selbst begriff, und ich presste mir das Glas an die Lippen, damit mir nicht noch mehr versehentlich herausrutschte.

»Oh ja? Nun. Ich hoffe, das ist etwas Gutes.« Orin lächelte. »Ich weiß, die Umstände, unter denen wir uns kennengelernt haben, waren alles andere als günstig, aber ich bin kein Monster, Edira, auch wenn ich einige eher animalische Züge habe.«

»Die Hörner gefallen mir ganz gut.« Ich hätte einfach weitertrinken sollen. Reden war gefährlich.

Sein Grinsen wurde breiter. »Gut zu wissen.«

Meine Wangen begannen zu glühen und ich wandte den Blick ab, um auf das Gedränge der Gäste zu starren, die von Minute zu Minute ausgelassener wurden. Sie wirbelten unter den Kronleuchtern umher, Schweiß glänzte im flackernden Licht. Ein trunkenes Lächeln lag auf ihren Gesichtern. Unwissenheit war Glückseligkeit. Das Gleiche galt für Wein.

Orin kam vorsichtig einen Schritt näher und seine Wärme an meiner Seite war ganz wunderbar. »Habt Ihr Lust zu tanzen?«

»Werden Eure Gäste Euch nicht erwarten? Ich möchte Euch auf gar keinen Fall von Euren Pflichten fernhalten.« Ich deutete mit dem

Kopf auf eine Gruppe von Umstehenden, die weder tanzten noch aßen. Vielmehr drückten sie sich unsicher herum, als warteten sie auf eine Reaktion von Orin, um ihn ansprechen zu können.

»Die können warten.« Er legte mir eine warme Hand auf den Rücken und senkte die Lippen zu einem sanften, keuschen Kuss auf meine Wange. »Ihr seid die Einzige, mit der ich mich im Moment beschäftigen möchte.«

Eine Gänsehaut breitete sich auf meinem Rücken aus und ich drückte die Lippen aufeinander. Es mochte von Vorteil sein, wie ein Garten auszusehen, wenn es bedeutete, mit dem Gott der Erde selbst ein Paar zu werden. Niemand würde es wagen, auf mir herumzutrampeln. Diese Erkenntnis ging mit einem Gefühl von Macht einher, wie ich es noch nie verspürt hatte. Hier stand ich, umringt von allen möglichen wichtigen Leuten, und ich war diejenige, die unantastbar war.

Diesmal führte ich Orin auf die zum Tanz bestimmte Fläche. Ich scherte mich nicht darum, dass ich die Schritte nicht kannte oder meine Bewegungen nicht so fließend waren wie seine. Denn ich hatte Orins ungeteilte Aufmerksamkeit, und das war eine Macht, die niemand sonst zu erlangen eine Chance hatte. Sein Lächeln war breit, sein Körper warm und sicher. Ich liebte es, dass wir einfach tanzen konnten, ohne lächerliche Wortwechsel oder die Sorge um meine Atmung. Um seine Atmung. Wir waren eins. Nur eine verschmolzene Masse aus Gliedmaßen und Gelächter, während ich die Tanzschritte verstolperte und er mich vor dem Fallen bewahrte. So viel Spaß hatte ich seit Jahren nicht mehr gehabt.

Als das Stück endete, gingen wir atemlos zum Rand der Tanzfläche, in die Nähe der mit Speisen und Getränken beladenen Tische.

Orins Hände fanden meine Schultern und ich genoss die Wärme seiner Berührung. »Tanzen wir noch ein Ründchen?«

»Ich brauche nur eine Minute«, brachte ich mühsam heraus. Orin nickte, griff nach einem Kelch mit Wein und leerte ihn in einem einzigen Zug. Seine Lippen waren rosa verfärbt und es reizte mich unendlich, über die weiche Öffnung seines Mundes zu streichen. Ich stellte mich auf die Zehenspitzen, lehnte mich an seine Brust und streckte die Finger aus, um einen Tropfen Wein von seinen Lippen zu wischen. »Da war noch etwas.«

Er spannte unter mir die Muskeln an und ich spürte das Hämmern seines Herzens, dann schnappte er mit den Zähnen sanft nach meinem Finger.

»Hoppla«, murmelte er, ohne mich loszulassen.

Ich schnappte kurz nach Luft und wollte gerade dem seltsamen Verlangen nachgeben, das mich zu ihm hinzog, als ein verärgertes Hüsteln den Lärm der Festgäste durchbrach.

»Orin, was für eine Freude, dich zu sehen.«

Er gab meinen Finger frei und schaute über meinen Kopf hinweg. Ärger flackerte in seinen Augen, wurde aber umgehend durch ein breites Lächeln ersetzt, wie es sich für den Gastgeber des Abends geziemte. »Ossanna. Entschuldige, dass ich dich nicht früher begrüßt habe.«

Ich drehte mich zu der atemberaubenden Ever um, die mit einem Getränk in der Hand dastand. Sie sah genauso aus wie an jenem Tag in der Eingangshalle, bis hin zu dem gefährlichen Ausdruck in ihren rubinroten Augen.

»Die anderen warten.« Ihr Blick streifte mich. »Wollen wir?«

Orins Hand glitt an meinem Rücken hinab. »Wir waren gerade auf dem Weg.«

»Großartig.« Sie drehte sich um und ihr wogendes blauschwarzes Haar wirbelte umher, als sie sich ohne das geringste Zögern durch das Gedränge schob. Tänzer drehten sich um, Unwillen in ihren Zügen, aber sie verschluckten ihre barschen Bemerkungen, sobald sie erkannten, wer sich da einen Weg durch die Menge bahnte. Niemand wagte es, Ossanna zur Rede zu stellen. Stattdessen wandten sich die Festgäste ohne jedes Murren wieder der ausgelassenen Feier zu.

»Am besten, wir bringen es hinter uns.« Orin seufzte und lotste uns mit einem sanften Schubs um die Menge herum, in die gleiche Richtung, in die Ossanna ging. »Danach können wir vielleicht beenden, was Ihr begonnen habt.«

Ich schaute an ihm vorbei zum Rasen und zu den umherwirbelnden Menschen, der Heiterkeit in ihren Augen. Kurz wanderte mein Blick zu dem Baum hinüber, wo ich Rorik das letzte Mal gesehen hatte. Er war nirgends zu entdecken – genauso wenig wie Jules –, aber damit sollte ich mich jetzt nicht befassen. Orins Worte hatten ein ganz anderes Gefühl bei mir ausgelöst, von dem ich nun gänzlich erfüllt war. Ich wollte lachen, wie ich es getan hatte, wollte so tun, als gäbe es nur den heutigen Abend und den Augenblick. Ich wollte mich einfach nur der gleichen Ausgelassenheit hingeben wie der Rest der Gäste. Und wer mir diese Ausgelassenheit schenkte, war mir völlig egal.

»Das klingt wunderbar.«

Und ich meinte es ernst.

KAPITEL 15

Am Rand des Geschehens stand eine ganze Reihe elfenbeinfarbener Polsterstühle mit kunstvollen Holzbeinen. Die meisten davon waren besetzt. Orin verzichtete auf eine umständliche Vorstellungsrunde und bestätigte mir, dass die Evers, die vor mir saßen, tatsächlich die prominenten Familienmitglieder der Starglens und der Waterstones waren.

Issa und Flix flankierten den Stuhl ihrer Mutter und sahen mich mit einem Grinsen an, bei dem ihre Reißzähne aufblitzten, aber darüber hinaus saß niemand bei den Waterstones. Ossanna schien das wenig auszumachen. Wenn überhaupt, war sie wohl der Typ, der die totale Kontrolle bevorzugte. Ich bezweifelte, dass sie erpicht darauf war zu teilen, was immer ihr Name ihr an Macht gewährte.

Und dann gab es noch Zelyria und Dagas Starglen. Sie waren Tante und Onkel von Briar, dem kleinen Jungen, der Orins Unterricht besuchte, und die gemeinsamen Oberhäupter ihres Haushalts. Wenn Briar Eltern hatte, so wurden diese nicht erwähnt. Trotzdem stand er hinter ihren Stühlen, unbeweglich und leidenschaftslos wie eh und je. Aber statt in den Nachthimmel zu schauen, wie er es zuvor getan hatte, richtete er seinen Blick ausschließlich auf mich. Die Wucht seiner reglosen Augen war beunruhigend. Je länger ich seinem Blick standhielt, umso flauer wurde mir im Magen.

Als ich es nicht länger ertragen konnte, wandte ich mich Orin und Seville zu. Roriks Stuhl war verwaist. Amalyss, Tasia und ihre Eltern waren immer noch irgendwo auf dem Fest, obwohl ich Lydia gelegentlich dabei ertappte, dass sie finster in unsere Richtung starrte.

»Ich danke Euch allen, dass Ihr gekommen seid«, sagte Orin. Eine Dienerin war in dem Moment seines Erscheinens vorbeigekommen und brachte jetzt Wein für diejenigen, die hier zusammensaßen. Zumindest hatte sich die Dienerschaft an Sevilles Forderung erinnert, die Stielgläser mit den eingearbeiteten Diamanten zu benutzen. Orin nahm einen kleinen Schluck. »Lasst uns das hier kurz halten und den Abend genießen, einverstanden?«

»Wir würden dich doch nicht von deiner Beute fortlocken wollen.« Selbst im schwachen Licht des Mondes war der Ärger in Ossannas Augen nicht zu übersehen. Weit entfernt vom Fest, wie wir hier waren, standen die nächsten verzauberten Laternen etliche Meter weg und trugen wenig dazu bei, unsere Umgebung zu erhellen. Natürlich bezweifelte ich, dass diese Evers es überhaupt bemerkten. Bei so vielen zur Schau gestellten viehischen Körperteilen hätte ich mein Gewicht in Münzen darauf verwettet, dass Evers auch im Dunkeln sehen konnten. Immerhin war die Nacht mit flammenden Sternen und einem Halbmond gespickt – das reichte mir, um das Verlangen und die Neugier in Ossannas Zügen zu erkennen.

Orin zog lediglich eine Braue hoch. »Wieder allein, Ossanna? Bei Interesse kann ich ein paar verfügbare Verehrer für dich organisieren. Ich kenne jede Menge Kandidaten, die den Namen Waterstone bewundern.«

Sie lachte. »Es überrascht mich, dass du deiner Schwester nicht das Gleiche anbietest.«

»Als würde ich Orins Hilfe brauchen.« Seville nahm einen kräftigen Schluck aus ihrem Glas, bevor sie Ossanna mit einem ungestümen Blick durchbohrte. »Du solltest dankbar dafür sein, dass mein Bruder überhaupt bereit ist zu helfen.«

»Das bin ich allerdings.« Ossannas Grinsen wurde noch breiter. »Meine Tochter verdient nur das Beste für ihre Zukunft.«

Meine Kehle wurde bei ihren Worten trocken und plötzlich war mir das Fehlen eines Glases in meiner Hand bewusst. Mir gefiel die Anspannung nicht, die zwischen Ossanna und Orin herrschte, trotz seiner gelassenen Fassade. Er seufzte und schüttelte einmal knapp den Kopf, aber es entging mir nicht, wie seine Finger sich fester um die Armlehne seines Stuhls schlossen.

»Heben wir uns diese Diskussion für ein andermal auf.« Er wandte sich den Starglens zu und neigte zur Begrüßung das Kinn. »Danke, dass ihr euch uns angeschlossen habt. Es ist lange her, seit unsere Familien so zusammengekommen sind.«

Zelyria musterte ihn eine ganze Weile. Die Tiefe ihrer indigoblauen Augen war endlos und die dunkle Schattierung ihres Haars wie eine schwarze Leere, die alle Farben aufzusaugen schien. Sie und Dagas hatten beide die gleiche Sternbildtätowierung wie Briar. Bei Zelyria erstreckte sich das Mal in einem kunstvollen Tanz über ihre sanften Züge und betonte diese noch. Als sie sprach, war ihre Stimme überraschend tief. »Einige mehr als andere.«

Im selben Augenblick durchbrach ein helles Lachen, gefolgt von einem erhitzten, kehligen Knurren den gedämpften Lärm des Festes hinter uns. Rorik schlenderte auf seinen verwaisten Stuhl zu und Jules klebte an ihm wie ein Kleidungsstück. Sie flüsterte ihm etwas ins Ohr, bevor sie den Kopf der Versammlung zuwandte. Violette Augen, umrahmt von unfassbar dichten, schwarzen Wimpern, flogen von einem zum anderen, bis sie mich bemerkte. Ihr Sternbild war mehr wie Diamanten, die ihr die Schläfe hinuntertropften, und trotzdem signalisierte es ihre Familienbande.

»Du bist spät dran wie immer«, bemerkte Seville gedehnt.

Rorik ließ sich lässig auf seinen Stuhl fallen und zog Jules auf seinen Schoß. »Wenn ich irgendetwas bin, dann berechenbar.«

Götter. Ich hasste ihn. Ich wünschte, ich hätte ihn angelogen.

Ich wusste nicht, was der Auslöser war – seine Anwesenheit, mein Zorn oder Orins steter Trost –, aber ich rückte näher an Orins Arm heran. Und obwohl er mir nicht in die Augen sah, sorgte er dafür, dass ich mir seiner Anwesenheit bewusst war. In einer ganz leichten Berührung streifte er mit dem kleinen Finger mein Handgelenk. Allein bei dieser subtilen Geste verflogen die unguten Gefühle bereits und ich richtete meine Aufmerksamkeit wieder auf die Gruppe.

»Tochter«, sagte Dagas und beugte sich vor, um die Ellbogen auf die Knie zu stützen. »Wir haben dich beim Essen vermisst.«

Sie zögerte nicht den Bruchteil einer Sekunde. »Ich habe etwas anderes gegessen.«

Bei ihren Worten verschluckte ich mich fast an meinem eigenen Atem und drehte mich weg, um zu husten.

Verdammt, ich brauche etwas zu trinken.

»Edira?«, fragte Orin, als sich unsere Blicke trafen. Nichts als Sorge lag in diesen wunderschönen, grünen Iris. Sie wanderten hinab zu meiner Kehle und dann schaute er wieder zu den Starglens hinüber, wo ja noch Briar stand. »Briar, kannst du ihr bitte etwas zu trinken holen?«

Briar wartete nur Zelyrias zustimmendes Nicken ab, dann war er auch schon verschwunden und schlängelte sich lautlos wie eine geisterhafte Erscheinung durch die Menge.

»Danke«, murmelte ich und zwang mich zu einem rauen Schlucken. Geistesabwesend rieb ich über den kleinen Hohlraum über meinem Schlüsselbein, bevor ich die Hand fallen ließ.

Jetzt endlich sah Rorik mich an. Seine glasigen Augen wurden plötzlich klar und die Röte in seinen Wangen und Ohren verblasste zu einem bleicheren Ton. »Euch fehlt etwas.«

Der Rest der Gruppe verstummte und alle richteten den Blick auf ihn.

»Mir fehlt nichts.« Ich war mir nicht sicher, was die Etikette für eine Situation wie diese vorsah, wenn man einem Ever inmitten von etwas, das sich sehr wichtig – und sehr angespannt – anfühlte, Widerworte gab, aber Rorik machte nicht direkt den Eindruck, beliebt zu sein. Wenn überhaupt, tolerierte seine Familie notgedrungen seine Existenz. Ich bezweifelte, dass die Waterstones oder die Starglens, abgesehen von Jules, überhaupt viel für ihn übrighatten.

»Ywena. Wo ist sie?«

»Ich habe sie zu dir geschickt.« Orin legte eine Hand auf meine und Roriks Blick verfolgte die Geste flüchtig. »Wenn sie jetzt nicht bei dir ist, dann ist das deine Verantwortung.«

»Ywena?« Ossanna legte den Kopf schräg und ich hätte schwören können, dass das Grinsen ihre Ohren erreichte, als könne eine potenzielle Auseinandersetzung eine extreme Verzerrung ihrer Gesichtszüge herbeiführen. »Eine weitere Gefährtin für den Abend?«

»Ich kann Euch versichern, dass ich die Einzige bin, mit der er beschäftigt gewesen ist.« Jules' Geringschätzung war förmlich greifbar, und sie ließ sich tiefer in Roriks Arme sinken, als wolle sie ihren Platz behaupten.

Eine seltsame und fremde Hitze erwachte flackernd in mir zum Leben und ich musterte Rorik mit einem flüchtigen Stirnrunzeln. »Ywena wird wohl bemerkt haben, dass Ihr beschäftigt wart, und hat sich deshalb von Euch ferngehalten. Schlau von ihr, wenn Ihr mich fragt.«

Ich wusste nicht, was Rorik mir mit seinen Augen mitzuteilen versuchte, und ich machte mir gar nicht erst die Mühe, es herauszufinden. Stattdessen schaute ich weg und sah zu meiner Erleichterung Briar mit einem Getränk in der Hand durch die Menge auf mich zukommen. Ich würde seinen unheimlichen, intensiven Blick jederzeit dem Roriks vorziehen.

»Meine Güte, Rorik«, schnurrte Jules und beugte sich an ihm vorbei, um mich genauer zu mustern. »Da ist aber jemand eifersüchtig.«

»Schluss jetzt.« Orins berauschende Stimme enthielt genug Autorität, um selbst das leise Zirpen der Insekten zum Verstummen zu bringen. Er stand abrupt auf. »Jules, wenn du so freundlich wärest, dich wieder deiner Familie anzuschließen. Ich möchte mit meinem Bruder sprechen. Unter vier Augen.«

Anscheinend war selbst Jules so klug, sich nicht mit Orin anzulegen. Sie stieß einen genervten Seufzer aus, verzichtete aber auf Widerworte. Mit wenigen kurzen Schritten war sie an der Seite ihrer Eltern. Ohne dass Orin etwas sagen musste, schlüpfte Seville in die Rolle der Gastgeberin und gab ihren Sitzplatz auf, um die Starglens und die Waterstones in ein Gespräch zu verwickeln. Orin wartete nicht einmal darauf, dass Rorik aufstand. Stattdessen packte er ihn am Kragen und zerrte ihn geradezu auf die Füße. Rorik knurrte zur Antwort, bleckte die Reißzähne und streckte die Flügel aus. Orin reagierte nicht darauf. Er stieß ihn nur einige Schritte vor sich her, dann stürmten beide Männer zur nahen Baumlinie davon.

»Das war ereignisreich.« Die stille Eleganz von Briars Stimme war so gedämpft, dass ich sie mit der Nachtbrise verwechselt hätte, wäre mir nicht seine Rückkehr zur Gruppe bereits vorher aufgefallen. Ich drehte mich zu ihm um, nahm das dargebotene Glas Wein und trank einen großen Schluck. Der vertraute Geschmack von dunklen Kirschen breitete sich in meinem Mund aus, zusammen mit einem Kraut, das ich nicht recht einordnen konnte. Das Getränk barg eine tiefe Hitze in sich und hatte eine fast schon schleimige Konsistenz. Das Gefühl legte sich bleischwer auf meine Zunge und es bildete sich eine beträchtliche Menge Speichel. Ich zog die Brauen zusammen.

»Woher hast du das hier?«

»Stand auf dem Tisch.« Er deutete auf dieselbe Stelle, an der ich bereits vorhin meinen Wein bekommen hatte. Aber mit jedem weiteren Atemzug sickerte mir eine klebrige Wärme in die Knochen. Meine Lippen begannen zu kribbeln und ein komisches, flaues Gefühl breitete sich in meinen Gliedern aus. Alles, was ich wollte, war lachen. Ich hob die Hände vors Gesicht und studierte die seltsamen Formen meiner Finger, dann brach ich in Gekicher aus. Ich musste etwas gesagt haben, denn Briar grinste tatsächlich. Und dann verwandelte sich seine Gestalt und offenbarte fledermausartige Flügel und endlose Reihen spitzer Reißzähne und irgendwo in meinem Kopf wusste ich, dass ich hätte Angst haben sollen. Trotzdem war der einzige Gedanke, der es bis zur Oberfläche schaffte, der, wie schwer es für ihn gewesen sein musste zu essen, ohne sich die Lippen aufzuschlitzen.

Er hakte mich unter und wir hüpften davon. Lachend. Wirbelten um Tänzer herum. Bewegten uns durch die Menge, bis wir auf der anderen Seite des Festgeschehens landeten. Wir gingen weiter, rannten über die mondhellen Felder aus üppigem Gras und hinein in den dichten Wald. Die Bäume hießen uns mit offenen Armen willkommen und ihre Äste streckten sich aus, um mein Haar zu befingern, während ich rannte. Es war so anders als an jenem Tag, an dem Rorik mich in die Tiefen des Waldes gejagt hatte. Da war keine quälende Dunkelheit. Kein Echo, kein rasselnder Atem. Der kriechende, kühle Nebel war jetzt ein sanfter, balsamischer Atemzug auf meiner Haut. Ich machte mir keine Sorgen, hatte keine Angst. Ich war frei.

»Weiter! Wir sind fast da.« Briars Stimme war wie ein Lied und ich sehnte mich danach, jede Note zu hören. Ihm bis ans Ende der Erde zu folgen, wenn er es denn so wollte. Die Welt wirbelte um mich herum, als ich über Wolken und Sterne stolperte, bis ich endlich vor einem knorrigen, wettergegerbten Baumstamm zu Boden fiel. Ich verzog das Gesicht, weil ich mir die Knie aufgeschlagen hatte und mein Kleid zerrissen war. Schmerz spürte ich nicht, nur eine unbehagliche Wärme und dieses klebrige Gefühl.

»Briar«, brachte ich mühevoll heraus, meine Worte langsam und voller Hoffnung, »kann ich ein Bad nehmen? Ich bin bedeckt mit Baumsaft.«

»Das ist kein Baumsaft. Es ist Blut.« Ein Kichern mischte sich in seine Worte, als er mich hämisch anstarrte.

Das Lachen, mit dem ich antwortete, war zu laut in meinen Ohren. »Oh, ich verstehe.« Ich verstand es nicht, aber ich war bereits wieder in Bewegung und konzentrierte mich stattdessen auf den Baumstumpf vor mir. »Wir sind da?«

»Die Energielinie.« Seine Finger wanderten sachte über mein Fernglove-Wappen, dann legten sie sich in meine. »Normalerweise können Menschen nicht auf diesen Wegen reisen, aber Ihr habt Ever-Magie in Euch.«

»Wie mit Seville«, murmelte ich. Träge Bilder von mir, wie ich in Unterwäsche auf dem Podest im Laden posierte, gingen mir durch den Kopf. Es war so ein *zauberhafter* Ausflug gewesen. Zweifellos würde dieser hier ebenso sein.

»Ihr seid schon einmal auf diese Weise gereist?« Sein Grinsen war koboldhaft. »Es wird sich nicht genauso anfühlen. Ihr seid körperlich etwas angeschlagen.«

Dann strich er über einen besonders knotigen Teil der Borke und der Stamm erblühte wie eine hölzerne Blume und öffnete sich zum Nachthimmel. Aus seiner Mitte erhob sich eine wirbelnde Kugel aus leicht grünem Nebel. Briar drückte meine Finger, sprang in die seltsame Kugel hinein und zerrte mich mit sich.

Das drückende Gewicht uralter, andersweltlicher Magie packte mich mit der Wucht eines Wasserstrudels. Ein unerträgliches Rauschen schwoll in meinen Ohren an, während ich am ganzen Körper zitterte. Die Haut wurde mir Zentimeter für Zentimeter von den Knochen geschält und meine Eingeweide wurden getrocknet und geschreddert wie die Zutaten, die ich in meinen Apothekergläsern aufbewahrte. Ich schrie und meine Lunge riss in Fetzen, als Magie durch meine Kehle schoss. Briar, der neben mir stand, schaute nur mit kranker Faszination zu. Gerade als ich im Begriff war, mir die Augen aus den Höhlen zu kratzen, kam alles zum Stillstand.

Mit lässiger Routine verließ Briar den magischen Transportweg und seine in Stiefeln steckenden Füße landeten auf festem Boden, an einem Ort, den ich nicht kannte.

Ich fiel auf allen vieren auf die Erde und übergab mich.

»So ist es richtig. Raus damit.« Er massierte mir den Rücken und ich wich vor seinen Fingern zurück.

»Du hast mir eine Droge verabreicht.« Das raue Schnarren meiner Stimme ließ mich innerlich zusammenzucken. Dieses fremdartige Kraut in meinem Wein, das ich nicht hatte einordnen können. Er hatte etwas hineingegeben. Meine Knochen knirschten und ich reckte den Hals, um ihn wütend anzufunkeln. »Warum? Warum hast du das getan?«

Statt zu antworten, schloss er seine Krallenhand um mein Handgelenk und riss mich auf die Füße. Sterne tanzten mir vor den Augen und ich fluchte. Briar wartete nicht darauf, dass mein Körper sich beruhigte, sondern zerrte mich mit Gewalt über eine offene Fläche aus Mulch und Dreck hin zu einem monströsen, einsamen Hügel, auf dem sich Gräser im Wind wiegten. Die letzten Reste des gepanschten Weins machten mich unbeholfen und ich humpelte hinter ihm her. Vergeblich versuchte ich dabei, mich aus seinem eisernen Griff zu befreien. Mit jedem zittrigen Atemzug brannte meine Kehle schlimmer. Ich wollte mich heftiger zur Wehr setzen, wollte mich von diesem übermenschlich starken Ever losreißen, aber es kostete mich schon alle verfügbare Kraft, nicht einfach bei jedem wackligen Schritt hinzufallen. Der Boden war schlammig und rutschig und gab unter meinen Füßen nach, während wir uns dem hoch aufragenden Hügel näherten.

Als wir dessen Fuß erreichten, kam ein höhlenartiges Maul in Sicht. Verwitterte Wurzeln zogen sich entlang der erdigen Decke und ihre Spitzen ragten wie schiefe Zähne dem Boden entgegen. Moos bedeckte die Wände und hüllte alles in einen schwachen, grünen Schimmer. Sobald wir die Schwelle überschritten hatten, gingen wir nach hinten in die Höhle und Briar schob einen Vorhang aus brüchigen Efeuranken beiseite. Vor uns wurde ein schmaler Gang sichtbar, der tief unter die Erde führte.

»Hier entlang.« Mit einem weiteren Ruck zog er mich den gewundenen Pfad hinunter. Zuerst gab es überall um uns herum nicht mehr zu sehen als festgestampfte Erde. Als das Moos erstarb, erstarb auch das Licht. Briar ging weiter. Ob Vertrautheit oder Magie ihm halfen, sich in der Höhle zurechtzufinden, vermochte ich nicht zu sagen. Aber erst als ich ausrutschte und ihn fast mit zu Boden riss, schien er die Notwendigkeit einer Lichtquelle zu bemerken.

Mit seiner freien Hand beschwor er eine Anzahl von Sternen herauf, die um seine Finger schwebten. Das grelle Licht der Sterne beleuchtete den Weg mühelos und Briar ging weiter, ohne meinen Arm loszulassen. Die Luft wurde kühler, als wir tiefer in der Erde abtauchten, und schließlich verwandelte sich der Pfad unter unseren Füßen in Treppenstufen, die aus einer Art schwarzem Glas gemacht waren. Die Wände waren nun aus demselben Material und der Pfad mündete in einen großen, runden Raum. In der Decke war ein riesiges Loch und Mondlicht fiel durch die Öffnung. Es tauchte den Raum in einen weichen Schimmer. Tausende blinkender Punkte schimmerten aus den Tiefen der Mauern und dem Boden aus Onyx, als sei ich in den Nachthimmel selbst getreten. Direkt unter der Öffnung stand ein verwesender Baum mit knotigen Ästen und knochenweißen Blumen.

Das ist die gleiche Art von Baum wie bei denFerngloves.

Ein Frösteln überlief mich. »Was mache ich hier?«

Briar antwortete nicht, als er seine Macht verebben ließ. Dann stieß er mich zu dem Baum hinüber, und ich stolperte über die zerschrammten Wurzeln, die aus der seltsamen, schwarzen Erde hervorbrachen. Bevor ich fallen konnte, packte mich etwas am Arm und als ich den Hals Richtung Ellbogen reckte, rutschte mir das Herz in die Hose. Ein Arm hatte sich aus dem Fuß des Baums gelöst und gelenklose Finger hatten mich fest gepackt. Und dann lösten sich plötzlich drei weitere Äste vom Stamm. Noch ehe ich überhaupt Luft holen konnte, war ich gefangen. Ich war umgedreht worden, sodass ich mit dem Rücken an der sich jetzt windenden Borke lehnte. Die Äste schlossen sich in seltsamen Winkeln um mich und machten mich bewegungsunfähig. Mein Gehirn rebellierte gegen das unheimliche Gefühl ledriger Haut, die sich an meinen nackten Schultern rieb, und ich stieß einen spitzen Schrei aus, als ein Finger über meinen Hals kratzte.

In meinem Kopf schrillten die Alarmglocken. Die letzten Auswirkungen des Weins waren endlich verflogen und ich stemmte mich gegen den Griff des Baums. Ein tiefes Stöhnen – wie eine Mischung aus knarrenden Ästen und brechenden Knochen – durchschnitt das Rauschen in meinen Ohren. Ich saß in der Falle. In der Falle in einer Ever-Höhle und ohne auch nur einen Hauch von Macht, mich loszureißen. Niemand konnte mir helfen. Niemand kam zu meiner Rettung. Noch nie hatte ich mich mehr nach Ywenas Anwesenheit gesehnt. Sie hatte mich schon früher gerettet – war davongeflogen, um Hilfe zu holen, als Amalyss und Tasia mich überlistet hatten. Aber jetzt war ich ganz allein.

Während ich mich gegen die Äste stemmte, versteckte ich meine Angst hinter einem strengen, wütenden Blick. »Was willst du von mir?«

»Eure Hilfe.« Briar legte den Kopf schräg, als sei es seltsam, dass ich mir überhaupt die Mühe machte, eine derart offensichtliche Frage zu stellen.

Seine gefurchte Stirn befeuerte meinen Zorn nur noch mehr. »Wobei?«

»Threadmending.«

Scheiße, nicht schon wieder. »Das kann ich nicht.«

»Und ob Ihr das könnt.« Er schürzte die Lippen. »Zumindest könnt Ihr es versuchen.«

»Du kannst mich nicht dazu zwingen.« Ich kämpfte gegen den Griff des Baums, kam aber keinen Zentimeter weiter. »Ich werde kein Abkommen mit dir treffen. Ich weigere mich.« Zumindest hatten Tasia und Amalyss mir eins beigebracht. Schon jetzt spitzte ich die Ohren und suchte nach einem Hauch der Macht hinter Briars Worten, der die verräterische Magie eines Ever-Schwurs signalisieren würde. Ich würde nicht noch einmal darauf hereinfallen.

»Es gibt andere Möglichkeiten, Euch zu *überreden*«, ertönte eine leise Stimme aus den Tiefen der Höhle. Zelyria tauchte aus einem verborgenen Gang auf, dicht gefolgt von Dagas. Jules war nirgends zu sehen.

»Es ist keineswegs unter unserer Würde, Euch mit physischen Mitteln dazu zu bringen, unseren Vorschlägen zu lauschen.« Dagas stolzierte herüber und blieb vor mir stehen, um mich und insbesondere meinen Gesichtsausdruck genau zu mustern. »Es ist doch so, wir Evers vergessen oft, dass wir so viel mehr sind als unsere Worte.«

Zelyria gesellte sich zu ihm und lehnte den Kopf an seine Schulter. »Wir haben nicht den Wunsch, Euch wehzutun.«

»Es fällt mir schwer, das zu glauben.« Meine Augen wurden schmal, während ich versuchte, einen Plan zu schmieden. Erfolglos. Ich konnte schreien, aber was würde mir das nutzen? Selbst betrunken vom Wein war ich klar genug im Kopf, um zu begreifen, dass diese Erdhöhle im Nirgendwo war. Die Starglens lebten einen Dreitagesritt von Willowfell entfernt, falls das hier überhaupt ihr Zuhause war. Ich konnte mir nicht sicher sein, wie weit wir gereist waren. Meine Atmung wurde flacher, als Adrenalin meinen Körper flutete.

Wie komme ich hier raus?

»Ich sagte, wir *wünschen* nicht, es zu tun. Nicht dass wir Euch nicht wehtun würden, wenn es sein muss.« Zelyria richtete sich auf und winkte Briar heran. Er kam augenblicklich in ihre offenen Arme. Sie drückte ihn an sich. »Briar hat seine Eltern an die Seuche verloren. Sie sind diejenigen, die Euch im Moment festhalten.«

Die Hände packten mich wie Fesseln. »Mir war nicht bewusst, dass auch andere Evers sich angesteckt hatten.«

Zelyria blinzelte. In ihrem überraschend sanften Gesichtsausdruck lag ein Hauch von Reue. »Oh, meine Liebe, was hat man Euch doch hinters Licht geführt. Es tut mir aufrichtig leid, zu dieser Kümmernis noch beitragen zu müssen.«

Mein Magen rebellierte, als die Äste, die mich an den Baum

drückten, ihre Umklammerung verstärkten. »Das verstehe ich nicht. Ihr seid nicht krank.«

»Sagt wer?« Dagas zog eine Braue hoch.

»Orin hätte es mir erzählt.«

»Hätte er das? Warum?«, fragte Dagas. »Teilt er regelmäßig die Einzelheiten andere Ever-Familien betreffend mit seinen Angestellten? Oder seid Ihr mehr als das?«

Mir lag eine Antwort auf der Zunge, aber ich verkniff sie mir. Wir waren nichts, und doch hatte ich angenommen, dass er, wenn er gewusst hätte … nein, er konnte es nicht gewusst haben. Andernfalls hätte er dieses Wissen mit mir geteilt und sei es auch nur als Hilfe, um zu verstehen, wie ich die Seuche bei Mavis bekämpfen konnte.

»Wir sind alle krank«, sagte Zelyria, während sie mich genau beobachtete. »Das ist der Grund, warum wir hier sind.«

Sie alle. Zelyria. Dagas. Briar. Ich konnte mich kaum auf ihre Worte konzentrieren. Die Arme umfassten mich immer fester und Finger waren aus dem Baumstamm hervorgetreten, um sich in meine Seiten zu pressen. Ein Schauder überlief mich, Galle brannte auf meiner Zunge. Trotzdem zwang ich mich, auf meine Atmung zu achten, mich auf jede mir mögliche Weise zu fokussieren, in der Hoffnung, einen Ausweg aus diesem grauenvollen Albtraum zu finden.

Zieht die Wirbelsäule in die Länge. Entspannt die Schultern. Atmet in den Bauch. Ich ließ Roriks Worte innerlich Revue passieren und stellte mir seine ruhige Hand auf meinem Rücken vor.

»Trotzdem kann ich Euch nicht heilen. Ich weiß nicht, wie.«

»Und doch werdet Ihr es versuchen.« Dagas' Worte waren voller Hitze und Drohung und urplötzlich ließen alle ihren Glamourzauber fallen. Mir klappte der Unterkiefer herunter, während ich in der Umklammerung der Bäume erstarrte.

Ich brauchte nicht einmal meine Macht zu rufen, um die Krankheit zu sehen – sie hatten jeden Hauch Magie weggewischt, jede sorgfältige Glamourschicht, um die absolute Wahrheit ihres geteilten

Zustands zu entblößen. Sie waren übersät mit Dutzenden von aufgerissenen Pusteln und klaffenden Wunden. Ihr schimmerndes Haar war jetzt an manchen Stellen brüchig, manche Stellen sogar kahl, und ihre gebrechlichen Leiber waren so verhutzelt und zerstört – es grenzte an ein Wunder, dass ihre Kleidung an Ort und Stelle blieb. Die leuchtenden Farben ihrer verzauberten Gewänder passten so gar nicht zu ihrem aschigen Teint und den grotesken Wunden. Haut schälte sich von Briars Wange ab, als er mich beobachtete, und Zelyria strich sie ihm geistesabwesend von der Schulter. Alles an ihnen war grauenvoll. Ekelerregend. Aber nichts wühlte meine Eingeweide mehr auf als der Gestank, den sie in berauschenden Wellen verströmten.

Sie konnten nicht mehr viel Zeit übrig haben.

»Die anderen …« Meine Gedanken überschlugen sich und ich ging im Geiste jede Begegnung durch, die ich mit einem Ever gehabt hatte, bis eine bestimmte Erinnerung an die Oberfläche ploppte. Sie war so nichtig gewesen und doch … Seville hatte über einen Makel gelacht, der unter Lydias Glamour versteckt gewesen war. Seville konnte alles unter dem Schleier ihrer Tante sehen. Nichts war vor ihr verborgen.

Was bedeutete, dass dieFerngloves von der Krankheit der Starglens gewusst haben mussten.

»Sie haben es gewusst«, brachte ich nach mehreren stählernen Atemzügen zustande. »Orin hat es gewusst.«

Zelyria blinzelte. »Ich habe Euch doch gesagt, wir sind *alle* krank.«

Bei ihren Worten schien die ganze Welt um uns herum in Stille zu versinken und Hitze schoss in meine Augen. Sie alle. Nicht nur die Starglens oder die Waterstones oder auch nur die Ferngloves. Alle Evers. Jeder Einzelne. Mir wurde fast schwarz vor Augen.

»Nein«, murmelte ich. »Das kann nicht wahr sein.«

»Unsere Glamourzauber sind schwer zu durchstoßen. Sie bestehen aus sorgfältig übereinandergeschichteter Magie. Je mehr Schichten man entblättert, umso einfacher ist es, das ganze Ding in Fetzen zu reißen und die Wahrheit zu entdecken.« Dagas verschränkte die Arme vor der

Brust. »Es wäre total einfach, Euch vorzugaukeln, Ihr würdet alles sehen, obwohl Ihr in Wirklichkeit wahrscheinlich nur an der Oberfläche gekratzt habt. Selbst unsere Ländereien sind von der Krankheit befallen.«

Orin im Arbeitszimmer. Sein Körper zur Schau gestellt, seine besonderen Merkmale und seine unvergleichliche Macht.

Und dann traf mich eine andere Erkenntnis wie ein Schlag in die Magengrube. Nicht ein einziges Mitglied der Familie derFerngloves hatte irgendeinen Eigengeruch. Ihr Duft hatte genauso gefehlt wie der der Hyazinthen in der Eingangshalle, denn alles war mit unzähligen Schichten von Glamour überlagert.

Um den Gestank der Seuche zu überdecken.

Ich wollte mich übergeben. Man hatte mir vorgemacht, Mavis sei das einzige kranke Familienmitglied, aber es betraf die gesamte Familie der Ferngloves. Und selbst wenn es mir gelang, ein Heilmittel zu finden, würde ich niemals genug Lebenszeit haben, um sie alle und meine Brüder zu retten.

Doch nichts davon spielte eine Rolle. Nicht jetzt, da ich einer Familie gegenüberstand, deren Zeit bereits abgelaufen war. Ich konnte die Panik in ihren Augen sehen, in der verzweifelten, hungrigen Art, wie sie die magische Schattierung meines Haares fixierten.

Vor einigen Stunden hatte ich mich noch für unantastbar gehalten. Jetzt wusste ich, wie falsch ich gelegen hatte.

Und ich war nicht stark genug, sie aufzuhalten. Mein Blick wanderte zu der Öffnung in der Decke und hinauf zum Nachthimmel. Mit einer behutsamen Verlagerung des Körpergewichts drückte ich gegen die unversöhnlichen Äste des Baums. Es gab keine Chance zu entkommen. Ich sah wieder zu den Starglens. Sah Zelyria, Dagas und Briar. Jules fehlte immer noch. Was hatte sie die ganze Zeit bezwecken wollen? Rorik ablenken, damit ihre Familie sich fortstehlen konnte? Aber dann wäre es doch Orin aufgefallen. Es musste ihm auffallen.

Ich musste sie nur weiterreden lassen und beten, dass die Ferngloves mit der Zeit meine Abwesenheit bemerken würden – und die Abwesenheit des größten Teils der Starglens – und mir zu Hilfe kommen würden. Nach den jüngsten Enthüllungen wollte ich nicht einmal in der Nähe von Orin sein, aber er war der Einzige, der mich in diesem Moment retten konnte.

»Ihr müsst wissen, dass ich die Seuche nicht heilen kann. Noch nicht. Andernfalls wären dieFerngloves längst geheilt«, sagte ich.

»Ihr wäret außerdem tot.« Dagas zuckte die Achseln. »Euer Körper wäre nicht in der Lage gewesen, so viel Einsatz von Magie auszuhalten. Da war es besser, Euch rechtzeitig wegzuholen, und jetzt verausgabt Ihr Eure Talente eben an uns.«

Mein Herz hämmerte mir in den Ohren, als die Starglens sich zentimeterweise näherten. Wie konnte ich etwas herauszögern, das sie unbedingt haben wollten? Bilder von Tasia und Amalyss kamen mir in den Sinn, ihre verzweifelte Intrige, um mich dazu zu bewegen, Fäden zu heilen. Sie hatten einfach schreckliche Angst gehabt. Sowohl vor dem Tod als auch vor Orins Zorn. Aus Angst vor Konsequenzen hatten sie kaum mehr mit mir gesprochen. Vielleicht würde die Androhung von Orins Macht auch die Starglens verängstigen.

»Orin wird sich Euch vorknöpfen.« Ich zwang meine Stimme, ruhig zu bleiben, um so viel Hitze und Drohungen hineinzulegen, wie die Ferngloves sie oft benutzten, wenn sie auf ihre herablassende Art mit mir sprachen.

Es funktionierte nicht. »Das ist natürlich ein Risiko«, pflichtete Zelyria mir bei.

»Aber wenn es Euch gelingt, uns zu heilen …« Dagas streckte eine Hand aus und wickelte sich mein Haar um den Zeigefinger. »Keiner der Ferngloves könnte uns aufhalten.«

Panik schnürte mir die Kehle zu. »Aber Orin …«

»Verdient, bestraft zu werden!«, brüllte Dagas. Der Baum reagierte auf seine Worte, zerrte an meinem Gewand und stach geschärfte, fingerähnliche Zweige in die weiche Haut meiner Flanken. Ein stechender Schmerz ging von meinem Magen aus und die warme, klebrige Hitze von Blut tröpfelte mir an den Beinen hinab. Ein Schrei brannte durch meine Lunge, während ich mich wand.

»Ein Leben für ein Leben.« Dagas' Augen glühten vor Zorn. »Das scheint mir nach der Sache mit Lorelai nur fair zu sein. Ihr bedeutet ihm genauso viel, wie sie uns bedeutet hat.«

Lorelai. Der Name ließ mich aufhorchen. Sie war die Starglen, von der die Diener gesprochen hatten, während sie die Blumen für das Fest arrangiert hatten. »Was ist mit ihr passiert?«

»Dagas« – Zelyria umklammerte den Arm ihres Partners – »wir werden Gerechtigkeit bekommen, aber nur wenn wir uns vorher um uns selbst kümmern. Lass deinen Ärger nicht an der Threadmenderin aus.«

Dagas zwang sich, tief durchzuatmen, aber weiterhin lag Zorn in seinem Blick. »Schön. Dann heilt uns, Threadmenderin. Und wir werden Euch sagen, was immer Ihr möchtet. Betrachtet es als Schwur.«

»Ich kann Euch nicht heilen«, keuchte ich. »Ich kann es nicht.«

»Versucht es«, befahl Dagas und die Zweige bohrten sich tiefer in meine Flanken. Weiß glühende Qual schoss mir in die Beine und ich kreischte, als mir alles vor Augen verschwamm.

Atme. Aber ich konnte nicht. Ich konnte mich auf nichts anderes als die bohrenden Finger unter meiner Haut konzentrieren, die an Muskeln zerrten und sich zwischen Sehnen schlängelten, bis Blut über mein Gewand spritzte. Ich drückte den Hinterkopf gegen den Baum, als mir schwarz vor Augen wurde. Die Finger drangen immer tiefer und tiefer in mein Fleisch, gruben sich in meine Gliedmaßen, als sei es auch meine Bestimmung, zu einem Teil der Borke zu werden. Ich wusste, dass ich schrie – ich konnte es hören –, aber es klang so weit entfernt. So losgelöst von mir. Ich konnte durchhalten und sterben oder ich starb beim Versuch, ihre Fäden zu heilen. Beide Alternativen standen eigentlich nicht zur Debatte, aber zumindest würde mir eine davon ein wenig Zeit verschaffen. Ich konnte die Starglens mit einer Täuschung hinhalten, dann hatte ich vielleicht doch noch eine Chance auf Rettung. Die Vorstellung, mich auf die Hilfe

Dritter zu verlassen, erschütterte mich bis ins Mark, aber mir gingen die Optionen aus.

Ich rief meine Macht und konzentrierte mich wieder auf die Starglens. Schlagartig hielt der Baum in seinem Vorrücken inne und Erleichterung sang durch meine Knochen, als die verwelkenden Äste sich einen Bruchteil zurückzogen. Dagas, Zelyria und Briar erstarrten beim Anblick meiner Mondlichtaugen.

»Eure Fäden.« Meine Stimme war roh und voller Qual, aber ich beruhigte meine Atmung, während ich die schlaffen Strähnen ihres Lebens betrachtete. Sie alle. Nur einige wenige aufgewühlte, aquamarinfarbene Fäden waren noch übrig. Der Rest war durchtränkt von Teer und leblos, in Erwartung der letzten Momente, bevor sie sich verfestigten und dann zu Asche zerfielen.

»Ich brauche meine Hand.« Ich deutete mit dem Kinn leicht auf meinen gefesselten Arm. »Nur eine.«

Dagas und Zelyria sahen einander kurz an, dann nickten sie. Mit einer Bewegung aus dem Handgelenk befahl Dagas einem Ast den Rückzug und mein Arm war so wunderbar frei. Ich ignorierte den Drang, vor Erleichterung zu stöhnen, krümmte die Hand und streckte sie dann vor mir aus. Das weiße Licht, das meine Finger einhüllte, wurde greller, während ich die Lebensfäden der Starglens hervorlockte. Die Fasern streckten sich mir jetzt tatsächlich entgegen und erflehten meine Hilfe, sie von der Krankheit zu befreien, die ihre Existenz wegfraß. Mir war klar, was passieren würde, wenn ich versuchte, mich der Seuche entgegenzustellen. Mir war auch klar, was passieren würde, wenn ich es nicht tat.

Ich wand mich leicht im Griff des Baums und zuckte zusammen, als einige der schärferen Finger sich unter den Schichten aus Sehnen und Haut krümmten. »Wie lange schon?«

»Solange wie alle anderen«, antwortete Zelyria. Ihr Blick war auf meine erhobene Hand gerichtet. »Es ist schwer zu sagen, wann genau es angefangen hat.«

Orin würde viele Fragen beantworten müssen. Der dicke Teer bedeckte jeden Faden und es gab keine ausgefransten oder zerrissenen Ränder, die ich wieder hätte zusammennähen können. Und der bloße Versuch, die schwarze Flüssigkeit wegzuwischen, war nutzlos. Genauso wenig würde das endgültige Durchtrennen der Lebensfäden helfen.

Zaghaft streckte ich einen Finger nach einem von Briars durchnässten Fäden aus. Die Starglens schauten mit verzückter Konzentration zu, obwohl sie nicht in der Lage waren zu sehen, was ich sehen konnte. Das war das einzig Segensreiche in diesem grauenvollen Szenario. Ich konnte für eine Weile das Threadmending vortäuschen, ohne es wirklich zu tun. Sie würden es nicht bemerken. Trotzdem würden sie irgendwann die Geduld verlieren.

Briars infizierter Faden zögerte vor meiner Fingerspitze, dann schlitterte er über meine Hand, um sich sanft über mein Handgelenk zu legen. Ich versuchte nicht einmal, den Jungen zu heilen, und dennoch konnte ich sie spüren. Die Seuche. Eine heftige Übelkeit erfasste meinen Magen. Ein Schmerz, losgelöst von den Widerhaken des Baums, pulsierte durch meinen Körper und brach sich an der Stelle Bahn, wo Briars Faden auf meiner Haut ruhte. Kopfschmerzen hämmerten hinter meinen Augen. Der Verrat war wie ein heißes Messer, das meinen Magen durchschnitt. Es fühlte sich genauso an wie damals, als ich versucht hatte, Tasias Schnittwunde zu heilen.

DieFerngloves hatten mich schnell davon überzeugt, dass die Schwierigkeiten beim Threadmending nur der Natur ihrer unsterblichen Fäden geschuldet seien, aber sie wussten es besser. Sie wussten, dass unter alledem die Seuche lauerte.

»Und?«, fragte Zelyria. Atemlos. Hoffnungsvoll.

»Es ist …« Mir fehlten die Worte. Stattdessen starrte ich auf den Brei, der jetzt über meinen Unterarm tröpfelte. Er zischte, als er auf meine Haut traf, und verwandelte sich in Dampf. Die Seuche – aber auch jede andere Krankheit – war nie in der Lage gewesen, einen Threadmender zu befallen. Bei Evers war das früher genauso gewesen.

Es war die einzige Gemeinsamkeit, die wir teilten. Warum also hatte ich mich angepasst, während sie jämmerlich ungeschützt blieben?

Die meisten der Insekten hier sind mit der Seuche infiziert, aber sie leben weiter. Tatsächlich blühen und gedeihen sie. Roriks Worte fielen mir wieder ein. Auch andere Kreaturen hatten eine Lösung gefunden. Aber wie?

Ein bestialisches Brüllen, unfassbar laut und gewalttätig, drang durch die Nacht und riss mich aus meinen Gedanken. Hoffnung schoss mir durch die Adern. Rorik fiel durch das Loch in der Decke und krachte zu Boden. Von der Wucht des Aufpralls bekam der polierte Stein unter seinen Füßen Risse wie ein Spinnennetz. Rorik hob den Kopf und schaute mit finsterem Blick zu den Starglens. In seinen unnatürlich schwarzen Augen lag eine überbordende Bösartigkeit und seine Flügel klatschten zornig hinter ihm in der Luft. Ein Knurren drang aus seiner Brust und er machte aggressiv einen Schritt nach vorn. Dagas' Gesicht erbleichte bei Roriks Anblick und sowohl Zelyria als auch Briar zogen sich in die Dunkelheit zurück.

Bevor Rorik zuschlagen konnte, erklang eine gefährlich leise Stimme aus einem der vielen Gänge. »Oh, Dagas. Was hast du getan?«

»Orin.« Zelyria presste Briar fest an sich.

Orin tauchte aus dem Gang auf, sein Gesicht auf unheimliche Weise ruhig. Ich drückte mich mit dem Rücken gegen den Baum. Dass die Finger sich dadurch noch tiefer in meine Muskeln gruben, war mir egal. Unbändiger Zorn lag in Orins angespanntem Blick, als er die Starglens musterte. Zum ersten Mal löste sein bloßer Anblick ein Gefühl von Kälte in mir aus.

»Ihr verdient ihre Magie nicht«, sagte Dagas, aber seine Worte gerieten ins Stocken.

Rorik versteifte sich und richtete den Blick auf mich. Für einen Moment sah er nur mein Gesicht, dann musterte er den Rest von mir, und sein Blick sprang von Wunde zu Wunde, während er die Fäuste ballte. Er knurrte und zeigte viel zu scharfe Zähne, als er sich wieder Orin und den Starglens zuwandte.

»Ich werde Euch keine Gnade zuteilwerden lassen«, sagte Orin, dessen gelassene Stimme nicht über den Zorn hinter seinen Worten hinwegtäuschen konnte.

Ohne ihre Antwort abzuwarten, kam er herüber und umfasste mit festem Griff die Arme des Baums. Die Äste zerbrachen unter seinen Fingern und das abscheuliche Knirschen splitternder Knochen erfüllte den kleinen Raum. Er riss die Arme sauber vom Stamm und die aschgrauen Splitter wehten um uns herum, als er die Äste zu Boden warf. Die verbliebenen Arme zogen sich zurück, bevor Orin sie mit Gewalt entfernen konnte. Dann fing er mich auf, als ich an seine Brust sackte. Ohne Verbände strömte das Blut ungehindert aus meinen Wunden und sickerte in seine Kleidung.

Der Anblick entlockte ihm nur ein Knurren. »Ich werde es dir überlassen, Rorik. Schaff sie uns vom Hals.«

Nahezu sofort hatte Orin mich auf die Arme genommen und ging Richtung Ausgang.

»Dafür wirst du bezahlen!«, rief Dagas. »Du kannst nicht weiter …«

Ein feuchtes Gurgeln, gefolgt von einem plötzlichen Spritzen schnitt ihm das Wort ab. Als ich über Orins Schulter spähte, bekam ich kaum etwas vom Geschehen zu Gesicht. In einem Moment sprach Dagas und im nächsten hatte Rorik seine Hand durch Dagas' Kehle gestoßen. Rorik war tödlich. Und als er die Hand herauszog, lag Dagas' Kehlkopf darin. Blut strömte aus der klaffenden Wunde unten am Hals und der leblose Leib sackte zu Boden.

Rorik ließ die Überreste von Dagas' Kehlkopf neben sich zu Boden fallen. Dann wirbelte er zu Zelyria und Briar herum. Ihre Schreie hallten in meinen Ohren wider, und ich presste die Augen fest zusammen und begrub den Kopf an Orins Brust. Trotzdem konnte nichts ihre gequälten Rufe übertönen. Oder ihr Flehen. Oder das Wimmern. Oder das grauenvolle Schweigen, das folgte.

»Edira.« Orins Worte waren leise, seine Umarmung sanft. »Es ist in Ordnung, Edira. Ich passe auf dich auf.«

Ein Schluchzen schüttelte mich und ich nickte. Mehr konnte ich nicht tun, aber Orin bat auch gar nicht um mehr. Stattdessen rannte er zur Energielinie, ohne noch einmal zu dem monströsen Bau zurückzuschauen, den wir verlassen hatten, oder zu den Leichen, die den Bau jetzt zu einer Krypta machten. Ich beschwerte mich nicht einmal, als wir in die Eingeweide aufwirbelnde Energielinie traten, die uns zurück an den Rand des Anwesens derFerngloves führte. Ich zürnte ihm nicht wegen der Geheimnisse oder der Wahrheit über seine eigene Erkrankung. Ich konnte es nicht. Mir fehlte die Kraft. Ich klammerte mich einfach an ihn und ließ mich von ihm zurück in Sicherheit tragen, weg von dem Albtraum, den ich durchgemacht hatte.

KAPITEL 16

Erst am frühen Nachmittag des folgenden Tages verließ ich das Bett. Vora war wie immer zur Stelle, aber ausnahmsweise tadelte sie mich einmal nicht. Sie sagte nichts, als sie mir half, mich zu baden und anzukleiden. Stattdessen sah sie mich an wie einst meine Mutter, wenn ich mit Prellungen nach Hause gekommen war. Sorge. Traurigkeit. Ein Hauch von Stolz, dass ich meine Brüder verteidigt hatte. Ich wusste nicht, was Vora jetzt in mir sah, aber ich war dankbar für ihr Schweigen. Sie brachte mir etwas zu essen, verband meine Wunden neu und entschuldigte sich dann mit einem Nicken.

Während ich mich in das weiche Sofa sinken ließ, das an das Fußende meines Bettes anschloss, starrte ich durch die offenen Erkerfenster auf die geschwungene Rasenfläche. Die Vielzahl von Stichwunden, die meinen Körper zierten, hatte bereits zu heilen begonnen, größtenteils dank Voras exzellenter Fähigkeiten im Nähen von Wunden und einer Mischung aus magischen Heilmitteln der Evers und meinen eigenen. Vermutlich hätten wir auf den Balsam, den ich vorgeschlagen hatte, genauso gut verzichten können, aber ich wollte wenigstens die Kontrolle über *irgendetwas.* Vora musste das gespürt haben, denn sie widersprach nicht. Und als sie an diesem Morgen die von Salbe bedeckten Leinenstreifen entfernt hatte, war ihr ein überraschtes Schnauben entwichen. Die Wunden waren glänzend und rosig mit frischer Haut, als sei ihre Naht schon eine Woche alt und nicht nur eine Nacht. So zaghaft wie möglich berührte ich eine an meinem Oberarm. Womöglich hatte es etwas für sich, Ever-Magie und meine Heilmittel miteinander zu kombinieren.

Ein leises Klopfen erklang an meiner Tür. »Edira?«

Ich drehte mich leicht, um Orin zu betrachten, als er eintrat. Er zögerte und sein besorgter Blick erforschte mein Gesicht. Es war das erste Mal, dass ich ihn seit dem Zwischenfall sah, und all die Fragen, die ich während der Zeit unserer Flucht beiseitegeschoben hatte, gingen mir jetzt schlagartig wieder durch den Kopf.

»Kommt herein«, forderte ich ihn mit ruhiger Stimme auf. Ich wusste nicht, was ich von seinem eingefallenen Gesicht halten sollte. Alle Muskeln in seinem Körper waren angespannt, als er mit wenigen Schritten zügig den Raum durchquerte. Er deutete auf den freien Platz auf dem Sofa neben mir und ich nickte.

»Wie fühlt Ihr Euch? Vora meint, die Wunden würden gut verheilen.«

»Sie hat recht.« Ich legte die Hände auf den Schoß und beugte mich leicht zu ihm herüber. »Es geht mir schon fast wieder gut.«

»Fast?« Er zog die Brauen zusammen.

»Es fällt mir schwer, meine Gedanken zu sortieren«, sagte ich. »Habt Ihr die Seuche?« Ich sah ihn an, ohne eine Miene zu verziehen, und ließ das volle Gewicht meiner Frage zu ihm durchdringen. Es war eine Frage und doch wieder keine. Und Orin wusste es. Einen Moment flackerte Panik in seinen Augen auf, aber die Regung wurde schnell durch eine tiefe Traurigkeit ersetzt, die sich umfassend auf seine Züge legte. Seine Mundwinkel zogen sich herunter und er verschränkte die Finger ineinander, dann sprach er zum Boden gewandt.

»Ja.«

»Und alle anderen hier?«

»Auch.«

»Und Euer Land? Dieses ganze Anwesen? Es ist mit einem Glamourzauber belegt, um die Seuche zu verbergen, nicht wahr?«, hakte ich nach.

Endlich sah er mir in die Augen. »Ja.«

Einen Moment lang schwiegen wir beide. Ein nie zuvor dagewesener Zorn stieg in mir auf. Ich wollte mich zwingen, sitzen zu bleiben, nicht aus dem Raum zu stürmen und mich im Zimmer meiner Brüder zu verbarrikadieren. Das wäre keine Lösung und im Prinzip hatte Orin unsere Übereinkunft nicht gebrochen. Ich war in seinen Dienst getreten im Gegenzug für das Leben meiner Brüder. Es war keine Zeit gewesen, Einzelheiten festzulegen, tatsächlich zu verstehen, was er von mir brauchte.

»Das ändert gar nichts«, sagte er leise.

Meine Antwort war schärfer als eine Klinge. »Ach nein? Was genau waren Eure Worte? *Sagt nur, dass Ihr mit mir zusammenarbeiten werdet.* Für wie lange, Orin? Wen muss ich heilen, um aus diesem Schlamassel herauszukommen?«

»Mavis.« Er verschränkte die Hände. »Nur Mavis, dann werde ich Eure Arbeit als erledigt betrachten.«

Ich war mir nicht sicher, ob ich ihm glauben konnte. »Warum habt Ihr mir dann nicht die Wahrheit gesagt?«

Bei diesen Worten zog er eine Braue hoch. »Dass alle Evers mit der Seuche infiziert sind?« Ein trockenes, unerwartetes Lachen kam von seinen Lippen. »Edira, Euer Abscheu vor meinesgleichen ist offensichtlich. Wenn ich Euch gesagt hätte, dass wir alle dem Tod geweiht sind, hättet Ihr uns dann trotzdem geholfen? Oder wärt ihr begeistert davon gewesen, die Welt von unserer Existenz zu befreien?«

Nicht die Antwort, mit der ich gerechnet hatte. Ich blinzelte und starrte ihn an, was mir nur bestätigte, dass alles, was er gesagt hatte, der Wahrheit entsprach. Es hätte mich nicht im Mindesten gekümmert, wären nicht auch meine Brüder betroffen gewesen.

»Ihr könnt frei sprechen, wisst ihr.« Seine Worte waren leise. Zu leise. Ich hasste es.

Ich stieß den Atem aus. »Es ist schwer, nicht das Gefühl zu haben, überlistet worden zu sein und als Verliererin dazustehen, während Ihr alles zu gewinnen habt.«

»Nein.« Seine Hände schossen herüber und umfassten meine. »Zugegeben, es war ein schwerer Fehler, Euch nichts vom Ernst unserer Situation zu erzählen, aber für mich galt der Handel immer für Mavis und Eure Brüder. Nicht für den Rest von uns.«

»Ihr würdet Euresgleichen um meinesgleichen dem Untergang weihen?«, fragte ich. »Warum?«

Orin starrte mir in die Augen. »Wir haben Zeit. Mavis nicht. Wenn Ihr einen Weg fändet, sie zu retten, könnten wir es dokumentieren. Daraus lernen. Und hoffentlich eine Möglichkeit entdecken, unsere Magie zu benutzen, um den Rest unserer Familie und schlussendlich unsere Art zu retten.« Er rutschte langsam näher, bis unsere Knie sich berührten. »Ich wollte nie, dass das passiert. Ich wollte nie, dass Ihr meine Last tragt.«

Was passierte hier? Mein Puls erreichte neue Höhen, während ich in die endlosen Tiefen seiner grünen Augen schaute. Ich trug ihr Wappen, aber ich gehörte wohl kaum zu ihrer Familie. Sie brauchten meine Kräfte. Nicht mich speziell. Sie hätten einen anderen Threadmender finden können, hätten wieder und wieder den gleichen Ablauf wiederholen können. Ich wusste nicht, was der Wahrheit entsprach, und das bedeutete, ich konnte nur einer einzigen Person vertrauen – mir selbst.

Vertraut niemandem.

»Ich werde meinen Ever-Schwur klarer definieren, wenn Euch das hilft. Vertraut mir, Edira. Bitte.«

Vertrauen …

Und dann ließ er seinen Glamour fallen. Alles. Jede Schicht, jeden gewebten Faden Magie. Er war vollkommen entblößt vor mir, und doch war er irgendwie trotz der Seuche, die über seine Gestalt kroch, und des Gestanks der Verwesung, der seiner Aura anhaftete, prachtvoll. Vielleicht weil dies die wahre Version seiner selbst war – und er genug an mich glaubte, um sie mit mir zu teilen.

»Ich verspreche, Eure Pflichten als Threadmenderin dem Haus Fernglove gegenüber erstrecken sich nur auf die Heilung von Mavis' Seuche. Auf sonst nichts und niemanden.«

Macht pochte mit jeder Silbe aus seinem Mund nach außen und schlug in rhythmischen Wellen in mich hinein, bis es kaum noch auszuhalten war. Es zertrümmerte das Fundament meiner Entschlossenheit. Evers waren egozentrisch. Eitel. Arrogant. Orin war nichts von alledem.

Schweigen hüllte uns ein, während er darauf wartete, dass ich sprach. Ein kleines, entrüstetes Flackern von Wärme flammte in meiner Brust auf – dasselbe Flackern, das er entzündet und gelöscht hatte, nur um es erneut zu entfachen. Ich wusste nicht, was ich von ihm halten sollte, aber die Magie seines Versprechens ließ sich nicht leugnen. Seine Worte, seine Schwüre waren eine Sicherheit, die ich nirgendwo sonst bekommen konnte.

»Edira?«, drängte Orin und verschwand wieder hinter seinem Glamourzauber, damit seine Seuche einmal mehr vor meinem Blick verborgen war. »Wenn Ihr zustimmt, gilt der Schwur.«

»Ich stimme zu, aber …« Ich schluckte, als der Rausch der Magie sich um uns ausbreitete und den Schwur bekräftigte. »… Warum ich? Ihr hättet einen anderen Threadmender finden können, ohne all diese weitreichenden Versprechen geben zu müssen.«

»Die Versprechen sind es wert«, antwortete er.

Ein seltsames und doch köstliches Kribbeln raste über meine Haut, als ich Orin wieder ansah. Ich musste zweimal schlucken, um meine Stimme wiederzufinden. »Für Euch? Oder für die Familie?«

Ich wollte, dass er es aussprach. Dass er etwas Ehrliches und Wahres sagte, etwas, das nicht falsch verstanden werden konnte.

Etwas, das er mit seiner Magie binden konnte. Stattdessen tat er so viel mehr. Er zog meinen Kopf heran, bis unsere Lippen nur noch Millimeter voneinander entfernt waren. Nur einen Wimpernschlag zögerte er und gab mir so die Chance, mich zurückzuziehen. Als ich das nicht tat, drückte er seinen Mund auf meinen. Wärme durchströmte meinen Körper, während ich die Lippen für ihn öffnete. Ich hatte fast vergessen, wie es war, berührt zu werden. Gewollt zu werden.

Und Götter, war es herrlich. Ich konnte – *wollte* – den Grund dafür nicht untersuchen. Nicht wenn Evers unsterblich waren und Menschen nicht mehr als ein paar Jahrzehnte lebten. Meine Existenz würde nur ein flüchtiger Atemzug sein, eine schwache Erinnerung, und doch presste er sich an mich, als wolle er mehr. Als wolle er etwas Größeres.

Als er sich endlich losriss, waren wir beide atemlos. Ich legte meine Stirn an seine und genoss das Gefühl von seiner Haut auf meiner in vollen Zügen.

»Mein Glamour wirkt wie ein Verband gegen die Seuche.« Er schluckte und das raue Timbre seiner Stimme brachte das Blut in meinen Adern in Wallung. »Du bist sicher, falls du dir deswegen Sorgen gemacht hast.«

»Ich erinnere mich«, sagte ich leise. Er wusste genauso gut wie ich, dass ich mich nicht infizieren konnte, und doch machte er sich Sorgen um mein Wohlergehen. Ich krallte die Hände in sein Hemd und zog ihn wieder an mich. Sein Stöhnen fing ich in meinem Mund auf und atmete es tief ein. Bevor ich wusste, wie mir geschah, saß ich rittlings auf seinem Schoß und umfasste seine Kleidung noch fester. Seine Hände fanden meine Taille und der Druck seiner Finger war geradezu sündig.

Etwas Unvertrautes und Heißes hatte die Kontrolle über meinen Körper übernommen, über meine Gedanken. Zwar war ich jeglicher Art von Tändelei nie abgeneigt gewesen, aber dieses plötzliche, fast unstillbare Verlangen war anders und traf mich völlig unvorbereitet.

Von meinem Plan würde mich das nicht abbringen. Weder würde es meine Meinung ändern noch dazu führen, dass ich die Sicherheit meiner Brüder außer Acht ließ. Aber ich wollte mir das hier auch nicht vorenthalten. Wir konnten beide unser Zusammensein genießen. Vorausgesetzt, er spürte die gleiche Anziehungskraft wie ich.

»Führt deine seltsame Magie dazu, dass ich alle Vorsicht in den Wind schlage?«

Orin zog eine Braue hoch. »Musst du dir das einreden, um dir die Zuneigung zu einem Ever zu erklären?«

Ein Anflug von Scham brannte in mir, nach allem, was er gerade preisgegeben hatte, nach dem Versprechen, das er gegeben hatte. »Manchmal ist es schwer, sich von erlernten Mustern zu verabschieden.«

Er umfasste mit beiden Händen mein Gesicht und sprach dicht an meinen Lippen. »Es gibt keine Magie, die dich zum Handeln zwingt.«

Das Feuer in seinen Worten sandte ein herrliches Kribbeln durch meinen Körper und ich erbebte in seinen Armen.

»Aber …« Er ließ die Hände sinken. »Wir sollten aufhören.«

»Oh. Wie war das doch gleich mit deinem Vorsatz, das Begonnene fortzusetzen? Oder war das nur dem Wein geschuldet?«

Er lachte. »Wohl kaum.«

Ich ließ die Hände an seiner Brust hinabwandern und genoss das Gefühl seines kräftigen Körpers, solange ich es konnte. »Ich dachte nur, wir könnten unbeschwert und ohne große Erwartungen gemeinsam Spaß haben. Schließlich hast du Hunderte von Leben vergehen sehen, hast nicht die Vorstellung, dass ich etwas Dauerhaftes sein werde.«

Er war so regungslos, dass ich angenommen hätte, er wäre zu Stein geworden, wären da nicht meine Hände auf seiner Brust gewesen, hätte ich nicht die subtilen Atembewegungen wahrgenommen.

Ich biss mir auf die Unterlippe, als sich die stetig wachsende Anspannung zu einer Qual entwickelte, die ich nicht länger ertragen konnte. Ich machte Anstalten, von seinem Schoß zu rutschen, und diese Bewegung weckte ihn aus seiner Erstarrung. Sanft drückte er mich an sich und teilte mit seiner Zunge meine Lippen. Er war alles, was ich schmecken konnte, alles, was ich fühlen konnte, und selbst als sein Griff sich unter seinem Verlangen verstärkte, war da immer noch Behutsamkeit in der Umarmung, lag eine Fürsorge in jeder Berührung. Als er mich auf den Rücken sinken ließ, stützte er sich so ab, dass nicht sein volles Gewicht auf mir lag.

»Ich habe nicht aufgehört, weil ich mir Gedanken um irgendwelche Erwartungen mache.« Er küsste mich auf den Hals, und Hitze sammelte sich zwischen meinen Schenkeln. »Ich habe aufgehört« – er bewegte sich und drückte die Lippen auf einen der Verbände an meinen Armen – »weil du zwar gesagt hast, es gehe dir gut, ich dir aber erst einmal Zeit für eine vollständige Genesung lassen wollte, bevor ich dich zu der Meinen mache.«

Meine Brustwarzen zeichneten sich unter dem Stoff der Bluse ab und sein hungriger Blick wanderte zu den Wölbungen meiner Brüste. Er unterdrückte einen weiteren Fluch. Dann schob er eine Hand unter die Bluse. Seine Finger spielten mit dem Saum meiner Unterwäsche.

»Orin …« Ich versuchte, weiter nach unten zu rutschen, und seine Hand auf die Brust zu lotsen. Aber er gab seine Neckerei mit einem Knurren auf und drückte mich mit dem Arm nach unten.

»Noch nicht.« Dann hauchte er einen Kuss auf den Ansatz meines Dekolletés, der jeder Unze des puren Verlangens in seinen Augen standhielt. »Ich bin mir nicht sicher, ob dir das klar ist. Wenn ich etwas will, bekomme ich es und lasse es nicht mehr los.«

Ich spürte einen Kloß im Hals. »Selbst wenn es flüchtig ist?«

»Ein Grund mehr, es noch fester zu halten.«

Diesmal lagen unzählige Versprechen in seinem Kuss. Und während unsere Zungen miteinander spielten und Hitze in uns erglühte, war ich zuversichtlich, ihn überzeugen zu können, diese alberne Idee eines »später« über Bord zu werfen. Seine Hände strichen an meinen Flanken entlang und suchten Halt im weichen Fleisch meiner Hüften. Ich stieß die Finger in sein Haar und riss seinen Kopf zurück. Als sein Hals entblößt war, bedeckte ich diesen von oben bis unten mit Küssen und knabberte an seiner Haut.

Er gab einen kehligen Zischlaut von sich und ich hätte schwören können, dass er drauf und dran war nachzugeben, als von der Tür ein energisches Klopfen erklang.

»Nicht jetzt«, knurrte er zur Antwort und krallte die Fäuste in den Stoff meiner Unterwäsche. Einmal mehr küsste er mich bis zur Besinnungslosigkeit, und einmal mehr erklang das Klopfen. Beharrlicher diesmal und gefolgt von einer strengen Stimme, die ich als Voras erkannte.

»Es ist Jules. Sie ist im Foyer.« Voras angespannte Worte waren wohl das Einzige, das die Stimmung des Moments zerstören konnte, und sofort erschlafften wir beide in den Armen des anderen.

»Wir werden in Kürze unten sein.« Vorsichtig erhob er sich von mir und zog sein Hemd zurecht.

»Wir? Alle beide?« Ich stand auf und strich mir über meine Kleider, obwohl das nichts dazu beitrug, die Falten zu glätten, die sich unter Orins eisernem Griff gebildet hatten. »Bist du dir sicher?«

Bei der Frage zog er eine Braue hoch, bevor er mir den Arm entgegenstreckte. »Natürlich bin ich mir sicher. Von Jules hast du nichts zu befürchten und sie muss erkennen, dass ihre Familie im Irrtum ist.« Er geleitete mich zur Tür und eine Sehne in der Nähe seiner Schläfe zuckte, während Zorn sich in seinen Augen ausbreitete. »Niemand rührt dich an, Edira. Nicht so.«

Das feuchte Gurgeln von Dagas' letztem Atemzug drang in meine Ohren und vor meinem inneren Auge blitzte ein Bild von Rorik auf, wie er Dagas' Kehle umklammerte. Ich konnte immer noch sehen, wie das Blut zwischen Roriks Fingern hindurchsickerte, konnte immer noch den abscheulichen weichen Aufprall von Dagas' Kehlkopf hören, als er auf den Boden fiel. So grauenvoll dieser Moment gewesen war, ein dunkler Teil meiner Seele war dankbar, dass er nie wieder die Chance haben würde, mich zu entführen. Ich hatte nicht gesehen, was aus Zelyria und Briar geworden war. Vermutlich war es nicht weniger brutal gewesen.

Als Orin und ich in der Eingangshalle ankamen, war die Luft bereits von ungezügeltem Zorn erfüllt. Lydia und Clesian lehnten am Treppengeländer und beobachteten gespannt, wie Jules Seville anschrie. Die beiden machten keinerlei Anstalten einzugreifen. Glücklicherweise waren Amalyss und Tasia nirgends zu sehen, aber das bedeutete wohl kaum, dass sie nicht irgendwie lauschten. Mavis fehlte ebenso wie die Mädchen, und auch Rorik war nicht da – was der Hauptpunkt von Jules' Schimpftirade zu sein schien, zumindest nach den Bruchstücken zu urteilen, die ich der Flut von Flüchen und Kraftausdrücken entnehmen konnte. Seville fing die Hauptwucht des verbalen Angriffs mit einem geübten Blick der Geringschätzung ab, aber das Zucken ihrer sorgfältig gezupften Brauen deutete darauf hin, dass ihr langsam die Geduld ausging.

Glücklicherweise schien Orin das ebenfalls zu bemerken. Er ließ meine Hand los, um sich vor seine Schwester zu stellen und die schreiende Ever in seiner Eingangshalle mit einem vernichtenden Blick zu bedenken. »Jules. Du bist hier nicht willkommen.«

»Du«, zischte sie. »Hast du nicht schon genug Schaden angerichtet?«

Sie baute sich vor ihm auf und wenn sie Angst hatte, ließ sie es sich zumindest nicht anmerken. Vielleicht fehlte ihr aber auch einfach die emotionale Fähigkeit, Angst zu empfinden. Ihre Augen waren geschwollen und rot und die Farbe intensivierte das Violett ihrer Iris. Es verlieh ihr ein panisches, leicht irres Aussehen. Ihr dunkles Haar war ungekämmt und Blätter hatten sich darin verheddert. Noch immer trug sie das Gewand, das sie beim Fest angehabt hatte, und die Ränder waren verkrustet von einem rötlichen Braun, bei dem es sich nur um getrocknetes Blut handeln konnte. Ich entdeckte weitere dieser Flecken auf ihren Fingern und ihrem Hals. Als hätte sie vor Entsetzen geschrien, nachdem sie versucht hatte, ihre Familie an sich zu drücken. Und am Ende blieb nur der Gestank, der mit diesem Verlust einherging und ihr nun anhaftete.

Sie roch nach Tod. Und es interessierte sie kein bisschen. »Wo ist er? Dein *Hündchen*?«

»Mein Hündchen?«, fragte Orin.

Neben ihm kicherte Seville düster. »Du meinst, *deinen* Liebhaber. Den, dem *du* nicht hättest vertrauen sollen.«

Jules hatte nur Augen für Orin. »Sein Geruch war dort überall. Ich weiß, dass er dir gehorcht. Dir und deiner kranken …«

»Schweig.« Orins Stimme donnerte. In ihr lag eine Autorität, wie man sie von einem König erwarten würde. Und verdammt, als ob er nicht wie ein solcher den Raum beherrschte. Die Kerzen auf den Tischen in der Eingangshalle zuckten, als Magie den Raum durchflutete, und Orin richtete sich zu seiner vollen Größe auf. Die Konturen seines Gesichtes traten stärker hervor und er machte drohend einen Schritt auf sie zu. Ich erwartete, sie würde in Deckung gehen, würde unter der Last seiner Anwesenheit klein beigeben.

Stattdessen sah sie ihm in die Augen. Eine einzelne Träne rann ihr über die Wange. »Nur zu. Ich habe nichts mehr zu verlieren.«

»Ach, lass sie in Ruhe, Orin«, seufzte Lydia im herabwürdigendsten Ton, den ich je gehört hatte. »Deine Beute ist sicher und sie haben den Preis mehr als bezahlt.«

Beute. Mir war schon klar, dass Lydia und Clesian nichts anderes in mir sahen. Natürlich wusste keiner von ihnen etwas über den intimen Moment, den Orin und ich gerade geteilt hatten, aber mir ging das trotzdem gegen den Strich. Offenbar störte sich auch Orin daran, denn er drehte sich auf dem Absatz um und bedachte Lydia mit einem tödlichen Blick, bei dem normale Menschen zu Staub zerfallen wären.

Die Verlagerung von Orins Aufmerksamkeit auf eine andere Person genügte, um Jules abzulenken. Sie blickte um seine kräftige Gestalt herum zu mir. Ein Sturm von Gefühlen raste über ihre Züge, ein Ausdruck noch schrecklicher als der vorangegangene. Sterne bildeten sich um ihre Finger herum und zersplitterten mit einer magischen Energie, die verhieß, mir die Haut bis auf die Knochen zu verbrennen. Mit gebleckten Reißzähnen ging sie mehrere Schritte auf mich zu, bevor sie zum Sprung ansetzte.

Aber Orin war schneller. Mit einem sauberen Armschwung stellte er sich ihr den Weg, sodass sie gegen die Wand geschleudert wurde. Die Holzbretter barsten unter dem Aufprall und der Boden war mit Splittern übersät. Jules heulte, als sie in sich zusammensackte, aber die Magie in ihren Händen verlor nichts von ihrer Kraft.

»Ich werde dich umbringen!«, schrie sie. Ihr Blick flog zwischen Orin und mir hin und her, und ich konnte nicht erkennen, ob sie seine Existenz verfluchte oder meine bedrohte. So oder so, Orin knurrte. Er ging in die Hocke, als sei er im Begriff loszuspringen und sie in tausend Stücke zu reißen, als hinter uns schwere, wütende Schritte erklangen.

»Jules.« Rorik kam hereingerauscht, als gehöre ihm der Raum. Die Splitter knirschten unter seinen Stiefeln und er trat gegen ein großes Stück Holz, das über den Boden rutschte, bis es in die gegenüberliegende Wand krachte. »Was machst du hier?«

»Was ich hier mache?«, ereiferte sie sich. »Du erwartest von mir, nicht nach Vergeltung zu trachten, nach dem, was ihr getan habt?«

Rorik wirkte geradezu gelangweilt. »Wenn du hier bist, um mich herauszufordern, dann akzeptiere ich das. Aber du wirst verlieren und das weißt du.«

»Das ist mir so was von egal!«, heulte sie. Dann sah sie ihn immer noch auf dem Boden sitzend höhnisch an. »Zumindest werde ich dir so viel Schmerz wie möglich zufügen, bevor ich gehe.«

Er krümmte die Hand zu seiner Rechten und ich sah nur noch das Blut, das durch seine Finger rann. Das seine Handgelenke umfloss.

Die Nägel bedeckte. Als hätte er bereits gewaltsam ein Organ aus ihrem Körper gerissen. In meiner Vorstellung schleuderte er es mit der gleichen gelangweilten Effizienz beiseite, mit der er eben noch das Holzstück weggekickt hatte.

Das verdient sie nicht.

Ich setzte mich in Bewegung, bevor der rationale Teil meines Gehirns eingreifen und mir sagen konnte, ich solle das lassen. Als ich mich mit Jules im Rücken, also genau der Person, die mir ein Messer zwischen die Schulterblätter hatte rammen wollen, vor Rorik schob, verschlug mir der Schock fast die Worte.

Rorik schaute blinzelnd auf mich herab und Orin verfiel in eine geradezu unglaubliche Ruhe. Sein Blick ging zwischen mir und der zusammengebrochenen Ever zu meinen Füßen hin und her. Seville war der Unterkiefer heruntergeklappt und Clesian und Lydia … schreckliche, fassungslose Faszination.

»Tut das nicht.« Das war alles, was ich sagen konnte, während ich unbeirrt in Roriks verwirrtes Gesicht sah. Dann fügte ich leiser hinzu: »Bitte.«

Schmerz blitzte in seinen stählernen Augen auf und er wich tatsächlich zurück. Wich vor *mir* zurück, als sei ich eine Ever mit der Fähigkeit, ihn in die Knie zu zwingen. Seine Lippen öffneten sich, während er jeden Zentimeter meines Gesichtes studierte und ich mich zwang, weiter ruhig zu atmen. Der Schmerz in seinem Blick wurde plötzlich so gewaltig und immens. Der Ausdruck war so viel stärker, als es dieser Moment rechtfertigte. Ich sah Verlangen und Qual in seinen Augen und wurde bis ins Mark erschüttert.

Und dann war die Regung fort, einstudiert locker verdrängt. Sanft schob er mich zu Orin hinüber. Ich versuchte, mich dagegen zu sträuben, aber Orin erwischte mein Handgelenk und riss mich an sich.

»Na gut«, flüsterte er mir ins Ohr. Dann hob er den Kopf und sprach laut in die Runde. »Es steht Jules frei zu gehen, solange sie nie wieder einen Fuß auf unser Land setzt.«

Die ganze Zeit über starrte Jules nur mich an. »Warum?«

Ich hatte das Gefühl, dass sie nicht mit Orin sprach, aber er antwortete. »Weil es so ist, wie Lydia gesagt hat. Genug ist genug.«

»Ich werde sie nach draußen eskortieren«, erbot sich Rorik. »Scheint mir die richtige Aufgabe für das *Hündchen* zu sein.« Seine Worte hatten einen giftigen Unterton, als er Jules anfunkelte, aber irgendetwas war seltsam daran. Es war etwas nicht ganz so Dunkles und Bösartiges, wie ich es erwartet oder bezeugt hatte. Seine Maske war fast perfekt – wohl gut genug, um seine Familie zu täuschen –, aber vielleicht wusste ich es besser, weil ich einen anderen Rorik gesehen hatte, während wir unter den Sternen getanzt hatten. Ich konnte es einfach spüren.

Orin versteifte sich hinter mir. »Nein, das wird Seville übernehmen.«

Ich kam nicht umhin, Orins angespannte Reaktion mit einem Stirnrunzeln zu bedenken. Warum spielte es eine Rolle, ob Rorik eine letzte Minute mit jemandem verbringen durfte, der ihm offensichtlich am Herzen lag?

Rorik zog bloß die Schultern hoch. »Mir soll's recht sein. Ich habe Besseres zu tun.«

»Tu es sofort, Seville.« Orin schüttelte den Kopf. »Wir sind hier fertig.«

Rorik schlenderte durch die Eingangshalle zurück in die Richtung, aus der er gekommen war. Er würdigte Jules nicht mal eines letzten Blickes oder eines Lebewohls, als er um die Ecke bog und verschwand. Jules war vollkommen in sich zusammengesackt und der restliche Zorn war aus ihrer Haltung gewichen. Seville stieß ein angewidertes Brummen aus, während sie Jules am Arm hochzerrte und sich der Tür zuwandte. Ihre schlurfenden Füße hinterließen ein hohles Geräusch, das durch die Eingangshalle echote und mein Herz mit Traurigkeit erfüllte. Ich konnte mir diesen Schmerz in meiner Seele nicht erklären, dieses totale Gefühl der Einsamkeit. Und ich wusste tief im Innern, dass mich genau das erwartete, wenn ich meine Brüder nicht rettete.

Orin stieß einen leisen Seufzer der Erleichterung aus und Lydia und Clesian schlenderten die Treppe hinauf. »Du wirst es nicht noch einmal mit ihr zu tun bekommen.« Er zog die Brauen zusammen und lockerte endlich den Griff um mein Handgelenk. »Warum bist du ihr zu Hilfe geeilt?«

Meine Schultern entspannten sich und ich atmete tief aus. »Sie hat genug durchgemacht. Außerdem habe ich darauf vertraut, dass du da sein wirst, sollte ich tatsächlich ein Fehlurteil getroffen haben.«

Er verzog den Mund zu einem leisen Lächeln. »Oh, dein Urteil ist alles andere als vernünftig, aber« – er strich mir über die Wange, bevor er den Kopf schüttelte – »du hattest zumindest damit recht, dass du dich auf mich verlassen hast.«

Das blieb abzuwarten, aber der Widerstand ihm gegenüber, den ich bisher empfunden hatte, schwand schneller als erwartet. Ich betrachtete die Trümmer um mich herum und mein Blick blieb an der Schar von Dienern hängen, die zur Beseitigung des Chaos herbeieilten.

»Was ist aus dem Fest geworden?«, fragte ich.

In Orins Gesichtsausdruck spiegelte sich jetzt Widerwillen. »Wie du dir vorstellen kannst, haben die Festlichkeiten ein ziemlich abruptes Ende genommen, als ich deine Abwesenheit bemerkt habe. Ziemlich viele Familien sind noch hier auf dem Anwesen. Ich muss ihre Rückreise nach Willowfell arrangieren, außerdem sind einige Wogen zu glätten.« Dann drehte er sich ganz herum und strich mit den Fingerknöcheln sanft über mein Kinn. »Bitte, ruh dich aus. Nimm dir ein paar Tage vom Training frei. Stell Nachforschungen an, wenn es sein muss, aber nichts allzu Anstrengendes, bis du wieder ganz genesen bist.«

»Ich nehme an, das beinhaltet jedwede gemeinsamen Aktivitäten mit dir.«

Sein Grinsen war verlockend. »Das wäre unglaublich anstrengend, das kann ich dir versichern.« Er löste sich mit einem schwachen

Nicken von mir und ging direkt zu seinem Arbeitszimmer. So reizvoll der Gedanke war, das Bett mit ihm zu teilen, konnte ich doch die Erschöpfung nicht leugnen, die mir in den Knochen steckte. Meine Heilung schritt langsam voran, aber nur wenig konnte die Effektivität von gutem Schlaf ersetzen.

Als ich die Treppe zu meinem Zimmer hinaufging, spürte ich einen Blick in meinem Rücken. Sogleich standen mir die Nackenhaare zu Berge, doch als ich mich einmal halb um die eigene Achse drehte, sah ich nichts. Wieder einmal. Der Raum war schmerzhaft leer, die einzigen gedämpften Geräusche kamen aus der Küche, wo das Personal mit den Vorbereitungen fürs Abendessen begann. Ein unbehaglicher Schauer rieselte an meiner Wirbelsäule hinab. Der unheimliche Blick folgte mir den ganzen Weg zu meinem Quartier, aber ganz gleich, wie oft ich mich umwandte, ich konnte niemanden entdecken. Ich eilte in mein Zimmer und registrierte dankbar, wie sich immerhin beim Schließen der Türen das Gefühl in Luft auflöste.

KAPITEL 17

Am folgenden Morgen ging ich geradewegs zur Bibliothek. Eine Nacht voller unruhiger Träume von der Seuche hatte mich nervös gemacht, und obwohl ich um die heilende Wirkung von Ruhe wusste, brachte ich es nicht über mich, mich noch länger abzukapseln. Nicht, nachdem ich die Wahrheit über die Krankheit der Ferngloves zutage gefördert hatte. Mit einem veränderten Verständnis für die Geschehnisse tauchte ich erneut in die Bücher ein, in der Hoffnung, irgendein Teil der Familiengeschichte oder irgendeine seltene Pflanze möge die Lösung sein. Ich hatte meine Apothekerkoffer mitgenommen, öffnete die Messingverschlüsse und beobachtete, wie die Schubladen aufsprangen und Phiolen gegeneinanderklirrten. Es gab gerade nichts zu heilen, aber ich wollte meine Mittelchen in der Nähe haben, um die Zutaten meiner Tinkturen mit der Flora, die die Evers für ihre eigenen magischen Mixturen benutzten, abzugleichen.

Die Kombination unserer Fähigkeiten und Stärken schien mir vielversprechend. Meine frisch geheilten Wunden legten Zeugnis davon ab. Ich war noch nicht ganz bereit, das Thema eines Herzbundes anzuschneiden, aber Methoden für eine Mischung aus Ever-Magie und meinen eigenen Kreationen zu erforschen, fühlte sich wie ein echter Anfang an.

Zwei weitere Tage arbeitete ich so in stiller Abgeschiedenheit, während mein Körper sich erholte und Orin mit den Nachwehen des Festes beschäftigt war. Angesichts meines furchteinflößenden Abends hatte ich nicht weiter über die Stadtbewohner nachgedacht, aber Orin hatte alle Hände voll zu tun.

»Schwer beschäftigt?«, rief er und ich schaute von meinen Notizen auf. Mit einem Tablett, beladen mit Kaffee und Pastetchen, stand Orin in der offenen Tür. »Ich dachte, du brauchst vielleicht etwas Koffein.«

Ich reckte meinen Hals von einer Seite zur anderen, bevor ich mich straffte und dann lächelte. »Das klingt wunderbar. Danke.«

Mit wenigen Schritten durchquerte er den Raum und platzierte das Tablett neben meine Koffer. Als er mir meine Tasse reichte, deutete er mit dem Kopf auf die dicken Bücherstapel. »Schon irgendwelche Erfolge? Keiner der früheren Threadmender wusste so viel über Pflanzen und Kräuter wie du. Ich hoffe, das hilft.«

»Ich auch.« Sanft blies ich auf die dampfende Tasse. »Ich will versuchen, Heilmittel zu mischen, aber man kann unmöglich vorhersehen, ob das alles ohne Threadmending funktionieren wird.«

»Bist du dafür denn bereit?« Er nahm vorsichtig einen Schluck, ohne mich auch nur eine Sekunde aus den Augen zu lassen. »Ich weiß, dass die Heilmittel, die du und Vora gemischt habt, bei deinem Körper Wunder gewirkt haben, aber ich will dich nicht zu heftig antreiben.«

»Ich habe wohl keine Wahl.« Ich ließ den Finger über den Rand der Tasse wandern. »Threadmending allein kann meine Brüder nicht retten, aber vielleicht wird das hier funktionieren.« Natürlich hätte ich mir konkretere Beweise dafür gewünscht, dass ich nicht umsonst meine Lebensfäden verschwendete, aber wir waren Pioniere auf unbekanntem Terrain.

»Dann morgen.« Zärtlich streifte Orins Finger meine Wange. »Ich werde während der gesamten Prozedur bei dir sein. Versprochen.«

»Was das Fest betrifft, ist alles geregelt?«

Er nickte. »Die Bewohner Willowfells waren mehr als verständnisvoll. Ich habe versprochen, in naher Zukunft ein Ersatzereignis zu planen, und damit waren sie mehr als glücklich.«

Die Starglens erwähnte er nicht. Oder wohl eher *die* Starglen. Nur noch Jules war übrig. Ich nahm vorsichtig einen Schluck von meinem Kaffee und versuchte, die Kälte wegzuspülen, die von meinem Körper Besitz ergriff. Die Seuche hatte diese Evers zu wilden Tieren gemacht, die um ihr Leben kämpften. Überleben war alles, was zählte. Obwohl ich fast gestorben wäre, konnte ich ihnen keinen Vorwurf wegen ihrer Taten machen – und auch nicht Orin wegen seiner schnellen Reaktion.

»Edira.« Orins Stimme war leise und ich neigte den Kopf zu ihm herüber.

»Es geht mir gut.«

Langsam drückte er seinen Mund auf meinen. Es war sanft und fragend und gleichzeitig das Tröstlichste, das ich seit unserem letzten privaten Beisammensein gefühlt hatte. Eine sich träge bewegende Hitze staute sich in meinen Adern. Sein Kuss wurde inniger. Dann löste er sich von mir, aber seine Hand lag weiterhin auf meiner Taille.

»Eigentlich sollte ich heute Unterricht geben.« Er drückte seine Stirn gegen meine. »Aber vielleicht sage ich ihn auch einfach ab, um Zeit mit dir zu verbringen.«

Ich atmete tief ein, biss mir auf die Unterlippe und schaute ihn unter meinen Wimpern hindurch an. Sein Blick war intensiv und der Adamsapfel hüpfte auf und ab, während seine Aufmerksamkeit zu meinem Mund herabwanderte.

Ein entschlossenes Hüsteln unterbrach unsere Umarmung und Orin zog sich zurück, um Tasia mit einem verärgerten Blick zu durchbohren. Sie stand Schulter an Schulter mit Amalyss und die beiden verkrampften sichtlich, während sie zwischen uns hin- und herschauten.

»Ja?«, hakte Orin nach, als keines der Mädchen den Mut aufbrachte, als Erste das Wort zu ergreifen.

Amalyss schluckte. »Wir haben uns gefragt, ob Edira vor unserem Unterricht eine Eskorte zum Training braucht. Rorik hat beim Frühstück erwähnt, dass sie heute wieder anfangen würden.«

Das Training. Ich stieß einen Seufzer aus. Nach all dem, was mit den Starglens passiert war, hatte ich angenommen, Rorik würde sich mit der Wiederaufnahme unserer Sitzungen mehr Zeit lassen. Ich hatte mich wohl geirrt.

»Gut, gut«, sagte Orin mit einem angespannten Ausatmen. »Wartet draußen auf Edira. Sie kommt dann gleich zu Euch.«

Sie zögerten, als suchten sie nach einem Vorwand, noch länger zu bleiben. Amalyss senkte den Kopf und machte Anstalten zu gehen, aber Tasia warf mir einen letzten vielsagenden Blick zu, bevor sie ihrer Schwester nach draußen folgte.

»Morgen gibt es nur uns zwei.« Zusammen mit einem letzten sanften Handdruck hauchte Orin mir einen federzarten Kuss auf die Stirn. »Keine Störungen.«

Die Aussicht versetzte meinen Körper in Aufruhr, und wir sammelten die Dinge ein, die ich auf dem Tisch aufgestapelt hatte. Er reichte mir die Bücher, die ich ordentlich in das jeweilige Regal sortierte, bis nur noch die Notizbücher übrig waren. Sein Blick verhärtete sich, als er mit den Daumen über die Buchrücken strich.

»Wenn sie nur informativer gewesen wären.«

Sie, Rowena, war es vielleicht.

Ich schob alle Zweifel beiseite und räusperte mich. »Mir ist eine fehlende Seite in Rowenas Büchlein aufgefallen. Weißt du etwas darüber?«

Für einen Moment waren seine Gesichtszüge wie versteinert. War da ein Schimmer von … Abscheu? Frustration? Was es auch war, es blitzte in seinen Augen auf und war sogleich wieder erloschen, ersetzt durch einen eher sorgenvollen Blick. »Sie hat in ihrer Freizeit oft Gedichte geschrieben. Vielleicht hat sie eines in ihr Notizbuch geschrieben, hatte dann aber das Gefühl, es gehöre nicht zu ihren Nachforschungen.«

Das konnte schon sein. Vielleicht war es einer dieser sagenumwobenen Briefe, die Seville erwähnt hatte. Wenn sie nicht wollte, dass andere von ihrer Beziehung erfuhren oder was immer es war, hätte sie nicht zugelassen, dass jemand anderes es fand.

»Sie hatte einen ausgesprochenen Beschützerinstinkt, was ihre Arbeit betraf«, sagte ich und räumte das Büchlein ins Regal. »Aber davon abgesehen haben wir immer noch einen weiten Weg vor uns. Ich würde gern in Zukunft einige der Medikamente der Evers zusätzlich zu meiner eigenen Magie benutzen, um herauszufinden, ob das bei der Heilung der Seuche hilft.«

Er nickte. »Hast du für morgen alles, was du brauchst?«

»Ich habe eine Liste gemacht.« Ich zeigte auf den Tisch und auf das vollgekritzelte Stück Papier neben meinen Apothekerkoffern. »Wenn du diese Dinge bereitstellen könntest, wäre das großartig.«

Orin griff nach dem Zettel und überflog die Liste. »Einiges davon kann ich mühelos bis morgen früh beschaffen. Die anderen könnten ein oder zwei Tage dauern. Reicht das fürs Erste?«

»Ja.« Ein Saatkorn der Hoffnung keimte in meiner Brust. »Es gibt einige verschiedene Strategien, die ich gern ausprobieren würde.«

»Gut. Wir werden mit einem der infizierten Hirsche anfangen.« Orin ging um den Tisch herum, um noch einmal über meine Wange zu streichen. »Ich kann es nicht erwarten zu sehen, was du tun wirst.«

Bei diesen Worten ergriff er meine Hand und ging mit mir in den Garten, wo Amalyss und Tasia warteten, die Waterstones einige Schritte hinter ihnen. Wegen Orins Bemerkung bezüglich der Unterrichtsstunden hatte ich mit Flix gerechnet. Aber Issa und ihre Mutter? Ossanna stand mit dem Rücken an einen Baum gelehnt, ein bewusst zur Schau gestelltes bedächtiges Lächeln im Gesicht. Issas eifriger Blick wiederum fand Orin sofort und ruhte eine Spur zu lange auf ihm, bevor sie mich ansah. Ich runzelte die Stirn angesichts des Trios dunkelhaariger Evers und neben mir verfiel Orin in einen hölzernen Gang. Dann seufzte er.

»Nach dem, was mit Briar passiert ist, wird sich Ossanna wegen der Teilnahme ihres Sohnes an meinem Unterricht Sorgen machen.« Mit einem knappen Winken signalisierte er Amalyss und Tasia herüberzukommen. »Bringt sie zu Rorik. Wir werden mit dem Unterricht anfangen, wenn ihr zurück seid.«

Mein Magen krampfte sich zusammen. Hatte Ossanna allen Ernstes Angst, Orin könnte ihren Sohn bedrohen?

»Selbstverständlich«, sagte Tasia und hakte mich unter. Sie ging los, ohne auf meine Zustimmung zu warten, und Amalyss beeilte sich, mich auf der anderen Seite unterzuhaken. Ich warf einen letzten Blick über die Schulter zu Orin und den Waterstones. Er nickte Ossanna zu, bevor er eine Hand zwischen Issas Schultern legte und ihr etwas ins Ohr flüsterte. Ihr Lachen wehte mit der sanften Brise herüber und ein unangenehmes Kribbeln erfasste mich.

»Macht Euch keine Sorgen wegen der Waterstones«, sagte Amalyss leise und mit gesenktem Blick. »Orin wird sie nicht in Eure Nähe lassen.«

Ich hatte das Gleiche von den Starglens gedacht, aber das hatte offensichtlich niemand vorhergesehen.

»Die Dinge zwischen den Familien sind …« Tasia rang einen Moment um Worte, aber irgendwie bekam sie sie nicht heraus. Sie zog frustriert die Nase kraus, bevor sie einmal kräftig ausatmete. »Sagen wir einfach, die Situation ist immer angespannt.«

Wir werden die Vergangenheit nicht in diese Sache hineinziehen. Orins Warnung und die damit einhergehende hitzige Machtdemonstration kamen mir wieder in den Sinn. Vielleicht hatten die Mädchen zu große Angst, um etwas von ihrer Fehde mit den Starglens preiszugeben.

»Wegen Lorelai?«, fragte ich. Nach dem Angriff der Starglens war ich von der Wahrheit über die Reichweite der Seuche viel zu überwältigt gewesen, um nach irgendetwas anderem zu fragen. Dagas' Tochter war so ziemlich das Letzte gewesen, das mich beschäftigte, und erst jetzt, da die Anspannung so offensichtlich wieder aufflammte, erinnerte ich mich überhaupt an ihren Namen.

Amalyss stolperte, als wir den Hügel hinunterschlenderten, erholte sich aber schnell wieder von ihrem Schreck. »Wieso wisst Ihr von ihr?«

»Ich habe einige Dienerinnen über sie reden hören.« Ich ließ den Blick zwischen den beiden Mädchen hin- und herwandern. »Was ist passiert? Ist das der Grund, warum die Starglens so wütend auf Orin waren?«

Tasia und Amalyss tauschten einen vielsagenden Blick, bevor Erstere langsam ausatmete. »Sie war vor Jahrzehnten Orins Herzgefährtin.«

»Sie ist gestorben«, ergänzte Amalyss nahezu umgehend. »Orin hat gesagt, es sei die Seuche gewesen.«

»Oh.« Ich schaute über meine Schulter, aber Orin und die Waterstones waren nirgends zu entdecken. »Warum waren sie dann so wütend auf ihn? Es ist ja nicht so, als wäre irgendjemand in der Lage gewesen, ein Heilmittel zu finden.«

»Das stimmt, aber Dagas ist nie darüber hinweggekommen. Vor allem, nachdem sich ihr Zustand nach ihrem Umzug hierher verschlimmert hatte.« Amalyss kratzte sich am Hals und ich stellte mir vor, wie sie damit die Seuchenpusteln zum Platzen brachte. Den Göttern sei gedankt für den Glamourzauber. Sie sah mir keine Sekunde in die Augen, sondern studierte kurz ihre Fingernägel, bevor sie die Hand schlaff herabfallen ließ.

Verschlimmert? Nach meinen bisherigen Erkenntnissen schien die Seuche bei den Evers langsam und schmerzhaft voranzuschreiten. Außerdem konnten sie dank des Glamourzaubers, der wie ein schützender Verband gegen das Ausbreiten der Krankheit wirkte, noch Jahre weiterleben, während Menschen innerhalb weniger Minuten starben. Meine Gedanken überschlugen sich.

»Orin verfügt über … eine Menge Magie.« Tasias Stimme klang erstickt. Das Mädchen legte die Stirn in Falten und blickte ins Leere, als sie sich räusperte. »Er ist mächtig.«

»Das hatte ich mir auch schon zusammengereimt«, sagte ich und spürte ein Summen in mir, während ich an den Kokon aus Magie dachte, der meine Brüder einhüllte und ihr Leben konservierte. Trotzdem reichte es nicht, um sie zu heilen. Noch nicht. Ich kaute an meiner Lippe und schaute zwischen den Mädchen hin und her. Morgen würde ich versuchen, unsere Heilmittel zu vermischen. Aber wenn das nicht funktionierte …

Sprecht es aus und es könnte vielleicht passieren. Und es lässt sich nicht ungeschehen machen.

Sevilles Worte waren entweder ein böses Omen oder ein Segen. So oder so fühlten sie sich an wie mein Untergang. Aber bevor ich länger darüber nachgrübeln konnte, erreichten wir Rorik und den Ahnenbaum. Mit Ywena auf seiner Schulter nickte er Amalyss und Tasia zu, um sie mit dieser Geste zu entlassen, bevor er zu mir herumwirbelte. Beide Mädchen drückten mir den Arm und verschwanden ohne ein weiteres Wort. Ich sah ihnen nach, während ich noch einmal über die Ereignisse des Morgens nachdachte.

Rorik räusperte sich. »Ywena.« Er streckte die Hand aus. Ywena flatterte auf seine offene Handfläche und tanzte ihm über die Finger. »Geh bitte zurück zu Edira.«

Als ich die Kreatur betrachtete, die darauf wartete, sich mir wieder anzuschließen, wurde die Erinnerung an das Fest wieder lebendig. Mein Tanz mit Rorik und die Art, wie er mich gebeten hatte zu lügen. Das Gefühl seiner Hand auf meinem Rücken und der unvertraute Stich des Ärgers beim Anblick derselben Hand auf der Taille einer anderen Frau. Derselben Hand, die Stunden später von Dagas' Blut durchtränkt gewesen war.

Du bist wunderschön.

In seinen Worten lag eine universelle Wahrheit, die nichts und alles bedeutete. Er hatte mich an diesem Abend zu seiner eigenen Erheiterung benutzt, wie eine Figur in einem Spiel, das ich nicht verstand. Ich hatte es satt, sein Spielzeug zu sein. Ich war hier, um zu trainieren. Mehr nicht.

Sanft winkte ich Ywena heran und hieß ihre zierlichen Füße auf meiner Haut willkommen. Sie blieb einen Moment auf meinen Fingern, bevor sie an ihren bevorzugten Ausguck in meiner Halsbeuge zurückkehrte. Ich strich mir die Locken zurück, um ihr Platz zu machen, und hätte schwören können, dass ich sie seufzen hörte.

»Willkommen zurück«, flüsterte ich ihr zu.

»Verliert sie nicht noch einmal.« Rorik starrte sie eine ganze Weile an, bevor er den Blick endlich meinem Gesicht zuwandte. »Verstanden?«

»Ich habe sie nicht verloren.« Ein Gefühl der Entrüstung brodelte in mir.

Er schob die Hände in die Hosentaschen und lehnte sich an den Baumstamm. »Ihr habt den Abend mit ihr angefangen und ihn ohne sie beendet. Das bedeutet für mich, dass Ihr sie verloren habt.«

»Dafür war Orin verantwortlich.« Ich funkelte ihn an.

Der Blick, mit dem er mir antwortete, traf mich mit viel größerer Wucht, als ich erwartet hatte. »Ich weiß.«

Frustriert warf ich die Hände in die Höhe und atmete scharf aus. »Ihr seid unmöglich.«

»Nicht so unmöglich wie Ihr.«

»Wie alt seid Ihr, zehn?« Ich warf ihm einen Seitenblick zu und strich mein Haar zurück, um es für meinen Aufwärmlauf rund um das Anwesen zusammenzubinden. »Das ist genau die Art Antwort, die ich von einem Kind erwarten würde.«

Er machte sich nicht die Mühe, die Anschuldigung abzustreiten. »Heute lauft Ihr nicht. Ich muss mir ein Bild davon machen, wo Ihr steht.«

Ich erstarrte. »Ein Bild?«

»Ja. Setzt Euch.«

Er wirkte angespannt, als er auf den leeren Platz vor sich deutete. Instinktiv zog ich die Brauen zusammen, dann ließ ich mich auf den Boden sinken und überkreuzte die Beine. Ich beobachtete, wie er mit steifen Schritten zweimal um mich herumging, bevor er sich hinter mich hockte, um mir eine Hand zwischen die Schulterblätter zu legen.

»Sagt mir, wie Ihr Euch fühlt.«

»Was?« Ich drehte mich so, dass ich ihn über die Schulter hinweg ansehen konnte, und er schob mich sachte zurück in meine vorherige Position.

»Sagt. Mir. Wie. Ihr. Euch. Fühlt.«

»Eine Wiederholung Wort für Wort ändert nichts an meiner Frage«, zischte ich. »Es geht mir *gut.*«

»Wirklich?« Der Druck seiner Finger auf meiner Wirbelsäule nahm zu.

»Ja. Ist mit Euch denn alles in Ordnung? Ihr benehmt Euch seltsam.« Meine Muskeln bewegten sich, ohne dass ich darüber nachdachte, und ich ertappte mich dabei, wie ich mich an ihn lehnte. Ich erwartete, dass er mich zwingen würde, den Rücken durchzudrücken, dass er irgendeine herablassende Bemerkung über meine »Haltung« blaffen würde, aber er arbeitete einfach nur weiter.

»Ihr seid kratzbürstig wie immer. Ich nehme an, das ist ein gutes Zeichen.« Seinen Worten fehlte der gewohnte Stachel.

»Rorik, ernsthaft …«

»Habt Ihr irgendeine Ahnung …« Er schluckte hart und hörbar, als könne er irgendwie das Gefühl, das seinen Worten innewohnte, unterdrücken. Es war ein Gefühl, das schrecklich ähnlich wie Sorge klang. Er atmete mit Nachdruck aus. »Atmet einfach. *Leise.*«

Ich schnaufte. »Wie könnte man mich besser in Schach halten, als indem man mir meine Stimme nimmt?« Schlagartig kamen mir Mavis und ihre Regungslosigkeit in den Sinn und ich schauderte.

»Eure Stimme ist nur ein Teil des Problems.«

Obwohl er es nicht sehen konnte, verdrehte ich die Augen. »Oh ja doch, mögen die Götter verhüten, dass ich überhaupt existiere.«

»Das ist problematisch.« Sein Ton veränderte sich, als er die Finger zu den verhärteten Muskeln an meinem Schulterblatt weiterschob.

»Ihr seid verspannt.« Er testete einige Stellen mit sanftem Druck, bevor er eine widerspenstige Sehne isolierte und den Daumen tief in meinen Rücken bohrte. Ich zuckte im selben Moment nach vorne, in dem Ywena einen vertrauten Blitz durch meine Extremitäten schoss.

Ich wirbelte herum und entzog mich endlich seiner Berührung, dann warf ich ihm einen finsteren Blick zu. »Natürlich bin ich verspannt. Ihr habt mir gerade gesagt, meine Existenz sei problematisch. Und obendrein hat man mich, für den Fall, dass Ihr das vergessen habt, kürzlich *angegriffen*.«

»Als könnte ich das vergessen.« Er ließ die Hand sinken und zog eine Braue hoch. »Ist das alles?«

Seine Reaktion war dermaßen lässig, so unhöflich, dass alle Gefühle, die ich bei seinem Anblick unterdrückt hatte, an die Oberfläche gespült wurden. Zorn wegen der Art, wie er mit mir gespielt hatte, weil es seinen Plänen zugutekam. Sehnsucht danach, wie sich seine Finger auf meiner Haut anfühlten. Verwirrung und Schmerz, weil ich mehr wollte, vor allem in der Gewissheit, in Orins Armen Trost suchen zu können. Und Furcht. Furcht, Rorik könne so tödlich sein, so vernichtend grauenvoll, und dennoch reichte all das nicht aus, um mich in die Flucht zu schlagen.

»Warum fällt es Euch so schwer, nett zu sein?«, schimpfte ich. Er erstarrte, und ich drehte mich ganz herum und beugte mich so nah an ihn heran, dass unser Atem sich vermischte. »Alles, was ich seit meiner Ankunft hier getan habe, ist zu versuchen zu helfen, und wofür? Damit Ihr Euch bei jeder unserer Begegnungen wie ein kolossales Arschloch benehmt? Da ist es kaum verwunderlich, dass der Rest der Familie auf Euch herabschaut. Ich habe nur ein einziges Mal etwas Nettes aus Eurem verdammten Mund kommen hören, nämlich als Ihr betrunken wart.«

Er sah mich mit zusammengezogenen Brauen an und ein erstauntes Flackern schimmerte in seinen Augen, als sein sorgfältiger Schleier geheuchelter Gleichgültigkeit verrutschte. Er presste die

Lippen aufeinander und musterte mein Gesicht so intensiv, dass es mir die Röte in die Wangen trieb.

Endlich, *endlich* neigte er den Kopf nach vorn und verzog die Lippen zu einem sündhaften Grinsen. »Ihr habt über meinen Mund nachgedacht?«

Ich blinzelte, während die tobenden Gefühle in mir versiegten. Und dann stieß ich ein Stöhnen aus, zog mich wieder zurück und kniff mir mit Daumen und Zeigefinger in die Nase. »Unmöglich.«

»In der Tat. Jetzt dreht Euch um.« Ich kämpfte nicht gegen ihn, als er fortfuhr, winzige Kreise an meiner Wirbelsäule entlangzukneten. Besser, überall hinzuschauen, nur nicht in sein Gesicht. Götter, er war wie ein Stachel in meinem Fleisch, der sich mit jedem verstreichenden Tag irgendwie tiefer hineinbohrte. Trotzdem fiel es mir schwer, mich darüber zu beklagen, wenn mein Körper seiner Berührung einfach nicht widerstehen konnte. Jede schmerzende Sehne bettelte um die Erlösung, die seine Finger brachten, und ich unterdrückte ein Stöhnen, damit er bloß keinerlei Befriedigung aus dem Laut bezog.

Der einzige Schmerz, den ich Euch jemals absichtlich zufügen würde, ist die Qual, Euch darauf warten zu lassen, das Vergnügen des Höhepunkts zu empfinden.

Eine Gänsehaut überlief mich vom Kopf bis zu den Zehen und obwohl ich Roriks Gesichtsausdruck nicht sehen konnte, war da ein ganz winziges Zucken in seinen Fingern.

»Habe ich einen Nerv getroffen?«, fragte er mit leiser Stimme.

Und ob er das hatte. »Nein. Alles gut.«

Das Schweigen, das folgte, war unerträglich. Unausgesprochene Worte hingen zwischen uns in der Luft. Eine Ewigkeit verging, während er undefinierbare Muster auf meinen Rücken zeichnete, bis er mich endlich für entspannt genug hielt, um zu arbeiten. Ich erwartete, dass er sich zurückziehen würde. Stattdessen beugte er sich vor und sprach sanft an meinem Nacken. »Lasst uns heute nur an Eurer Atmung arbeiten.«

»Warum?« Ich wollte den Kopf umwenden, aber das würde die herrliche Arbeit zunichtemachen, die er gerade bei meinen Muskeln geleistet hatte. Es war unfassbar, dass ich immer noch aufrecht saß, nachdem sich die Sehnen, die mich zusammenhielten, in Butter verwandelt hatten. Ich hatte mich so sehr in seine Berührung geschmiegt, dass mir gar nicht bewusst gewesen war, wie nah wir uns dadurch gekommen waren, nicht, bis er die Beine ausstreckte und mich links und rechts damit umrahmte. Mein Puls schoss in die Höhe, als er meinen Rücken mit zwei Fingern auf meiner Schulter fest an seine Brust zog.

Er zögerte nur kurz, bevor seine leisen Worte durch die Luft schwebten. »Weil Euer Körper genug durchgemacht hat.«

Die Erkenntnis drang in meine Sinne und das Zögern, die *Schuldgefühle*, lagen plötzlich so deutlich in Roriks Worten, dass es mir nicht gelang, meine eigenen zu finden. Ich hatte überhaupt nicht an seine Rolle bei alledem nachgedacht. Aber ich erinnerte mich daran, wie er mich angesehen hatte, gefesselt an diesen Baum. Erinnerte mich an den Zorn in seinen pupillenlosen Augen. Die Anspannung in seinen Fäusten.

Rorik räusperte sich, als ich nicht antwortete. »Und es ist wichtig zu lernen, wie Ihr Euren Atem sparen könnt, vor allem, wenn Ihr Eure Magie benutzt.« Der Klang seiner Worte hallte an meiner Wirbelsäule hinab. »Sobald Ihr diese Art von Kontrolle über Euren Körper gewonnen habt, werdet Ihr vielleicht eher in der Lage sein zu entscheiden, wie viel Macht Ihr einsetzen wollt, wenn Ihr an der Seuche arbeitet. Der einzige Grund, warum Euch das bei Euren Brüdern gelungen ist, war der, dass Orin rechtzeitig dort war.«

»Und das wisst Ihr weshalb?«

Er versteifte sich für einen Moment, dann stieß er ein schroffes Lachen aus. »Orin hat es mir erzählt. Wie sonst sollte ich davon wissen?«

»Ich verstehe immer noch nicht, wie Ihr von mir erwartet, irgendetwas zu tun, solange Ihr direkt hinter mir sitzt.« Ich zwang mich zu einem kräftigen Schlucken und starrte auf den Ahnenbaum und die Sonne, die sich langsam dem Horizont näherte.

»Nun, zunächst einmal *erwarte* ich von Euch, dass Ihr weiter an Eurer Magie arbeitet. Es sei denn, Ihr habt auch damit zu kämpfen.«

Mein Körper erstrahlte unter der Macht von Mondlicht, bevor die kurz angebundene Antwort aus mir herausbrach. »Natürlich bin ich dazu in der Lage.«

»Gut. Jetzt spürt das Heben und Senken meiner Brust. Den Rhythmus meines Herzens.« Sein Atem war warm auf meiner Haut, als er den Kopf auf meine Schulter senkte. »Zwingt Euren Körper, dem zu folgen. Ich werde meine Atmung und meinen Herzschlag so ungefähr alle paar Minuten verlangsamen. Mal sehen, wie lange Ihr mithalten könnt – und lasst Eure Macht nicht unkontrolliert hervorbrechen. Konzentriert Euch darauf, beides gleichzeitig aufrecht zu erhalten.«

Mein Leuchten spitzte sich kurz zu und verebbte dann zusammen mit meinen Gefühlen. Das Herz galoppierte wie ein wildes Pferd in meiner Brust und Roriks leises *Lachen* sagte mir, dass er es wusste. Denn natürlich konnte er es hören. Natürlich würde diese Übung unendlich einfach für ihn sein. Meine Magie verblasste im Vergleich zu der der Evers. Ich konnte nicht im Dunkeln sehen oder im Nachbarzimmer eine Stecknadel fallen hören. Hätte ich versucht, mich gegen einen von ihnen zu behaupten, wäre ich verloren gewesen. Mein jüngstes Zusammentreffen mit den Starglens war der beste Beweis. Atemübungen würden mich nicht retten, wenn etwas Derartiges noch einmal passierte.

»Wisst Ihr«, sagte Rorik, dessen Worte kaum mehr waren als ein Wispern, »es ist einfacher, mein Tempo nachzuahmen, wenn Ihr Euren Geist daran hindern könnt zu rasen.«

»Das ist eine unmögliche Aufgabe«, murrte ich und sorgte dafür, dass meine Stimme den gleichen Tonfall annahm wie seine.

Ich konnte sein Lächeln praktisch hören. »Damit beschäftigt, über meinen Körper an Eurem nachzudenken?« Er bewegte sich ein ganz klein wenig und kam dadurch irgendwie noch näher. »Ich kann ziemlich ablenkend sein. Ein Grund mehr, damit weiterzumachen. Wenn Ihr mich ignorieren könnt, dann habt Ihr etwas gemeistert, das bisher noch niemandem gelungen ist.«

»Eure Arroganz kennt keine Grenzen.« Das Herz schlug mir bis zum Halse, aber mein leichtes Leuchten blieb konstant. »Ich dachte, wir trainieren, damit ich im Threadmending besser werde.«

»Ich trainiere Euch, damit ihr überlebt.«

»Warum?«

Das Heben und Senken seines Brustkorbs verlangsamte sich und ich zwang mich, sein Atemmuster nachzuahmen. Er wartete mit seiner Antwort, bis ich mich in das neue Tempo eingefügt hatte.

»Weil Ihr es verdient zu leben.«

So verdammt leise. Seine Worte waren kaum ein Flüstern in der Abendbrise und doch legten sie sich bleischwer auf mich.

»Es geht nicht darum, ob ich es verdiene oder nicht. Wenn ich Threadmending anwende, werde ich innerhalb weniger Jahre sterben. Hoffentlich werde ich vor meinem Tod einige Personen heilen.«

Er lachte spöttisch. »Die einzigen Personen, die Ihr heilen solltet, sind Eure Brüder, und das auch nur, wenn es Eure Lebensspanne nicht beeinträchtigt.«

Mir blieb die Luft weg. Ywena reagierte mit einem spannungsgeladenen Schlag, der sich weitaus sanfter anfühlte als sonst. Vielleicht dämpfte aber auch mein Erschrecken das Gefühl ihrer Macht. So oder so huschten Wellen durch mein Licht, wie die Nachwirkungen eines Steins, der Kreise im Wasser hinterlässt, bis sich erneut alles glättet.

Es dauerte eine ganze Weile, bis ich meine Stimme wiederfand. »Der Grund, aus dem ich hier bin, ist das genaue Gegenteil. Eure Familie …«

Rorik fiel mir ins Wort. »Wenn es uns bestimmt ist zu sterben, dann sterben wir. Ich habe genug gelebt. Genug gesehen. Diese Besessenheit von Unsterblichkeit, das ist die wahre Krankheit.« Er schluckte, was eine klarer definierte Atembewegung nach sich zog. Eine Bewegung, die mein Körper instinktiv nachahmte. »Keiner von uns *lebt* wirklich.«

Lange sagten wir gar nichts. Stattdessen lauschten wir dem melodischen Zirpen der Insekten. Wir beobachteten, wie die Sonne am Horizont versank und einen indigofarbenen Himmel zurückließ, der übersät war mit funkelnden Sternen. Ich saß da mit seinen Worten im Kopf, mit dem Eindruck seiner abnehmenden Atemfrequenz, mit dem stetigen Schlag seines Herzens im Rücken. Ich wusste nicht, was ich zu ihm sagen sollte. Das lag vor allem daran, dass ich selbst schon gedacht hatte, es gebe eine Krankheit in ihrem Haus, die weit über die Seuche hinausging – und seine Worte hatten das bestätigt. Ein tiefer Stich durchzuckte mein Herz, während ich beobachtete, wie der Nachthimmel dunkler wurde.

Götter, ich vermisste meine Brüder. Ich vermisste die Familie, die ich gehabt hatte. Als meine Mutter und mein Vater noch gelebt hatten und unsere Tage voller Lachen gewesen waren. Davon gab es jetzt nicht mehr viele. Davon gab es gar nichts innerhalb der Mauern des Herrenhauses der Ferngloves.

»Ihr seid strahlender als der Mond und genauso stetig.« Rorik legte das Kinn auf meine Schulter und sprach in meine Halsbeuge. »Selbst unter meiner Berührung ist es Euch gelungen, Eure Atmung zu beherrschen. Gut gemacht.«

Ich lachte leise und war nicht bereit, dieses seltsame Stückchen Frieden herzugeben, das wir soeben etabliert hatten. Buttergelbe Lichter erwachten eins nach dem anderen in den Fenstern des Herrenhauses zum Leben. Jetzt würde man uns jeden Moment zum Abendessen erwarten. »Freut mich, dass ich Euren Test bestanden habe.«

Nach einem kurzen Moment des Schweigens flüsterte er: »Ich war nicht betrunken.«

»Was?«, fragte ich, weil ich seinem Gedankengang nicht folgen konnte.

»Auf dem Fest. Ihr habt gesagt, ich sei betrunken gewesen.«

»Oh.« Ich wusste nicht, worauf er hinauswollte, und es machte mir Angst, meine Erinnerungen an diese Nacht wachzurufen und mir vorzustellen, er habe im nüchternen Zustand so gehandelt. Einige Gedanken waren verlockend. Einige waren aufreizend. Andere waren schmerzhaft. Sie alle waren höllisch gefährlich. Langsam löste ich mich aus seiner lockeren Umarmung und spürte die kühle Abendluft auf meinem Rücken. Mit einem bloßen Gedanken rief ich meine Macht zurück und die Welt um uns herum versank in Dunkelheit. Rorik beobachtete mich genau und studierte jede meiner Bewegungen.

Alles, was in unserer Trainingsstunde passiert war, fühlte sich zu roh und zu persönlich an, als sei das hier mehr als nur eine Unterrichtsstunde. Als sei dieser Moment dazu bestimmt, mich für den Rest meiner Tage zu begleiten. Plötzlich fühlte ich mich schwach. Keine Sekunde länger konnte ich in Roriks Nähe ruhig atmen. Ich schluckte zähe Gefühle herunter, als eine seltsame Hitze in meinen Augen kribbelte.

»Das mit Jules tut mir leid«, sagte ich.

Es diente uns beiden als Erinnerung. Etwas Wildes und Grimmiges blitzte in seinen Augen auf. Es war zu leicht, seinen Spötteleien zum Opfer zu fallen. Auf mich wartete Arbeit. Menschen und Evers, die ich retten musste, selbst wenn er keinen Wert im Leben dieser Personen sah.

»Edira, es gibt Dinge …« Rorik zuckte zusammen, sein Kehlkopf hüpfte auf und ab. Nachdem er die Augen fest zugepresst und einen harschen Atemzug durch seine Lippen gezwungen hatte, richtete er einmal mehr seinen glühenden Blick auf mich. »Ich trage die Last unausgesprochener Bürden in meinen Knochen.«

Ich hasste es, dass es klang wie eine Entschuldigung. Noch kurz zuvor hätte ich ihn um eine Erklärung für seine Worte gebeten. Jetzt war ich einfach nur müde.

»Ich auch, Rorik.« Ich stand auf und klopfte mir Erde von der Hose. »Ich auch.«

Als ich mich von ihm entfernte, schulterte ich die Last meines Lebens – eines Lebens voller unerfüllter Träume und Kummer, voller unausgesprochener Wahrheiten und Bürden –, ohne zurückzuschauen. Denn im Gegensatz zu ihm musste ich genau das tun, um zu überleben.

An diesem Abend ließ ich das Essen aus und ging direkt in das Zimmer meiner Brüder. Und als ich am Fuß ihrer Schutzkästen auf dem Boden lag, dachte ich an nichts anderes als das Ein- und Ausatmen, denn zumindest in einem Punkt hatte Rorik recht: Ich verdiente es zu leben.

KAPITEL 18

Als ich am nächsten Morgen erwachte, war mein Training mit Rorik nur noch eine nebelhafte Erinnerung. Es hatte keinen Sinn, die verborgene Bedeutung in seinen Worten zu entschlüsseln, solange ich seine Motivation nicht verstand. Er hatte einmal zu oft mit meinen Gefühlen gespielt. Ich hatte Besseres zu tun, etwa mich auf meine Arbeit mit Orin vorzubereiten. Ein stilles Lächeln umspielte meine Lippen. Mit ihm an meiner Seite hatte ich das Gefühl, alles schaffen zu können.

Im Herrenhaus war es still und nur das Holz knarrte, während ich meine Kleider heraussuchte. Die Wände selbst schienen mich bei jeder Bewegung zu beobachten, als wüssten sie, dass ich vielleicht einen Weg finden würde, die Matriarchin zu heilen, die in ihrem Zimmer ruhte. Die Erwartungen an mich waren fast mit Händen zu greifen und ich betete, dass ich die Beteiligten hier nicht enttäuschen würde.

Ich ließ die Hand über die efeugrüne Bluse und die braune Hose wandern – zusammen mit einer schlichteren, cremefarbenen Bralette von meinem Ausflug mit Seville –, da klopfte Vora an die Tür. Sie trat ein, ohne meine Antwort abzuwarten, warf einen flüchtigen Blick auf die Kleidung und bog in das angrenzende Badezimmer ab, um die Wanne zu füllen. Ich erlaubte ihr, mich zu baden und anzukleiden, ohne dass wir ein Wort wechselten. Erst als sie mich vor den Schminktisch setzte und einen knochenfarbenen Kamm durch mein Haar zog, begann sie zu reden. »Man hat Euch gestern Abend beim Essen vermisst.«

Ich zog eine Braue hoch. »Wer genau?«

»Orin. Er erwartet, dass die Familie zusammen speist, aber er versteht es, wenn Ihr Raum braucht.«

»Ich war müde nach dem Training mit Rorik.« Ich tat ihre Worte mit einem Achselzucken ab, während ich auf eine gleichmäßige Atmung achtete. Ywena war auf meinen Schoß gekrochen, während Vora arbeitete, um ihr Platz zu geben, meine Locken zu zähmen.

»Das hatte ich mir gedacht.« Sie riss härter als nötig an meinem Haar und ich betrachtete sie stirnrunzelnd im Spiegel. »Er und Orin hatten beim Abendessen eine Meinungsverschiedenheit.«

Und Rorik hielt mich für problematisch. »Darf ich fragen, warum?«

Vora ließ die Hände sinken. »Rorik hat herausgefunden, dass Ihr heute Fäden weben sollt, und ist wütend geworden. Er meint, Ihr wärt noch nicht so weit, könntet bei jedweder Ablenkung nur mit Mühe Eure Macht aufrechterhalten. Orin war anderer Meinung.«

Ihr seid strahlender als der Mond und genauso stetig.

Den Göttern sei gedankt, dass ich bereits saß, denn Roriks Verrat schien mir den Boden unter den Füßen wegzuziehen. Mein ganzer Körper war ein einziger Krampf und ein Schmerz schwoll in meiner Kehle an. Nach diesem persönlichen Moment zwischen uns hielt er mich immer noch nicht für gut genug? Hitze brachte mein Blut in Wallung und ich krallte die Faust in den Stoff meiner Hose. Was hatte er vor? Ich brachte meinen wachsenden Zorn unter Kontrolle, indem ich mich vorrangig auf meine Atmung konzentrierte. Dass Ywena mich kein einziges Mal geschockt hatte, verschaffte mir immerhin eine gewisse Befriedigung.

»Rorik sollte seine Gedanken für sich behalten.« Ich stand abrupt auf und schob mich vom Schminktisch weg. Nur mühsam widerstand ich der Versuchung, die dort in Reih und Glied angeordneten Parfumfläschchen herunterzufegen. Ywena flatterte für einen Moment um meinen Kopf herum, bevor sie sich wieder an meinem Hals niederließ. »Ich habe das Training mit ihm satt.«

»Edira.« Vora stellte sich rasch vor mich und legte mir sanft beide Hände auf die Arme. »Bitte.«

»Bitte was?« Ich schüttelte sie ab und ging zur Tür. »Es ist in Ordnung. Es gibt wichtigere Dinge, mit denen ich meine Zeit verbringen kann.«

Ich ließ die Tür mit einem entschiedenen Knall hinter mir zuschlagen und stürmte die Treppe hinunter. Das Esszimmer ignorierte ich genauso wie die Frühstücksteller, die auf dem Tisch warteten. Hauptsächlich, weil ich keine Lust auf Konversation mit Lydia oder Clesian hatte. Beide beobachteten mein Vorbeistürmen mit gespannter Neugier. Auch ihre Töchter drehten verwirrt die Köpfe, als ich in die Küche ging. Der Raum war voller emsiger Diener, die von einer Station zur nächsten schwärmten. Sie bereiteten Speisen, Getränke und erlesene Köstlichkeiten vor, als müssten sie ein Festmahl auf den Tisch bringen und nicht ein schnödes Frühstück. Kaum bemerkten sie mich, kam alles im Raum zum Stillstand.

»Beachtet mich gar nicht.« Ich winkte ab und hoffte, dass die Geste meinen Befehl hinreichend übermittelte. Dann wandte ich mich dem frisch gebackenen Laib Brot zu, schnitt mir eine Scheibe ab und bestrich sie mit Haselnusscreme. Nach und nach machten sich die Diener wieder an die Arbeit und beäugten mich dabei über polierte Töpfe und Teller hinweg. Die Hitze der Öfen war zu drückend, um es hier lange auszuhalten, und ich baute meinen Frust mit schnellen Schritten ab, während ich aß. Natürlich führten meine Füße mich zu Orins Arbeitszimmer.

Ich werde Rorik schon zeigen, was in mir steckt.

Nachdem ich mir die letzten Krümel meines schnellen Frühstücks von den Lippen gewischt hatte, klopfte ich leise an Orins Tür.

»Herein«, rief er über das Rascheln von Papieren.

Ich rauschte in den Raum, so wie ich es bei Seville gesehen hatte, und eroberte ihn mit jedem Schritt in Richtung Orin. Seine Augen weiteten sich, nachdem er von seinem Stapel an Papieren aufgeschaut hatte, und er ließ geistesabwesend seinen Stift auf den Schreibtisch fallen. Wir hatten keinen Zeitpunkt für unsere Arbeit vereinbart, aber das kümmerte mich nicht. Ich wollte einfach nur seine Arme um mich spüren. Orin lehnte sich auf seinem Stuhl zurück, als ich seinen Schreibtisch umrundete. Ohne auch nur darauf zu warten, dass er etwas sagte, setzte ich mich auf seinen Schoß und umfasste mit beiden Händen sein Gesicht. Mein Mund war sofort auf seinem und seine Lippen öffneten sich wie von selbst, während meine Zunge mit seiner spielte. Jeder Zentimeter meiner Haut leuchtete auf, als ich mich enger an ihn drückte.

Er stöhnte und umfasste mit festem Griff meine Hüften, nur um sich zurückzuziehen, nachdem er kurz an meiner Unterlippe geknabbert hatte. »Welchem Umstand verdanke ich diese Begrüßung?«

»Nenn es Aufregung wegen der Ereignisse, die der heutige Tag bringen könnte.« Ich übersäte seinen Hals mit zarten Küssen. Dann drückte ich meine Hüften gegen seine, lehnte mich zurück und schaute lächelnd zu ihm herunter. In seinen grünen Augen loderte Hitze auf.

»Wie soll ich mich konzentrieren, wenn ich den ganzen Tag an das hier denken werde?« Er streichelte meine Wange, dann ließ er die Hand zu meinem Nacken wandern und vergrub die Finger in meinem Haar. Mit sanftem Zwang leitete er meinen Mund zu seinem und hielt mich dort fest, einen Atemzug entfernt von meinem Vergnügen.

Bei dem Gedanken daran, mit ihm zusammen zu sein, breitete sich eine Wärme in meinem Unterleib aus. Nicht einmal Ywenas Schocks konnten mein Verlangen bezähmen. Doch noch bevor er die Lippen auf meine legte, wanderte sein Blick zu ihr. Ärger legte sich schlagartig auf seine Züge. Kurz blitzte der Ever durch und verschwand ebenso schnell auch wieder. Nur ein seltsam heißes und gefährliches Beben blieb zurück. Sanft strich ich über eine einzelne hervortretende Sehne in seinem Kiefer.

»Ist mit dir alles in Ordnung?«

Er seufzte, aber sein Lächeln war aufrichtig. »Ja. Ich hoffe nur, dass wir, wenn es so weit ist, kein Publikum haben werden.« Er legte leicht den Kopf schräg und deutete auf Ywena.

An seinem Ohr knabbernd flüsterte ich ihm zu: »Du kannst sie wegschicken.«

»Natürlich könnte ich das.« Irgendwo aus den Tiefen seiner Brust kam ein erfreutes Brummen. »Aber die Hirsche warten bereits.«

»Dann also später«, entgegnete ich und überspielte meine Enttäuschung mit der gleichen Geschicklichkeit, die ich an den Tag legte, um meine Atmung wieder unter Kontrolle zu bringen. Meinen Herzschlag.

Orin hielt meinen Blick. »Auf jeden Fall.«

Er erhob sich mit mir im Arm, bevor er mir einen Kuss auf die Stirn gab und mich auf den Boden stellte. Die ganze Zeit über ließ er meine Hand nicht eine Sekunde lang los. Aufregung und Furcht verschmolzen tief in mir und jagten mir ein seltsames, spannungsgeladenes Kribbeln durch die Glieder. Mein altes Ich hätte jedes Threadmending vermieden, im Bewusstsein des Todesurteils, das es langfristig war. Aber Edira auf Fernglove? Ich drückte Orins Finger und war von einer fast überbordenden Zuversicht erfüllt, die nur er mir schenken konnte. Sie hatte Macht.

Und ich würde diejenige sein, die der Seuche ein Ende bereitete.

Gemeinsam verließen wir das Arbeitszimmer und machten uns gar nicht erst die Mühe, mit Lydia oder Clesian zu sprechen, die mit ihren Töchtern im Salon standen. Sie mussten gewusst haben, was an diesem Tag geplant war. Ihre Blicke waren gierig, aber darunter verborgen lag ein mir nur allzu vertrauter Hauch von Hoffnung, den ich gut kannte. Es war das gleiche zarte Gefühl, das sich auch in mir entfaltete. Ich grüßte Amalyss und Tasia mit einem Nicken. Sollte ich mich freundlicherweise dazu entschließen, außer Mavis irgendjemanden aus der Familie zu heilen, dann wären es diese beiden.

Und Orin.

Roriks angespannte Miene erschien vor meinem inneren Auge und ich wischte das Bild schnell beiseite. Ich war bereit. Ich würde all das schaffen, was er mir nicht zutraute.

Die morgendlichen Wiesen lagen still da und der Wald strahlte Ruhe aus. Selbst die Luft um uns herum schien den Atem anzuhalten, als wir die Ställe erreichten. Die Knechte waren nirgends zu sehen, aber die Kreaturen waren gefüttert, ihre Boxen perfekt gesäubert. Ebenso wie die übrigen Bewohner des Anwesens beobachteten die Wesen unser Kommen mit intensiver, erwartungsvoller Konzentration. Orin öffnete die Holztür des Verschlags, der zu einem einsamen Hirsch führte, einem Tier, das hoch aufgerichtet über einem riesigen Heuhaufen stand.

Es sah so prachtvoll aus wie an jenem Tag, als es die Kutsche zum Anwesen derFerngloves gezogen hatte. Riesig wie es war, musterte es mich mit bleich leuchtenden Augen. Sein gewaltiges Geweih war mit Efeu bedeckt, der aus jedem Hornansatz zu sprießen schien. Ich sehnte mich schmerzlich danach, mit den Fingern über die moosähnliche Oberfläche zu streichen, die Blumen sachte zu berühren, die zwischen Fellbüscheln wuchsen. Auf den ersten Blick wirkte er durchaus gesund.

»Das ist Zotakoss. Er ist eine der magischen Kreaturen, die wir zähmen konnten.« Orin streckte die Hand nach dem Wesen aus und berührte sanft seine Schnauze. »Du kannst ihn auch einfach Zota nennen. Er ist seit vielen Jahren bei uns.«

Zota schnaubte zur Antwort. Dampf kringelte sich aus seinen Nasenlöchern und vermischte sich mit den herabhängenden Efeuzweigen, die sich wie eine Mähne um seinen Kopf schlangen.

»Hallo, Zota.« Ich streckte die Hand aus und hielt sie ihm vor die Schnauze.

Er richtete augenblicklich seine ganze Aufmerksamkeit auf mich und sog tief die Luft ein, bevor er mir die Nase gegen die Finger stieß. Ein Lächeln legte sich auf meine Lippen und ich streichelte behutsam seine Schnauze.

»Er lässt sich nicht so leicht aus der Ruhe bringen. Oh, und dann hab ich ja noch etwas für dich.« Orin schob eine Hand in die Hosentasche und zog ein kleines, flaches Gefäß mit einer milchweißen Creme hervor. »Eine der Tinkturen, die du ausprobieren wolltest.«

Grinsend nahm ich den Tiegel entgegen und schraubte den Deckel auf. Der vertraute Duft einer meiner Kreationen zur Schmerzlinderung schlug mir entgegen, gemischt mit einem fremden Blumenduft. Zermahlene Blätter einer weißen Teeblume, einer ganz speziellen Pflanze, die Evers mit ihrer Erdmagie wachsen lassen konnten. Glücklicherweise waren die Ferngloves in dieser Fähigkeit unübertroffen. Erst in der vergangenen Nacht hatte Orin im Mondschein mühelos eine Blüte aus der Erde gelockt.

»Danke«, sagte ich, rieb meine Hände mit dem Balsam ein und ließ ihn einziehen. Ich hoffte, auf diese Weise die Qualen der Seuche beim Threadmending von Zota weniger zu spüren.

»Lass dir Zeit und fang an, wann immer du so weit bist.« Orin machte ein paar Schritte rückwärts, um sich an die Holzvertäfelung von Zotas Stall zu lehnen. Er verschränkte die Arme und nickte der Kreatur einmal kurz zu, bevor er seine Aufmerksamkeit auf die Stelle richtete, wo meine Hände in der Nähe von Zotas Schnauze verharrten.

Ich beugte mich dicht zu seiner Nase vor und sprach leise mit ihm. »Ich werde versuchen, dir zu helfen.«

Vor meiner Ankunft auf dem Fernglove-Anwesen hatte ich immer nur Horrorgeschichten über magische Kreaturen und ihre Gewalttätigkeit gehört. Auf Zota basierte wohl kaum einer dieser Mythen, denn ein einziger Blick in seine Augen hatte mich bereits für ihn eingenommen. Zwar hätte er mich unter dem Gewicht seines gewaltigen Körpers zerquetschen können, aber in seiner Aura lag etwas Sanftes und Freundliches. Er nickte mehrfach inbrünstig, als verstehe er meine Worte und gäbe seine Zustimmung für meine Hilfe.

Ich lehnte die Stirn an seine Schnauze und schloss die Augen. Meine Atmung verlangsamte sich, während ich mich sammelte und die Macht anzapfte, die still in meinen Adern ruhte. Sie entzündete sich mühelos, erwachte flackernd zum Leben und breitete sich in mir wie ein wohliger Energiestrom aus, der bis in meine Fingerspitzen floss. Als ich die Augen öffnete, spürte ich, wie Magie ihnen einen Schimmer verlieh, während gleichzeitig ein besänftigendes, weißes Licht meine Finger einhüllte.

Der schwache Duft von Orins Macht lag in der Luft und mir wurde klar, dass er den Glamourzauber von Zotas Erscheinung nahm. Nahezu unmittelbar war ich mit der Realität konfrontiert, dem wahren Zustand der Kreatur.

Zota bestand fast nur noch aus Haut und Knochen. Verschwunden war sein schimmerndes Fell. Stattdessen sah ich ein Flickwerk aus vertrockneter, ledriger Haut, die kurz davor war abzublättern. Zotas Rippen zeichneten sich deutlich unter dem Brustkorb ab, sein Kopf wirkte eher wie ein Totenschädel mit gebrochenen Knochen, die in seltsamer Formation hervorstanden. Dort, wo seine Augen hätten sein sollen, waren leblose, kalte Höhlen. Die Seuche lagerte sich an jeder Öffnung an und ekelhafte, gelbe Pusteln übersäten den ganzen Körper. Meine Hand zitterte, als ich auf die Stelle starrte, wo meine Finger auf seine Schnauze trafen. Die schleimige Konsistenz von Muskeln und Eiter bedeckte meine Haut und ich musste kräftig schlucken, damit mir die Galle nicht hochkam. In meinen Augen brannten Tränen, während der Gestank des Todes mich in einen erstickenden Kokon hüllte.

Es war mir ein Rätsel, wie Zota überhaupt noch leben konnte.

Mein Brustkorb hob sich nur widerwillig, als ich mich zum Weiteratmen zwang. Ich durfte keine Schwäche zeigen. Nicht jetzt.

»Ich werde seinen Glamour entfernt halten, während du arbeitest.« Aus dem Augenwinkel sah ich, wie Orin mich musterte.

Ich nickte und die Macht, die meine Finger erfüllte, verstärkte sich zu einem fast blendenden Licht. »Schauen wir uns das mal genauer an.«

Zotas Lebensfäden zogen sich aus seinem Körpermittelpunkt und hingen schlaff um seine Gestalt herum. Die von Teer durchweichten Fasern zeigten kaum eine Regung. Manche waren bereits versteinert und drauf und dran, erst zu Staub und dann zu Nichts zu zerfallen. Aber noch gab es Hoffnung. Noch schimmerte hie und da Farbe unter der alles bedeckenden Seuche. Staunend hielt ich inne und betrachtete die seltsame, gedämpfte Grünschattierung der Fäden.

Sie fügte Anteile uralter Bestien in ihr Wesen ein und gewann damit zusätzliche Stärke und Macht.

Die erste Ever hatte sich bei Zotas Ahnen bedient. Anscheinend hatten die Biestmagie und ihre Macht genau diese Farbgebung und den Aufbau der Ever-Fäden erzeugt. Wenn ich Zotas Fäden flicken konnte, dann musste es eine Möglichkeit geben, Mavis zu heilen. Und ganz sicher meine Brüder.

Zunächst beschränkte ich mich einfach nur aufs Atmen. Langsam. Gleichmäßig. Vielleicht hatte Rorik recht. Ich hasste die Vorstellung, ihm für irgendetwas Respekt zu zollen, aber es funktionierte tatsächlich, die Atmung zu lenken, um die Magie zu stärken. Die Zeit schien fast stillzustehen, während mein Herzschlag nur noch ein ruhiges dumpfes Klopfen war, das sich über die Ewigkeit erstreckte.

Magie pulsierte berauschend und stark in meinen Adern, als ich nach einem von Zotas Fäden griff. Sanft schlang ich ihn mir um die Hand und hielt ihn zwischen den Fingern. Ich war klug genug, gar nicht erst zu versuchen, die eitrige Flüssigkeit wegzuwischen. Als ich das mit den Fäden meiner Brüder gemacht hatte, hatten mich die unmittelbaren Konsequenzen mit einer Wucht getroffen, der ich nichts entgegensetzen konnte. Was ich allerdings nicht verstand, war, warum die Seuche sich so ganz anders auf Evers auswirkte. Sterbliche, die sich infizierten, starben schnell. Bei Evers schien es dagegen, als solle das Gift verweilen und mit absichtlicher Langsamkeit ihr Wesen zerfressen, sodass sie Stück für Stück den eigenen Verfall spürten.

Zwar hatte ich noch nicht mit dem Threadmending bei Zota angefangen, aber schon jetzt spürte ich das Kribbeln der Seuche auf meiner Haut. Mit jedem gleichmäßigen Atemzug schob sie sich tiefer in meine Muskeln und Knochen. Begleitet wurde sie von einem pochenden Schmerz, der mich so gänzlich verschlang, dass ich nicht mehr wusste, wo oben und unten ist. Schwarze Punkte tanzten vor meinen Augen, während ich die Faser studierte. Der Matsch warf Blasen und schäumte, als er mir über die Finger lief. Dort, wo er meine Haut küsste, bildete sich Dampf. Während ich gegen die wellenartig aufsteigende Übelkeit ankämpfte, die sich in meinen Eingeweiden formte, half mir das Atmen, dem inneren Sturm zu trotzen.

Langsam schloss ich die Hände um Zotas Faser und brachte meine Macht zum Anschwellen. Eine grelle Lichtkugel zerbrach zwischen meinen Fingern und verjagte jeden Hauch von Schatten. Aber der Teer blieb zurück, bis auf die Stellen, an denen meine Haut direkten Kontakt zum Lebensfaden hatte. Ich vernahm ein Zischeln, während hinter meinen Augen Schmerz erblühte. Irgendwie hielt ich mich lange genug senkrecht, um mitanzusehen, wie der Matsch regelrecht verkochte. Innerhalb von Sekunden bildete er sich erneut. Und dennoch: Für einen Moment hatte ich nichts anderes als gedämpftes Blaugrün zwischen meinen Fingern.

Die Aufregung war stärker als meine zunehmende Qual und ich streckte beide Arme vor. Zotas Fasern reagierten darauf, indem sie sich gänzlich um meine Gliedmaßen schlangen, und für einen Moment passierte gar nichts.

Dann schwächelte meine Macht im Angesicht von Zotas unbarmherziger Seuche. Möglicherweise hatte sich aber auch die Wirkung des mit Magie geschaffenen Balsams erschöpft – es war wohl beides. In Sekundenbruchteilen war ich eingehüllt in seine Fäden und hatte kein grelles Leuchten mehr, um die Seuche wegzubrennen. Die Krankheit traf mich mit einer animalischen Wildheit, auf die ich mich nicht hätte vorbereiten können. Der Gestank nach Verwesung und Mulch, der einem den Magen umdrehte, erfüllte den Stall und ich spürte den brackigen Geschmack auf der Zunge, während ich nach Luft rang. Jeder Atemzug war sprunghaft und scharf, als würden Klingen an meiner Lunge raspeln. In meinen Knochen pochte ein Schmerz, der im Rhythmus meines Herzens pulsierte. Aber noch während mein Magen rumorte, um sich gleich meines mageren Frühstücks zu entledigen, erhaschte ich einen Blick auf Zotas Fäden, die sich jetzt, da ich meine Magie gezügelt hatte, zurückzogen.

Seine blaugrünen Fäden.

Für die Spanne eines einzigen qualvollen Atemzugs flammte Hoffnung auf. Dann löste sie sich mit absoluter Gewissheit in Luft auf, als ich beobachtete, wie die Seuche mühelos verlorenen Boden wieder gutmachte. Teer bedeckte erneut mit einem klebrigen Schwarz die prächtigen Fäden und sie zogen sich langsam wie verwelkende Blätter in Zotas Mitte zurück.

»Edira!«, rief Orin.

Ich hatte seine Anwesenheit fast vergessen. Nachdem ich mich endgültig auf den Boden hatte sacken lassen, suchte ich Halt in der Erde und dem Heu zu Zotas Hufen und ließ meine Macht vollends verblassen. Orin war da, riss mich zurück zur Wand des Stalls und nahm mich in den Arm. Allein schon durch diese Bewegung wurde mir erneut schwindelig und ich kniff die Augen fest zusammen, bis sich der Raum um mich herum nicht länger drehte.

Atme.

Alles war schwer. Meine Hände. Meine Gliedmaßen. Meine Gedanken. Ich zog so viele Wärme wie möglich aus Orins Umarmung, aber seine Arme waren eiserne Bänder um meine geprellten Muskeln. Sein Herzschlag war so laut wie das Läuten der Stadtglocke; sein Atem ein Sturm, der drohte, mich mit sich fortzureißen. Es kostete mich alles, was ich hatte, die Augen zu öffnen. Irgendwie schaffte ich es. Ich suchte mir einen Punkt in der Box – Zotas Wassertrog – und konzentrierte mich ausschließlich darauf. Der Trog wurde mein Anker, das Objekt all meiner Aufmerksamkeit, während meine Sinne sich beruhigten. Sobald die Welt endlich auf ihre normale Achse zurückkehrte und die Übelkeit in meinem Bauch verebbte, wagte ich einen Blick auf Orin.

»Was ist passiert?«, fragte er und strich mir eine Strähne schweißnassen Haares hinters Ohr.

»Es ging nicht«, krächzte ich.

»Das ist doch in Ordnung.« Er zog die Brauen zusammen und drückte seine Stirn auf meine. »Ich glaube immer noch an dich.«

Erschöpfung breitete sich tief in meinen Knochen aus. »Ich werde es wieder versuchen. Ich brauche nur ein wenig Ruhe.«

»Alles klar.« In einem zärtlichen Kuss drückte er seine Lippen auf meine und hob mich auf den Arm. Ich wollte nicht ohnmächtig werden, konnte aber gegen die Dunkelheit, die sich langsam über mich senkte, nicht mehr ankämpfen. Dass ich überhaupt so lange durchgehalten hatte, war der beste Beweis für den Erfolg des Trainings und der Kombination aus Ever-Heilmitteln und meiner Magie. Meine Lider senkten sich ganz von allein und ich seufzte. An den Weg zurück zum Herrenhaus oder daran, dass Orin mich in mein Bett legte, hatte ich keinerlei Erinnerung. Ich erinnerte mich an gar nichts außer dem Geräusch seiner Füße auf dem Boden, als er rannte.

KAPITEL 19

Zwei Tage gingen ins Land, bevor ich noch einmal versuchte, Zotas Fäden zu flicken. Und wieder scheiterte ich. So ging das tagelang weiter – ich versuchte mich unter Orins sorgfältiger Beobachtung im Threadmending und scheiterte jedes Mal, ganz egal, welche Variante von Balsam ich zubereitet und auf meine Hände gerieben hatte. Der einzige Trost war, dass jeder Tanz mit der Seuche mich ein bisschen stärker machte. Ein bisschen abgehärteter. Nach dem dritten Mal brauchte ich nur einen Tag, um mich zu erholen. Nach dem fünften waren es sechs Stunden. Natürlich bestand Orin darauf, dass ich mich weiter normal ausruhte und aß, um meinem Körper jegliche Chance der Wiederherstellung zu geben. Die meisten Threadmender unter seiner Obhut hatten nach fünf oder sechs Begegnungen mit Zota nicht weiterarbeiten können. Mir erging es besser, aber es war unmöglich zu sagen, welche Langzeitschäden ich mir zufügte.

Beim siebten Mal hatten wir alle meine Ursprungsideen für die Mischung magischer Zutaten mit meinen eigenen Tinkturen ausgeschöpft. Jede Medizin hatte irgendwann ihre Wirkung verloren und nichts half lange genug, als dass ich Zotas Krankheit zur Gänze hätten auslöschen können. Nach einem gescheiterten Versuch ging ich sogar noch einmal in die Bibliothek, um mir *Eine Sammlung seltener Flora* und *Sloans Führer zu Flüchen und Giften* zu schnappen, in der Hoffnung, etwas noch nie Dagewesenes zusammenzubrauen. Orin schickte Vora los, um die seltenen Kräuter und Zutaten zu beschaffen, und sie musste eine ganze Woche über die Energielinien reisen, um zu besorgen, was ich brauchte. Anschließend arbeiteten Orin und ich gemeinsam an einer dicken Salbe, die wie eine zweite Haut an mir klebte.

Innerhalb von Minuten hatte die Seuche sie zerstört.

Die ganze Zeit über sah ich abgesehen von meinen Brüdern kaum jemand anderen auf Fernglove. Genau genommen, ging ich all diesen anderen aus übermäßiger Vorsicht aus dem Weg. Nach jedem Versuch im Threadmending begab ich mich direkt in mein Quartier, um zu baden und meine schmutzige Kleidung sicher zu verstauen. War ich zu schwach, um das sofort zu erledigen, warf Orin eine Glamourschicht über mich, damit sich keine Spuren der Seuche ausbreiteten. Auf keinen Fall wollte ich unbeabsichtigt einen Diener anstecken.

Obwohl den Ferngloves keine Gefahr drohte, begegnete ich niemandem von ihnen. Vermutlich war es Absicht – Orins Methode sicherzustellen, dass ich arbeiten konnte, wie es mir beliebte –, aber ich ertappte mich dabei, die scharfen, forschenden Blicke von Seville zu vermissen. Das Gelächter von Amalyss und Tasia. Selbst Roriks unablässige Spöttelei. Stattdessen waren meine Tage ausgefüllt mit Orin und seinen ermutigenden Worten. Mit der Wärme seiner Berührung, dem sanften Gefühl seiner Lippen auf meinen, der stetigen Beruhigung, die ich jedes Mal empfand, wenn ich seine Hand fest umfasste. Das reichte bereits, um mich weitermachen zu lassen. Die einzige andere Person, die ich sah, war Vora. Sie besuchte mich, sobald ich gesäubert war, um Medizin aufzutragen und etwas von dauerhaften Folgeschäden vor sich hin zu brummeln.

Und sie lag auch nicht ganz falsch. Bisher konnte ich an meinem Erscheinungsbild keine entstellenden Anzeichen von Krankheit entdecken, aber ich konnte sie spüren. In all meinen Handlungen lag eine gewisse Trägheit, als müsse ich meine Glieder durch Schlamm zwingen. Ein Dauernebel hatte sich über mein Gehirn gelegt und ich las oft zigmal dieselben Zeilen in meinen Büchern, bevor ich die Worte ganz verstand. Langsam fragte ich mich, ob genau das wohl meiner Tante zugestoßen war. Ich bat Vora, das Notizbuch auf meinen Nachttisch zu legen, und las es jeden Abend aufs Neue durch. Während mein Verstand langsam dahinschwand, entwickelte ich immer mehr ein Gefühl von Verbundenheit mit Rowenas gespreizter Sprache. Obwohl keiner ihrer Einträge sich mit den Gedichten vergleichen ließ, die sie früher verfasst hatte, gab es zwischen ihren frühen Tagen und ihren letzten eine deutliche Veränderung der Qualität. Alles wurde stumpf. Harsch. Als hätte sie nur noch Energie für die Fakten gehabt, sonst nichts.

Aber ich musste weitermachen. Mir blieb nichts anderes übrig. Es schien mir fast, als wüsste die Seuche um mein Kommen, denn sie hatte angefangen, mit mehr Inbrunst an meinen Brüdern zu nagen. Ich bemerkte es nicht sofort. Nachdem ich die beiden jedoch mehrere Abende nacheinander besucht hatte, entdeckte ich neue Wunden, die sich an ihren Armen und Hälsen entwickelten.

Die Zeit lief mir davon.

Nach meinem zehnten gescheiterten Versuch, Zota zu heilen, veränderte sich etwas. Nicht bei mir, sondern bei Orin. Er hatte so viel ertragen, hatte zugesehen, wie ich es wieder und wieder versuchte, nur um sich an eine Hoffnung zu klammern, die er jedes einzelne Mal neu begraben musste. Ich sah die Enttäuschung in der Art, wie er den Blick senkte, wenn er auf meine zitternden Finger starrte. Spürte sie in der Leere seiner Berührung. Es musste qualvoll für ihn gewesen sein zuzusehen, und das auf Ebenen, die ich nicht einmal ansatzweise verstehen konnte.

»Das ist hoffnungslos«, murmelte er, als er neben mir saß, ohne meinen schweißüberströmten Körper zu berühren.

Ich sehnte mich schmerzlich nach der Wärme seiner Umarmung. »Ich bin nah dran. Ich weiß es.« Mir war selbst nicht klar, ob es eine Lüge oder die Wahrheit war oder ob das überhaupt eine Rolle spielte.

Orin wandte den Blick ab. »Habe ich dich enttäuscht?«

»Was?« Ich richtete mich auf und ignorierte den Schmerz, der mit der plötzlichen Bewegung einherging. Zumindest war diese Pein einseitig. Bei Zota wirkten unsere Sitzungen kaum nach und er lag am Ende oft mit dem Kopf an einen Heuballen gelehnt da, so wie jetzt.

»Habe ich dich zu sehr gedrängt?« Orin seufzte und schüttelte scheinbar grundlos den Kopf.

Ich rutschte zu ihm hinüber, sodass unsere Hände sich berührten. »Orin, du hast nichts damit zu tun.«

»Du hältst dich nicht zurück, nur um mir eins auszuwischen, oder?« Er suchte meinen Blick und ich sah Furcht in seinen Augen. Dann rieb er sich das Kinn und musterte mich, als hätte er all unsere gemeinsamen Augenblicke vergessen. Als hätte er die Hitze vergessen, die zwischen uns erwacht war. Die unausgesprochenen Gefühle, die mich erwägen ließen, sein Leben zu retten. Die Tatsache, dass er all das infrage stellte … ein schmerzhaftes Druckgefühl schnürte mir die Kehle zu.

»Wie kannst du so etwas überhaupt fragen.« Es sollte eine Frage sein, aber in meiner Stimme fand sich keine entsprechende Betonung.

»Niemand will sterben.« Er senkte den Blick auf unsere Hände.

»Das mag ja sein, aber wenn ich dich im Stich lasse, dann lasse ich auch meine Brüder im Stich.« Langsam und energisch fädelte ich meine Finger zwischen seine. »Und ich will auch nicht, dass du stirbst.«

Wir waren eingehüllt in Schweigen. Eine ganze Weile sagte er nichts, dann stieß er einen Seufzer aus, der die Last der ganzen Welt in sich trug. Ich kniff ihn ins Kinn und drehte sein Gesicht so, dass er mir in die Augen sehen musste.

»Orin, ich …«

Ich wusste nicht, was ich sagen sollte. Wenn ich ihm sagte, dass er mir etwas bedeutete … dass ich ihn *liebte* … ich rang mit meinem Innersten. Es standen zu viele andere Dinge im Weg. Die Dauer meines sich schnell verkürzenden Lebens. Die Seuche überall um uns herum. Meine Brüder. Seine Familie.

Ich küsste ihn zärtlich. »Ich bin nah dran. Versprochen.«

Endlich lächelte er. Es war zaghaft und wohl kaum das mir inzwischen so vertraute breite Grinsen, aber es war ein Anfang. Er strich mit dem Daumen über meine Wange. »Ich wollte nicht an dir zweifeln. Ich wünschte einfach, es gäbe eine Möglichkeit, dir das hier leichter zu machen.«

Sprecht es aus und es könnte vielleicht passieren.

Da war er wieder. Dieser erdrückende, quälende Gedanke. Wäre es so schlimm, meine Macht mit ihm zu teilen? Würde er davor zurückschrecken, seinerseits seine Magie mit mir zu teilen? Wohl eher nicht.

Das Geräusch herannahender Schritte drang an unsere Ohren und Vora bog um die Stallecke, bevor sie mehrere Schritte von Zotas Box entfernt stehen blieb. Nicht ein einziges Mal schaute sie dabei in meine Richtung.

»Entschuldigt die Störung, aber Ossanna ist hier. Sie erbittet Eure Anwesenheit.«

Orin seufzte und stand auf. »Ossanna? Warum?«

»Das hat sie nicht gesagt«, antwortete Vora. Sie strich sich mit steifen Händen über ihre Schürze und schaute hinter sich zum Herrenhaus. »Ihr kennt sie. Immer will sie irgendetwas.«

Orins Augen wurden schmal. »In der Tat.« Dann fügte er an mich gewandt hinzu: »Streng dich heute nicht länger an. Du verdienst eine Pause.« Er beugte sich herab und strich mir mit den Fingern übers Kinn, bevor er mich innig auf den Mund küsste. Beim Gefühl seiner Lippen auf meinen spürte ich Erleichterung in meiner Brust und ich nickte ihm lächelnd zu, ehe er und Vora zum Herrenhaus zurückkehrten.

Sein Kuss spukte noch viel länger als erwartet in meinem Kopf herum und während ich in der Box saß, an meiner Seite den schlummernden Zota – sein Schnarchen war der perfekte, besänftigende Hintergrund zu dem leisen Zirpen der Insekten – überdachte ich die Möglichkeit, einen Herzbund mit Orin zu schließen. Es gab Schlimmeres auf der Welt, als an ihn gebunden zu sein. Was für ein seltsamer Gedanke, dass mich vor nicht allzu langer Zeit noch die Vorstellung geschreckt hatte, mit Seville auf dem Markt gesehen zu werden. Jetzt erwog ich es, mich dauerhaft an ihren Bruder zu binden.

Mein Körper protestierte, als ich aufstand, aber länger sitzen bleiben konnte ich auch nicht. Obwohl ich im Laufe der letzten paar Wochen gelernt hatte, mit den Auswirkungen des Threadmendings besser fertigzuwerden, war da immer noch dieser unterschwellige Schmerz, der jeden meiner Schritte begleitete. Das Einzige, das mir ein wenig Linderung verschaffte, war eine kontrollierte Atmung. Zumindest hatte Rorik mir etwas Nützliches beigebracht. Während ich meinen Herzschlag zwang, langsamer zu werden, verebbte der Schmerz. Ich hatte eine Achtsamkeit für die Aufnahme des Sauerstoffs entwickelt und lenkte ihn nun dorthin, wo mein Körper am meisten schmerzte.

Während ich mich über die stillen Pfade des Gartens schleppte, konnte ich tatsächlich nur noch an ein Bad und mein Bett denken. Als ich die Tür öffnete, herrschte im Haus eine unheimliche Stille. In den Fluren gab es weder Geräusche noch Bewegungen. Die wenigen Kerzen, die noch brannten, ließen mich vermuten, dass die meisten Bewohner sich für die Nacht zurückgezogen hatten, und auf den polierten Böden gab es mehr Schatten als helle Stellen. Während ich durch die Dunkelheit ging, erfüllte auf einmal ein leises Knurren die Luft. Mein Blick flog zu einem dünnen Strahl grellen Lichts, der den Boden durchschnitt. Orins Arbeitszimmer.

»Ich habe dir gesagt, dass du sie wegschaffen sollst.« Orin schäumte. Die Hitze und der Zorn in seinen Worten waren so untypisch, dass ich mich nicht zum Weitergehen durchringen konnte. Neugier und

Grauen ließen mich wie angewurzelt stehen bleiben, so unverrückbar wie der große Ahnenbaum draußen.

»Das habe ich getan«, sagte Rorik. Schritte erklangen, dann schrammten Stuhlbeine über die Bodendielen, als würde sich jemand hinsetzen. »Wegschaffen. Nicht töten.«

Orin schlug mit beiden Händen auf den Schreibtisch und ich hörte das zornige Rascheln verstreuter Papiere, die in die Luft flogen. »Das habe ich damit angedeutet.«

»Andeutungen sind eher wie Vorschläge. Ich tue nur, wozu du mich zwingst.« Roriks gelangweilte Stimme war deutlich zu hören und ich musste mir einfach ausmalen, wie er da träge auf seinem Stuhl lehnte, den Kopf zur Decke gewandt. »Zelyria und Briar sind längst fort. Jules ebenfalls. Sie hatte nach ihrem Ausbruch hier Wind vom Aufenthaltsort der beiden bekommen. Ist das der Grund, warum du mich gerufen hast?«

Beinahe entfuhr mir vor lauter Schock ein Japsen, aber ich riss mich zusammen, bevor meine Atmung ins Stottern geraten konnte. Ich hatte Briars und Zelyrias Sterben nicht mitangesehen, sondern lediglich angenommen, dass sie tot waren. Dabei hatte Rorik sie gehen lassen. Eine seltsame, unerwartete Wärme durchströmte meine Brust.

»Jules hat Wind davon bekommen.« Die Worte waren vernichtend, als sie von Orins Lippen tropften. »Zweifellos warst du auch dafür verantwortlich. Du hast dich mir bewusst widersetzt. Ich hätte nicht einmal davon erfahren, hätte Ossanna sie nicht ihr Land überqueren sehen.«

Magie rollte in spürbaren Wellen aus dem Arbeitszimmer, Wellen, die den Flur erfüllten, und ich verlangsamte instinktiv meine Atmung auf das flachste mir mögliche Level. Ich stand versteckt in den Schatten, verborgen hinter Statuen und Topfpflanzen. Ich verursachte kein Geräusch. Keine Bewegung. Noch nie hatte ich etwas so Berauschendes, so alles Verzehrendes wie Orins Macht wahrgenommen.

Ihre Wucht war erstickend und hing in der Luft wie ein Sommergewitter, das jeden Moment losbrechen würde. Bei mir schrillten alle Alarmglocken. Wenn das nur die Oberfläche seiner Magie war, konnte ich damit überhaupt umgehen? Konnte ich überhaupt seine Herzgefährtin werden, seine Macht in meinem Körper empfangen und sie nutzen, um meiner Familie zu helfen?

»Ossanna«, höhnte Rorik. »Wie ärgerlich. Aber was geht mich das an?«

»Stell meine Geduld nicht auf die Probe, Rorik.« In Orins Stimme lag eine geradezu tödliche Ruhe. »Es steht zu viel auf dem Spiel.«

Das Gespräch geriet ins Stocken und ich wollte gerade gehen, damit mich keiner von ihnen beim Lauschen erwischte, als Ywena plötzlich aktiv wurde. Sie hatte bis dahin regungslos an meinem Schlüsselbein gelegen, aber jetzt reckte sie den Kopf in Richtung Tür und stieß ein ganz schwaches Zwitschern aus – ein leises Knarren, das ein Geräusch des Hauses hätte sein können, wie es sich für die Nacht bereit machte. Dann drückte sie sich flach an meine Brust, als wolle sie mich zum Bleiben auffordern.

Roriks Stimme wirkte eine Spur lauter als zuvor. »Deine Geduld auf die Probe zu stellen, ist mein Lieblingszeitvertreib. Das konnte nicht einmal Vater verhindern.«

Ein leises Knurren lag brodelnd in der Luft. »Sein Ever-Schwur war dazu bestimmt, uns zu schützen, und doch hast du immer noch Wege gefunden, uns in Gefahr zu bringen, nur um ihm eins auszuwischen. Denk nach, bevor du handelst, oder ich werde die Dinge selbst in die Hand nehmen.«

»Nein, wirst du nicht.« Jetzt stand jemand auf und stellte sich direkt an die Tür. Rorik. Sein breiter Rücken füllte den schmalen Spalt und ich konnte so gerade die Fransen seiner messingfarbenen Locken erspähen. Die Hitze seiner Worte erfüllte den Flur. »Du weißt, dass du das nicht tun kannst.«

»Eines Tages werde ich einen Weg finden«, prophezeite Orin.

Bei diesen Worten lief es mir kalt den Rücken herunter. Er hatte sie mit solch tödlicher Gewissheit ausgesprochen, dass ich einen Moment brauchte, um zu verarbeiten, was er gesagt hatte. Ein Ever-Schwur? Abgelegt von ihrem Vater? Was beinhaltete das überhaupt? Und warum?

Rorik lachte düster. »Wir werden sehen.«

Im Nu standen mir die Nackenhaare zu Berge. Dieses Gespräch fühlte sich viel zu persönlich an, trug zu viel Geschichte in sich. Ich konnte noch immer Orins kaum gezügelten Zorn in der Luft schmecken. Ein Schauder überlief mich, während ich mich langsam davonschlich, und Orins Beleidigung wehte hinter mir her.

»Geh zurück zu deinen Insekten und dem Schmutz, in dem sie leben. Das passt zu dir.«

Der Herzschlag dröhnte mir in den Ohren, aber meine Füße machten keinen Laut. Selbst mein Atem war nicht mehr als eine verirrte Luftströmung, wie sie von einem der vielen offenen Fenster durchs Haus wehte. Ich zwang mich, ruhig zu bleiben, weiterzugehen und mich außer Sicht zu halten, bis ich die Sicherheit meines eigenen Quartiers erreichte. Aber gerade als ich an der Treppe ankam und einen Seufzer der Erleichterung ausstoßen wollte, ließen mich ein Schimmern blasser Haut und leichtes Fußgetrappel auf dem Läufer erstarren.

Aber da war nichts und niemand.

Scheiß auf dieses Haus. Wenn es nicht gerade die Magie irgendeines Evers war, die mich wie angewurzelt verharren ließ, war es ein Geist, der durch die Flure flog. Hatte irgendjemand hier jemals Frieden gekannt? Ruhe? Gelassenheit? Ich bezweifelte es ernsthaft. Nachdem ich eine geschlagene Minute ins Leere gestarrt und mich davon überzeugt hatte, tatsächlich allein im Flur zu sein, schlich ich die Treppe hinauf und lief schnurstracks zu meinem Zimmer.

Ich schloss die Tür und verriegelte sie, obwohl ich bezweifelte, dass das eine Rolle spielte.

Schnell nahm ich ein Bad und schleppte mich dann zum Bett. Glücklicherweise kam der Schlaf umgehend. Ich träumte von Zotas ausgetrocknetem Körper, der von goldenen Käfern übersät war. Von einem teerschwarzen Faden der Seuche, der Orin und Rorik mit dem Rücken an das verwesende Herrenhaus fesselte. Von Sevilles hochmütigem Lachen und dem gewisperten Wort *Ever-Schwur*, das gleichzeitig aus dem Nichts zu kommen schien und von überall her. Von einem Geist mit wehenden Kleidern und durchdringenden Augen, die sich wie ein Wurm direkt in meine Seele bohrten.

Und von mir, wie ich im Chaos all dessen ertrank, unfähig, irgendjemanden zu retten. Nicht einmal mich selbst.

KAPITEL 20

Am nächsten Morgen saß ich allein in Zotas Box und knabberte an einem Küchlein, das dick mit Blaubeeren und Zucker gefüllt war. Orin war bereits wach und beschäftigt, als ich an seinem Arbeitszimmer vorbeigekommen war, und er hatte versprochen dazuzustoßen, sobald er mit dem Brief, den er gerade verfasste, fertig war. Bevor ich wieder ging, richtete er seinen Blick willkürlich in die Ferne und ein Rauschen warmer Magie füllte den Raum. Sie zerstreute sich so schnell, wie sie gekommen war, dann nickte Orin. Er hatte Zotas Glamour entfernt, damit ich seine Fäden studieren konnte, aber er flehte mich regelrecht an, ich möge mit dem Threadmending warten. Dabei hatte ich meine Macht ohnehin noch nicht entfesselt. Stattdessen saß ich einfach nur da. Alles war still. Das Herrenhaus. Die Wiesen. Die Ställe. Fernglove hielt den Atem an und wartete ab, was ich als Nächstes tun würde. Und ich wusste es nicht.

Bevor ich nach Orin gesehen und mir etwas zum Frühstück organisiert hatte, war ich zum Zimmer meiner Brüder gegangen, nur um einmal mehr festzustellen, dass ihre Seuche an Fahrt aufnahm. Mehr Wunden, mehr verdammte Pusteln, mehr Flüsse aus schwarzem Schlamm in den Adern. Die bleiche Haut der beiden war glänzend und feucht, wie frisch gebadet, aber ich wusste es besser. Ihre Körper kochten sie bei lebendigem Leib. Ich überprüfte auch die Fäden, um sie wenig überraschend schlaff und mit Teer bedeckt vorzufinden, wie sie sich locker um ihrer beider Gestalten wanden.

Seufzend legte ich das Küchlein praktisch unberührt beiseite und reckte die Arme gen Himmel. Ich musste mir etwas überlegen. Schnell.

Zota schnaubte und warf eifrig den Kopf hoch, als er mein jetzt unbeachtetes Frühstück ins Visier nahm. Ein leises Lächeln legte sich auf meine Lippen. Wenigstens hatten unsere Sitzungen ihn nicht seiner Persönlichkeit beraubt. Ich kam nicht umhin, mich zu fragen, wie munter er wohl gewesen wäre, hätte die Seuche seinen Körper nicht zerfressen. Ich hob das Küchlein hoch und hielt es ihm hin. Er fraß es ohne jedes Zögern direkt aus meiner Hand. Anschließend wischte ich mir Speichel und Krümel von den Fingern und Ywena veränderte ihre Position an meinem Hals, als der Kragen meiner Bluse über ihre Flügel rieb.

»Entschuldige bitte«, murmelte ich, schnippte mein Haar nach hinten und bot ihr zwei Finger als Sitzplatz an. »Hast du Hunger? Was frisst du überhaupt?«

Sie knetete für einen Moment meine Schulter, als wolle sie sicherstellen, dass meine Atmung ruhig war, bevor sie ihren Posten aufgab, dann flatterte sie auf meine Hand. Eine nadeldünne Zunge reckte sich aus ihrer Schnauze, um einen verschmierten Blaubeerklecks aufzulecken. Rorik hatte mir nie Anweisungen gegeben, sie zu füttern, und sie verließ so gut wie nie ihren Posten. Nach einigen weiteren kitzeligen Runden ihrer Zunge erhob sie sich in die Luft und tanzte um meinen Kopf herum, bevor sie sich in der Nähe einiger weißer Blumen auf die Erde fallen ließ.

Ich beobachtete still, wie sie mit den Füßen die Blütenblätter zurückstreifte und auf der Suche nach Nektar die Zunge tief in die Mitte der Blume tauchte. Ein leiser Seufzer kam mir über die geschürzten Lippen. Ich hatte so meine Zweifel, dass die sterbende Pflanze ihr eine reiche Ausbeute bescheren würde. Sie war mit Glamour belegt, um schön auszusehen, genau wie alles andere auf dem Anwesen. Wenn Orin die Wahrheit gesagt hatte, dann war die Blume genauso von der Seuche zugerichtet wie der Rest der Bewohner hier. Trotzdem hatte Ywena …

Eine Erinnerung schoss mir durch den Kopf.

Die Seuche scheint ihre Biologie verändert zu haben, aber statt sie zu töten, erlaubt sie es ihnen, sich von kranken Pflanzen zu ernähren.

Ich hätte Zota fast getreten, als ich mich auf die Knie hochrappelte und näher an Ywena heranrückte. Sie hielt daraufhin inne und legte den Kopf schräg, um in meine Richtung zu schauen.

»Nur zu. Friss weiter.«

Falls eine Motte die Augen zu Schlitzen verengen kann, tat Ywena genau das. Aber schließlich gab sie nach und trank einmal mehr in tiefen Zügen aus dem Blumenkelch. Roriks Worte lagen in der Luft, während ich meine Macht entzündete und meiner Threadmender-Magie erlaubte, zum Leben zu erwachen. Wie Zotas Fäden waren auch die Ywenas von einem gedämpften Blaugrün, aber es gab keine einzige Spur von schwarzem Teer, die die wunderschöne Farbe verschandelte. Zumindest nicht auf den ersten Blick. Aber dann musste Ywena sich endlich das Schlückchen verbliebenen Lebens aus der Blume gesichert haben, denn sie kringelte die Zunge zurück in ihr Mäulchen und verdaute, was immer sie ergattert hatte.

Schwarze Tröpfchen formten sich auf einem der umherschweifenden Stränge und tauchten schnell den ganzen Faden in eine klebrige, teerartige Substanz, die seine träge Bewegung zum Erliegen brachte. Für einen Moment geschah gar nichts. Ywena putzte sich weiter mit den Vorderbeinen das Gesicht und zeigte keine Zeichen von Krankheit. Ihre anderen Fäden waren immer noch wild und frei und kamen dem infizierten Strang gefährlich nahe. Das hier konnte nicht die erste Blume gewesen sein, an der sie sich gütlich getan hatte, also, wie?

Ein Schauder durchlief Ywena, als hätte eine kühle Brise ihre Flügel gekitzelt. Der infizierte Faden zuckte. Und dann wand er sich plötzlich und schlang sich um jeden umherschweifenden Strang, bis sie alle von der Seuche zusammengebunden und verknotet waren. Ich japste und schlug mir die Hand auf den Mund. Meine Finger wurden schlagartig taub. Die kriechende, tintenschwarze Krankheit breitete sich auf alle anderen Stränge aus, bis jeder einzelne Faden bedeckt war.

Nicht Ywena. Ich stolperte auf sie zu, legte die Hände seitlich um ihren Körper, ohne ihre Fasern zu berühren, brachte aber meine zitternden Fingerspitzen nah an sie heran. Sie war für mich eine Konstante geworden. Ich hatte mich an ihre sanften Schocks gewöhnt, an das Gefühl ihrer Füße, die sachte meinen Hals küssten, das ihrer Flügel, die in meinem Ohr flatterten. Ich wollte nicht ohne sie sein.

Ein weißes Licht formte sich zwischen meinen Fingern und gerade, als ich mich erneut ins Threadmending stürzen wollte, öffnete Ywena ein Auge einen Spaltbreit, als wolle sie sagen: *Warte.*

Ich erstarrte, als der Teer auf ihren Strängen sich in etwas Wunderschönes verwandelte. Statt in klebrigen Schleim oder den Staub des Zerfalls, der in der Brise wehte, hatte sich die Seuche in schimmernde Tinte verwandelt und strömte jetzt auf Ywenas Körpermitte zu. Die wallende Seuche ergoss sich in Kaskaden tief in sie hinein und schoss wie schnelle Flüsse an ihren Lebensfäden entlang. Waren ihren Fäden im einen Moment noch dunkel; so waren sie im nächsten vollkommen von der Seuche befreit.

Ich hätte es nie gesehen, wäre meine Macht nicht aktiv gewesen.

»Ywena«, flüsterte ich. Das war auch schon alles, was ich herausbrachte. Sie hatte die Seuche regelrecht geschluckt, war eins mit der Krankheit geworden und es ging ihr blendend. Als wolle sie meinem Gehirn diese Wahrheit noch einmal nachdrücklich vor Augen führen, erhob sie sich in die Luft und tanzte um meinen Kopf herum, bevor sie sich an meinem Hals niederließ.

Ich riss den Kopf zu Zota herum. Mit meiner noch aktivierten Magie betrachtete ich seine von der Seuche heimgesuchten Stränge. Das Herz schlug mir bis zum Hals. Er war nicht in der Lage, die Krankheit quasi wie Wasser in einen Siphon ablaufen zu lassen, sie aus seinen Fäden zu ziehen und herauszutreiben. Aber Ywena konnte es. *Ich* konnte es. Statt nach einem wohl kaum vorhandenen geeigneten Faden zum Weben zu suchen – und das bei einer Krankheit, die überall im Körper ihren Ursprung zu haben schien – was wäre denn, wenn ich die Seuche einfach wegnahm? Wenn ich sie von Zota abfließen lassen würde, wie Ywena es mit der Blume gemacht hatte? Konnte ich alles entfernen? Wie viel von meinem Leben würde ich dabei verlieren?

Ihr verdient es zu leben.

Rorik verlor selbst in meinen Erinnerungen nichts von seiner Beharrlichkeit. Ich schob seine Worte beiseite und richtete meine Konzentration auf Zota. Zunächst einmal musste ich herausfinden, ob meine Theorie überhaupt stimmte.

»Ywena.« Ich sprach sie an, ohne den Blickkontakt mit Zota zu lösen. »Hock dich irgendwo anders hin. Zu deinem eigenen Schutz.«

Sie musste meine Botschaft verstanden haben, denn sie zögerte nicht. Mit ein paar Flügelschlägen verschwand sie und suchte sich einen geeigneten Landeplatz auf der Holzumrandung der Box. Auch ohne ihre Anwesenheit auf meiner Haut konnte ich Roriks Lehren nicht vergessen. Er hatte es mir ins Gehirn eingetrichtert, hatte es mir direkt in die Lunge eingebrannt, sodass jeder Atemzug von Macht erfüllt war. Magie. Alabasterlicht breitete sich um mich herum aus und ich brachte es dazu, mich vollständig einzuhüllen. Jeden Zentimeter. Ich hatte eine direkte Verbindung mit dem Mondlicht aufgebaut und vergaß alles um mich herum, während ich mich einzig und allein auf Zotas sterbende Fäden konzentrierte.

Um mich zu beruhigen, atmete ich tief durch. Dann öffnete ich die Arme weit und hieß die Seuche willkommen. »Komm.«

Seine kranken Stränge bewegten sich mit tödlicher Effizienz auf mich zu, wickelten sich um meine Arme und Beine wie Schlangen, die unbedingt ihr Gift entfesseln wollten. Meine Gedanken wanderten zurück zu dem Notizbuch eines früheren Threadmenders. Dort gab es einen Hinweis auf die Möglichkeit, Fäden zurechtzudrücken und anzupassen, um sie in eine bestimmte Form zu zwingen.

Es war sein letzter Eintrag gewesen, aber etwas daran fühlte sich richtig an.

Ich klemmte mir einen Strang zwischen Zeigefinger und Daumen, formte ihn wie eine Nadel und stieß ihn mir tief in die Haut. Schmerz explodierte, als der angespitzte Faden mühelos die Oberfläche durchbrach, und ich zuckte zusammen bei dem scharfen, metallischen Aroma von Magie, das schwer in der Luft klebte. Ich verwob Zotas Faden mit meinem Arm, wob Krankheit in meine Haut und verband meine Existenz mit seiner. Kaum hatte ich den ersten Faden in meine Adern gelockt, folgten ihm die verbliebenen Fasern von selbst. Das scharfe Brennen Tausender Nadeln quälte meine Glieder, während sich mir die Seuche tief in die Knochen legte. Diese von Teer durchweichten Ranken verbanden mich mit Zota, als sei ich seine Marionettenspielerin, die die Seuche dazu drängte herüberzukommen.

Mir schnürte sich die Kehle zu und ich konnte nur noch mühsam atmen. Eine Faust hatte sich um mein Inneres geschlossen und verzerrte dort alles gewaltsam zu Knoten. Mein Körper wurde von einem unkontrollierbaren Beben geschüttelt. Je länger ich arbeitete, desto mehr Schmerz brach explosionsartig aus meinen Knochen hervor, aber aufhören konnte ich nicht. Der Schmerz bohrte sich splitternd und krachend durch meine Arme, die Beine, die Rippen. Es gab nichts außer dem Geruch von saurem Mulch und Fäulnis und einer Hitze, die mein Blut zum Kochen brachte. Berauschendes Läuten füllte meine Ohren, sodass alle anderen Geräusche erstarben. Als meine Sehkraft schwand, verfiel ich in Panik.

Wie konnte ich nur glauben, ich würde das schaffen? Meine Brust krampfte, als meine Knie auf den Boden krachten.

Meine Brüder … in meinem Gehirn war ein einziger Aufschrei, als meine Gedanken in einem Nebel versanken, der ihre Namen und meine Erinnerungen mit sich fortnahm.

Ich war nichts. Nichts …

Atme.

Eine subtile Wärme breitete sich zwischen meinen Schulterblättern aus, als würde eine Hand sanft auf meinem Rücken ruhen.

Atme.

Langsam. Bewusst. Ich biss die Zähne fest zusammen, während ich einen schweren Atemzug durch meine Nase zwang und dann innehielt. Ihn wieder ausstieß. Der Druck in meiner Brust wurde ein ganz klein wenig schwächer.

Noch einmal.

Ich legte den Kopf in den Nacken und stellte mir vor, mit meinem Atem die Energie der Welt hereinzubitten. Ich stellte mir vor, wie mir das Leben die Lunge flutete, zusammen mit der süßen, nach Blumen duftenden Brise der Landschaft von Willowfell. Ich stellte mir den Geschmack von frischem Kaffee vor, den sich Mitglieder einer Familie in Messingbechern teilten. Brüder. Ich ließ das Summen von Insekten meine Ohren erfüllen, während ich mich an das Gefühl warmer Arme erinnerte, die mich fest umfangen hielten. Mich beschützten.

Meine Sehkraft kehrte zusammen mit den Geräuschen des Anwesens zurück, aber ich konzentrierte mich weiterhin auf die Gefühlswelt in meinem Leben. Ich hatte mich vor Zota gekniet und beide Hände mit den Innenflächen nach unten auf die Erde gelegt, um Halt im kühlen Boden seiner Box zu suchen. Und während mir vage bewusst war, dass meine Atemzüge gequält waren und meine Glieder von Schmerz gepeinigt, hörte ich nicht auf.

Denn es funktionierte.

Mit morbider Faszination beobachtete ich, wie die Seuche aus Zotas Fäden heraussickerte. Verschwunden war die klebrige, erstickende Substanz. Die Seuche hatte sich zu friedlichen Flüssen aus schwarzer Tinte verflüssigt und glitt an seinen Fäden hinab und hinein in meine Adern. Sobald Zotas Stränge gereinigt waren, zogen sie sich zurück, um in seinem Körper umherzuwirbeln, glückselig frei von Krankheit und so exquisit, dass es schon wehtat. Ich schluckte schwer beim Anblick von Zotas zurückkehrender Schönheit. Das eingefallene Gesicht bekam Fleisch, die Fetzen loser Haut fielen auf die Erde wie Blätter. Frische Haut bildete sich über Muskeln und Sehnen, die jetzt gewölbt waren von Leben. Sein Fell war glänzend, seine Mähne schimmerte. Er war ein Hirsch voller Mythen und Schönheit und wäre da nicht die Seuche gewesen, die jetzt in meinem Körper wütete, wäre ich nie darauf gekommen, dass er krank gewesen war.

Die ganze Zeit über hatte Zota sich nicht bewegt, aber jetzt richtete er sich zu seiner vollen Höhe auf und stieß ein langes, leises, von Wärme und Glück erfülltes Schnauben aus. Tränen rollten mir über die Wangen und als ich sie wegwischen wollte, erstarrte ich beim Anblick meiner Finger. Noch immer war mein Körper von nachtschwarzem Nichts durchtränkt, aber winzige Punkte grellen weißen Lichtes erstrahlten auf meiner Haut. Sterne. Ich war der Fleisch gewordene Kosmos, während meine Magie begann, die Seuche wegzufressen. Zuletzt verschwand die Schwärze der Fingerspitzen, bis ich genau wie Zota gereinigt war.

Nur einen Moment später erlosch meine Macht und ich brach endgültig auf dem Boden zusammen, als sich die Last meiner Handlungen krachend in meinem Körper bemerkbar machte. Doch wie groß die Schmerzen auch sein mochten, wie schwerwiegend die zermürbende Pein in meinem Schädel werden würde, ganz gleich, wie sehr die Welt unter mir ins Wanken geriet oder die Erschöpfung mich jetzt schon herabzog, da war nur pures Glück.

Ich hatte es geschafft. Ich hatte dabei eine Zahl meiner Fäden geopfert, die nur die Götter kannten, aber ich hatte ein Lebewesen von der Seuche geheilt.

Obwohl die Tat selbst sich wie eine Klinge anfühlte, die sich mir in die Gesichtsmuskeln bohrte, lächelte ich. Ich lächelte, denn solange ich erwachte, bestand eine Chance, meine Brüder zu retten. Mavis zu retten. Und vielleicht, *vielleicht* sogar Orin.

Das Letzte, was ich sah, bevor die Welt in Schwarz versank, war die davonfliegende Ywena. Orin würde kommen. Er kam immer.

KAPITEL 21

Ich war es so leid aufzuwachen, ohne eine Vorstellung davon zu haben, wie viel Zeit ich verloren hatte. Alles fühlte sich steif an und meine Gedanken waren verworren – so viel war offensichtlich –, aber zumindest wachte ich auf. Ich räkelte mich unter der weichen Bettdecke und öffnete mühsam die Lider. Im Zimmer war es still, die Vorhänge waren zugezogen. Auf meinem Nachttisch stand ein Becher mit einer leeren Phiole daneben, und als ich mich auf den Ellbogen hochstemmte, um besser sehen zu können, war nichts Trinkbares dort zu erkennen. Ein Kratzen kitzelte mich hartnäckig in der Kehle und ich entdeckte einige Schritte entfernt auf der Ankleidekommode einen Wasserkrug.

»Natürlich«, brummte ich und taxierte die Entfernung. Doch so behaglich die Decken waren, die Vorstellung, meinen Durst zu stillen, war verlockender. Als ich mich zur Bewegung zwang, atmete ich sicherheitshalber einmal tief durch und bereitete mich auf eine Welle des Schmerzes vor. Aber ich spürte nichts dergleichen. Stirnrunzelnd richtete ich mich im Bett auf und schwang die Füße über den Rand, überrascht von der Mühelosigkeit der Bewegung. Ich wackelte mit den Zehen. Mit den Fingern. Ließ beide Handgelenke kreisen und reckte den Hals von einer Seite zur anderen. Nichts.

Zaghaft stand ich auf. Die Welt geriet nicht aus den Fugen. Nichts passierte.

In mir breitete sich Unbehagen aus. Wie lange war ich bewusstlos gewesen? Sofort relativierte sich mein Verlangen nach Wasser, als mir Noam und Nohr in den Sinn kamen. Wenn ich dermaßen gesund war, nachdem ich die Seuche geheilt hatte … es mochten Monate vergangen sein. *Monate.* Ich wirbelte zur Tür herum und war gerade halb durch den Raum, als Vora hereinkam. Sie hielt inne, warf einen einzigen Blick auf meinen panischen Gesichtsausdruck und verdrehte dann die Augen.

»Es ist eine Woche her. Die beiden leben noch.« Sie stellte ein Tablett mit Speisen auf den Couchtisch, bevor sie zu den Vorhängen ging. Mit einem kräftigen Ruck zog sie sie auseinander. »Ich hatte gehofft, Ihr würdet länger schlafen.«

»Eine Woche ist doch wohl ziemlich lange.« Mein Blick wanderte zwischen ihr und der Tür hin und her. *Sie lebten.*

»Nun ja, Ihr hättet Euch selbst mal sehen sollen.« Vora griff nach dem Wasserkrug und ging zum Nachttisch. Dort nahm sie den Becher und füllte ihn mit gewohnter Leichtigkeit. Sie reichte mir das Getränk. »Ich dachte, Ihr wärt tot.«

In einem einzigen kräftigen Zug trank ich das Wasser aus und hielt ihr den Becher zum Nachschenken hin. »So schlimm?«

Sie nickte. »Ausgekühlt wie die Nacht. Schweißgebadet. Kaum ein Puls.«

»Und Zota?«

»Ist das alles, worum Ihr Euch im Moment Sorgen macht? Also ehrlich.« Sie füllte meinen Becher und stellte den Krug dann mit mehr Nachdruck als nötig ab. »Zota geht es gut. Er ist geheilt. Orin war außer sich. Ausgelassen wie ein kleiner Junge.«

Ihre tonlose Stimme konnte der aufkeimenden Aufregung in mir nichts anhaben. »Ich wusste, es würde funktionieren.«

»Aber zu welchem Preis?« Vora wandte sich ab und ging zum Couchtisch, wo sie einen kleinen Teller mit Brot, Käse und Wurst abgestellt hatte, und bedeutete mir, mich zu setzen. »Ich kann gar nicht genug betonen, wie schlecht Euer Zustand war.«

»Es fühlt sich aber nicht so an.« Ich ließ mich auf das Sofa sinken und griff nach dem Teller. Ein gieriger Hunger wütete in mir und ich stopfte mir ein dickes Stück Sauerteigbrot in den Mund.

»Das liegt daran, dass ich Euch betäubt habe.« Vora zeigte nicht die geringste Regung. »Ich habe eine Mischung aus Euren Tinkturen und Ever-Medizin benutzt, um ein Schlafmittel zu brauen, das Euch bewusstlos gehalten hat.«

Meine Tinkturen. Ich kaute langsam und fragte mich, was für eine Mischung aus Medizin ich zur Hand haben musste, wenn ich noch mehr Erkrankte von der Seuche heilen wollte. »Was habt Ihr benutzt?«

»Baldrian, Lavendel, eine Eurer Phiolen mit der Aufschrift ›Schlummer‹. Zumindest gebt ihr Euren Tinkturen eindeutige Namen. Und außerdem einige seltene Kräuter und Magie, um alles zusammenzumischen.«

Ich würde mir zu einem späteren Zeitpunkt eine Liste dieser seltenen Kräuter geben lassen müssen. »Danke.«

Ihre Augen wurden schmal, während sie mich beim Essen beobachtete. »Ihr braucht Euch nicht bei mir zu bedanken. Es war Mylord …« Sie zuckte zusammen, als sei ihr der Ausdruck versehentlich über die Lippen geschlüpft, bevor sie weitersprach. »Er hat darauf bestanden, Euch zu Eurer eigenen Sicherheit bewusstlos zu halten. Und jeden daran zu hindern, zu bald einen neuen Einsatz als Threadmenderin von Euch zu verlangen.«

Orin. In meiner Brust breitete sich Hitze aus. »Wer weiß sonst noch von Zota?«

»Alle wissen es.« Sie schürzte die Lippen. »Wenn sie wüssten, dass Ihr wach seid, würden sie …«

Es war, als hätte dieser bloße Gedanke ihn herbeigerufen, und Orin öffnete leise die Tür, um den Kopf in den Raum zu strecken.

Als er mich neben dem kalten Kamin sitzen sah, die Mahlzeit in der Hand, erstarrte er kurz und strahlte dann. Wie der Blitz war er an meiner Seite und der jungenhafte Charme seiner Züge und die schiere Aufregung in seinen endlosen, grünen Augen überwältigten mich.

»Edira«, murmelte er.

Mein Name klang atemlos auf seinen Lippen und mein Herz setzte einen Schlag aus. »Hallo.«

»Lass uns allein«, befahl Orin Vora, ohne den Blickkontakt mit mir zu lösen. Er hatte sich vor mich hingekniet und meine Knie mit beiden Händen umschlungen und ich wollte verdammt sein, wenn ich mich nicht wie eine Königin fühlte. Wie jemand, der diese Hingabe und Bewunderung wert war. Ich stellte meinen Teller zurück und legte meine Hände über seine. Drückte sie fest.

Vora schürzte die Lippen. »Orin, ich denke nicht …«

»*Lord* Orin«, unterbrach er sie schnell und der Griff um meine Hände wurde eine Spur fester. Meine Brauen zogen sich unwillkürlich zusammen. Er erwischte mich dabei, wie ich ihn anstarrte, und seine Züge wurden weicher. »Entschuldigung, Vora. Ich habe angespannt darauf gewartet, dass Edira aufwacht. Können wir bitte ein wenig Privatsphäre haben?«

»Selbstverständlich«, stimmte Vora zu. Sie zögerte einen Augenblick und Reue flackerte in ihren Augen auf. Ich hatte kaum eine Chance, die Regung wahrzunehmen, bevor sie sie hinter einer pflichtschuldigen Fassade des Gehorsams verbarg. Obwohl ich nicht ergründen konnte, warum eine derartige Traurigkeit ihre Züge verzerrt hatte, vor allem im Angesicht meiner jüngsten Entdeckung, hielt sich der Eindruck hartnäckig. Er war ein Stachel, der sich in leise in mein Fleisch bohrte und sich tief in meinen Muskeln einnistete, nah und doch unerreichbar. Ich schaute Vora stirnrunzelnd nach, als sie ging und die Tür mit einem leisen Klicken hinter sich schloss.

»Geht es dir gut?« Orin umfasste mit beiden Händen mein Gesicht und ich wandte mich wieder ihm zu. Wieder der Wärme, der

Freude und der Hoffnung. Das reichte, um den Zweifel, den Vora gesät hatte, zu zerstreuen und ich schmiegte mich in seine Berührung.

»Ich habe es geschafft.«

Seine Augen glitzerten. »Ich weiß. Edira, du … du bist unglaublich. Erzähl mir alles.«

Und das tat ich. Ich erzählte ihm, was ich bei Ywena beobachtet hatte – die noch nicht zurückgekehrt war, was ich wahrscheinlich Orin verdankte, der verlangt hatte, dass ich mich ausruhe – und wie ich diese Theorie auf meine eigene Magie angewandt hatte. Wie ich Zotas Seuche über seine Fäden mit meinem Körper verknüpft und diesen hereingezogen hatte, wie ich seine Fäden von der Krankheit gesäubert hatte. Wie ich um ein Haar ins Nichts abgedriftet wäre und es trotzdem geschafft hatte, mich zurückzuziehen. Ich erzählte ihm, wie schön Zotas Fäden waren.

»Und bald auch schon die von Mavis«, sagte ich leise und sah ihm in die Augen. »Und die von Noam und Nohr. Ich kann es gar nicht erwarten, wieder mit ihnen zu reden.«

»Und das wirst du.« Orins strahlendes Lächeln ließ mich in seinen Armen dahinschmelzen und er lachte leise, als er mich fester an seine Brust zog. Er fühlte sich so sicher und warm an und ich presste die Lippen an seinen Hals.

Mühelos hob er mich hoch, drückte mich an sich und trug mich zum Bett. »Ich denke, ich werde sie nach dem Tag fragen, an dem du dieses Kind angegriffen hast, um Noam zu verteidigen.« Heiterkeit blitzte in seinen Augen, während er mir die Wange streichelte. »Ich brenne darauf zu erfahren, was sie in diesem Moment über ihre Schwester gedacht haben.«

Ich zog die Unterlippe zwischen meine Zähne und grinste. »Sie werden wahrscheinlich sagen, ich hätte mich ungehörig benommen.«

»So unberechenbar«, murmelte er. Er legte seine Stirn auf meine. »Das haben wir beide gemeinsam.«

»Oh ja?« Ich rieb meine Nase an seiner. »Inwiefern?«

Sein Atem strich warm über meine Lippen. »In diesem Moment wolltest du nichts anderes tun, als die Deinen zu beschützen. Du warst verzehrt von diesem Wunsch zu handeln. Das weiß ich, weil ich es jedes Mal empfinde, wenn ich meine Großmutter ansehe. Ich habe solche Angst, sie könne sterben, dass ich mich manchmal einfach selbst verliere.«

Die aufkommenden Gefühle erzeugten eine Enge in meiner Brust und schlagartig begriff ich. Dieser geteilte Ausdruck der Sehnsucht in den Augen seiner Familie rührte von ihrer Angst vor dem Tod. Von der Angst, jemanden zu verlieren, den sie mit jeder Faser ihres Seins liebten. Genauso fühlte ich mich, wenn ich nach meinen Brüdern sah.

»Das verstehe ich.« Leicht streifte ich mit den Fingern Orins Kinn und strich dann über seine Lippen. Er hauchte federzarte Küsse auf jeden meiner Finger und eine wachsende Wärme erwachte in meiner Magengrube zum Leben. Ich zog seinen Mund zu meinem heran.

Er küsste mich sanft und umfasste mit beiden Händen mein Gesicht und ich öffnete die Lippen, um seine Zunge einzulassen. Ein leises Stöhnen summte in seiner Kehle. Orin drückte meinen Kopf nach hinten und vertiefte unseren Kuss, während ich mich ihm mit meinem ganzen Körper entgegenwölbte.

»Darauf warte ich schon seit einer Woche«, sagte er leise und hielt seinen Mund dicht über meinem.

Eine Gänsehaut legte sich über meine Arme. »Dann ist es ja nur gut, dass du nicht länger warten brauchst.«

Bevor er noch etwas sagen konnte, küsste ich ihn heftig. Ich schluckte seine Worte herunter und ließ ihm keinen Raum für Widerspruch. Nur kurz zögerte er, dann reagierte er mit einem Feuer, das die Lust durch meine Adern rasen ließ. Er schlang mein Haar um seine Finger und zog auf eine absolut himmlische Weise daran. Nur noch das hungrige Kratzen seiner Zähne auf meinen Lippen zählte und seine Zunge, die mit meiner verschmolz. Eine berauschende Wärme breitete sich zwischen meinen Schenkeln aus und ich schwöre bei den Göttern, dass er es spüren konnte. Etwas Grimmiges und Wildes brach aus den Tiefen seiner Kehle hervor und er legte sich über mich. Dann schob er beide Hände unter mein lockeres, oberschenkellanges Schlafgewand und neckte die weiche Haut an meinem Bauch und am Rand meiner Unterwäsche.

»Orin«, brachte ich mit einem schweren Stöhnen zustande.

»Bist du gesund genug?«, fragte er und streichelte meine Brust. Das war alles, worauf ich mich konzentrieren konnte. Ich hätte erschöpft und schwach sein sollen, aber Voras Gebräu und Orins Verlangen erfüllten mich mit einer bisher ungekannten Energie. Alles, was ich jetzt begehrte, war er. Und ich würde erst zufrieden sein, wenn ich genau das bekam.

»Bin ich«, flüsterte ich.

»Erinnerst du dich daran, wie ich dir gesagt habe, dass ich bekomme, was ich will?« Tobende Hitze lag in seinem Blick und er presste leidenschaftliche Küsse auf meinen Hals. Mein Schlüsselbein. Den oberen Rand meines Ausschnitts. Ein Schauder nach dem anderen jagte meine Wirbelsäule entlang.

»Ja«, brachte ich heraus. Er tat Dinge mit meinen Sinnen, die jeder Logik trotzten.

Seine Worte waren eher ein Knurren, als er bedächtig mit den Lippen über meine Haut strich und an meiner Ohrmuschel innehielt. »Ich will dich.«

Ich drehte mich um und mein Mund fand seinen, lud ihn ein. Dann fuhr ich mit den Fingern seinen Rücken hinunter. Kein weiteres Wort fiel zwischen uns. Er knöpfte sein Hemd auf und zog sich mit quälender Langsamkeit und einem boshaften, selbstsicheren Lächeln aus. Und dann zerfetzte er mein Gewand und riss mir die Unterwäsche herunter. Das rohe Verlangen in seinem Blick entzündete ein wildes Feuer auf meiner Haut und jeder Zentimeter von mir brannte in dem Verlangen, von ihm berührt zu werden.

Und er verwehrte mir nichts. Seine Zunge wanderte an meinem Körper entlang und entfachte eine tief liegende Begierde, die sich schmerzhaft nach Erlösung sehnte. Sein Mund verschlang mich auf eine Weise, wie ich es noch nie erlebt hatte, und als er endlich die Lippen auf den süßen Punkt zwischen meinen Beinen presste, hob ich ihm die Hüften entgegen. Er leckte mich und mein Rücken wölbte sich, während köstliche Wonne an meiner Wirbelsäule entlangraste. Ein kehliges Stöhnen drang aus den Tiefen meiner Brust.

Er trieb mich mit seiner herrlichen Zunge bis an den Rand des Vergessens und meine ganze Welt verengte sich auf das Gefühl seines Atems, dessen Wärme. Als ich ein weiteres Wimmern ausstieß, schaute er zu mir auf, ohne innezuhalten, dann stieß er zwei Finger tief in mich hinein.

»Verdammt«, rief ich, rieb mich rhythmisch an ihm und bettelte ihn an, sich schneller zu bewegen. Tiefer. Er tat nichts dergleichen. Stattdessen verlangsamte er sein Tempo, ließ von meiner Klitoris ab und biss in das weiche Fleisch meiner Hüften. Ich drohte verrückt zu werden, wenn er mir nicht gab, was mein Körper so offensichtlich brauchte. Ich rollte mich unter ihn und versuchte, seine Aufmerksamkeit zurück auf mein unverhohlenes Verlangen zu lenken, aber er lachte nur.

Erst als er mit meiner unübersehbaren Begierde zufrieden war, setzte er sich endlich in Bewegung. Er kroch an mir hoch, um sich über mir zu positionieren, und nahm mir mit den Lippen den Atem, um mein Stöhnen zu verschlucken. Seine beeindruckende Länge, samtweich und zugleich härter als Granit, glitt über meine Vulvalippen. Schmerzhaft, sündhaft langsam. Mit verzückter Faszination beobachtete ich sein Tun und versuchte erfolglos, meine Hüften so zu positionieren, dass er hineingetrieben wurde.

Und dann versenkte er sich in mir. Ich stieß einen Fluch aus, als er reglos verharrte und mir erlaubte, mich an ihn zu gewöhnen, bevor er ernsthaft zuzustoßen begann. Greller, wunderbarer Schmerz verwandelte sich in pure Sehnsucht, während wir uns im Einklang miteinander bewegten, ein wirres Durcheinander von Gliedmaßen und Hitze. Ich verlor jedes Gefühl für mich selbst, während er aus irgendwelchen Tiefen in mir pures Begehren heraufbeschwor, von einem Ort, von dessen Existenz ich bisher nie gewusst hatte.

»Ich will, dass du loslässt«, flüsterte er, seine Stimme tief und rau. Seine Worte waren eine zusätzliche Ebene der Lust und die Enge des Verlangens in meinem Unterleib verstärkte sich vor Erwartung noch. Ein Schimmer Magie strömte durch seine Augen, als er tiefer in mich eindrang, und plötzlich breiteten sich über uns dünne, zarte Wolken aus. Sterne rieselten träge und blinzelnd daraus herab. Jeder winzige magische Partikel war aufgeplustert von Orins Macht, von seiner Leidenschaft, und ihre hauchzarte Berührung fühlte sich auf meiner Haut wie ein Stich ungefilterten Verlangens an, der mir bis in die Knochen ging. Ich wurde umschlungen vom Gefühl seines Verlangens und es war mein Untergang. Ich zersplitterte geradezu um ihn herum und er stieß ein Brüllen aus, das sich wie eine Inbesitznahme anfühlte. Sein Höhepunkt folgte meinem und für einen Moment blieben wir einfach ineinander verschlungen liegen. Stirn an Stirn sah er mir in die Augen und lächelte. Sanft. Liebevoll. Langsam rollte er sich auf die Seite und zog mich an seine Brust.

»Das war …« Ich rang vergeblich um die richtigen Worte. Sie waren wohl noch nicht erfunden worden. Nichts konnte die Art und Weise erklären, wie er mich fühlen ließ.

Er lachte leise und zeichnete müßig Kreise auf meinen Rücken, den Blick zu den Dachbalken gerichtet. »Ich weiß.«

Meine Haut kribbelte, als sich ein weiterer Reigen Sternenstaub auf meinen Armen niederließ. Schon jetzt regte sich neues Verlangen in mir. »Ich mag diese Magie.«

»Ich auch.« Er streckte die Hand aus und einige Partikel landeten darin. Eine Gänsehaut überzog seine Arme und ich verfolgte ihr Fortschreiten bis zum Wappen der Ferngloves auf seinem Hals.

Sanft zeichnete ich mit den Fingern das abgebrochene Schwert und die Insekten nach. Als ein plötzliches Aufbrausen eisiger Kälte an meiner Fingerspitze nagte, direkt an der abgetrennten Kante der Klinge, verharrte ich. So schnell, wie es gekommen war, war das Gefühl auch wieder verschwunden und ich zuckte instinktiv zusammen.

Magie? Vielleicht, aber es hatte sich nicht angefühlt wie Orins Macht. Er war Wärme. Sommerregen und Frühlingsblumen. Das hier war scharf, wie der kalte Biss einer eisigen Winternacht.

Orin drehte sich zu mir um und betrachtete mich stirnrunzelnd. »Alles in Ordnung?«

»Ja, muss ein Krampf gewesen sein.« Ich krümmte die Finger. Sanft zeichnete ich weiter seine Tätowierung nach und spürte nichts als warme, schweißfeuchte Haut.

Seine Hand umfasste meine, bevor ich die Spitze des Schwertes wieder erreichen konnte. »Versprochen?«

Ich hasste den Ausdruck von Zweifel, von Sorge, so kurz nachdem wir uns geliebt hatten. Ich entzog ihm meine Hand, strich seine Stirn glatt und vertrieb die Furchen, die sich dort gebildet hatten. Dann ließ ich die Finger durch sein Haar wandern und zupfte sanft an seinen Locken. Danach küsste ich ihn auf die Lippen. Leidenschaftlich. Als ich spürte, wie seine Anspannung sich lockerte und er mit beiden Händen meine Taille umfasste, zog ich mich zurück. »Siehst du? Alles in Ordnung.«

»Gut.« Er küsste mich abermals und ich überließ mich seiner Berührung. Seine Magie, seine Gegenwart – alles an ihm raubte mir den Atem. Wir liebten uns erneut, gemächlich und zärtlich, und ich verlor jedes Zeitgefühl. Den Überblick, wie viele Male ich seinen Namen stöhnte. Ich schwelgte in den Emotionen, die er meinem Körper entlockte, und der Art, wie er mir das Gefühl gab, begehrt zu werden. Bei all meinen früheren Affären war ich nie derart mit Zuneigung überschüttet worden. Ich wollte mich in ihm verlieren, solange er es zuließ, bis wir ganz gesättigt waren und unsere Energie erschöpft.

Als sich der letzte Rest seiner Magie zerstreute, presste er mir einen zarten Kuss auf das schweißfeuchte Haar. »Du machst es mir schwer, etwas anderes mit meiner Zeit anfangen zu wollen.«

»Ich verstehe niccht, inwiefern das ein Problem ist.«

Er lachte und der Laut hallte durch meine Knochen. »Es ist ja auch keins. Oder vielmehr wird es keins mehr sein, sobald wir das alles hier wieder in Ordnung gebracht haben.«

Richtig. Die Seuche. Meine Brüder. Mavis. Ich drückte den Kopf an seinen Hals und seufzte. »Ich würde gern versuchen, meine Brüder zuerst zu heilen. Falls das in Ordnung ist.«

Unser Abkommen hatte nicht festgelegt, wessen Fäden ich zuerst flicken würde, die von Mavis oder ihre. Hätten Orins Hände nicht auf meinem Rücken gelegen, hätte ich das subtile Zucken seiner Finger vielleicht nicht gespürt. Er beobachtete mich genau, seine Züge waren verhärtet. Das Lächeln, das er zeigte, war verkrampft, als wäre es bei den Worten in seinem Gesicht erstarrt.

»Wenn ich auch weiterhin in so kurzer Zeit genese, werde ich Mavis im Handumdrehen geheilt haben.« Unbehagen lockerte meine Zunge, während ich mich mühte, ihn zu überreden. »Meine Brüder haben einfach nicht so lange Zeit wie sie. Du weißt, wie schnell die Seuche bei Sterblichen zuschlägt. Sie schreitet immer zügiger voran. Bei meinen letzten Besuchen bei ihnen habe ich mehr Zeichen der Krankheit gefunden. Und du hast selbst gesagt, dass du nicht weißt, wie lange deine Magie anhalten wird.«

Er legte mir einen Finger auf den Mund und brachte mich wirkungsvoll zum Schweigen. »Edira. Es ist in Ordnung. Ich hatte an *deine* Gesundheit gedacht. Ob es dir wirklich schon gut genug geht, um es zu versuchen.«

Oh. Ich zog die Unterlippe in den Mund und senkte den Blick. »Tut mir leid.«

»Du brauchst dich nicht entschuldigen.« Er legte mir einen Finger unters Kinn und lenkte meine Konzentration ganz auf sich. In seinem Lächeln lag eine Traurigkeit, die seine Züge weicher machte und mich gehörig für meine voreiligen Schlüsse tadelte. Ich nickte und er strich mir eine Haarsträhne aus dem Gesicht. »Ruh dich ein wenig aus. Wir werden morgen früh sehen, wie du dich fühlst.«

Er hauchte mir einen sanften Kuss auf die Wange, dann schlüpfte er aus dem Bett. Ich blinzelte angesichts seiner plötzlichen Abwesenheit und des kühlen Luftzugs auf meiner Haut und zog die Decke fest um meine Brust. »Du kannst nicht bleiben?«

»Wenn ich es tue, wirst du nicht schlafen.« Grinsend schlüpfte er in seine Hose.

»Noch mal, ich verstehe nicht, inwiefern das ein Problem sein soll.«

»Edira.« Er kam zurück zum Bett und beugte sich über mich. Allein seine Nähe, die Nähe seiner herrlichen, nackten Brust, genügte, um mich auf dumme Gedanken zu bringen. »Ruh dich aus. Du bist nach wie vor ein Mensch. Gönn deinem Körper eine Pause.«

Ich hatte mir noch nie im Leben mehr gewünscht, eine Ever zu sein, als in diesem Moment. Tatsächlich hatte ich nie darüber nachgedacht, unsterblich zu sein. Aber die Vorstellung, mich schneller zu erholen, länger zu leben … plötzlich wurde mir meine verkürzte Lebenszeit nur allzu bewusst, die wenigen Chancen, die ich haben würde, das zu genießen, was ich gerade mit Orin entdeckt hatte.

Ich wollte nicht sterben. Noch nicht. Nicht in absehbarer Zeit.

Orin küsste mich ein letztes Mal auf die Stirn, bevor er mir eine gute Nacht wünschte. Mir war gar nicht bewusst gewesen, wie viel Zeit wir zusammen verbracht hatten. Ein Blick aus dem Fenster bestätigte mir jedoch, dass es bereits spät war. Innerhalb weniger Stunden hatte ich so viel gewonnen und doch war der Tag schon vorbei und verloren. Und das, wo mir nur eine begrenzte Anzahl blieb. Ein Frösteln ging durch meinen Körper, während ich beobachtete, wie Orin die Tür hinter sich schloss.

Du bist immer noch ein Mensch. Ich Glückspilz. Frustriert stieß ich die Luft aus. Ich konnte mich nicht dazu durchringen, jetzt schon zu schlafen. Ich ging in das angrenzende Badezimmer und stoppte auf dem Weg kurz bei meinen Apothekerkoffern, um mir einige Salze und Öle herauszunehmen, dann ging ich zu der frei stehenden Wanne. Ich würde tun, was Orin gesagt hatte. Mich ausruhen. Mich erholen. Meinem Körper eine Pause gönnen. Und dann, wenn der Morgen kam, würde ich mich um meine Brüder kümmern.

Ein Lächeln umspielte meine Lippen, als das Wasser vor meinen Augen die Wanne füllte. Ich konnte es nicht erwarten, Noam und Nohr all die Dinge zu zeigen, die ich geschafft hatte. Ich konnte es nicht erwarten, ihnen zu zeigen, wozu ich geworden war.

KAPITEL 22

Am folgenden Morgen stand ich mit der Sonne auf. Innerhalb von Minuten hatte ich mich angekleidet, mir das Gesicht gewaschen und das Haar geflochten. Das Herrenhaus erwachte erst langsam zum Leben. Doch trotz aller Bemühungen konnte ich weder meine Nerven beruhigen noch mich dazu durchringen, an Ort und Stelle zu bleiben. Ich hatte den größten Teil der Nacht damit zugebracht, an die Decke zu starren und mich zu fragen, ob ich Noam oder Nohr zuerst heilen sollte, und ich hatte mich für Nohr entschieden. Dann hatte ich einen Brief geschrieben, in dem ich ihm die Situation erklärte und ihn anflehte, sich zu benehmen, während ich mich erholte. Ich war mir nicht sicher, wie lange ich bewusstlos sein würde, und obwohl ich wusste, dass Orin sich um ihn kümmern würde, ließ sich nicht vorhersagen, was die anderen Familienmitglieder tun würden. Mit dem Brief in der Hand verließ ich mein Zimmer und ging in das der Jungen. Ich legte ihn dort auf den Nachttisch, bevor ich ihre schlafenden Gestalten betrachtete. Hoffnung keimte in meiner Brust auf.

»Bald«, murmelte ich, während ich die Hände auf ihre Schutzkästen legte. Ich konnte es nicht erwarten, ihre Augen wieder aufleuchten zu sehen, das Timbre ihrer Stimmen zu hören, während sie sich gegen alles sträubten, das seit ihrer Erkrankung passiert war. Mein Blick wanderte über Nohrs Gesicht, bevor ich seine Brust betrachtete. Und dann stand ich plötzlich stocksteif da.

»Nohr?« Ich wusste, dass er mich nicht hören konnte, und trotzdem kam mir sein Name über die Lippen. Die Seuche hatte sich innerhalb eines Tages um das Zehnfache verschlimmert und schwarze Adern schlangen sich wie ein Würgegriff, der drohte, ihn zu ersticken, um seinen Hals. Frische Pusteln hatten sich gebildet und waren auf seinem Brustbein geplatzt und an mehreren Stellen waren klaffende Wunden, die Kuhlen in seine Muskeln gemeißelt hatten. Die Seuche drang aus seinen Knochen und quoll als gelber Lehm und schwarzer Schlamm über seine Haut. Bei dem Anblick krampfte sich alles in mir zusammen.

Ich musste ihn *jetzt* heilen.

Nachdem ich auf dem Absatz kehrtgemacht hatte, rannte ich aus dem Raum und die Treppe hinunter. Ich kam an einigen erstaunten Dienern vorbei, die Fenster öffneten und den Tisch fürs Frühstück deckten. Auf der Suche nach Orin fühlte sich jede Minute wie eine Ewigkeit an. Ich rannte durch die Flure und platzte in sein Arbeitszimmer, nur um seinen Stuhl verwaist vorzufinden.

»Orin!«, rief ich und wirbelte herum, während Panik in mir aufstieg. Wo war er? Warum passierte das ausgerechnet jetzt?

Ich rannte zurück in die Richtung, aus der ich gekommen war, bis ich ihn endlich mit Rorik in der Bibliothek vorfand. Sie waren in ein leises Gespräch vertieft und bedachten einander mit bösen Blicken. Beide Männer rissen den Kopf zu mir herum, als ich schlitternd vor ihnen stehen blieb.

»Edira?« Orin legte den Kopf schräg. »Was ist los?«

»Es geht um Nohr. Er stirbt.« Ich wartete nicht ab, ob er mitkommen würde. Ich lief einfach die Treppe hinauf zum Zimmer meiner Brüder. Sowohl Orin als auch Rorik folgten mir und ihre eiligen Schritte dröhnten auf dem Boden, bis wir schließlich alle zusammen in Noams und Nohrs Raum standen. Mit zitternder Hand zeigte ich auf Nohr. »Sieh nur.«

Orin schob mich sanft beiseite und stellte sich vor meine Brüder. Er kniff die Augen zusammen, während er Nohr von Kopf bis Fuß musterte. Mit jeder Sekunde, die verstrich, legte sich mehr Traurigkeit auf Orins Züge, und während ich wollte, dass er sprach, wünschte ich mir zugleich, er möge stumm bleiben. Denn in diesem Moment war alles in Ordnung. Zu bewältigen. Nohr lebte und ich konnte ihn heilen. Nohr war noch hier. Nohr. Ein leises, ersticktes Schluchzen ließ meine Brust zerspringen.

Roriks Hand fand meinen Rücken. »Atmet.«

Ich wollte dieses Wort in der Luft zerfetzen und aus seinem Geist ätzen, damit er es nie wieder sagen konnte.

Aber er tat es, aus purer Bosheit mir gegenüber. »Atmet, Edira.«

Mit einem bebenden Einatmen tat ich wie geheißen. Es trug nichts dazu bei, die Angst zu zerstreuen, die mich innerlich zerfraß, aber das Kribbeln in meinen Fingern ließ nach, wenn auch nur ein bisschen. Mit geschürzten Lippen zwang ich einen weiteren tiefen Atemzug durch meine Nase. Das Klingeln in meinen Ohren wurde dumpfer. Langsam schaute ich zu Rorik auf. Seine Züge waren angespannt, die Miene verschlossen. Einzig das Gefühl in seinen Augen konnte er nicht verbergen. Dort tobten Furcht und Zorn und Verzweiflung und so viele Dinge gleichzeitig, dass ich mich fragte, wie er all das zusammenbrachte. Wie es ihm gelang, sich durch diesen Strudel hindurchzuatmen. Erst als sein Blick sanfter wurde, löste er die Hand. Er legte sie auf seine Schulter, wo Ywena hockte, und sie kroch über seine Finger. Vorsichtig reichte er sie zu mir herüber.

»Zum Trost, nicht für Eure Ausbildung.«

Ich konnte die Tränen kaum zurückhalten, als ich Ywenas sanfte Berührung empfing. Sie schmiegte sich in meine Halsbeuge und etwas an ihrer Anwesenheit erdete mich. Es gelang mir, den Rest meiner Furcht niederzuringen und unter Kontrolle zu halten, während ich darauf wartete, dass Orin sprach. Als er sich endlich uns zuwandte, wanderten seine Augen zuerst zu Ywena. Eine gewisse Härte legte sich in seinen Blick, bevor er mich ansah.

»Er lebt, aber sein Zustand verschlechtert sich schnell.« Orin griff sich in den Nacken. »Edira, ich weiß, du willst ihn heilen, aber …«

All die Panik, die ich niedergekämpft hatte, schoss wieder hoch und ich machte schnell einen Schritt auf ihn zu. »Nein. Du musst mir helfen. Entferne die Barriere.«

»Edira …« Er trat zwischen mich und Nohr.

»Nein!«, rief ich und drosch mit den Fäusten auf Orins Brust. »Geh zur Seite! Du musst es mich versuchen lassen. Lass mich ihn retten. Tu es, Orin, oder …« Meine Gedanken waren wild, meine Atmung hart und schnell. Ywena schockte mich nicht. Zumindest hielt ein Ever hier Wort. »Wenn sie sterben, ist unsere Abmachung nichtig. Ich werde fortgehen, ohne Mavis zu helfen. Ohne irgendeinem von euch zu helfen.« Die Worte hinterließen einen faden Geschmack auf meiner Zunge und mein Herz revoltierte gegen die Idee, nach dem Tag, den wir gerade eng umschlungen im Bett verbracht hatten, Orin zum Tode zu verurteilen. Aber nichts konnte meinen Zorn im Zaum halten. Orin konnte mich nicht stoppen, nicht jetzt. Nicht wenn ich eine Chance hatte. Nicht wenn er mir das Gefühl gab, komplett zu sein, wichtig und erwünscht.

»Du hast sie gehört, Orin.« Roriks Stimme war gefährlich. Leise. In ihr lagen Hitze und Drohung, was zu dem Feuer in meinen Adern passte, und ich war dankbar dafür, Rorik auf meiner Seite zu haben. »Besser, du lässt es sie versuchen. Es ist eigenartig, wie schnell sein Zustand sich verschlechtert hat.«

Orin spuckte bei seiner Antwort Gift und Galle. »Sei still.« Dann an mich gewandt viel sanfter und voller Reue: »Ich kann es dir nicht erlauben. Noch nicht.«

»Du hast es versprochen!« Ich sah rot. Es spielte keine Rolle, welch tiefe Gefühle ich für ihn entwickelt hatte, wie freundlich er all diese

Zeit zu mir gewesen war. Wenn er mir nicht erlaubte, Nohr zu heilen, würde ich zulassen, dass die Seuche sie alle vernichtete. Jeden einzelnen Fernglove, bis zum Letzten.

»Bitte.« Orin kniete vor mir nieder und umfasste meine Hände. Nur unter Aufbietung all meiner Kräfte gelang es mir, sie ihm nicht zu entreißen. »Hör zu. Ich sage nicht, dass du seine Fäden nicht flicken darfst. Ich werde sofort den Schleier lösen, wenn du es verlangst.«

Mir stockte der Atem, während ich an jedem seiner Worte klebte.

»Aber bevor du es versuchst, möchte ich, dass du dir der möglichen Konsequenzen bewusst bist.« Er strich mir mit dem Daumen über den Handrücken. »Wie Rorik festgestellt hat, ist sein Zustand schlechter als erwartet. Wenn ich die Barriere entferne, lässt sich nicht vorhersagen, wie viel Zeit dir für das Threadmending bliebe. Minuten, vielleicht nicht einmal das. Im Moment funktioniert meine Magie noch. Er wird heute nicht von uns gehen, wenn diese Barriere intakt bleibt. Keiner von ihnen wird von uns gehen.« Er senkte den Blick und sprach Richtung Boden. »Alles, was ich will, ist, dass du ihn heilst. Aber was ist, wenn du noch nicht so weit bist und er stirbt? Du hast bei einem Tier Erfolg gehabt, aber nie bei einem Menschen. Was, wenn mehr nötig ist, um die Seuche aus ihren Körpern zu entfernen? Mehr Zeit, als ihnen bleibt?«

»Ich kann nicht zusehen, wie sie sterben«, sagte ich mit brechender Stimme.

Orins Griff wurde noch ein wenig fester. »Wenn das hier gestern passiert wäre, wenn er auch nur einen Funken von Gesundheit zeigte, würde ich dich nicht aufhalten. Weil ich *glaube*, dass du es tun kannst.«

In meinem Hals bildete sich angesichts meiner Gefühle ein Kloß und Tränen traten mir in die Augen. »Was soll ich tun?«

»Perfektioniere zuerst die Methode. Probier es an einem von uns aus.« Er deutete zwischen sich selbst und Rorik hin und her und Letzterer zog die Brauen hoch. »Unsere Körper sind dazu geschaffen, mehr zu erdulden. Wir sind nicht so krank wie sie oder auch nur so krank wie Mavis. Verfeinere deine Technik so viele Male, wie du es tun musst, um es richtig hinzubekommen. Und sobald du den Bogen raus hast, denn ich weiß, dass du dieses Ziel erreichen wirst, kannst du Nohr unbesorgt heilen. Und Noam.«

Mein Herzschlag hämmerte mir in den Ohren. Er hatte recht. Ich hasste es, dass er recht hatte, aber die Logik ließ sich nicht leugnen, wie sehr ich mir auch wünschte, meinen Bruder zu retten. Ich hatte mit jeder Faser meines Seins geglaubt, ich sei bereit, aber welchen Beweis hatte ich denn? Dass ich einen Hirsch geheilt hatte? Noam und Nohr waren *zerbrechlich*. So unendlich zerbrechlich. Das wurde in der Art und Weise offensichtlich, wie die Seuche voranschritt. Wären sie Evers gewesen, hätten wir mehr Zeit gehabt. Wäre ich stärker gewesen, hätte es überhaupt keine Rolle gespielt. Ich hätte sie geheilt, noch bevor wir hier gelandet wären.

Ich konnte nicht aufgeben. Nicht jetzt. Noch nicht. Niemals.

»Dann lass es mich versuchen.«

Orins Gesicht wurde lang. »Wenn du darauf bestehst.«

»Nicht bei Nohr.« Ich drückte sanft seine Hände. Es war das Äußerste, was ich nach dem Umschwung meiner Gefühle von Zorn und Angst zu resigniertem Verständnis und Verzweiflung ertragen konnte. Hoffentlich war es genug. Er schaute zu mir auf und in seinen Augen brannte eine Frage. »Bei dir.«

»Edira.« Er stand auf und fädelte seine Finger zwischen meine. »Bist du dir sicher?«

»Ich halte das nicht für eine gute Idee.« Rorik hatte sich nicht von seinem Platz an der Wand wegbewegt, aber als ich mich zu ihm umdrehte, war es, als hätte ein Monster seinen Platz eingenommen. Teile seines Glamourzaubers waren verrutscht und entblößten seine tintenschwarzen Augen und spitzen Reißzähne. Seine geschärften Onyx-Hörner. Zuvor hatten seine Arme locker seitlich herabgehangen; jetzt war nichts Entspanntes mehr an ihnen. Ich konnte jeden verhärteten, steifen Muskel sehen und praktisch die Knoten fühlen, die sich unter der Oberfläche seiner Haut bildeten. Seine Hände hatten sich zu Fäusten geschlossen, die Knöchel traten weiß hervor. Er atmete kaum, als er uns anfunkelte.

»Du kannst gehen«, zischte Orin und zog mich an sich.

»Nie im Leben.« Gold blitzte in seinen Augen auf. »Oder besser gesagt: nie gegen ihr Leben. Sie sollte das nicht tun.«

»Sei dir deines Platzes bewusst, Bruder.« Orin ging zu ihm bis in Schlagdistanz herüber. »Es sei denn, du willst, dass ich dich verrotten lasse.«

»Besser ich als sie.« Rorik zuckte unter der Wucht von Orins zornigem Blick nicht einmal mit der Wimper.

»Du weißt nicht, was das Beste für sie ist.« Orin knurrte, als sein eigener Glamour von ihm abfiel. Aber er ließ es nicht dabei bewenden, nur einzelne seiner Züge zu offenbaren – er ließ die ganze Täuschung verblassen. Ihn interessierte die Seuche nicht, die seine Haut verschandelte. Ihn scherte nichts anderes, als seinen Bruder niederzustarren. Sein Schwanz rollte sich hinter ihm aus und peitschte durch die Luft, während sich gleichzeitig die Krone durch seine Stirn presste. Der Gestank von Tod und Verwesung füllte den kleinen Raum, aber nichts war erstickender als die Macht, die er zur Schau stellte. Es war ganz anders als der Sternenstaub, den ich am Tag zuvor genossen hatte. Das hier war unsichtbar und doch irgendwie greifbar, eine rohe Strömung purer Energie, die die Luft wie kurz vor einem Blitzeinschlag auflud.

»Und du weißt es?« Rorik lehnte sich noch ein Stück vor. »Sie wäre nicht die Erste …«

Orin schlug ihn hart und schnell und das Geräusch der Faust auf Roriks Wangenknochen hallte von den Wänden wider. Ich erwartete, dass Rorik zusammenbrechen würde, aber er wandte nur mit einem honigsüßen Lächeln den Kopf wieder seinem Bruder zu. Blut sammelte sich in einem seiner Mundwinkel und die Zunge schnellte hervor, um es wegzuwischen. Er ragte über Orin auf, als er sich von der Wand abstieß und die Zähne bleckte.

»Genug!« Ich wusste nicht, wo ich den Mut hernahm, mich zu bewegen, aber ich tat es. Ich zwängte mich zwischen die beiden und drückte ihnen jeweils eine Hand fest auf die Brust. Gleichzeitig rief ich die Macht hervor, die in meinen Adern schlief, und ließ sie in einer leuchtenden Demonstration von Mondlicht nach außen fluten. Meine Macht kam mühelos und willig, als spüre sie die Anwesenheit der Seuche der beiden und wolle den Raum von ihrer Infizierung befreien. Meine Macht gab mir Kraft und ich wich keinen Millimeter zurück, während ich meinen Platz zwischen Rorik und Orin behauptete. Keiner der Männer schien erfreut darüber zu sein, dass ich dort aufgetaucht war, aber Rorik gab als Erster nach. Sein Glamourzauber glitt mühelos wieder an seinen Platz und er lehnte sich an die Wand. Das Einzige, das übrig blieb, waren seine endlosen, schwarzen Augen, die mich verschlangen.

Schließlich rückte auch Orin zurück. »Es tut mir leid, Edira.«

Ich ließ die Hände fallen, rief meine Macht aber nicht zurück. Stattdessen ließ ich sie zornig auflodern. »Ich weiß nicht, was da in der Vergangenheit zwischen euch vorgefallen ist, aber diese Entscheidung liegt bei *mir.*« Ich warf Rorik einen funkelnden Blick zu, bevor ich mich wieder Orin zuwandte. »Ich bin bereit, es zu probieren. Und ich tue es gerne.«

Ein hochmütiges, befriedigtes Lächeln eroberte Orins Lippen, als er über meinen Kopf hinwegschaute, um seinen Bruder hämisch anzugrinsen. Glücklicherweise schluckte Rorik den Köder nicht. Er konzentrierte sich weiter nur auf mich.

»Dann nur zu«, sagte er überraschend sanft. Ich hasste die Art und Weise, wie er mich alles in Zweifel ziehen ließ. Er bedeutete Ywena, sich zu ihm zu gesellen, und ich versuchte, die plötzliche Kälte zu ignorieren, die ihre Abwesenheit auslöste.

Orin hielt mir die Hand hin. »Wann immer du bereit bist.«

Eine ganze Weile studierte ich seine Finger.

»Du wirst es nicht sehen können«, sagte ich und ließ meine Macht wachsen. Die Lebensstränge, die sich um seinen Körper schlangen, wickelten sich daraufhin auseinander und streckten sich dem Licht entgegen. »Aber wenn ich Erfolg habe, wirst du es wissen.«

Er nickte und der alles verzehrende Hunger in seinem Blick verstärkte sich. Ich verstand, warum dieser Hunger dort war – vor allem nach unserem privaten Moment zusammen –, aber etwas daran brachte mich aus dem Gleichgewicht. Ich wollte es nicht dort haben. Ich wollte sein sanftes Lächeln und seine warmen Blicke. Sein unbefangenes Lachen, ungezügelt von dieser Angst vor dem Tod. Ich wollte, dass er frei war.

Ich lockte Orins Fäden mit einem leichten Krümmen meiner Finger an und sie flogen mühelos zu mir herüber. Binnen Sekunden hatten sie sich um meine Arme, die Beine und den Bauch geschlungen. Wie zuvor nahm ich einen einzelnen Faden und begann, die Seuche in meinen Körper einzufädeln, aber der Schmerz war qualvoll. Bei Zota war es mir gelungen, die Nadelstiche zu erdulden, aber das hier fühlte sich an, als würden weiß glühende Klingen meine Haut zerschneiden. Die Seuche, die in meine Muskeln sickerte, brachte eine grauenvolle Übelkeit mit sich, die mich sofort in die Knie zwang. Schmerz schoss durch meine Glieder und ich begann zu zittern. Punkte tanzten vor meinen Augen. Jeder Atemzug war eine Schlacht, jedes Einatmen voller Glasscherben und jedes Ausatmen durchsetzt von Salz. Ich konnte das Brennen nicht stoppen, konnte die Flammen nicht löschen, die mich von innen nach außen kochten. Ich biss mir auf die Unterlippe, um einen Schrei zu unterdrücken, und schmeckte das brackige, kupfrige Aroma von Blut.

Mit dem Wenigen an Energie, das ich noch in mir hatte, konzentrierte ich mich auf einen von Orins Fäden. Seine Seuche war nicht nur eine Krankheit; sie war eine hungernde Bestie, die bereit war, alles und jeden auf ihrem Weg zu fressen. Der schwarze Teer schäumte und brodelte, als er aus Orins Fäden in meine Haut sickerte. Ich hätte von dem Schmerz in ein Delirium fallen können, vielleicht lag es aber auch an der Magie, jedenfalls hätte ich schwören können, dass jede Blase ein winziges Maul mit gezackten Zähnen war. Als die Seuche sich in meine Glieder senkte, zerrte sie an meiner Haut. Trank mein Blut. Legte sich in meine Knochen. Mein Leuchten drosch unbarmherzig dagegen an, aber ich ertrank in einem Meer aus Teer und gelbem Lehm und nichts war stark genug, um es zu durchdringen.

Ich wusste nicht mehr, wo ich war, ob ich bereits gestorben war oder in irgendeiner Zwischenwelt. Die Seuche kochte meinen Verstand und mein Blut. Ich konnte nicht mehr klar sehen. Es gab nichts mehr außer dem erdrückenden Geruch von saurem Mulch und verwesendem Fleisch.

Eine stille Erinnerung an Alec meldete sich in einem Winkel meines Gehirns. Auch er hatte zu halluzinieren begonnen, als die Seuche die Kontrolle übernommen hatte. Vage fragte ich mich, wie ich für Rorik und Orin aussehen mochte. Ob ich mich auf dem Boden wand und mit einem unsichtbaren Schmerz rang, den sie nicht lindern konnten. Oder ob ich vielleicht in einen Schlummer hinübergeglitten und völlig unerreichbar war.

Es war unwirklich, in der Seuche verloren zu sein. Irgendwann war der Schmerz verblasst und alles, was mir blieb, war dieses unerträgliche Wissen, gleich meinem Ende gegenüberzustehen.

Ein Flackern von Bewusstsein meldete sich irgendwo in den Tiefen meines Geistes. Ein Brennen, das ich nicht richtig greifen konnte. Ich wusste zwar nicht, was es war, aber es ließ mich stutzen. Ich veränderte meine Position und beobachtete, wie mir zum ersten Mal einer meiner eigenen mondlichtbeschienenen Lebensfäden vor den Augen erschien. Als er wie ein Band in der Luft flatterte und ohne die Schwere der Seuche um mich herumtanzte, erstarrte ich. Noch nie hatte ich meine Fäden sehen können. War das alles eine Halluzination? Eine unsichtbare Brise trug sie näher an mein Gesicht heran und ein ausgefranstes Ende drohte, sich aus dem Zentrum zu lösen. Mit einer plötzlichen Drehung splitterte es ab, nicht dicker als eine Haarsträhne, aber irgendwie trotzdem strahlend und prächtig und voller Macht.

Du stirbst. Die Erkenntnis traf mich hart, als ich beobachtete, wie die Strähne davontrieb. Wie viele dieser winzigen Fäden hatte ich im Laufe der Jahre abgestreift? Wie viele blieben mir noch? Ich versuchte vergeblich, den Kopf zu recken und noch einmal einen Blick auf die Lebensfäden zu erhaschen, die um mich herumwirbelten. Aber wann immer ich ihre mondlichtbeschienenen Enden sah, hatten sie ihre Lage verändert und gerieten außer Sichtweite.

Das Brennen in meinem Geist wurde von Sekunde zu Sekunde nachdrücklicher. Das lag nicht nur an einem vereinzelten Gedanken, sondern an einer Stimme. Jemand rief meinen Namen. Jemand holte mich zurück. Die Struktur der Halluzination geriet ins Wanken, während sie versuchte, mich begraben zu halten. Die Seuche brodelte und schäumte um mich herum, hielt meine Glieder fest und drückte mir den Kopf nach hinten. Ich konnte spüren, wie sie aus den Öffnungen meines Gesichtes kroch. Meinen Ohren. Meinen Augen. Meiner Nase.

Atme. War das mein Gedanke oder der Ruf einer anderen Person? Es verschmolz zu einem einzigen Befehl, der den Zugriff der Seuche auf meinen Geist erschütterte. Plötzlich kehrte der Schmerz zurück. Grauenvolle, endlose Qual, so scharf wie Messer, die meine Organe zerschnitten. Und mit dem Schmerz kam der Rest meiner Sinne zurück. Zuerst waren da Geräusche. Ein trommelfellzerreißender Schrei, der drohte, Glas zu zersplittern. Mein Schrei. Und dann war da der Geschmack von Blut – ein ganzer Mund voll Blut – und ich würgte, während es mir gelang, den Kopf gerade weit genug zur Seite zu drehen, um zu spüren, wie die klebrige Wärme über meine Wange flutete. Endlich meine Sehkraft. Orins Strang war noch immer in meinen Arm gewebt und ich sog noch immer Krankheit aus seinem

Körper. Meine Eingeweide krampften sich beim Anblick eines einzigen klaren, aquamarinfarbenen Faden zusammen. Ich hatte kaum etwas genommen. Rorik und Orin schrien, obwohl ich nicht erkennen konnte, was es war, während sie links und rechts von mir warteten. Orin schaute weg und brüllte etwas oder brüllte jemanden an, der außer Sichtweite war. Doch Rorik sah nur mich an.

»Edira, hör auf damit«, sagte er, als er bemerkte, dass meine Augen offen waren. Vielleicht waren sie aber auch nie geschlossen gewesen. Ich wusste es nicht. Irgendjemand hatte Sand in sie hineingekippt und jedes Blinzeln war ein raues Kratzen. Trotzdem begriff Rorik, dass ich wieder da war. Irgendwie wusste er es. Er presste mir eine Hand zwischen die Schulterblätter und ich fragte mich, ob sein Befehl zu atmen mich wieder zur Besinnung gebracht hatte. Er hatte dieses Wort mit jeder Trainingsstunde meinem Körper dermaßen eingetrichtert, dass es zu einer reflexhaften Reaktion geworden war. Ein unleugbarer Befehl, mich zu fangen und eine Situation abzuschätzen. Ich hustete und ein weiterer Schwall Blut ergoss sich aus meinem Mund auf meine Bluse. Mit dem Minimum an Selbstbeherrschung, das ich gerettet hatte, schnitt ich meine Macht ab und beobachtete erleichtert, wie Orins Faden gewaltsam aus meinem Körper gestoßen wurde.

Roriks andere Hand lag auf meiner Schulter und sein Griff wurde fester. »Es ist in Ordnung. Es geht Euch gut.«

Ich versuchte erfolglos zu lächeln. »Lügner.«

»Edira!« Beim Klang meiner heiseren Stimme wirbelte Orin zu uns herum und zog mich schnell auf seinen Schoß. »Dank sei den Göttern.«

Rorik starrte auf die Stelle in seinen Armen, wo ich zuvor gewesen war. Ich hatte Blut auf seinen Händen hinterlassen, aber er machte sich nicht die Mühe, es wegzuwischen. Er war zu einer Statue erstarrt. Die einzige Bewegung, die von ihm ausging, war das ungleichmäßige Heben und Senken seiner Brust.

»Warum hast du nicht früher aufgehört?« Orin drückte mich fest an sich und mein Körper schrie vor Schmerz. Ich biss mir auf die Unterlippe und zuckte zusammen.

»Ich konnte nicht.« Mein Kopf pochte, während sich alles um mich herum zu drehen begann. »Ich konnte es nicht.« Ich zwang mich zu einem Schlucken und musste mich angesichts der überwältigen Menge an Blut sogleich übergeben. Das plötzliche Würgen sandte eine weitere quälende Welle des Schmerzes bis hinein in meine Zehen. »Vora.«

»Sie bereitet schon das Heilmittel vor.« Orin strich mir mit zittriger Hand übers Haar. Er war mit den Überresten von Blut und Erbrochenem bedeckt, beklagte sich aber nicht. Dann legte er die Arme fest um mich, stand, ohne zu taumeln, auf und ging in Richtung Tür. Noch bevor wir den Raum verlassen hatten, erhaschte ich mit meiner Wange an Orins Schulter einen letzten Blick auf Rorik. Er hatte sich immer noch nicht gerührt.

Orin eilte mit mir in mein Quartier und ging geradewegs ins Badezimmer. Sobald wir dort waren, befahl er der Wanne mit seiner stummen Magie, sich zu füllen. Behutsam befreite er mich von meinen Kleidern und ließ mich in die Kupferwanne sinken. Die einst klare Flüssigkeit wurde sofort rosa und trüb.

Die Welt war wie ein einziges großes Schwanken, während ich gegen den Schlaf ankämpfte. Selbst unter schweren Lidern konnte ich die offensichtlicheren Konsequenzen meines gescheiterten Threadmending-Versuchs sehen. Meine Haut war äschern und schälte sich an manchen Stellen ab. Die Nägel waren brüchig und gelb geworden. Prellungen leuchteten an meinen Armen und Beinen. Irgendwie hatten meine Muskeln jegliche Definition verloren und ich bestand nur noch aus loser Haut, die über Knochen drapiert war. Es war furchtbar und doch konnte ich keine echte Angst empfinden. Das einzige Gefühl, das mich durchströmte, war Erschöpfung. Und Götter, wie sehr wünschte ich mir, ihr nachzugeben. Es wäre so friedlich …

»Zuerst die Medizin, dann kannst du schlafen.« Orins Stimme ließ mich in der Wanne hochschrecken. Vora hatte irgendwann das Badezimmer betreten, wobei sie allerdings in der Tür erstarrt war. Ihr Gesicht war bleich wie Pergament, die Lippen geöffnet und die Augen groß. Sie blinzelte mehrmals, bevor sie Orin etwas anreichte, und er drückte einen Becher mit zäher, warmer Flüssigkeit an meine Lippen.

Ich trank alles aus.

»Passt auf, dass Ihr sie festhaltet. Sie wird gleich das Bewusstsein verlieren.«

Mit Voras Worten kam ein wunderschönes Nichts und ich stahl mich mit dem Gefühl von Orins Händen, die sich unter meine Arme schoben, davon.

KAPITEL 23

Als ich diesmal aufwachte, hatte ich keine Eile, aus dem Bett zu klettern. Ich fühlte mich besser als vor der Einnahme von Voras Heilmittel und obwohl die Fülle in meine Muskeln zurückgekehrt war und die Prellungen auf der Haut verschwunden waren, war mein Geist noch lange nicht wiederhergestellt. Ich hatte so lange Zeit gekämpft und trainiert, nur um am Ende zu scheitern. Welchen Sinn hatte das alles? Was nutzte es, mit Magie gesegnet zu sein, die zum Heilen bestimmt war, um dann mit einer unheilbaren Krankheit konfrontiert zu werden? Der Schmerz in dieser Wahrheit war viel größer als jedes körperliche Ungemach, das ich je erlebt hatte, und ich rollte mich unter den Decken zusammen und versteckte mich vor der Welt. Vor meinen Brüdern. Vor ihrem Tod.

Vora und Orin sahen regelmäßig nach mir, aber ich hatte nicht die Kraft zu sprechen. Es fühlte sich an, als würde ein Eingeständnis meines Versagens zugleich endgültig das Schicksal meiner Brüder besiegeln. Meine Gedanken geisterten ständig durch alle meine Begegnungen mit der Seuche. Ich ging an den Anfang des Ganzen zurück und holte die Erinnerung an den Tod meiner Eltern hervor. Es war ein Stochern im Nebel, eine Fata Morgana am Horizont, aber ich wollte jeden einzelnen Fall noch einmal durchleben und so viele Informationen wie möglich daraus ziehen.

Seufzend lehnte ich den Kopf an die Fensterscheibe und schaute hinaus auf die makellosen Wiesen. Ich hatte mich für einen Platz auf der Bank neben dem Erkerfenster in meinem Zimmer entschieden und ein Tablett mit kalt gewordenem Tee und Keksen stand unberührt neben mir. Vora würde jetzt jeden Moment zurückkommen, um es abzuräumen. Zehn Tage. Zehn Tage waren verstrichen und ich war außerstande, irgendetwas zu tun, um meine Familie zu retten.

Ein leises Klopfen erklang von der Tür und Vora trat vorsichtig ein. Sie wirkte so entmutigt, wie ich mich fühlte, und hielt den Blick gesenkt. Während meiner Erholungsphase sprach sie kaum und dafür war ich dankbar. Wenn Orin zu Besuch kam, bemühte er sich, mich mit Versprechen auf zukünftige Versuche zu trösten und mit der Gewissheit, dass meine Brüder noch lebten. Das war mir bekannt. Ich verließ mein Zimmer nur, um mich neben ihren Schutzkästen auf den Boden zu legen und zu weinen. Aber die letzten meiner Tränen waren vor einigen Tagen versiegt und Orins Beteuerungen fand ich zunehmend ermüdend.

»Kein Tee heute?«, fragte Vora leise, als sie neben mich trat und nach dem Tablett griff.

Ich schüttelte den Kopf. Draußen führte ein Knecht die Hirsche auf ein offenes Feld. Zota stach unter den anderen heraus. Seine Bewegungen waren geschmeidig und stark und er tänzelte regelmäßig umher, als würde er die anderen anbetteln, mit ihm zu spielen. Ich fragte mich, wie alt er war und ob sein Alter etwas mit dem Erfolg meiner Heilung zu tun hatte. Zwar hatte ich daran so meine Zweifel, aber ich griff auf der Suche nach einer Lösung nach jedem Strohhalm.

»Orin hat darum gebeten, dass Ihr Euch ihm für einen Spaziergang anschließt.«

Voras Blick wanderte über mich hinweg, als suche sie nach etwas. Ich hatte mich allein gebadet und angekleidet, in der Hoffnung, dass ein wenig Beschäftigung den Schmerz in meinem Geist lindern würde. Vielleicht würde auch ein Spaziergang helfen.

Voras Blick wurde sanfter. »Ich kann ihm aber auch sagen, Ihr würdet noch schlafen.«

Ich sah sie aus dem Augenwinkel an. »Nein, ist schon gut.«

Sie setzte sich zu mir auf die Fensterbank. »Ihr tragt zu viel Last mit Euch.«

»Nicht freiwillig.« Ich wandte mich wieder dem Fenster und Zota zu. Seine angeborene tierische Magie sowie der Glamourverband von Orin hatten ihn trotz des Ausmaßes seiner Infektion am Leben erhalten. Die Seuche war schnell, wenn es darum ging, das Leben eines Sterblichen zu fordern, aber wenn sie einen Ever attackierte, war es ein bedächtiger, lang gezogener Angriff. Etwas, das dazu bestimmt war, sich über Jahre zu ziehen, bis das Leiden irgendwann zu groß wurde.

Ich war mir nicht sicher, wie ich versuchen sollte, Nohr oder Noam zu heilen, wenn meine Reaktion auf eine solche Heilung dermaßen heftig war. Furcht stahl sich in meine Eingeweide. Wenn ich versagte und einer von ihnen in meinen Armen starb, würde ich das niemals überleben.

»Es tut mir leid, Edira. Ich wünschte, ich hätte mehr tun können, um zu helfen.« Vora spielte mit der Teekanne in der Hand. »Wenn die Heilmittel, die wir gemischt haben, gegen die Seuche nur halb so viel ausgerichtet hätten, wie sie es bei Euch taten.«

Gemischt. Ich dachte über die Kombination aus Ever-Heilmitteln und meinen eigenen Tinkturen nach. Irgendetwas an der Zusammenfügung der beiden heilenden Praktiken war …

Ein Adrenalinstoß schoss durch meinen Körper. »Vora, wo ist Orin?«

»Im Garten.« Sie beobachtete mich genau.

»Ich muss gehen.« Ich sprang auf die Füße und drehte mich auf der Suche nach meinen Schuhen im Kreis. Ein Kribbeln der Erkenntnis tanzte über meine Haut. Ich kannte die Antwort. Das Teilen von Macht. Ein Herzbund.

Ich hatte genug gewartet. So lange hatte ich gezögert, weil ich mir meiner Sache nicht sicher war, nicht ernsthaft darauf vertraute, aber das war jetzt vorbei. Wärme strömte durch meine Brust. Ich liebte ihn. Ich hatte zu große Angst gehabt, es zuzugeben. Zu große Angst, etwas anzuerkennen, das nur für kurze Zeit anhalten würde, weil mein Tod immer näherrückte.

Ein Grund mehr, es noch fester zu halten.

Orins Worte füllten meine Gedanken, meine Seele. Die Ängste, die mich seit Tagen plagten, zerstoben. Wir konnten einen Weg finden, zusammen die Seuche zu besiegen. Wenn wir unsere Magie kombinierten, konnten wir es mit allem aufnehmen. Einschließlich der Seuche.

»Was ist denn in Euch gefahren?« Vora stellte das Tablett beiseite und stand auf. Sie verfolgte mit ihrem Blick meine Bewegungen, während ich durch den Raum wirbelte, bis ich endlich meine Schuhe fand und schnürte.

»Ich werde Orin bitten, mein Herzgefährte zu werden.«

»Was?« Sie erstarrte für einen Moment, nur ihr Blick folgte mir. Dann schob sie sich zwischen mich und die Tür und legte mir die Hände auf die Schultern. »Bitte.« Sie öffnete den Mund, um zu sprechen, dann zwang sie sich zu einem harten Schlucken. »Stellt jede Frage. Seid Euch absolut sicher.«

»Vora.« Ich legte meine Hände über ihre. »Ich *bin* mir sicher. Ich bin mir sicher, dass das der einzige Weg ist.« Ich löste mich aus ihrem Griff, trat in den Flur und nahm schnell die Treppe ins Erdgeschoss. Vora rief meinen Namen hinter mir her, aber ich blieb nicht stehen. Ich ging durch die Doppeltüren, die in den Garten führten, und fand Orin mit einem kleinen Büchlein in der Hand auf einer Steinbank sitzend vor. Bei dem Anblick machte mein Herz einen Sprung.

Meine Füße trappelten auf den Pflastersteinen und als ich näherkam, schaute er von den Seiten auf. Erleichterung und Schreck vermischten sich in seinen Zügen, bis er lächelte. »Edira?«

Ich ließ mich neben ihm auf die Bank sinken und schloss das Buch mit seinen Fingern dazwischen. »Ich weiß, was ich tun muss.«

Er runzelte die Stirn. »In Bezug worauf?«

»Die Seuche.«

Seine Augen weiteten sich und in seinem Lächeln lag nun ein Strahlen. Ich konnte meine Aufregung kaum bändigen und seine Reaktion fachte meine Entschlossenheit nur noch an.

»Was tun wir?«

Wir. Ich biss mir auf die Unterlippe, während ich mich so drehte, dass ich seine Hände in meinen halten konnte. Nervosität ließ meinen Magen kribbeln. Es war seltsam, so plötzlich von einem Angstausbruch überfallen zu werden, nachdem jede andere Begegnung mit ihm so unbefangen verlaufen war. So natürlich. Doch etwas an der Vorstellung, ihn zu bitten, mein Herzgefährte zu werden, sich an mich zu binden, änderte alles. Ich liebte diesen Mann, diesen Ever. Wir waren bereits ein Team.

»Ich will deine Herzgefährtin sein.« Ich stieß die Worte eilig hervor, bevor ich sie zurücknehmen konnte. »Ich weiß, ich habe nur wenig zu bieten an Macht, die ich mit anderen Evers teilen könnte, aber …«

»Ja.« Er zerquetschte mit einem harten Kuss schier meine Lippen. Ich blinzelte, als ich seine unmittelbare Antwort langsam verarbeitete. Ich hatte erwartet, mehr erklären zu müssen, ihm klarmachen zu müssen, warum ich seine Macht haben wollte. Auf seine eifrige Zustimmung war ich allerdings nicht gefasst gewesen und das bestätigte mich nur umso mehr in meiner Entscheidung. Eine Träne kullerte mir die Wange hinunter, als ich die Arme um seinen Hals schlang und ihn leidenschaftlich küsste.

Nur Sekundenbruchteile später löste er sich von mir, um seine Stirn an meine zu legen. »Gib mir einen Tag Zeit, um alles zu regeln.«

Unsere Nasen streiften einander. »Ich brauche keine Zeremonie. Ich brauche nur dich.«

»Nur wir.« Er strich mir eine Haarsträhne aus dem Gesicht, die an meiner Wange herabgehangen hatte. »Trotzdem gibt es einige Dinge, die man braucht, damit der Bund erfolgreich ist. Ich werde sie beschaffen und dann werden wir zusammen sein.«

»Und dann kann ich dich hoffentlich heilen. Und Mavis. Und meine Brüder.« Ich suchte in seinen Augen nach einem Zeichen von Zögern und fand keines. Er glaubte, dass ich es schaffen konnte. Er glaubte an *mich*. Hitze loderte in meiner Brust und ich küsste ihn abermals.

»Indem wir unsere Magie mischen«, murmelte er dicht an meinen Lippen und ich nickte.

»Ja.«

Er hob die Hände an mein Gesicht und umfasste meine Wangen. »Ich wusste schon vom Moment unserer Begegnung an, dass du etwas Besonderes bist.«

Nach einer weiteren Runde leidenschaftlicher Küsse entschuldigte er sich, um mit den Vorbereitungen zu beginnen, und ich sah ihm lächelnd nach. Hoffnungsvoll. Die Hoffnung sprühte Funken in mir und wuchs wie ein Buschfeuer, verzehrte jeden wachen Gedanken und verbrannte jeden Zweifel zu Asche. Doch als ich zum Haus zurückging, lief es mir eiskalt den Rücken herunter. Ich schaute an der Fassade empor, wo Mavis auf ihrem Balkon stand und mich fixierte. All der Überschwang, der in mir aufgestiegen war, löste sich augenblicklich in Wohlgefallen auf. Ich erstarrte, hielt aber ihrem stummen Blick stand. Sie bewegte sich keinen Millimeter. Beobachtete nur. Ich wartete, bis mein in die Höhe geschnellter Puls sich normalisierte, dann ging ich langsam weiter auf das Haus zu. Sie stand steif am Geländer des Balkons und trotz ihrer Regungslosigkeit folgte ihr Blick mir auf Schritt und Tritt. Mit den Augen stach sie eine Zielscheibe in meine Haut, sodass ich diese, selbst als ich aus Mavis' Blickfeld verschwand, wie eintätowiert spüren konnte.

Was zur Hölle? Ich fuhr mir mit den Händen über die Arme, aber die Kälte blieb. Zwangsläufig musste ich über all die Dinge nachdenken, die Mavis gesehen hatte, von denen sie aber niemals sprach. Welche Geheimnisse lagen wohl jenseits der stillen Fänge ihrer von Seuche erfüllten Existenz?

KAPITEL 24

Unsere Zeremonie würde privat sein, aber das verhinderte nicht, dass alle auf Fernglove von Orins und meinem Plan erfuhren, einen Herzbund einzugehen. Nur Momente nachdem ich Mavis' durchdringendem Blick entflohen war, fing mich Seville in der Eingangshalle ab und zerrte mich feixend hinter sich her. Sie war diejenige gewesen, die in Mrs Marlows Laden den Funken zu der Idee geliefert hatte. Ich fragte mich, ob sie die ganze Zeit über gewusst hatte, dass ich irgendwann zu dem gleichen Schluss wie sie gelangen würde.

Und doch lag in ihren Augen ein hartes Funkeln, das Zorn hinter ihrem typischen, arroganten Grinsen andeutete. Statt diesen Zorn in Worte zu fassen, schlüpfte sie mühelos in die Rolle der hingebungsvollen Dienerin. Sie führte mich zu ihren privaten Gemächern, wo wir ihren Schrank durchstöberten, bis sie ein fließendes Gewand entdeckte, das mit blinkenden Kristallen übersät war. Sie stieß einen geringschätzigen Seufzer aus, als sei es nicht das Schönste, was ich je gesehen hatte, und kam zu dem Schluss, es würde genügen. Der Zeitmangel erlaubte keine weiteren maßgeschneiderten Kreationen. Nachdem sie mein Kleid beiseitegelegt hatte, wurden wir von Tasia und Amalyss gestört, die mit breitem Grinsen und schelmischen

Mienen ins Zimmer gehüpft kamen. Und mit Wein in den Händen. Zu meiner großen Überraschung kreischte Seville tatsächlich.

»Das wird genügen«, sagte sie mit strahlenden Augen. In diesem Moment war sie sorglos und jung und wunderschön. Sie sah aus wie ein Morgenstern, der unbedingt den Tag begrüßen wollte, und mir stockte bei dem Anblick der Atem. Beim Anblick aller drei. Sie klammerten sich an die Hoffnung, die ich ihnen gegeben hatte, und ausnahmsweise waren sie einfach … sie selbst. Keine Rätsel oder Drohungen. Keine unfreundlichen Gesten. Sie füllten Wein in Kristallgläser und hakten sich dann unter, während sie lachend im Kreis tanzten.

Und in diesem Moment begriff ich, dass ich auch sie heilen wollte.

Anscheinend gehörten zu den Zeremonien für Herzgefährten typischerweise Pracht und lange Vorbereitungen – sie waren schließlich Evers, und alles war ein Spektakel –, aber sie fügten sich Orins Forderungen und nahmen mit dem vorlieb, was zur Verfügung stand. Die meistgeschätzte Vorgabe war ein wochenlanges Bad in einer versteckten heißen Quelle der Evers, wo niemand Kleidung einpackte und die Beteiligten einfach ihre Haut das Mondlicht trinken ließen. Stattdessen schleppten Diener vier Kupferwannen herein und die Magie des Herrenhauses füllte sie bis an den Rand mit milchigem Wasser. Als wir in die Wannen hineinglitten, ließen wir alles los. Die Angst, den Zweifel. Zusammen fühlten wir uns fast wie eine Familie.

Wir redeten die ganze Nacht hindurch und tauschten Geschichten über Affären aus. Tasia und Amalyss hatten keine vorzuweisen, aber Seville ließ sich nicht daran hindern, jedes verklärte Detail ihrer jüngsten Begegnung mit einer Person auf dem Fest zu schildern, obwohl sie sich weigerte, den Namen der Frau zu nennen. Alle waren entsetzt zu erfahren, dass meine erste romantische Begegnung alles andere als angenehm gewesen war, und sie verfluchten den Mann, der meine Bedürfnisse nicht erfüllt hatte. Nicht mit liebevoller Fürsorge überschüttet zu werden, war für einen Ever die größte Schmähung überhaupt und bei dem Gedanken kicherte ich in mich hinein.

Nach dem Bad schliefen alle nackt auf weichen Fellen vor einem niedrig brennenden Feuer ein. Für eine Weile lag ich einfach unbekleidet neben ihnen. Ich war beim Thema Nacktheit nicht übermäßig prüde und dennoch überraschte es mich, wie leicht es mir fiel, mich in Gegenwart dieser Frauen in meiner Haut wohlzufühlen. Nicht weniger erstaunte es mich, wie wohl auch sie sich mit mir zu fühlen gelernt hatten. Zum ersten Mal stellte ich mir ein Leben abseits von dem, was ich in Willowfell zurückgelassen hatte, vor.

Was ist mit deinen Brüdern? Gewiss würde Orin ihnen erlauben hierzubleiben, wenn ich ihn darum bat. Wenn sie es wollten. Und wenn sie es nicht wollten, wäre das ebenfalls in Ordnung. Wir alle verdienten es zu leben.

Roriks teuflisches Grinsen erschien vor meinem inneren Auge. Unerträglicher Besserwisser.

Anders als Amalyss, Tasia und Seville fand ich keinen Schlaf. Als das Feuer also nicht mehr war als Glut und das Schnarchen der drei anderen zu laut wurde, um es zu ertragen, sammelte ich meine Kleider zusammen und verließ leise Sevilles Quartier. Die Flure waren dunkel, als ich ins erste Stockwerk schlich. Niemand war dort zu sehen, was in Anbetracht der späten Stunde nicht überraschend war. Dennoch beschleunigte ich meine Schritte.

Ein tiefes Stöhnen grollte durch die Luft, als das Herrenhaus sich für die Nacht bereit machte, und mein Magen krampfte sich zusammen.

Es ist nur ein altes Haus.

Die Mauern gaben ein weiteres entrüstetes Knarren von sich.

In meinen Ohren begann es zu rauschen und meine weit aufgerissenen Augen brannten vom heftigen Starren in die Dunkelheit. Rein gar nichts war vor oder hinter mir und doch spürte ich Nadelstiche auf meiner Haut, als erneut ein Blick schwer auf mir lastete und sich tief in meinen Rücken bohrte. Ich wirbelte herum, um ein Fetzchen Weiß am Rand meines Blickfeldes auszumachen: Ein elfenbeinfarbener Vorhang flatterte in einer unsichtbaren Brise oder … ich schaute genauer hin.

Dort an der Flurbiegung stand eine zierliche Frau mit Rehaugen, die nicht einmal blinzelte, und ihr Blick bohrte sich tief in meine Seele. Ein Schrei drohte, aus meiner Kehle hervorzubrechen, aber als meine Lippen sich öffneten, drückte sich der Geist einen einzelnen, zierlichen Finger auf den Mund. Nein, kein Geist. Mavis. Das Kreischen erstarb noch auf meiner Zunge, aber ich konnte mich weiterhin nicht zu einer Bewegung durchringen. Ihr Haar floss in Wellen um sie herum und bildete einen scharfen Kontrast zu dem weißen Musselin-Nachthemd, das an ihrem dünnen Körper klebte. Der Ausschnitt über ihren Brüsten war so tief, dass er den typischen Schwertknauf des Wappens derFerngloves entblößte, und sie strich geistesabwesend mit einem einzelnen Finger über dessen Griff. Und dann krümmte sie ebenjenen Finger und winkte mich zu sich heran. Das war das Äußerste an Bewegung, was ich je bei ihr gesehen hatte, jedenfalls ohne die Hilfe eines Familienmitglieds.

Es sei denn, sie war diejenige gewesen, die in all der Zeit so gerade außer Sichtweite herumgelungert und mich mit diesen gnadenlosen, quälenden Augen angesehen hatte.

»Ihr«, flüsterte ich und trat schnell vor sie hin. »Ihr habt mich beobachtet von dem Moment an, als ich hier angekommen bin. Warum? Was tut Ihr?« Ich sah mich in der Erwartung um, Seville oder Lydia in der Nähe zu entdecken. Mavis war mutterseelenallein.

Sie funkelte mich an und drückte sich noch einmal einen Finger auf die Lippen. Dann herrschte Stille. Sie war winzig im Vergleich zum Rest der Familie, als hätte das Altern sie eher der Kindheit als dem Grab nähergebracht. Aber ich wusste, was unter diesem kunstvollen Glamour lag. Gesehen hatte ich es noch nicht, aber ich wusste es.

Sie wandte mir den Rücken zu und bewegte sich mit einem ruhigen Gang, der all meine Vermutungen über ihre Gesundheit Lügen strafte. Erst nach einigen Schritten bemerkte ich die mühsamen Bewegungen ihrer Brust beim Atmen und den leichten Glanz auf ihrer Stirn. Wie viel Energie hatte sie aufgespart, um sich auf diesen Moment vorzubereiten? Was wollte sie? Ich öffnete den Mund, um zu fragen, aber sie warf mir einen strengen Blick zu, noch bevor sich die Worte ganz formen konnten. Dann hielt sie vor einer Doppeltür inne, in der ich den Eingang zu ihrem Zimmer erkannte, und bedeutete mir, sie zu öffnen.

Die Nackenhaare stellten sich mir auf. Meine Finger zögerten über dem Knauf, als ich Mavis ansah. Den Bruchteil einer Sekunde erwog ich, einfach wegzugehen. Aber etwas in ihren Augen hinderte mich daran. Sie sah mich an, als sei ich ihre letzte Hoffnung. Ihre einzige Chance. Mavis hatte Angst. Ihre Infektion war mit Abstand die schlimmste in der Familie und wahrscheinlich wusste sie, dass ich mit Orin daran arbeitete, die Seuche erfolgreich zu heilen. Sie wollte, dass ich es versuchte.

Ich zog die Mundwinkel nach unten, als ich die Hand auf dem abgenutzten Metallknauf liegen ließ. »Ich kann Euch noch nicht heilen. Aber wenn Ihr nur ein klein wenig länger wartet, werde ich es versuchen.«

Sie blinzelte. Dann schüttelte sie den Kopf und zeigte erneut auf die Tür.

»Na schön.« Ich seufzte und öffnete die Tür für uns beide. Ohnehin war ich nicht gänzlich überzeugt, dass sie mich verstand. Ich würde sie sicher ins Bett geleiten und dann jemandem Bescheid geben, dass sie allein umhergewandert war. Als wir in den Raum schlurften, sah ich mich in dem schwach erhellten Zimmer um. Ihr Quartier war überraschend dezent im Vergleich zu den kunstvolleren Räumen im restlichen Herrenhaus. Es gab einen kleinen Sitzbereich mit zwei Sesseln neben einem niedrigen Couchtisch. Davor war eine erloschene Feuerstelle voller frischer Holzscheite. Der Kaminsims war dekoriert mit langstieligen Rosen und einer Handvoll kostbarer Steine – einige roh und ungeschnitten; andere makellos poliert, während sie auf die perfekte Fassung warteten.

Insbesondere einer zog meine ganze Aufmerksamkeit auf sich. Er war nicht größer als eine Murmel, aber so strahlend wie ein Vollmond mit einem inneren, schimmernden Licht, das wie ein Herz zu pulsieren schien. Ein Ever-Juwel. Mir klappte der Unterkiefer herunter und ich bewegte mich zentimeterweise darauf zu.

Ever-Juwelen sind etwas Besonderes für meinesgleichen.

Orins Worte hallten durch meinen Kopf, während Mavis stehen blieb, um meinem Blick zu folgen und dann zu dem Juwel herüberzuschlurfen. Mit zitternden Fingern griff sie danach und drückte es an ihr Handgelenk. Der Glanz verstärkte sich für den Bruchteil einer Sekunde und verblasste dann wieder.

»Stimmt etwas nicht damit?«, fragte ich.

Mavis sah mich nur mit scharf zusammengezogenen Brauen an. Ohne den Blick von mir zu lösen, griff sie nach einem Brieföffner auf dem Kaminsims und riss die Unterseite ihres Unterarms auf. Mit einer einzigen mühelosen Bewegung schob sie den Stein in die Öffnung. Blut legte sich um ihr Handgelenk wie ein Armband, aber sie stieß keinen Schrei aus. Kein einziges Mal. Unsichtbare Magie füllte den Raum um sie herum mit der kriechenden Kälte von Winternebel, bis die Wunde versiegelt war. Das Ever-Juwel war verschwunden, als hätte es überhaupt nie existiert.

Sie helfen uns, die zu bleiben, die … nun ja, die zu bleiben, die wir sind.

Wieder schossen mir Orins Worte durch den Kopf, als ich voller Entsetzen die Blutspritzer auf dem Boden anstarrte.

Mavis verzog das Gesicht beim Anblick meines erschlafften Kiefers und stieß mir, um noch mehr Wirkung zu erzielen, ihr Handgelenk hin. Dann griff sie nach meiner Hand und drückte die Finger auf die jetzt verheilte Linie. Eine plötzliche Woge von Kälte biss in meine Haut und ließ mich zusammenzucken. Je länger die Berührung andauerte, umso schmerzhafter wurde sie. Es fühlte sich an, als packe man im tiefsten Winter eine Metallstange, und als ich dachte, Frostbeulen würden meine Finger überziehen, verebbte die pulsierende Kälte. Der Stein schien sich zwischen Muskeln und Sehnen zu bewegen und sein eisiger Kuss verblasste. Als er sich zur Gänze zerstreut hatte, ließ Mavis mich los.

»Fühlen sich alle Ever-Juwelen so an?« Ich rieb meine Hände, um sie so gut wie möglich zu wärmen.

Sie erwiderte meinen Blick eine ganze Weile, bevor sie sich schließlich abwandte. Dann ging sie langsam zu einem kleinen, frei stehenden Schreibpult mit einer Vielzahl von Schubladen und Messinggriffen. Als ich ihr nicht sofort folgte, winkte sie mich mit einer schwachen Geste heran.

Vorsichtig trat ich neben sie, und mein Blick blieb an einem übergroßen Gemälde in einem vergoldeten Rahmen hängen. Mehrere Evers standen um eine Frau herum, die auf einem Thron saß. Ihre Statur war irgendwie vertraut, klein, aber stark. Glänzendes, weizenblondes Haar fiel ihr wie eine Decke über die Schultern, und ihr Lächeln war breit. Strahlend. Es dämmerte mir, als ich ihre Züge betrachtete.

»Das ist Eure Familie.«

Mavis schaute zwischen mir und dem Gemälde hin und her und nickte. Mit einem zitternden Finger zeigte sie auf die Ever auf dem Thron.

»Ihr seid das«, schlussfolgerte ich voller Ehrfurcht. Jetzt sah ich es, als ich zwischen ihnen hin- und herschaute. Nicht, dass Mavis ihrer Abbildung nicht ähnelte; es war einfach so, dass das Gemälde von ihr, von der Frau, die sie einmal war, so viel kraftvoller und lebendiger war. Ich betrachtete den Rest der Evers mit neuen Augen. Neben Mavis' Thron saß eine Frau mit der gleichen Haarfarbe, aber ihre Augen waren frisch und lebensprühend wie Frühlingsgras. Die Haut war rosig, die Lippen voll und glänzend. Ein kleines Mädchen stand vor ihr und an einer Seite zwei Jungen.

Seville, Orin und Rorik. Die Frau war ihre Mutter, Mavis' Tochter. Lydia erkannte ich kaum wieder. Sie stand auf der anderen Seite von

Mavis' Stuhl, umschlungen von Clesians Armen, und war der Inbegriff von Glück und Zärtlichkeit, wie sie sich an seine breite Brust lehnte. Ihr Lächeln war prachtvoll und durch und durch fremd. Komplettiert wurde das Porträt von zwei Männern, die ich noch nie gesehen hatte, und ich trat näher heran, um ihre Gesichter zu inspizieren. In dem Moment beugte Mavis sich vor und strich behutsam mit dem Finger über den Ever, der zwischen ihr und Lydia stand. Er hatte kastanienfarbenes Haar und warme, braune Augen und sein Lächeln schien jeden Zentimeter seiner Züge auszufüllen. Mavis streichelte liebevoll sein Gesicht, bevor sie sich zurückzog, um die Stelle über ihrer Brust zu berühren. Herzbund. Sie brauchte es nicht auszusprechen, damit ich es verstand. Ich konnte es an dem Ausdruck in ihren Augen sehen. An der Liebe selbst, die aus ihrem Innersten zu strahlen schien.

»Ich wünschte, ich hätte ihn kennenlernen können«, sagte ich und legte den Kopf schräg, um für einen Moment ihren Blick zu halten. Nickend drehte sie sich zu ihrem Schreibtisch um. Sie wedelte mit einer Hand über einer der Schubladen und ich hörte ein Schloss klicken. Sanft zog sie an dem Messinggriff, bis die Lade nachgab und ein Stapel loser Papiere sichtbar wurde. Während sie in ihren Sachen stöberte, warf ich einen letzten Blick auf das Gemälde. Das einzige Individuum, das noch übrig war, war ein Ever mit eichenbraunem Haar und dunkel smaragdfarbenen Augen. Der Vater von Seville, Orin und Rorik. Er musste es sein. Diese Smaragdaugen waren die gleichen wie Orins und seine Lippen waren zu dem gleichen scharfen, herablassenden Grinsen verzogen, das Seville oft zeigte. Ich beugte mich einen Zentimeter nach vorn und blinzelte, während ich das Gemälde studierte. Rorik stand ein wenig abseits und seine Züge waren angespannt. Zwischen ihm und seinem Vater, der eine Hand auf Orins Schulter, die andere auf der der Mutter der Jungen liegen hatte, war keinerlei Ähnlichkeiten zu erkennen. Eine kribbelnde Ahnung nahm in den hintersten Winkeln meines Geistes Gestalt an und ich wandte mich wieder Rorik zu.

Der Maler hatte den rostfarbenen Locken besondere Aufmerksamkeit angedeihen lassen, als hätte es auf seiner Palette gar nicht genug Farben gegeben, um die verschiedenen Kupfertöne von Roriks Haar akkurat abzubilden. Seine Augen waren mit solcher Perfektion dargestellt, so planvoll, dass sie geradezu real wirkten. Und nur sie wiesen diese einzigartige Schattierung auf. Er teilte nur ein Attribut – den scharfen Schnitt seiner Wangenknochen – mit seiner Mutter.

Ein piksendes Stochern lenkte mich ab und ich drehte mich um, um festzustellen, dass Mavis mir ein zu einem Umschlag gefaltetes Blatt in den Arm gedrückt hatte.

»Für mich?« Ich nahm das Papier entgegen, ohne nachzudenken. Ein Wachssiegel in der Farbe von Ahornsirup verschloss es und in seine Mitte war ein elegantes F gestempelt. Darüber stand in kleiner, schwungvoller Handschrift: *Allein öffnen.*

Grauen erfüllte mich, während sich im Nacken kühler Schweiß bildete. Nachdem ich kräftig geschluckt hatte, suchte ich Mavis' Blick. »Was ist das?«

Sie schloss meine Finger nur fester um den Umschlag.

Noch nie im Leben hatte ich mir mehr gewünscht, etwas fallen zu lassen. Und doch lag in Mavis' flehenden Augen etwas Beharrliches, etwas fast Angstvolles. Ihre Kehle bewegte sich, als versuche sie zu sprechen, aber es kam nichts heraus. Ein glasiger Schimmer überzog ihre Augen, bis eine einzelne Träne sich löste und ihre Wange herabrollte.

»Mavis«, flüsterte ich und umfasste das Papier fester. »Was ist hier los?«

Sie öffnete die Lippen. Schloss sie. Öffnete sie wieder. Ein erstickter Laut, als würden die Worte in einem Schraubstock erstickt, bevor sie herauskrochen.

»Keine Zeit. Öffnen.«

Mir standen die Haare zu Berge, meine Atmung ging hart und sprunghaft und ich hatte Ywena nicht dabei, die mich mit ihren

Schocks in einen normaleren Zustand gebracht hätte. Das Krächzen von Mavis' Stimme erfüllte meine Ohren und ließ mein Herz rasen. Mit den Fingern zeichnete ich die Wölbungen und Rillen des Siegels nach. *Allein öffnen.* Was, wenn es ein Streich war, wie der, den Amalyss und Tasia mir nach meiner Ankunft gespielt hatten? Welche gefährliche Sache würde ich entfesseln – allein – und ohne jemanden in meiner Nähe, der mir zu Hilfe eilen konnte? Ein kleines Wachsbröckchen blätterte ab, als ich mit dem Finger in die Öffnung fuhr.

Ich blendete die Welt einfach aus. Es gab nur noch diesen Raum. Und ich war einen Atemzug davon entfernt, etwas zu tun, das ich nicht ungeschehen machen konnte. Ich spürte, wie diese Wahrheit in meine Knochen einsank. Mein Blick wanderte zurück zu dem Porträt. Zu der glücklichen Familie, die nicht länger existierte.

Seid vorsichtig damit, wem Ihr an diesem Ort vertraut.

Es war lange her, seit mir Voras Warnung zum letzten Mal durch den Kopf gegangen war, aber sie erfüllte ihren Zweck. Ich löste den Finger vom Siegel. Gerade als ich den Mund öffnete, um zu sprechen, schwang die Schlafzimmertür nach innen auf und Lydia kam herein. Ihr Nachtgewand war zerknittert, ihre Lider schwer. In ihren Zügen lag eine Traurigkeit, wie ich sie noch nie gesehen hatte. Sie schien eher zu schlurfen als richtig zu gehen.

»Mutter, bist du wach? Ich …« Lydia erstarrte, als sie mich sah.

Ich blinzelte und Mavis hatte sich bewegt. Es war nicht viel, nur ein winzig kleiner Schritt vor mich hin, um meine Hände mit ihrem Körper zu verbergen, aber sie tat es mit solcher Schnelligkeit, dass es so wirkte, als hätte sie schon die ganze Zeit zwischen mir und der Tür gestanden. Und dann schien ihre Lebenskraft sich in die Nacht hinein aufzulösen. Kälte strömte über mich hinweg, als ich die geisterhafte Ever vor mir anstarrte. Ihr einst forschender Blick war jetzt leblos und leer. Ihre zitternde Gestalt zeigte nichts von der früheren Kraft, wie flüchtig sie auch gewesen sein mochte. Ihre Macht und ihre Seele waren einfach verschwunden. Schlagartig sah ich wieder klar. Das Kribbeln des Papiers in meiner Hand fühlte sich plötzlich wie eine Klinge an und ich verkreuzte die Hände hinterm Rücken, um es vor Blicken zu verbergen.

»Was macht Ihr hier?«, fragte Lydia scharf. Sie hatte ihre Fassung im selben Moment wiedergewonnen, in dem Mavis sich bewegt hatte, und alle Spuren von Traurigkeit waren mit dergleichen Effizienz versteckt wie bei einem Glamourzauber.

»Mavis' Tür war offen.« Ich bewegte langsam die Hand und schob sie in die Rückseite meiner Bluse, um mir den Umschlag in den Hosenbund zu stecken. »Ich dachte, sie braucht vielleicht Hilfe.«

Lydias Augen wurden schmal, als sie zwischen Mavis und mir hin- und herschaute. »Das Einzige, was sie braucht, ist ein Heilmittel für die Seuche. Und bis Ihr Zugang zu Orins Macht habt, denke ich nicht, dass Ihr ihr das werdet geben können.«

»Richtig.« Ich stellte mich neben Mavis und legte ihr sachte eine Hand auf die Schulter. Sie reagierte nicht. Nicht einmal als ich ihr eine gute Nacht wünschte und an Lydia vorbeischlenderte. Sobald ich im Flur war, schlug sie die Tür hinter mir zu. Ich entfernte mich, ohne zurückzublicken, und ging, so schnell ich konnte, in mein Quartier. Erst als ich die Türen verschlossen und zweimal die Riegel überprüft hatte, wagte ich es, Mavis' Geschenk aus dem Hosenbund zu ziehen.

Vorsichtig rieb ich das Papier zwischen den Fingern und studierte erneut die mit Tinte gekritzelten Worte. Dann zog ich den Finger einmal über das Siegel. Und brach es schließlich.

Ich hatte eine Welle von Magie erwartet oder ein Geräusch oder irgendeine Art von kunstvollem Zauber, der greifen würde, sobald das Wachs entzweibrach. Aber nichts geschah. Die einzige Veränderung, die ich bemerkte, war der subtile Duft von Blättern, mit dem das Papier getränkt zu sein schien.

Aber als ich mit dem Finger über den gezackten Rand strich, der ursprünglich eingefaltet gewesen war, wusste ich, was ich in der Hand hielt – noch bevor ich die vertraute, adrette Handschrift meiner Tante überhaupt sah.

Als ich ihre Notiz las, schnürte sich mir die Kehle zu.

Ich bin dahintergekommen. Sie brauchen Ever-Juwelen, um unsterblich zu bleiben. Ich bin mir nicht sicher, warum, aber die Seuche hat deren Wirkung abgeschwächt. Sie begraben die Juwelen in ihren Körpern, um zu versuchen, die weitere Ausbreitung zu stoppen. Deshalb will Orin meine Macht. Er versucht, mich zu einem Herzbund zu überreden, weil er etwas Stärkeres braucht – ich bin nicht die Erste, bei der er es versucht hat. Lieber würde ich sterben, als ihm zu erlauben, meine Magie zu nehmen, und ich befürchte, dass es genau darauf hinauslaufen wird.

Ich hinterlasse diese Notiz bei Maris. Die anderen werden zu genau beobachtet. Sie wird dir das hier geben, wenn sie glaubt, du könntest Orins Ever-Juwel finden, ohne Verdacht zu erregen. Die Macht des Steins ist ähnlich der unseren und reagiert auf unsere Magie. Ich habe nicht mehr genug Zeit. Du musst das Juwel finden und es zerstören. Wenn du von irgendjemandem im Haus Hilfe brauchst, wirst du zuerst den Ever-Schwur der Familie brechen müssen. Ich weiß nicht viel darüber, nur dass es existiert. Ich wünschte, ich könnte dir mehr sagen – dir mehr helfen.

Ich weiß nicht mal, an wen ich schreibe, aber Edira, wenn du hier gelandet bist, wisse, dass ich dich liebe. Ich glaube an dich. Rette dich selbst.

Alle Geräusche wandelten sich zu einem monotonen Rauschen und ich ließ den Brief fallen. *Rowena*. Ein schaudernder Atemzug entriss sich meiner Lunge und ein brennendes Gefühl raste über meine Haut.

Sie hat den Tod Orin vorgezogen. *Tod.* Und selbst jetzt, von jenseits des Grabes, versuchte sie, mich vor diesem Schicksal zu retten.

Finde Orins Ever-Juwel. Bei der Erinnerung an den scharfen, eisigen Kuss, den ich auf meinen Fingern gespürt hatte, während ich über seine Tätowierung gestrichen hatte, schlug mir das Herz bis zum Halse. Der eisige Hauch, der Mavis' Handgelenk gefüllt hatte, nachdem sie den Stein in ihren Arm gestoßen hatte.

Ich wurde komplett von Panik erfasst. Alles, wozu ich Orin gegenüber zugestimmt hatte …

Meine Augen füllten sich mit Tränen und alles verschwamm. Ich hatte geglaubt, ich würde ihm etwas bedeuten. Schmerz loderte in meiner Brust und breitete sich wie Spinnweben von meinem Herzen aus, zusammen mit einer rot glühenden Scham, die mir durch alle Glieder ging. Ich hatte ihm *vertraut.*

Ich durchkämmte jede Erinnerung an Orin und mich. Jeden geteilten Moment, jeden subtilen Blick und jeden tröstlichen Händedruck. Die Berührung seiner Finger auf meiner Wange, der Klang seiner warmen Worte, das Gefühl seiner Lippen. Ich wollte schreien. Es konnte einfach nicht wahr sein. Rowena musste sich geirrt haben.

Rette dich selbst.

Ich holte den Brief erneut hervor und las ihre Worte noch einmal. Meine Gedanken überschlugen sich. Selbst wenn all das wahr war, wie sollte ich ein Ever-Juwel zerstören, das in Orins Körper verborgen war? Meine Lektionen bei Rorik hätten mich niemals darauf vorbereiten können. Was hatte es mit dem Ever-Schwur der Familie auf sich? Und meine Brüder. Die Schutzkästen, die sie am Leben erhielten, waren Balsam für meine quälende Sorge gewesen, aber jetzt waren es unzerstörbare Gefängnisse. Orin war der Einzige, der den Schlüssel hatte.

Ich sank zu Boden und stieß einen stummen, gequälten Schrei aus. Was zur Hölle sollte ich tun? Ich wollte – *brauchte* – Antworten, aber wem konnte ich vertrauen? Orin hatte sich seit unserer ersten

Begegnung Geschichten ausgedacht. Er war der Schöpfer unserer gemeinsamen Erzählung gewesen, derjenige, der vorsichtig das Fundament dafür gelegt hatte, dass ich mich ihm unbedacht in die Arme geworfen hatte.

Denn was spielte es schon für eine Rolle, ob er der Stadt ein paar Münzen mehr hinwarf? Er hatte jede Menge übrig.

Meine Brüder am Leben erhalten? Der Zauber schien seine weitreichende Macht kaum zu berühren.

Jede freundliche Geste. Jeder sorgfältig arrangierte Moment.

Er war ein verdammter Ever und ich hätte es von Anfang an wissen müssen. Er wollte meine Macht, nicht mich. Genau wie er die Macht meiner Tante gewollt hatte und die eines jeden Threadmenders vor uns. Wir waren austauschbare Spielfiguren.

Ich war drauf und dran, das Papier zu einer Kugel zusammenzuknüllen. Doch als eine gekräuselte Stelle mein Interesse erregte, bemerkte ich einige weitere Zeilen unter Rowenas Notiz, die in einer anderen Handschrift verfasst worden waren.

Es tut mir leid, dass ich Rowena nicht früher vertraut habe. Ich habe es erst begriffen, als es zu spät war.
Meine Tochter hat ihr Leben dafür gegeben, aber keiner von uns kann darüber sprechen.
Zeverin Ignatus Embergrave.
Wir alle wollen frei sein.

Sobald ich den Namen las, hämmerte etwas mit Wucht in meine Knochen und der metallische Geschmack von Magie versengte die Luft. Es war nur ein Name, aber die Buchstaben schienen hinter meinen Lidern zu brennen, sodass ich sie selbst dann noch glasklar sehen konnte, wenn ich die Augen fest zusammenpresste, um jedwede verbliebene Magie zu verjagen. Was zur Hölle war in diesem von den Göttern verlassenen Herrenhaus bloß los?

Ich konnte niemandem außer mir selbst trauen.

Diese Wahrheit beruhigte mich und das Gefühlschaos legte sich. Ich durfte nicht daran zerbrechen. Nicht jetzt, nicht da ich so kurz davor war, meine Brüder zu heilen.

Ich musste die Sache mit dem Herzbund durchziehen. Ich musste mich lange genug zusammenreißen, um Noam und Nohr zu helfen. Selbst jetzt, da mein Geist angesichts des Wissens, das meine Tante hinterlassen hatte, völlig in Scherben lag, tat mir das Herz bei dem Gedanken weh, dass Orin alles andere als gut sein könnte. Was, wenn er und Rowena sich einfach nicht miteinander verstanden hatten? Was, wenn er aus Verzweiflung so gehandelt hatte, sich aber jetzt gewandelt hatte? Zum Besseren?

Ein brüchiges Lachen kam mir in Anbetracht meiner dürftigen Logik über die Lippen. Ich wünschte, es wäre die Wahrheit, aber ich bezweifelte es. Ich zwang mich aufzustehen und ins Bad zu gehen.

Als ich vor der Kupferwanne stand, schloss ich die Augen und sammelte mich mit einem tiefen Atemzug.

Zeverin Ignatus Embergrave.

Der Name ratterte mir wie sterbende Blätter durch den Kopf, die über Pflastersteine kratzten. Er fühlte sich wichtig an. Mächtig. In meinem Apothekerkoffer fand ich ein Streichholz und ließ es auf Rowenas letzte Worte fallen. Und möglicherweise auch auf die von Mavis.

Erst als das Papier zu Asche zerfallen war, bewegte ich mich. Ich zwang die Wanne, sich mit Wasser zu füllen, und beobachtete, wie die Überreste sich auflösten und schließlich abflossen.

KAPITEL 25

Mir blieben nur wenige Stunden, bevor Orin zurückkehren und die Zeremonie beginnen würde. Er hatte mir gesagt, er müsse sein eigenes Ritual vollenden, bevor wir Herzgefährten werden könnten, hatte aber nicht näher ausgeführt, was das beinhaltete. Was auch immer es war, ich war froh, dass ich noch etwas Zeit hatte, meine Gefühle zu sortieren. Und Antworten zu finden. Natürlich enthielt kein einziges Buch, das ich gelesen hatte, mehr über Ever-Juwelen als eine flüchtige Erwähnung ihrer Existenz; es schien, als würde ihre Magie stärker als alles andere geschützt. Ich bezweifelte, dass ich irgendjemandem in diesem Herrenhaus vertrauen konnte, aber vielleicht konnte ich sie mit unschuldiger Konversation austricksen, mir verborgene Wahrheiten zu offenbaren.

Als ich mein Zimmer in Richtung Treppe verließ, wog ich meine Optionen ab.

Mavis war außen vor. Sie hatte bereits das Wenige an Energie verausgabt, das sie noch übrig hatte, um mir den Brief auszuhändigen. Außerdem bezweifelte ich, dass Lydia mich noch einmal mit ihr alleinlassen würde, nachdem sie mich in ihrem Zimmer angetroffen hatte.

Was natürlich bedeutete, auch Lydia käme nicht infrage – nicht unbedingt überraschend, dass diese tobende Ever ohnehin nicht meine erste Wahl gewesen wäre –, und damit entfiel auch Clesian. Amalyss und Tasia vielleicht. Aber definitiv nicht, solange sie in Reichweite ihrer Eltern waren.

Ich konnte Vora fragen, aber sie war ihrem Herrn treu ergeben. Ich konnte nicht riskieren, dass sie Orin etwas verriet, bevor ich bereit war, ihn zur Rede zu stellen. Dann also Seville oder Rorik. Ich erreichte die Eingangshalle, hielt inne und schaute durch die Fenster in das Licht der Morgendämmerung, das über dem stillen Wald lag. Seville hatte bei unserem Ausflug nach Willowfell so liebevoll von Rowena gesprochen. Aber hatte Seville womöglich Rowena in der gleichen Weise überlistet, wie Orin mich überlistet hatte? Ich hatte Seville Orin gegenüber niemals auch nur die Stimme erheben hören.

Ich liebe keinen meiner Brüder, aber ich weiß, welchen ich nicht verärgern sollte.

Der Nachdruck in ihren Worten, selbst durch den Schleier der Erinnerung, ließ sich nicht leugnen. Also nicht Seville.

Mein Blick wanderte durch den Flur zu Orins Arbeitszimmer. Die Tür stand offen, die Lichter waren gelöscht. Der verlassene Raum wirkte wie das Maul zu einer Höhle, mit einer wispernden, rasselnden Atmung, die mir ein Frösteln die Wirbelsäule entlangjagte.

Sein Ever-Schwur war dazu bestimmt, uns zu schützen, und doch hast du immer noch Wege gefunden, uns in Gefahr zu bringen.

Langsam dämmerte es mir bei der Erinnerung an Orins Worte. Der Ever-Schwur der Familie. Er hatte mit Rorik darüber gesprochen. Das war der Punkt, an dem ich ansetzen musste. Es war kein Geheimnis, dass Rorik seinen Bruder verabscheute, aber ich hatte keine Ahnung, ob dieser Widerwille einen Einfluss auf seine Loyalität hatte.

Wir alle wollen frei sein.

Ich hoffte, dass Mavis recht hatte.

Frische Luft schlug mir entgegen, als ich durch die Doppeltüren in den Garten trat. Der Morgen war still, die verschlafenen Wiesen erwachten gerade erst unter den schwachen Strahlen des Tageslichts, die über den umliegenden Wald fielen.

Meine Stiefel raschelten im Gras, als ich die gepflegten Pfade zugunsten des nicht minder gepflegten Rasens verließ. Ich hatte einmal von den tratschenden Dienern gehört, dass Rorik schon bei Sonnenaufgang auf den Beinen war, um allein unter dem Ahnenbaum zu trainieren. Obwohl ich am liebsten den Hügel hinuntergerannt wäre und Rorik gegen die sich windende Borke gepresst hätte, um von ihm ausnahmsweise einmal offene Worte mir gegenüber zu verlangen, zweifelte ich an der Effizienz dieser Vorgehensweise. Wie ich ihn kannte, würde es ihm wahrscheinlich noch gefallen.

Ein leises Ächzen erregte meine Aufmerksamkeit und ich hob den Blick. Rorik hatte sein Hemd über einen der tief hängenden Äste des Baums drapiert. Mit nacktem Oberkörper stand er nun dort und hielt ein Schwert in der Hand. Er schwang es in einem kunstvollen, weiten Bogen durch die Luft und hielt in seinem Stoß inne, kurz bevor die Spitze in die Erde krachte. Jeder Muskel seines Rückens war stramm, seine Schultern waren wohldefiniert und breit. Das Wappen der Ferngloves prangte ihm auf der Wirbelsäule. Das abgebrochene Schwert schwebte perfekt in der Mitte und die es umgebenden Insekten verteilten sich über seinen Schulterblättern. Mit jeder scharfen Bewegung, die er bei seinen Übungen vollzog, erhoben sie sich auf den Muskeln in die Luft. Tanzten an den Sehnen entlang. Bewegten sich, wenn er sich bewegte.

Ich fragte mich, ob er Orin einen Dolch ins Herz rammen würde, wenn ich ihn darum bat.

»Seht Euch satt, solange Ihr könnt.« Rorik sprach, ohne sich zu mir umzudrehen, und stieß weiter mit seinem Schwert in die Luft. »Schon bald werdet Ihr das nicht mehr ohne Konsequenzen tun können.«

Mein Temperament war um Haaresbreite davon entfernt, sich in maßlosem, hemmungslosem Zorn zu entladen, und Rorik hatte keine

Ahnung, wie nah ich daran war überzukochen. Ich biss mir kurz in die Innenseite meiner Wange, bevor ich antwortete. »Konsequenzen? Und was würden die beinhalten?«

»Woher soll ich es wissen? Fragt Euren Herzgefährten.«

In seinen Worten schwang eine Schärfe mit, die ich nicht ignorieren konnte und die meinem eigenen verborgenen Zorn entsprach. Ich presste die Lippen zu einer schmalen Linie zusammen. »Habt Ihr ein Problem mit meinen Plänen?«

Mit einem energischen Stoß versenkte er sein Schwert in der Erde und wirbelte zu mir herum. Es war unmöglich, die wohldefinierten Partien seiner Brust nicht anzustarren, die Konturen und Rillen seines Bauches und seiner Taille. Er war absolut prachtvoll und obwohl einen Moment lang angespannte Frustration in seinem Blick gelegen hatte, löste sich die Regung in Luft auf, als er meinen Blick bemerkte. Eine andere Art von Hitze füllte seine schwelenden Augen und seine Lippen verzogen sich, um spitze Reißzähne zu entblößen.

»Ich habe eine Menge Probleme, was Euch betrifft.« Er kam zu mir herüber, sodass kaum mehr Raum zum Atmen blieb. Ein Schweißtropfen perlte an seinem Brustbein herab und er wischte ihn geistesabwesend weg.

Ich verfolgte die Bewegung und erinnerte mich an das Gefühl seiner Finger, wie sie bei unserem Tanz meine Taille erkundet hatten. Die Sanftheit seiner Berührungen an meinem Kinn, bevor er es in einer wortlosen Drohung, mich zu küssen, festgehalten hatte. Dann brachen sich all der Zorn und der Kummer, die sich seit dem Öffnen von Rowenas Brief aufgestaut hatten, bahn und ich spuckte Gift und Galle.

»Was zur Hölle stimmt nicht mit Euch und dieser verrückten Familie?«

»Gar nichts stimmt mit uns.« Seine Stirn spannte sich an, während er mir forschend ins Gesicht sah. Ich hatte noch nie im Leben so sehr das Gefühl gehabt, gemustert zu werden, wie in diesem Moment. Der Blick seiner goldenen Augen lastete schwer auf meiner Haut und verursachte nur noch mehr Hitze, die durch meine Adern brandete. »Ihr habt keine Ahnung, worauf Ihr Euch da eingelassen habt.«

»Und wie denn auch?«, blaffte ich. »Sagt mir eins, Rorik, wie zur Hölle sollte ich jemals an diesem Ort überleben?« In jedes Wort legte ich eine Drohung und machte keine Sekunde lang einen Rückzieher. »Niemand hier ist ehrlich. Ihr wollt, dass ich Euch rette? Die Familie rette? Warum zur Hölle sollte ich? Ich kann keinem von Euch vertrauen!«

»Und das solltet Ihr auch nicht!«, brüllte er. Sein Gesichtsausdruck gab meinem Zorn keine Nahrung, denn er ergab keinen Sinn. Er zeugte von Rage, gewiss. Aber er zeugte zugleich von Verzweiflung. Qual. Die Muskeln in seinem Hals spannten sich unter der Haut an, als er auf mich herabstarrte. »Und ich habe Euch nie gebeten, auch nur irgendeinen von uns zu retten. Wenn überhaupt, habe ich Euch gesagt, dass Ihr leben sollt.«

Ich hatte bereits den Mund zu einem Widerspruch geöffnet, aber bei diesen Worten blieb mir die Antwort im Halse stecken, denn er hatte recht. Von dem Moment an, in dem ich einen Fuß auf das Fernglove-Anwesen gesetzt hatte, hatte er mich nicht wie einen Threadmender, sondern wie eine Person behandelt. Er war grob und grausam, sicher, aber ihm war scheißegal, was ich heilte oder eben nicht. Er lobte mich auch nicht, wenn es mir gelang. Für ihn war jeder Einsatz meiner Macht eine Verschwendung meiner Lebenszeit.

Ein ruhiges Gefühl der Entschlossenheit ergriff von mir Besitz und die Worte kamen ganz leise aus meinem Mund. »Sagt mir, worüber Ihr und Orin neulich Abend in seinem Arbeitszimmer geredet habt.«

Roriks stand wie vom Blitz getroffen da und aller Zorn verflog umgehend. Seine Augen waren groß. »Wusste ich doch, dass ich Euch gespürt habe.«

»Ich war neugierig.« Ich beobachtete, wie sein Kehlkopf sich bewegte, als wolle er sprechen, könne es aber nicht. Stattdessen biss er die Zähne zusammen und entspannte den Kiefer dann gleich wieder. Schluckte. Als sein Gespräch mit Orin ins Stocken geraten war, hatte Ywena reagiert. Rorik musste irgendwie mit ihr kommuniziert und sie gedrängt haben, mich zum Bleiben zu bewegen. Er hatte gewollt, dass ich dieses Gespräch mitanhörte. Konnte ich ihm vertrauen?

»Fragt mich, was immer Ihr wollt, Edira.« Die Intensität seines Blickes traf mich bis ins Mark. »Bitte.«

Dieses eine Wort ließ mich einknicken. Das angespannte Flehen hatte so viel Gewicht, trug so viel Gefühl in sich. Rorik hatte mich noch nie um etwas gebeten, aber um das hier bat er mich.

Und ich kam seiner Bitte nach.

»Was ist der Ever-Schwur? Der Schwur, den Orin erwähnt hat?«

Es gab keine sichtbaren Bande, die Rorik zurückhielten und dennoch bemerkte ich die unmittelbare Entfesselung, die durch seinen Körper raste und seine Muskulatur löste.

Ich trage die Last unausgesprochener Bürden in meinen Knochen.

Anscheinend gab es in diesem Herrenhaus jemanden, der durch ein noch stärkeres Abkommen gebunden war als ich, und jetzt war er frei.

»Endlich.« Er rieb sich die Kehle. »Ich war mir nicht sicher, ob Ihr jemals an diesen Punkt gelangen würdet. Der Ever-Schwur hindert uns daran, direkt mit jemandem darüber zu sprechen, es sei denn, diese Person weiß bereits um seine Existenz. Im Laufe der Jahre haben einige wenige Personen es auf ähnliche Weise erfahren.«

»Deshalb wollte Ywena, dass ich bleibe. Um zu lauschen.« Hoffnung keimte in meiner Brust. Wenn Rorik bereit war, dieses Familiengeheimnis mit mir zu teilen, dann konnten wir den Bann womöglich brechen. Vielleicht konnte er mir helfen, meine Brüder zu retten. »Was beinhaltet der Schwur?«

»Kein Fernglove darf einem anderen ernsthaften Schaden zufügen. Wir dürfen unser Land auch nicht länger als einige Monate am Stück verlassen. Und zu guter Letzt darf niemand nach außen hin dem

Oberhaupt der Familie widersprechen, was früher mein Vater war und jetzt Orin ist.« Rorik musterte das Herrenhaus finster. »Wenn Orin etwas zum Wohle der Familie will, müssen wir gehorchen.«

»Und Ihr wart alle damit einverstanden?« Ich zog ungläubig eine Braue hoch.

»Nicht willentlich.« Rorik verzog voller Abscheu die Lippen. »Mein Vater war hervorragend in der Formulierung von Verträgen. Er hat es genossen, Leute seinen Absichten zu unterwerfen, und er war mächtig. Aber nicht mächtig genug, um zu verhindern, dass die Seuche ihn bei lebendigem Leib aufgefressen hat.« Ein befriedigter Glanz erschien in Roriks bernsteinfarbenen Augen.

»Er muss ja ganz entzückend gewesen sein«, murmelte ich. »Warum um alles in der Welt sollte Euer Vater einen solchen Schwur wollen?«

Rorik presste sich eine Hand in den Nacken und seine Miene verdüsterte sich. »Familienname. *Ehre*. Meinem Vater waren Ordnung und der äußere Schein wichtiger als alles andere und seine Obsession, das *kleine Intermezzo* meiner Mutter verbergen zu wollen, hat zu dem Ever-Schwur geführt.«

»Kleines Intermezzo?«

»Ich bin nicht vom Blut meines Vaters. Seville und Orin sind meine Halbgeschwister. Ich bin nur deshalb ein Fernglove, weil mein Vater der Gedanke zuwider war, irgendjemand könne von der Affäre meiner Mutter erfahren. Von mir wurde erwartet, mich trotzdem wie sein Sohn zu benehmen, obwohl er sich hinter verschlossenen Türen geweigert hat, mich auch nur zur Kenntnis zu nehmen. Sein Abscheu war mit Händen greifbar und meine Geschwister haben beschlossen, seinem Beispiel zu folgen. Es gab wenig Frieden. Viel Schmerz.

Aber außerhalb der Mauern unseres Hauses« – Rorik ballte die Fäuste und starrte zu einem der Äste des Baums hinauf – »haben sie so getan, als sei alles in bester Ordnung. Ich konnte es nicht ertragen. Oft bin ich wütend geworden und habe um mich geschlagen, bis mein Vater schließlich den Ever-Schwur erschaffen hat, um seine zerfasernden Familienbande zu erhalten, und so der kostbare Name Fernglove unbefleckt blieb.«

Mein Blick folgte seinem zu einem dicken Ast, der vom Stamm abzweigte. Ich konnte unmöglich erkennen, welcher Ast zu welchem verblichenen Familienmitglied gehörte, aber in diesem lag eine unverkennbare Aura von Bosheit, die umso deutlicher hervortrat, je länger er diesen Ast anstarrte. Nach einer emotional aufgeladenen Pause schüttelte Rorik den Kopf, griff nach seinem Hemd und zog es sich geschickt über den Kopf.

»Rorik.« Unter dem Eindruck der Jahrzehnte des Schmerzes, die in seinen Blick eingemeißelt waren, fand ich keine Worte. Mir erschien es unvorstellbar, in einem lieblosen Zuhause aufzuwachsen, und erst recht, von den Geschwistern verraten zu werden. Wenn Noam oder Nohr mich jemals so im Stich gelassen hätten, wie Seville und Orin es mit Rorik taten …

So grausam seine Vergangenheit auch war, legte die Geschichte doch eine Wahrheit offen, die ich nicht leugnen konnte: Rorik empfand keine Zuneigung für diesen Ort. Ich grübelte über die Worte in Rowenas Brief nach. Wenn ich Roriks Hilfe wollte, mussten wir den Schwur brechen.

»Gibt es einen Ausweg aus dem Schwur?«, fragte ich.

»Das weiß ich nicht. Ever-Schwüre sind nicht dazu bestimmt, gebrochen zu werden. Meine Mutter hat versucht, einen Weg zu finden, aber ich bin mir nicht sicher, ob es ihr gelungen ist.«

Das berauschende Gefühl der Erkenntnis durchströmte meine Glieder. Der Name. Er musste der Schlüssel sein.

»Rorik« – ich umfasste seine Unterarme – »ich kenne vielleicht einen Weg. Aber wir müssen es sehr vorsichtig angehen.«

»Wovon redet Ihr?« Sein Blick flackerte zwischen meinen Händen und meinem Gesicht hin und her. »Wie?«

Meine Worte überschlugen sich. »Rowena hat mir eine Nachricht hinterlassen. Ich denke, ich kann es tun, aber noch nicht jetzt. Ich muss trotzdem den Herzbund mit Orin knüpfen, daher werde ich …«

Rorik wich heftig einen Schritt zurück, als hätte ich ihm ins Gesicht geschlagen. »Der Herzbund. Nach allem, was ich Euch gerade erzählt habe, wollt Ihr immer noch mit ihm zusammen sein?«, zischte er, während er gleichzeitig den Kragen seines Hemdes richtete und heftig daran zerrte. »Wisst Ihr überhaupt, wo er im Moment ist?«

»Nein, ich weiß es nicht, aber das ist es nicht, was ich zu sagen versuche. Ich brauche nur …«

»Er ist bei Ossanna. Und Issa.«

Ich stutzte, als vor meinem inneren Auge Issa mit ihrem wallenden, dunklen Haar erschien. Sie war sehr still gewesen, als ich sie das letzte Mal gesehen hatte, wie sie da neben ihrer Mutter und ihrem Bruder auf dem Rasen vor dem Herrenhaus stand. Sie brauchte nicht am Unterricht teilnehmen, aber das hinderte sie nicht daran vorbeizukommen.

»Warum?«

Rorik funkelte mich an. »Er versucht, Ossanna wegen der Bedingungen ihrer Abmachung zu beschwichtigen. Immerhin steht schon seit einigen Jahren fest, dass Issa seine Herzgefährtin werden soll.« Forschend sah Rorik mir ins Gesicht, bevor er den Blick auf Herzhöhe herabsenkte. »Er wird ihnen sicher von Eurer verkürzten Lebenszeit erzählen und dass dieser Bund kaum Einfluss auf sein Versprechen hat.«

Ein kleinerer, schwächerer Teil von mir wurde von einer weiteren Welle des Schmerzes erfasst. In Anbetracht der gesamten Situation hätte mich die Information nicht überraschen sollen. Trotzdem bildete sich eine kribbelnde Hitze hinter meinen Augen. Gestern hatten wir hoffnungsvolle Glückseligkeit geteilt und jetzt … war nichts davon mehr von Belang.

Gedanken fügten sich zusammen wie Bleigewichte im Wasser.

Zuerst Sevilles Worte:

Ich bin vor Jahren mal jemandem begegnet, der Sterne heraufbeschwören konnte, Sterne, die zu diamantähnlichen Partikeln zerfielen.

Dann die schwarzhaarige Dienerin in der Eingangshalle:

Sie ist wirklich ziemlich schnell gestorben nach dem, nun, du weißt schon.

Und natürlich Amalyss:

Vor allem, nachdem sich ihr Zustand nach ihrem Umzug hierher verschlimmert hatte.

Meine Atmung ging härter, schneller. Ich hatte gewusst, dass Lorelai einst Orins Herzgefährtin gewesen war, aber ich hatte nicht die richtigen Schlüsse gezogen. Die Sterne. Die Magie, die er benutzt hatte, als wir zusammen waren. Eine brackige Substanz stieg mir in den Mund und ich zwang sie mit einem harten Schlucken wieder herunter. Lorelai Starglen war mit Orin verbunden gewesen und kurz darauf gestorben.

Und es war nicht das erste Mal.

Ich ballte die Hände zu Fäusten, während die getuschelten Worte der Dienerin mir wieder in den Sinn kamen. Orin war wie eine unkontrollierbare männliche Schwarze Witwe und ich hatte mich in seinem Netz verfangen. Wie viele andere Kräfte trug er inzwischen wohl in sich? Rorik hatte recht. Ich hatte keine verdammte Ahnung, worauf ich mich da einließ.

Aber ich würde nicht länger Orins ahnungslose Beute sein.

»So sehr all diese Informationen in mir einen Brechreiz auslösen«, sagte ich nach einem stärkenden Atemzug, »es ändert nichts. Ich muss den Herzbund mit ihm eingehen.« Rorik öffnete den Mund, um zu widersprechen, und ich warf ihm einen strengen Blick zu. »Nicht weil er mir etwas bedeutet. Sondern weil er meine Brüder hat, und wenn ich ihre Schutzkästen aufbrechen und ihr Leben retten will, dann brauche ich Ever-Magie.«

Rorik war schlau genug zurückzuhalten, was immer ihm an zornerfüllter Erwiderung ursprünglich auf der Zunge gelegen hatte. Stattdessen fuhr er sich mit einer Hand durchs Haar und zupfte sachte an den Spitzen. »Und Ihr denkt, Orin würde das einfach geschehen lassen?«

»Ihm wird nichts anderes übrig bleiben, wenn ich sein Ever-Juwel zerstöre.«

Stille. Rorik war regungslos, abwägend. Sein angespannter Blick verweilte auf meinem Gesicht, als würde er die Stichhaltigkeit meiner Worte beleuchten und über ihren Nutzwert entscheiden. »Und Ihr wisst, wo er es aufbewahrt?«

»Ja.« Nie würde ich den eisig scharfen Biss unter meinen Fingern vergessen. »Aber selbst mit seiner Magie bin ich mir nicht sicher, ob ich stark genug wäre, ihn zu überwältigen.«

»Wärt Ihr nicht.« Er zog die Brauen zusammen.

»Normalerweise wäre ich gekränkt über Eure offensichtliche Schmähung, aber in diesem Fall habt Ihr recht.« Langsam ging ich einen Schritt auf ihn zu und verringerte den Abstand, den er zwischen uns gebracht hatte. »Aber wenn ich Euch von Eurem Ever-Schwur entbinde …«

Ich hielt den Atem an, während ich auf seine Antwort wartete. Es war eine Sache, ihn zu bitten, gegen die Wünsche seines Bruders zu verstoßen, und eine ganz andere, ihn zu einem Mord anzustiften. Seine Augen füllten sich mit einem Ausdruck purer Traurigkeit. »Es wird nicht funktionieren. Ihr müsst einen Weg weg von hier finden, Edira. Wenn Ihr einen Herzbund mit ihm eingeht, werdet Ihr eine Fernglove sein, was bedeutet …«

Ein bedrohlicher Riss schien die Luft zu teilen, als würde eine Naht gewaltsam aufgetrennt. Er ging vom Herrenhaus aus, lag über dem ruhigen Anwesen und ließ mir die Nackenhaare zu Berge stehen. Ein von Fäulnis durchsetzter Geruch wehte in der kühlen Brise zu uns herüber und mit ihm kam die tiefe Gewissheit, dass etwas nicht stimmte. Meine Macht brach ohne jeden Befehl aus mir heraus. Sanftes Licht hüllte Rorik und mich ein, während wir stumm und mit offenen Mündern dastanden.

Dann wirbelten wir zum Haus herum. Ich kannte dieses Gefühl. Dreimal war ich ihm begegnet. Zuerst mit meinen Eltern, dann mit Alec.

Der Tod war hier.

KAPITEL 26

Der Glamour des Herrenhauses schälte sich wie eine vergammelte, sich kräuselnde Tapete ab. Jeder Streifen, der fiel, erzeugte einen schaurigen Riss in der Brise und Gänschaut überzog mich geradezu schmerzhaft bei dem Anblick.

Ich hatte gewusst, dass sie ihren Besitz verzaubert hatten, um alle Spuren der Seuche zu verstecken, aber … *das* hier hatte ich nicht erwartet. Halb verweste, eiternde Ranken krochen die Mauern hinauf und fraßen an der zerfallenden Fassade. Anstelle von Mörtel tropfte zwischen den Ziegelsteinen eine blasige Flüssigkeit von der Farbe geronnener Milch. Pfützen aus schäumendem Lehm umgaben das Gebäude wie ein Graben und fraßen die weiche Erde weg, um das Herrenhaus auf ein frühzeitiges Grab vorzubereiten. Der Gestank von Fäulnis und saurem Mulch war so stark, dass ich würgte. Ohne Vorwarnung platzte eine Handvoll Sporen in der Nähe des prächtigen Eingangs auf und rieselte in einer feinen Gischt aus senfgelben Partikeln um die Stufen herum.

Und das war nur das Herrenhaus. Das ganze Anwesen war eine gärende Masse, während der einst so sorgfältig übereinandergeschichtete Glamourzauber einfach zu Staub zerfiel. Dem Gelände waren sämtliche Farben abhandengekommen, das Gras unter unseren

Füßen war jetzt goldbraun. Die säuberlich gestutzten Hecken waren nur noch dornige Skelette, an denen irgendwann Blätter gediehen waren. Die Blumen? Fort. Keine Blüten. Keine Halme, die sich der Sonne zuwandten. Nur eine weite Fläche von Fäulnis und Krankheit, die sich auf dem Land und hinein in den Wald entfaltete, wo die Bäume zu nackten Knochen verwandelt waren und sich wie Messer dem wolkenlosen Himmel entgegenreckten.

Mir blieb fast die Stimme weg. »Was ist passiert?«

Roriks Augen blickten wild. »Ich weiß es nicht.«

Er rannte auf das Herrenhaus zu und überließ es mir, ihm zu folgen. Ich versuchte, meine Magie dazu zu zwingen, sich zu beruhigen, versuchte, die Macht zu dämpfen, die durch meine Adern brandete, aber es gelang mir nicht. Es war eine Reaktion auf das vollendete Grab, zu dem Fernglove geworden war. Also ließ ich sie mit jedem Herzschlag aus mir herauspulsieren und suchte, so gut es eben ging, Trost in dem Alabasterlicht, das mich umhüllte. Wir brauchten nicht weit zu laufen. Sobald Rorik und ich durch die Doppeltüren in die Eingangshalle stürmten, fanden wir eine Person zusammengesunken auf dem Boden. Sie hatte die Knie angewinkelt und die Arme fest darum geschlungen. Das brüchige Haar fiel ihr über den Rücken und die Haut war bedeckt mit Wunden. Seuche gärte aus jeder Pore und kroch über den ganzen Körper. Die Finger zuckten. Der Atem war ein schrilles, bebendes Keuchen.

»Großmutter«, schluchzte Seville, die neben der fast leblosen Gestalt kniete.

Mavis. Es war Mavis. Sie war eine ausgetrocknete Hülle der lebensprühenden Frau, die ich auf dem Gemälde gesehen hatte. Ihr blieben allenfalls Minuten. Angesichts meiner aktivierten Macht entdeckte ich den einzelnen Faden, der noch in ihrer Körpermitte befestigt war. Es gab keinen Zentimeter, der nicht mit Teer bedeckt war und schon jetzt verfestigte sich dieser Faden zu einer undurchdringlichen Oberfläche. Schon bald würde er zu Staub zerfallen.

»Sie ist einfach zusammengebrochen. Ich habe versucht, sie in einen Schutzzauber zu hüllen, aber ihr Körper hat es zurückgewiesen«, sagte Seville unter Tränen.

Sie in einen Schutzzauber hüllen. Sofort sah ich meine Brüder in ihren schwebenden Schutzkästen vor mir und betete zu den Göttern, dass sie sicher waren, dass was immer Seville im Versuch, Mavis zu retten, an Magie nutzte, sich nicht auf Noams und Nohrs Barrieren ausgewirkt hatte.

Sevilles Hände flatterten ziellos um Mavis' Kopf herum. Auch Lydia und Clesian waren da. Sie hatten die Arme um ihre Töchter gelegt und drückten die beiden fest an sich. Amalyss und Tasia starrten mit großen Augen und offenem Mund und voller Entsetzen auf das Bild, das sich ihnen bot.

Rorik schluckte und presste die Kiefer zusammen. »Seville, du musst aufhören, alles anzuzapfen. Du hast bereits jede Unze Magie aus dem Anwesen gezogen. Als Nächstes wirst du sie aus dir selbst herausholen.«

»Nein!«, schrie sie und warf sich über Mavis' zitternde Gestalt. Mir war bis jetzt die Aura der Magie um sie herum nicht aufgefallen. Sie hatte die gleiche Nuance wie die Schutzkästen, die meine Brüder beherbergten, aber so sehr Seville sich auch mühen mochte, diesen grünen Nebel zu Mavis zu leiten, nichts zeigte Wirkung. Sevilles Macht fraß ihren Glamour weg – ihrer aller Glamour –, und plötzlich stand sie ohne ihn vor mir. Ein Japsen blieb mir im Brustkorb stecken. Seville hatte immer jugendlich ausgesehen. Makellos. Jetzt hatte sie eine bemerkenswerte Ähnlichkeit mit der sterbenden Matriarchin in ihren Armen. Sie war erfüllt von Seuche und Angst, mit heißem Zorn im Blick. Ich sah Rorik an und erstarrte.

Götter. Ich hatte in der Vergangenheit einige seiner magischen Züge gesehen: die glänzenden Flügel mit der goldenen Unterseite, die zobelfarbenen Hörner und die spitz zulaufenden Reißzähne. Die endlose Tiefe von Gefühl in seinem tintenschwarzen Blick. Aber da war mehr, so viel mehr. Ein schimmernder Schein bedeckte seine Haut wie ein goldenes Außenskelett und er hatte dolchartige Nägel, die ebenso dunkel wie seine Augen waren. Die Seuche fraß an den gemeißelten Muskeln und seinen Armen und erblühte in seiner Wange. Gelber Lehm und Pusteln sprossen unter dem Schlüsselbein hervor und breiteten sich wie die Äste eines Baums an seiner Kehle aus. Mein Herz bebte, als ich Rorik sah, bedeckt mit dem Tod.

Entscheidend war nicht, dass er bereits durchweicht von Krankheit war; es schien ihm schlichtweg nicht das Mindeste auszumachen. In seinem Blick lag nichts als Resignation, während er seine sterbende Großmutter betrachtete.

Ich fröstelte. Er wollte das hier. Vielleicht nicht für die anderen, aber gewiss für sich selbst.

»Ihr da«, sagte Seville und richtete ihren scharfen Blick auf mich. »Rettet sie. Bitte.«

Eine schmerzhafte Leere bildete sich in meiner Brust. »Ich kann nicht. Noch nicht.«

»Lügnerin!«, schrie sie. »Ihr könnt ihr helfen. Ihr wollt es nur nicht.« Sie spuckte mir vor die Füße, während ihr die Tränen über die Wangen liefen. Sie strömten über den Rand einer Wunde, die sich quer über ihr Kinn zog, und die schäumende Seuche schien vor Wonne zu erbeben, als sie Sevilles Tränen auffing. Als würden die Traurigkeit und der Schmerz der Frau der Seuche Freude schenken.

»Seville, sieh dich um.« Roriks Worte waren sanft, aber voller Autorität, als er auf die häusliche Umgebung deutete. Alles verfaulte von innen nach außen. Die Seuche war ein Flickwerk aus Schwarz und Gelb, das über die Decke kroch, von den Dachsparren tropfte und in die Möbel sickerte. Die Luft war zum Schneiden dick von gelbem Staub, der sich wie ein bleierner Überwurf auf allem ausbreitete. Es gab keine Flucht vor dem, wozu sie geworden waren. Der kollektive Glamourzauber, den sie benutzten, um all das zu verbergen, konnte die Wahrheit nicht länger vertuschen. Seville hatte ihn auf der

Suche nach irgendeinem Restchen Macht, in der Hoffnung, damit ihrer Großmutter helfen zu können, zerstört.

»Es bleibt keine Zeit mehr«, erklärte Rorik. »Edira kann nur begrenzt helfen.«

Beim Klang meines Namens riss Mavis die Augen auf. Mit einem machtvollen Schnaufen mühte sie sich, den Kopf zu drehen und meinen Blick zu suchen. »Kommt her.«

Alle erstarrten. Die Zeit verlangsamte sich, während das Gewicht ihrer wohl letzten Bitte die Luft erfüllte, und ich biss mir in die Innenseite meiner Wange. Ich betrachtete die Familie und stellte erleichtert fest, dass sich keinerlei Argwohn in ihren Mienen spiegelte. Einzig Rorik zog die Brauen zusammen, als er beobachtete, wie ich mich neben Mavis hockte.

»Ich bin hier.« Ich wusste, dass ich sie nicht heilen konnte, aber ich würde ihr Sterben trotzdem lindern. Mein Licht schloss uns in eine sanfte Hülle ein, die die schwebenden Sporen abblockte. Ein leises Zischen erfüllte den Raum, als die gelben Flocken ihrem Untergang entgegendrifteten und auf meiner Haut verbrannten. Ich entlockte meinen Fingerspitzen beruhigende Energie und gab ihr den Befehl, sich auf Mavis zu verlagern, um ihr den Schmerz zu nehmen. Ihr Blick wurde keine Sekunde lang weicher.

»Sprecht.«

Es war das Letzte, was sie sagte, bevor ihre Lider sich senkten und ihre Atmung zum Stillstand kam. Und als ihr letzter Faden im Nichts verschwand, zog sich meine Magie endlich zurück.

»Großmutter.« Seville strich sanft über Mavis' Stirn.

»Was hat sie damit gemeint? *Sprecht?*«, fragte Clesian und Lydia löste sich aus seinen Armen, um vorsichtig einen Schritt näher zu kommen. Ihre Augen waren gefüllt mit Tränen und ihre Atmung wurde rauer. Schneller.

»Sterbende verlieren oft am Ende den Bezug zur Realität.« Ich sprach bewusst leise und hielt meinen Puls stetig. Noch nicht. Nicht bis ich die Macht hatte, meine Brüder zu retten. »Ich bin mir nicht sicher, was sie gemeint hat.«

Lydias Augen wurden schmal. Sie öffnete den Mund, als wolle sie weiter nachfragen, aber diese Chance erhielt sie nicht. Genau in dem Moment kam Orin hereingerannt. Als er die Türschwelle von der Außenwelt in das von der Seuche gepeinigte Haus überschritt, fiel sein Glamourzauber von ihm ab. Sevilles Macht stahl, was immer an Magie sie stehlen konnte, und verstärkte sich plötzlich in Orins Anwesenheit, aber er ließ sich nichts anmerken. Stattdessen betrachtete er schweigend die Umgebung und nahm die Szene, die Zurschaustellung von Seuche und den Leichnam seiner Großmutter auf dem Boden, in sich auf.

»Seville, es reicht jetzt. Sie ist tot. Bringt ihren Leichnam zum Baum, damit sie bei den anderen ist«, ordnete er leise an.

Sie gehorchte mit einem letzten bebenden Schluchzen. Dann ließ sie ihre Macht versiegen und legte die Arme unter ihre Großmutter. Sie zitterte, als ein Teil von Mavis' Leichnam in ihren Armen zerfiel, aber sie riss sich zusammen und presste die Lippen fest aufeinander. Im Davongehen hinterließ sie eine graue und gelbe Spur von Asche und Seuche.

»Lydia, Clesian, ich brauche euch …« Orin schluckte, als seine Stimme brach, und er presste die Augen fest zusammen. Seine Nasenflügel bebten, als er einen langen, schweren Atemzug durch die Nase nahm.

Sein Schmerz war so *glaubwürdig*. Es weckte in mir den Wunsch, mich zu übergeben. Aber statt meinen Abscheu zu zeigen und ihm meinen knospenden Plan zu verraten, blieb ich still. Regungslos. Neben mir verhärteten sich Roriks Züge und eine Sehne straffte sich in seinem Hals.

Als Orin scheinbar seine Fassung wiedergewann, richtete er sich auf und suchte einmal mehr die Blicke seiner Familie. »Schafft herbei, was für die Zeremonie nötig ist. Wir werden uns euch später anschließen.«

Wie Seville gingen die anderen vier ohne jedes weitere Wort.

»Die Zeremonie?«, platzte ich heraus. So viel zum Thema Gelassenheit. Die Zeremonie war genau das, was ich wollte – brauchte –, aber in den Nachwehen von Mavis' Tod fühlte es sich einfach falsch an. »Was ist mit Mavis?«

»Seville wird sie begraben. Sie schafft es vielleicht nicht zur Zeremonie, aber das ist in Ordnung. Sie muss trauern.« Orin trat neben mich und strich mir sanft über die Wange, bevor er die Hand auf meinen Unterarm sinken ließ. Zorn nagte spürbar an meiner Haut, als er mich berührte, aber ich riss weder seine Hand weg noch spuckte ich darauf. Noch nicht.

Doch meine Zunge war nicht so leicht im Zaum zu halten. »Und du nicht?«

Sein Blick wanderte zu meinem Mund und er atmete so tief aus, dass die Luft geradewegs aus seinen Knochen herausgedrückt zu werden schien. »Ich werde meine Großmutter vermissen. Aber ich kann nicht ändern, was passiert ist, ich kann nur verhindern, dass das noch jemandem passiert. Wir können es verhindern.«

Ich hasste es, dass seine honigsüßen Worte selbst jetzt noch meine Entschlossenheit ins Wanken brachten. »Mavis ist tot. Was ist aus unserem Abkommen geworden? Sind meine Brüder in Sicherheit?«

Orin hatte die Geistesgegenwart, entsetzt zu wirken. »Edira, ich würde ihnen niemals etwas antun. Mavis mag der Grund gewesen sein, warum du hierhergekommen bist, aber sie ist nicht der Grund, warum ich dich jetzt bitte zu bleiben.« Er strich mir eine Strähne Mondlichthaar hinters Ohr, bevor er mit dem Fingerknöchel mein Kinn nachzeichnete. »Das weißt du.«

Bei diesen Worten lachte Rorik höhnisch. Ein düsterer Glanz huschte über seine Augen und schlagartig wurde ich daran erinnert, dass er ein Killer war. Das sich spiegelnde goldene Aufblitzen war eine Drohung, die direkt gegen seinen Bruder gerichtet war, und tief im Innern war ich überzeugt, er würde sich gegen Orin auflehnen, wenn ich den Schwur brach – nicht um meinetwillen, sondern um seinetwillen. Und das reichte mir als Bestätigung.

»Als würdest du sie tatsächlich *bitten* zu bleiben.« Roriks Grinsen war wölfisch, seine Worte angespannt.

Orin reagierte nicht darauf, als er sich mir zentimeterweise näherte. Anspruch auf mich erhob. Seine Finger auf meiner Taille spannten sich an wie die Fesseln des Ever-Schwurs, der den kollektiven Zorn aller hier in Schach hielt.

Rorik deutete mit dem Kopf auf mich, hielt seinen Blick aber auf seinen Bruder gerichtet. »Edira, geht fort, solange Ihr könnt. Ich weiß, dass Ihr das nicht wollt, aber es ist die einzige Möglichkeit. Tut es jetzt, solange Ihr noch an niemanden hier gebunden seid.«

»Ich habe ihre Brüder.« Orin schäumte und trat einen kleinen Schritt vor. Seine Augen weiteten sich ein winziges bisschen bei diesem Ausbruch, bei der Andeutung seiner wahren Absichten, die endlich zutage traten.

»Du hast meine Brüder?« Meine Eingeweide krampften sich zusammen, während ich mich aus seinem Griff befreite. »Was soll das heißen, Orin?«

Sein Blick nahm einen flehenden Ausdruck an, aber jetzt konnte ich es sehen: die Anspannung, die die Haut um seine Augenwinkel herum straff zog, das Zucken seiner Stirn und das Unbehagen, mit dem er von einem Fuß auf den anderen trat. »Es tut mir leid, Edira. So habe ich es nicht gemeint. Es ist in kurzer Zeit so viel passiert und ich komme nicht gut damit klar. Sobald wir die Zeremonie vollzogen haben …«

»Werdet Ihr eine *Fernglove* sein«, unterbrach Rorik ihn. In seinen glänzenden Augen spiegelten sich so viel Hitze und Verzweiflung, dass ich zwangsläufig erstarrte. »Der Schwur, Edira. Selbst mit seiner Macht würdet Ihr ihm immer noch Rechenschaft schuldig sein.«

Meine Knie wurden weich bei seinen Worten. Der verdammte *Ever-Schwur*. Ich brauchte Orins Macht, um meine Brüder zu retten, aber ich konnte sie nicht bekommen, ohne einen Herzbund mit ihm einzugehen. Und dann wäre ich an den Schwur gebunden und außerstande, den verdammten Namen auszusprechen, um diesen elenden Bann zu brechen.

Aber wenn ich mein Blatt jetzt geschickt ausspielte und den Namen rief, wäre Rorik frei, nach seinen Wünschen zu handeln. Er konnte Orin erschlagen, wie er es so offensichtlich gern getan hätte. Aber wozu? Ich hätte keine Magie, um meine Brüder zu retten. Ihre Schutzkästen wären nichts weiter als eine Erinnerung an den Moment, in dem ich mich Orins Wünschen widersetzt hatte, und die Seuche, die san ihren Knochen nagte, würde endlich ihr Mahl beenden.

Während ich in Schweigen verfiel, wurde auch Orin ungewöhnlich still. Er stand regungslos da und das so lange, dass ich mich fragte, ob er einen Weg gefunden hatte, seine Atmung gänzlich auszuschalten. Und dann legte sich mit unglaublicher Wucht Zorn über seine Züge und er zog die Lefzen zu einem grimmigen Knurren zurück. Er schob mich hinter sich, um seine Wut auf Rorik zu richten.

»Du hast es ihr gesagt. Wie?«

»*Du* hast es ihr gesagt.« Ein gefährliches Lächeln, das seine Reißzähne freilegte, trat in Roriks Züge.

»Sie hat dich neulich Nacht belauscht, als wir über die Starglens gesprochen haben.«

Orins Finger zuckten. »Du hast sie schon viel zu lange manipuliert.«

»Ach, hab ich das?« Ärger glitzerte in Roriks Augen. »Wie faszinierend.«

»Wie viel weißt du?« Orin richtete seinen Blick auf mich. Das Herrenhaus erzitterte unter unseren Füßen, während Wurzeln durch die Dielenbretter schossen und sich zu einem kunstvollen Netz formten. Dornen schoben sich durch die Borke und umgaben uns wie Dolche.

Der Anblick der gewalttätigen Zurschaustellung von Macht schnürte mir die Kehle zu. »Ich weiß genug.«

»Ich schätze, das war nicht Teil deines kunstvollen Plans.« Rorik grinste. »Ein Jammer.«

»Schweig!«, brüllte Orin. Er bewegte sich durch die Menge immer noch weiter wachsender Wurzeln und scherte sich nicht darum, dass sich die Widerhaken in seiner Hose verfingen und seine Haut zerkratzten. »Ich werde deinem Leben ein Ende setzen.«

»Du kannst es ja versuchen.« Rorik schien von Orins Zorn ganz verzückt zu sein, und löste lediglich die überkreuzten Arme, um sie weit auszubreiten. »Ich bin hier.«

Das war die einzige Einladung, die Orin brauchte. Er agierte so schnell, dass ich die Bewegung kaum wahrnahm. In einem Moment war er da, und im nächsten krachte er mit solcher Wucht in Rorik hinein, dass sie beide an die Wand prallten. Das Haus ächzte bei dem plötzlichen Aufprall und bröckelnde Trümmer prasselten um sie herum zu Boden.

»Edira!«, rief Rorik, der unter seinem Bruder lag. »Lauf weg!«

Ich konnte von keinem der Männer das Gesicht sehen. Das Haus hatte begonnen einzustürzen und Säulen gelben Staubs füllten die Luft und meine Lunge. Überall um uns herum gaben Wände nach. Bilderrahmen krachten herunter und Glassplitter schlitterten über den Boden. Von irgendwo außerhalb des Herrenhauses drangen Schreie herein und durch einen der jetzt leeren Fensterrahmen sah ich Diener über den bebenden Rasen fliehen. Sie waren wahrscheinlich alle hinausgelaufen, als Seville den Glamour heruntergerissen hatte, und warteten auf die Möglichkeit zurückzukehren, aber jetzt, da selbst der Boden nachgab, liefen sie weg von alledem. Nur eine einzige Person rannte in die Eingangshalle, mitten hinein in die dichteste Seuche und Orins tobende Magie. Vora.

»Wir müssen meine Brüder holen!«, rief ich und sie sprintete in Richtung des Quartiers. Ich eilte hinter ihr her, um zu helfen, aber eine launische Wurzel, die mit scharfen Widerhaken bedeckt war, brach aus dem Boden, um die Treppe hinter ihr zu zerstören. Ich konnte nur beten, dass sie ankam, bevor das ganze Herrenhaus in Schutt und Asche lag. Überall um mich herum wanden sich Ranken und peitschten wie Bestien hin und her. Sie klammerten sich an mich und hinterließen Striemen und blutige Kratzer auf meiner Haut. Bei jedem beißenden Schlag zuckte ich vor Schmerz zusammen, aber das knarrende Ächzen des Hauses war alles, was zählte.

Ich stolperte über die wulstigen Wurzeln und fiel in ein Bett aus Dornen. Sie bohrten sich in das weiche Fleisch meines Bauchs und durchstachen die Arme, die Beine. Selbst eine meiner Wangen. Schmerz schoss mir durch den Körper, als ich mich wieder in die Senkrechte zwang. Ein Dorn brach ab und blieb mir im Oberschenkel stecken und ich humpelte weiter. Es musste einen anderen Weg nach oben geben, eine andere Möglichkeit, meine Brüder zu erreichen. Aber schon jetzt stürzte die Decke ein und ich erstarrte, als ein Kronleuchter sich aus den Dachbalken direkt über meinem Kopf löste.

Ich hätte nicht sagen können, wo Rorik auf einmal herkam. Nur dass er irgendwie Orin von sich geschleudert hatte und nun einen Arm um meine Taille legte und mich beiseiteriss. Der Kronleuchter zersprang in tausend Kristallsplitter und Rorik führte mich schnell durch ein Loch in der Mauer. Die Eingangshalle stürzte hinter uns ein und er rannte mehrere Schritte von dem zerfallenden Herrenhaus weg. Ein Flackern der Erleichterung glitt über seine Augen, als er mein Gesicht musterte.

Und dann schmetterte Orin seine Faust gegen Roriks Schläfe.

Rorik flog rückwärts, bekam aber schnell wieder Boden unter den Füßen und stürzte sich auf Orin. Sie kollidierten mit hemmungsloser Gewalt, beide knurrend, während ihre Fäuste auf Fleisch trafen.

»Halt!«, schrie ich, aber sie hörten mich nicht. Niemand konnte im Angesicht des Hauseinsturzes irgendetwas hören. Knochige Bäume ohne jede Farbe und ohne Blätter stachen aus der Erde und schnitten wie Klingen in das Haus hinein. Fenster zersplitterten, als die scharfkantigen Äste weiter wuchsen, und das Dach barst, als eine einzige monströse, kahle Eiche die Balken durchstieß und der Sonne entgegenkletterte. In der Erde bildeten sich Risse und die Seuche quoll in einer Flut heraus, bedeckte alles mit Lehm und Schlamm. Entsetzt beobachtete ich, wie Rorik und Orin weiter aufeinander eindroschen.

Sie konnten einander nicht wirklich Schaden zufügen. Der Ever-Schwur erlaubte es ihnen nicht. Aber wie lange würde das noch so weitergehen, bevor die Magie einsetzte? Mein Herz hämmerte, als ich losrannte. Blut quoll aus der Wunde in meinem Oberschenkel, aber ich ignorierte den brennenden Schmerz und die Punkte, dir mir vor den Augen tanzten.

Orin erreichte ich zuerst und ich stürzte mich auf ihn. Er stieß mich beiseite, als sei ich nicht mehr als ein Katzenschwanz, der wie eine Brise seine Wade streifte. Ich prallte zu Boden, rollte mich ab und badete in Seuche, dann hustete ich die Sporen aus, die meine Lunge füllten.

»Edira!« Rorik war an meiner Seite und hievte mich hoch.

»Geh weg von ihr!«, knurrte Orin. Zorn gab der Seuche zu seinen Füßen zusätzliche Nahrung und Wellen formten sich auf der schäumenden Oberfläche, als sei er das Zentrum eines Sturms. »Du hättest wegbleiben sollen. Du hast genug ruiniert.«

»Glaubst du etwa, ich will hier sein? Umgeben von Leuten, die ich verabscheue?« Rorik weigerte sich, sich von meiner Seite wegzubewegen. Schnittwunden säumten seine Bizeps und Blut sickerte aus einer Verletzung an der Brust. Aber nicht lange. Die Seuche sah eine Chance zuzuschlagen und zögerte nicht. Die hungrigen Mäuler der teerartigen Substanz krochen über seine Haut und ließen sich in den Schnittwunden nieder. Und aus ihnen gebar sie gelben Lehm und Pusteln kurz vor dem Platzen, wodurch sich noch mehr von der Krankheit ausbreitete. Wenn Rorik Schmerzen hatte, ließ er es sich nicht anmerken.

Am Rand meines Blickfelds entdeckte ich Vora neben dem Haus und vor ihr schwebten die Schutzkästen meiner Brüder. Sie brachte sie weg aus den Trümmern und Adrenalin schoss mir bei dem Anblick durch den Körper. Ich rannte zu ihr, so schnell mein verletztes Bein es zuließ, und warf mich mit meinem ganzen Körpergewicht gegen Noams Kasten. Vora nickte, sagte aber nichts, sondern konzentrierte sich darauf, Nohr in Bewegung zu halten. Wie sie es geschafft hatte, die beiden die düstere, enge Treppe im hinteren Teil des Hauses hinunterzuschaffen, war mir ein Rätsel, aber ich war dankbar, dass sie es getan hatte.

Tränen rannen mir aus den Augen, während ich den Kasten vor mir herschob. Noam war mir so nah. Ich konnte ihn sehen, seinen geschwächten Körper und sein teigiges Gesicht. Auch Nohr. Ich schaute zwischen ihnen hin und her und Entschlossenheit formte sich tief in mir, als wir endlich stehen blieben.

Rowenas Hass auf Orin war mir bereits zu eigen geworden, aber ich brauchte ihn. Ich brauchte ihn auf eine Weise, die sie niemals hätte verstehen können, denn es hatte in ihrem Fall niemanden gegeben, den er als Faustpfand benutzt hatte. Sie hatte keine Familie gehabt, die sie beschützen musste. Mit Tränen in den Augen sah ich Vora an und auch ihr Blick war voller Traurigkeit.

»Danke.« Ich drückte einmal kurz ihren Arm und ging dann davon, zurück in die Trümmer, wo Orin und Rorik noch immer kämpften. Orin hatte Rorik gegen einen Baum gestoßen, das Splittern hallte über die Wiesen. Seine Brust hob und senkte sich hektisch, während er seinen Bruder wutentbrannt anstarrte, und ich nutzte diesen Moment, um zu ihm zu laufen.

»Orin, ich kann das in Ordnung bringen. Ich kann alles in Ordnung bringen«, bettelte ich. Zorn und Furcht vermischten sich in seinen Augen, als ich ihm die Hände auf die Brust legte. Ich konnte die kleine Hoffnung nicht aufgeben, dass er mir immer noch erlauben würde, meine Brüder zu heilen. Er konnte meine Macht haben und tun, was immer er wollte, solange sie sicher waren. »Bitte. Wir können die Zeremonie jetzt vollziehen. Nenn mich deine Herzgefährtin, gewähre mir deine Macht und …«

»Das könnt Ihr nicht ernsthaft immer noch wollen«, zischte Rorik und ich drehte mich zu ihm um und sah, dass er mir mordlustige Blicke zuwarf.

»Rede nicht so mit meiner Herzgefährtin«, tobte Orin. Seine Hand fand meine und umklammerte sie fest. »Du wirst verfaulen. Ich mag nicht in der Lage sein, dich zu töten, aber ich werde dich niemals heilen – und sie wird es auch nicht. Und ich werde den Tag feiern, an dem die Seuche uns endlich von deinem Makel befreit.«

Der Rest der Familie wartete neben dem Schauplatz von Orins und Roriks Krieg. Selbst Seville war zurückgekehrt. Ihr Körper wurde geschüttelt von Qual, aber ihr Blick war voller Bosheit. Keiner von ihnen schien überrascht zu sein, dass es so weit gekommen war. Sie beobachteten nur und warteten. Die Diener waren längst geflohen. Der Glamour hatte sie vor dem Leiden beschützt, aber jetzt? In einem Land, das durchzogen war von Krankheit? Eine einzige Schnittwunde genügte, und es wäre um sie geschehen, und es war offensichtlich, dass Orin das vollkommen egal war.

Die einzig Verbliebene war Vora. Sie hatte ihr Leben riskiert, um meine Brüder zu retten. Sie hatte keine Sekunde gezögert, als ich sie um Hilfe gebeten hatte. Aber warum? Ihr Blick war auf Rorik gerichtet und sie verschränkte die Hände fest vor dem Bauch, während Furcht sich in ihren Augen sammelte.

Ich arbeite schon seit Jahren für Mylord.

Alle Begegnungen, die ich mit ihr hatte, verschmolzen miteinander und erschienen vor meinem inneren Auge. All die Male, da sie mich sanft gewarnt hatte, ohne gegen Orins Befehle zu verstoßen. Ihr Zögern bei meiner Entscheidung, seine Herzgefährtin zu werden. Die Art, wie sie voller Ehrfurcht »Mylord« sagte, Orins Namen aber mit Vehemenz ausspie. Die Art, wie sie mich schlafend gehalten hatte, damit Orin mich in Ruhe ließ, um ihn daran zu hindern, mich zu bedrängen, während mein Körper und mein Geist Ruhe brauchten.

Rorik. Er war der Grund, warum sie auf Fernglove arbeitete. Sie wachte auf Roriks Bitte hin über mich, nicht auf Orins.

»Lass dich von Rorik nicht aufhetzen.« Orins Griff um meine Hände wurde fester. »Das Abkommen war Mavis gegen die beiden und sieh nur.« Er deutete auf die Stelle, wo Vora neben meinen Brüdern saß, als sei er derjenige gewesen, der ihr Entkommen aus dem Herrenhaus geregelt hatte. »Sie sind nach wie vor sicher. Ich hätte sie sterben lassen können, als Mavis starb.«

Ich staunte über seine Nichtantwort, die in eine Drohung verpackt war, während er mit einem einzigen Satz alles hätte in Ordnung bringen können.

»Sag mir, wirst du mir jemals erlauben, sie zu heilen?« All der aufgestaute Zorn schoss durch meinen Körper und drang bis in meine Worte durch. »Oder wirst du mir befehlen, nur jene zu heilen, deren Heilung du wünschst?«

»Du denkst, ich sei der Böse in diesem Spiel?« Er fuhr mit giftigem Blick zu Rorik herum. »Du vertraust ihm?«

Rorik erstarrte.

»Vertrauen?« Jetzt war es an mir zu lachen. Es war ein seltsames und manisches Lachen, das zu kippen drohte, aber ich konnte es nicht aufhalten. »Ich vertraue keinem von euch. Wie könnte ich auch? Zumindest hat Rorik mich nicht angelogen.«

Das Lächeln, mit dem Orin antwortete, ließ mir das Blut in den Adern gefrieren. »Frag ihn nach deinen Brüdern. Frag ihn, woher er von alledem wusste. Frag. Keine Sorge. Er wird antworten. Der Ever-Schwur befiehlt, dass er meinem Willen gehorcht.«

»Edira.« Mein Name auf seinen Lippen war ein heiseres Flehen. »Nicht.«

Meine Welt geriet ins Wanken. »Was meint er damit, Rorik?«

»Ich werde dir sagen, was ich meine.« Orin ließ mich los und stolzierte auf Rorik zu, um ihn im Genick zu packen. Langsam hob Orin ihn hoch, sodass Roriks Zehen nur gerade eben über dem Gras baumelten. »Seine Zuneigung zu Insekten. Seine Kontrolle über sie. Das ist wirklich nützlich, denn niemand schert sich einen Dreck um sie.« Orins Griff wurde fester und Rorik keuchte. »Komisch, wie ein einziger goldener Käfer über alles im Bilde sein kann. Aber der beste Teil? Insekten werden nicht von der Seuche befallen. Die Sporen können sich an ihre Beine kleben und sich mühelos auf andere Personen übertragen lassen. Personen wie Noam und Nohr.«

Das Herz schlug mir bis zum Hals. Die Geräusche vermischten sich zu einem heulenden Nichts. Noam. Nohr. Tränen schossen mir in die Augen und ich starrte Rorik an. Er hob keine Sekunde lang die Hände, um zu versuchen, sich von Orin loszureißen. Stattdessen sah er nur mich an. Er konnte nicht sprechen, aber es spielte keine Rolle. Seine leeren Augen sagten mir alles, was ich wissen musste.

Alles war von Anfang an geplant gewesen.

»Warum?« Ich konnte kaum meine Stimme finden. »Sie haben euch nichts getan.«

»Du wärst andernfalls nicht gekommen«, sagte Orin mit einem Achselzucken. »Mavis war schon so gut wie tot. Uns Übrigen ging es nicht viel besser. Wir brauchten ein Heilmittel.«

Wenn ich etwas will, bekomme ich es.

»Du hast das von Anfang an geplant«, flüsterte ich. Die Tränen liefen in Strömen, als ich Orin ansah. »Ich dachte …«

»Du hast falsch gedacht.«

Ich hatte gedacht, ich hätte schon früher Zorn und Kummer gekannt. Kaum hatte ich Rowenas Warnung gelesen, hatte mich ein heißer Zorn verzehrt, der jeden Moment überzukochen drohte. Aber das hier. Das hier. Taubheit legte sich über meine Glieder, während ein endloses Brüllen in meinen Ohren tobte. Das Herz hämmerte mir wie eine dröhnende Trommel gegen den Brustkorb und mein stockender

Atem trug den schneidenden Geschmack von Galle. Die Zeit schien stillzustehen. Alles verschwamm vor meinen Augen, als die Tränen das Kommando zu übernehmen schienen, doch dann richtete sich jeder Atemzug, jedes Geräusch und jeder Gedanke auf Orin.

Das hier war blanke Raserei. Und ich wollte ihn brennen sehen, wollte sie alle brennen sehen.

Meine Tochter hat ihr Leben dafür gegeben, aber keiner von uns kann darüber sprechen.

Mavis' Brief war Zunder für die Flammen, die in meinem Körper tobten. Ich würde niemandem meine Macht geben. Aber ich würde Orins Macht zerstören.

»Zeverin …«

Ein Blitz schlug Orin und Rorik in die Wirbelsäule und beide erstarrten. Das Wort war kaum ein Wispern auf meinen Lippen, aber seine Macht füllte die Luft mit Spannung.

Orins Griff um Rorik lockerte sich. »Was hast du gesagt?«

»… Ignatus …«

»Edira, was tust du da?« Orin ging einen Schritt auf mich zu.

Was tat ich? Was immer nötig war, damit ich dieses Ever-Juwel aus seinem Hals reißen und seiner traurigen Existenz ein Ende machen konnte.

»… Embergrave.«

Das Geräusch von aneinanderschlagendem Metall summte durch die Luft, als seien Fesseln abgerissen und gegen Stein geworfen worden. Anschwellende Elektrizität zuckte zwischen uns empor und explodierte dann. Sie schoss in einem heftigen Luftstoß nach außen, der alle von den Füßen riss, und eine unheimliche Stille senkte sich über das Anwesen.

»Du hast den Ever-Schwur entfernt.« Orin rappelte sich als Erster hoch. »Wie?« Er starrte mich mit ungezügeltem Zorn an und ich konnte mir ein Lächeln nicht verkneifen. Gut. Sollte er Verlust erfahren. Sollte er die Kontrolle über alles verlieren, das ihm teuer gewesen war.

»Mavis.« Ich richtete mich auf und unterdrückte einen Fluch bei dem aufbrandenden Schmerz. »Du bist alles andere als beliebt, Orin. Ich kann es gar nicht erwarten, dich fallen zu sehen.«

»Du weißt nicht, was du getan hast«, fauchte Orin. Dann wanderte sein Blick auf Rorik und er erstarrte.

Mordlust lag in Roriks Augen und er erhob sich langsam. Er ließ den Kopf von einer Seite zur anderen kreisen, dann krümmte er die Finger. Hinter ihm blähten sich seine Flügel und streckten sich weit aus, bevor er sie wieder an den Rücken legte. Er hob eine Hand in die Luft, als streife er die unsichtbaren magischen Strömungen, die noch immer um uns herum lagen. Ein Grinsen umspielte seine Lippen.

»Wer hätte das gedacht«, murmelte er. »Mutter, du hast es tatsächlich geschafft. Du hast Vater überlistet. Der Name deines *Geliebten*.«

Ein wilder Ausdruck blitzte in Orins Augen auf. »Er ist *nicht* dein Vater.«

In Roriks Grinsen lag pure Bosheit. »Ich weiß.«

Und dann rannte er los. In Sekundenbruchteilen erreichte er Orin und ließ ihm die Faust ins Gesicht krachen. Blut spritzte aus Orins Nase und das widerliche Knirschen eines gebrochenen Knochens füllte meine Ohren. Orin taumelte rückwärts, stand aber binnen Sekunden wieder auf den Beinen. Der Boden rumorte, als Wurzeln durch die Erde unter seinen Füßen brachen. Ein Dornenzweig explodierte aus dem Boden und spießte Roriks Arm auf. Er durchstach den Arm von beiden Seiten, aber Rorik ließ sich nicht aus der Fassung bringen. Er brach den Ast einfach mit einer schwungvollen Handbewegung ab und warf ihn beiseite. Ich erkannte den Ever kaum wieder, der vor mir stand. Seine Züge waren schärfer, sein Blick gewalttätig und voller Hass. Rorik war ein entfesseltes Raubtier. Der Ever-Schwur, der ihn an Orins Willen gebunden hatte, existierte nicht mehr.

Rorik bewegte sich mit tödlicher Akkuratesse, als er erneut auf seinen Bruder eindrosch. Orin flog durch die Luft, bis er mit dem

Rücken gegen einen Haufen Schutt des Herrenhauses krachte. Aber auch er war stark und wirbelte herum, nachdem er sich einen Steinbrocken gepackt hatte, und schleuderte ihn in unsere Richtung. Der Stein verdeckte die Sonne, als er in hohem Bogen auf uns zuflog. Nein, nicht auf uns. Auf mich.

Die Zeit schien langsamer zu vergehen, während ich den Stein beim Fallen beobachtete. Er würde mich mühelos zerquetschen und ich hatte keine Chance zu fliehen.

Zumindest würde ich mit dieser Familie fertig sein. Mit diesem Schlamassel.

Rorik sprang vor mich und schützte mit den Armen sein Gesicht. Der Steinbrocken krachte in ihn hinein und Trümmer regneten um uns herum nieder. Er taumelte rückwärts und fiel nur Zentimeter von mir entfernt aufs Knie. Seine Schultern rollten nach vorn, während er um Luft rang. Ich konnte es kaum ertragen, ihn anzusehen. Es spielte keine Rolle, dass er mich gerade vor dem Tod bewahrt hatte. Alles, was ich sehen konnte, waren die kranken Gesichter meiner Brüder, ihre von Seuche durchdrungenen Gestalten. Es mochte auf Orins Befehl hin geschehen sein, aber Rorik war verantwortlich für Noams und Nohrs Zustand. Er allein hatte die Seuche direkt in ihre Adern gepflanzt. Nur seinetwegen war ich überhaupt hier.

»Ich will deine Hilfe nicht«, sagte ich, meine Stimme ein tödliches Flüstern.

Er sah mich nicht an. »Ich weiß. Ich helfe dir trotzdem. Sag mir, wo sein Ever-Juwel ist.«

Meine Brauen zogen sich zusammen. Mit dieser Reaktion hatte ich nicht gerechnet, aber mir sollte es recht sein. Ich würde die Gelegenheit zur Rache nutzen. Ich starrte an ihm vorbei zu Orin hinüber und Zorn breitete sich unter meiner Haut aus. »In seinem Hals. Die Spitze des Schwertes. Zerstöre sie.«

»Mit Freuden.« Rorik sprang wie ein wildes Tier los und schlitzte mit den Nägeln das Fleisch an Orins Hals auf. Orin heulte auf und stieß Rorik dann von sich. Der landete einige Meter entfernt mit gebleckten Zähnen auf dem Boden.

Sie prallten zusammen wie zwei ineinander krachende Berge und die offene Lichtung rumorte unter der Wucht ihrer Treffer. Rorik rammte seine wie Krallen gebogenen Nägel in Orins Hals, aber Orin bewegte sich so fließend wie Wasser. In einem Moment verschwunden und im nächsten hinter Roriks Rücken, um eine Faust direkt in dessen Niere zu rammen. Rorik flog durch die Luft und Orin legte lachend den Kopf in den Nacken.

»Du hast nicht die geringste Chance gegen mich«, zischte Orin und pirschte auf Rorik zu. Ströme schillernder Magie lösten sich von Orins Fingern, spritzten auf die Seuche und schossen Beben durch den Boden.

Rorik bewegte sich wie der Jäger, den ich immer in ihm erkannt hatte, und Zorn brannte in seinen Augen, als er Orin ins Visier nahm. Dieser Blick genügte, um mich bis ins Mark zu erschüttern, aber ich feuerte ihn stumm an. Rorik sprang los und diesmal traf er sein Ziel. Seine Finger bohrten sich in das weiche Fleisch von Orins Hals und mit einem einzigen quälenden Ruck zog er das versteckte Ever-Juwel heraus und rannte davon.

Und dann zerquetschte er das Juwel zwischen seinen Fingern.

Erleichterung sang bei dem Anblick durch meine Adern. Orin war erledigt. Ich hatte erfolgreich ausgeführt, was Rowena mir aufgetragen hatte, und er würde aufhören zu existieren. Ich hatte nicht alle gerettet, aber zumindest würde diese elende Kreatur für immer fort sein.

Während all dessen zeigte Orin keinerlei Regung. Und dann lachte er aus dem Nichts. Die Tat ließ Blut aus seiner Wunde sprudeln, aber er machte sich nicht einmal die Mühe, die Hand auf die Öffnung zu pressen. Eine Aura der Magie pulsierte aus seinem Körper und er zeigte mit zwei Fingern direkt auf Rorik.

»Du denkst, das sei mein einziges Juwel gewesen? Ich habe noch mehr in mir versteckt und die wirst du niemals finden.« Sein Blick war wild, seine Worte eine donnernde Kaskade des Grauens. Wurzeln explodierten um Rorik herum und ketteten ihn an den Boden. Er setzte den Baumstämmen, die ihn in der Erde begruben, ein Brüllen entgegen, war aber binnen Sekunden gefesselt. Die Seuche, die das Land bedeckte, brandete jetzt erst richtig auf und begrub ihn unter einer dicken Schicht schwarzen Schlamms.

Orin lachte. »Schade, ich hatte mich auf eine befriedigendere Prügelei gefreut, nachdem ich mich über all diese Jahre hinweg mit deiner beleidigenden Anwesenheit abgefunden habe.«

Wilder, ungezügelter Zorn raste über Roriks Züge und seine Muskeln spannten sich gegen Orins Griff. »Ich werde dich umbringen.«

»Ich nehme an, das kannst du jetzt tun, wenn du stark genug bist. Und da wir gerade vom Tod sprechen …« Orin wandte sich mir zu. »Für den Fall, dass du es vergessen hast.« Er hob eine Hand und schnippte mit den Fingern. Das Geräusch erinnerte eher an einen Donnerschlag, hallte durch die Luft und ließ mich am ganzen Körper zittern. Ein Hauch glitzernder, grüner Magie strömte zu seiner Hand und wurde von der Haut aufgesogen.

Vora schrie.

Ich riss den Kopf zu ihr herum, zu meinen Brüdern und beobachtete, wie ihre Schutzkästen sich auflösten und die Jungen zu Boden fielen.

Ein panischer Schrei löste sich aus meiner Kehle und ich rannte los. Der Schmerz in meinem Bein oder das Brennen meines Atems waren mir vollkommen egal. Mir war alles egal, außer Noam und Nohr zu erreichen.

Irgendwo lachte Orin. »Ich werde bekommen, was ich will.«

Ich würde eher sterben, als ihm irgendetwas zu geben. Mondlicht bedeckte meinen ganzen Körper, als ich meine Macht entfesselte. Sobald sie meine Augen durchtränkte, erkannte ich Noams und Nohrs Fäden.

In ihren Strängen war keinerlei Farbe mehr. Nur dicker Teer, kurz davor, sich zu verfestigen und zu Asche zu zerfallen.

»Nein!«, kreischte ich.

»Es wird nicht funktionieren.« Orins Stimme wurde durch seine Magie verstärkt und erfüllte die ganze Lichtung. »Nicht ohne mich.«

Als ich meine Brüder erreichte, ließ ich mich auf die Knie sinken. Der schmutzige Lehm bedeckte meine Arme und Beine und meine Lunge drohte zu kollabieren. Mein hektischer Blick raste über ihre Gestalten. Langsam kehrte das Bewusstsein in ihre Gesichter zurück, unmittelbar gefolgt von einem gehetzten Ausdruck der Qual. Dann Wahnsinn. Ihr irres Gekicher und ihre unsinnigen Worte schäumten um mich herum.

»Nein«, schluchzte ich und griff nach ihren Fäden. Ich nahm einen von jedem von ihnen, formte die Fäden zu Nadeln und stieß sie mir direkt in die Arme. Sobald ihre von Seuche überzogenen Fasern meinen Körper berührten, grub sich der Rest ihrer infizierten Stränge in mein Fleisch. Schmerz explodierte hinter meinen Augen, als die Seuche mir aus zwei verschiedenen Quellen ins Innerste strömte. Brennende Tränen liefen mir über die Wangen.

Rette sie. Rette sie. Bitte, nimm einfach stattdessen mich.

Adrenalin schoss mir durch den Körper und lenkte etwas von dem Schmerz ab, während ich meine Brüder fest an mich drückte. Sie nahmen meine Anwesenheit nicht einmal wahr. Vora kniete sich neben mich auf den Boden und fuhr ihnen mit den Händen durchs Haar. Ihre Augen waren glasig und sie zwang sich zu einem Schlucken, während sie mich ansah.

Die Seuche auf den Strängen verflüssigte sich, strömte in mich herein wie endlose, schwarze Flüsse und mein Körper wurde von innen nach außen gekocht. Mein Leuchten schwand. Alles vor meinen Augen verschwamm. Ich hatte nicht genug Macht, um die beiden zu retten.

Meine Brüder würden sterben.

»Gib mir, was ich will, Edira, und vielleicht werde ich sie dann verschonen.« Orin stolzierte herbei und winkte Rorik mit zwei Fingern heran: »Ich würde nicht wollen, dass du das hier versäumst.« Die Äste, die ihn fesselten, schossen weiter aus dem Boden und trugen Rorik mit sich. Borke splitterte und fiel um Rorik herum, als er sich gegen ihren Griff stemmte. Aber jedes Mal, wenn es ihm gelang, sich loszureißen, schossen weitere Ranken und Wurzeln aus der Erde, um ihn zu fesseln.

Vielleicht. Orin würde sie niemals retten.

Die letzten Reste meiner Macht erblühten aus meinem Innersten und drängten nach außen, um meine Brüder mit einem besänftigenden, weißen Licht zu überziehen. Die Seuche floss noch immer durch ihre Fäden in mich hinein, aber Adrenalin war eine Magie für sich, die irgendwie verhinderte, dass ich dem quälenden Schmerz, der mich erfasste, erlag. Wenn ich sie nicht heilen konnte, hoffte ich, mit ihnen gehen zu dürfen.

Vora schaute über mich hinweg zu Rorik. Sie schürzte die Lippen. Langsam richtete sie den Blick wieder auf mich. Ihre Worte waren nicht mehr als ein Wispern: »Ich weiß, dass Ihr weder mir noch ihm vertraut, aber wenn Ihr Eure Brüder retten wollt, lasst es einfach geschehen.«

Eine subtile Veränderung des Lehmbodens erregte meine Aufmerksamkeit. Sie war geringfügig, wie das Aufwühlen von Erde zur Vorbereitung auf die Aussaat, dann brach ein Band aus Magie, so klar und schön, durch die Oberfläche. Es hatte die Farbe von schimmerndem Gold, funkelnd und voller Versprechen. Der Farbton des Käfers, der mein Leben auf diesen Pfad gelenkt hatte. Mein Blick flog zu Rorik. Seine Finger hatten sich geschlossen, um seine Handfläche zu verbergen, und die Magie glitt mühelos hinaus. Ich folgte ihrem Weg an seinem Bein hinab und in die Erde. Zu dem Band, das jetzt zaghaft an meinen Fingerspitzen wartete. Langsam schlang es sich um meinen Unterarm, ohne meine Haut zu berühren. Es schwebte dort, als warte es auf Erlaubnis.

Herzbund. Keine Ahnung, woher ich es wusste, aber ich tat es. Ich sah Rorik an, betrachtete seine getrübte Miene. Es sah aus, als würden seine Lebensfäden um seine Gestalt herumtanzen, durchweicht mit der gleichen Krankheit, die meine Brüder befallen hatte. Die Todesstrafe, die er gebracht hatte.

»Ich will ihn nicht«, sagte ich zu Vora, ohne den Blick von ihm zu lösen.

»Das weiß er«, antwortete Vora in meinem Rücken. »Es kümmert ihn nicht. Er wird Euch geben, was Ihr wollt, und Euch gehen lassen.«

Orin kam einige Schritte auf mich zu und lächelte. Er war sich so sicher, gewonnen zu haben. »Nun, Edira? Wie lautet deine Entscheidung?«

»Ich akzeptiere.« Aber es galt nicht ihm. Und irgendwie wusste Rorik das.

Das goldene Band aus Magie schloss sich um meine Haut und zog sich zwischen uns stramm, und es warf Lehm und Seuche von sich, während es in einem überirdischen Strahlen brannte. Gleichzeitig zogen sich die Fäden meiner Brüder beim plötzlichen Zustrom von Macht aus meinen Adern zurück und schwebten nun vor mir, nur noch halb angefüllt mit Seuche. Orin erstarrte. Er schaute von Rorik zu mir, als spüre er die verfestigte Magie unseres Herzbundes. Die Erkenntnis traf ihn mit voller Wucht und er brüllte, als er sich zu Rorik umdrehte.

Die Zeit verlangsamte sich, während die Magie in meine Haut sickerte. Ein Gefühl der Gewissheit baute sich auf und plötzlich waren wir verbunden. Ich konnte die Spannung in Roriks Muskeln fühlen, die Furcht, die seinen Geist erschütterte, während er betete, ich möge akzeptieren, was er zu bieten hatte. Und die Magie. Die *Magie.* Sie schoss durch meine Gliedmaßen und verwandelte meine Adern in Gold und das Licht um mich herum war bestäubt von glitzernden, vergoldeten Flöckchen.

Und dann erblühten zum ersten Mal meine Lebensfäden um mich herum in einer sichtbaren Zurschaustellung von Macht. Sie strotzen von Energie. Von Roriks Magie. Mit einem *Ziel.* Ich richtete meine ganze Konzentration auf Orin und meine Fäden spalteten sich in Hunderte kleinerer Stränge auf und schossen heraus. Mehrere stießen sich in den Boden und schoben mich nach oben, sodass ich am Himmel thronte, über der Seuche und allen Krankheiten. Der Rest schoss in die Familie. In Seville und Lydia und Clesian und ihre Töchter.

Meine Brüder.

Selbst Rorik. Aber nicht Orin. Niemals Orin.

Und dann zogen meine Adern die Seuche aus ihnen heraus.

Schwarzer Teer wurde aus ihren Körpern gesogen, aus ihren Lebensfäden, aus der Erde unter uns selbst, und er floss durch meine Stränge, als hätte ich einen Damm gebrochen. Alle schauten in einer Mischung aus entzücktem Entsetzen und Faszination zu. Mein Körper kochte unter dem plötzlichen Ansturm der Krankheit, unter dem Schmerz, der meine Glieder durchstach, während Welle um Welle der Seuche über mir zusammenschlug. Am Rande meines Blickfelds verschwamm alles und meine Atmung wurde rau. Vage registrierte ich, dass Rorik meinen Namen rief, aber ich hatte das Gesicht zum Himmel emporgewandt und Tränen fielen von meinen Wangen und benetzten meine Bluse.

Keine Tränen. Blut. Die rubinroten Tröpfchen sahen wie Edelsteine im Licht meiner Magie aus.

Ein widerwärtiger Spritzer Flüssigkeit traf meine Augen und ich wand den Kopf weit genug, um zu sehen, dass Orin eine Wurzel beschworen und direkt durch Roriks Unterleib geschossen hatte. Blut strömte mit derselben Effizienz aus ihm heraus, wie die Seuche in mich hereingeflossen war. Sofort presste er sich die Hände auf den Bauch und als er sie wieder hob, waren sie rot. Dann sah er mich an und lächelte, während die Farbe seiner Augen dumpf wurde.

Ich spürte sowohl durch unser Band als auch durch meine Fäden, wie sein Leben flackerte und schrie. Ich schrie mit allem, was ich hatte. Ich schrie, weil Orin so viel gestohlen hatte, und obwohl ich nicht verstand, warum es von Bedeutung war, ob er auch Rorik stahl, würde ich es nicht zulassen.

Ich war völlig erfüllt von Rachsucht und verdrängte den Schmerz. Ich stieß einen Arm zur Seite, während ich einem meiner Fäden befahl, in Orin hineinzukrachen. Der Faden fesselte ihn auf den Boden und ich zwang meine Magie, meine Füße zurück auf die Erde zu bringen. Langsam ging ich auf ihn zu.

»Du wolltest meine Macht.« Ich erkannte kaum das Timbre meiner Stimme. Sie war berauschend und tief und durchtränkt von Magie. »Nimm sie.«

Mit einer Hand beschwor ich mehrere weitere Fäden und zielte damit auf verschiedene Punkte in seinem Körper. Auf die schwach glühenden Juwelen, die unter der Oberfläche versteckt waren. Ich erkannte das Abbild meiner Magie in den Ever-Juwelen und sie pochten ihrerseits zum Zeichen, dass sie mich erkannten. Orin konnte sie nicht vor mir verbergen. Nicht mehr.

Ich machte eine ruckartige Bewegung mit dem Handgelenk und die Stränge trieben sich in sein Fleisch. Ich lenkte alles, was ich hatte, in sie hinein und dirigierte die Seuche um, die ich aus seiner Familie gezogen hatte. Aus meinen Brüdern. Aus allen, die jemals ein Opfer seiner Intrigen gewesen waren. Ich wollte, dass Orin alles bekam. Dass er litt, wie wir gelitten hatten.

Die Juwelen zersplitterten binnen eines Augenblicks und Orin schrie.

Schwarze Flüssigkeit brandete in sein Innerstes, während die Wunden auf seiner Haut unter dem Zustrom weiterer Seuche gärten. Pusteln formten sich und explodierten auf seiner Brust und seine Augen rollten nach hinten. Und dann trat gelber Lehmschaum vor seinen Mund und bedeckte seine Zähne. Er würgte, als Übelkeit seine Kehle erfasste. Teer sickerte aus seinen Augen. Seinen Ohren. Seinen Nasenlöchern. Fort war der prächtige Ever mit Macht und Schönheit, die für einen König getaugt hätten. Er war nichts mehr als ein Grab.

Ein Zittern bemächtigte sich seines ganzen Körpers und er stieß ein letztes Gurgeln hervor. Dann lag er reglos da. Er zerfiel vor unseren Augen und ließ nichts zurück als Knochen. Er würde keine Chance haben, sich dem Ahnenbaum anzuschließen. Er verdiente es nicht. Die Seuche, die übrig blieb, verhärtete sich und zerfiel zu Asche und eine stille Brise trug sie davon. Fort.

»Auf Wiedersehen, Orin.« Ich hätte mehr gesagt, hätte ihn bis an die Enden der Erde verflucht, aber meine Macht brach in sich zusammen und mit ihr auch ich. Ich schlug hart auf dem Boden auf und alles um mich herum versank in Schwärze, aber bevor ich endgültig das Bewusstsein verlor, hätte ich schwören können, Noams und Nohrs verwirrte Stimmen zu hören.

Sie lebten. Ich hatte genug getan.

KAPITEL 27

RORIK

Edira lag vollkommen reglos unter der gewebten Decke. Ihr Kopf wurde von einem Kissen gestützt, ihre Augen waren geschlossen, ihre Lippen leicht geöffnet. Es war ein Bild, dessen Anblick ich nicht ertragen konnte, und doch konnte ich mich genauso wenig zum Gehen durchringen. Nicht, wo ich doch derjenige war, der für all das die Verantwortung trug.

Sobald Edira auf dem Rasen das Bewusstsein verloren hatte, war Vora aktiv geworden. Sie kämpfte sich durch die Trümmer des Herrenhauses, und als meine Familie sie nur anstarrte, schrie sie ihnen zu, sie mögen ihr helfen. Ich hatte Lydia noch nie im Leben sich so schnell bewegen sehen. Zusammen mit Clesian und ihren Töchtern bauten sie einen behelfsmäßigen Unterschlupf für Edira. Die Erdmagie, schockierend ruhig und sanft im Nachklang dessen, was wir gerade bezeugt hatten, gebar einen Baum, der sich aushöhlte und Ediras regungslose Gestalt umgab. Moos kroch über die kräftige Borke und machte den Boden unter ihrem Körper weicher. In stummem Erschrecken beobachtete ich, wie Amalyss und Tasia die Handgelenke drehten und kieselsteingroße, weiße Blumen an ihrer Seite erblühen ließen.

Es hatte mich mehrere schmerzhafte Minuten gekostet, in Bewegung zu kommen. Die Wunde, die Orin in meinem Unterleib hinterlassen hatte, weinte Blut, und ich hatte mir das Hemd ausgezogen, um es mir in einem festen Verband um den Bauch zu schlingen. Später würde ich die Verletzung angemessen versorgen, aber im Moment wollte ich einfach nur zu Edira. Alles andere regelte das Adrenalin, das den Schmerz zu einem dumpfen Pochen werden ließ, und ich eilte an Voras Seite, um ihr zu helfen, einen von Ediras Apothekerkoffern zu sichern, der unter einem Dachbalken festgeklemmte. Nur wenig später kniete Vora neben Edira und ließ die Finger geschickt zwischen den Phiolen hin- und herwandern, während sie Tinkturen sicherte und Zutatenlisten laut vor sich hin murmelte. Seville brachte eine Decke und ein Kissen, bevor sie zurückkehrte, um Lydia zu helfen, das Chaos von Fernglove zu ordnen.

Tage vergingen und Edira hatte sich immer noch nicht gerührt. Ich auch nicht. Ich blieb in dem kleinen, ausgehöhlten Baum und beobachtete durch den offenen Bogen, wie meine Familie Magie beschwor, um die Trümmer langsam wegzuräumen. Das Herrenhaus war bis zur Unkenntlichkeit zerstört und obwohl viele der umliegenden Gebäude ebenfalls gewaltigen Schaden genommen hatten, standen sie zumindest noch. Lydia und Clesian beeilten sich, Befehle zu erteilen, und es überraschte mich zu sehen, dass Seville sie ohne Widerrede ausführte. Aber ihr Blick war leer und wanderte immer wieder zum Horizont, selbst lange nachdem die Sonne untergegangen war.

Nach einer Woche der Zusammenarbeit mit Lydia und Clesian kam Seville schließlich zu Ediras Rückzugsort herüber. Ihre Kehle bebte, als sie eintrat, und ich fragte mich, ob sie sich aus demselben Grund ferngehalten hatte, aus dem ich mich geweigert hatte fortzugehen: Schuldgefühle.

»Wie geht es ihr?«, fragte sie.

»Unverändert.« Ich betrachtete Ediras regungslose Gestalt.

Seville musterte mich ausgiebig. »Zumindest sieht sie besser aus.«

Das tat sie und den Göttern sei gedankt dafür. Zuerst war ihr Körper eingefallen gewesen, ihre Haut hatte sich in Schichten abgeschält und der Atem war stockend und flach gewesen. Aber mit jedem Tag erholte sie sich. Muskeldefinition und Farbe kehrten langsam in ihre schlafende Gestalt zurück. Ich war alles andere als geduldig, und jede Stunde, jede Minute fühlte sich an wie eine quälende Ewigkeit.

»Warum?«, fragte Seville und ich richtete den Blick auf sie.

»Warum was?«

»Warum kümmert es dich?«

Genau diese Frage stellte ich mir selbst, seit Orin mir das erste Mal befohlen hatte, sie auszuspionieren. Vielleicht lag es daran, wie tief sie für ihre Brüder empfand – etwas, das ich nie erlebt hatte und kaum ermessen konnte. Vielleicht lag es daran, wie sie mich an dem Tag angesehen hatte, an dem ich sie nach Fernglove gebracht hatte. Als sei ich verdammt noch mal wichtig, als sei ich jemand – etwas – zum Bestaunen. Oder vielleicht war es ihr wacher Verstand gewesen und die Art, wie sie absolut alles am Esstisch an diesem Abend analysiert hatte. Vielleicht ist es aber auch passiert, als sie mir erklärt hatte, dass Röcke sie nicht daran hindern würden, mich zu erdolchen. Oder es ist an dem Tag passiert, an dem sie versucht hatte, mich zu schlagen. Mir war noch nie jemand wie sie begegnet und ich hatte über Generationen hinweg alle möglichen Personen kennengelernt. Sie hatte mich von Anfang an fasziniert.

Aber ich wollte nichts davon mit Seville teilen, daher entschied ich mich für eine harmlosere Erklärung. »Ich war des Leidens müde.«

»Richtig.« Seville starrte durch mich hindurch und das mit dem gleichen Gefühl des Wissens wie unsere Mutter. Ich hasste es. »Nun, wenn sie dich nicht bei lebendigem Leib auffrisst, wenn sie aufwacht, richte ihr meinen Dank aus.«

Mein Blick wanderte zurück zu Edira. »Du wirst nicht hier sein, wenn sie aufwacht?«

»Sollte ich? Ich denke nicht. Ein Ever, der sich über sie beugt, während sie versucht, sich zu erholen, ist mehr als genug.« Sie stieß ein Schnauben aus, bevor sie den Kopf schüttelte. »Es ist wohl zu bezweifeln, dass Edira noch viel mit uns zu tun haben möchte, wenn man bedenkt, was sie gerade durchgemacht hat.«

»Das würde ich auch nicht wollen«, sagte ich und verschränkte die Arme vor der Brust. »Obwohl es mich überrascht, dass du nicht versucht hast, ihn zu retten.«

Es waren immer die beiden gegen mich gewesen, seit ich denken konnte. Die wahren Erben gegen den Fehler. Ich war der Grund für den Tod unserer Mutter. Selbst jetzt funkelte Seville mich an, aber sie trat dann von einem Fuß auf den anderen. Abwägend. Ihre dünnen Brauen waren zusammengezogen, während sie ihre Gedanken sammelte, dann gab sie sich endlich seufzend einen Ruck.

»Lorelai war …« Sie presste die Lippen aufeinander und schüttelte den Kopf, als müsse sie sich selbst davon überzeugen, dass es ungefährlich war weiterzusprechen. »Ich wollte ihre Herzgefährtin werden. Mir hat auch Rowena viel bedeutet.«

Lorelai Starglen, eine von Orins zahlreichen ehemaligen Herzgefährtinnen. Eine nebelhafte Erinnerung entfaltete sich vor meinen Augen: Seville vor all jenen Jahren, steif vor Zorn, die Lippen so schmal, dass sie fast verschwunden waren, während sie stumm bei Lorelais und Orins Herzbundzeremonie dagestanden hatte. Und dann der einzelne, herzzerreißende Aufschrei, den ich in der Nacht von Lorelais Tod durch die Hallen hatte wehen hören. Es war das einzige Mal in meinem Leben gewesen, dass ich erwogen hatte, an Sevilles Tür zu klopfen. Ich war weitergegangen.

Und Rowena. Ich ließ die Schultern hängen. »Das wusste ich nicht.«

»Ich wollte nicht, dass irgendjemand es weiß. Es war sicherer so. Doch Orin hat es herausgefunden. Er hat immer alles herausgefunden.« Ihre eisgrünen Augen waren erfüllt von Zorn und ich fragte mich, ob ihre wütende Attitüde gar nichts mit mir oder unserer Geschichte zu tun hatte. Sie schauderte und verbarg, was immer an Gefühl sie sich aus Vorsicht nicht anmerken ließ. Aber sie gestattete sich ein Grinsen. »Obwohl es so aussieht, als wärst jetzt du derjenige, der Herzgefährtinnen sammelt.«

»Ein Mittel zum Zweck.« Die Worte brannten wie Asche auf meiner Zunge, aber sie entsprachen der Wahrheit. Ich kannte Edira kaum. Wir hatten nie die Chance gehabt, frei miteinander zu reden, und jetzt würde sie es auch niemals wollen. Nicht nach dem, was ich ihren Brüdern angetan hatte. Ich schaute an Seville vorbei zu Noam und Nohr, die Vora bei der Kräutersuche halfen. Mit dem Zusammenbruch des Anwesens war die Mehrzahl ihrer Zutaten zerstört worden und Edira brauchte einen ständigen Vorrat, um ein Versagen ihres Körpers zu verhindern. Wir hatten den Jungen das eine oder andere über Ediras Arbeit erzählt und ihre Fragen vorbehaltlos beantwortet. Das waren wir ihnen schuldig und wir hatten keinen Grund, die Wahrheit zu verbergen. Nicht mehr.

»Und wie endet das Ganze, nachdem der Zweck nun erfüllt ist?« Sevilles Worte waren hart, aber ihr Ton war es nicht. Die Sanftheit ihrer Stimme ließ mich stutzen und ich wandte mich wieder ihr zu. Sie beobachtete Edira mit einer zarten Wärme, fast, als seien sie Freundinnen.

Als ich nichts sagte, sah sie mich durchdringend an. »Was wirst du tun?«

»Wegen Edira?«, fragte ich.

»Wegen Edira, wegen des Herrenhauses, wegen der Minen.« Seville ließ den Blick über das Gelände schweifen, wo Lydia das Land markierte, als ermittele sie Koordinaten für ein neues Gebäude. Irgendwo halfen Clesian und seine Töchter bei der Hirschsuche. Vor Angst waren die magischen Tiere in den Wald gerannt. Lydias Familie hatte sich in der neuen Situation, ohne auch nur eine Sekunde zu zögern, gewisse Routinen angeeignet. Sie hätten auch einfach fortgehen können. Aber sie waren geblieben.

»Scheiß auf die Minen.« Ich starrte finster ins Nichts, während ich mir die von Seuche durchzogene Erde rund um die höhlenartigen

Mäuler vorstellte, die gespickt waren mit verlockenden Juwelen. »Wir haben genug Ever-Juwelen für die Familie und wir leiden nicht länger an der Seuche. Außerdem haben wir so viel Geld, dass wir gar nicht wissen, was wir damit anfangen sollen. Wenn die Städter die Juwelen auf eigene Gefahr abbauen wollen, zu ihrem eigenen Profit, dann ist das ihre Sache.«

»Ich nehme an, das ist eine Entscheidung, die du als Oberhaupt des Anwesens treffen könntest«, meinte Seville ausweichend.

»Kommt nicht infrage.« Ich sträubte mich gegen den Titel. »Lydia und Clesian werden sicherlich mit Kusshand die Leitung übernehmen.«

»Vielleicht vorübergehend an deiner Stelle, aber nicht dauerhaft«, sagte Seville und strich sich eine Haarsträhne hinters Ohr. »Schockierend, ich weiß.«

»An *meiner* Stelle?« Davor zurückzuschrecken, war unumgänglich. »Ich will dieses Amt nicht. Wenn sie es nicht tun, wirst du das gewiss übernehmen.«

»Es ist ja wohl ziemlich offensichtlich, wen Mutter an diesem Platz hätte sehen wollen. Und Lydia hat bereits zugesagt, Mutters Wünsche zu respektieren.« In Sevilles Worten lag nicht der Hauch von Geringschätzung. Wenn überhaupt, war es eine Andeutung von Reue, die ihre Stimme zittern ließ. »Davon einmal abgesehen, was glaubst denn du, was passieren wird, wenn weitere Evers von Ediras Fähigkeit erfahren, die Seuche zu heilen? Unsere Diener sind umgehend geflohen, als der Glamour gefallen ist. Einige sind zurückgekehrt, aber nicht alle. Ediras Talente werden sich garantiert herumsprechen.«

Aus den Tiefen meiner Brust löste sich ein unwillkürliches Knurren und meine Reißzähne schärften sich, um sich in das weiche Fleisch meiner Lippen zu bohren. »Ich werde nicht zulassen, dass sie sie anrühren. Sie hat schon genug getan.«

»Ich weiß, aber an der Tatsache lässt sich nicht rütteln. Sie werden sie holen kommen.« Sie atmete tief aus, als wolle sie nicht weitersprechen. Und dann tat sie es trotzdem. »Vor allem die Embergraves.«

Mein Puls schoss in die Höhe und ich ballte die Hände zu Fäusten. Ich spürte zunehmend Wut im Bauch, während ich die Lippen verzog. Zeverin. All diese Jahre waren wir nie in der Lage gewesen, über ihn zu sprechen oder seinen Namen auch nur zu flüstern. Ich wusste wenig über meinen echten Vater. Aber alle Evers wussten nur zu genau, wie blutrünstig und grauenvoll die Embergraves waren. Sie waren gefährlich und hatten Einfluss auf eine Vielzahl kleinerer Ever-Familien überall in Glaes. Niemand bot ihnen die Stirn, aber ich würde es tun. Für Edira würde ich ihren Besitz bis auf die Grundmauern niederbrennen.

Ich brachte meinen Glamour zum Kräuseln und ließ ihn fallen. Magie knisterte zwischen uns. »Es kümmert mich nicht, welche Art von Macht sie besitzen. Mich kümmert ihre Familie nicht oder wie viele sie unter ihrer Kontrolle haben. Ich werde sie alle töten. Niemand rührt Edira an.«

Bevor Seville antworten konnte, spürte ich flackernd in meiner Brust die Erkenntnis und meine Welt erstarrte. Das Gefühl war noch klein, wie der erste Stern, der in der Abenddämmerung blinkend zum Leben erwachte, und dennoch strahlend. Mit ihm kam eine besänftigende Wärme, die im Rhythmus meines Herzens durch meine Glieder schwappte. Mir stockte der Atem. Langsam richtete ich den Blick auf Edira. Und dann stöhnte sie. Ich hatte durch unser geteiltes Band ihr Erwachen gespürt, noch bevor der leise Laut die Luft erfüllte. Meine Macht explodierte regelrecht aus mir heraus und der Glamourzauber rutschte zurück an seine Stelle, während Seville sich kerzengerade aufrichtete. Sie schaute an mir vorbei, um Edira anzusehen, und die Angst, die in ihren Augen gestanden hatte, löste sich auf.

»In Ordnung, Rorik. Dann zusammen.« Sie legte mir sanft die Hand auf die Schulter und stellte damit alles, was ich bisher über unsere Geschwisterbeziehung gewusst hatte, komplett auf den Kopf.

Schließlich winkte sie mir zum Abschied noch einmal zu. Ich hatte keine Zeit, ihre Worte zu verarbeiten, und das war jetzt auch egal. Denn in diesem Moment schrumpfte meine verdammte Welt auf Edira und ihre jetzt geöffneten Augen zusammen.

Sie blinzelte mehrfach und bewegte für einige Momente den Mund. Endlich sprach sie. »Wasser.«

Binnen Sekunden war ich auf den Knien und hielt ihr behutsam eine Feldflasche aus Kalbsleder an den Mund. Wasser lief Edira über die Lippen und sie trank in tiefen Zügen, bis sie irgendwann den Kopf wegdrehte. Ich schraubte die Flasche zu und stellte sie neben sie.

»Wie fühlst du dich?«

Quälend lange sah sich mich an. Ich hätte schwören können, dass ich den Moment erkennen konnte, in dem alle Erinnerungen in ihren Kopf zurückfluteten. Die Trübheit in ihren Augen löste sich mit einem einzigen Atemzug auf und sie funkelte mich mit kaltem, distanziertem Zorn an, der mich bis ins Mark erschütterte.

»Ich komme zurecht. Wo sind meine Brüder?«

»Sie helfen Vora, Kräuter für deine Medizin zu sammeln. Sie werden gleich zurück sein, versprochen.«

»Versprochen? Ich habe die Versprechen der Evers satt.« Ein brüchiges Lachen löste sich aus ihrer Kehle. Edira drückte den Kopf in das Kissen, um zur Decke emporzustarren. Stirnrunzelnd betrachtete sie die ausladenden, miteinander verbundenen Äste des Baums und die Efeuranken. »Wo bin ich?«

»Vora hat sich geweigert, dich irgendwo anders hinzubringen. Du befindest dich außerhalb von Fernglove in einer provisorischen Zuflucht. Doch jetzt, da du aufgewacht bist, können wir dich von hier wegbringen.«

»Gut. Ich will diesen Ort nie wiedersehen.«

Obwohl ich verstehen konnte, warum, trafen mich ihre Worte unerwartet hart. Wenn sie die Vorstellung, auf Fernglove zu bleiben, derart verabscheute, dann empfand sie zweifellos genauso für mich.

Ein nie dagewesener Stich der Verzweiflung durchzuckte mich und er stammte direkt aus meinem Herzen.

Herzbund.

Ihre Augen weiteten sich ebenfalls und plötzlich schaute sie mich wütend an. »Ich will das nicht. Ich will dich nicht *fühlen*.«

»Du wirst nicht wissen, dass ich da bin, es sei denn, du suchst nach mir. Das schwöre ich dir.« Ich würde jedes Gefühl vor ihr abschirmen, würde auf Abstand gehen, sowohl geistig als auch körperlich, um ihr zu ersparen, mit mir zu tun haben zu müssen.

»Weitere Versprechungen.« Sie schaute weg, aber das Fehlen ihres zornerfüllten Blickes milderte die Schuldgefühle nicht, die in mir tobten.

»Edira, es tut mir leid.«

Sie sah mir nicht in die Augen.

»Ich weiß, dass diese Worte niemals genug sein werden. Und dass keine Erklärung, wie wahr sie auch sein mag, jemals wiedergutmachen wird, was ich getan habe.« Ich wollte sie um Verzeihung anflehen. Ich hatte mich nie lebendiger gefühlt als in den Momenten, in denen sie mich mit ihren taubengrauen Augen betrachtet hatte. Sie durchbohrten mich jedes, aber auch jedes Mal und es scherte mich nicht im Mindesten, dass ich mich in diesen Momenten voller Begehren ihr hilflos ausgeliefert fühlte.

Ein glasiger Schimmer bedeckte ihre Iris und die Luft in meiner Lunge kam kreischend zum Stillstand. Edira hatte kaum die Kraft, sich zu bewegen, und ich wagte es nicht, sie zu berühren. Daher konnte ich einfach nur zusehen, wie sich eine einzelne Träne Bahn brach und langsam über ihre Wange rollte. Diese Träne gab mir den Rest.

Als Edira endlich sprach, waren ihre Worte kaum mehr als ein Flüstern. »Danke, Rorik. Dass du mir geholfen hast, meine Brüder zu retten.«

Diese verdammte Träne bewegte sich so elend langsam. Meine Finger brannten in dem Wunsch, sie wegzuwischen. »Es war mir ein Vergnügen.«

»Aber das ändert nichts an dem, was passiert ist.« Langsam drehte sie sich herum, um mich wieder anzusehen. »Ich werde dir niemals verzeihen können, was du getan hast. Du bist der Grund, warum sie überhaupt krank geworden sind.«

Mir schlug das Herz bis zum Hals. Sie hatte mich vor dem Zorn meines Bruders gerettet und einmal abgesehen von unserem Herzbund würde ich alles tun, um ihr in ihren letzten Tagen Frieden zu schenken. Selbst wenn es bedeutete, mich fernzuhalten. *Vor allem*, wenn es bedeutete, mich fernzuhalten.

»Ich werde Vora und deine Brüder holen.« Ich wandte mich zum Gehen und hielt nur einen Moment an der Schwelle inne. Sie sollte eine letzte Chance haben, noch irgendetwas zu sagen, was sie auf dem Herzen haben mochte. Eine letzte Gelegenheit, unseren Herzbund aus mehr als Zorn und Reue bestehen zu lassen.

Sie sagte nichts.

Ich ging, ohne zurückzublicken.

KAPITEL 28

Das frisch gepolsterte Sofa in unserem Wohnzimmer war mein Lieblingsmöbelstück. Mrs Marlow hatte wohl beschlossen, höherwertigen Stoff zu benutzen, nachdem sie mich mit Seville gesehen hatte. Dass ich keinen Kontakt mehr zu den Ferngloves hatte, wusste sie allerdings nicht. Keiner wusste das. Seufzend lehnte ich mich in die Polster und strich sachte mit dem Finger über das kostbare, dunkelblaue Material.

Zwei Monate. Ich hatte zwei Monate meines Lebens bei den Ferngloves verbracht. Mehr, wenn ich die Wochen nach Orins Tod mitzählte. Tagelang war ich bewusstlos gewesen, während mein Körper sich von den Nachwehen dieser massiven Aufnahme der Seuche erholt hatte. Anscheinend hatte Vora sich so lange geweigert, irgendjemandem zu erlauben, mich zu bewegen, bis ich wieder in der Lage war, das allein zu tun. Erst als ich lange genug das Bewusstsein zurückerlangt hatte, um Rorik wegzuschicken, gestattete sie, mich auf eine erhöhte Pritsche zu legen, statt des seltsam weichen Bettes aus Moos.

Es hatte noch weitere zwei Wochen gedauert, bis ich länger als einige Stunden am Stück wach sein konnte. Daher waren meine Erinnerungen nebelhaft. Das Einzige, was ich mit Bestimmtheit wusste, war, dass Rorik nach unserem ersten Gespräch kein Teil mehr davon war. Er hatte Wort gehalten und war verschwunden, um mich ganz Voras tüchtigen Händen zu überlassen. Mit vereinten Kräften kümmerten sie und meine Brüder sich um mich. Sie wichen mir in der Erholungsphase nicht einmal von der Seite und so sehr ich ihre Hilfe auch zu schätzen wusste, wurde ihre ständige Sorge irgendwann ermüdend. Also verlangte ich, nach Hause zurückzukehren. Zurück in unser Leben. Weder Vora noch meine Brüder protestierten dagegen.

Ich hatte immer noch Mühe, mich aus eigener Kraft weiter als ein paar Schritte zu bewegen, und war schnell erschöpft. Wieder und wieder hatte ich Vora gebeten, ihr Leben weiterzuleben und mich Noam und Nohr zu überlassen, aber sie weigerte sich. Stattdessen werkelte sie in der Küche herum und servierte mir Mahlzeiten und Tinkturen, um mir beim Gesundwerden zu helfen. Sie versprach, eines Tages fortzugehen, aber noch nicht jetzt. Ich hatte es auch gar nicht eilig damit, sie wegzuschicken.

Meine Brüder gaben ihre Arbeit in den Minen auf und wandten sich anderen Gewerben zu. Wie sich herausstellte, hatte Noam immer Holzfäller sein wollen, wie unser Vater. Nohr interessierte sich für Pferde. Wir hatten alle unsere Wünsche begraben, um die Familie über Wasser zu halten. Jetzt war das nicht mehr nötig. Bei meinem Abkommen mit Orin war es nie um Geld gegangen, aber das hinderte Lydia und Clesian nicht daran, mehrere dicke Säcke mit Münzen in die Kutsche zu laden, als ich abreiste.

»Wegen meiner Töchter«, hatte Lydia gesagt und ich hatte verstanden. Auch sie hatten jetzt eine Chance.

Die Summe war schon unanständig hoch und wir hatten genug, um unsere Familie und die Familien unserer Kinder – falls es je dazu kam – jahrelang mit allem Nötigen zu versorgen.

Vora machte anfangs mehrere Fahrten nach Fernglove und bei ihrem letzten Besuch in dem, was von dem Anwesen übrig geblieben war, brachte sie ein kleines, mit Zwirn umwickeltes Päckchen mit. Es enthielt einen Brief. Ywena war ebenfalls mit ihr zurückgekehrt und bei ihrem Anblick machte mein Herz einen Sprung. Sie war elegant auf einer unsichtbaren Luftströmung zu mir herübergeflattert und hatte sich in meine Halsbeuge geschmiegt.

Ich hatte das kleine Päckchen und den Brief ungeöffnet in meiner Ankleidekommode verstaut. Das Päckchen war unbeschriftet und schlicht, was mir genug verriet. Auf keinen Fall hätte Seville mir etwas geschenkt, ohne eine künstlerische, schwungvolle Unterschrift darunterzusetzen.

Ich fragte nicht nach Rorik. Hätte ich wissen wollen, wo er war, wäre er wohl nicht schwer zu finden. Das sagte mir mein Gefühl.

Eine flackernde Wärme erfasste meinen Oberkörper und ich strich mir geistesabwesend mit den Fingern übers Brustbein. Der Herzbund war immer noch intakt. Ich konnte Rorik spüren, als stünde er am Ende einer Brücke in großer Entfernung. Aber er sah mich nicht an und ich sah ihn nicht an. Schon in nicht allzu ferner Zukunft, wenn der Tod letztlich anklopfte, um mich bei sich willkommen zu heißen, würde sich unsere Verbindung auflösen und Rorik konnte sein Leben weiterführen. Vielleicht eine echte Herzgefährtin finden. Seine Magie war der einzige Grund, warum ich noch lebte. So sehr ich ihn für alles verabscheute, was ich seinetwegen durchgemacht hatte, zumindest dafür konnte ich ihm danken. Mir waren noch einige weitere Jahre vergönnt. Genug Zeit, um zu beobachten, wie meine Brüder zu erwachsenen Männern heranwuchsen.

Von der Vordertür kam ein Klopfen und ich lehnte den Kopf an den Rahmen des Sofas. »Vora? Kannst du aufmachen?«

Keine Antwort. Ywena tippelte an meinem Hals empor und ich hielt ihr einen Finger hin. Sie huschte darauf und flatterte einmal mit den Flügeln.

»Nicht hier?«, überlegte ich laut, während ich ihre Augen musterte. Auch früher schon, ohne Roriks Macht, hatte ich mich mit Ywena verständigen können, aber jetzt waren ihre Gedanken – eher schon eine Reihe von Bildern, die sich in schnellem Tempo in meinem Kopf bewegten – so klar wie der Tag. Vora war ausgegangen, um einige Kräuter zu sammeln und Fleisch vom Schlachter zu holen. Noam und Nohr stromerten auf den Feldern umher.

Mit einem leisen Stöhnen hievte ich mich vom Sofa hoch. Jeder Knochen knarrte. »Ich komme.«

Ich schlurfte zur Tür und zog sie auf. Im Eingang stand Mrs Marlow mit einem strahlenden Lächeln auf dem Gesicht und einem Päckchen in den Händen, das in dünnes, weißes Papier gewickelt war. Sie reichte es mir.

»Ich hatte eigentlich gehofft, es Seville direkt aushändigen zu können, aber da sie befohlen hat, dass es für Euch sein soll …« Sie zuckte die Achseln. »Es ist bereits bezahlt. Ich hoffe, es gefällt Euch.«

»Danke«, antwortete ich und nahm das Päckchen entgegen. Es fühlte sich leicht an und war mit einem hellrosa Band umwickelt.

»Schickt sie bitte zu mir, wenn Ihr sie das nächste Mal seht. Ich habe einige neue Stücke, von denen sie bestimmt begeistert wäre«, sagte sie mit einem eifrigen Lächeln.

Die Städter nahmen an, ich stünde noch immer in den Diensten derFerngloves und ich hatte keine Ambitionen, sie eines Besseren zu belehren. Solange meine Macht den herrschaftlichen Evers vorbehalten blieb, war sie für die Stadtbewohner unerreichbar. Ich wollte mich nicht mit passiv aggressiven Bitten herumschlagen, bei irgendjemandem mein Threadmending anzuwenden. Sie konnten weiter Stärkungsmittel und Tinkturen kaufen, wie sie es immer getan hatten. Meine Magie gehörte nur mir selbst.

Mrs Marlow legte zum Abschied leicht den Kopf schräg. Ihr Sohn wartete am Tor auf sie und als er mich sah, winkte er mir zu. Toman. Zumindest war seine Nase immer noch gerade. Ich lächelte und winkte zurück, bevor ich wieder hineinging.

Ywena flatterte mir um den Kopf herum und landete schließlich auf meinem Haar.

»Ich öffne es ja schon, du meine Güte.« Ich zog an dem Band. »Du bist ungeduldig.«

Ich ließ das Papier fallen und meine Finger erstarrten. Mir kam es vor, als sei es in einem vorherigen Leben gewesen, dass ich in Mrs Marlows Laden gestanden und Seville erlaubt hatte, mich auszustaffieren. Der Seidenstoff glitt mir wie flüssiges Gold über die Finger und ich strich über die schwarze Spitze und die onyxfarbenen Kristalle. Ich spürte einen Kloß im Hals. Es war der gleiche Farbton wie der des goldenen Käfers, der mein ganzes Leben hatte entgleisen lassen.

Rorik.

Das Band zwischen uns straffte sich bei dem Gedanken an seinen Namen. Ywena tippelte zu meiner Schulter, ihre Füße ein sanfter Kuss auf der nackten Haut. Sie teilte ihre Gefühle mit mir und doch spürte ich Traurigkeit in ihrer Berührung. Sie vermisste ihn. Einem Teil von mir erging es nicht anders.

Langsam schlenderte ich ins Schlafzimmer und schloss die Tür. Ich legte die Unterwäsche auf mein Bett und drehte mich zur Kleiderkommode um. Mir schnürte sich die Kehle zu, als ich die Schublade öffnete und das in einfaches Papier gewickelte Päckchen mit dem Brief herausnahm.

Zuerst faltete ich das Pergament auseinander und studierte Roriks enge Handschrift.

Ywena wollte bei dir bleiben.
Ich hätte dir das Geschenk früher geben sollen.

Ich legte das Schreiben beiseite und betrachtete das Päckchen. Mir stockte der Atem und ich wünschte fast, Ywena würde mich schocken. Ich brauchte ihren sanften Schubs, um mich zu bewegen, um mich zu leiten und mich zu dem zu führen, was immer Rorik für mich hinterlassen hatte.

Langsam löste ich den Zwirn und schlug das Einwickelpapier zurück. Zum Vorschein kam ein poliertes Mahagonikästchen mit einer goldenen Schließe. Meine Finger lagen zögernd über dem kühlen Metall.

»Hast du irgendeine Ahnung, was das ist?«, fragte ich Ywena.

Nein, hatte sie nicht. Aber sie wollte, dass ich das Kästchen aufmachte und es herausfand.

Ich löste den Verschluss, klappte den Deckel auf und fand ein Stückchen Leder in dem mit Seide ausgeschlagenen Kästchen. Mir blieb komplett die Luft weg.

Mit zitterndem Finger zeichnete ich die aufgestickte Blume in dem abgenutzten Stückchen Leder nach. Die Arbeit meiner Mutter. Der kleine Fetzen Leder, von dem ich dachte, er sei mit dem Rest meiner Kleider verbrannt worden, bevor ich nach Fernglove gereist war.

Die Erinnerung an jene Nacht brach über mich herein und ich dachte daran, wie ich in der Küche über dem Waschbecken gestanden hatte, damals, als ich in die Nacht hinausgeschaut hatte, das Stückchen Leder zwischen Zeigefinger und Daumen. Ich hatte Wasser für Noams und Nohrs Bad erhitzt und den Mond angestarrt. Später hatte ich den goldenen Käfer gesehen, der sich an die Dachsparren geklammert hatte, während ich mit Orin gefeilscht hatte, um das Leben der beiden zu retten.

Roriks Käfer.

Er hatte über mich gewacht, noch bevor wir uns überhaupt kennengelernt hatten. Er hatte keine Sekunde gebraucht, um zu verstehen, wie wichtig mir dieses Stückchen meiner Vergangenheit war – und er hatte verhindert, dass es vernichtet wurde.

Tränen liefen mir über die Wangen und ich drückte Mutters Lederfetzchen fest an mich. Ein leises Schluchzen schüttelte mich. Es tat weh, ihn zu hassen. Noch mehr tat es weh, ihn zu mögen. Ich presste das Leder an mein Herz, schloss die Augen und konnte deutlich das goldene Band sehen, das sich zwischen uns spannte.

Ich überlegte, es zu streifen und ihn wissen zu lassen, dass ich da war. Ich wusste nicht, wie ich reagieren würde, wenn er an meiner Tür auftauchte. Aber ich wollte es herausfinden.

Gerade als ich das angespannte Band zwischen uns anstupsen wollte, fiel mein Blick auf ein dunkles Schimmern. In dem goldenen Fluss schlängelte sich wie eine Viper kurz vor dem Angriff ein schleimiger Faden schwarzen Teers. Voller Entsetzen beobachtete ich, wie sich winzige Mäuler formten und träge an der Magie nagten. In meinem Kopf machte sich Panik breit.

Ich dachte, ich hätte ihn geheilt. Ich dachte, ich hätte sie alle geheilt.

Aber während die Seuche weiter durch unser Band kroch, wurde mir klar, dass es eine Sache war, die Krankheit zu verjagen, und eine ganz andere, die Ursache auszugraben und zu eliminieren.

Diese Krankheit würde nicht einfach verschwinden. Und selbst mit Roriks in mir pulsierender Magie war ich mir nicht sicher, ob ich jemals die Stärke haben würde, ihr erneutes Aufwallen zu verhindern.

DANKSAGUNG

Die letzten Jahre waren sowohl beruflich als auch privat für mich eine Herausforderung und ohne die Liebe und Unterstützung zahlreicher Menschen wäre ich nicht dort, wo ich heute stehe.

Offenbar funktioniert das am besten in einer stabilen Dreieckskonstellation. Davon bin ich dank Alexa Martin und Lindsay Landgraff Hess von ganzem Herzen überzeugt. Zu dritt sind wir Kult und ich finde es großartig.

Vielen Dank, Alexa. Ich danke dir aus tiefstem Herzen. Bei dir kann ich meinen Gefühlen freien Lauf lassen. Du hast dir mein Jammern und meine endlosen Gedankenschleifen angehört, während ich im Laufe des Prozesses immer mehr an Selbstvertrauen gewonnen habe. Nie hast du an mir gezweifelt. (Im Gegenteil, du hast mich eher noch zu größeren Sprüngen ermutigt.) Ich kann dir gar nicht genug für deine Aufrichtigkeit und deine Unterstützung danken. Und dafür, dass du nie geglaubt hast, ich hätte komplett den Verstand verloren (nur teilweise!).

Lindsay, ich hoffe, ich werde einmal genau so sein wie du, wenn ich denn irgendwann einmal erwachsen werde. Ich werde dir ewig dankbar dafür sein, wie du dir für mich die Lunge aus dem Hals schreist, um meine Arbeit zu unterstützen und mich zum Verlassen meiner Komfortzone zu ermutigen. Du bist ein echtes Juwel und definitiv die Person, die ich bei jedwedem Kampf an meiner Seite wissen möchte. Danke, dass du selbst dann an meine Worte geglaubt hast, wenn ich es nicht konnte.

Piper J. Drake, danke, dass du mir einen Resonanzboden geliefert hast und meine Wegbegleiterin im Schreibsprint warst. Du bietest mir nicht nur eine fantastische Schulter zum Anlehnen, sondern bist auch eine talentierte Autorin. Ich bin dankbar, dich zur Freundin zu haben, und das nicht nur wegen deiner Fähigkeit, in jedem Restaurant die besten Gerichte zu bestellen.

Stefani Sloma, weiche niemals von meiner Seite. Du wirst mich für den Rest meines Lebens nicht mehr los. Du trittst für mich ein und unterstützt mich. Dir ist es geschuldet, dass ich an meine Worte geglaubt habe, wie kein anderer es tat. Du verdienst alle Edelsteine dieser Welt.

Kimberly Whalen, du bist ein Rockstar als Agentin und ein wundervoller Mensch. Danke, dass du den Schritt mit diesem Buch gewagt hast und von Anfang an sein Potenzial gesehen hast. Deinen unmittelbaren Glauben an mich und mein Werk werde ich dir nie vergessen.

An Ariana Sinclair und das ganze Team von Voyager, danke! Ohne Euch alle wäre ich nicht da, wo ich bin. Angesichts der Unterstützung für das Buch bekomme ich feuchte Augen und werde ganz sentimental (in der besten Art und Weise).

Ich danke euch, all meinen Leserinnen und Lesern, ob ihr mein Werk schon länger verfolgt oder zum ersten Mal zu einem Titel von mir gegriffen habt, für die Zeit, die ihr meinen Büchern widmet. Ich schreibe diese Geschichten für euch. Ich hoffe, ihr habt Freude an den von mir erdachten Welten. Eurer fortwährenden Unterstützung ist es zu verdanken, dass ich mit einem Lächeln im Gesicht weiterhin schreibe.

Ein Dank an meine Familie und meine Freunde. Ich danke euch für euer Verständnis, wenn ich mich tagelang – wochenlang – verbarrikadiere und vergesse, mit euch allen zu sprechen. Danke, dass ihr mein »O.G.«-Unterstützerteam seid und jedem, der zuhört, erzählt, dass ich Autorin bin.

Und natürlich an meine so wundervollen Kinder, Remmy und Ronin. Mommy liebt euch für immer und ewig. Die Freude, die ihr bringt, gibt mir mehr als alles andere. Euer Lachen und eure kleinen Mätzchen machen mein Leben schön. Und ohne einen jeden von euch wäre ich heute nicht die Person, die ich bin.

MAXYM M. MARTINEAU

© Mandy Woodman

ÜBER DIE AUTORIN

Maxym M. Martineau ist tagsüber Associate Creative Director und nachts Fantasy-Autorin. Wenn sie sich nicht gerade über gebrochene Herzen aufregt, spielt sie gerne Videospiele, binged Serien, treibt so ziemlich jeden Sport und liest natürlich.

Über das Fortschreite
Die Seuche tritt durch Schn
ein. Einmal im Blut, folgt
ähnlichen Verlauf, der imm
Frühs
Feiner, kalter Schw
Rote und gelbe
Blasenbildu
Blasen platzen au
übel rie
Ränder verfärb